# 武则天

杨焕亭 著

① 凤鸣天下

长江出版传媒　长江文艺出版社

**图书在版编目（CIP）数据**

武则天：全新修订珍藏版：全三册 / 杨焕亭著
. -- 武汉：长江文艺出版社，2021.2（2024.1 重印）
ISBN 978-7-5702-1700-7

Ⅰ. ①武… Ⅱ. ①杨… Ⅲ. ①长篇历史小说－中国－
当代 Ⅳ. ①I247.5

中国版本图书馆 CIP 数据核字（2020）第 140250 号

责任编辑：田敦国　　　　　　　　　　责任校对：毛季慧
封面设计：颜森　　　　　　　　　　　责任印制：邱　莉　　胡丽平

出版：长江出版传媒 | 长江文艺出版社
地址：武汉市雄楚大街 268 号　　　　邮编：430070
发行：长江文艺出版社
http://www.cjlap.com
印刷：中印南方印刷有限公司

开本：730 毫米×1060 毫米　　　1/16　　印张：75.25　　插页：3 页
版次：2021 年 2 月第 1 版　　　　2024 年 1 月第 3 次印刷
字数：1145 千字

定价：128.00 元（全三册）

# 序 女性题材的开掘与作家的人文视野
## ——记三卷本长篇历史小说《武则天》

常智奇

　　继三卷本长篇历史小说《汉武大帝》出版后,壮心不已的杨焕亭先生再度挑战自我,又创作出了一部鸿篇巨制——三卷本长篇历史小说《武则天》。在短短的几年时间内,以两百多万字的皇皇大作奉献于广大读者,这再一次见证了他的创作实力和坚实的文学步履。在《武则天》即将出版之际,他特诚邀我为这部新作写几句话,以弁卷首。对于历史人物武则天,我素无研究,但盛情难却,遂写了下面的文字。

　　在中国文学史上,表现女性主题的文学作品,我觉得大致有四种类型:一是圣母,二是怨妇,三是烈女,四是祸水。圣母类有女娲、姜嫄、王母娘娘、吕雉、慈禧等。她们在温情、理性、独尊与细腻、敏感、阴狠的两极对立或爱恨参半中,把人的价值投向女权主义,在"德"与"才"之间,建构女性主体;怨妇类有刘兰芝、窦娥、琵琶女、林黛玉、祥林嫂等,她们在隐忍与闺怨、凄婉与郁愤、呻吟与苦难中,用自持与妥协把人的价值投向对封建神权、夫权、族权的控诉和责问;烈女类有杜丽娘、李香君、嫦娥、孟姜女、祝英台等,她们在儒家传统观念和旧的习惯势力环境中,对女性"内言不出闺外"的道德坚守之内或叛逆之外的两极处,把生命的价值投向挑战或冲破旧制度的黑暗,用生命的毁灭点燃心中理想的曙光;祸水类有妲己、褒姒等,她们在"男权中心"的道德歧视和压迫下,以一种扭曲的极端方式,把青春、爱的生命价值投向对落后势力的反抗。这些林林总总的女性题材作品,构成中国文学史上绚烂的画廊。而武则天则属于圣母这一类。

目前,表现圣母类题材的"女权主义"文学思潮在中国文坛风生水起,但这些作品大都是西方女权主义文库中"拿来主义"的观念移入和创作方法的借鉴。真正使女权主义文学创作走向中国气魄和中国作风审美范式的作品,应从杨焕亭先生的《武则天》论起。

西方一位哲人曾指出:"看一个社会文明进步的程度,应该首先看这个社会妇女解放的程度。"在大唐时代,出现武则天这样一位彪炳史册的女皇,这是中国封建社会中的一个历史壮观、政治胜景,研究其产生的历史根源、社会背景、政治因素、人文基础、吏制条件、精神构成、文化形态等,是促进中国现代文明建设的重要课题。

关于武则天,中国历史上流传着许多误解和独断,她的形象往往被简单化为窃权大盗、"面首"政权、酷吏主义、反传统主义、家族主义等等。客观地讲,武则天有很多面具,要寻找自身同一的"真正武则天"不仅是困难的,也是不可能的。不过,没有一个统一的"真正武则天",不等于没有一个多面孔的武则天,更不等于没有一个聚集在"武则天"名下而区别于其他思想感情的武则天。于是,深入细致地厘清武则天面具和臆语背后的思想真言,搞清楚她的思想感情与那些链接在她身上的种种猜测、臆想、独断的关系,尤其是分析她的历史作用、价值意义、正负影响,具有一定的现实意义。集诗书画于一身的杨焕亭先生的长篇历史小说《武则天》,为我们提供的就是这样一个文学形象。

## 这是一个集历史意识与艺术审美于一体而完成的艺术形象

故事是从风云一世,伟业赫赫而又对武媚怀着复杂情感的李世民撒手人寰,唐朝处于历史转折的重要关头切入的,从而构成了她登上中国历史舞台的宏阔背景。一方面,唐朝经过李渊、李世民两代皇帝的经营,进入经济、政治稳定时期,面临着发展和中兴的课题;另一方面,因为李世民晚年在立储问题上的失误,也积累了诸多的宫廷矛盾,它深刻地影响着武则天的命运。

武则天先侍奉太宗李世民，后又侍奉其子李治，其中的沧桑和苦涩只有她自己深味。这种身不由己的遭遇，使她成为一个踏破封建伦理的樊篱，无视封建道德的规范和约束，跨入价值论绿草地的历史人物。她的恢宏气度、超凡脱俗、心狠手辣和敢为人先的行为方式都与此有关。而这些，都是见诸史籍的事实。更重要的，是杨焕亭先生对弥漫于历史长河中静止的、孤立的、片面的、封闭的、保守的伦理判断的突破，贯之以一种动态的、联系的、全面的、开放的、进步的价值判断。

武则天的女权主义，是深深植根于中国历史土壤之中的，是从人本主义生命激情中生长出来的，是从情感携裹着"天人合一"的神秘主义和"君权神授"的思想观念中生长出来的，是备受压迫和束缚的中国女性向皇权政治与血缘伦理的一次本能的反抗。她在取得权力的路上，与维护李氏王朝的势力做了一次次腥风血雨的较量，从长安大明宫到神都洛阳，从瑶光殿的丹墀内到诸王任职的州郡，时时唇枪舌剑，处处刀光剑影，到处血污飞溅，人头落地。鲜血冲垮了横亘在权力途中的高山峻岭，白骨填平了她登上女皇宝座途中的深峪大川，经过浴血奋战，她才竖起了"大周"的旗帜。这不是个体自然生命的自由生长和绽放，是中国男权中心的皇权世袭制发展到极端处的一次女性反抗的总爆发，总展示。这样，《武则天》此书就不单纯是一个杰出女人的故事，而是被作者赋予了浓郁的人文色彩。

尤其值得一提的是，作者从历史的逻辑出发，对长孙无忌、褚遂良等元勋代表因武则天是女性而反对她参与政治给予了道德层面的否定，这是本书的看点之一。

### 这是一个集性格主导性与多样性于一体而塑造的艺术形象

作为一位政治家，武则天有着从唐太宗那里继承来的胸纳万里江山的品格，有着杰出的治国才能、政治智慧和大局意识。为了推进经济发展，早在任皇后时期，她就提出了十二建言，提倡大兴农桑，节俭政治，特别是在执政以后，制定了经济发展纲领——《兆人本业》，抑制豪强兼并；为了推进政治改革,她可以摒弃前嫌,大胆起用曾经反对她的裴行俭,从而发动了一场声势浩大的总章选制改革;为了维护国家统一,她不拘一格起用曾经打过败仗的王孝杰,一举收复西域四镇;而她在长期的政治生涯中,与刘仁轨、娄师德、狄仁杰、李昭德等人的肝胆相照,彼此心知,无论如何都是感人至深的。她的大局意识体现在绝不将国家政治生活与个人情感生活纠缠在一起,从而对苏良嗣痛打薛怀义、狄仁杰痛打王庆一的举止给予了容忍和宽恕。因此,她是一个挟天子以令群臣,能驾驭复杂的人际关系,具有治国方略,能控制局面,精于权术,有雄才大略且远见卓识的政治人物;是一个敢为人先,开宗立派,革古鼎新,有胆略,有魄力的改革人物。所有这些,构成了武则天性格的主导性,使她能够光彩灼灼地站在中国古代帝王的行列。

武则天的生命价值体现在"求权力意志"的层面上。她认为人不可能在其被抛入的世界中被动地生存,人必须对存在的世界表态、发言,证明自己存在的智慧和力量,必须创造和建构自己"理想世界"的生存状态。人必须在一个"有定形""有起源""有终点""有意图""有目的""有意义""有价值""有秩序""有规律""有尊严""有地位"的世界中生存。在这条道路上她"损人利己""呕心沥血""煞费苦心""阳奉阴违""两面三刀""唯我独尊""舍我其谁" 地活着。武则天的权力生存论是由借助爱情、生育取得皇权,挟天子以令群臣,"清君侧",形成以武氏为主的政治势力。集创作与评论于一身的杨焕亭先生通过翻阅大量的历史资料和传记文献,在历史的真实与艺术的真实的基础上,展开艺术思维的丰富想象,用审美的表达对这三部分进行了形象生动而又鲜活的情感诠释。诚如黑格尔所说:"性格的特殊性应该有一个主导的方面,但是尽管具有这个定型,性格同时仍须保持住生动性和完满性……"

**这是一个内心矛盾与环境矛盾相交织而刻画的艺术形象**

武则天是一个从宫廷底层一路冲杀,坐上女皇宝座的历史人物。这种特殊的经历浇铸了她独立、理智、进取、勇敢、冷静、隐忍、猜疑、妒忌、阴狠、残忍的性格,也衍演出她复杂的内心矛盾,扭曲了她与李治及其儿女们的关系。

在人性的层面上，从贞观十八年雪中相识到贞观二十三年被李世民遗诏发配感业寺；从永徽二年被接回宫，到最后被立为皇后，她对李治付出了一个女人的真爱。"不信比来长下泪，开箱验取石榴裙。"不仅寄托了对李治的思念，也把她婉丽的一面表露得淋漓尽致。即使在"二圣"并立的日子里，她对李治的情感都是真挚的，唯其如此，在李治驾崩后，她才倾其才华和情感，写下了千古绝唱——《述圣纪碑》。这也正是作者厘清武则天情感世界的一条线索，是对历来武则天爱情观评估的一种颠覆。作者的意图在于，从人的存在角度还原一个女人的原生心态。

问题在于，当面对权力诱惑和来自各方面的挑战时，她的内心就陷入剧烈的冲突。她淡漠亲情，残杀子女，嫁祸于人，排斥异己。尤其当她报复地看待男人的情感世界时，整个心理就被扭曲了。她认为"以她的美丽与魅力，就在这张皇榻上同时拥有两三个男人也不是不可以的。他们是什么？与自己脚上的鞋子一般无二，随时都可以换掉，而她从他们身上获得的，不仅仅是迥然相异的男人味道，更有旷古迄今从来没有过的女人的自尊"。她拥有薛怀义、沈南璆、张昌宗、张易之等面首。这时候，她的人际关系处理原则是：顺我者昌，逆我者亡。她的道德观念是：自私、利己、自主、强权，强调恶在推动历史前进中的作用。

这种内心矛盾的复杂，是由她所生存的环境矛盾促成的。她一生执政五十多年，她周围的人在权力的交替中，形成剧烈的道德人格分化：许敬宗教子无方，其子与后娘乱伦；李义府自恃得宠，贪欲无度，连褓褓中的婴儿也要求封赐，他还私相授受，卖官鬻爵；薛怀义卖身求荣，恃宠跋扈；武承嗣杀人奸尸；来俊臣不断纳妾；武崇训与寺院女尼李裹儿私通；张昌宗、张易之侍女作恶多端。另一方面，正是因为有了狄仁杰、李昭德、娄师德、姚璹、姚崇、宋璟、徐有功、王孝杰这些杰出政治家，才使得她性格的主导性得以合乎逻辑地发展和完善。

上官仪忠君思想根深蒂固，被武曌陷害绑赴刑场准备杀头时，"忽然发现他并不那么仇恨武曌。从长安到洛阳，他目睹了武曌应付裕如地处置朝廷面临的内政和邦交问题。平心而论，他很感佩她的定力和智慧超越了许多男人,包括当今皇上。别的不说,单是西击突厥、东伐高丽、百济的几次大战,她辅佐皇上运筹帷幄,调兵遣将,而且连战连捷,就足以让那些狎昵厮养,骄纵失度的唐室亲王们汗颜。""姜恪也对皇后谋断极为赞同,不仅仅是这一次出兵高丽,多年来每每朝堂议军,皇后总有不凡之见,对天下军势了然在胸。"这些情节和细节的设置和描写,都是在"道德评判的二律背反"处,思考着历史人物的社会地位、作用和价值。在这里,道德的二重性是用鲜活的生命演绎其历史的逻辑层次的。

正是在这两种势力的影响下,武则天成为直面人生,痛饮生活酿制的苦酒、委曲周旋、以守为攻、借力打力、以柔克刚、工于心计的坚韧女性。她从感业寺回宫后,遇到了两股势力的排挤和打击:一是王皇后和萧淑妃等人的既得利益者;二是柳奭、长孙无忌、韩瑗、崔敦礼、上官仪、于志宁、裴行俭、来济和褚遂良等忠君护国大臣。左右夹击中的她强忍内心的苦楚,笼络人心,逢场作戏,竭力争夺,培植亲信,遍布耳目,恩威并举。她在许敬宗、崔义玄、李义府、袁公瑜、狄仁杰、李昭德、上官婉儿、武三思等人的极力拥戴下,竭尽全力,终于打开了一个行使女皇大权的政治空间。

武则天的个人成长史,是皇权中心与平民意识、男权中心与女性反叛、世袭势力与反抗力量、抱残守缺与除旧布新的斗争史。她作为一个封建社会的仕女,从太宗阶下的显才扬气、感业寺的青灯黄卷、宫闱深处的争宠夺爱、废黜皇后的生死较量,到多次以莫须有的罪名"清君侧"、泰山封禅显圣威、"二圣"临朝功卓著、培植家族势力与李氏抗衡,到神都受宝尊号为"圣母神皇"、天授元年称帝……这里有太多个体生命的情感体验,更有丰富的人类社会政治学的内涵。

**在作者宏大的叙事结构中,为我们塑造了众多的艺术形象,从而大大增强了作品的历史浮雕感**

武则天的政治斗争史,作者写的是风云诡谲的政治,是政治风浪中的人的情感,是政治家情感深处的隐痛和酸楚。例如武媚杀女诬皇后、李勣死后她的酸楚,狄仁杰死后她的感伤等,通过这些典型细节的描写,展现了她人性的一面。

李治在武曌胁迫下的压抑与隐忍,李旦的三次被迫让国,六年别殿空悬,爱妃双双失踪,他的自尊心被母亲摧毁得荡然无存……

宦海险恶,从者多艰,无论是忠实于李治的宰相还是追随武曌的大臣,他们各为其主,人人作难,个个自危,如履薄冰。武曌专权,随心所欲,排斥异己,贬狄仁杰为彭泽令、任知古为江夏令、魏元忠为涪陵令、崔宣礼为夷陵令……降皇太孙李成器为寿春王、恒王李成义为衡阳王、楚王李隆基为临淄王……

女皇至高无上,一手遮天,不断制造冤假错案,以莫须有的罪名陷害忠良。李贤面对李弘的碑石,潸然泪下,为他可怜的皇兄,也为他无奈的父皇。上官婉儿在李贤被害后的痛苦心情,李显与狄仁杰见面时的提心吊胆。

作者十分注重以细腻的笔触去刻画人物丰富的内心世界。例如长孙无忌"被皇上'赐告'的日子里,他只带了府令和十几名卫士悄悄离开京都,前往昭陵拜谒先帝和故长孙皇后。车驾行了整整三天,才到岚浮翠绕的九嵕山下。此时正是正午时分,五彩祥云时而攀上峰顶,时而飘落山谷,与浅蓝色的雾霭拥抱在一起,远远地可以听见跌落沟壑的飞瀑轰鸣。这一切,让长孙无忌浮想联翩,忆思漫漫……""如今,嵕山依旧,人已去矣,长孙无忌久久地望着伏虎般的山陵,不禁老泪纵横。"……

人性在皇权高压下的呻吟,人情在仕途多舛中的哭泣,写得那么动情,那么入情入理。

**给尘封的历史人物注入鲜活的情感血液,在人性的基点上寻找历史发展的逻辑层次,是作者极力追求的一种艺术表达**

武媚从感业寺回宫后深藏不露,以德报怨,委曲求全地到褚遂良府上拜师学书,她对褚遂良的尊敬、恭维,对其字的评价,一下子打动了他,使他有"知音"的感觉。这就为后来褚遂良在武媚册封为"昭仪"一事上的顺水推舟奠定了情感基础。

武曌最后还权李氏,"看着眼前几度被自己废黜的儿子,如今重新登上皇位,她心底五味杂陈,有着对过往的不舍,有着对命运的感喟,有着对早年的愧疚。""其实,坐在这个位子上的,应该是李贤才对。""往事如烟,一切都已逝去,一切无可追回。此时,她忽然地就想到那个曾经同自己姐妹相称,最后圆寂于西山的明霁,那是她到洛阳后,第一次在龙门山遇见她。显然,那一次明霁对她的变化感到很惊异和困惑。两人分手时,明霁留给她的话是什么,她想了半天,终于想起来了。明霁告诉她:'人生本是业报相续,无老死亦无老死尽。'莫非自己的今日,即是业报因果。'几所不作,未得所失',自己要早一天明白,也许不会有那么多人死去。"这些描写都是很精彩,很动人的。

作者对女性寄予深切的理解、认知和同情,对皇权至上的封建思想和世俗观念给予无情的鞭挞和深刻的批判。在众多无子宫中妃嫔、婕妤、才人被驱赶到感业寺削发为尼,为太宗皇上守灵从戒一节的描写中,字里行间充满了无限的伤感、凄婉、幽怨、悲恸和隐忍。作品中明霁的陈述,上官婉儿的孤凄,太平公主婚姻的不幸,几个皇妃王妃的遇害……都看得出作者对封建社会妇女的深深悲怜。

作者很注意在叙述的过程中,用隐喻、暗示、象征的细节设置和描写表现人物关系和矛盾冲突。例如李旦知刘妃和窦德妃觐见武曌而惊昏,打破玉砚,裂口不偏不倚,恰好从中间断成两片,伤口的裂痕如刀切一般。这些形象的描写,大大地增强了作品的艺术感染力和冲击力。

作者的知识储备是渊博而充足的,政体吏制、朝廷议事、佛学法界、诗词创作、文言骈体、古语修辞、书法史论、美术品鉴、皇宫的衣食住行、古玩瓷器、中医病理、针灸穴位、周易天象、节气稼穑等方面的情节设置、场景和人物关系描写,都显示出一个优秀的小说家应有的知识修养和艺术储备。

总之,这是一部具有史学骨骼、学术品质、传记色彩、文学精神的历史小说。我很欣赏。

(本文作者系原陕西文学院院长、研究员)

2014 年 11 月 22 日于长安古都大明宫遗址公园

# 目　录

# 第一章

## 英主托辅奔黄泉　武媚饮恨入禅院

贞观二十三年(公元649年)五月,正是小麦成熟的日子,京都长安却一连下了半个月的阴雨,从终南山飘来的乌云很快就覆盖了整个关中大地,哗啦啦的大雨倾泻而下,整个长安就像泡在水里,大街小巷弥漫着一股霉味。

坐落在终南山北麓的翠微宫,在雨雾中看上去比平时模糊了许多。廊庑下那些内侍省的太监、宫娥个个垂首而立,一副悲哀兮兮的样子。从含风殿里传出的浊重的呼吸,让他们的心绷得紧紧的,不敢有丝毫松懈。

他们怎么也不愿相信,去年皇上还雄心勃勃,遣右领左右府长史强伟到剑南道打造舰船,准备发三十万大军征讨高丽,怎么说病就卧榻不起了呢?

刚过知命之年的李世民睁开沉重的眼睑, 看着在榻前守护多日的太子李治问道:"这雨下了有些日子了吧?"

"过了端阳节就一直下下停停,大概有半月之久了。"李治脸上掠过依稀的痛楚应道。他说完这话就默默地站在一旁,看着病体日重的父皇,眼里含着酸涩的泪花。

自从父皇病倒后他就负起了监国的重任,内政、邦交、祭祀,不管多艰难,他都可以同大臣们商议排解,唯有这天雨,非人力所能左右。因此,在父皇焦急的询问中,他不知道该说些什么。

李世民示意近侍把自己的后背垫高一些,可一垫高,他立时就咳得胸闷气喘。太监王濛立即上前斥责近侍粗心大意,重手重脚。李世民摆了摆手,示意不干他事。

看着殿外阴沉沉的天,李世民情不自禁地长叹:"今年京畿之地歉收,上天以灾象谴朕矣!"

"此阴阳变化之故,父皇不必多虑。儿臣已命京兆尹敦促京畿各县,趁雨停之际抢收。前日京兆尹来报,说百姓已经将火炕腾出来烘烤麦粒。"李治在一旁安慰道。

李世民点了点头:"民以食为天,国以农为本,朕病疴染身,你当恭谨理政,不可掉以轻心。"

李治闻言忙道:"父皇,儿臣愿病患加于己身,以减父皇之疾。望父皇不要忧虑,安心养病。"

就在收回目光的当儿,李世民惊异地发现太子这些日子竟瘦了不少。前些日子,贴身太监王濛告诉他,太子因为忧心他的病体而食欲锐减,他闻此禁不住心疼。为当初长孙无忌等力主立其为太子而欣慰,为自己在立嗣问题上的举棋不定而愧疚。他这样想着,从心底涌出由衷的感慨:"你能孝爱如此,朕死无恨矣!"说完,他就把目光转向王濛,"司徒大人来了么?"

"陛下,长孙大人已在殿外等候多时了。"

"宣……他……进来,咳咳咳……"李世民咳了几声,说话有些断断续续。李治要上前为其捶背平喘,被拦住了。他一转身,就见长孙无忌已经跪在了病榻前。

"老臣参见陛下、殿下。"

李世民示意长孙无忌平身,又让宫娥赐座,用爆满青筋的手久久地抚着长孙无忌的手道:"朕这一病,朝政大事皆赖于司徒,你的头发也越来越稀了……"

未料李世民话未说完,长孙无忌竟泪如泉涌。惹得众人也泪水涟涟,悲不自胜。

长孙无忌的哭声蕴含了太多的意味。从隋朝义宁元年跟李渊举事起,他就几乎没与李世民分开过。那时他就发现李世民有雄才大略,便把妹妹嫁给了他。他与众人一起策划了"玄武门之变",诛杀了太子李建成,鼎力辅佐李世民登上了帝位。至今他仍然记得,当初房玄龄提出"存亡之机,间不容发,正在今日"的谏言时,他那句"吾怀此久矣,不敢发口,今吾子所言,正合吾心,谨当白之",这正是促成李世民下决心为社稷而舍私情的关键之语。

其实他也清楚,论出谋划策,他不如房玄龄、杜如晦;论统兵打仗,他不如李靖、李勣,但在贞观十七年图功臣于凌烟阁时,李世民却将他排在了第一位,这份皇恩让他一想起来便铭感肺腑。

"唉!朕宣爱卿进宫是有话要说,你如此涕泪怆然,朕还怎么开口呢?"李世民叹息道。

长孙无忌闻言,哭声戛然而止,他抬起头看了看一起流泪的太子,就什么都明白了。皇上在这时宣自己进宫,必是与托孤有关。因为他现在不仅是当朝宰相,而且当初太子李承乾被废后,是他力主立晋王李治为太子的。

这事发生在贞观十七年,转眼已六年过去了。李世民也越来越觉得立晋王为储,他们兄弟都会相安无事,如果换成魏王李泰或吴王李恪,皇家就无法风平浪静。

长孙无忌有时候也觉得委屈,因为朝野至今仍私下指责他主张立懦弱的李治是因为其乃妹妹的亲子。这是以小人之心度君子之腹啊,难道李泰就不是皇后亲生的么?他自觉如此是为社稷长治久安,问心无愧。

作为舅父,他也清楚李治的不足,所以总希望李世民龙体康健,好多传一些治国理政的经验和见识给太子。然而天不佑唐,皇上在这年五月就一病不起了。

其实,就算李世民不宣他,他也打算进宫拜见。最近他不断风闻太子私下与武才人过从甚密,这让他很是担忧。这样的事他也不好向皇上明奏,何况他还在病中。但他决定从武才人身上着手,平息这种议论。他擦了擦泪湿的眼角,就听见李世民对太子说道:"你先退下,朕有话要与司徒商议。"

听闻此语,王濛等人也自觉随太子退出了大殿。

见含风殿只剩下长孙无忌,李世民便把思虑说了出来:"爱卿可否记得,几年前李淳风曾为朕卜过一卦?"

"陛下说的是那'女主昌'的卦辞么?"

"正是!那次卜卦后,就有人向朕进了民间流传的《秘记》,说'唐三世之后,女主武王代有天下'。那时朕怀疑左武卫将军李君羡,他的封邑名中有个武字,又自称五娘,正应了那个卦辞,故而朕将其外放为华州刺史。孰料他与妖人相通,朕一怒之下斩了他,结果非但没有破机,朕的病反而加重了。"

见长孙无忌听得很认真,李世民又继续说道:"朕前些日子又传李淳风卜卦,他说'仰稽天象,俯察历数,此人已在宫中,为朕亲属。'依爱卿观之,此人该是谁呢?"

这话让长孙无忌心头"咯噔"一下,忙接过话茬道:"陛下之言令臣茅塞顿开,臣多日反复思忖,只是不知该不该向陛下禀奏。"

"你我虽为君臣,实乃兄弟,有什么话不能直说呢?"

"谢陛下赦臣大胆直言之罪。臣窃以为太史所言之人,乃宫中武才人。此人虽为女辈,却性情刚烈。陛下可还记得,那年得一名马,刚烈狂躁,朝野无人能驯。唯武才人说可驯之,并要陛下赐她三件器物——铁鞭、铁挝和匕首。铁鞭击之不服,则以铁挝挝其首,又不服,则以匕首断其喉。武才人固然聪慧,然阳刚之气正应了太史所言,她将来必会妨害大唐社稷。"

长孙无忌的直言不讳,让李世民很吃惊。这些日子,他不是没有想到这层,现在听长孙无忌一说,所有纷乱的线索都很清晰了,可要他对自己曾喜欢的女人下手,还是心存疑虑,毕竟那个"武媚"的名字是他惊艳之后赐予的。尽管后来因为那次驯马的狂言,让他第一次对她产生了厌恶,可要除掉她,他内心还是有些不忍。

李世民没有直接回应长孙无忌的话, 他疲倦地闭上眼睛道:"这事容朕想想,朕今日召卿来就一句话——朕来日无多,治儿性情温良,宽仁孝友,朕倘有不测,还望司徒能辅佐太子,护佑社稷。"

"臣身为司徒,又是太子舅父,护卫大唐江山责无旁贷,万死不辞!"及至离去之时,长孙无忌又是泪流满面,那样子让王濛看了都心碎。

可路过太子的安喜殿时,长孙无忌却见一个身影闪进了殿门。看那体姿丰盈的模样,不是武才人又是谁呢?这个野心勃勃的女人,在陛下重病的日子里也关心起龙驾的身后事了?长孙无忌的心头一下子又沉重了许多!不!过两天,等皇上精神好些,一定要重提"杀武"之事。这事关江山命运,他不能再有丝毫犹豫……

这本不是一个该流泪的季节,可大家的眼泪却像门外的雨一样多。武媚刚一掩上殿门,泪水就哗哗地涌出了眼眶。看着她脸上的脂粉被冲成一道道的,李治心里不忍,等宫娥和太监们退出去后,他就上前捧起武媚的脸缠绵地说道:"你为何又哭了?"

武媚抽动着肩膀道:"妾是忧心皇上的病啊!"

"难得你如此牵挂父皇,我心里十分感激。"

可武媚接下来的话却让李治不知道该怎样回答。

"皇上要是有个三长两短,妾就只有依靠殿下了。"

"嗯……今年这雨水为何这么多啊!"李治看着窗外,顾左右而言他,他知道武媚所言是他必须面对的现实。在父皇昏昏入睡之时,他曾向太医询问过父皇的病情,尽管太医说得很隐晦,但他还是明白了,父皇已病入膏肓,大去只是时间问题。这意味着他在不久的未来,将成为大唐的执掌者。可即便如此,他也无法确定能否保护眼前这个美艳年轻的女人。

他眯着眼睛看着武媚那双满含期待的眸子,觉得这双眼睛太迷人了,有种无法言说的诱惑。只要被她看上一眼,就注定无法走出她情感的迷宫。

他们是在贞观十八年一个落雪的日子相识的,父皇征调了十万多人亲征高丽,刚刚立为太子的他奉诏监国,在三省的辅佐下处理军国大事。

那是一个初雪的午后,李治阅看上表和奏章累了,在太监的陪同下到花园赏雪。

冬日的花园,卉木凋落,几只寒鸟在枝头瑟缩着,没过多久,他就觉得兴味索然。可就在这时,一阵清脆的读书声从雪中飘来,那声音温柔中透着刚劲,脆亮中含着忧郁。李治抬眼望去,就看见雪幕中那一缕耀眼的嫣红。

那红太惹人了,李治的眼睛顿时亮了,便向随侍的太监问道:"这是宫中哪位女子如此痴心地在这埋头读书?"

"她就是曾因驯马而震动朝野的武才人,今年二十六岁,进宫已经十二年了。"见太子询问,太监回答得十分详细。

"哦?"李治有些走神,他因为内心的悸动而脸上发热,本打算转身回殿,可不曾想武媚竟在他神情恍惚之际,袅袅婷婷地来到了面前。

"臣妾参见太子殿下!"

李治"哦"了一声,就感到一对热辣辣的目光投了过来,那目光仿佛一团火焰,融化了他肩头的落雪,又似两汪春水,汩汩流进他的心底。

四目就那么痴痴地对视,直到太监提醒,李治才蓦然觉出自己失态,仓皇间收回目光。武媚在身后柔柔地喊了一声"殿下",他的脚就再也挪不动了。

武媚捧起手中的书道:"妾近日在读《太史公书》,有些心得,都写在书眉了,请太子殿下赐教。"说罢,她将书放到李治的手中,然后施了一礼,转身就离去了。

风卷着雪花,吹起武媚润了毛边的斗篷,恰似春燕的翅膀,跃跃欲飞。望着她的身影融入雪幕,李治的心也跟着去了,只愣愣地说了一句:"如今宫中,似这样潜心读书的女子实在是凤毛麟角啊!"

后半天,李治的心思都随着武媚的读书心得徜徉了。他非常吃惊,一个久居深宫的女子竟对王朝兴废看得如此透彻,她在《始皇本纪》上这样写着眉批:

夫政之兴在人,政之废亦在人。秦四世而霸,据天下之雄图,摄制四海,运于掌握之内,穆公问政于百里奚,问贤于伯乐。始霸西戎,诸侯盟会;孝公用商鞅,变法图强,法性十年,道不拾遗,夜不闭户,山无盗贼;秦皇用李斯,并兼天下,四海为一。惜哉二世一朝,赵高肆虐,指鹿为马,纲纪大乱,遍国囹圄,赭衣载道,一朝倾覆,其亡也忽。嗟乎! 兴废于人,其然岂其然哉?

李治读着读着就出了声,心随文动道:"武才人,真奇女子也!"

然而,当他刚刚翻开新的一页时,却从书中掉下一张薄绢,拾起一看,却是她赠予自己的一段话:

　　殿下玉颜龙貌,气宇轩昂;温良恭和,宽仁德厚,乃帝王之资,人主之气也。性德凝寂,麋归心而不通;智地玄奥,感恩诚而遂显,乃社稷福祉也;妾身得遇殿下,实为枯木逢春,久旱遇甘霖,心邈邈而久仪,情纷然而思靡……

看那字体,刚健有力,颇有几分男子之气,然而,字里行间分明流淌着空有春色,不为人识的抑郁,于礼赞自己的辞藻中寄托了不尽的希望。李治屏退身边的宫娥和太监,迅速地焚烧了这些烫心的话语。

李治的情感顿然由欣赏转向了怜悯,他知道武媚的纠结都在那次驯马上,也许她的本意是要博取父皇的垂爱,却不料适得其反,从那以后,父皇就很少召见她了。

在这深深的宫苑中如被父皇冷落,就意味着一芳红颜将在寂寞中老去。李治觉得,这对武媚很不公平。

那天,李治在武媚的眉批后写了一段很长的话,从此也掀开了名义上两辈人,而事实上是两个青春芳华之人相知相依的扉页。

武才人总是避开太监和宫娥把自己的文章拿给李治看,李治看后也会予以呼应。数十日下来,两人都有了两情相悦的感觉。

事情的变化在贞观十八年的腊月,那天一整天李治都没有见武才人的影子,心里便不免空荡荡的,人也变得魂不守舍。那天他破例没有回寝殿陪伴太子妃,而是留在了明德殿。

在随便用了些晚膳后,他要太监和宫娥们到殿旁的暖阁去,不传唤不必进殿伺候。他手中握着文书,眼睛却看着暮色中的殿门发呆,就在这时候,一个身着男服的身影闪进了殿门。

是她! 她终于来了。

"媚!"李治在心里呼唤着她的名字,快步迎了上去。

仿佛一切是水到渠成,一切都顺理成章,无须任何的序幕和前奏,两个年轻人就拥抱在了一起。

那短暂的一个时辰是何等的刻骨铭心!他们将宫廷礼仪、名分和伦理都抛在一边,完成了灵与肉的交融。在情如泉涌,销魂荡魄的那一刻,李治觉得过去与太子妃的生活是多么刻板、呆滞和索然无味。

贞观十九年,秋天造访长安的季节,李世民率大军凯旋了。可曾为大唐社稷殚精竭虑,鞠躬尽瘁的魏徵却在这欢庆的日子里薨殒了。

大战告捷的喜悦与良相故去的悲痛交织在一起,李世民根本没心思对太子这几个月监国的行为进行详细的考察;他更不会想到,曾爱过也厌恶过的武媚,竟背着他夺取太子那颗宽仁的心。

四年的时间短暂而又漫长。明里,他们都自觉遵循着宫廷的藩篱,可暗里,武媚从来就没有离开过李治的情感世界。她荡漾在眸子里的秋波,总是在不经意间搅动着太子的心田,使他躁动不安,心猿意马。他无法知道他们之间究竟能走多远,而她却把自己的命运紧紧地系在李治身上。

现在,她需要李治给一个明确的答案。

李治不敢直面武媚往日炽热、而今却阴冷的目光,口中讷讷道:"只要我在,你无须担心。"

"殿下若是食言,妾定将你我之事公之于众。"武媚不满这种模棱两可的回答,之后,她又轻轻拉着李治的衣襟,说话的语气也明显地柔和了,"不过妾相信,殿下一定能够带着我走出艰危的。"

那芬芳使李治无论如何也拒绝不了这个女人的请求,他抚摸着武媚的长发道:"我一旦登基,你还愁没有出头之日吗?"

武媚望着眼前的太子,心中想——这句话说得还像个皇上。

然而即将走向生命终点的李世民既没有给长孙无忌诛杀武媚的机会,也没有给李治转圜的余地。

五月十一日亥时二刻,李治就被从含风殿过来的太监唤醒,说是皇上紧急召见,他的心一下子就悬到了半空。脚刚刚跨进殿门,就看见司徒长孙无忌、中书令褚遂良早已到了。太医署的几名太医正轮流为父皇诊脉,他们正双目紧闭,侧耳细听。

长孙无忌示意大家到外室说话。李治向太医令问道:"父皇的病究竟如何了?"

太医令无奈地摇了摇头，领着太医们跪倒在太子面前。

长孙无忌见此便道："你就说尚有多少时日吧！"

"若过得了子时，陛下也许……"

褚遂良正要接着问话，只听见身后传来一阵猛咳，宫娥们急忙上前为皇上捶背抚胸，只见一口鲜血从李世民口中喷出，染红了宫娥手中洁白的丝绢。

李治见状先慌了神，回身抱住长孙无忌道："舅父！父皇……父皇他……"

长孙无忌伸手为李治擦去泪水，脸上就多了许多庄重，话语中也带了几分责备："皇上以宗庙社稷托付殿下，殿下岂可效匹夫唯哭泣耳！"

李世民从昏迷中醒来，声音虽然微弱，但话语很清晰："朕方才与皇后相约于昭陵。皇后言道，朕去之前，需处置好后宫诸事。褚爱卿，拟诏：后宫妃嫔、婕妤、才人诸等无子者皆令出宫，削发禅院，为社稷祈福。"

李世民喘了喘，目光就益发离散了，无力的手伸到帷帐外，指着长孙无忌和褚遂良道："二卿近前来，朕今后事付与公等。太子仁孝，公等所知，善辅导之！"

李治在一旁听着，又禁不住柔肠九曲，一声"父皇"……就扑倒在李世民的榻前。他感到父皇的手拂过自己的发鬓，轻若浮风，早没有了当年的温热和力度。那可是一双曾挽弓仗剑的手啊！

他很忧虑，当父皇这座山倾倒之后，他能不能担起这万里河山。

李世民似乎感觉到儿子的忧恐，几乎只用太子一人可以听见的声音道："有无忌、遂良在，你勿忧！"

随后，他留给褚遂良的最后一句嘱托是——无忌尽忠于朕，朕有天下，多其力也。朕死，勿令谗人间之。

也许他预感到了什么，也许只有这样，他才能放心离开人间。

在儿子和臣下的注视下，他的脉搏慢慢地停止了跳动，两颊的血色也渐渐地褪去了……

长孙无忌从褚遂良手中接过遗诏，反复地看了几遍。他猜不透李世民的心思，一向从谏如流、果断刚毅的他为什么没听从自己的意见，向那个妖冶的武媚下手呢？他现在也只能用"人之将死，其言也善"来解释这一切了。

皇帝驾崩，天摇地动。诸事都等着去处理，他再也没有时间去深究皇上的心理，回身对王濛道："请公公速到掖庭宫宣诏，令后宫妃嫔、婕妤、才人等无子女者即日出宫出家。"

……

感业寺位于长安西北,寺后不到五里,就是汤汤渭水。山门坐北向南,远衔苍茫秦岭,上悬"感业寺"三个鎏金大字,潇洒俊逸,颇有王羲之的风骨,据说是皇上的笔迹。

入得寺门,修竹繁茂,古树参天,曲径通幽。主殿巍巍居中,供奉着如来与各路菩萨;两边的偏殿供奉着四大天王、十八罗汉;早课房、说经坛、藏经楼等,构成一个占地三百多亩的庞大建筑群。

一大早,悠悠的钟磬声从大殿内传向远方,迎着太阳从遥远的天际冉冉升起。朗朗的诵经声打破了晨间的寂静,使每个走进它的僧尼或香客,都顿然产生一种朝圣的庄严感。

秉承遗诏,鸿胪寺崇玄署的官员早在李世民驾崩的那天凌晨,就飞马将"宫中妃嫔、婕妤、才人等无子女者发归禅林"的消息通报给了寺院住持明镜法师。

五月二十六日一大早,她就率尼姑们在法堂等候。

明镜已经老了,一脸的皱纹,目光看上去有些呆滞。皇上的妃嫔婕妤中无子女者落脚到寺院,这不是第一批,她自己就是隋宫中的婕妤。触景生情,她的心便泛起无言的酸涩。虽说禅林静处,修得正果也无不可,可作为女人,若有一线生机,又何必到这里孤守青灯呢?

这念头一闪现,明镜就有了一种亵渎佛祖的负罪感,她忙抬了抬已经松弛的眼皮,对侍立在身边的明月道:"到寺外去看看她们到了没有?"

明月还很年轻,整日的坐课诵经还没有褪去她脸上的青春。她匆匆来到寺外,远远望去,山门外的大道上,浩浩荡荡地来了十几辆车驾。

"哦! 又是一群可怜的女人。"明月轻轻地叹息着,眼圈也红了。

其实,真正伤心的还是坐在车驾里的女人们。她们一个个都以泪洗面,说不清的惶恐和酸楚。她们中有人被皇上宠幸过,却一直腹内空空,生不了维系自己命运的皇子;有的数十年来连皇上的面也没见着。当此时刻,她们都明白,从此以后,她们将在寺内终老天年,不会再有风月之事叩问心窗了。

武媚的车驾走在车队靠后一段,身边是三个平日里为争得皇上的宠爱明里冷眼,暗斗心机的美人,直到坐上了这车驾,她们仍为过去的纠葛而耿耿于怀。

武媚心里有些瞧不起她们。她们太浅薄,只知钩心斗角,耍小心眼,哪里懂得做一个真正的女人呢?

　　一路上，武媚没有和她们说过一句话，甚至都懒得看她们一眼，只是低着头想着自己那些被爱和恨炙烤的心事。

　　追忆这十二年的日子，她觉得自己幸运多了，从十四岁进宫，她就受到皇上的宠爱，这一半来自自己对皇上雄才大略的崇拜。当年她从父亲口中听到皇上的传奇故事后，就对能生活在他身边产生了强烈的向往。她不像别家的女儿，等待着圣恩沐浴，她要抓住一切机会，把自己最美丽的一面展现在皇上面前。

　　另一半则源于李世民对武媚聪颖的刮目相看。李世民把宫内藏书给她看，她不但看了，而且能对许多事情做出自己的评判；李世民喜欢写字，尤其喜欢王羲之的书法，就要武媚也临写《兰亭序》，她不但写了，而且几于乱真；李世民喜欢战马，她就学骑马，而且信誓旦旦地声言可以驯服烈马。

　　可李世民最终也没想要晋升她进入婕妤的行列。才人算什么呢？虽说官阶为四品，可在后宫，它属于中下之级。

　　从结识太子那时起，她就暗暗恨着如今躺在棺椁里的李世民。在被告知将要发送寺院的消息后，她更是恨得把被角都咬烂了一块，心里暗暗发誓——武媚若有出头之日，定要让这大唐社稷天翻地覆。

　　她也埋怨李治的优柔寡断。

　　王濛到掖庭宫宣诏时，声音尖细、严厉、冰冷。这是褚遂良事先安排的，他就是要告诉武媚，从此打消再回皇宫的念头，好好做一个早晚诵经的女尼。

　　武媚不知道这些，她仍希望李治在这时候能出面留住他。在其他妃嫔们嘤嘤饮泣时，她走到王濛面前，提出要见新皇上的请求。王濛的眼角不经意地流露出鄙夷和轻视，他懒得回答她，转身就上了回宫的车驾。看着王濛的背影，武媚把牙齿咬得"咯咯"响。

　　"感业寺到了。"耳边传来崇玄署威仪使的声音。

　　在羽林军的督促下，武媚和后宫的女人们收拾好随身的物品下了车，她的目光穿过人群，就看到山门前站着许多迎接的尼姑。直到这时候，她满腹的怨恨才渐渐被一种惆怅的自哀所取代。

　　她在心里呼唤着李治，却已潸然泪下，泪水打湿了手中洁白的丝绢。那丝绢上面绣着一双劳燕和垂柳，这是她打算送给李治的，如今却做了自己的陪伴。

　　在即将迈进寺院的大门时，武媚禁不住回头望身后的长安，心想："皇上！你可还记得武媚吗？"

五天后，明镜法师在法堂举行了庄严的受戒仪式。武媚一身素衣进了法堂大门，低着头跪在明镜法师面前。

明镜毕竟是有过阅历的大师，当她要武媚抬起头听诫时，很快就从她那双秋水中捕捉到了一种不安分。她足足看了一刻时辰，才平静地说道："武媚听诫。佛者，觉也；法者，正也；僧者，净也。自心皈依觉，邪迷不生，少欲知足，离财离色，名两足尊。自心皈依正，念念无邪故，即无爱著，名离欲尊。自心皈依法净，一切尘劳妄念虽在自性，自性不染著，名众中尊。你可愿遵从？"

"徒儿愿意。"

明镜法师接着又说："佛家有五戒——不杀生、不偷盗、不淫邪、不妄语、不饮酒。"法师问一句，武媚答一句。可说到"不淫邪"时，武媚心里顿了片刻，就起了疑问，何谓淫邪？孟子曰：食色，性也。又曰：窈窕淑女，君子好逑。两情相悦，人之性也，为何说是淫邪呢？可她明白，现在不是辩解的时候，于是她重重地点了点头。接下来的其他戒律，对她来说都是可以忍受的。

"既是愿意受戒，自当为我佛门中人。本住持就赐你法号明空，从此，红尘之武媚不复存矣！你当静心修行，早成正果。"明镜法师说完，转身吩咐侍立一旁的明月，"为她剃度吧。"

明月知道，此刻是女人心里最痛苦的时候。她捧着剪刀和剃刀来到武媚面前时，轻轻地说了一声："你静心些，过一会就没事了。"

面前的武媚却分外的安静，没有表现出任何悲哀的神情。明月心里有些惊异，便知这女人小视不得，剃刀在手中也不听使唤了。

这一头秀发曾赢得了两代皇上的宠爱，陪伴她度过一个个幸福的时刻，武媚心里又怎么能不珍爱呢？女人没了长发，还是女人么？可她打掉了牙往肚子里咽，绝不让人看笑话，反而安慰明月道："师姐不必犹豫，既入佛门，自当削发剃度，了绝尘缘，明空毫无牵挂。"

受戒的仪式整整持续了一个时辰才结束。武媚回到住处，打开包裹，翻检从宫中带出来的衣服，一件件靓丽鲜艳。尤其是那件石榴红的裙子和玫红色的披风，是先帝东征期间太子暗中赠送的。那是他们第一次暗合，也让她感受到殿下的宽仁温存，她被冷落的忧伤终于在太子那里获得了抚慰。

可现在这一切都用不上了。昨日，与她同舍的明月告诉她，现在穿在身上的衣服叫素衣，是专为尼姑缝制的。穿了它，心就离红尘远了，一心向佛，清静无尘，才能修得正果。

这些话武媚不爱听，即使在她受戒，跪在法堂的那一刻，她的心也不曾有丝毫的平静，她依旧深深依恋着昔日的太子，当今的皇上。

女为悦己者容。她不知道什么时候皇上才能再看到她的艳服玉钗，花容月貌。武媚一下子扑到床上，嘤嘤地哭了起来。

……

风云一世的太宗到昭陵陪伴长孙皇后去了。

九嵕山因为一代帝王的"入驻"而显得更加巉嵯崔嵬，岚浮翠绕。"因山为陵"开创了帝陵形制的先河，也标示着"贞观盛世"已渐行渐远了……

太宗葬礼后的六月初一，在长孙无忌、褚遂良等辅政大臣的主持下，李治举行了盛大的登基典礼。

尽管此前有过监国的历练，可坐在太极殿每日问政听奏，批阅书表，对李治来说仍是一种全新的生活。他现在很忙，也很勤政，登基没多久就一连发出几道诏书，布告朝野——朕初即位，事有不便于百姓者悉宜陈，不尽者更封奏。

李治言出即行，将太宗晚年的"三日一朝"改为"一日一朝"，从内宫传出的消息说，他每天接待的各路官员达十数人之多，询问着开辟清明新政的良策。

但言路一开，也不免鱼目混珠。这天李治从众多的上书中发现了一件由洛阳人李弘泰写的举报，指称长孙无忌谋反，这是通过中书省转呈给李治的。

褚遂良十分佩服先帝的英明，因此，当李治要他甄别真假时，他没有任何犹豫就回道："陛下，此乃奸人诬告，长孙大人自随先帝以来，忠贞不贰，天日可见！"

李治的眉宇间也藏不住怒气："爱卿所言，正合朕意。依爱卿之见，是否追查幕后主使？"

"先帝将辅佐陛下的重任托付给长孙大人，必引起朝野奸佞妒忌。眼下陛下刚刚即位，朝纲待整，若兴师动众，必致人心大乱，正中奸人下怀。臣以为可将李弘泰正法，亦可震慑敌胆。"褚遂良建议道。

十一月，李治诏令大理寺会同刑部对李弘泰严加审理，以诬告之罪将其斩首。接着，又下诏封长孙无忌为太尉，位列三公之首。

对皇上的擢拔，尽管朝野有人认为长孙无忌之所以如此得到重用，全凭是皇上的舅父之故，可大部分朝臣还是从皇上的从谏如流，勤政怀民中得到了很大的鼓舞。

可眼看时近腊月,长孙无忌、褚遂良等人却发现李治对几位辅政大臣关于册立皇后的奏章搁置案头,心里便有些不解。一日早朝后,朝臣们纷纷走出太极殿,发现天空下起了纷纷扬扬的大雪。褚遂良紧走几步,赶上长孙无忌说道:"如此瑞雪天,大人可有兴致围炉饮酒一杯?"

长孙无忌明白褚遂良是有话要说,于是停下脚步问道:"那中书令大人欲往何处?"

"哈哈哈!难道大人想藏着府中佳酿独自享受么?"

长孙无忌也笑了笑道:"大人何时见过我小气?"说完,两人遂上了车驾。

好在他们都居住在崇仁坊,且相距不远。进了高大的坊门,街两边都是商铺和酒肆;酒旗飘飘,店幡高扬,街上人头攒动,熙来攘往,其间有不少异域的游人。尽管百姓们见了官员的车驾,都自觉地让在两边,但他们还是放慢了速度。

到了长孙无忌的府第,他吩咐夫人准备酒菜,然后两人就在客厅里对饮起来,三杯美酒入腹,褚遂良的话就多了。

"陛下将我等册立皇后的奏章搁置,不知是何意啊?"

长孙无忌放下酒杯,却在空中停了箸头,听完了褚遂良的话,也不觉应道:"这也正是我纳闷的。"

"莫非陛下对太子妃不中意?还惦记着那个武才人?"

长孙无忌叹息道:"依我的意思,当初就该杀了那个惑乱君心的武媚,可先帝偏偏在弥留之际留下一道诏书,让她遁入空门,往后再要怎么样就棘手了。"

"先帝将陛下托付给我们,下官是如履薄冰啊!可即便如此,也不能由着陛下的性子来啊!"褚遂良有些担心。

"我也是如此想,太子妃是先帝亲自选定,立为皇后,上慰先帝,下合礼制。"

"有消息说,自武才人去了寺院后,陛下是常常传萧淑妃进宫呢!"褚遂良又说道。

长孙无忌沉吟片刻后道:"不管萧淑妃现在怎样,眼下只能立太子妃为后。虽说太子妃目前无子,但我已有打算,准备将后宫刘氏之子李忠过继到太子妃膝下,这个太子妃与刘氏皆无异议。事关社稷存续,你我不可踯躅彷徨。"

褚遂良十分佩服长孙无忌的虑事周密,他举起酒杯,由衷地说道:"大人高明!明日早朝之后,约上李勣,就立后之事协力奏明皇上,务必在正月举行立后大典。"说罢,他就起身告辞了。

长孙无忌送到府门外,发现雪下得更大了,街巷都铺满了银色,好多店铺也早早地打了烊,街道上少了往日的喧嚣。

人世总有许多的无奈,各有各人的忧伤。

坐在龙案边的李治不能闲下来,一闲下来就被无尽的烦恼所缠绕。在先帝最后的日子里,眼看着自己心爱的女人被发配寺院,作为当朝太子却一筹莫展。

这大半年来,他几次动了要前往感业寺的念头,可事到临头,他就踟蹰退缩了。

刚刚即位,百事待举,在众目睽睽下去看一个先皇的才人,朝臣们会怎么看?别人不说,仅舅父这一关就过不了。他也明白,至少现在要堂而皇之地把武媚从寺院内接出来是很不现实的。

不过除了武才人,他也钟情于萧淑妃。这不仅是因为她生了一个皇子,两个公主,更因为她没有王皇妃的矜持与刻板。她的美貌和纤柔常常让李治将王皇妃惹起的烦恼转化为相拥交欢的醉悦。何况,她是前朝皇家后裔,生于名门望族,哪一点都比王皇妃强。

太尉和中书令的奏章在案头放了多日,他一直没有批。但是,今天他不可能拖下去了。朝会一结束,李治刚回两仪殿,长孙无忌、褚遂良和李勣就跟着进来了。他知道他们是为何而来,却仍然问道:"朝会上诸事均已议定,卿等何事,非要到两仪殿来见朕不可呢?"

长孙无忌撩了撩袍袖,清了清喉咙说道:"陛下,臣等日前所奏,谏立皇后之事,不知陛下考虑得怎么样了?年近岁尾,臣……"

"这……"李治环顾了一下几位近臣,见一个个正襟肃穆,便挥了挥手道,"朕初临朝,政事烦累,立后之事,待以后再说吧……"

"陛下!"褚遂良不等李治把话说完,就接过话茬谏道,"后宫之安,关乎社稷,请陛下速做决断,以安天下臣民之心。"

李治听了这话就有些不耐烦了,道:"立后本属家事,朕自有分寸,何劳卿等费心,你们退下吧,朕要批阅奏章了。"说罢,他便低头翻阅案卷,把大家晾在一边。

这态度顿时惹起长孙无忌的不快,虽在行为上仍拘于君臣之礼,但说出口的话却是重了不少。

"陛下此言差矣！皇帝何言家事？"因为是在内殿，他的话语中暗含了长辈的教诲，"先帝弥留之际，榻前殷殷相托。今后宫无主，先帝泉下有知，岂非治臣等疏于职守之罪？陛下又怎么面对先帝呢？"

"太尉言重了。后位册立迟早何碍于江山？"李治还是不愿谈及此事。

褚遂良又跪下劝道："太尉之言，亦臣肺腑之言，请皇上早立中宫！"

李勣也跟着褚遂良跪倒道："立后虽系陛下家事，然自古以来，家宁国兴。何况陛下衽领山河，袖系国权，实家国难分矣。请陛下早立中宫！"

李治看着跪倒在面前的三位大臣，笑了笑道："卿等今日是要逼宫么？不怕朕治你等忤逆之罪？"

可长孙无忌毫无惧色，目光直视李治道："为社稷而死乃大忠。陛下纵然将臣等火焚鼎烹，亦难动摇臣等尽忠报国之心。"言罢，他挺起身子，一副不怕死的样子。

大殿里的气氛顿时紧张起来，李治不免有些尴尬。且不说其他两位，长孙无忌乃亲舅父，甥舅龃龉，传将出去势必动摇人心。他起身来到丹墀，一一扶起三位老臣，话中就含了责备的意思："卿等今日这是为何？有什么话不能好好说么？"

长孙无忌脸上的肃然渐渐退去，他站起身，装着样子拍了拍膝盖道："这么说陛下是恩准臣等的奏章了？"

李治叹了口气道："朕又何尝不想早日立后呢？只是王皇妃进宫以来，一直未能为朕生下一男半女，她掌管后宫，只恐难服人心。"

"此事不劳陛下多虑，臣已托上安公主说服刘氏，将陈王出继给王皇妃。如此，皇后有子，国不愁无嗣，大唐将永享万世，岂非两全其美？"

长孙无忌这番话让李治再无推脱余地，他回到龙案前道："难得众位爱卿忠贞为国，朕就准了卿等所奏，立王皇妃为后。择定孟春吉日，于太极殿举行立后大典。并命太史推演阴阳，勘定改元年号。"

长孙无忌、褚遂良和李勣闻言，同声高呼道："陛下圣明！"

虽说此事遂了众臣的心愿，可李治心中却是五味杂陈，说不出是什么感觉。王皇妃、萧淑妃、武才人的影子轮番在他脑中摇曳，望着三位大臣的背影，他忽然觉得很累，便仰面躺在龙椅上，口中讷讷道："何谓圣明？朕连女人都不能亲选，这能叫圣明吗？"

# 第二章

## 黄卷不锁红尘梦　宫烛犹照寂寞心

转眼又逢五月,依旧是农家的麦收季节,依旧是荷池碧叶亭亭的初夏,只是朝廷元改历新,人事焕然。天气分外晴好,一连数日骄阳高照,热风漫野,京畿周围麦浪滚滚,一片金黄的世界。就在这丰盈和沉实的季节中,唐廷迎来了太宗的祭日。

五月十一日,李治亲率三省六部的大臣到太庙举行了盛大的祭典,献牺牲,颂祭文,行三叩九拜大礼。慎终追远的氛围使他再度回想起贞观的辉煌岁月,思考着自己未来的责任。五月二十六日,他又将亲往感业寺,参加由明镜法师举办的法事,为父皇的在天之灵祈福,为大唐享国长久而祝祷。

端午节后,鸿胪寺遣崇玄署令来感业寺宣达皇上的旨意时,尼姑们刚刚做完早课,捧着经书正准备散去。他的到来引起了武媚的关注,她猜想朝廷一定有重要官员要来寺院,但会是谁呢?是褚遂良?还是长孙无忌?在宫中时,这两个老儿对自己最挑剔。那个长孙无忌甚至还当着太宗的面,责备自己举止张扬,难保他们不进谗言,抹杀自己在当今皇上心中的美好印象。

武媚想到这里,转身便向藏经楼走去。近几个月来,她已经抄完了《华严经》,准备借《解深密经》来读。

藏经楼在寺院后面的松柏林旁,武媚沿着种满兰草的小径缓缓地朝前走着。如今也正是兰花开放的时节,淡淡的清香沁人心脾,驱散了她方才荡起的淡淡忧伤。

武媚俯下身子,小心翼翼地摘下一朵兰花,放在鼻翼间贪婪地嗅闻着。她的举止很快引起了不远处正在修剪花草的明远批评:"明空,你干什么呢?出家人第一戒就是不杀生,你怎能把好好的花摘下来呢?"

武媚皱着眉头瞪了明远一眼,心中埋怨,却并不多做理论,便继续朝前走去。过了前面一个拐角,一座两层高的建筑就出现在眼前,碧玉的琉璃瓦与粉白的墙壁在阳光下灼灼耀目。登上二楼,褐红的门半掩着,在这值守的明霁远远地看见武媚,出来迎接道:"明空师妹来了,快进来吧!"

武媚进了门,呼吸着那诱人的檀香味道:"多谢师姐。"

明霁接过《华严经》,将其放回经柜,然后两人就在蒲团上坐着说话。

"你都看完了?"明霁问道。

"嗯,我看完了。"武媚点了点头,随手从袖中拿出一卷手抄的经文,"烦劳师姐看看,可有疏漏错谬之处?"

明霁接过抄卷慢慢展开,立刻就被武媚那一手小楷惊呆了,一笔一画,一丝不苟,显然是用了心的。她抬头痴痴地看了武媚好一阵子,才由衷地惊叹:"明空,你好用心啊!我佛有灵,当赐福于你。"

武媚叹了一口气,只是默默地喝着茶。

在这个寺院里,有谁能理解她的苦衷呢?一年来,她都是在思念和期盼中度过一个个遥夜的。她人在空门,心却在红尘,她忘不了与李治在一起的那些销魂酥骨的日子。去年六月初一,李治举行登基大典的消息传到寺内,她伤心地哭了。年底,又传来立了王皇妃为后的消息,她彻夜不眠,辗转反侧,诅咒上苍无眼,怎会让那个平庸的女人做了皇后?

她觉得日子过得太慢,似乎没有尽头。白天忙忙碌碌还好说,夜晚最是难熬。开始,她是守着窗外的星星打发时光,可越数就越不能入眠;后来,她干脆就不睡了,拿了《华严经》来抄。她的字是经过太宗亲手指点的,风骨昭然。她又是个有心人,看了褚遂良、虞世南等人的字就细细揣摩,很快就入境了。果然,一俟抄起经书,她的心倒安静了不少,而且对经文的含义也益发熟稔了。

明霁比武媚大几岁,对她的事也有些了解,在续了茶之后问道:"师妹如此聪慧,抄了一遍经会有不少心得吧?"

"也是一知半解吧。"武媚呷了一口香茗。

"依贫尼看,抄经也算'行者之功'。我佛'一切万法,唯识无境',是以一切外境皆是诸识所变现的相分。因此诸尘境界、山河大地、有情无情,皆是此识所变现者,并无实体。能如此认识,则了达自心,不迷于境。能如此修为,则必渐次断除烦恼,心得解脱而不为境所转。"明霁慢慢说道。

"还是师姐解得深。佛经说,人生世间,有六烦恼,即'贪、嗔、痴、慢、疑、恶见',我反复体味,六恼其实也就是两恼,一者'欲'也,一者'情'也。去'欲'

则行善,去'情'则心宁。行善而心宁,断无烦恼缠身。"见师姐谈起佛理,武媚也接道。

明霁点了点头:"师妹果然冰雪聪明。我佛慈悲,度你入慈航慧海,必能成大器。"

闻听此言,武媚掩口笑道:"道理虽是如此,可真的要做到'断惑证真,达于无为之境',又谈何容易?"

她这么说着,却见明霁的眼角渐渐湿润。她不免有些疑惑,问道:"师姐这是怎么了?"

明霁讪讪地笑了笑道:"还是师妹说得对,断绝尘缘,殊非得已啊!"

明霁师姐心中一定藏有许多的惆怅,今天我得好好跟她说一下心里话。武媚起身去把半开的门全掩上,又续了茶水,才回到座位上。这时候,明霁的心情也平静下来,不好意思地笑了笑。

武媚见此忙道:"都是明空不好,惹得师姐流泪。"

明霁摆了摆手道:"不关你事,是贫尼想起了早年的一些事情,因此伤情。"

武媚将身子朝前挪了挪道:"师姐若是不见外,不妨讲来听听,也许这样心里会好受些。"

这明空不同于其他尼姑,她善解人意,可以抛开刻板的教义谈论内心的真实想法,是个很不错的人。明霁这样想着,望了望窗外开得正盛的石榴花感叹道:"但凡在尘世有一线生机,我等又何须在空门孤灯相守呢?"

武媚并不打断她的话,只用一双忧郁的眼睛看着她,听她慢慢地追怀那段尘封已久的记忆。

明霁的老家在并州,童年是在祁县度过的,那时她的父亲正好任祁县县令。十六岁时,她已出落得亭亭玉立,明眸皓齿。她自幼喜读诗书,父亲也教她儒家经典,让她知书达理,早日嫁个如意郎君。谁知她却被书中那些男女相恋的故事搅乱了一颗春心,在后花园荡秋千的时候,心里都在想着墙外有没有俊公子走过。有时候,她在绣楼里做女红,会忽然咻咻地笑起来,心问不知将来哪个有情男儿会穿上自己的针线。

那年清明节,她唤了丫鬟和家院去踏青。柳枝柔柔,草色青青,跟随着紫燕的翩跹漫步在香尘弥漫的阡陌,她被撩拨得心花怒放。她追捕着飞过墙篱的蝴蝶,却不料一个闪身,手中的丝绢随风飘到了一个公子的肩头。双眼对望的那一刻,明霁惊呆了,天哪!世间竟有如此的美男子,那模样不正是梦里千回看见的么？

那男子手捧着丝绢，目光穿过前面的柳枝，直直地看着面前这位姑娘，及至发现自己失态时，耳根不免有些发热，他走上前来问道："这是小姐的丝绢吧？这一对燕子绣得真是栩栩如生，在下物归原主。"

"多谢公子！"她觉得心跳有些慌乱，像怀揣了一只兔子。

"小姐的燕子绣得活灵活现，若是有诗相配，岂不更美？"那位公子见她没有拒绝，便吩咐书童拿过笔砚，顷刻间，一首心语就跃然绢上——

> 花上蝶对舞，绢中燕双飞。
> 缕缕知君意，相偕不须归。

看到此诗，明霁就这样把他装进了自己的心里。后来，她打听到那位公子就住在文水县城的另一条街上，就常常差丫鬟暗中向他索诗，并绣在自己的小物件上，又让丫鬟送了回去，然后就是盈满蜜意的等待。

这样的爱来情往持续了大约两年，终于被公子的父亲发现。身为将军的他勃然大怒，不久，明霁的父亲竟在一个漆黑的雨夜不明不白地死在了县衙的院内。衙役们赶到家里通报时，父亲的尸体已被雨水浸泡得面目全非了。

明霁的心被撕扯成碎片。如果不是清明的邂逅，横祸如何会上门呢？如果没有那些要命的诗，也就不会有家破人亡的惨剧。可这些都不能动摇她对公子的爱，她相信只要坚持，就有希望。

可是几天之后，公子遵从父命，将绣有诗句的那些丝绢退还给了她，并附了一首冰冷的诗——

> 炭冰岂相容，蒿芷难共生。
> 自兹断袍去，今世不再逢。

从此，她的心就死了。她绝望地孤身一人在世间茫然独行，不知何处是家园，何地是归宿。一天，她梳洗整齐之后，从容地投进了城外滔滔远去的河水，却不想被从这里路过的明镜救起，带进了寺院……

因为过于感伤，明霁的肩膀剧烈地颤抖着，她不得不背过身去平息自己的情绪。过了好一会儿，她才转过身来，不好意思地笑了笑道："只是想起了往事，不过自那以后，我就不相信世上再有真情男子了。我现在已是心如止水,只求禅中有静,静中有禅,早日找到出世之谛。"

这故事听得武媚泪光盈盈,而满脑子都是李治的影子。贵为皇帝的李治都不能理直气壮地与自己相爱,遑论一个将军的儿子?世间的男人都是这样的薄情么?她自始至终没有说自己也是并州人,因为她十四岁就来到了长安,话语中都是长安口音。

看着时候不早了,武媚拿了一本《解深密经》离去,到楼下时,回看凭栏相送的明霁,一种顾影自怜的心境油然而生。

她一回到斋舍,明月就迫不及待地跑来道:"明空!你知道吗?皇上要到寺内做法事呢?"

武媚心里打了一个激灵,急问道:"是谁告诉你的?"

"老住持啊!她要寺内上下洒扫庭除迎接皇上呢!而且为了皇上的安全,羽林军还在周围布满了岗哨呢!"明月又道。

可武媚的目光却黯淡了,轻轻道:"皇上来不来跟我们有何关系呢?我们还不得每日坐课诵经。"

"你这是怎么了?那些从宫里来的女人们听说皇上来了,一个个喜形于色。你倒好,态度冰凉冰凉的。"明月有些不解地问道。

武媚没有答话,径自回到自己的床前想着心事。明霁与明月简直有天渊之别,一个是水晶般的晶莹剔透,一个却是石头般的缺乏慧根。不过明月整天乐呵呵的,倒是可爱,可偏偏话说不到一块。难道她真的把这佛门当成今生的归宿了么?

明月也觉得和一个冰冷的女尼在一起很无聊,听到外面有人喊她,便匆匆忙忙出去了。屋内只剩武媚一人时,她那锁不住的情感便像激流一样翻腾起来,浑身也跟着燥热。她终于明白,世上有些事看似淡远了,可只要一个契机,它就会很快复苏,重新长成葳蕤的春草。她忘不了李治,她在心里祈愿他是为自己而来的。

她打开靠墙的箱柜,拿出许久不穿的服饰,才人在宫中属于正四品,服饰是太宗赐的,配着绛色或黛色的腰带、披肩和长流苏。头饰也是专为四品才人打造的,以祥云环绕的五尾凤簪。多少次,当她穿着这些衣服风情万种地出现在李治面前时,她看到的是他迷离的目光,如醉如痴的模样。

可如今,物是人非,铅华不再,这些衣裳自然是沉于箱底了。一头乌发也早已剃度,凤簪没了依傍,又如何能展翅呢?她不敢想象,皇上见了她这副模样会做何感想。万般思绪,此刻都化作了她口头的诗句——

看朱成碧思纷纷，憔悴支离为忆君。

不信比来长下泪，开箱验取石榴裙。

武媚吟着吟着，又潸然泪下。正欲取纸笔记下这字字含血的诗句，却听见衣柜里传来窸窸窣窣的声音。她低头看去，却是一只硕鼠不知何时钻进了衣柜，将李治当年送给她的披风咬了几个破洞。她顿时蛾眉凝结，怒火填膺，一把抓住老鼠狠狠地摔在地上，用脚连连踩了好一会儿，才舒了一口气骂道："你可知咬了何人的衣物么？你可知逆我者的下场么？"

明月从外面进来，看见武媚极度扭曲的面孔，整个人就木然了，及至看到地上的老鼠，更是吃惊地问道："明空，你不知道出家之人不能杀生么？"

武媚恨恨地从牙缝里挤出几个字来："与我为敌者，必如仓鼠，死无葬身之地。"

明月不敢再接话茬，拿了扫帚一边清扫一边道："住持正传你问话呢！"

武媚回身看了看明月便出了门，她没有想到，明镜法师会带来一个让她命运出现转机的消息。

……

眼看五月二十六日一天天临近，李治的心也越来越焦躁。虽然他暗地让贴身太监李荣去了一趟感业寺，曲折地表示了要单独见武媚的意思。可他知道，要真见上一面也不容易。虽说李荣回复说明镜法师已知会了武媚，但长孙无忌、褚遂良等老臣一个个瞪眼盯着，后宫的王皇后与萧淑妃更是虎视眈眈。

辅政大臣们可以逼李治立王氏为后，却无法遏制他的偏宠。他把所有的爱都给了纤弱、聪慧、美丽的萧淑妃，在武媚在禅院苦熬的日子里，他夜夜传萧淑妃到甘露殿侍寝，在她身上寻找当初与武媚缠绵的感觉。萧淑妃也是个善解人意的女子，她不断变换花样迎合李治的情欲，而王皇后只能独守空房，度过一个个寂寞遥夜。她也是女人，更需要皇上的慰藉。可李治就是不宠幸她，她也奈何不得，便只有把这一腔怨恨都倾泻在萧淑妃身上。

这种积在心头的怨恨，终于在三月皇后亲桑那天爆发了。王皇后凭借手中权力，斥责萧淑妃违背圣意，怂恿家人糟践百姓；萧淑妃也不相让，反唇相讥王皇后怀不上龙种。王皇后觉得脸上无光，回到京城，就跑到皇上面前哭哭啼啼。李治非但没有责备萧淑妃，反而怒斥她心胸狭小，不能母仪天下。那天,王皇后回到清宁宫整整哭了一夜。当值太监把这个消息禀奏给李治,他也自觉有些过分,于是升迁王皇后的舅父柳奭为中书侍郎。

李治无法知道王皇后得知他在感业寺见武才人会是怎样一种心境,不知她会不会像对萧淑妃那样醋意大发,甚至说出一些极不得体的话来。他抬头看了看伺候在身边的李荣,便问道:"若皇后对朕去见才人心生埋怨,你说该如何是好?"

李治在东宫做太子时与武才人之间那些枝枝节节李荣都知道得一清二楚,所以才会让他去知会明镜法师。他正在整理文书奏章,听闻陛下问话忙回道:"才人乃先朝之人,曾恩宠有加,皇上借法事之际探视抚慰,于制于理都不为过,皇后贤惠大度,断不会不顾大局触怒龙颜的。"

"朕本不想与皇后同去,然又恐违逆先帝之意愿,也有违于制。倘若太尉、中书令和中书侍郎问将起来,朕也无法回答。"李治又说道。

"陛下,臣有一句话不知当讲不当讲……"

"朕就是要你出主意,你还啰唆什么?"

"依臣之见,既然宗庙祭祀是国事,劳动了朝野公卿,那法事就该是皇上家事了,无须再劳动各位大人,若只皇上与皇后同去,诸事自不难办。"

"嗯,你所说正合朕意。传朕口谕,五月二十六日,朕将携皇后前往感业寺,只需崇玄署令随从即可。"

宣完诏令后,李治的心才轻松了些,看着天色不早,便放下案头公务,对李荣道:"移驾清宁宫,朕也有些日子没去看皇后了。"

"遵旨!"李荣一脸的喜色,朝着殿外喊道,"皇上移驾清宁宫!"

太阳渐渐西斜,五月的阳光,金色中透着白炽。殿外的大树枝头,叶子懒懒地挂在树梢上。王皇后望了一眼栖息在浓叶深处的两只倦鸟,眼里噙满忧伤的泪水。

这些日子,她一直失眠,常常在深夜醒来,之后就睁着眼睛呆坐到天明。久而久之,她又染上了咳嗽的毛病,药倒是吃了不少,可就是不见好。

其实她自己很清楚,这病的根子在心上。在外人看来她是后宫的至尊,可她哪里能管得住妖媚的萧淑妃呢?半年了,皇上似乎忘记了这里还有一个耳鬓厮磨了十几年的女人在守望着他。甚至从甘露殿吹来的风都带着皇上与萧淑妃竟夜狂欢的味道,使她的杀意不断涌上心头。但她也只有这个心,没这个胆。若让萧淑妃不明不白死在后宫,皇上能饶得了她么?王皇后擦了擦眼角,就听见司药在帐外轻声道:"娘娘,药已煎好,请您服药。"

她转脸看去,宫娥早就捧着漱口的茶盏在一旁待着,司药手中的药碗还冒着热气。

王皇后皱了皱眉头道:"我一闻见这药就五内翻腾,还是不喝了吧。"

司药上前微微曲了脊背道:"太医说了,这药能平咳息喘,娘娘服了就会见好的。"

王皇后没法,只得接过药闭着气一口喝了,之后漱了口才在榻旁椅子上坐了下来,对身边的宫娥道:"把那本《汉书》拿过来我看看。"她随手翻到外戚一卷,眼前赫然就是《孝武陈皇后传》。

在做太子妃的那些年月,她目睹了先帝与长孙皇后相濡以沫的爱情。长孙皇后坤厚载物,德合无疆,至诚至孝,不涉朝政。为了给后宫嫔妃立标建规,她还亲自编写了《女则》一书,采古代后妃之得失加以评论警醒。先帝看后,说皇后此书,足可垂于后代。长孙皇后驾崩后,先帝亲为之选九嵕山为陵,并立下诏书,百年之后,将与皇后合葬。

在被立为皇后之后,皇上便亲手把《女则》交到她手中。她也正是从《女则》中见到了皇后们迥然相异的命运,她发现皇后们并不都像婆婆那样幸运。因此看到这卷《孝武陈皇后传》,她就把自己当下的处境与陈皇后联系在了一起。陈皇后是一面镜子,让她看到了自己的未来:

初!武帝得立太子,长主有力,娶主女为妃。及帝即位,立为皇后……十余年无子,闻卫子夫得幸……

她觉得"十余年无子"这几个字十分扎眼,好像就是在说自己。而一想到自己没有子嗣,她的肩膀不由得抖动得厉害,似乎感受到了萧淑妃鄙夷的目光和皇上积怨的嗔怒。

王皇后不想再看下去,放下书问身边的宫娥:"吴尚宫来了么?"

"奴婢来了!"吴尚宫从殿外匆匆进来,"不知娘娘有何吩咐?"

王皇后示意吴尚宫坐下,两人开始说话。

"那边有消息么?"

吴尚宫知道皇后指的是萧淑妃那边,便道:"自淑妃之子李素节被封为雍王后,最近又诏令他领雍州牧,娘娘说皇上这是什么意思呢?"

王皇后撇了撇嘴道:"这孩子现在正春风得意哦!"

"听说萧淑妃逢人就夸她的儿子是神童,日诵古诗辞赋五百言,就连他的老师徐齐聃都说这孩子将来前途无量呢！"吴尚宫又道。

王皇后听后就笑了："再聪明也还是个孩子。"

"娘娘！要紧的不是他能怎样，而是皇上怎样看他，奴婢可听说皇上对这孩子可喜欢了，万一立为太子，那……"吴尚宫放低了声音道。

"皇上那么多皇子，哪一个不比他强？"王皇后有些迟疑。

"皇上是有几个儿子，可他们的娘亲都出身卑微，有哪个像萧淑妃那样受宠呢？"

王皇后倒吸一口冷气，不能不承认她分析得有理，于是眉宇间便多了一些忧虑："那依尚宫之见该如何呢？"

吴尚宫将身子朝前挪了挪道："奴婢倒有一个主意，不知可否？"

"你不说，我如何能知恰当与否？"

吴尚宫看了看站在大殿内的宫娥，王皇后立即明白了她的意思，于是大声说道："你等先退下，我有事再传。"等众人离去后，她又看了看吴尚宫，示意她说话。

"娘娘可知后宫有位刘姓的宫女？"

见王皇后不置可否，吴尚宫继续道："奴婢听说她的儿子李忠与萧淑妃的儿子一样大，只是因其地位卑微而遭冷落。为此刘氏常常黯然神伤，埋怨自己连累了儿子……"

王皇后伸手止住吴尚宫的话道："你是让我把这个孩子收养过来？"

"奴婢正是这个意思。如此一来皇上就没了立李素节的理由，而且此事长孙太尉、褚大人会鼎力相助的。"

王皇后点了点头："这不失为一条良策，可刘氏会愿意么？"

"这……"吴尚宫想了想道，"娘娘明鉴，这世间哪有母亲不希望儿子出人头地呢？何况刘氏乃一宫女，如果不将孩子过继给娘娘，恐怕将来连命都保不住。"

经过这一番分析，王皇后明白了，眼下也只有这一计可以断萧淑妃的后路了。她还有些犹豫，问道："只是这话由谁来说好呢？"

"奴婢愿效犬马之劳。"

"可这事情还得皇上恩准呢！"

"皇上那边应该没有障碍，何况奴婢听说这个李忠也非常聪颖，就是皇上也有所偏爱。到时请长孙太尉出面，皇上就不好说什么了！"吴尚宫又道。

王皇后看了吴尚宫许久，觉得这女人也十分了得。她对后宫诸事如此清楚,思虑如此周密,还真是个人物。好在她年纪大了些,否则将来难保不是自己的对手。

两人正说到关键处,却见太监进来禀奏道:"娘娘,柳大人进宫来了。"

"舅父到了,快快有请!"

吴尚宫恰到好处地结束了谈话,知趣地退下了。出殿门时,她遇见中书侍郎柳奭,忙施礼道:"柳大人来了,奴婢有礼了!"

柳奭点头笑了笑,表示还礼。进殿后,柳奭大礼参拜道:"中书侍郎柳奭参见皇后娘娘!"

王皇后道一声"平身",便上前搀起柳奭,吩咐赐座、上茶,而后问道:"舅父怎么进宫来了?"

柳奭捋了捋胡须道:"魏国公六十大寿,想举办寿宴,特请微臣进宫向娘娘禀奏,看要不要知会朝臣公卿。"

魏国公王仁祐是王皇后的父亲。虽说是皇上册封特进,享国公待遇,却是一个散官。王皇后也很清楚,父亲之所以能有今日,皆是因为自己的缘故,于是道:"为父亲庆寿,本是做儿女的责任。可皇上刚刚颁发诏令,要求朝野厉行节俭,不可铺张。我的意思就不必劳动各位大人了,到时我请皇上恩准省亲,再请褚大人写几个字,在府上小聚即可。"

"谨遵皇后旨意。"柳奭见王皇后如此说,就答应了下来。他正准备离去,却发现皇后近来瘦了许多,她一定是遇见什么不畅快的事了。

皇后怀不上龙种他是知道的,皇后遭到冷落他也有所耳闻,但劝谏的意思刚到口边,却变成了别的话语,他也不愿意触及皇后的痛处:"后宫诸事繁多,娘娘还要珍惜玉体才是,府上的人都牵挂着呢!"

柳奭的话一出口,王皇后的眼圈就红了:"多谢舅父牵怀,可我这是心病啊!"说完这话,她就把一肚子的委屈全倒了出来,听得柳奭心里沉沉的。

柳奭是个明白人,如果任由眼下的情况发展下去,难免有一天皇后之位会被萧淑妃所取代,那时势必会危及王柳两家。当官事小,丢命事大,既是进宫来了,就该替皇后分担。如此想着,柳奭又道:"不知娘娘知否,皇上将在五月二十六日去感业寺做法事。"

"这事我早已知晓!皇上已降旨让我随他去为先帝英灵祝祷!"

"那娘娘可还记得那个削发为尼的武才人?"

"怎能不知道?正是这个狐媚当年迷得皇上神魂颠倒,为此我也没有少生气。"

"臣是在想,娘娘能不能说服皇上将武才人重新招进宫来呢?"柳奭眼睛转了转道。

王皇后闻言很是吃惊,不知亲舅父怎会说出这种话来,不由得生气道:"舅父这是说的什么话?如今陛下身边已经有了一个萧淑妃,再引入一个武才人,这不是前门进狼,后门入虎么?"

柳奭笑了笑道:"这就叫以毒攻毒啊!"

"舅父此话怎讲?"

"请问娘娘,武才人与萧淑妃相比何如?"

"武才人虽然妖媚,却博古通今,萧淑妃才气自是不如。"

"这就对了!陛下之所以宠爱萧淑妃,那是因为武才人不在身边。依臣观之,陛下没有一天不思念武才人。即使娘娘一千个不愿意,陛下要纳她为妃,您也是挡不住的。若娘娘大度一些, 主动谏言陛下将那个武媚重新招进宫来,那皇上的心思必不在萧淑妃身上。"

"倘若两个妖媚合起来对付我呢?"王皇后有些担心道。

柳奭摇了摇头:"这个娘娘不用担心,一山不容二虎,两个美人碰到一起只会相互嫉妒。岂知鹬蚌相争,渔人得利乎?"

王皇后沉思了一会儿,觉得舅父所言不无道理,可是在情感上一时半会还转不过弯来,于是起身对柳奭道:"寿宴之事,就请舅父将我的意思转达给父母,至于武才人一事,还是让我好好想想。"

于是,柳奭站起来告辞,临出宫时,他又强调了一遍:"当断不断,反受其乱。娘娘此事确实要细细思谋。"

舅父走了,大殿里就剩下她一人,吴尚宫和舅父的话便交替在她耳边回旋。盘算良久,她心底渐渐现出一丝光明来。吴尚宫的谏言自不待说,舅父的主意虽为下策,可眼下也没有什么良方能把萧淑妃击败。至于那个武才人,只要她知恩图报就行了,就算翻了脸,不是还有那几个讨厌她的大臣们管束么?

夕阳西沉,晚霞在天际染出一道道玫瑰色,殿外的大树枝头传来归鸟的欢叫,一天又过去了。李尚食进来问道:"娘娘,晚膳的时间到了。不知您想吃些什么?"

"我今日食欲欠佳,就喝点稀粥罢了。"

王皇后话音刚落,就听见殿外传来太监李荣脆亮的喊声:"皇上驾到!请皇后娘娘接驾!"

仿佛久旱逢甘霖,王皇后整个心软酥酥的。毕竟皇上太久没驾临了,她竟有些手忙脚乱了,忙率宫娥、太监等一干人出来迎驾道:"臣妾恭迎圣驾!皇上万岁,万万岁!"

"平身!"李治挥了挥手,先进了大殿。

一进殿他就闻到了淡淡的兰香,再看了看殿内的陈设,花草都换了新的。临窗几盆兰花,正开得欢艳。

他记得还是太子时,先帝为他选了王兰为妃。大婚的当晚,夫妻交欢甚笃,都觉得销魂。太子妃曾绵绵地告诉她,因为幼时名中有个兰字,所以她十分喜欢兰花。虽说那时她的父亲王仁祐还只是个罗山县令,可罗山上盛产兰花。为了她,她父亲派人上山挖了许多兰花回来,种满了府邸。

这故事曾让李治很感动,他爱屋及乌,便也在太子府的花园内种满了各式各样的兰花。

"这兰花刚开吧?"他淡淡地问道。

"回陛下,这花是五月初开的,接连二十多天不败。"王皇后忙回道。

"哦!既是如此,你就早该奏明朕,也好与皇后同赏。"

闻听此言,王皇后的心里就起了涟漪,幽幽道:"妾见陛下国事繁忙,不忍打扰。"

"哦,还是皇后有心。"李治也不知该说什么好了。

见李治没有将话题延续下去,王皇后也就刹住话头,小心地问道:"皇上还没有用晚膳吧?"

"陛下批阅奏章,直到白日西沉。"李荣小心地在一旁插话道。

李治立即领会了李荣的意思,便道:"朕今日就在此与皇后共进晚膳。"

王皇后闻言忙传来尚食,要她准备了酒宴。席间,李治只说要和她去感业寺去做法事,却一句也没有提武媚。王皇后心里没底,只好顺着李治的话走,间或插些闲话调节气氛。二人相处得虽然很平和,却没了当年夫妻间的那种轻快和愉悦。

饭罢,夜色益发浓了。宫娥们奉茶上来,王皇后亲自捧给李治,然后就默默地坐在一旁。李荣在一旁见了,心里就明白了八九分。皇后也是人,夫妻同床这样的事她怎好先开口,此时只有自己出来打圆场。

"陛下今夜……"李荣故意拖长语气,把下面的话留给了李治。

孰料李治的话让大家都很吃惊:"时候不早了,移驾相思殿!"

在李荣愣神的同时,王皇后的脸"唰"地就白了,呆着不知所措。

"移驾相思殿!朕的话你没有听见吗?"李治的声音明显带了恼怒。

李荣正要再传口谕,突然听见"扑通"一声,就见王皇后跪倒在地了。

"陛下,妾有事禀奏。"

李治脸上冷冷的,语气十分平淡道:"皇后这是为何?有话起来再说。"

但王皇后没有起来,跪在李治面前把思谋了一下午的话说了出来。李治听着听着,眼圈就热了。他完全没有想到,皇后会主动请他把武媚召回宫中。

"你为什么这样想呢?"他还是追问道。

王皇后说着话,泪水就模糊了双眼:"妾也读了《女则》,深为长孙皇后之德行所感动。妾虽不才,然为社稷,为陛下计,愿接武才人回宫。"

李治的心弦被王皇后的一番话弹拨得上下翻腾,没想到王皇后如此贤惠识大体,便为自己刚才的自私而生了微微的惭愧。

"你们退下,朕今夜就在这过了!"

……

萧淑妃朝外面娇滴滴喊道:"蔡尚宫在么?"

"奴婢在!"蔡尚宫应声进来,站在帷帐外问道,"娘娘昨夜睡得好么?"

"好什么呀!没有皇上在身边,我一夜都梦魇不断。只有被皇上抱着,我夜里才睡得安稳。"

蔡尚宫没有答话,心里却道:"娘娘也真是的,这样的话也说得出口。"

萧淑妃起身,身边的宫娥立即伺候她穿衣着裳。先是穿了一件束胸,接着就是一件浅黄色的襦衣,外套一件红衫,长及膝下;下裳是裙子,高及束胸,然后是一件纱罗衫披上肩头;最后是束上腰带。不一会儿,萧淑妃就光彩照人了。

蔡尚宫上前扶着萧淑妃来到梳妆台前,几位宫娥开始为她梳头。

蔡尚宫在一旁问道:"今天为娘娘梳个孔雀开屏髻如何?"

见萧淑妃点了点头,宫娥们就一边编发辫,一边盘头,待盘成一个锥髻,就用珠翠制成孔雀开屏簪饰于髻前。

最后就是化妆,可此时萧淑妃的目光已不再那么集中了。蔡尚宫猜想,娘娘的心这会儿一定又四处放飞了。

的确,萧淑妃感谢父母给了她一张艳若桃花的脸,不仅养了皇上的眼,也让宫中的女人们羡慕嫉妒。但在她看来,嫉妒又算什么呢?只要皇上喜欢,嫔妃们就是恨掉牙也没有用。她也在心底感谢上苍,仅仅一夜,李唐未来君主的种子就在自己的肚子里生根发芽,并迅速长成了一个六岁的男儿,这使得皇后在她面前都黯然失色。她还得从心底感谢祖先,为她留下了高贵的门第,从根源上论,她也是南梁皇家的后裔呢!就说那个刘氏吧!她也为皇上生了个儿子,可是因为出身低微依旧抬不起头来。

等化完妆,半个时辰都过去了,蔡尚宫拿了镜子让萧淑妃前后照照,她也暂时刹住了心思,看着镜子里光彩熠熠的自己,自信地笑了。

"小王爷起床了么?"她问的是自己的儿子。他虽然担任了雍州牧,但实际上人还住在宫里,所有的军政事务都由朝廷派去的长史打理,隔一段时间就会有一份文书传进宫里报告辖内情势。

"起来了!小王爷正在书房读《小学》呢!"蔡尚宫答道。

"传他来见!"

一个宫娥去了不一会儿,雍王李素节就来到了相思殿。

向母亲行礼问安后,萧淑妃看着儿子,眼里就溢出满满的幸福。这孩子真是随了皇上,少年英俊,难怪皇上喜欢呢!

"《小学》读完了么?"萧淑妃等儿子坐下后便问道。

"快读完了,徐师傅说,下一步要为孩儿讲《大学》呢!"

萧淑妃点了点头:"好好好!节儿啊,你得文武皆备,才能当得大任。娘的全部希望都在你的身上,懂么?"

"孩儿一定不负母亲期望。"

"记住!你母亲可是皇家的后代,你不要与那些出身卑微的弟兄们混在一起。"

"可他们都是哥哥啊?大家一起玩耍很有意思呢!"李素节有些不解。

萧淑妃闻言立刻变了脸,声音中就带了严厉:"凤凰与鸡能一样吗?你要不争气,娘可不饶你!"

见儿子点头答应了,萧淑妃才云破日出道:"嗯,那你回去吧!"

李素节便欢快地走了,像鸟儿飞出笼子一样。

看着儿子离去的背影,萧淑妃又问蔡尚宫:"陛下昨夜去了哪儿?"

蔡尚宫摇了摇头只说不知道。

萧淑妃的眉头顿然皱起来了——莫不是宫里又来了迷惑陛下的年轻女人。正胡思乱想间,一个太监进来禀奏道:"皇上那边传来旨意,说皇上与皇后去了感业寺,叫各宫娘娘不必随行。"

"你说什么?"萧淑妃大惊,直到消息得到证实后,她才一下子跌坐在椅子上,很久才狂怒地喊道,"出去!都给我出去!"

# 第三章

## 感业寺两情相泣　中书令中流触礁

按理，感业寺的佛事从春至夏先后有三场，第一场是年庆祝祷，在大年初一的早课时，大众一起唱赞、诵经，为国家祈祷风调雨顺，为护法檀那祈求福慧；第二场大约在清明前后，称为春祭，由明镜法师主持，祭奠德高望重的圆寂法师，或应朝廷诏命为重臣名将的亡灵祝祷；第三场叫作结夏，一般在阴历四月十五日，表明寺院生活进入夏日。

在这样的日子里，鸿胪寺崇玄署都会指派令丞来寺院转达朝廷的贺忱，或赠送皇上赐予的礼物。

可永徽元年（公元650年）的结夏推迟到五月才举行，为的是与太宗的祭日相合。而李治拒绝了朝臣的陪同，只带皇后和太监、宫娥们前往，这使得此行又带了几分神秘。

鸿胪寺卿为新皇上的出行做了周密安排，除在五月初就派遣崇玄令知会了明镜法师外，朝廷又在五月中经过"三省"集议，由户部拨钱作为修整寺院的布施；临近法事前，李治还口谕崇玄署赐予每位尼姑素味膳食，在法事日饮用。

明镜法师从每个细节中都感受到贞观遗风的存在，自然对皇上的到来倍加重视。她将诵经和祭祀的每个环节都反复演练，而武媚因为勤于抄写佛经，精于"唯识"机理而很受她的青睐。除此之外，一个更重要的原因是太监李荣秘密传递了皇上将见武媚的意思。

明镜内心就有些为难，在这样的日子和场合，让皇上与一个削发为尼的女人私下会见，这传出去了会影响寺风的。她苦苦思索了几天，终于想出了一个让武媚升座说法的点子。这样，皇上完全可以以询问经文释义的理由堂而皇之地与武媚见面。因此她把武媚叫到法堂内道:"出家人要远离红尘,六根清净,让你升座说法,你须专心致志,不可旁骛。"

武媚很谨慎也很庄重地回道:"谢谢法师,弟子记住了。"

"此次说法非比寻常,皇上要亲自来听,你当小心,皇上问什么,你就说什么,明白么?"

武媚立即领会了住持的意思,低眉顺眼道:"弟子明白,请法师放心。"

"好了!你下去准备吧。"明镜说完这番话,闭目合十,但武媚是什么时候走的,她心里都一清二楚。

武媚走出法堂的脚步是轻快的,她苍白的脸上泛起了两朵红晕……

一年多没有见,她想象着此次皇上前来寺内做法事,应该是穿着冕服吧!这情形她只在贞观年间见过,那时她刚进宫不久,就看见了太宗前往宗庙祭祀时穿的冕服,那衣裳与平日的常服和朝服完全不同,上身为黑里带微赤的玄色,下裳为红色,上下绘着象征吉祥的章纹。而冕冠的顶部有一方长方形的冕板,缀有"冕旒",表示虔诚和严肃。皇上及其率领的朝臣,都要按品级佩戴不同宽度的绶带、蔽膝和穿赤色的鞋。年轻的李治若穿上这一套衣服,那该是怎样的风采呢?

武媚从心底里感谢明镜法师破格让她升座说法,这样皇上就不用在一色素衣的尼姑中寻找她了。她已经盘算好了,一定要把经文解释得透彻而又清晰,让李治觉得她依旧是那个美丽而多智的武媚。

她入院以来难得的欢颜,让平时只知乐呵呵做事,而很少窥探别人内心的明月也颇感惊奇。她一边收拾炕铺,一边问道:"明空,你有何事竟这样高兴啊?"

武媚没有抬头,眼看着经文,顺口回道:"住持让我明日升座说法呢!"

"真的?"明月惊诧地睁大了眼睛。

"罪过!罪过!佛祖在上,我何时诳骗过人?"

明月闻此便投来羡慕的目光:"师妹不愧是宫里来的,刚刚一年就能升座说法了。"

武媚双手合十道:"那要感谢住持提携。"

"师妹!你到时升了职司,可不要忘了我啊!"

明月所说的"职司",就是寺院里专管各类事务的"知事",一般由有才能而又深孚众望的尼姑担任。

武媚并没有正面回答,她心里笑着明月的没心没肺,把"职司"看得那么重要。

"明月真是好笑,我是什么人？岂是小小的'职司'所能拴得住的。"武媚心想。

……

五月二十六日一大早,感业寺钟磬高鸣,佛灯普照。宽阔的法堂内坐满了老少尼姑,每人手中捧着一卷《华严经》。另一部分专事迎送的尼姑,也早早地在山门外等候皇上的到来。

辰时三刻,皇上的车辇浩浩荡荡地停在山门之前。宫娥、太监们很快地分成两列,站在法堂门前的道路两旁；左右武卫将军率领的羽林军也四下散开,但只能在山门外警戒,为的是不打扰寺内的清静。

皇上还没下车辇时,太监李荣就来到左右武卫将军身边轻轻耳语了几句。两位将军闻言点了点头,立即吩咐属下："佛门圣地,你等只需尽心警戒,不可大声喧哗。惊扰了佛祖,军法从事。"

随后,在李荣的陪同下,李治朝山门走了过来,在他的旁边是宫娥搀扶着的、步履缓缓的王皇后。远远望去,太宗题写的"感业寺"三字金光闪闪,恢宏而又耀眼。李治心中顿时腾起思亲追远的肃穆,目光中呈现出分外的庄重。

明镜法师上前双手合十道："贫尼恭迎圣驾。"

依照规制,由寺院乐师高奏迎送皇帝的法乐。沉闷而又宏大的旋律,从山门前传到不远的渭河,激起阵阵回音,每一个演奏者都将为皇上演奏看作荣耀,各自奉献着自己的绝技。

在一位负责礼宾的"职司"引导下,明镜法师陪同皇上进了山门。

感业寺建在平川,没有山寺那样的崎岖和曲折,一路上李治如同漫步,轻松而又惬意,时不时地指着道路两旁的树木、花草、厅堂,向法师提出问题,或者抒发感慨。进到寺内,又有一批乐师演奏起朝廷保留的音乐经典——庆善乐。

这庆善乐原为贞观九年太宗驾幸武功诞生地,于渭滨宴请从臣时所做的词曲。那"指麾八荒定,怀柔万国夷"的昊天壮志,那"霜节明秋景,轻冰结水湄"的触景抒怀,那"共乐还乡宴,歌此大风诗"的大气雍容,都让李治沉吟于视听之间,流连于万象之际,思接先帝宏文,心游佛山慧海。朦胧间,他似乎看到太宗就在眼前含笑而立,他暗地拜托父皇在天之灵,护佑大唐天下苍生。

他现在依然清楚地记得,这首可以与《大风歌》相媲美的诗,在被宫廷乐师广为传唱四年后,十四岁的武媚就进宫了。第一次见到她的时候,李治只是觉得这女子有一种丰腴的美。

不过留给他最深刻的印象是,她不但能熟练地演唱庆善乐,而且还能用楷书抄得整整齐齐送给先帝看,而先帝则把它拿给当时的太子李承乾学习。

李承乾没有注意的东西倒引起李治的瞩目,他细细看着那一笔一画,就觉得这女子太聪明了,有书艺的天赋。她进宫后不久,就能将欧阳询、褚遂良、虞世南等人的书法融于她的书写中。也正是这首诗的抄本,让他在贞观二十二年与她彼此心仪。

再看那演奏的阵容,乐器也不尽是中原的竽、鼓、琴、筝,还有西域的胡琴、南夷的芦笙、草原的马头琴、天山的六弦琴,甚至还有东瀛的乐器。他又是一番感慨,在他少年时,先帝与魏徵等曾讨论过大唐与异族之间的关系,先帝曾道:"自古皆贵中华、贱夷狄,朕独爱之如一。"父皇的这番见解,如今都在这些乐器上体现出来了。

这情景让李治忽然想起了一件事,前些日子,龟兹国王布失毕立其弟为王,引起部落纷争。四夷不安,唐可安乎?这次回去一定要诏命恢复布失毕的王位,安抚各部落。这也正是父皇的"爱之如一"吧!

走完夹道,李治就到了大殿之前。明镜法师介绍道:"今日法事先祭祀大唐列祖列宗,接着是请明空升座说法。"

李治心中暗称明镜是个明白人,对他的意思理解得很透彻,轻轻点头道:"朕既进了这佛门净地,自然一切都听从法师安排。"

这个中缘由鸿胪寺卿却是一点不知,只觉得皇上今日心境很好,也就意味着他办事有力,脸上堆满了笑意,忙接着李治的话道:"皇上圣明,皇上驾临感业寺,使这里山水生辉啊!"

等李治与王皇后在大殿如来佛像前站定之时,鸿胪寺卿代表皇上奉献了供品,都是些新鲜的果蔬,并无宗庙祭祀用的"牺牲"。他还虔诚地在佛像前焚香,乐师们高奏法乐渲染气氛。一曲终了,身着冕服的李治静心闭目,双手合十,心里默默祝愿,耳边听明镜法师念完一段《华严经》后,庄重地说道:"我佛慈悲,超度苍灵。护佑大唐,业垂万世。"

接下来就是放生,李治与王皇后在一干人的簇拥下,来到寺内的放生池。鸿胪寺的官员将盛了鲤鱼的木盆和关了鸟儿的笼子放在池边,明镜对着生灵高声诵念:"南无大方广佛华严经!南无大方广佛华严经!"

众人也跟着大声念,这是叫佛号,只有大声地从心底念出,被放的生灵才能听见,放生者才能获得果报。

普天之下,莫非王土,只要在大唐疆域内,所有的生灵都是大唐要呵护的。李治在鸿胪寺卿和崇玄署令的帮扶下端起木盆,将鲤鱼放入池中,它欢快地在水中游着。

这边,王皇后在吴尚宫的搀扶下来到挂在树枝上的鸟笼前,她轻轻拉开笼门,那鸟儿大概是关得太久了,一时有些惊慌,在笼子里转了几个圈,却找不见出去的门。王皇后看了,也许一时想起宫闱深深,人际纠葛的事情,竟泪汪汪的,她上前摇了摇鸟笼,轻轻地说道:"鸟儿呀鸟儿,你若是听见法师的佛号,了然我的心情,就归去深林吧!"

这话刚刚落音,那鸟儿就"扑棱棱"地飞出了鸟笼,在空中盘旋了片刻后,就叽叽喳喳叫着朝藏经楼旁的松树林深处飞去。

明镜法师在一旁看了,很是感动,忙道:"'诸功德中,不杀第一',不杀为诸戒之首,而放生为众善之先;故常行放生,生生受生,常住之法,娘娘善缘广远,必能感动佛天,功德圆满。"

跟随的宫娥和太监们也爆发出欢呼:"吾皇万岁万岁万万岁!皇后千岁千岁千千岁!"

等到把这一切身业做完之后,大家才来到说法的佛堂。吴尚宫、宫娥和太监们被留在了大堂之外。

佛堂前已摆了几个蒲团,李治、王皇后、明镜法师、鸿胪寺卿和崇玄署令依次在蒲团上打坐,开始听武媚说法。

武媚一身素衣,刚刚长出的头发因为今天说法又剃去了,远远望去有些发青。王皇后看了心里觉得很不好受,为什么入了佛门就非得要削发呢?一个玉做的人儿没了一头乌发,不知少了多少风情?

明镜是何等聪明之人,只瞥了一眼,就猜到了王皇后的心事,贴着她的耳朵道:"僧尼剃度是入法门的第一道关口。以佛法论,发乃红尘之源,削之脱尘去俗。故而入法门者须得剃发受戒,表明根绝尘缘,一心向佛。"

"唉!空长了一副美人眉眼了。"王皇后"哦"了一声,心中还是为坐在法坛上的武媚惋惜。她悄悄打量一下身边的皇上,他看上去还算平静,但眉宇间的怜惜之情是掩盖不住的。她的心七上八下的,说不清当初提出将武媚带回宫究竟是祸还是福。

武媚自知己心从没离开过红尘,然今日坐在法坛上面对皇上,纵然有千重的心潮也只能忍着、压着。她正襟危坐，肃肃然，手捧《华严经》，环顾一下便说道："陛下、娘娘、住持以及众佛友，贫尼入寺一年，道行尚浅，对我佛经文一知半解。然法师不以贫尼浅陋，点名说法，贫尼且将平日心得略陈于此，疏漏之处，还望赐教。"

"唉！还是嘤嘤其鸣，却人非昨日了！"李治的眼就有些模糊了，掏出丝绢擦了擦眼角。

武媚并不矜持，她侃侃而谈，从佛学东渐说到玄奘西行；从宗教流派说到修行消业。她情感平静，像行走于空谷幽溪；她侃侃其论，若月下流泉旁修竹深处的抚琴；她释读透彻，若智者秉烛夜行，心灯洞明，最后，她把全部的论述集中到了华严宗的修行上——

依贫尼看来，唯识乃大乘之不共法。唯识之义，为令行者了知：除心所有法外，尚有与心不相应的行蕴所摄之法，以及内外的十一种色法，以俾于修行时不迷于色、心等内外诸法。其终极之要旨，乃在"五重唯识观"，何也？夫贪、嗔、痴、慢、疑、恶见者，即人处尘世之六烦恼，又有忿、恨、覆、恼、嫉、悭、诳、害、骄、无惭、无愧、掉举、惛沉、不信、懈怠、放逸、失念、散乱、不正知之二十"随烦恼"，我佛慈悲，教众生修善断恶，遗虚存实、遗滥留纯、摄末归本、隐劣显胜、遗相证性，从而转识成智，而修成贤圣。

在结束说法时，武媚道："我佛之所以又称之为'慈恩宗'，也在于行善报恩。贫尼不才，然向来明白知恩图报之理，入寺年余，得住持教诲，谆谆其切，不胜感激。"

说着她走下法坛，来到明镜法师面前，双膝跪地，双手合十，缓缓三拜，众尼看了无不动容。

武媚转而来到皇上和皇后面前，如是三拜，待平身时，竟然无尘，素净异常。李治看了有些不能自已，目光中多了不尽的柔情，好在他与众尼同向而坐，背对着大家，没有谁能读得出他此刻的心境。

明镜法师早把这一切看得清清楚楚，忙对武媚道："明空，你说法已毕，就先行退下吧！待会皇上、皇后还要咨问修行持静之法，你不可远离。"

法事告一段落时，就到了用膳的时间，寺院做了美味的素菜，仅豆腐做的菜肴就达十几种，吃得李治和王皇后频频称赞。

饭后，明镜法师请皇上和皇后到茶室饮茶。皇后却说要到寺内转转，还想到藏经楼去借些佛经回去诵读抄写。

"皇后尽可挑选些带回去就是。"明镜法师说着,对准备离去的明月吩咐道,"你去告知明空,让她陪皇后到寺内各处看看,然后到藏经楼挑些抄写齐整的经文奉赠皇后。"

"是!"明月转过身,脸上老大的不乐意。哼!又是明空。住持这是怎么了?好像这寺内就只有一个明空。她有什么好?看她那一双细长的丹凤眼,就知必是那种惑乱朝纲的女人。

茶室里只剩明镜法师陪着皇上说话。李治接过女尼奉上的茶汤,细细端详,就见那茶叶如梭似毫,泡入杯中,芽头在徐徐展开时叶片齐齐向上,茶水淡黄而澄明,入口甘甜,余味含香,有一种润滑的感觉。明镜法师很适时地介绍道:"此茶采自金州之西城,是佛友所赠。"

李治"哦"了一声:"朕平日所饮之茶皆来自江淮一代,不知金州也有如此香茗。可见我大唐疆域辽阔,珍奇遍地啊!"

"要说这茶还与明空有些机缘,她去年刚进寺内不久,就随贫尼去金州赴友寺法会,她发现当地茶叶非同寻常,回来后就写了一篇《茶议》,畅言饮茶与向佛修行之理。从那时起,贫尼就觉得她是一奇女子。"

李治点了点头:"朕今日听她说法,也是微言大义,甚是缜密,朕亦获益匪浅,此皆法师教诲有方之故。"

明镜听出话里的意思,顺势道:"贫尼这就去传明空来,皇上有什么问题,不妨询问于她。"

见李治微笑点头,明镜忙要伺候在旁的女尼去传明空前来。女尼转了几个地方,都没有见到。待到了后院的松林旁时,她才看见王皇后与明空相扶着走下了藏经楼,远远望去,她们似乎很亲密。

不错!此时她们正谈论着还俗的话题呢!

到寺内这半天,王皇后才真正见识了武媚的才华,被她的博闻强识所震撼,被她的莺啼燕鸣所倾倒。刚才在藏经楼,她看了武媚亲手抄写的《华严经》,更是瞠目结舌,天底下竟有如此奇女。难怪太宗当年分外宠爱呢?

在法堂听武媚说法时,王皇后就动了心思。自从她提出召武才人回宫的谏言后,不是没有过忧虑和动摇。她最担心的就是皇上把心思都放在了武媚身上,那真就是引狼入室了。可反反复复了几次,她终于还是信了柳奭的话,眼下先把那个讨厌的萧淑妃制住再说。

王皇后相信感恩是人的本性,她谏言皇上召武媚还俗,无异将她从苦海中拯救出来,她武媚负了谁,都不可能负她!特别是武媚说法结束时那番感恩的话,让她相信武媚不是那种过河拆桥、忘恩负义之人。

眼看已走进了松林,王皇后决定把盘算多日的心事和盘托出。她掂了掂手上的经卷,就找了说话的由头:"看姐姐这经卷抄写得工工整整,一目了然。我虽不懂书艺,也是佩服之至了。不过姐姐打算就这样在寺内一辈子,将青春都给了青灯黄卷?"

皇后突然这样一问,武媚还没做好准备,沉吟了一会儿,眼睛就湿润了:"唉!此事还是不说为好,一说贫尼就空自伤心。"

"姐姐有话就说,兴许还有转圜之机呢!"王皇后劝道。

武媚转过脸望着王皇后,发现这并不是皇后临场触机,她沉吟了片刻道:"谢娘娘体恤,只是太宗驾崩,一道遗诏就把武媚发配到了禅院,如今虽事过时移,但又有谁敢违逆先帝旨意,接武媚出去呢?"

"当今皇上啊!"

闻言,武媚的脸一下子就红了,眼看着刚才在眼眶里聚积的泪水,此刻都涌流出了眼眶:"才人乃先帝所封,皇上就是有心,也慑于议论,哪里还……也许上苍注定贫尼的命该如此,就在这了此残生吧!"

这番话说得王皇后心里酸酸的,她将心中所思反复掂量之后,终于鼓起勇气道:"若是我说服皇上召你进宫呢?"

虽然武媚已揣摩出了皇后的意思,但当她听到皇后要向皇上陈奏召她进宫时,还是表示了难以言状的惊诧:"娘娘为何如此呢?"

"我不能看别人受苦,更不能看着姐姐这样的美人把华年消磨在禅林僧院之中。"

武媚双手合十,转身站在皇后对面道:"娘娘厚意,贫尼先行谢了。"

王皇后忙拉住武媚的手道:"姐姐不必这样,我心领就是了。"

这时,女尼来到她们面前,忙施礼道:"贫尼参见娘娘!住持传明空前去厅堂,说皇上有事要询问呢!"

王皇后点了点头,示意武媚可以离去。

"真是抱歉,贫尼不能陪皇后了。"武媚施礼之后,转身便离去了。

王皇后又对那传话的女尼道:"我有些累了,师父就带我去客舍歇息吧!"

……

武媚到了茶室,明镜法师叮嘱她好好回话后,就适时、得体地告辞了。在走出茶室的时候,她严肃地对伺候的尼姑道:"皇上在里面说话,你等只需远远地站着,切勿大声喧哗。"

李荣对接下来要发生什么也心知肚明,他向宫娥和太监们挥了挥手,也撤到离茶室一丈远的地方:"皇上有事要询问明空,你等不经传唤,不可靠近。"

"媚!这些日子你可还好?"李治话刚出口,喉咙就已经哽咽了。

"皇上!"武媚顾不得一身素衣,也忘记了刚才的侃侃而谈,忘情地扑到李治的怀里抽泣,"皇上!妾没有一天不思念皇上啊!一道寺院高墙,隔不断妾思念皇上的心啊!"

"朕也想你啊!"李治俯下身子,吻着武媚的红唇。

武媚抬起含泪的丹凤眼,细细地打量着李治:"皇上瘦了,国事繁忙,万望皇上珍惜龙体。"她说这话时,手慢慢地顺着皇上的发髻朝下摩挲。嗯!他还如当初一样温情。

李治闭着眼睛任武媚纤纤细指拂过他的肌肤。她的手依旧绵软和细柔,她的气息一如当初芬芳诱人。他站了起来让自己紧紧地贴着武媚,似乎她的心跳都听得清清楚楚。

"媚!你也瘦了。"李治捧起她的脸庞道。

"皇上!"武媚双臂勾着李治的脖子,"你可知当先帝遗诏后宫嫔妃无子者发往寺院时,妾曾要见皇上,可他们说什么都不让见,妾的泪一直在心里流,在梦里流啊!"

"唉!"李治抚着武媚的肩膀道,"朕也想到去看你,可臣下们围着朕廷议登基大事,朕……"

"妾不怪皇上,妾知道皇上的难处。今日皇上能来看望,妾已心满意足了。"

"不!朕此次前来就是要召你回宫的。"

武媚眨了眨眼道:"真是如此么?皇后那……"

"就是皇后禀朕请求召你进宫的。"

"皇上!"

"媚!"

两人再度坠入情海……

一番云雨之后,武媚调皮地扯着李治的胡须道:"皇上,住持那里……"

"这你不用担心,朕自会向法师提出让你还俗的。"

当晚,李治与王皇后在寺院内歇息。

晚膳以后,李荣向明镜法师传达了皇上希望武媚还俗的意思。皇命如天,明镜自知无论如何是留不住了,遂找来武媚,望她往后多做些对寺院有益的事情。说到动情处,明镜法师流了泪,武媚也是柔肠百结,未言已泣。师徒依依惜别之情,溢于言表。

第二天,李治与皇后返回京城。明镜法师率寺中众尼送到山门外,武媚也在送行者之列。看着皇上的车辇渐行渐远,她的眼睛模糊了,心里呼唤道:"皇上,你早点接妾回京吧,这寺院妾一天也不愿意待了。"

第二天,明镜法师私下里召见了武媚,对她道:"自今日起,你就作为俗家弟子单独居住,待长发蓄起后,贫尼自会禀奏皇上的。"

武媚又是泪水盈眶道:"弟子来到感业寺,多蒙法师教诲,心刚刚平静下来,还请法师奏明皇上,就让弟子陪伴法师吧!"

明镜法师分外感动,双手合十,闭目沉默良久才道:"皇命如天,贫尼不可违背,你且下去吧!"

李治诏命武媚还俗的消息很快就在朝野传开了。几位辅政大臣终于明白,皇上的感业寺之行,就是奔着武媚去的。

早晨的朝会气氛有些沉闷,皇上要武媚还俗,遭到褚遂良的反对。他认为武才人出家乃先帝遗诏,现在要接她回宫,那置先帝于何地呢?

长孙无忌率先响应了褚遂良的奏议,道:"武才人乃先帝遗诏出宫之人,纵然还俗,也该待朝政顺畅了之后再说。事出突兀,臣等莫衷一是。"

李治听了非常不高兴,申斥几位老臣道:"先帝托万里江山于二卿,是要你等谋军国大事,正朝廷纲纪,谋久安之策,孰料卿等对后宫之事耿耿于怀,此岂是辅政大臣之所为乎?"

"皇上!臣等所奏,正为社稷安危。"

长孙无忌还要争辩,被李治喝住:"朕意已决,太尉无须再言。朕念太尉劳苦功高,不予计较,还不退下!"

"皇上若要执意为之,请治臣等辜负先帝之罪。"

眼看两位大臣跪倒在地,李治气郁填膺,脸色苍白。正在这时,就听见阶下传来一个洪亮的声音:"皇上息怒!臣有本要奏。"

李治转脸去看,却是卫尉卿许敬宗,他靠在龙椅上,闭着眼睛,挥了挥手道:"看你还有何新词,都说出来吧!"

许敬宗并不着急,将手中的笏板举了举道:"臣以为,召不召才人回宫乃皇上家事,无须旁人说三道四。"

李治的眼顿时睁得老大,看着许敬宗道:"爱卿还有话说么?"

"臣以为武才人才识过人,乃后宫中之佼佼者。经年禅院固守青灯,岂非屈才?今陛下拂尘还珠,乃圣明之举。所谓其他云云,皆是托词。"

许敬宗的陈奏既符合李治的意思,而且获得了包括辅政大臣之一的李勣的赞同。李治当朝要中书省拟诏,责令感业寺好生安置武媚,一年后还俗。

退朝后,长孙无忌没回署中,在司马道上等着褚遂良。约一刻时间,褚遂良从太极殿出来了,看见长孙无忌在司马道上徘徊,隔着几步就打招呼道:"大人怎么还没有走?"

等褚遂良来到面前,长孙无忌便道:"这个许敬宗,他究竟想干什么?"

"下官刚才被皇上留住,就是说的这件事情。皇上说,是皇后陈奏要武才人还俗的。"

"大人以为这是真的么?"

褚遂良道:"依下官看来,十有八九是真的。大人也知道,皇上宠爱萧淑妃,皇后这是要用武才人牵制皇上,使之不能偏爱!"

"皇后真是糊涂,萧淑妃充其量就是希望多和皇上待在一起。可武才人就不一样了,我担心从此后宫将无宁日。"

"事已至此,我等只能尽力为之,避免这女人觊觎后宫。"褚遂良点头称是,"倘若武才人得势,莫说皇后,就是我等恐怕都难逃厄运。"

长孙无忌、褚遂良不幸言中了。从此以后,李治时不时借节令之际去感业寺小住,而且每次都是偕皇后同往。太久的期盼,太久的分离,使他们彼此都有了一种焦渴。每一次都没有太多的语言,肢体的交织就是最美妙的篇章。

九月初,他们又一次见面。云雨之后,武媚问道:"妾在宫中时就喜欢骑马狩猎,眼下正是秋高气爽时节,皇上择个日子,妾陪您外出狩猎如何?"

"朕也有此雅趣,待朕选好狩猎场,就一同前往。"李治痛快地答应了。

"何须选择狩猎场?终南山正是最佳场所。"

九月二十七日,在左武卫将军李猛率领的百骑陪同下,李治和武媚便朝终南山北麓驰去,孰料刚到万年县就遭遇了大雨。好在县令得知皇上出行遇雨,匆匆赶来接驾。适逢谏议大夫谷那律在那儿查访吏情,也一同赶来见驾。

两人将李治一干人等接到县衙,命人烧了热水,为他们沐浴。

武媚的浴汤是县令夫人亲试的水温,又撒了采摘的玫瑰。武媚进了浴盆,县令夫人看着几位丫鬟为她洗发、擦身、梳妆,待她出来时,真是通体芬芳,染香了整个厅堂。她红润粉嫩的脸颊煞是美艳,尤其经过几个月的调养,那被剃度的头发就乌油油地长了起来,益发增添了几分妩媚。

洗漱完毕, 县令适时地来到厅堂对李治道:"皇上驾临敝县,乃上苍赐福。臣在菊香楼略备了些酒菜,为皇上和娘娘接风洗尘。"

"如此甚好!"李治十分高兴。

武媚虽然没有说话, 但心里已经有数——这万年县令和夫人都是有眼色之人,将来必定有用。

大家簇拥着李治来到"菊香楼",店家早已将菜肴备好。酒过三巡,只见店小二端上来一盘菜肴,其丝细白如玉,汤汁也洁白如乳,旁边一朵雕刻牡丹,栩栩如生。李治夹一筷子入口,果然爽滑细嫩,忙对武媚道:"你也尝尝,此菜做得可谓色香味俱佳。"

武媚尝了也频频点头,问坐在一旁的县令道:"如此佳肴,我是第一次见到,不知叫何菜名?"

县令忙唤来店家询问,店家回道:"启禀皇上、娘娘,此菜名叫牡丹燕菜。是将萝卜丝漂去辣味,然后撒上太白粉入锅蒸成。"

武媚听罢,连道几个"妙"字。

这时店小二又端上来一盘菜,也是白红相间,不用说吃,仅是看看都是眼福。店家又忙着介绍道:"这道菜还未取名,是混合鲜奶、鲜虾加蛋白制成。鲜奶蛋白铺陈象征白雪,用鲜辣酱翻炒虎尾虾,装饰上头表意桃花。"

李治品尝之后,兴之所至,脱口而出道:"如此珍稀菜肴,无名岂不可惜?就叫雪夜桃花吧!"

"皇上圣明!"谷那律和万年县令都住了筷子,"这道菜经皇上和娘娘赐名,臣等尝起来也觉得诗意盎然。"

"妾回到京城就把这两道菜列进御膳,皇上想吃了,妾就去做。"武媚接着他们的话道。

李治高兴,看了一眼武媚,不无遗憾地说道:"你喜欢骑马狩猎,孰料天公不作美,早知如此,就该让尚衣备些油衣才是。"

谷那律身为谏官,此时却揣摩皇上的心思道:"皇上倘能以瓦为之,必不漏啊!"

李治闻言就笑了,他看了看窗外,正是雨雾蒙蒙,终南山若隐若现,于是对武媚说道:"今日这出畋就罢了吧! 待日后另择良机!"

"皇上圣明！不过谏议大夫的陈奏倒让妾想起一件事。先帝驾崩年余，太极殿应留给朝臣瞻仰，再说皇上整天在那出入，总被怀远忆亲所扰，心也静不下来，依妾之见，不如搬进大明宫，不知皇上意下如何？"

李治皱了皱眉头道："朕早有此意，只是几位老臣总是吹毛求疵，借先帝压朕。"

"皇上乃九五至尊，岂能被几个臣下缚住手脚。如果皇上说话都不顶用，大唐还是大唐么？"武媚说罢，低下头饮酒，一时满座沉默，气氛显得有些沉闷。她的话锋芒毕露，让在座的臣下一时蒙了，不知道该怎样回应。谷那律在心里打鼓——这个武媚，绝非寻常的女人。

李治一回京就遇到一件十分棘手的事情，许敬宗和中书侍郎韦思谦联名弹劾褚遂良，其罪名是抑价购买中书省译语人之地，有藐视朝廷，以权谋私，以上凌下之嫌。

许敬宗素与褚遂良不和，这是朝野尽知的事，而韦思谦作为中书省仅次于中书令的要员，举报弹劾，足见其确有其事。奏章谏言将褚遂良发大理寺审理，这让李治有些为难。

褚遂良是太宗临终托付的辅政大臣之一，而且当年在立他为太子时功绩卓著，现在要自己亲手将他送往监狱，这……

可李治并不清楚，这个韦思谦早年以进士入官，多年无缘擢升。后来，太宗年间的吏部尚书高季辅在看了他的履历后道："本官在吏部任职，职责是为朝廷选官，如此人才，岂能以小疵而弃大德？"遂举荐他做了监察御史。

太宗晚年，他又擢拔中书侍郎。然而他到任不久，就与褚遂良屡生龃龉。

褚遂良率直鲠亮，批评属下向来不讲情面，常常弄得韦思谦下不了台。积久成怨，当他得知皇上因武才人还俗一事贬斥他后，就觉得机会来了。恰在这时，署中译语人找到他，埋怨中书令凭恃位高爵显，在购买他的园地时压抑价格。韦思谦立即去了许敬宗府上，商量两人联名上书弹劾他。

许敬宗闻言之后喜形于色道："韦大人，机会来了！"

韦思谦佯装懵懂："下官愚钝，还请大人明示！"

"真是个老滑头！"许敬宗心里骂道，遂将褚遂良在朝堂上的情状一一详述，末了道，"抑价易地，素为朝廷禁止。身为宰辅，以身试法。我等弹劾，亦是为了整顿纲纪，严肃律令。"

"那大人觉得胜算几何？"

"只要奏章递上去，朝野知道了这件事情，皇上就不能坐视不理。至少，他这个中书令是坐不稳了。"

果然,李治处在进退维谷之中。他犹豫再三,还是决定不在朝会上处理此事,遂在早朝后将长孙无忌、大理少卿张睿册、许敬宗、韦思谦召到两仪殿询问。

李治扬了扬手中的奏章道:"卫尉卿、中书侍郎弹劾中书令无视律令,以强凌弱,抑价估地,众卿以为该如何处置?"

张睿册道:"依臣之见,时易土地,只要双方自愿,应视为无罪。"

他的话很快获得长孙无忌的支持,他捋了捋胡须,脸上就分外严肃了:"微臣以为张大人所言甚是,褚遂良纵然有错,也不至于触犯律令,恳请皇上开恩。"

长孙无忌的话音刚落,就遭逢韦思谦的强烈反对:"太尉所奏是在助中书令逃罪尔!估价之设,备国家所需,臣下交易,岂能准估而定。此风渐长,我朝威令何在?今后还有谁肯为朝廷效命?"

长孙无忌闻言有些愠怒,不再理会韦思谦,面君而立道:"据臣所知,韦大人公办时常有错谬,中书令多所指责,故而挟嫌报复,请皇上明察。"

李治正欲说话,谁知许敬宗突然近前一步道:"长孙大人所言差矣!下官且不说韦大人以律行事,出于公心,纵然有报复之嫌,亦非诬告,褚大人抑价已成事实。请皇上明察!"

"臣主案情审理,以为褚大人罪不当罚。"张睿册又道。

韦思谦严词驳斥,绝无退却的意思:"大理寺掌管刑罚,竟欺下罔上,其罪当诛。"

两仪殿的气氛有些剑拔弩张,大家都把目光投向李治,期待他作出判断。

李治觉得以眼下的情势,若不对褚遂良给予惩处,恐朝野难服,然诛之则亦难以让长孙无忌这帮老臣诚服。于是他走下龙案,在大臣间走了一圈,回到案头时,心里已有了主意。

"诸位爱卿,褚遂良无视律令,抑价估地,其罪不轻。然朕初即位而先杀老臣,先帝泉下有知,岂不悲乎?朕意免去褚遂良中书令,迁同州刺史;张睿册罔视律令,迁循州刺史。韦思谦拟诏,送门下省签发吧。"

皇上的诏令送达给褚遂良时,他正在府上。

当初李荣把他看到的奏章内容暗送给褚遂良时,他就知道自己被政敌盯上了。他清楚这是政敌争斗的必然结局,但他还是很后悔,因为自己的不慎而导致外放。

送走宣诏的使者，他摒退丫鬟、府役，甚至连夫人也不许近身，一人在书房闷坐。他细细追溯，所有的风波都与他的性格有关。当初吏部擢拔韦思谦到中书省任侍郎时，他的确有些抵触。他曾暗察过韦思谦的所作所为，虽无大过，却也瑕疵明显。因而平日里求全责备多了些，但这有什么错呢？当初魏徵就是这样要求他的。可他没有想到，韦思谦竟耿耿于怀。

至于许敬宗，虽说才华过人，然内心阴暗，少时正逢隋末乱世，其父许善心为隋朝大将宇文化及所害，他为了活命，反而舞蹈以庆之，孰料被时为内史舍人的封德彝所见，说与他人听。他怀恨在心，贞观元年，封德彝殒薨，许敬宗奉命撰写碑文，他以笔为刀，盛加罪恶，把一代名相涂抹得面目全非；他又贪财而好色，其妻裴氏有一婢女，生得花容月貌，许敬宗暗暗垂涎，裴氏刚刚去世，他就纳为继室。这样的人向来为褚遂良所不齿，朝堂上免不了言语冲撞，今日落在他手里，自己倒也坦然。

然而不管怎么说，总是自己行为不够检点，以致授人以柄。

褚遂良就是这样一个人，一旦将事情看透，就不再生气。他起身来到案头，铺纸泼墨，笔走龙蛇，不一刻便满纸烟云，气象万千——

> 平生岂能尽如人意　回首但求无愧我心

刚放下笔，耳畔就传来一声高呼："好字！好字！"

褚遂良一听就知道是长孙无忌来了，随口答道："什么好字，不过是下官的心境表达罢了。"待转过身，他才发现还有一人——新任秘书少监上官仪。他年方四十，生得风流倜傥。

对这位秘书少监，褚遂良早有所闻，其为人耿介，文章锦绣。贞观元年，刚刚十九岁的他就以《对求贤策》《对用刑宽猛策》两篇文章深得太宗青睐。贞观六年，他随皇上行至武功庆善宫，宴会上，他献诗《过故宅》两首，一时语惊四座。

这两人结伴而来，显然是有慰藉和送行之意。

褚遂良的字名闻宇内，平日里索字者相望于道。然而，他的行草却是不大示人的。今日泼墨，皆乃性情之为，长孙无忌捧在手上看了半日，唏嘘不止："有言曰书者，心书也，大人平日多书楷书，多为修改诏书文稿，虽笔力雄健，却不难看出造作，今日字以情发，奔放如流，瀚逸神飞，此书艺之珍品矣!"

上官仪也赞道:"大人这字潇洒飘逸,可见其胸怀坦荡,为人磊落,岂是几个小人丑类所能玷污的?"

"游韶(上官仪的字)所言,老夫深有同感。大人此次外放,也是情非得已,不消三年五载,大人还是大唐栋梁之臣。此次中流触礁,也是事出有因,往后你也要甚微慎行才是。"长孙无忌劝道。

"好在同州距京都不远,到时下官可找个理由去拜望大人。"上官仪道。

两位的一番话说得褚遂良心里暖烘烘的,他忙吩咐下去准备酒菜,且做壮行之饮。

酒菜上齐后,褚遂良先举起手中的酒杯,满怀感慨道:"宦海沉浮,下官早将名利看淡了。只是皇上近来先召武才人回宫,后是听信许敬宗等人之言。下官担心,往后去这朝中……"

长孙无忌闻言心里也沉沉的:"大人所忧者亦本官所虑。现在皇上对武才人恩宠有加,我只怕那李淳风之卜筮真的应验。"

褚遂良端起酒杯,热血就涌上心头:"既然先帝将朝政托付我等,我等自当肝脑涂地,万死不辞。"

上官仪刚过不惑,血气仍然方刚,一杯酒下肚印堂就红了,说出的话也是火辣辣的:"在两位大人面前,下官高山仰止,然亦有忠肝义胆,若是有一日大唐需下官赴死,下官亦绝无畏惧。"说完,他借了酒意高声吟诵:

> 禁园凝朔气,瑞雪掩晨曦。
> 花明栖凤阁,珠散影娥池。
> 飘素迎歌上,翻光向舞移。
> 幸因千里映,还绕万年枝。

长孙无忌听罢,合掌击节道:"大人之诗,吟雪言志,气清怀高,将来必是前程无量。"

酒阑席散之后,已是暮色沉沉,踏着夕阳洒下的绛紫色,走在安仁坊的街道上,长孙无忌的步履有些踉跄。

# 第四章

## 朝事纷纭恩佳丽　仲秋月柔归唐宫

永徽二年(公元 651 年)的元宵佳节在皓月日渐丰满的时光中终于到来了。虽然自入冬以来就没有下过一滴雨,可当一年一度的佳节日益临近时,从大内官邸到闾里街坊,都暂且把灾情放在一边,一心一意忙于节庆了。

李治因为武媚就快还俗,心境显得轻松而又明朗。近来,他对王皇后有了新的看法,她不但提出召武媚回宫,而且还很热情地请求留她在身边……这使得两人一度冷却的情感渐渐升温,到元宵节前就十分和谐了。

李治显然对元宵佳节也十分上心,正月初五,他就传许敬宗过问宫内节庆的安排,他要求在太极宫里搭建"玉龙飞转"的灯轮、飞彩叠翠的灯塔和繁光远缀的灯楼。

"上元佳夜,朕要偕皇后登楼赏月观灯,与民同乐。"

他也没有忘记叮嘱许敬宗,让崇玄署知会明镜法师,在上元日点灯敬佛,除早课外,尼姑们放假三天。善于揣摩上意的许敬宗就想起了《尚书》中那句"爱人者,兼其屋上之乌",暗忖这不是佛光普天,而是大家都沾了武媚的光。

不管怎样,只要皇上高兴,他的心思就不会白费。至于长孙无忌这些人,爱说什么就随他去。于是他会同工部尚书,抽调了少府寺最好的工匠,把宫观连属的太极宫装扮得灯天彩地。不仅如此,皇后和嫔妃们居住的后宫也是灯花绽开,银树玉立。

在这期间,许敬宗还专门去了一趟感业寺,查看灯节的筹备情况。此行之后,他更是十分感慨武才人在皇上心中的位置。

自去年皇上来过感业寺后, 武媚就独居一室了。走过那座刻意搭建的

"鲤鱼跃龙门"灯景,许敬宗不由自主地唏嘘了一声。唉！明镜法师算是把武才人的心摸透了,不久,这鲤鱼恐怕要成龙成凤呢！

明镜法师对着室内轻轻地问道:"明空在么？朝廷来人了。"

武媚闻声从室内出来,笑盈盈道:"法师来了,快快请进！"

许敬宗见了忙上前参拜道:"下官卫尉卿许敬宗拜见武才人！"

武媚莞尔一笑道:"谢许大人前来探望。"

明镜法师见两人并不陌生,便随口道:"许大人来此,必是皇上有旨,贫尼就不打扰了。"

趁武媚送明镜的当儿,许敬宗环顾了一下室内的摆设,梳妆台、黄花梨木榻床、红木书案、文房四宝、经卷诗书样样俱全,与宫中一般无二。特别是墙角的一盆兰花,散发着淡淡的清香,与对面花阁上的水仙相映成趣,映出主人明快的心境。不用说,这一切肯定是皇上命人置办的。

许敬宗觉得这武才人一旦回宫,很快就会如日中天的。等她回来时,他又是一番惊异。天哪！不到一年,她当初那被剃度的头发重新瀑布一样地垂在肩头,一双丹凤眼顾盼生辉,饱满的红唇像樱桃般的滋润。

他怕武媚看出自己的失态,急忙把目光移往别处道:"下官奉皇上口谕,特来拜见才人。"

武媚见状心里觉得好笑:"朝野谁不知道你许敬宗是个色鬼,那点小心思还瞒得过我吗？"就在这一刻她打定主意,要将他紧紧握在手里。

"妾身感念皇恩,请许大人转达妾身对皇上的问候。"

"才人有什么要下官效力的,下官当竭尽全力。"

武媚没有对许敬宗的许诺做出回应,她知道许敬宗已懂了自己的目光。

回到京城,许敬宗特意向皇上回奏了明镜法师对武媚的百般呵护,李治自然十分高兴,就差崇玄署令送去了赏赐。

正月十五,暮色刚刚降临,长安就沸腾起来了。天上明月繁星,地上满城彩灯,将天地融为一体,若此刻登上灯楼,浑然不知何处是凌霄,何处是尘世。从春名门到金光门,从明德门到宣武门,一家家店铺或宅第门前,人们手中都握着长长的"爆竿",那声响仿佛春雷滚过长空。

除了建筑物上悬挂着各式各样的彩灯外,每人手上都举着一盏灯,于是长安沉浸在一片灯海之中,蔚为壮观。东西两市精彩纷呈的百戏一直喧闹到凌晨卯时,不夜之城又迎来了新的黎明。

大约在申时一刻,李治与王皇后、萧淑妃登上太极宫承天门,他们从这里远望,整个宫观都尽入眼底。

李治在中间位置就座,不过李荣很快便发现今天这两个女人有针锋相对的意思。王皇后牵着刚刚过继不久的陈王李忠,而萧淑妃身旁站着的是雍王李素节。

同为皇子,李忠更多地承继了父亲的温良宽厚,他看见李素节,急忙跑过去拉着他的手要一起玩耍。李素节也十分高兴,两人乐滋滋的。

这情景让王皇后心里极不舒服,在心底埋怨儿子缺少帝王的刚健,阴沉着脸喊道:"今日良宵佳节,你不陪着父皇看灯,哪里有皇子的样子,还不快过来?"

孰料话音刚落,萧淑妃就不依了,脸颊涨红,蛾眉战栗,批评儿子的话就带了别的意味:"你如何就不长记性,出来时我是怎么叮嘱的?要你为父皇背诵《西都赋》的,怎么跑到那边去了?"她一把将儿子拉到身边,脸上就挂满了冰霜。

看着两个女人又闹别扭,李治心里也是老大的不快,他瞪了一眼王皇后和萧淑妃道:"看灯就看灯,你们何其多事?朕记得为太子时,先帝就曾谆谆教诲,要朕善待诸王。他们兄弟平日见面不多,借这个节庆说说话有什么错?"

两个女人便不再言语,将心思集中到陪皇上观灯上来。

这李素节虽然只有六岁,却博闻强识,看到满眼花灯绽放,爆竹轰鸣,一时少年意气,《西都赋》就呼啦啦地出口了——

其宫室也,体象乎天地,经纬乎阴阳。据坤灵之正位,仿太紫之圆方。树中天之华阙,丰冠山之朱堂。因瑰材而究奇,抗应龙之虹梁。列棼橑以布翼,荷栋桴而高骧。雕玉瑱以居楹,裁金壁以饰珰。发五色之渥彩,光焰朗以景彰……

那不失童稚的可爱,却又带书卷的气度,引来李治欣喜的目光。他抚摸着李素节的脑袋,一高兴就对李荣道:"此子可教也! 传朕口谕,赏雍王五千钱。"

李素节纳头便拜:"谢父皇! "

王皇后侧目看去,萧淑妃眉眼间分明带着几分得意的神采,她心里就很不是滋味,指着陈王道:"皇儿,你拿什么敬父皇呢?"

李忠吭哧了几声道:"儿臣近来正在读《论语》,有些心得。"

李治回眸看了一眼道:"哦? 说来朕听听。"

"子曰：'为政以德，譬如北辰，居其所而众星共之。'儿臣以为德政与仁政，乃立国之基。"李忠娓娓道来。

李治满意地点了点头，也吩咐李荣给予赏赐。尽管萧淑妃多次在耳边吹风，希望能立李素节为太子，但现在看来，李忠于政事更熟知一些，而前些日子，长孙无忌、于志宁也相继陈奏，希望能早立李忠为太子。李治没有立即回复，他还需要听听其他臣下的谏言，毕竟这是关乎国脉的大事。

但他心中已有一个打算，作为对王皇后谏言武媚回宫的褒奖，元宵节后，他要擢拔柳奭为同中书门下平章事，与长孙无忌等人一起参与朝廷大事。

哦！那个黄门侍郎宇文节也应在擢拔之列，他虽年迈体衰，但性格秉直，有了他，立储的障碍会小一些……

元宵节后的朝会上，这两项任命几乎没有任何障碍就通过了。只是李治发现，三省首辅都年事高迈，这对他来说多少有些遗憾。

狂欢总是短暂的，而烦恼却接踵而来。

朝会一结束，户部尚书高履行就进了两仪殿，他一脸的愁容。李治见了笑了笑道："何事让爱卿愁眉苦脸的？"

因为高履行娶了东阳公主，被册封为驸马都尉，又加上东阳公主在太宗女儿中排行第九，故两人说起话来并不像其他臣下那样拘谨。

"去年秋季，关辅之地颇弊蝗螟。天下诸州，或遭水旱，百姓之间，致有罄乏。去冬至今春，又是数月无雨，臣不胜惶恐，夙夜不安，特来禀奏陛下！"高履行说出了他的担忧之事。

李治闻言沉默了许久，他不明白上苍究竟是何意。贞观时期，连年风调雨顺，府库充盈。怎么自己刚刚即位就灾情不断，莫非真是"天将降大任于斯人也，必先苦其心志，劳其筋骨，饿其体肤"么？他抬头看了看高履行道："那依爱卿之见，此事该如何处置呢？"

高履行从容道："年节一过，百姓面临的就是春荒。臣所忧虑者，乃百姓无粮而乱。"

李治忙摆手截住了他的话道："爱卿的意思朕明白了，天下诸州，或遭水旱，此因朕之不德之果，兆庶何幸？朕自当矜物罪己，载深忧惕。这样吧，凡开春粮廪已空者则事资赈给。其遭虫水处有贫乏者，得以正、义仓赈贷。雍、同二州，各遣郎中一人充使存问，务尽哀矜之旨，符朕乃眷之心。"

看着皇上处置起关乎安百姓、固社稷的事情来果断清明，特别是严于责己，果有太宗遗风，高履行就生出几分感动，忙道："陛下圣明！如此天下百姓可安心了。"

李治又接着道:"赈济借贷,终非长策,爱卿可知会柳奭,拟诏颁布天下,令州县凿渠饮水,掘井汲泉,兴利除弊,大倡农桑。"

"皇上之意,正乃臣之所思,臣这就去拜见柳大人。"高履行走出殿门,却看见宗正寺卿李博乂正在垫门坐着,两人寒暄了一番,话音刚落,李荣就在殿门口尖声叫道:"皇上有旨!李博乂觐见!"

听见李博乂叩见的声音,李治抬了抬眼皮道:"平身!年节刚过,爱卿急着见朕,所为何事啊!"

听皇上这口气,李博乂倒有些嗫嚅了。

李治见状有些不高兴了,道:"爱卿有话就说,在这儿支支吾吾,有何难言之隐么?"

李博乂闻言"扑通"一声跪倒在地道:"陛下圣明!臣有一棘手之事无解决之法,奏请陛下圣裁。"

他所奏之事还真是轻重不得,事主偏是李治长辈滕王李元婴。他是高祖第二十二个儿子,自小娇宠,纨绔成性。先帝曾将之封为滕王,孰料他在封地内横征暴敛,鱼肉百姓,以致民怨沸腾,去年,李治将其贬为苏州刺史。他非但不思改过,反而变本加厉。竟然不顾太宗皇帝正在丧期,畋游无节,数夜大开城门,叨扰百姓。今年正月初一,他又别出心裁,登上王宫楼门,要属下弹射街上行人,击中者有赏。御史台将此事奏给宗正寺,李博乂知道了之后就显得十分为难。

"如此颓废,与晋灵公何异?"不等李博乂奏完,李治已是怒不可遏,掷下手中批阅奏章的朱笔道,"亲王如此,社稷安可固乎?真该将之……"

李博乂眼瞅着皇上,等待着下文。他也对这个滕王厌恶之至,如果皇上真下了决心,他也绝不会手软。他知道长孙无忌、于志宁这些老臣都是这样的想法。

然而发过脾气之后,李治的身子向后靠了靠,发出的却是一阵悠长的叹息。荆王李元景等也都是蔑视朝制,目无法度的长辈,难道都要诛杀么?那样难免会发生一次"七国之乱"。

他直起身,望着阶下的李博乂,变了说话的语气:"爱卿所奏,乃朕之心忧。亲王如此,何以教化百姓?然则,先帝方去,国殇未竟,朕怎可妄开杀戒?朕当亲自修书一封,对其多所责备,促其醒悟。"说完,李治便下笔叙道——

王地在宗枝,寄深磐石,幼闻《诗》《礼》,凤承义训。实冀孜孜无怠,渐以成德,岂谓不遵轨辙,逾越典章。且城池作固,以备不虞,关钥闭开,须有常准。

鸠合散乐,并集府僚,严关夜开,非复一度。过密之悲,尚缠比屋,王以此情事,何遽纷纭?又巡省百姓,本观风问俗,遂乃驱率老幼,借狗求置,志从禽之娱,忽黎元之重。

时方农要,屡出畋游,以弹弹人,将为笑乐。取适之方,亦应多绪,何必此事,方得为娱?晋灵虐主,未可取则。赵孝文趋走小人,张四又倡优贱隶,王亲与博戏,极为轻脱,一府官僚,何所瞻望?凝寒方甚,以雪埋人,虐物既深,何以为乐?家人奴仆,侮弄官人,至于此事,弥不可长。朕以王骨肉至亲,不能致王于法,令与王下上考,以愧王心。

人之有过,贵在能改,国有宪章,私恩难再。兴言及此,惭叹盈怀。


写罢,李治又吩咐李荣封了签,盖上了玉玺,这才郑重交到李博义手中。

带着皇上的书信出宫,李博义的心境十分复杂。皇上在处置宗室的事情上优柔寡断,这让他感到担心,这样下去,以后那些"元"字辈的王爷们就越发目无朝廷了。

可还没有等李博义走上司马道,又被李荣传了回去。李治并没有收回书信的意思,而是想了一个新的主意:"朕反复思虑,与其挞伐,勿如分化。传朕旨意,赐诸王帛各五百匹,唯不赏滕王李元婴、蒋王李恽,并在敕命中加上一句——滕叔、蒋兄能自给自足,不须赐物,给麻两车以为钱贯。"

李博义领旨后转身出了两仪殿,就忍不住笑了:"呵呵!陛下还真有意思,竟有如此理政的。"

内政不宁,边疆也就不稳。这不,兵部尚书崔敦礼的奏章呈上来了。他在奏折中说,曾在西突厥内乱中投靠大唐,被封为瑶池都督、沙钵罗叶护的阿史那贺鲁听说太宗驾崩,竟自立为沙钵罗可汗,还夺取了西州、庭州等地,意图与朝廷对抗!

李治看了之后大怒,狠狠地击打着御案道:"反了!反了!如此背信弃义之徒,不诛不足以安边陲。崔爱卿何在?传朕旨意,命庭州刺史发兵征讨!"

李荣忙跑到殿门外宣崔敦礼觐见。可还没等李治说出发兵讨伐之意,崔敦礼就呈上了庭州刺史骆弘义的奏报,提供了一个"上兵伐谋"的计策——阿史那贺鲁虽自立为可汗,可他岂知螳螂捕蝉,黄雀在后?在他的部落西边,乙毗射匮汗国正虎视眈眈,陛下若能遣使说之,则我朝不动刀兵,亦可安边。

李治放下奏报问道:"崔爱卿以为此策如何?"

"臣以为眼下国丧未竟,骆大人之言,不失为定边上策。"

"好!那就依此策行事。"

崔敦礼得了旨意拱了拱手,但并未离去,而是近前道:"陛下,突厥人生性强悍,多疑善变,不知法度,少守信义,仅仅安抚尚不能使其臣服。据臣所知,阿史那贺鲁长子现在长安担任宿卫,陛下何不授其官职,让其随朝廷使者同往瑶池说服其父?"

"爱卿所言,正合朕意,朕也觉得现在不是兴兵之际。崔爱卿以为何人能担当此任呢?"

"通事舍人桥宝明能言善辩,又精通突厥之语,必能胜任!"

"好。传朕旨意,敕桥宝明为朝廷之使,即日前往瑶池宣慰!"

等批阅完这天的最后一道奏章,已是夕阳西垂了,李治第一次感到了疲倦。他闭目良久,没有说话。过了一会儿,李荣近前问道:"陛下,不知您晚膳在哪里进?"

"就在两仪殿。"

"那今晚由哪位嫔妃侍寝?"李荣又问道。

李治沉思了片刻道:"还是让萧妃进宫吧,朕也有事要对她说……"

大约酉时三刻,早早沐浴后的萧淑妃被太监们用锦被包了送到甘露殿,一路上她的心都是湿漉漉的,思绪伴着轿舆的闪动而飘荡。

被帝王宠幸,她不是第一次。皇上年轻,她也年轻,他们都需要激情和浪漫。当李治在宫娥们伺候下上了皇榻时,就把白天的烦恼都抛在了一边,全身心地付与这玫瑰色的夜晚。

粉色的帷帐,粉色的锦被,粉色的胸衣,都让他的情欲像礼花一样绽放。他们时而交颈呢喃,时而相互摩挲。皇榻像一汪湛蓝的海,浮着他们漫无边际地遨游。

比起其他女人放荡的疯狂,李治觉得萧淑妃浅浅的笑,微微的喘,轻轻的呻吟似乎让他更加曼妙和惬意。

眼前是茫茫的大海,大海的中心是芬芳四溢的湖心岛,他们牵着手飞向湖心岛,一任情与欲放纵和驰骋……

高潮过去后,两人渐趋于平静,相对而卧时,萧淑妃看似很不经意,却把思谋了许久的想法提到了李治面前。

"皇上!"她柔柔地呼唤着。

李治摩挲着她卷曲的头发道:"爱妃有何话说么?"

"皇上亲政已经年余,还没有考虑立储之事么?"

李治没有立刻回答,事实上他也无法给她一个明确的回答。且不说立储向来为朝野所瞩目,仅仅是后宫就有无数双眼睛盯着。现在想来,元宵节那天王皇后与萧淑妃各自带了陈王和雍王,显然不是无意间的触机,女人们在这些事上往往感性而又聪明。李治的手离开了萧淑妃的发际,脸上变得严肃了:"立储事关国脉,岂可草率行事? 这是要廷议的!"

"妾知道,可朝臣们还不是看皇上的眼色行事,您心里总有个数吧?"

闻言,李治的脸色渐渐变得不悦了:"自古立储以嫡,无嫡立长。眼下忠儿已由皇后收养,就是议立也……"他把后半截话咽了回去,怕萧淑妃脸上过不去。可萧淑妃却不管这些,她关心的就是儿子在皇上心中的位置。

"妾有一句话不知当讲不当讲?"见李治没有阻拦的意思,她放胆道,"素节不管怎么说也是妾所生,可陈王就不一样了……"

李治顿时睁大了眼睛,那样子让萧淑妃心里开始感到害怕。她情知自己话说过了头,触怒了皇上,忙努着樱口嗫嚅道:"妾只是想……"

李治没有接萧淑妃的话,却对外面喊道:"来人,送淑妃回去。"

"皇上……妾……"萧淑妃的呼唤声从耳边渐渐淡去,但李治这时候一点睡意也没有了。王皇后、萧淑妃的影子交替在他眼前晃动,她们一个为自己的地位,一个为儿子的前程,何时将国家兴亡放在心中呢?尤其是萧淑妃,都是平时宠坏了,说起话来尖酸刻薄。她轻视李忠的出身,这让李治心里极不舒服,难道他身上就没有朕的骨血么?

可从感情上讲,他不能不考虑到萧淑妃带来的欢愉,不能不面对她那双秋水涟漪、楚楚动人的眼睛,也不能否认李素节的聪颖与博闻强识……

他们身上都流着朕的血液,哪一个都让他左右为难。他忽然觉得自己很无力,先帝不也曾想立吴王李恪么? 他的母亲可是前隋炀帝的女儿啊!

唉! 她们哪一个能和武媚相比呢? 武媚心中常装着社稷,李治回想起先帝离京时他们之间那些推心置腹的书信往来和谈话。当时有臣下以为国家正逢盛世,当以兴工商、治农桑为要,高丽隔江相望,劳师远征,得不偿失。可武媚却不这样看,她认为率土之滨,莫非王臣,威威天朝,岂能容藩国作乱? 认为太宗征伐高丽是正确的。

尤其让李治不能忘怀的是,先帝亲征高丽之前,曾将军国大事托付给侍中刘洎,命他辅佐李治监国。他竟当着李治的面对先帝道:"愿陛下无忧,大臣有罪者,臣谨即行诛。"

之后,李治与武媚幽会,具以告知,她当即指出——泊与人窃议,窥窬万一,谋执朝衡,自处伊、霍,猜忌大臣,皆欲夷戮,实乃奸臣矣。她要李治禀奏太宗,宜早除此人。

记得在感业寺相遇时,两人虽不乏卿卿我我,然武媚的言谈举止中依旧是国之大事——皇上初即位,凡事不可操之过急,须体恤民意,善于纳谏,使贤者进而不肖者退。

面对立储这样的大事,她会怎样处理呢?李治很想传她到身边说说心里话。可感业寺之于皇宫,却远在天涯。

纵然朝臣中有许多人对武才人还俗持有异见,朕都要接她回宫。李治望着窗外渐渐明晰的曙光想。

……

立嗣的问题,不仅让嫔妃和皇后之间纠结不断,朝臣们更是意逐情牵。

京畿之地过了端午就拉开了麦收的大幕。尽管一冬没有透雨,可清明节一连三天的春雨,就让庄稼噌噌朝上蹿。此刻登上城楼,放眼八百里秦川,衮衮金色,麦浪滚滚,从渭水岸边直到终南山脚下。

看着这样的情景,京兆尹李世年的眉梢每天都挂着掩饰不住的喜色,特别是去年秋天皇上籍田的地方,因有专人侍弄,庄稼长势分外见好。这些情况通过尚书省很快就传到了李治那里,他自然是龙颜大悦,不但在朝会上褒扬了李世年治理有方,而且要朝臣们有空就到城外走走,体察民情风俗。

邀请出去体察民情的名单是由李世年拟定的,但他明白以自己的官阶只能是应个名,没有长孙无忌点头,谁都不会应约的。他把自己关在房里冥思苦想,反复斟酌,才拿了草稿到太尉府聆教。

长孙无忌将草稿浏览一遍,觉得很合自己的意思。柳奭、于志宁、张行成、韩瑗……这几位都是在褚遂良案发后主持朝政的核心人物,更为要紧的是,他们当初都极力主张立王氏为后,现在又都在立嗣问题上积极支持陈王。这些人走在一起,名义上是探视民情,实际上是得到了一个说话方便的空间。

长孙无忌的眉宇舒展多了,将名单搁置案头,请李世年喝茶:"三省之长大体都在,回来后更利于向皇上禀奏。"说完他拿起笔在名单里划去了自己的名字。

李世年有些不解,问道:"大人!您这是……"

长孙无忌呷了一口茶后笑道:"老夫年迈,近来又患足疾,不便前往。勉强去了也是大家的累赘,所以就免了吧!"

"既是如此,大人好好休息!只是少了大人,同僚们总以为憾。下官已让属县略备薄酒,还特地到终南山打了野味,这一来……"李世年有些遗憾。

长孙无忌理了理胡须道:"这个来日方长……"

离了太尉府,李世年仍然有些失落。他相信太尉真是病了,他后悔自己知道得太晚,没有带上看望的礼品。

李世年虽然办事利落,但为人太过老实,不善猜度别人的心思。他根本不知道长孙无忌之所以婉拒了他的邀请,是有更幽深的心机。

近来皇上在一些事情上,特别是在召武才人回宫的事上屡屡与他发生龃龉,甚至有时对他避而不见。进入二月后,他就不断提请皇上立陈王为太子,可李治就是缄默不言,而他对萧淑妃的倾情也让长孙无忌担心皇上会有立雍王的意思。这样,他苦心孤诣将李忠过继到王皇后膝下的计策岂不功亏一篑了么?

这样的争论在两仪殿已经发生过几次,因此他不想给人留下把持朝政,胁迫皇上的话柄,这次他要借助群臣特别是三省的力量来达到自己的目的。

长孙无忌起身向外走的时候,忽然想到岸边垂钓的老者……他忍不住笑出了声。

五月初十,柳奭一干人乘着车驾出了长安。沿着沣河一路走来,每到一处李世年都请各位大人稍做停留,品评麦子的成色,询问百姓的收成。他们依照麦收的顺序由南向北,一行首先到了户县、杜陵一带。

张行成站在田头,揪了几株麦穗,放在手心揉了揉,金色的颗粒立刻弥漫着浓浓的麦香。于志宁手搭眉头朝远处看,田垄上农夫们面朝麦田背朝天,正在收割麦子。大家都被炎日晒得大汗淋漓,肤色黝黑。见此情景,于志宁的眼神有些模糊不清了:"唉!天下最苦,莫过于种地之人。"

"大人所言甚是!《诗经·七月》曰:'禾麻菽麦,嗟我农夫。我稼既同,上入执宫功。'我等应爱惜民力,才不负皇上怀土爱民之圣恩。"

于志宁点了点头,深以为然。从贞观三年担任中书侍郎起,太宗对农商的关注让他深有感触,那时太宗每次外出暗访,都点名让他跟随。有一次太宗到周至查看"籍田",不料一羽林卫误踩了嘉禾,被太宗当面鞭笞四十,在场的农夫当时都感动涕泪。现在,他从新主身上看到了先帝遗风。

柳奭在一旁看了,心里暗笑这老儿真是个书呆子,一垄麦子就激动成这样，忘了此行的真正目的。他脑子一转，便上前道："大人所感，在下感同身受。大人如有雅趣，不妨前去访访那位老者如何？"

见于志宁点了点头，柳奭又征求了张行成、韩瑗的意见，四人沿着田埂前行。家丁们立即追了上来，被张行成拦了回去："本官要和几位大人说话，你等不必总是跟着。"

他们一行来到田头的一棵古槐树下，巨大的树冠投下浓浓的阴影，一阵微风拂过，柳奭顿时觉得清爽了许多，话也随着爽风出口了："二位大人！自褚大人任同州刺史后，皇上将中书省诸事委与在下，数月以来，在下所忧者乃立嗣大计，今日有幸与诸位聚在一起，不知各位大人有何意见？"

于志宁闻言便道："此亦是在下之所虑，端午那日，在下还与长孙大人谈及此事。内宫有消息说，皇上对萧妃情有独钟，难免不会将雍王放在首选。"

张行成也道："论家世，萧妃也是前朝望族。依礼该淑容娴静、知书达理，如皇上给她的封号一样。可她偏又刻薄尖酸，心胸狭窄，虽有花容月貌，却少国母之资，若是立了雍王，只怕后宫将……"后面的话他没有说，但意思大家都明白了。

柳奭将脸转向于志宁问道："不知太尉大人是如何想的？"

"《春秋》曰：立嫡以长不以贤，立子以贵不以长。王皇后膝下陈王，虽非亲生，却是皇上骨血，长孙大人认为立陈王为国储，乃是正理。"

"只要长孙大人是这个态度就好说了。眼下能劝皇上的，也只有长孙大人了。"柳奭点了点头，但他还是有些担心，"不过，虽说长孙大人与皇上为甥舅关系，可毕竟一为君，一为臣，若皇上一意孤行，他也无可奈何。"

"这……"韩瑗沉吟了片刻道，"这倒不是什么难事。皇上宽仁慈爱，断不会做出违制之举。"

"请大人明示！"

"先帝所立'五花判事'之制，中书省代皇上草诏，须得经门下省审议，方可由尚书省发出。倘若皇上立雍王为储，在下可在审议之时驳回，然后请太尉进谏，皇上必会从谏如流的。"韩瑗回道。

柳奭还是不放心，道："话虽如此，可这样一来，未免有僭越之嫌。"

"这个大人不必忧虑。先帝已为后世立下楷模。贞观之初，大唐与突厥大战，兵力匮乏，中书令封德彝谏言十六岁以上的丁男悉数从军，先帝准奏，令其拟诏。孰料在门下省被侍中魏徵驳回，先帝遂收回诏书，此事一时在朝野传为佳话。依在下看，此次皇上也必能采纳我等谏言。"张行成胸有成竹。

听了这番话,柳奭和于志宁也点了点头。

话说到这里,彼此都明白了心思。这时李世年过来了,后面跟着一干县府的差役,抬着一篓洗好的鲜桃。他喜滋滋道:"下官已在城内'甘亭楼'备了酒席,见各位大人沿途劳顿,户县县令先送来当地鲜桃,为大人们解解渴。"说着他向后招了招手,户县县令忙跑过来,一边擦汗,一边拜见各位大人。

看到新鲜的桃子,大家这才感到真有些唇焦口燥了……

柳奭虽代理中书令,可他仍事事必须倚重长孙大人。他一回到京城,就匆匆赶往太尉府,将一路上与张行成、于志宁等人所议禀告了长孙无忌。

长孙无忌眉头掠过不易觉察的笑意道:"大家因公而忘私,皇上一定会愉快纳谏的。"

第二天朝会一开始,柳奭就向皇上谏言尽快完成立嗣,尽可能在明春正月举行立太子大典。他的陈奏很快就得到了张行成的呼应,他也出列意气昂扬道:"柳大人所奏,臣等感同身受。陛下已有四子,只有早立东宫,才能安定宗室,强本固基。陈王忠乃诸王之长,仁厚敬德,请立为太子。"

韩瑗、于志宁等人几乎众口一词,力主立陈王为太子。李勣虽然沉默,但张行成从私下里已得知,他从内心也是赞同立陈王的。

李治一直静静地倾听朝臣的陈奏,但他的心思一直在飞快运转,他暗地打量着长孙无忌,一副平静如水的情态。他越是这样,李治就越觉得这一切都是他背后推波助澜的结果。

呵呵!李治在心里笑道,老人家这是借大臣的谏言逼朕下决心呢?在大家说完之后,李治站起来道:"众位爱卿心忧社稷,朕甚知之。立储事关社稷,朕决定由太尉主持集议,三省之长与会形成议决,然后奏朕定夺。"言毕,他遂命李荣宣布退朝。

按长孙无忌的提议,集议在门下省公署举行。待大家坐定后,长孙无忌环顾一下道:"皇上下旨集议立储大计,不知各位大人有何高见?"

张行成招呼署中曹掾给各位大人沏好茶之后道:"依在下观之,皇上下旨集议,必有不便言明之心事。"

"是否与召武才人回宫一事有关?"柳奭猜测道。

他话一出口,长孙无忌的脸色就阴沉了:"立储乃国家大计,绝不可与武才人牵扯在一起,误了社稷。"

他一想起那个妖媚的武才人就觉得愧对先帝,现在皇上竟要召其回宫,他已下定决心,就算豁出衰朽之身,也要阻止她回京。长孙无忌喘了喘气,说话的声音明显粗了："老夫即便不做太尉,亦当冒死进谏,劝陛下息召才人归京之念。"

同僚们都为长孙无忌的凛然气度而感染,纷纷表示当追随其后,协力同心,尽肱骨诤臣之责。唯独于志宁不言,这引起长孙无忌的注意。

"大人为何缄默?难道是老夫错了么?"

于志宁赶忙作揖回道:"非也!大人忠君之心,天日可见,下官高山仰止。然则鱼与熊掌不可兼得也。皇上之所以将立储大计下旨集议,正是要我等在武才人这事上有所回旋。倘若我等就此纠结不前,势必让皇上分心。"

"那依大人之意该当如何?"

"悠悠万事,立储为大。我等不妨奏请皇上召武才人回来,这样也好让皇上同意我等奏议立陈王为储之事。其实,就算我等不陈奏,皇上也是要召武才人回京的,我等不妨顺水推舟。"

韩瑗闻言赞道:"于大人此法甚好!退一步乃为进两步。能使君臣和谐,内外一体,社稷长久。"

长孙无忌还是不能接受这种妥协:"老夫只是担忧这女人一回来,从此后宫再无宁日。"

"大人所忧不无道理,因此我等须处处提防,使她不得册封,不得介入后宫诸事,更不得干预朝政。"张行成道。

"依老夫之意,是断不会向皇上奏请此意的。"长孙无忌无奈地同意了。

孰料一直没有说话的尚书仆射李勣这时候发声了:"此事就由下官来说吧。"

长孙无忌愣愣地看着他,心想你这个老滑头真会抢时机,好事都让你干了。他脸上十分不悦,李勣很快就看到了。他也有自己的苦衷——作为跟随高祖起事的老臣,他整整陪伴了三代皇帝。出为战将,为扫除边患身经百战;入为重臣,为安定社稷呕心沥血,可太宗病中曾将他贬为叠州都督。高宗即位,他即被召回拜为尚书仆射。这前前后后的颠簸,使他深感唯有处处谨慎,才不至于仕途波折。他知道先帝之所以在临终之际做出那样的决定,还是担忧他和太子的关系。

尽管在凌烟阁二十四功臣中,他获得了赐姓的殊荣,但还是改变不了他骨子里是外姓的现实。因此,尽管他在内心对长孙无忌的坚守和抗争给予理解,可在场面上却总是保持沉默,或者以立储和册封后宫均是皇上家事为理由疏而远之。因此,面对长孙无忌的误解,他并不辩白。

可埋怨归埋怨,长孙无忌也觉得眼前只有李勣是最合适进谏的人选。

于是集议的结果是由李勣向皇上陈奏:一是议立陈王李忠为太子;二是谏言召武才人回京。朝廷内外终于以这样的妥协实现了君臣之间的和谐。

在皇上恩准集议结果的当天,柳奭就把这个消息告诉了王皇后。因此,关于武才人回京的筹备也更加紧锣密鼓地进行……

时光就这样在朝廷人事的更替中到了中秋节。

遵照皇上的旨意,鸿胪寺崇玄署早在八月初就到感业寺宣达了武才人回宫的诏命,并以皇上的名义向寺院行了布施。明镜住持在感恩朝廷的同时,就越发觉得武媚不是一个平凡的女人,也许她就是佛祖赐予禅院的福祉。

不是么? 自从她来了以后,朝廷的赏赐和布施就从来没有断过,而且数额巨大,她也由此而对武媚分外的照顾。从春天开始,她特地派了明月专门照看武媚的起居。

自从去年秋天约了武媚到京郊游猎之后,李治每逢节令就要到寺内进香。这种举止常是毫不声张的,只有李荣一人知道。明月正值青春年华,自然对男女之事十分敏感,总是在做完手中之事后就悄悄地退出了。这些不仅武媚,李治也心知肚明,时不时地让李荣赏赐一些寺院用得上的物什给她。

昔日的佛门姐妹,如今一个在上一个在下,明月有时候心里也不舒服,可她把这一切都归于上天的安排。也许,她今生就是这样的命运。

回宫日子越是临近,武媚的心境也越是复杂,她忽然发现对曾经很不习惯的感业寺有一种莫可名状的眷恋。且不说明镜法师的殷殷关爱,明月的早晚相伴,她尤其同情来自并州的明霁,为她将大好的青春消磨在早晚的诵经之中而惋惜。她决定在离开前一定要去看她一次,既是感谢,也是辞行。

这天,武媚带着抄好的经卷来到藏经楼,她远远地就看见明霁在二楼门口招手。待走到近前,明霁淡然一笑道:“明空师妹,你何时走呢? ”

武媚撩了撩额前的长发,莞尔一笑道:“皇上有旨,中秋节我就要在宫中过。”说着,她就在明霁对面坐了下来。

明霁给武媚沏好了茶,看着淡黄色的茶水在杯子中晃动,明霁终于将斟酌了许久的心里话说了出来:“师妹! 贫尼有一句话不知当讲不当讲? ”

“师姐与我情同手足,有什么话不能说呢? ”

明霁的眉毛都蹙郁在了一起,显出几般凄楚:“你想过没有,回宫之后会有许多烦恼呢? 皇上倒是百般地爱,可后宫那些女人们恐怕就难说了……”

武媚点了点头,这些她怎会没想到呢? 萧淑妃的冷眼自不必说,就是那个温言软语劝她回宫的王皇后，哪会甘心卧榻之旁有一位皇上恋着、护着、爱着的女人呢？她早看出来了，王皇后对她的亲昵其实是想借钟馗打鬼。此番回京，她就没打算过平静日子，谁要敢对她心怀叵测，她就要像踩死老鼠一样，让其死得非常难堪。

"师姐提醒的是。不瞒师姐说，师妹这次回京就一条，绝不让任何女人与我争宠，谁要跟我斗，不死也得脱层皮。"

闻言，明霁惊诧地瞪大眼睛看了武媚半天，没有说话。她忽然觉得眼前这位并州同乡看上去十分陌生，她也第一次发现，原来师妹也是容不得别人夺爱的刚烈女子。

武媚显然也发觉自己吓着了明霁，那双丹凤眼又挂上了盈盈笑意："师姐的恩德我是不会忘记的。他日若能出头，我第一个感谢的就是师姐。"

武媚是怎样走的，明霁浑然不觉，她的心被烦乱塞得满满的。

八月十四，大约巳时，朝廷就来人接武媚了。除了鸿胪寺的官员，许敬宗、李博义也来了。明镜法师率众尼姑在主殿门前迎接朝廷官员。

朝廷一干人先向佛祖进香施礼，叩拜之后才和寺院的住持、知事们一一见面。武媚在明月的陪伴下来到大家面前，许敬宗高声道："武才人接旨！"

武媚撩起裙裾，跪倒在地道："臣妾接旨。"

制曰：才人武媚，恭慧睿智，博古通今，禅院两载，带发修行，功德圆满，准予回宫，复其四品封赐，置于清宁宫。钦此。

武媚神情有些恍惚，她不明白皇上为什么要把她安排在王皇后身边。她的怒火很快地涌向大脑，眼看眸子就红了，甚至连谢恩都忘记了。直到许敬宗提醒，她才转过神来，伏地回道："叩谢皇上隆恩。"

她神情的细微变化，明镜法师是看在眼里的。她有些担忧，示意明月扶起武媚，然后缓缓地走到她的面前双手合十道："明空，我佛慈悲，必度良善之人。你尘缘未尽，于今相别，你还要好自为之。南无大方广佛华严经。"

此时，武媚的眼角也涌出了复杂的泪水，上前双手合十，向明镜法师道别，当她抬起头时，就看见了人群中的明霁，便与她抱在了一起。

"明霁师姐！就算到了天涯海角，我也不能忘了你！"

这时，她耳边传来鸿胪寺官员的呼唤："请武才人上车。"

# 第五章

## 武才人巧于周旋　濮王府风起青萍

同州横卧在八百里秦川东端,绵延五十余里的铁镰山像一条巨龙,在城南展开它跃跃欲飞的雄姿, 汤汤东去的渭水从城北汇入黄河。因其处在京畿,近水楼台,常常受到朝廷关注,所以城池也建得高峨耸秀。又因为建在平原上,因此城内的街道也显得宽敞从容,巷间纵横,店铺林立。

永徽三年(公元 652 年)的春早,正月刚完,惊蛰就唤醒了沉睡的土地。特别是冻了一季的渭河,竟早早地解冻了。硕大的冰凌被寒冷的渭水托着,缓缓朝东涌去,相互撞击的声音汇成开冻的怒吼,回旋进古城的梦乡。

吹面不寒三月风! 刺史褚遂良这些日子显得很闲适散淡,虽说离皇上远了些,可也有远的好处。这里不是边关,他干脆放手把署中事务都交给长史,甚至司马们前来请示,他都给推了。他每天除了看书,就是写字。谁要就给谁写,并且分文不取。不久,同州的大小商铺都挂了他写的牌匾,因而生意分外红火,府衙的税赋自然也日益丰盈。

褚遂良于是十分得意,干脆走出州府,到所属各县走了一遭,他走到哪里就把字留到哪里。很快,各县的收入也增加了不少。消息传到朝廷,李治就很有感触,觉得这样的人外放非常可惜,有机会一定要召他回来。

皇上的心思褚遂良自然不得而知,他照旧在闲逸中打发时光。二月初,华县县令到州府拜谒,酒足饭饱之后,县令又要索字。褚遂良道:"前些日子不是写了很多么? 你怎么如此贪婪呢? 本官倒成了你的县丞了?"

县令笑着忙道:"大人海涵,下官哪里是给自己讨字,实在是因为本县杨氏宗族中出了一位神童,四岁即可吟诗,下官是想请大人给他写几个字,奖掖一下。"

"哦！可是汉弘农杨震杨大人的后人？"

"大人英明！正是杨震胄裔，名唤杨炯，天资聪颖。"

褚遂良点了点头，弘农杨震的传奇他也听了不少，最熟悉的莫过于"深夜赠金"之事。有一年，杨震升任东莱太守，赴任途中路过昌邑县，曾得他举荐的昌邑令王密深夜来见，要送他十斤金子。杨震道："故人知君，君不知故人，何也？"王密道："暮夜无知者。"杨震就有些生气了，道："天知，神知，子知，我知，何为无知者？"王密惭愧而出，从此廉明自律，不敢懈怠。

前次他去华县时，还看了矗立在杨氏墓园山门内的"四知方"牌楼，不想此家竟出了如此神童。

"不知该童是怎样的聪颖？"

"大人且听下官详禀。就在今年正月，杨家来了一位客人，正是闻名遐迩的骆宾王。他见杨炯生得眉清目秀，口齿伶俐，便要他当众赋诗。孰料一杯酒未喝完，他竟脱口而出：'紫气逐夜来，人间日换新；檐下风吹柳，天地又一春。'此诗一出，语惊四座，连骆宾王都惊叹不已。"

"这骆宾王本官知道，平素有些倨傲，他看上的人自是不差。好！本官就写一副'鸿鹄高翔'如何？"褚遂良道。

县令击节，连道三个"好"字！褚遂良正要铺纸下笔，耳边却传来一阵说话声，接着府令就进来禀告说京城来了人。褚遂良无奈地笑了笑，放下笔来到前堂，原是秘书少监上官仪到了，他高声道："褚遂良接旨！"

褚遂良忙跪倒在地，山呼万岁。

制曰：着同州刺史褚遂良回京听任。钦此！

"谢陛下隆恩！"

褚遂良接旨后便邀上官仪到客厅叙话，县令见两位大吏有话要说，便知趣地告辞，孰料褚遂良将其拦住，将上官仪介绍给他。听说上官仪是门下省官员，县令纳头要拜，上官仪连道："免了，免了！贵县一定是来向褚大人索字的，我就借机一饱眼福吧！"

"大人这样一说，在下倒真是恭敬不如从命了。"说着，褚遂良铺开宣纸，写下了"鸿鹄高翔"四字，然后题款、压章，客厅里顿时就溢满了墨香。他又把字的来由叙说一遍，上官仪就十分感慨。

等那字干了之后，县令才小心地收起。这时只听褚遂良道："自与大人京中一别,悠悠三载,今日相见乃天意也!在下已命人在'飞鸿楼'备下酒菜,县令大人不妨一起痛饮一番……"

这顿饭足足吃了一个时辰,出了店门,县令就告辞回华县了。褚遂良与上官仪回到刺史府,品茗三巡,酒就醒了几分,话也多了起来。

上官仪打趣道:"大人这回真是鸿鹄高翔了啊!"

"大人这是话里有话呀?"

上官仪哈哈笑道:"听说皇上要任大人为吏部尚书兼同中书门下三品,你都当了宰相,今天这酒喝得值。"

褚遂良却不以为然,离京前他就是同中书门下三品,皇上这次召他回京,充其量也就是官复原职。

上官仪见此,眨了眨眼道:"不知大人可知否,武才人回宫了。"

"听京里的人说过。皇上就是太宽厚,太仁慈了。"

"可有一件事情大人一定不知道。"

"何事?"

"这次是武才人恳请皇上宣大人回京的。"

褚遂良十分吃惊,且不说自己曾力主先帝杀她,就算没有这事,皇上也不该听凭一个女人干政呀!皇上虽然懦弱,却不该如此糊涂。他连连摇头。

"自武才人回京后,就安排在皇后身边,皇上去萧妃那儿便少多了,大都待在清宁宫。"上官仪又道。

褚遂良闻言沉吟了一会儿,他的心不免沉重起来:"时候不早了!大人且先到馆舍歇息,待在下将同州诸事交代一下,就回京履职。"

两人走出府门,太阳已在西山山头了。城外飞来的群鸟纷纷落在府门前的大树上,叽叽喳喳地叫个不停。褚遂良一声叹息,光阴如白驹过隙,转眼就三年了。

上官仪没有说错,半个月后褚遂良回到长安,就被任命为吏部尚书、同中书门下三品。这天早朝后,李治在两仪殿单独召见了他。

"朕当时那样处罚爱卿,殊非得已。"李治以这样的语气开始谈话,褚遂良心中十分感动。

"微臣深知陛下用心良苦,若非这样,微臣对百姓之疾苦又何以能如此熟悉呢?"

君臣都明白,时过境迁,此时就该同心同德,共谋大计。他们在默契中将不愉快的过去翻过了,把精力集中到处理眼下的朝政上来,褚遂良呈上拟任朝臣的名单道："臣遵陛下旨意,已将拟任诸公列于上,恭请陛下圣览。"

李治展开奏章,看得很仔细:

　　宇文节任侍中;

　　柳奭任中书令;

　　兵部侍郎韩瑗任黄门侍郎、同中书门下三品;

　　……

看到这里,李治停下了,心中生出由衷的感慨——为褚遂良的胸襟,为他的以社稷为重。去同州前,这中书令本是他的,论理,这次回来也该是官复原职。但他不计较这些,毅然地举荐了柳奭。其他的几位,有的比他年轻,有的却比他大了许多,他都能一一人尽其用,这不仅需要胸怀,更需要胆识和勇气。

"马上要举行立嗣大典,爱卿对太子之师可有谋虑?"李治放下奏章又问。

褚遂良闻言笑道："微臣这另有一份名单,恭请陛下圣览。"

李治接过来看了一下,就觉得让他做吏部尚书真是恰当。看了看这些名字,就知道是费了心思的。

于志宁兼太子少师再合适不过了。在太宗时代,他就曾做过太子李承乾的左庶子,屡有进谏。他家学深厚,先后修过《隋书》《大唐礼仪》等,雅爱宾客,接引忘倦,刚正憨直。让这样的老臣来当老师,太子必是日有长进。

张行成兼太子少傅,更合朕意。其人锐言形成,体局方正,先帝以其为廊庙之才。做太子少傅,正是名副其实。

还有高继辅,为人刚正不阿,敢言直谏,又在先帝时任过中书令,治国理政,诸子百家,无不通晓。三人各有所长,琢璞成玉,正心塑形,传道劝学,太子未来必是一代圣君。

李治拿起朱笔,在奏章上批了"准"字,眼里充满了欣慰："爱卿虑事周详,乃社稷大幸。朕意让中书省照此拟诏,送太尉过目,如无异议,即可发送门下省复议颁布。"

"谨遵陛下旨意。"褚遂良赶忙起身,准备离去。

"爱卿留步,朕还有话说。"李治说着走出了龙案,来到褚遂良面前,"武才人已经回宫,想来爱卿已经知道了!"

"臣一回京就听许大人说了。"

"她暂无册封,先留在皇后身边。只是她喜好书艺,多次向朕陈奏欲拜爱卿为师,不知爱卿意下如何?"

"这……"褚遂良捻着胡须没有回答。

李治一看便知道他的心思,他没有忘记当年的旧事,心结还没有打开,而且还对召武媚回宫一事也颇有抵触。

让武媚跟褚遂良学书,也是为以后册封扫除障碍。想到这一层,李治又道:"后宫佳丽成群,可如武才人这样专于书艺者绝无仅有。若爱卿能加以指点,后宫以为楷模,岂非我朝幸事?"

皇上以商量的语气与臣下说话,褚遂良就是再有千重心结,也不好再说什么了,只有点头同意:"微臣自知书艺欠佳,诚恐误了才人。然皇上之意,臣敢不从?今日回府,臣就着手筹备此事。"

"如此甚好!"李治听了十分高兴。

走出两仪殿,褚遂良发现李荣在垫门前徘徊。看见褚遂良,李荣急忙上前问道:"褚大人这是要回署?"

褚遂良点了点头,随后又问道:"武才人回宫后,皇上心境很好吧?"

李荣领首称是,并道:"武才人回宫后,一改刚烈性格,温柔随和,尤其在皇后面前百依百顺,对下人们也是开言即笑,后宫都说她就像换了一个人似的。"

褚遂良没有说话,心里就翻开了浪花——也许是自己多虑了,经过感业寺这番曲折,也许武媚的性格变了,他也不能总是揪住旧事不放。

晚上一回到府上,府令就告诉他武才人来了,现正在前厅说话。他倏然一惊,这来得好快呀!他顿时悟到,其实皇上在两仪殿的一番话就是打个招呼。不管怎么说,她是先帝的才人,眼下虽无封号,却是迟早的事。不管自己心里怎么想,行为上是无论如何也不能怠慢的。

他匆匆换了常服来到前厅,一进门还没等他开口,武媚就起身行礼了:"妾身冒昧打扰,望大人海涵。"

果如李荣所言,褚遂良还礼道:"不知才人驾到,下官有失远迎,还请恕罪。"

寒暄之后,两人相向而坐,夫人退下后,褚遂良命丫鬟续了茶水才道:"不知才人登府有何见教?"

武媚掩口笑道:"大人乃当朝名相,朝野共仰,妾身何敢言教?只是奉皇上口谕,向大人学书艺来了。"

褚遂良忙作揖道:"才人此言折杀下官了。才人想必知道,先帝朝有欧阳询公,楷书《醴泉铭》闻名遐迩;还有虞世南公,丹书昭仁寺碑文,可平涛息浪。微臣不过平日喜欢翰墨而已,何敢言教?"

"大人谦恭了。既是皇上有命,自是因为大人的字超凡脱俗,自成一格。"武媚欠了欠身子接着道,"妾身虽为女儿身,却对大人的书艺神往已久。"

这段开场白的确让褚遂良对武媚刮目相看。先帝在时,他也听过不少关于武才人喜好书艺的传闻,原以为不过是这女人一时起兴,写写消遣而已,未料她竟如此上心,忙道:"才人不吝赐教,下官愿闻其详。"

"大人如此谦虚,那妾身就不揣浅陋了,说错了还请大人见谅。妾身曾将大人的《同州三藏圣教序碑》与欧阳询公的《醴泉铭》做过比较,依妾身拙见,欧阳询公笔力险劲,结构独异,若草里惊蛇,云间电发。又如金刚怒目,力士挥拳。而大人之字,取法王羲之,融会汉隶,正书丰艳,自成一家,行草婉畅多姿,变化多端,字里金生,行间玉润,法则温雅,美丽多方。我大唐书艺,若是前有欧阳询、虞世南,后无大人创格,岂非故步自封尔?"说到这里,武媚又把话锋转了回来,"妾身点滴之见,让大人见笑了。"说完,她翘起兰花指端起茶杯,轻轻地呷了一口茶,樱唇显得十分红润。

褚遂良听得十分认真,这倒不是武媚的话对他多有褒赞,而是她的侃侃而谈让他忽然有了"操千曲而知音"的感觉。写了这么多年的字,他也曾将自己与前贤后秀在心里做过比较,却不似如此细微,看来这武才人研磨自己的书艺也不是一天两天了。让他尤其感动的是,武才人竟把他的字置于大唐书艺的延变中去品评,这也让他十分高兴。

武媚也觉得火候到了,随即拿出几幅自己的书法道:"妾身回宫以来,有幸每日聆教于陛下,胡乱涂了几幅习作,烦请大人给看看。"

褚遂良接过作品大体看了一遍,脸色便肃然起来,心中暗道,这哪里是习作?分明是书中上品。虽然以书家的眼光看微有瑕疵,可无论是章法布局还是书体结构,都有一种兰香芳秀的气息在其间流淌,婉柔中隐寓刚烈,平和中偶见险峻,他禁不住脱口赞道:"好字! 好字!"

武媚闻言忙摆手道:"大人此言,实在是折杀妾身了。"

"下官何时口是心非过?"接下来,褚遂良便对作品中的不足做了适度的评价,武媚也从心底感叹褚遂良的目光犀利。褚遂良忽然觉得武媚并不那样让人生厌,而武媚则为自己的步步为营而暗喜。

她见时候不早了，便起身告辞。褚遂良送到府外，直到武媚登车离去，他才回身进了前厅。他发现武媚将一幅字留在了几上，是一段她抄写的《华严经》。褚遂良捧在手上，双目有些迷离，他实在猜不透这女人的心思。

对了，回来后还没来得及去拜望长孙太尉，我现在就拿着这字去拜望他，他一定能透过这娟秀刚劲的字迹，看透武媚微妙而曲折的心思……

武媚离开了褚遂良的府邸之后，却没有直接回清宁宫，而是去了李忠读书的凌烟阁，她在这见到了奉旨为李忠讲书的侍中于志宁。

六十四岁的于志宁须发都白了，只是因平日保养得好，脸色很红润，让人看不出他的真实年龄。去年过了年之后，他就向皇上提出，希望有年轻人到侍中任职。李治很体谅他，答应尽快遴选新人，要他将署中事务交予侍郎处理，到书馆来专心为李忠讲书，这实际也是一种暗示——李忠被立为皇嗣已成定局。

武媚的到来让于志宁感到有些突然，脸上不免显出几分矜持，但武媚温暖的笑意很快就化解了他的疑窦。

这老头现如今还有一个光禄大夫的虚衔，武媚一下车就先施了礼，随之出口的话也让于志宁没有婉拒的理由："老丞相一向可好？妾身是奉皇后旨意前来看望陈王的。"

"陈王也牵挂皇后呢！"于志宁说着便邀武媚进了讲书堂旁边的客厅，并要人去通报陈王殿下。

不一会儿，李忠就出现在客厅门口。他已经八岁了，生得阔额浓眉，只是目光有些游离彷徨，举止也有些拘谨。武媚在心里笑了，想这李唐皇室怎就一代不如一代了呢？太宗叱咤风云，到了李治便少了些霸气而多了些温雅，而眼前这个孩子竟不带半分王气！

不过她现在的目光却是分外的温柔，带着母性的暖意。她拉着李忠在身旁坐下，详细地询问他的饮食起居，文墨辞章，然后便转达了皇后的旨意："殿下一定要刻苦自励，习文演武，将来成为有为之主。"

说完这些，她又从怀里拿出一方玉虎镇纸道："此为皇上所赐之物，殿下一定用得着，现在转赠殿下，也是妾身的一点寄望和心意。"

李忠接过镇纸答谢道："孩儿定不负父皇希冀、母后厚望。谢才人厚爱！"

武媚又拿出自己写的一幅字对于志宁道："妾身奉皇上旨意随褚大人研习书艺，现写了一幅字想赠予殿下，不知可否？"

于志宁接过书卷，展开一读，原来是摘录孟子的一段语录——

故天将降大任于斯人也,必先苦其心志,劳其筋骨,饿其体肤,空乏其身,行拂乱其所为,所以动心忍性,曾益其所不能。

看完这字,于志宁觉得武媚实在是个有心人,她写这段话最适合陈王的处境,不唯王皇后看了高兴,皇上也一定会龙颜大悦的。他正揣摩着武媚的心思,又听见她说道:"孟子又说:'入则无法家拂士,出则无敌国外患者,国恒亡。然后知生于忧患而死于安乐也。'妾身常想,人之一生,困于心,衡于虑,而后作。如果没有了困苦,没有了敌手,必怠于安乐。大人以为然否?"

于志宁惊诧地看着武媚,半天才回过神来。在陈王身边的这几个月,王皇后时不时地召他进宫询问陈王的学业,那种怜子之情溢于言表。可她多为关注陈王能否立为国嗣,却少有思索何以能使其成为有为之君。他忽发另想,假若这孩子是才人的儿子,她又该怎样处置呢?难怪皇上力排众议要接她回京呢!看来她的确非同寻常,唉……暮色渐沉时,武媚离开后,他心头生出无以言状的沉重……

天边还剩最后一缕晚霞,长安的大小建筑都涂上一层古铜色,坊间的街灯与店铺的门灯相继点燃,照着武媚的轿舆朝清宁宫移去。马蹄声"嘚儿、嘚儿"地敲打着地面,在武媚的心头演奏着明快的心曲,她的眉宇间溢出的是得意自信的微笑。

她在心里整理着回京几个月来的每一个细节,点点滴滴、枝枝杈杈,那是一支爱、恨、忍交织的心曲。她是何等聪明的女人,怎么会体味不出皇上安排她到清宁宫的苦心呢?那是为了能早晚都见到她。她看得出来,那个只知争宠,却不知怎样博取皇上欢心的王皇后对云雨之事并不专情,这又如何能让精力健旺的皇上守在她身边呢?

她不知道王皇后是否发现,皇上现在喜欢到清宁宫完全是因为自己。他们常在甘露殿幽会,她躺在皇上的怀抱里,常常在心里嘲笑王皇后的愚蠢——为了一个萧淑妃竟不惜让自己进宫。

两年的寺院生活,没有磨去她被太宗冷落、被驱赶出宫的仇恨。她觉得自己就应该是这后宫的主宰,自从被皇上接回京的那一天起,她就发誓要夺回失去的一切,要让那些曾图谋除去她的人一个个死无葬身之地。

长孙无忌、褚遂良……一想起他们她就咬牙切齿,甚至在向褚遂良求教书艺的时候,她都没忘记在谦恭的笑意之后掩藏杀机。才人对她来说只是过去的名分,总让她在与皇上幽会时有不尽的尴尬,她迫切需要李治的册封,这使她不得不选择隐忍。

她不但要千方百计博取王皇后、大臣们的愉悦,更要时不时地对王皇后身边的宫娥们施以恩惠。有几次,她在征得王皇后的同意后,将皇上赏赐的布帛都分给了宫娥们。于是她们成了她的耳目,常常把皇上与皇后、皇后与柳奭的谈话内容透露给她。

做这些事需要承担许多的屈辱和痛苦,但她不在乎这些,"天将降大任于斯人也……"她常用这样的箴言抚慰自己。

"吁"的一声,驭手打断了她的思绪,清宁宫到了。当她出现在门口时,就看见了皇上那张烙下她不知多少唇印的脸……

尽管以许敬宗为首的一干人私下里不断进谏,希望李治在立嗣的问题上慎之又慎,但他的一切奔忙在以柳奭为首的皇后一系和以长孙无忌、褚遂良为首的托孤大臣的反对中,有如狂风地里的灯盏,明明灭灭。

一天,当许敬宗把这一切告诉武媚时,她竟狠狠地斥责了他,还要他改弦更张,支持立李忠为皇储。她嘲笑许敬宗太短视,不懂若欲取之,必固予之的道理:"你真糊涂!不立李忠,难道还立那个雍王不成?你记住!是龙是凤,迟早要展翅高飞的。不然上去了也得下来!"

他没读懂武媚话里的意思——她现在还没有儿子,一切都只有到那时再说!

到了七月,立嗣的所有准备都就绪了。大典在太极殿举行,很盛大隆重,除了李泰称病没有到贺外,皇室的诸王、各州刺史都来了,高丽、新罗、突厥以及西域各国的使节也都送来了丰厚的贺礼,所有这些都让李治想起当年自己经历这一切时的情景。

李忠被于志宁牵着手走进太极殿面对如此多的大臣时,他陷入了短暂的惶恐,这一刻他忽然想起在掖庭深院的亲娘,当他从皇后目光中捕捉到少有的威严时,心不由得就收缩了。是的!他现在是皇后的儿子。

当他从宗正手里接过太子印玺,并听凭长孙无忌将紫绶披上肩头时,李治宣布了大赦天下的诏令。永徽三年的朝廷人事格局,随着于志宁、张行成、高季辅等人的任命而尘埃落定。

……

皇朝的秩序看起来平静如水,李治每天照常到太极殿批阅奏章,太子李忠也正式移到东宫明德殿居住,按时去凌烟阁听少师、少傅讲述各类经典。

然而,树欲静而风不止。

这天一大早,李博乂就急匆匆来到两仪殿禀奏道:"皇上,濮王李泰昨晚薨了。"

李治闻言,放下正在批阅的奏章,潸然泪下,沉默良久才问道:"皇兄没留下什么话么?"

"王爷弥留之际,殷殷惦念陛下。唯祈陛下承先帝大业,光大大唐社稷。"

"皇兄!"李治喊了一声,就昏了过去。

李荣上前抱着皇上,又是呼唤又是掐人中,过了一会李治才缓过气来。他望着聚在身旁的众人道:"你等何必如此惊慌,朕不过是过于悲痛罢了。"

太医上前为李治诊脉,虽然脉象有些异常,却是情之所至。大家扶皇上坐定,李治悲不自胜道:"皇兄少善属文,才华过人,词采美丽,聪明绝伦。传朕旨意,制以'诏葬',以鸿胪寺护桑,追赠太尉,雍州牧。自今日起,朕辍朝六日。"

宗正、太常、鸿胪寺推算卜筮,确定十一月二十五日出殡,但整个葬礼从下诏之日起就开始了。朝臣中除了太尉长孙无忌因舅父身份而免去吊唁外,在京诸王、公主都前往守灵和祭祀。宗正寺和鸿胪寺秉承旨意调动四十人作为仪仗,日夜守护在灵堂前,羽葆鼓吹,哀乐低回。

朝廷还特地拨出赙物三千段,米粟三千石,赐东园秘器。而且葬礼的费用皆从朝廷府库中支出,以表达皇上与濮王之间的兄弟情深。十一月十四日,朝廷又请法藏禅师到濮王府超度亡灵,为李泰的往生祈福。

然而,这葬礼是一个舞台,此时此刻,常常来往于朝堂的、徒有虚位赋闲在家的、在太宗年间因犯事遭受冷落的都得以聚在一起,演绎出各种的悲欢哀愁,传递着驳杂而又迥异的心绪。有一进灵堂就扑倒在地放声大哭的,有默默流泪而一言不发的,有满目藏怒而顿足捶胸的。这情景让参与治丧的许敬宗隐隐感觉到,濮王的故去,会成为一场风雨的发端。

傍晚时分,法藏禅师的法事刚刚开始,许敬宗就看见两个人进了灵堂。他们一脸的悲痛,跪倒在灵堂前大呼道:"皇兄,我来迟了!皇兄,你文采一生,却英年早去,何其冤枉啊!"

这一声呼喊之后,顿时哀声满堂,泪雨纷飞。许敬宗不由得心头一惊,这不是高阳公主和已故丞相房玄龄的爱子、驸马房遗爱么?顷刻间,往事重新涌上心头。

这高阳公主乃是太宗的第十八个女儿,年轻时因与玄奘法师的高徒辩机私通,受到太宗严厉斥责,令她自那以后不得进宫。

高阳公主无法释怀的怨恨是,当先帝对这件事严词追究时,她曾抱着希望去找父皇十分喜爱的九哥、当今的皇上,希望他能谏言父皇将大事化小,并赦辩机死罪。孰料李治非但不从中斡旋,竟然如同遇见瘟疫似的对她避而远之。

那天,她在李治的书房外站了许久,说了许多求情的话,可连一个同情的字也没有得到。后来,李治推开门对她道:"妹妹做下如此有辱家门之事,父皇怎能不降罪呢?你还是好自为之吧!至于那个辩机你就不要再管了,他死有余辜。"

从此,兄妹就断了来往。李治登基后,曾几次邀约几位公主,她和巴陵公主都借故婉辞了。

莫非吊唁逝去的人是为了给活人看的?她们这是要告诉皇上,她们心中牵挂的是一个曾差点从他手中夺走太子之位的人?许敬宗说不清楚,不知是什么力量驱使他朝这方面想。

然而,未及他理清头绪,只听耳边传来太监尖细的嗓音:"巴陵公主、驸马柴令武到!"

巴陵公主是太宗的第七个女儿,两人依礼进香、跪拜后,被太监、宫娥引领出了灵堂,到旁边的侧厅用茶。一进门,先期到的高阳公主和房遗爱忙站起来恭候道:"姐姐也来了。"

巴陵公主擦了擦红红的眼角,就哽咽了:"唉!你们说说,四皇兄年轻时身子该是多么劲健,以致找不到合适的腰带,怎么说走就走了呢?"

"谁说不是呢?"高阳公主说着声音就低了许多,"前日妹妹去姑母处拜望,听她说皇兄这些年心境很不好。去年,皇上还责备他用度奢靡。"

"九弟也真是吹毛求疵。"巴陵公主撇了撇嘴,"作为皇上不悉心打理朝政,却对自家弟兄动辄怒形于色。你说说,他一个亲王吃好些穿好些玩好些有什么错?又不是用朝廷的钱。"

高阳公主说着又伤心起来:"父皇临终时原指望他能善待诸王和公主,孰料他一登基就翻脸不认人,也只有到姑母那里还能说几句贴心话。"

她们说的姑母乃是高祖的第十五个女儿,太宗的御妹丹阳公主。虽说是长辈,但年龄上与她们的长兄李承乾不相上下。太宗在世时,她最是骄横,动不动就闹到两仪殿。甚至当初为了拥立李泰,不惜以死相逼。太宗常常也无奈地叹息:"唉!朕的这个妹妹,比之汉朝的长公主刘嫖有过之而无不及。"

两位驸马虽然没有插话，但公主们的议论在他们心头引起了强烈的共鸣。可不是么？自从李治登基以来，朝事皆决于长孙无忌和褚遂良，何曾想到他们这几位驸马呢？房遗爱更是一想起长孙无忌的老脸，气就不打一处来。

论起来，他家对社稷的功劳一点也不比长孙无忌差，连先帝都不止一次说父亲有"筹谋帷幄，定社稷之功"，可父亲去世才刚刚过了四年，新皇就将一代名臣置之脑后了。

今非昔比，房遗爱总忘不了太宗因喜欢高阳公主给予自己不同于其他女婿的礼遇——授予他为中郎将、散骑常侍、官至太府卿，掌握着朝廷的金帛、财帑，这是别人可望而不可即的。

可一场公主与辩机私通的案子让他们的父女情分走到了尽头，以致太宗驾崩时公主竟没有一滴泪水。可即便如此，皇上也不该牵连于房氏，将他与兄长房遗直贬为房州刺史和汴州刺史啊。从那时起，房遗爱就对朝廷积了太多的怨恨。虽远隔重山，但他没有一天不想着回到京城。

三年来，他借向朝廷输送麝香、蜡、钟乳、苍矾石、布、麻等稀缺珍品的机会，将兵器带进在京城的府中，并招徕丁壮，伺机兵变。这件事他做得很隐秘，除了高阳公主，谁也不知道。

现在，面对与有同样心境的柴令武，他觉得有许多话要说。对这位刚被免去卫州刺史，以足有疾而滞留京师的国公之后，他需要从一些话中把握他的心思。房遗爱放下自己的境遇不说，转而为柴令武鸣不平："世伯生前也是先帝敕命的凌烟阁二十四功臣之一，哪一点不如长孙大人，为何仁兄就被冷落了呢？"

柴令武叹息道："有道是君子之泽，五世而斩，现刚刚到了第二代就和光息锐，日趋日衰。往后去尚不知有怎样的厄运等着我们。"

房遗爱握了握拳头道："再怎么说我等都是将门之后，岂能为人鱼肉？"

这话是什么意思？柴令武的心一下子紧张起来，正要阻拦，却听见隔壁传来葬丧礼职司的声音："吴王殿下到！"

"哦！三哥到了！"

巴陵公主和高阳公主急忙刹住话头来到灵堂，就看见吴王李恪高大的身影。虽然他与李泰并非一母同胞，可血脉亲情让他早忘记了当年兄长被废后，兄弟之间围绕立储而发生的种种不快。

高阳公主和巴陵公主看见三哥的肩膀剧烈地抽搐着，鼻翼间的唏嘘声听起来非常浊重："四弟！为兄来看你了！如今皇上圣明，朝政清明，你我兄弟正要乐享清平盛世,你如何就走了呢?你真让为兄肝肠寸断啊!"

高阳公主听着这些话心里就极不舒服,心想当初要不是长孙无忌等人执意要立李治,你何以落得如此下场?她上前扶住李恪的胳膊道:"逝者已矣! 三哥还要节哀,妹妹还有话与你说。"

李恪转过身,眼里布满了血丝:"为兄过于悲伤,体力不支,就此与你们四个作别了。"说罢,在太监的搀扶下他朝外走去。

高阳公主、巴陵公主等一干人送到府外,看着李恪登上了车驾。

"姐姐! 三哥怎么越来越胆小怕事了,自己兄弟姐妹说说话,皇上还能降什么罪?"

"谁说不是呢?"巴陵公主道,"自从废太子风波之后,三哥就解纷和光,甘做事外人了。他这是明白了自己的处境,不能与九弟相比。可他才气过人,深得父皇宠爱,要不是当年长孙无忌等人掣肘,他就是储君了。现在如果不收敛锋芒,恐怕会招祸的。"

高阳公主不得不承认巴陵公主的话有理,两人转身回到濮王府,见更漏已是戌时,法藏大师的法事已经结束了,正与许敬宗、李博乂在侧厅饮茶。

她站在门外的树影下打量着室内的三人,除了法藏大师正襟危坐外,其他两人脸上并无过分的悲郁,看许敬宗谈笑风生的样子,一定是官场很得意了。最近她不断从宫里得到消息,说自从武才人回京之后,这个许敬宗有事没事总往清宁宫跑,而且皇上也对他越来越器重了。

"哼! 还不是皇上的鹰犬?"高阳公主在心里骂道,"小人得志! 自古为鹰犬者,能有几个有好下场?"

高阳公主扭过头对着巴陵公主,朝里面撇了撇嘴。巴陵公主却没有回应妹妹的表情,似乎有点神不守舍。

不错,虽然两人年龄相差不大,但巴陵公主毕竟年长几岁,许敬宗的影子让她忽然有了担忧,刚才她们在侧厅的对话不会被他听到吧?如果传到皇上那里,岂不要落个僭越犯上之罪么?

前事不忘,后事之师。巴陵公主虽然生得晚,可武德九年的"玄武门之变",是整个贞观年间私下里都绕不开的话题。她的伯父、叔父均死于乱箭之下,他们的儿子也都全部赐死。

不知是内心的紧张,还是凉夜风冷,巴陵公主不禁打了一个寒战。她眼中的许敬宗一下子变得面目狰狞,她下意识地拉了拉柴令武的衣袖道:"祭奠已毕,我们还是速速回府吧!"

柴令武点了点头,就要府令去招呼车驾。高阳公主见状,忙问道:"姐姐这就要走吗?"

"嗯,时间不早了!还有一段路程,你我就此作别,有话留待日后再说。"说完这些之后,她又来到侧厅对许敬宗和李博乂道,"烦请两位大人转达我对陛下的问候,我就告辞了。"

许敬宗和李博乂忙起身施礼:"恭送公主。臣等一定向陛下禀奏二位公主的盛意!"

高阳公主没有回两位大臣的话,就径直跟着巴陵公主来到府门外,早有府令在那里伺候着。两人执手正要话别,却见一人上前打拱施礼道:"小人乃薛驸马的府令,丹阳公主本意是今日约两位公主到府上叙话,不想在此延宕甚晚。明日我家主人在府上等候两位公主和驸马。"

不等巴陵公主说话,高阳公主抢过话头道:"你去回禀姑母,明日一早我就与姐姐一同登门拜望。"话刚落音,她就挽起巴陵公主的胳膊道,"姐姐,请上妹妹的车驾,妹妹还有话对你说。"

车轮在石板道上碾出"咯咯"的声音,渐行渐远,但许敬宗的目光始终没有离开,他的心思追高阳公主等人的背影而去,自言自语地说了一句:"山雨欲来啊!"

李博乂有些不解地问道:"好好的,大人何来这样一句话?"

许敬宗也不回答,拉起李博乂就回了侧厅,这才叹了一口气道:"李大人不觉得两位公主和驸马的行为有些古怪么?"

李博乂为人老实,虽然管着皇室大小之事,却并不擅长于揣测别人的心思,不以为然道:"濮王薨殒,他们理当吊唁,在下没有发现什么可疑之处。"

"大人的心思都用在丧事上,这也难怪。方才在下如厕路过侧厅,无意间听他们对陛下颇有诽怨,莫非是要借濮王丧礼闹出什么动静?"

李博乂一脸茫然道:"大人有些危言耸听,现今陛下广布仁德,四海晏然,朝安其邦,民安其业,他们能翻起什么浪花呢?也就是发发怨气而已。"

许敬宗可不这么看,道:"不!悠悠万事,社稷为大,你我同为皇上近臣,怎可疏于职守呢?大人且在这守灵,下官这就进宫去禀奏皇上。"

李博乂笑道:"许大人糊涂了,现在已是子时,宫门紧闭,你如何进得去呢?"

许敬宗闻言尴尬地摸了摸后颈:"还真是……那就等到明日早朝后再奏吧!"

# 第六章

## 武媚献计平内乱　长孙蓄谋除政敌

变幻了一夜的天空,终于在凌晨降下漫天大雪,纷纷扬扬地落在长安的大坊小间。气温骤然变得奇冷,廊前的小径被人踩过的地方结了一层冰凌,但没过多久,就又被雪覆盖了。

这是永徽三年的十一月,薛万彻望着门外茫茫的雪雾,不免有几分烦躁:“上天有知,当为濮王不平。”他在客厅里坐了下来,喝了一口热茶,问门外的府令道,“公主、驸马们还没有到么?”

府令看了看天回道:“想来也快了。”

“如此拖沓,岂能成就大事?”薛万彻重重地拍打着案几,许多心事就从这敲击声中流到眼前。

说起来,他也是跟随高祖、太宗打天下的老臣了。远的不说,单说贞观二十二年,他以青丘道行军大总管的身份率众三万,渡海入鸭绿水,高丽朝野闻之震恐,纷纷弃城而逃。

大军凯旋,孰料太宗却听信了李勣的进言,以“职乃将军,亲唯主婿,发言怨望,罪不容诛”的罪名,将他免官流放到象州,直到新皇登基大赦时才得以回京。但这样平静的日子并没有过多久,他就又被外放为宁州刺史。今年年初,他才得以归来,被授予司徒、左武卫大将军,属掌管京师宿卫的重臣。

但这似乎并不能消除他对两代皇上的积怨,他看当今皇上什么都不顺眼。论起治国,他比不上已薨的濮王李泰;论起治军,他不能望吴王李恪项背;论起才识,他哪里能和荆王李元景相比呢?他能当上皇帝,不就是有一位权倾朝野的舅父么?

这时,府令在门外禀报道:“老爷,高阳公主、丹阳公主与驸马房遗爱、柴令武到了。"

他不得不把诸多烦心事放下,对府令道:"速报公主!"

他说的公主是夫人丹阳,现在他一想起与公主的初婚之夜仍禁不住脸上发热。拙笨的他竟不知男女之事,夫妻数月不同床,太宗闻言,忍俊不禁。之后他邀来各位驸马,传以儿女缠绵之事,他方才开窍,生下一堆儿女。

此刻,几位公主和驸马都云集在司徒府的前厅。丹阳公主属长辈,与薛万彻坐在上首,巴陵公主与柴令武居左,高阳公主与房遗爱居右。府令在门口守着,无论谁来,一概不见。

其实,这样的聚会已有过多次,现在不过是要梳理一下准备的情况。

房遗爱自信地说道:"小侄借回京奔丧之名,让别驾率汴州精骑与柴兄之兵在同州会合,于华山密林中埋伏,一旦有事,不用半日就可到达长安。另外,小侄府中所藏兵器足可武装六百勇士,此亦举事之奇兵。"

柴令武点了点头:"小侄也在府内招了各路侠客,随时听候调遣。"

一阵风从窗外吹进来,众人打了一个寒战。薛万彻从座位上站起来,脸上掠过几分自信:"我虽患了足疾,然坐镇京师,料定诸辈必不敢动。不瞒诸位,现在是万事俱备,只差出师之名。"

他并没有向两位晚辈透露自己所蓄的兵马,但他心里有数,自隋末追随高祖起事至今,数十年经营,他在京中的势力盘根错节,亲信不少。他相信只要振臂一呼,这大唐的半边江山就会坍塌。

高阳公主闻言蛾眉一转道:"这有何难?他现在召那个武才人进宫,岂非淆乱人伦?仅此一点,就该交出大唐江山。"

她一想起早年的屈辱就觉得委屈,同为皇家后人,为什么际遇就如此不同。九哥作为皇上,可以与父皇喜欢的武媚卿卿我我,为什么她就不能与辩机有一点私情呢?她至今都不认为那有什么错。

父皇只看到房遗爱乃将门之后,身躯刚健,却并不知道他选了一个银样镴枪头,无法带给她女人所需要的一切。新婚第一夜她哭了,从此两人维持着表面的和谐,而内心却越来越冰冷。就在一次寺院的进香之时,让辩机走进了她的生活。

辩机是真正的男人,他的狂癫,他的遒劲,在她心头荡起从未有过的湟漾和澎湃,那一刻,她才觉得自己是一个真正的女人。

从寺院回来后,高阳公主曾有过短暂的惶恐,有意无意地回避着房遗爱的目光。但很快,她就找到了平衡的方法。她为房遗爱找来两名宫女,这样,双方都明白了对方的需求，也学会用"一本正经"去掩盖彼此的龌龊和荒唐。不过，事情最终还是被太宗知道了，结局就是从此禁止她入宫。

巴陵公主立即拍掌叫好，以为这不失为一条有力的理由："我等就再演一场'清君侧'的好戏。"

高阳公主发现，这会儿唯有丹阳公主双眉紧蹙，没有说话，隐隐从叹息中听出几分伤感，她忙用试探的语气问道："姑母为何沉默不语呢？我们是不是有什么思虑不周之处？"

丹阳公主抬起头时，眼里布满了红红的血丝。自从薛万彻对朝廷屡生怨恨后，她就陷入噩梦之中。现在，夫君竟要趁濮王殒薨之时举事，她的心就罩上了浓浓的恐惧。多少次她都暗自决计，要将这一切禀奏给皇上，好让朝廷有个警戒，但事到临头，她还是退缩了。她爱大唐江山，但更爱自己的丈夫和儿女，她不愿意看着一家人被推上刑场。

可事情的发展哪由得了她呢？她仿佛看见丈夫的脖子上套着法索，她又仿佛看见李治在血泊中痛苦地呻吟。她战战兢兢地转过身子，面对侄女、驸马和夫君道："举大事必慎其终始，改换新主，非同儿戏，你等如此，就不怕落个谋反罪么？"

"糊涂！我等如此，也是为了拯救大唐社稷，何来谋反之说？"薛万彻挥手打断她的话，朝外挥手，"来人！送公主回内室休息。"

丹阳公主被宫娥们扶出去时，依旧望着她那利令智昏的夫君。薛万彻叹一口气，目光掠过短暂的冷峻："请房大人下令举事！"

房遗爱点了点头："小侄的六百勇士就交与您。请您设法让他们潜入宫内，控制宫禁。然后飞鸽传书，命房州长史率军火速赶到长安，埋伏在前往濮王府的路上，只要皇上从这里经过，就一定要逼其退位。然后昭告天下，说皇上私纳才人，有失国体，拥立荆王登基。"

薛万彻闻言拍手道："贤契不愧房大人之子，事成之后，必是股肱之臣。"

"柴兄可拨一部分人马去护卫荆王府，另将一部分人马换上禁卫盔甲去劫持李忠，以此逼迫皇上交出玉玺。"房遗爱发现在长安举事，他的兵马显然不足，当他将犹疑地目光投向薛万彻时，就从那双老迈的眼里捕捉到了桀骜和自信。

"贤契尽管放手去干，我在京城经营多年，卫营将军中断骨心腹十数人，他们都曾盟誓，愿意誓死追随！"

"如此便胜券在握了！姑父果然是久经战阵之人，临事不惊。事成之后，当为司徒、太尉,光大李唐基业。"房遗爱大喜过望。

薛万彻摆了摆手道:"诸事未竟,言此尚嫌过早。老子曰:柔之胜刚,弱之胜强,天下莫弗知也,而莫能行也。依我观之,皇上性格柔弱,还请两位公主明日进宫,多施以亲情,以分皇上心力。"

房遗爱闻言补充道:"王皇后、萧妃不在话下,倒是那个武才人颇多心机,公主还要小心谨慎才是。"

"那我过两天就去皇后那探探虚实。"巴陵公主道。

随后,薛万彻举起酒杯,面对房遗爱、柴令武,声音略显沉重,但是刚劲有力:"大唐安危,在此一举。君我同力,共谋大业。"

……

"共谋大业?他们真是螳臂当车,不自量力!"武媚冷冷地笑了。在两仪殿,她收起近日向褚遂良研习书法的习作,向李治和前来奏事的许敬宗道。

她的气度深深地感染了李治,使他在刚听完许敬宗陈奏后的情绪稳定了许多。自登基以来,他秉承先帝遗诏,谨遵祖制,待诸王宽,待臣下慈。甚至在他们骄奢过度时,也只是加以温婉的训诫。就说刚刚殒薨的李泰,且不说先帝在世时他尽享宠爱,以致朝野侧目。就是在当朝也是"车服羞膳,特加优异",何曾委屈了他们?还有高阳公主与房遗爱,尽管因兄弟争袭国公之位,闹得满城风雨,他不得不将之外放房州,可一年之后,他就将其调回了京城。孰料他不图报恩,反而满腹怨诽,图谋不轨,岂不让人伤情?竟至于听了许敬宗的陈奏,他沉默良久,一时无法平静纷乱的思绪。

"朕以仁爱之心博施海内,视朝野群臣若手足,彼等为何要负朕?"

聆听着皇上的叹息,武媚不免有些依稀的失望。过去与他在一起缠绵时,她多专注于他的风流倜傥,文辞清雅,却不曾对他执掌朝政后的作为有过多思考。如今,当杀机濒临时,他的优柔寡断让她感到困惑,难道他不知道江山社稷从来就伴随着君臣反目,众叛亲离,甚至弑君杀宫,连龙案也染着血迹么?

武媚为李治斟了一盏茶,那一双蛾眉顿时拉直了,透出凌厉的冰冷:"陛下可知,抱仁怀慈,于不二忠臣,虚怀君子,乃必知恩图报;于逆贼贰臣、背恩负义之流,无异于养虎为患。荀子曰:故用圣臣者王,用功臣者强,用篡臣者危,用态臣者亡。态臣用则必死,篡臣用则必危,功臣用则必荣,圣臣用则必尊。所谓分均则不偏,势齐则不一。陛下欲图泛仁博爱,实不可行矣!"

"才人所言至理矣!"许敬宗接着武媚的话道,"今乃房遗爱等人背义负恩,此非陛下之过,乃贼之罪也!除之,则上符天意,下慰列祖,社稷之幸也。"

"卿等所言,朕不是不明白,只是丹阳公主乃朕之姑母,高阳公主与巴陵公主皆朕之御妹,与朕血脉一体,朕实不忍对她们轻动杀机。"李治叹道。

"陛下之言差矣。昔齐桓公九匡诸侯,功业赫赫,易牙自烹其子献于桓公,竖刁自阉而得宠,开方双亲丧而不归。管仲谏言逐三贼出朝,然不久桓公复召其回宫。后桓公病笃,三贼合谋,逼走太子。前车之鉴,望陛下明察!"

武媚透彻的分析让许敬宗深受感染,他"扑通"一声跪在李治面前道:"事急矣!请陛下为大唐计,速速平逆讨罪!"

见状,李治也感到事态的严重性,刚要下定决心,李荣匆匆进来禀奏道:"陛下,殿外有一丫鬟装扮之人,声言是从薛司徒府来的,带了丹阳公主的密信,要面见陛下。"

三人闻言面面相觑,一下子不明就里。倒是武媚马上就镇定下来,道:"两仪殿岗哨林立,禁卫森严,料一个女子不敢妄生歹意,陛下不妨宣她进殿问话。"

李治点了点头。

女子身上的披风落了一层雪,她进殿也不看四周,纳头便拜道:"陛下,奴婢奉丹阳公主之命,有书信呈陛下圣览。"

从李荣手中接过书信,李治刚刚看了一行,就感到了危机的紧迫——

　　妾丹阳昧死上疏皇帝陛下:

　　先帝中道崩殂,陛下承继大统,掌握宇内。今四海升平,万民欣然,百业兴焉,恩泽昊昊。然国运昌盛,岂容风云骤临?圣朝威仪,岂忍兵戎交革?薛氏世受皇恩,岂能背主负义?然其拒逆耳忠言,生不测之心,欲图不轨。妾乃高祖血脉,历三朝而荣贵,与圣朝共衰荣。今叩请陛下为社稷荡枯腐之朽,为大唐还清朗乾坤。

　　然薛氏随高祖举义于隋末,建功于贞观,击窦建德于冀州,战薛延陀于朔州,平高丽于鸭绿水,姑念其功在大唐,妾冒死恳请陛下法外开恩,免其死罪。皇恩浩荡,妾伏泣跪拜!

收起书信,李治的眼睛有些潮湿,姑母的一番话让他纠结盘桓,等李荣带女子下去后,他长叹道:"列祖列宗在上,非是儿臣要动兵戈,实是因为社稷安固存亡系于一身,殊非得已。李荣何在?"

李荣应声进殿。

"速传太尉、兵部尚书、尚书仆射进殿议事!"

刚才的一封信,使两仪殿本来就紧张的气氛更趋紧张了。李治擦了擦额头细密的汗珠,转脸看了看身边的武媚,却发现她并不惊慌,反倒格外平静。

就在李治将目光投向她的时候,武媚说话了:"陛下无须担忧,我大唐十六卫精锐曾跟随高祖、太宗征战数十年,妾就不相信他们会跟着逆贼背叛朝廷。眼下最要紧者,莫过于陛下镇定自若,处乱不惊。只要陛下平贼意决,必是君臣同心,内外勠力。薛万彻之徒,必是黔驴技穷!"

"依微臣看来,贼众必借濮王丧礼兴风作浪。"许敬宗跟着道。

武媚眼里露出几许轻蔑:"哼,与其守株待兔,不如引蛇出洞……"

"那你的意思是……"李治瞪大眼睛看着武媚。

"依妾之意,陛下不妨放出话去,就说后天巳时要亲往濮王祭奠。贼众闻之,必于途中设伏,到时羽林卫将士一举擒拿贼首房遗爱。贼众无首,将不战自乱。"

许敬宗闻言连道:"这万万不可!陛下金玉之躯,安危关乎社稷,岂可冒此大险?"

"尚书岂不闻兵不厌诈的道理?"武媚笑道。

许敬宗一听顿时就明白了,打心眼里被她的计策所折服。这女人实在了得,若有朝一日直上九天,不知会有怎样的气象。

"房遗爱、薛万彻久经沙场,岂能轻信朕的口谕。"

"若妾没有猜错,此正是逆贼所期待的。"

武媚的智勇给李治很大的鼓舞,他豪气涌上胸膛,义正词严道:"那此事就这么定了。传朕口谕,后日巳时,朕与皇后要前往濮王府。"

"陛下圣明!此乃大唐之幸,黎首之幸!"武媚赞道。

这时李荣进来说太尉、尚书仆射、兵部尚书到了,正在塾门候旨。

"太尉到了,妾在此多有不便。"说完,武媚施礼后就从侧门出去了。

李治看着她的身影一直在视线中消失,才回过头来道:"宣太尉、尚书仆射、兵部尚书觐见。"

……

自从濮王灵堂回来,十几个时辰过去了,李恪仍没有走出失去兄弟的悲怆,似乎总有一个声音在耳边回响。

外面,雪落静无声,而李恪的心里却翻江倒海,一浪高过一浪。远逝的、近前的、未来的……

他把自己关在书房里谁也不见,甚至王妃几次敲门,都被拒之门外。

论起来,他也不过三十四岁,头发却过早地白了,顺着纶巾的边缘,可以看见鬓边的银霜。岁月的纹痕沿着两颊一直延伸到腮边,当年饱满的天庭变得阴暗粗糙,哪里还寻得到英气勃勃的影子?李泰的离去让他有种黄泉路近的蹙郁。

往事历历在目,桩桩都是抚不平的伤痛。在父皇的十四个儿子中,他虽排行第三,却因并非长孙皇后所生,又因母亲乃前隋炀帝的女儿,常常遭到长孙无忌等大臣的冷落和警惕。

从童年时起,留给他的记忆是辛酸多于温暖。他自小善骑射,有文武才,父皇常当着群臣的面以"类己"相赞,这自然引起了长孙无忌的警惕。他从皇上的口气中似乎感受到了一些什么。他们自知太子李承乾被废,而李泰因为过于张扬被太宗淡出视野,嫡系中还有谁能与他吴王匹敌呢?

无论于公于私,他们都不能容忍一个亡朝的外甥成为大唐的国嗣。果然,在长孙无忌的支持下,李治被立为新太子。其实在李恪的心目中,这是符合情理的结局,他也根本无意介入国嗣之争。此后,他把才气收起来,只求和母亲平安度过一生。

新皇登基时,他是第一个送上贺礼的。大典那天,他送了一道奏章,那言辞的恳切让李治十分感动——

> 陛下唯承祖训,尚德隆法,仁以施政,俭以吏风,贞观遗风,永徽新政,纯信明义,垂拱平章,四海晏然,圣朝基业赫赫,陛下圣光焰焰。臣与陛下,同气连枝,甚慰欣然……

在奏章中他隐约表达了退隐的意思,希望从此安享太平,不再参与朝政。但不知道是李治为他的诚意所感动,还是根本就没有看出他的心迹,竟诏命他为司空,这使得他进退维谷,以后言行不得不慎之又慎了,以致他有时远远地看见诸王或者公主就有意地回避了。

可世上有许多事情,你越是回避就越是不期遭遇。在濮王灵堂前与高阳公主、巴陵公主的际遇,让他的心一下子变得沉重起来。他从房遗爱和柴令武的目光中读出了难以掩饰的怨恨,就担忧会有什么事情要发生。

想到这里,他再也在书房里待不住了,对外面喊道:"传王妃与几位王子到前厅。"

不一刻，王妃萧氏和长子李仁、三子李琨、四子李瑛来到前厅。

李仁十四岁了，他先向父王问安，然后问道："父王传母妃(继母)与孩儿们前来，是有事要叮嘱么？"

"仁儿说得不错！我传你等前来，正是要告知你们四叔薨了。"李恪道。

李仁看了看萧氏道："孩儿已经得知，正要禀奏父王前往吊唁呢！"

李恪摇了摇头："我已于前日去了，你等就不必兴师动众了。"

萧氏接道："妾与仁儿商议过，不去恐朝廷怪罪下来……"

"亲王殒薨，是最容易生事端的时候，因此你要对他们兄弟严加管束。这几天就命他们在府中读书，违者鞭笞二十。"李恪还是摇了摇头。

他没有将自己心底的担忧告诉妻儿们，不愿意让他们与自己一起受折磨。他目光柔和地说道："自你母亲与二弟去世后，我视你们为生命，唯愿你等兄弟平安无事，修善积德，报效朝廷，明白么？"

见儿子们点了点头，李恪又道："你们下去吧，我有话要与你们母妃说。"

当前厅只剩下他与萧氏时，李恪将自己的担心说给了她，他拉着萧氏的手道："你我虽贵为皇胄，但毕竟嫡庶有别，因此一定要谨言慎行，千万不可自招其祸。这几天若是有人来找，就说我病了，暂不见客。"

"哦！殿下如此说，妾倒想起一件事来。昨晚府役从门外捡到一封书信，那是写给殿下的，不想让妾给忘了。"

"什么书信？你为何不早说？快拿来给我看看。"

展读书信，李恪不禁倒吸一口冷气，那信中的文字让他心惊肉跳，呼吸骤然加快了：

> 王兄乃一代雄杰，文韬武略，朝野折服。昔日若非长孙无忌掣肘，今日新皇非王兄莫属……今陛下妄违祖训，无视人伦，欲纳武氏入宫；妾听谗言，忠奸不辨，唯长孙氏之是为是。夫圣朝者，乃李氏之天下，非长孙氏一人之朝廷；兴社稷者，乃诸王、公主之共责，岂容庸主怠朝……

虽没有署名，但从笔迹上看，这是高阳公主写的。

李恪放下书信，呆呆地望着对面由阎立本所绘的太宗图，讷讷自语道："果然不出我所料。"

"出什么事了？"萧氏问道。

"他们要反。信是高阳公主写的，这岂非要陷我于不忠不孝么？"李恪说着就站了起来往外走。

萧氏一步上前，拦住他问道："王爷这是要去往何处？"

"我要进宫禀奏皇上。"

"王爷这是要将书信交给皇上么？"

"我心底坦荡，无须掩饰。"

"唉！王爷聪明一世，为何糊涂一时？"萧妃夺下李恪手中的书信，眼里就涌出了泪花，"王爷心底坦荡，未必长孙太尉就思虑无邪。倘若他拿这书信作证据，王爷还能洗清自己吗？"

"那依爱妃之见呢？"李恪想了想，不得不承认萧氏的看法有道理。

萧氏将书信投进香炉，眼见那几页纸化为了灰烬。就在这时，门外传来紧急的脚步声，李恪抬眼去看，原来是府令站在厅外了。

……

房遗爱、柴令武、薛万彻欲图谋反的消息，并没有让长孙无忌感到任何意外。在皇上向他们通报了这个消息后，长孙无忌辛辣地讽刺薛万彻是个莽汉，嘲笑房遗爱不自量力、柴令武利令智昏："陛下岂不闻以卵击石之愚乎！长安固若金汤，若非如此，老夫还有何颜面面对太宗在天之灵。"

李勣对长孙无忌的话深表赞同："骄兵必败，房遗爱、薛万彻高估了自己的军力。据臣所知，仅左右金吾卫营中就有不少将军对薛氏的飞扬跋扈早已不满，只是没有个机会除之，只要陛下诏令一出，必是旌旗竞奋，将士同力！"

"有人谏言朕放出口谕，说将前往濮王府吊唁，引出叛军聚而歼之，诸位爱卿以为如何？"李治问道。

长孙无忌闻言很是吃惊，何人见解竟与自己所思如出一辙，且先于他而上奏皇上？但此时他也不便细究，只是点头连道："此计甚妙！只是需有一人与皇上容貌相近，以此迷惑贼众。"

李治闻之又是一惊，感叹武媚知兵之深，暗自庆幸舅父没有深究。

李勣接话道："这个不难，微臣前日散朝后从司马门经过，见一执戟郎的容颜与皇上十分相近，现在就由他假扮皇上，诱敌出巢。"

李治转脸又问崔敦礼道："那爱卿以为如何呢？"

崔敦礼忙回道："两位大人高见，微臣拟调左卫将军张延师率禁卫精锐在濮王府周围设伏。此人骁勇善战，又处事周密，定能手擒贼首。此外，微臣欲调右金吾将军庞同善率军夜围薛万彻府，一举剿灭叛贼老巢，调左武侯将军于东门拒叛军之援军。其余京师禁卫,各司职守,护卫太子、皇后。"

"微臣虽然老迈,但擒贼平叛应付裕如。就由臣亲率禁卫守护太子,敢保太子毫发无损。"李勣请命道。

事不宜迟,李治转脸对伺候在旁的李荣道:"传朕口谕,命濮王府众人于灵堂前迎朕。"

长孙无忌特别加重语气道:"此事声势一定要大,陛下可诏命许敬宗、李博乂和鸿胪寺卿随行,以迷惑叛贼。"

这才是真正的运筹帷幄,李治目光炯炯地环顾着身边的几位大臣,语意刚毅地说道:"三位爱卿听旨,此次平叛,悉由太尉总决,两位爱卿通力协同,贻误者重罪论处!"

"微臣遵旨!"

此刻,平日的政见相左、心性相隔,明哲保身的谨言慎行,都因为一场宫廷风雨的到来而淡远了。只有在紧要关头,李治才体味到先帝托孤,对自己、对社稷是多么的重要,他情不自禁看着三位大臣,话语中带了浓浓的深情:"大唐的社稷都在各位爱卿身上了,望众位勿负朕望。"

出了两仪殿,李勣看见长孙无忌的脚步明显地缓慢了,并且不时回头望着跟在后面的崔敦礼。他情知他们有事要说,遂向二位揖别。长孙无忌也不阻拦,待李勣上了车驾,才对崔敦礼道:"大人陪老夫走走如何?"

崔敦礼见此说道:"太尉有话不妨直言!"

长孙无忌明显老了,背有些驼,却依然精神矍铄,目光中透出沉静和狡黠:"崔大人想过没有,刚才在殿中,无论是你我还是陛下都忘了一个人?"

"请太尉明示!"

"难道吴王与叛贼没有牵连吗?"

崔敦礼不说话,眼睛直直地看着长孙无忌,他猜不透太尉的心思,为何忽然想起了久已不在朝的吴王。

"太尉过虑了吧?下官听说吴王素来严于约束,举止有度,行为循规,甚至禁止到访的朝臣议论朝政,每有外行,必先奏明皇上。如此淡泊之人,岂会有非分之想?"

"大人糊涂!"长孙无忌以长辈的语气批评道,"大人不闻昔日汉朝之梁王刘武么?他外表谦恭儒雅,敬畏景帝,背后里却觊觎储位,派遣刺客行刺拥立太子的大臣,岂非口蜜腹剑?今昔相比,你还能相信吴王已收敛了那颗躁动之心么?"

"太尉所虑也不无道理,然《唐律疏议》是大人写就,倘若轻信传言,不重证据,又如何向朝野交代呢?"崔敦礼还是有所疑虑。

"这个大人多虑了。"长孙无忌对自己的推断充满自信,"老夫既是为国除害,自然不会因证据不足给人以口实。"

崔敦礼便不好再说什么了,末了留下一句话:"下官署理兵部,对律例不大清楚,还请太尉与大理寺卿、刑部尚书多沟通,才好定夺。"说罢就告辞了。

长孙无忌望着崔敦礼渐行渐远,才收回目光,嘴角溢出依稀的冷笑,然后上车离开了司马道。辕马的蹄声缓缓地敲着地面,与车轮声浑然一体,将长孙无忌的思绪拉得很远。

贞观十六年,那是一个让他伤心纠结的岁月。他看着长大,又由他鼎力举荐的太子李承乾与太宗交恶了。事情缘由是承乾行为放荡,纵欲沉沦,竟与一个叫称心的乐人纠缠不清。太宗闻之大怒,杀了称心,还连坐数人。承乾怀疑是李泰告密,怨心逾甚。又在宫中搭起棚室,日夜作乐,悼念称心。右庶子孔颖达和左庶子于志宁规劝,他不但不听,反而招募刺客张师正追杀他们。

更令太宗不能容忍的是,承乾在听到李泰有可能取代他为太子时,竟勾结汉王李元昌、兵部尚书侯君集、左屯卫中郎将李安俨、扬州刺史赵节、驸马都尉杜荷等人谋反,欲纵兵入西宫。贞观十七年,齐王李祐反于齐州。承乾大笑,对纥干承基道:"我西畔宫墙,去大内正可二十步。"事后纥干承基被抓,太子谋反之事暴露。

在社稷与亲情冲突之际,太宗选择了江山,将此案交与长孙无忌、房玄龄、李勣等人处置,最后太子被废。但让长孙无忌无法理解的是,太宗竟置朝臣立魏王李泰为嗣的陈奏于不顾,执意要立吴王李恪为太子。

那李恪算什么?他非嫡子,名不正言不顺;母亲又是前隋的公主,倘若他成了皇上,那无异于隋朝的复辟,这是长孙无忌所不能容忍的。

那天朝会后,他和太宗在两仪殿里发生了激烈的争论。他以内兄和丞相的身份,疾言厉色地申明了自己的理由:"陛下此举,可想过长眠于昭陵中的文德皇后?微臣记得皇后弥留之际,多有托付,言辞恳切,现峻山犹在,而情已去矣?皇后泉下,岂不涕泪怆然?"

"立嗣之事,关乎社稷,贤者但举,与文德皇后何干?"太宗不以为然。

"陛下此言差矣!当年炀帝昏庸,民怨沸腾,遍地薪火,触之即燃。微臣与皇后追随高祖,与陛下共生死于战阵,同患难于艰危,皆为解民于倒悬,救世于危羸。今天下方定,陛下又欲立吴王为太子,莫非要复故隋之业,置英烈亡魂于不顾？"

李世民据理力争："爱卿所言，未免危言耸听。李恪虽杨妃所生，亦乃唐室血脉。"

长孙无忌也毫不退让："陛下若要立吴王为太子，请先除去凌烟阁二十四功臣画像，杀了微臣。"

这样的激辩不止一次地在两仪殿延续。那也是长孙无忌最紧张的日子，他夜访褚遂良，私会李勣，联络于志宁，发动朝野轮番向太宗力荐李治为太子。

作为亲舅父，长孙无忌对文德皇后生的每一个儿子都了如指掌，他不是不知道李治懦弱的性格，但他宁可用一个才气平庸，却能容人的李治，也不愿让大唐的国柄落到体内流着一半隋室血液的李恪手中。

李世民在朝野的强大压力下，终于将目光落在李治身上。

在长孙无忌看来，风波并没有平息，李恪也从来没有放弃觊觎皇位的野心。十几年来，他的眼睛一天也没有离开李恪，他断定李恪清静淡泊，不过是韬光养晦，是沉默的等待。他不相信房遗爱、薛万彻、柴令武欲图谋反时，李恪能熟视无睹地去做一个旁观者。

既然李治把平叛的权力给了自己，他一定要趁机除去这颗在心头堵了十多年的赘瘤，他认为自己没有任何私心，做这一切都是效忠朝廷。

"吁!"驭手一声吆喝，车驾停在了府门前，打断了长孙无忌的思绪。他抬眼一看，雪渐渐地小了。

夫人一边为他清理着身上的雪花，一边要丫鬟拿来常服，嘴里还吩咐道："如此大冷的天，老爷还出去办事。你们快去为老爷备几样小菜，烫一壶热酒来驱寒!"

长孙无忌心不在焉地回应夫人的热情，却没听见她在说些什么，他还没有从思绪中走出来。

这时，府令在门口禀报道："老爷，中书令柳奭、左卫将军张延师求见。"

长孙无忌闻言十分纳闷，不知这两人是怎么走到一块的。可他很快就判断出来，至少张延师前来是与平叛脱不开干系的。他立即吩咐下去准备酒菜，他要与两位做映雪之饮，还没忘记让丫鬟为两位大人打去肩头的落雪。这份热情与细心让那些平素见惯了他冷峻的丫鬟、府役们多少有些不习惯。

此刻，长孙无忌已换上干爽的常服出现在客厅门口，柳奭与张延师急忙起身相迎。宾主见礼后，张延师道："雪天到访，甚是唐突，还望太尉见谅。"

柳奭也道："太尉年事已高，还在为朝事奔波，我等还来讨扰，真是不安。"

"哪里！哪里！"长孙无忌也十分客气。

大家说着话，酒菜就上齐了，丫鬟为各位大人斟满了酒，长孙无忌的脸上就充满了融融的暖意："窗外大雪纷飞，庭中炉火正旺，正是饮酒的最好时节！老夫敬两位大人一杯！"

柳奭和张延师正要起身，却被长孙无忌拦住："此乃府中小聚，各位大人就不必拘礼了。"

饮了太尉的敬酒，柳奭和张延师自然也要回敬。如此酒过三巡之后，三位的脸上就带了春色。长孙无忌夹了一块肉，津津有味地咀嚼着，话就显得不那么清晰了："请两位大人尝尝，此菜名曰'羊臂臑'，这是选了上好的羊腿肉，再佐以葱、姜、花椒烹制而成，食之补中益气，驱寒健体。"

他俩品尝之后，果然入口爽滑，舌尖生香，回味无穷。柳奭是个有心人，正在想太尉为何上了这道菜，是有什么用意吗？便听见长孙无忌说话了："老夫每食此菜，常心生遐想，人这一生宁做饥饿的虎，也不能为安逸的羊。贪图安逸，必成饿虎口中之食。"

这番议论，又将话题转到正事上来了。

张延师道："崔大人已向末将转达了皇上的平叛旨意。末将已命各路校尉今夜一律白衣掩甲，埋伏在濮王府途中的酒肆、店铺中。"

"如此甚好！"长孙无忌并没有向他们透露由执戟郎假扮皇上的秘密，生怕不慎会引起叛贼疑虑，"陛下安危，俱系于将军，万不可大意。否则，吾等皆成千古罪人矣！"

"除了部署探哨外，末将还布置了强弩。叛贼若敢妄动，末将定让他们万箭穿心！"张延师又道。

长孙无忌点了点头，开始将话题往吴王身上引："拒内探禀报，叛贼拟在事成之后拥立荆王称帝，然素不闻螳螂捕蝉黄雀在后，还需谨防有人趁乱而起，窃国篡位。"

柳奭立即明白了太尉的意思，问道："大人是指吴王么？"

"依老夫观之，吴王觊觎皇位远甚于荆王。一则荆王乃叔辈之人，虽有觊觎之嫌，却违逆太宗遗诏；二则其谋略才学远逊于吴王。相比之下，直接威胁陛下者，乃吴王也。"长孙无忌放下手中的酒杯，接着道，"将军若能拨出千人将吴王府团团围住，使之不能离王府半步，则陛下吊唁之行万无一失矣。"

张延师双手抱拳道："请太尉放心，末将这就去安排。不过……"

"将军但讲无妨。"

"末将伏击叛贼,房遗爱之流有负皇恩,诛之毫不足惜,只是高阳公主乃先帝之女,皇上之妹,末将不知该……"

长孙无忌将酒杯重重地击在案头,眼里立时结了冰,从牙缝里吐出几个字:"除恶务尽!吴王犹不能赦,何况公主乎?"末了,长孙无忌又加了一句话,"今日所议,只在你我三人心中,不可让他人知道。"

"末将明白了。"张延师起身告辞,长孙无忌也不阻拦,他已从柳奭的目光中猜到,他一定有话要说。

果然,张延师一走,柳奭就把最近的新发现禀告给了长孙无忌:"近日,皇后宣下官与于大人一同进宫,询问了太子近日的学习。皇后说话间露出了惆怅和惶恐,说自武才人回京后,皇上倒是不再去萧淑妃那边了,可他却常借口夜间观书而住在甘露殿,并且只传武才人一起论书。"

"哦!有这事?"长孙无忌眉头皱了一下,脸色顿时就严肃了,"那武才人近来都干了些什么?"

柳奭回道:"据皇后说,皇上把武才人安置在相思殿,又把宫中存书交与她看,还要她跟褚大人研习书艺。"

"哦?"

"这武才人甚会笼络人心,把皇上给予她的赏赐都分与皇后身边的人,这些人感恩于她,都喜欢看她的眼色行事。"

"老夫几次听陛下说,皇后常在他面前奏言才人之美,为何会有如此之事发生呢?"长孙无忌有些不解。

柳奭将酒杯推到一边,身子朝前挪了挪道:"太尉有所不知,刚刚进宫时,武才人确实卑辞屈己以事皇后,皇后宽仁贤惠,故常于皇上面前美言。然则人心叵测,知其面而难知其心。直到有一天吴尚宫禀奏皇后,言说才人要她报告皇后的起居诸事,她才恍然梦醒,识其真实面目。"

柳奭说到这里,长孙无忌已无法保持静心倾听的仪态。他很吃惊,这个武才人的权变之术让那浅薄的萧淑妃黯然失色,她竟想到以求学书艺为名而试图扫清册封路上的羁绊;他更惊异于她的精明,竟会以小恩小惠而攫取宫人之心。他"呼"地从座上起身怒道:"荒唐!荒唐!都是微臣一时手软,才留下如此祸根。"

他十分感叹,为何皇后就不懂得这些呢?他了解自己的外甥女,当今皇上醉心于风流,倘若有一天他事事听命于武氏,这大唐的江山岂不要毁于裙钗么?

# 第七章

## 败局恰似雪融水　昭仪终得云登天

雪住了,云层依然很厚,终南山终日隐藏在雾岚之中,偶尔可以看见积雪覆盖的山头挺立云霄,把寒气撒给广袤的关中平原。

长安在经过几天的兵戈相击之后,终于渐渐地归于平静。

这叛乱来得如此迅速,又败得如此惨烈。护城河里飘满了断头缺臂的尸体,血腥味被寒风吹到很远的地方。

房遗爱没有想到,房州的兵马根本没能进城,就被挡在了城外。同属十六卫的将士相互杀戮起来,连眼睛都不眨。长安东门护城河外,喊杀声持续了整整一天,直到傍晚才平息下来。他是在焦急等待京外援兵的那个晚上被抓的,躺在大理寺的监房里,他仍不相信这场周密策划的举事会如雪崩般地迅速失败。

当他命人放出信鸽,并且看着薛万彻给六百名门客换上禁卫盔甲时,他就断定不久的将来,这长安城将归属于他。

荆王算什么?不要以为他在大庭广众面前大谈梦里常常手抓日月的传奇就了不起,但在房遗爱的心中,他就是一具老去的尸体。一旦事成,他将会弃之如敝屣。大唐江山,也有高阳公主的一份。不仅他自己这样想,薛万彻、柴令武他们必是一样,只不过各怀异梦罢了!但他们有异梦又能怎样呢?他是举事的主帅,将来他们都得拜倒在自己脚下。

房遗爱将目光从窗外的雪幕转到身后的火盆上,红红的木炭之火让他想起战场上的烽火,踌躇满志的心一下子变得焦虑起来。依照他的估算,房州兵马早该在薛万彻的接应下进了长安,再顺利一点,就应该擒住那个风流皇上了。可眼看天色越来越暗,却一点消息也没有。

连一向心高气傲的高阳公主也有点沉不住气了："信鸽该不会落到朝廷的手里吧！"

"举事之议甚是机密,朝廷岂能得知？公主大可不必担忧。"

但高阳公主仍疑窦难消："我担心的是你那位木讷的兄长。倘若他向皇上举报,你我则完矣。"

房遗爱摇了摇头："不会的！他那个胆量,诚恐树叶落下打在头上,岂能生出此等举止？"

话虽这样说,可他的心里也不踏实。即便是兄长严守父训,不生同胞反目之念,但眼前的沉闷也足以让他坐立不宁了。

这时,只见府令慌慌张张地跑了进来,喘着粗气道："公主、驸马,大事不好了！朝廷的禁卫把府院给团团围住了！"

"你说什么？"房遗爱"呼"地站了起来,从剑架上取下宝剑就要往外冲。

高阳公主拦住他,厉声问道："你慌什么？料定他们暂时也不敢将我怎样。快随驸马上墙看个究竟。"

可是一切都晚了,她的话音刚落,就听见前院人声嘈杂。房遗爱冲到前厅,只见数百身着棉甲的羽林军禁卫冲开府门,拥了进来,为首的竟是左武卫将军张延师的长史,口称奉命捉拿叛贼。

房遗爱情知事情败露,也不答话,上前对着一个年轻的将领就是一剑,只听"当"一声,他的剑被铜锤破开,双方厮杀了不到十个回合,房遗爱一走神,手中的剑被击落在地,羽林军禁卫冲上前就用绳索将他缚了。

一位队正领着禁卫就要往里冲,将领厉声将其喝住,双手向内作揖道："末将奉皇上之命前来擒拿反贼,请公主勿做无谓抵抗。"

"大唐朗朗乾坤,何来反贼？分明是有人诬陷。"高阳公主闻言蛾眉倒竖,话语中添了几分轻蔑,"我乃先帝之女,当今皇上的御妹,我这就随你去见皇上,看他能把我如何？"……

雪地上留下两条车辙,那是囚车碾过的痕迹,不过很快就被高阳公主车驾的辙痕覆盖了。

此刻,这辙痕还在房遗爱的眼前延伸,还能听到公主的呼唤。

皇上会怎么处置自己呢？思绪刚飞起来,就听见牢房里一阵脚步声,接着便是一阵沉闷的说话声！哦！那是薛万彻的声音,他也进来了。

房遗爱拖着沉重的脚镣走到牢房门口,透过阴暗夹道之间的微光,看见薛万彻被狱卒推推搡搡地从眼前经过。他浑身是伤,一脸的血污,脚上戴着沉重的脚镣,在地上拉出哗啦的声音。

薛万彻侧过脸,就看见与他一样戴了刑具的房遗爱,顿时怒目圆睁,脱口骂道:"都是你多事,害得我也跟着受累。"

"软骨头!"房遗爱闻言在心头骂道,他不再理会薛万彻,又埋头去想自己的心事。

隔壁的狱门"哐当"一声就打开了,狱卒叫了一声"进去",就听见"咚"的一声,薛万彻就摔倒在地了,接着便传来他的嘟囔:"我乃大唐健将,为国家效力岂不更好,为何要掺和房遗爱谋反呢?"

闻言,房遗爱在心里笑他的患得患失:"哼!现在后悔,晚了!"

薛万彻环顾了一下牢房,与平日里金玉馔羞实在是有天壤之差,就觉得这些天发生的一切简直就是一场噩梦。他曾那么自信在府卫军中的影响,派出长史、别驾暗中联络各路将郎,可结果却是只有左骁卫大将军、驸马都尉执失思力追随自己,而从房遗爱那里接收过来的门客还没有进得大内就被识破,一个个做了阶下囚。

围攻薛府的郎将中,有不少曾是他交往多年的故旧。特别是那个右金吾将军庞同善,当年与他一同从军,一同擢拔。当年他没有福分做高祖女儿的驸马,如今却率军前来擒拿他了,这是天意,还是人意?

在刺倒了数十名禁卫,而自己也身负重伤后,薛万彻终于明白任何反抗都是徒劳的,只能加重自己的罪行,因此,当他刚刚与庞同善交锋时,就放弃了抵抗。

"今日落到将军手里,我算是栽了。"

庞同善笑道:"不是栽在末将手里,是倒在大唐律令之下。仁兄戎马一生,功在社稷,如今生出如此叛逆之举,真是晚节不保。末将也是奉诏行事,多有得罪。"说着,他便命禁卫将薛万彻绑了推上囚车。

就要离去时,却见丹阳公主哭喊着追了上来:"驸马,都是我害了你!"

薛万彻艰难地扭过头看着丹阳公主,他没有听明白她的话。

庞同善上前见礼:"事已至此,唯愿皇上法外开恩,能宽恕薛兄的罪行。"

公主流着泪道:"当初我之所以向皇上禀奏反叛之事,是希望皇上念在骨肉情分,开释夫君之罪。孰料,终了还是披枷带锁……唉……"

薛万彻闻言十分吃惊,当庞同善率领禁卫入府时,他就十分纳闷如此机密之事皇上为何这么快就知道了。及至现在知道是公主告密时,他的怒火再也无法遏制,大骂一声"愚蠢"之后,不再说话。

天渐渐黑了,狱卒燃起走道的灯火,昏黄的灯光照着四周,他有些臃肿的身影映在墙上,看去有些模模糊糊。牢门的铁索响了一声,耳边传来狱卒的吆喝声:"吃饭了!吃饭了!"

经过半天折腾,薛万彻这才感觉真有些饿了。他艰难地站起来,一步一步挪到牢门口,眼见是粗糙的小米外加简单的菜肴,他顿时觉得喉咙发涩,没有了食欲,对狱卒吼道:"如此糙食,让我如何吃?我要喝酒!"

狱卒们相互看了,发出一阵大笑:"哈哈哈……他还要酒喝?半夜娶媳妇,做梦吧!就这糙米饭,你爱吃不吃!说不定哪天人头一掉,想吃都没有了。"说完,就转身离开了。

"真是虎落平阳被犬欺啊!"薛万彻叹息道。

草草地吃了钵里一半饭食,他再也吃不下去了,干脆靠着墙望着窗外冰冷的雪天发呆,长安街头的情景再一次在他眼前浮现。

大理寺设在义宁坊内,义宁坊又在开远门边,正处于长安城的西北角。从薛府所在的大宁坊到大理寺狱要经过一条横街,羽林卫押着一位朝廷大员从街上经过,这消息很快在酒肆间传播开来,当囚车从街上走过时,他麻木的神经被各种议论催醒——

"可惜!英名一世,却毁在谋反上。"

"什么英明一世?他头上长着反骨,你还不知道吧?他早年跟着刘黑闼反朝廷,被太宗俘获,太宗不计前嫌,收他为将,高祖更将他招为驸马,孰料他竟以怨报德,反叛朝廷,真该千刀万剐!"

"看他一副凶煞煞的样子,就知道不是个好人!"

后来众人都说了些什么,他也无心听,也没有听进去,只觉得有无数双眼睛愤怒地看着他。到后来,有人向他扔烂菜叶、臭鸡蛋,甚至是剩饭,他也无力躲避了,脏物、血迹与雪水混在一起,让他面目全非。他平生第一次尝到"倒行逆施"的苦果,可这苦果是自己种下的,怨不得别人。

城头的更声响过四次之后,薛万彻才昏昏沉沉地睡去,灯影照着他蜷缩的身子。当他醒来的时候,天已经亮了。睁开惺忪的眼睛,他才发现对面的牢房里竟多了一个人。

天哪!这不是吴王吗?他怎么进来了,难道他也是举事者么?

但薛万彻立刻就打消了这个猜想,朝野谁不知道吴王向来不待见房遗爱呢?朝野谁又不知道吴王早已隐身在府第深院了呢?他现在还记得,新皇登基之时吴王情真意切的贺词,他怎么可能一起举事呢?

薛万彻爬到牢狱门口,以试探的口气问道:"殿下怎么也进来了?"

李恪轻蔑地朝这边看了一眼:"都是你等反叛朝廷,连累了本王。"

薛万彻似乎明白了什么,发出一阵怪笑:"殿下有今日,恐怕是长孙那老儿造的孽吧!"

李恪转过脸不再说话。靠墙坐着,脊梁就一阵阵发冷,没有什么比被冤枉更令他伤心。

他很庆幸,在禁卫没到之前,萧妃就烧掉了高阳公主的那封信,否则事情会更糟。

张延师的部将在吴王府并没有遭遇反抗, 当府中禁卫一个个剑拔弩张时,却被李恪坚决拦住了,他厉声喝道:"你等还不退下?将军奉诏而来,你等是要僭越犯上么?"

守卫吴王府的旅帅一脸委屈道:"逆贼反叛,与殿下何干?末将跟随殿下多年,深知殿下心地坦荡,光明磊落,英名岂容他人玷污?倒不如让末将率领禁卫拼上一死,救殿下出城。"

李恪慢慢按下旅帅手中的兵器道:"你的苦心本王心知,然若真是如此,则是自污其面,就是有一千张嘴也说不清了。"

"可末将明知殿下冤枉,岂可袖手旁观?"

"所谓清者自清,浊者自浊。昔日屈原被靳尚之流陷害,流放沅江,行吟万里,终流芳百世;而王莽之徒,虽可乘一时之势,终究不能长久。大唐乃李氏社稷,非长孙氏一人所能遮天。本王相信陛下定能明辨是非,还我一个清白。"李恪弹了弹衣袖的灰尘,很平静地向刑枷伸出双手,"本王知道,将军奉诏行事,就随你去吧!"

张延师的部将一时口涩,竟不知该如何面对。李恪的一番话铮铮有声,连他也怀疑这样坦然的亲王会参与谋反。

"末将……"

"将军忠于朝廷,乃职责所系。只是离开之前,本王尚有一不敬之请,还请将军宽谅一二。"

一个亲王竟用这样的语气对自己说话, 其处境之难部将也是感同身受了,大声应道:"殿下有话尽管说。"

"王妃和几位王子现在后院夜寝,请将军勿为难他们,本王这里先谢过了。"

往事如烟,李恪不愿意再想这些,他只盼萧妃与几个儿子能平安地度过这一劫。

……

侍中兼太子詹事宇文节这些天一直处在不安中。他在署中待不住,总有大祸临头的感觉;他在太子身边也无法安心,因为他不敢面对太子那双稚气的眼睛,一看见他天真的模样,他就有一种负罪感。

在朝廷,宇文节有个"明习法令,办事干练,宽宏大度"的名声。可现在,他在东宫陪伴太子时,就觉得宽宏大度有时反而成为一种缺陷,比如他与房遗爱之间的交往就正是如此。

那还是太宗年间的一次朝议,年轻气盛的房遗爱给他难堪,他不但没有计较,而且也从未在皇上面前提及。高阳公主得知此事后,十分感动,遂督促房遗爱登门致歉,两人从此成为忘年之交。

前些日子,高阳公主忽然到东宫拜见太子,并且有意无意地打听太子的起居。她是大唐的公主,又是当今皇上的妹妹,他没有理由拒绝她。当时,他完全没有将之与谋反联系起来,直到事发,才意识到问题的严重。

令他感到欣慰的是,挟持太子的叛军还没有动手,就被尚书仆射李勣的人马打得七零八落,否则,他真成了千古罪人。

恼人的是,昨夜到狱中探望房遗爱的房遗直带来了他的亲笔信,希望他能说服皇上,看在高阳公主的分上,免除他的死罪。

这让宇文节十分为难,他是个很重友情的人,又高居相位,他情知反叛对皇上来说意味着什么,他掂量得出轻重。

从凌晨亥时起,他就再也无眠,起身来到书房,思谋着今日的朝会该怎样应对。卯时一刻,府令在门外禀告,说上朝的车驾已经备好了,他才理了理烦乱的思绪,匆匆忙忙地赶往太极宫去了。卯时三刻,宇文节的车驾停在司马道外。下了车驾,他抬眼望去,塾门前人头攒动,在晨曦中显得影影绰绰。及至他来到大家面前,就听见长孙无忌底气很足的声音:"大唐天下,朗朗乾坤,岂容几个蟊贼兴风作浪?"

"赖陛下圣明,太尉谋划周详,君臣同力,贼众必灭无疑。"太子少师于志宁接着长孙无忌的话道。

大家则纷纷点头称是。谁都知道,虽然坐在朝堂上的是李治,但朝政的决策一半是由长孙无忌说了算。

宇文节没有参与这种礼赞式的议论,他在为房遗爱的信纠结。但他觉得长孙无忌看他的眼里多了几许的冷漠和讥讽,这让他浑身不自在,似乎心里的秘密被人看穿了似的。

长孙无忌很会掌握说话的气氛,当他看见吏部尚书、同中书门下三品的褚遂良出现在塾门外时,就很适时地收住了话头。他是个明白人,虽然现在褚遂良已不是三省之长,可他在皇上心中的位置,一点也不比自己轻。

他立即改变了在众大臣面前的态度,很谦恭地走到褚遂良面前道:"诸大人到了。"两人相互谦让,走进了两仪殿。那亲密的样子招来不少人羡慕、嫉妒的目光。

辰时二刻,李治出现在朝堂上,群臣一起下拜。

"众位爱卿平身!"李治坐在御座上,挥了挥手。

朝会的议题很集中,就是议论该如何处置房遗爱等一干罪犯。

大理寺卿和刑部尚书首先禀奏了案情审理情况,接着李治问道:"房遗爱图谋反叛,朝野共愤,然此案牵涉甚众,应罪当其罚,不知众位爱卿有何意见,即可一一奏来朕听。"

中书令柳奭出列道:"房遗爱、薛万彻、柴令武皆驸马都尉,房遗爱更兼散骑常侍、右卫大将军,爵不可谓不显,位不可谓不高。然其不思报效朝廷,反纠集党羽,图谋反叛,不杀不足以震慑逆贼。"

宗正李博乂也出列附和道:"柳大人所言,甚合大唐律令。臣以为高阳公主、巴陵公主身为宗室,骄恣甚过,有辱先帝风范,当削其爵位,撤去封赐。"

褚遂良立即接过李博乂的话道:"臣以为仅此尚不显大唐律令之威,请陛下赐其自缢。"

但一说到丹阳公主,李治即为其开罪,见臣下们没有异议,李治又道:"丹阳公主乃朕姑母,在紧要关头上书朝廷请求平叛,朕意其不在刑罚之列,令其居于府中,安享富贵。着宗正寺颇予抚慰,勿多刁难。"

说完这些,李治一转脸就看见一直低头不语的宇文节,问道:"如此大案,有人要劫持太子,若非李勣将军指挥若定,则太子危矣!你身为太子詹事,为何无言?"

宇文节顿时就失了色,跪倒在地道:"微臣没能保护好太子,罪该万死,然臣对陛下忠贞之心,天日可见!"

"哼!"御史大夫韦思谦断然打断了宇文节的话,"据御史中丞韩瑗禀告,事变前两日,高阳公主曾经到东宫探访虚实,宇文大人能不知乎?"

经韦思谦这样一说,大理寺卿李道浴也想起了一件事,道:"据典狱官禀告,房遗爱在狱中时曾托人带信给宇文大人,大人何不将信札公之于朝堂?"

长孙无忌听到这里便勃然大怒，厉声斥责道："宇文节为臣不忠，为人不义，朋党比周，当免去其侍中一职，下大理寺审理。"

在获得李治的允准后，长孙无忌对着殿外喊道："来人！将宇文节押下去。"立即就有羽林卫进来，将宇文节拖了出去。从殿外传来的宇文节"冤枉"的呼喊声，在大殿回旋了许久。

可让长孙无忌纳闷的是，当他呈上对荆王和吴王处以极刑的奏章时，李治却置于案头问道："众爱卿是否还有事奏？若无，就此退朝吧。"

出了太极殿，褚遂良就追上了长孙无忌问道："这究竟是怎么回事？难道皇上是要赦免荆王和吴王的罪行么？"

长孙无忌摇了摇头，一脸的茫然。

褚遂良见此又道："此事不能就此罢了。"

"褚大人所言极是！要紧的不是这两人究竟怎么样，而是如果不除掉他们，今后还会有人打着他们的旗号图谋不轨。"崔敦礼也十分不解皇上的意图。

长孙无忌铁青着脸，点了点头，刚要说话，就听见李荣在身后喊道："三位大人慢走，皇上在两仪殿等着呢！"

事情不出褚遂良所料，面对三位大臣，李治将心思和盘托出："诸位爱卿也明白，荆王与吴王，一个是朕的叔父，一个是朕的兄长，杀之，朕心何忍？朕意免其一死，可乎？"

"不可！"长孙无忌因为过于严肃，话语不免显得有些矜持，"陛下所谓之情，乃叔侄兄弟私情，微臣所言乃国运社稷大情，舍小情而为大情，此陛下顺天应势之举，万不可犹豫彷徨。"

"太尉之言不无道理，然据朕所知，荆王虽行为狂悖，然并无谋反之实，乃为薛、房之徒所迫；至于吴王，更与谋反一案无关，骨肉相残，先帝在天之灵何安？"李治仍坚持己见。

"陛下圣明，微臣原也以为吴王与本案无涉，然据大理寺审理，房遗爱已供出高阳公主致吴王密札，欲图结党谋反。故而臣以为，当依律定其死罪。"崔敦礼也劝道。可他并不知道，为了给李恪罗织罪名，长孙无忌曾派遣心腹夜探大理寺狱，以赦免房遗爱死罪为条件，令其在公堂上言与李恪共谋之情。

平日深居简出的吴王陷入谋反案，这让褚遂良很是吃惊。可供词、信件草稿俱在，不由得他不相信，作为托孤大臣，他只有选择站在长孙无忌一边。他整理了一下自己的情绪，话语中就带了惋惜和沉重："一位亲王竟蝇营狗苟于暗处,密谋篡位,臣也以为杀之可矣。"

到了这时，长孙无忌已从李治无奈的眼神中看到诛杀荆王和吴王已成定局,他不等李治开口说话,就连忙下拜,先声夺人了:"陛下不以私情用事,诛杀逆贼,威德震慑朝野,即使是先帝在天之灵,亦必护佑大唐享国万世。"

褚遂良和崔敦礼也立即随着长孙无忌跪倒在地,口称:"陛下圣明!"

李治还能说什么呢?

看着三位大臣出了两仪殿,李治的怒火都朝着李荣发来了:"太尉即便是朕的舅父,总该居于臣位,岂可挟持于朕,真是岂有此理?"他郁闷地将奏章推到一边道,"朕倦了,传令移驾清宁宫,朕要与才人叙话。"

……

雪后的花园,一方静穆明澈的琼玉世界。

刚刚开放的蜡梅,在银雪的映衬下,直垂到结了冰的水面。阵阵冷香随风飘到院子里的小径上,在浓密的竹林枝头打着漩涡,久久不愿散去。而竹林此刻青枝素雪,劲节傲骨,偶尔有落雪坠地,发出沙沙的叹息;几只不晓寒冷的鸟儿,在道上留下一个个足痕,恰似梅花的倩影。

从院中的暖房里走来几个说说笑笑的人,清脆的笑声落进平湖,在冰面上荡起轻悠的回音。

王皇后漫步在刚刚扫过的砖铺小道上,一阵风来,她禁不住打了一个寒战。这情景,立即引起了武媚的注意,她忙要身后的尚衣给王皇后披上披风:"皇后娘娘冻坏了身子,不唯皇上挂心,妾也会牵肠挂肚的。"

王皇后莞尔一笑,整个面容都是暖洋洋的,说出的话也带了春色:"这还要多谢才人的细心关顾。"

武媚垂下眉毛道:"若非娘娘在皇上面前美言,岂有妾今日,妾时刻都记着娘娘的恩德呢!"

王皇后闻言"咯咯"地笑出了声:"你这张嘴呀,真能把八哥说下树来!"

接着,王皇后就谈到了前几日武媚送给她的墨迹:"我不懂书艺,只觉着看上去很美!哦,对了!你写字的那墨是怎么来的?扑鼻的香味,我每日只要进了内室,就不由得多呼吸几下。"

听了这话,武媚在内心暗地鄙夷王皇后的浅薄,惋惜褚遂良这些书艺大家殷勤地为她送字,真是明珠暗投了。接着她又为李治抱屈,生在这皇家宫苑,却偏偏不能爱其所爱,与这等平庸的女人厮守,岂不误了青春?但她口里说出的话却是让王皇后分外的舒服:"哎呀!娘娘慧眼。那墨是褚大人送给妾的,说是皇上赐予的,来自岭南呢!"

王皇后"呀"了一声道:"难怪呢!从皇上和褚大人那来的自然都是宝物了。要不,怎么说我大唐物华天宝呢?"

"娘娘所言,令妾大受教益。"

王皇后忙摆了摆手道:"我不会想得太多,就想着伺候好皇上,替皇上管好后宫就是尽本分。"

武媚没有回应王皇后的话,她从来不认为王皇后应该坐在后宫的宝座上,她认为这个位子就属于她。

此刻,王皇后却将话题转到武媚的儿子李弘身上来:"弘儿近来可好?"

"托娘娘的福,弘儿现在都牙牙学语了。"武媚的丹凤眼顿时拉成了一条线,她轻轻为王皇后弹落在肩头的雪花,整个人就沉浸在甜蜜之中了。

那次感业寺的幽会,皇上再一次证明,他是一个雄健的男人。之后,就在她陪着李治到终南山下狩猎的第二天清晨,她就忽然不能闻油腥了,名厨烹饪的佳肴,她一入口就想吐。永徽二年八月刚刚回到宫中,她的弘儿就降生了。这消息让李治欣喜若狂,他为儿子起名为"弘",并派太监到处访寻了乳汁丰满的乳娘。

她不是没有想过儿子的未来,但她更明白当务之急是先正了自己的名分。而且,近来她发现自己的身形又在悄悄地发生着变化,那妊娠反应再度搅得她五内翻腾。与怀弘儿不同的是,她喜食辣,并暗中请了太医诊脉,获知将会是一个公主。

旺盛的生育力更增添了她的自信,但她没有把这个消息告诉王皇后,她哪里配分享做母亲的喜悦呢?

武媚跟上王皇后的脚步,与她并肩而行:"娘娘对皇上最近的平叛如何看呢?"

王皇后没想到武媚会问这个,随口答道:"我当时最担心的就是太子的安危。如今太子安然无恙,我就放心了。"

这话让武媚怀疑她究竟有多爱皇上,她怎么只关心太子而对皇上的危难漠然置之呢?没有皇上,哪来的太子?

这半天游园就让武媚觉得她与王皇后之间话不投机,她顿时兴趣索然,却又不得不虚与委蛇。这时,只见从园门口进来一个人,那不是皇上身边的李荣么?他先向王皇后行过礼,然后才传达皇上的口谕,说皇上在温室殿召见才人。

王皇后的脸上霎时就落了一层霜,对跟随在身边的吴尚宫说了一句"回宫",就抛下武媚转身走了。

当温室殿内就剩下李治和武媚两个人时,她忘情地扑进李治的怀抱,用柔软的发鬓蹭着李治的下颚,那酥痒的感觉让李治十分难耐。他用暖暖的手捧起武媚的脸,爱恋地说道:"看这脸冻得发红,又是到园子里去读书了吧!"

"哪里呀!妾是陪皇后娘娘散心去了。"

"哦!"李治应了一声,"难得你如此明白!倒是朕……"

武媚转身就坐在李治的怀里,她侧过身子,一双纤纤细手抚摸着他的脸颊道:"皇上瘦了!一场平叛耗了皇上多少心思,妾一想起来,就恨不得亲手杀了那些佞臣叛贼。"

觉得武媚的身子有了反应,李治一边揉搓着她的身体,一边道:"此次平叛,若非爱妃谏言,何来今日局面?"

武媚瞟了李治一眼道:"妾不过进了一言,驱散云雾,皆在皇上圣明。"

"朕很吃惊,你所谏的竟与太尉不谋而合。"

"这不奇怪。反贼倒行逆施,国人皆可诛之,何况太尉与妾都是皇上身边人呢!"

李治点了点头:"依朕观之,爱妃才真是识大体,谋大局,乃治国御臣之才啊!"

武媚心中暗暗吃惊皇上的感知,嘴里却回避了他的话锋:"妾只想日夜依偎在皇上身边,藤缠树绕,恩恩爱爱。"

李治便有些动情了,抱着武媚便进了内室,想要温存一番。正要亲吻,却被武媚挡了回去:"皇上且慢!妾有事要禀奏。皇上准备如何处置这些国贼?"

一提起处置叛贼,李治刚刚被柔情平息的怒火就燃烧起来:"处置什么?朕都成了摆设了。"

武媚不说话,只是直勾勾地看着李治。

"就算他是朕的舅父,就算他是托孤大臣,朕也非三岁幼童,事事都要顺着他。"

"皇上所怒究竟为何事呢?"

"荆王、吴王,一个是朕的叔父,一个是朕的兄长,朕欲赦免二人,太尉和吏部尚书却力主诛杀,一副挟持朕的架势。"

武媚眨了眨眼睛,没有任何犹豫:"太尉是对的。荆王、吴王乃心腹大患,早日除之,于社稷利莫大焉!"

"哦！为何你也如此说？"

武媚从榻上起来站在李治面前，那眉眼立时就带了冷峻："荀子曰：知国之安危臧否，若别白黑。何谓黑白，是非之明也。如是，则德厚者进而佞说者止，贪利者退而廉节者起。荆王、吴王心怀叵测，即使此次未参与谋反，不能说日后不心怀叵测。"

见李治细心倾听，武媚又接着道："道者，君之道也。然在妾看来，为君之道，莫若杀伐。禁盗贼，除奸邪，是所以生养之也。识奸邪而不能除，是误国也。"

"如此说来，是朕错怪太尉了？"

"也不全然是。太尉动辄以托孤大臣自居，挟天子以令群臣，此亦篡臣之为也，陛下不可不防。"

李治召见武媚，原为一吐心中不快，孰料她一番宏论，拨云见日，在他面前展示出另外一方新天地。灯影下，他看着眼前的女人，丰若有肌，柔若无骨，益发觉得其可爱，不由得情马脱缰，抱起武媚，在温室殿旋转一圈。但见那一双秋水，经这一撩拨，盈盈涟漪，闪闪其光；青峰兀立，半山虚掩，雪肤酥酥，两人便情难自禁。

武媚仰面娇滴滴道："看皇上这样子，妾就遂了陛下的愿。只是陛下千万要轻点，妾这身子也是玉做的……"

李治搂着武媚的脖子，话便不清楚了："朕明日早朝就提册封你为昭仪。"

"陛下！"武媚如梦呓语中，就感到潮水波澜迭起地涌来了……

长孙无忌和褚遂良千方百计拖延的册封武媚一事，还是在永徽三年腊月的时候到来了。

这天早朝一开始，李治就把册封之事提上朝议。

卫尉卿许敬宗自然是册封的积极推动者，皇上的话刚落音，他就出列说话了。他清了清嗓子，声音就显得格外脆亮："才人自归京以来，身在后宫，屈己以事皇后，大度以待左右；谦恭以接臣下，善解人意，贤淑恭慧。待太子有若亲生，奉陛下以兰心蕙质。册封昭仪，顺天意而合人心。"这番话说得李治频频点头。

但他的言语却遭到了秘书少监上官仪的反对，他逐一驳斥道："许大人之言未免言过其实。所谓身在后宫，屈己以事皇后，依臣看来，乃是后宫女子分内之事；所谓大度以待左右，据臣所知，其间有不少乃陛下所赐，她转而馈赠他人，是否有轻皇恩之嫌呢？至于待太子有若亲生，更是无稽之谈，她至今无名无分,岂能与皇后比肩? 故微臣以为,册封不当,还请陛下三思。"

许敬宗也不相让,反讥上官仪气量狭小,不能容人。上官仪又批评许敬宗另有图谋。两人相持不下,李治就有些烦了,道:"二位爱卿为何打起口水仗了,分赠朕之所赐给尚宫、宫娥们,才人早就禀奏朕知晓了。"

长孙无忌一直暗地打量着两位同僚的争论和皇上的表情转换, 他已从李治的话中听出了对上官仪的不快,他没有改变阻止册封的初衷,但他不想过早站出来说话,就是要借群臣的力量压皇上收回他的心思。

长孙无忌将目光转向于志宁、张行成和韩瑗,这三人都是同中书门下三品,他们的言语无论对谁都举足轻重。而三位也读懂了他的意思,先后出列陈说不能册封的理由,虽然每个人的角度不同,但长孙无忌觉得最要紧的还是都以当年李淳风与太宗的谶语为依据——

太宗问于李淳风:"朕之天下今稍定矣。卿深明易道,不知何人始丧我国家,以及我朝之后登极者何人,得传者何代? 卿为朕历历言之。"

对曰:"欲知将来,当观以往;得贤者治,失贤者丧;此万世不易之道也。"

太宗曰:"朕所问者非此之谓也。欲卿以术数之学, 推我朝得享几许年,至何人乱我国家,何人亡我国家,何人得我国家,以及代代相传,朕欲预知之耳。"

淳风曰:"此乃天机,臣不敢泄。"

太宗曰:"言出卿口,入朕之耳,唯卿与朕言之,他人者不能知之耳。卿试言之。"

淳风曰:"臣不敢泄。"

太宗曰:"卿若不言,亦不强试,随朕入禁宫。"于是淳风侍太宗登高楼。

太宗曰:"上不至天,下不至地,卿可为朕言之。"

淳风曰:"乱我朝之天下者,即在君侧,三十年后杀唐之子孙殆尽。主自不知耳。"

太宗曰:"此人是文是武,卿为朕明言之,朕即杀之以除国患。"

淳风曰:"此乃天意,岂人力所能为耶? 此人在二旬之上,今若杀之,天必祸我国家,再生少年,唐室子孙益危矣。"

太宗曰:"天意既定,试约言其人。"

淳风曰:"其为人也,止戈不离身,两目长在空,实如斯也。"

......

但在长孙无忌看来,这些都是旧话,还不足以说动皇上改弦易辙,他需要新的证据来引起皇上的注意。就在这时,太子少傅张行成出列说话了。

他挪动着老迈的身躯,走出阵列道:"远的不提,就说近情吧!臣记得永徽元年晋州地震,陛下问臣原因,臣当时对曰:天,阳也,君象;地,阴也,臣象。君宜动,臣宜静。今静者顾动,恐女谒用事,人臣阴谋。又诸王、公主参承起居,或伺间隙,宜明设防闲。且晋,陛下本封,应不虚发,伏愿深思以杜未萌。事情刚过去三年,房遗爱谋反案发,应了天象。今天下方定,然女宠用事一象尚未参验,臣启陛下慎思而行,以江山社稷为重。"

张行成的话在韩瑗心中引起强烈共鸣,等他一退回阵列,立即上前道:"少傅之言,金声玉振。微臣以为,地震者,乃天以灾象验证淳风之言。止戈为武,女人主阴,二者相合,正不可册封之据也,臣请陛下缓行册封之事。"

李治闻言依然有些犹豫不决。

到了这时,长孙无忌觉得该是自己说话的时候了。

"臣以为各位大人所奏,殷殷萦怀于社稷,切切忠诚于陛下。册封一事,关乎后宫,臣觉得陛下不仅要搁置册封,还应口谕皇后,对武氏严加约束,不可放纵。"

眼见反对册封者占了上风,许敬宗心里非常着急,怕皇上真采纳了反对册立的进言,这样,他私下里收受武媚的好处就成为一桩还不清的债。正在双手摩挲间,却听见皇上说话了:"褚爱卿、李爱卿这半天为何未有一言?"

褚遂良和李勣相互看了看,出列回应皇上的话。

"各位大人的话令臣颇受教益。然册封昭仪,毕竟不同于册立皇后,可急可缓。依臣看来,封亦可,不封亦无碍朝局,臣唯陛下之意是从。"褚遂良道。

闻言,长孙无忌的脸上立时阴云密布,心里骂道:"这老鬼真是老奸巨猾,武氏求学书艺,让他不知好歹了。"但他没有想到,接下来李勣的话又让他大为震惊,他将此事视为皇上家事,觉得让大臣们廷议此事是多此一举。

"李大人之言,于理于情无懈可击,既是皇上家事,何劳诸位大人唇焦舌燥?臣请陛下颁诏,册立武才人为昭仪。"褚、李的话让这半天有些招架不住的许敬宗大受鼓舞,一下子显得理直气壮。

见此,长孙无忌疾言厉色道:"许敬宗误国,请陛下将其发大理寺治罪!"

这半天,李治虽没有说话,但对长孙无忌的固执早已怒不可遏,不待他说完,就狠拍龙案道:"太尉之言未免太危言耸听了。"

长孙无忌却不以为然道:"皇上之言,臣不能苟同!"

大臣们纷纷把目光投向长孙无忌,不知他怎可用这样的语气与皇上说话。

"何谓误国?太尉是说朕是纣王,而武媚是妲己么?"

"臣不敢!臣只是……"

"只是什么?太尉可知道,第一个提出要朕坚决诛杀叛贼的不是太尉,而是武才人。太尉又知道是谁第一个赞同拘捕吴王的,还是武才人。"

"正因为如此,臣才忧心……"

李治决然地挥了挥手,制止长孙无忌继续说下去。

"太尉不要再说了,朕不是轻易可以挟持的君主。"李治抛下长孙无忌,直接问道,"中书令何在?"

柳奭应声出列。

李治以严肃而又不无负气的口气道:"拟诏!册封武媚为昭仪!退朝!"

"陛下圣明!"大臣们用沉闷的声音恭送李治离开,接着,大家也纷纷散去。

大殿里只剩下长孙无忌一个人呆呆地看着龙位,他说不清此时此刻自己是什么心情。李荣近前提醒道:"长孙大人,皇上已经走了。"

长孙无忌这才意识到自己的失态,问道:"公公,武媚真的谏言皇上平叛了么?"

从李荣那得到证实后,长孙无忌仰天长叹道:"先帝呀!大唐从此国无宁日矣!"


蔡尚宫慌慌张张地回到甘露殿,甚至顾不得礼仪,就站在萧淑妃面前重复一句话:"不好了!大事不好了!"

萧淑妃懒懒地倚在榻上,不耐烦地问道:"何事如此慌张?"

蔡尚宫咽了口唾沫道:"启禀娘娘,皇上册封武媚为昭仪了。"

"什么?"萧淑妃撇了撇嘴,一下子从榻上坐起来杏眼圆睁道,"你说武媚封了昭仪?"

她不禁倒吸一口冷气,她很清楚,这位居二品、列于九嫔之首的册封对她来说意味着什么。她呆呆地望着从窗前飘过的云朵,泪水就顺着脸颊静静地流到了嘴角。而她的牙关却咬得很紧,以致樱唇咬出了血都浑然不觉。

蔡尚宫一见就慌了神,一个劲地呼唤道:"娘娘! 娘娘! 您想开些。"

萧淑妃不说话,也实在想不出能恰当表达自己心绪的词句。自去年八月武媚被召回京后,皇上就很少传她进宫了。一年来,她在惶恐、抑郁中度过了一个个难耐的日子。她曾哭过闹过,在无法感动皇上之后,她开始变得心灰意冷,日日用烈酒麻木自己。

哀莫大于心死,短短三百多个日子,她的青春容颜不再,形销骨立地守着一座空荡荡的宫殿。

遭受了儿子没有被立为太子的打击,她现在唯一的希望就是他能平安无事。可从中宫得到消息说,这位武媚很有心计,把皇上和皇后哄得团团转。蔡尚宫还告诉她说,这武媚笑里藏着王皇后不曾有的阴暗。

唉! 现在她封了昭仪,说不定会有一天欺负到她的头上,进而危及儿子。想到这里,她不由得打了一个寒战,仿佛有一把刀架在了她的脖子上。

"不要! 不要!"萧淑妃瑟缩着身子惊叫道。

她的模样让蔡尚宫有些心疼,她跟了萧淑妃这么多年,第一次发现她如此恐惧一个女人。

"娘娘! 您还是要想开些。"

萧淑妃意识到自己的失态,不好意思道:"我没什么,就是心里堵得慌。"

蔡尚宫沉思了片刻道:"娘娘也不要过于悲伤,依奴婢看来,还有比娘娘更难受的人呢!"

"你是说皇后?"

蔡尚宫点了点头道:"皇后说动皇上召武媚回宫,原是为了排挤娘娘,然依奴婢看来,册封武媚昭仪,却是她不愿看见的。"

见萧淑妃听得很专注,蔡尚宫进一步道:"奴婢相信,不久皇后一定会过来拜访娘娘的。"

"真的么?"萧淑妃有些茫然地问道。

# 第八章

## 敬宗献媚荐党羽　后妃抗武释前嫌

永徽四年春,在长孙无忌的主持下,经过大理寺和刑部分别审理,株连千人的"房遗爱谋反案"终于尘埃落定。

二月甲申,李治下诏判处房遗爱、薛万彻、柴令武斩刑;荆王李元景、吴王李恪、高阳公主、巴陵公主赐自尽;其胁从者皆流放。

李荣奉诏给怀孕的武媚送补品时告诉她当皇上按旨在诏书上加盖玉玺时,流着泪道:"先帝托国鼎于朕,曾言于太尉,立朕为太子,则魏王、吴王存,孰料朕却送他上了刑场,朕何其伤痛? 知朕者几人也?"

武媚听罢回道:"陛下性情温柔,关键时不免优柔寡断,烦请公公转奏陛下,妾也有三问,请陛下三思。其一问者,房遗爱、高阳公主犯上作乱,该不该依律问罪?其二问者,亲情国法,孰大孰小?其三问者,陛下拨定风云,剪除国贼,何愧之有? 君者,课群臣而诛奸佞;法者,除暴虐而安良善,此乃天经地义,望陛下勿彷徨左右,贻误社稷。"

李治听了李荣的转奏,沉默良久后道:"昭仪之言,金声玉振,但话虽如此,然朕终不愿见宫室溅血。"

惊蛰那天,一大早便响了几声春雷,接着就下起了雨,雨虽不大,但夹带着丝丝寒意。位于长安西市十字街口的"独柳树"此时岗哨林立,羽林卫将前来观看行刑的百姓挡在十丈之外。

午时三刻,奉诏监斩的刑部尚书唐临下令将房遗爱、薛万彻、柴令武和参与谋反的几位将军推上行刑台。到了这时,他们已不存生的念想,一个个面如死灰。在房遗爱、薛万彻身首异处后,柴令武的神志已经模糊,于毫无痛苦的混沌中走向了生命终点。

午后未时,行刑官来向唐临禀告,说所有重犯皆被处决。唐临起身望了一眼台下,失去头颅的尸体横七竖八地躺在泥水里,血已染红了地上的积水……

与此同时,前往宣诏的太监们纷纷回到两仪殿,向李治回奏,说荆王、高阳公主和巴陵公主均已伏法。李治问道:"那吴王是如何处置的?"

"吴王那是太尉持了皇上诏书亲往的。"李荣回道。

李治挥了挥手,让众人退下,他想一人好好静一静。

躺在龙位上,他的思绪却十分纷乱,眼前尽是长孙无忌与李恪怒目对视的情景。李治在心里念叨——既是赐死,太尉就不要再难为他了,让朕将来面对先帝时,也好少些纠结……

李恪一梦醒来,才发现牢房都空了,一片死寂。

他梦见了太宗,他依旧那样天庭饱满、目光似电、神威灼灼。太宗抚着他的掌心问道:"你母亲杨妃可好?与九弟是否和睦无碍?"

他勉强点了点头。

太宗对当初没有立他为太子表示了由衷的惋惜:"朕知道你一向通晓大局,性度恢廓,既有文武大才,又有容人雅量,你一定要辅佐治儿打理好朝政。朕对突厥、高丽等边患常萦萦于怀,你一定要率军远征,拒敌卫国,护佑大唐。"

他正要说话,忽然一阵风来,太宗的身影升入云霄,李恪追了很久,终不见父皇音容,只从云端传来他杳渺的呼唤:"恪儿!父皇走了,你好自为之。"

李恪一个激灵便醒来了,他回忆梦中的情景,不禁泪水潸然,暗暗沉吟:"父皇!您可知道孩儿现在已身陷囹圄,拘捕孩儿的不是别人,正是儿时朝夕相处、血脉一体的九弟啊!"

他有些不明白,为什么房遗爱等人都已被押往刑场,唯独留下了他。他抬头看了看,不知什么时候春雨也转成了雪花,从天窗飘落到牢内了。他忽然觉得,人就如这雪花一样的脆弱。自被牵连到房遗爱案中后,他已做好了赴死的准备,他只是希望皇上念在昔日情分,善待萧妃母子。他觉得,以李治的性格,这点请求他不会拒绝。

李恪想到这里,朝着牢外喊道:"狱卒!拿纸笔来,本王要上书。"

话音刚落,就听见狱门"当"的一声打开了。接着,传来典狱官谦卑的声音:"太尉大人请!"

"李恪在么?"那是长孙无忌苍老的声音。

李恪立马就明白了,他没有机会上书皇上了。他靠墙躺下,闭了双目,尽量不再想那些伤心的事情。

此刻牢房已经打开，长孙无忌出现在门口高声道："圣旨下，李恪接旨。"

李恪艰难地爬到牢门口，忍着膝盖的伤痛道："吾皇万岁万岁万万岁！"

长孙无忌清了清嗓音，宣读道：

> 制曰：查吴王李恪，心怀叵测，觊觎国鼎，密与房遗爱谋反，罪不容赦，着即赐自尽。其子李仁、李玮、李琨、李祎并母萧氏，皆流放岭南，永世不得进京。钦此。

李恪听罢，朝南面拜了拜，口称谢皇上隆恩。当他抬起头时，就看见长孙无忌讥讽的目光。

"殿下此刻心境如何？"长孙无忌笑问道。

李恪报以冷笑："太尉果真心中无愧么？"

"本官奉旨除患，何愧之有？"

"太尉肆权弄威，挟天子以令群臣，诬忠良为奸邪，敢说无愧于先帝，无愧于朝廷么？"

"哼！任殿下巧舌如簧，百般辩解，也难洗清谋反之罪。陛下念你为李氏血脉，赐你自尽，落个全尸，你该谢主隆恩才是。"

"太尉不觉此言出口，腑内心虚么？本王光明磊落，心底无私，今遭此诬陷，乃造化使然。倒是你长孙无忌，窃弄威权，构害良善，宗社有灵，当族灭不久矣。"

长孙无忌顿时脸色通红，大怒道："狱卒何在？赐他白绫，令其自缢。"

"不劳狱卒动手！"李恪大喊一声，转身向牢房的墙壁狠狠撞去，霎时脑浆四溅，气绝身亡。

"没有想到他会如此。"长孙无忌不无遗憾地耸了耸肩，"本官是想看看他被勒死的丑相。"

二月乙酉，李治连下几道诏书，对与谋反案有染的官员给予了处置——侍中兼太子詹事宇文节被流放岭南，太常卿王道宗也没有逃脱这样的命运。

在离开京城的时候，年过五旬的宇文节流下了伤感的泪水。他内心清楚，褚遂良与长孙无忌是借此机会，对与他们持不同政见者给予致命一击。其实，他根本就不知道"房遗爱谋反"是怎么回事，只不过是在同这位驸马都尉酒中叙话时，说了一些褚遂良行事太霸道的话而已。出了长安的南门，他回望了一下城楼上飘着的"唐"字大旗,打马而去。

二月戊子,李恪的同母弟蜀王李愔被贬为庶人,置于巴州;尽管房遗直没有参与谋反,但也未幸免于难,皇上一道诏书,就将其贬为春州铜陵尉;薛万彻之弟薛万备流放交州;撤销房玄龄配飨太庙的资格。

然而,波虽平而心难宁。

长孙无忌没有从杀伐中获得任何快感,整个春天,他都陷入难以自拔的惊悸之中。他常常在梦中看到满脸血污的李恪,怒斥他颠倒是非,诬陷良善,天地不容,迟早要死无葬身之地。醒来后,他独对青灯,坐到上朝之时才匆匆离开府第。

坐进车驾,他耳边却总是回旋着李恪临死前的那句话——倒是你长孙无忌,窃弄威权,构害良善,宗社有灵,当族灭不久矣。他不知道这句咒语,会在哪里应验。

他的脾气也越来越暴躁,动辄对属下和家人大发雷霆。有一次丫鬟奉茶上来,他尝了一口便大骂:"你是要烫死老夫么?"顺手端起茶杯,就向丫鬟泼去,当即将她的脸烫得通红。

仅仅对下人这样也就罢了,这些日子夫人最怕见他那张阴沉的脸。有一次他一人独坐在书房发呆,不想夫人盛了一碗银耳汤进来要他喝了补补身子。他伸手就打翻了汤碗,回身就给了夫人一巴掌道:"你鬼鬼祟祟,是要吓死老夫么?"

及至反省这些行为,他又为自己的多疑而内疚。他有时甚至想,与其如此终日折磨自己,倒不如早些死了好!

春分那天,他终于在樊笼一般的府邸待不住了,只带了府令,到城南的曲江池畔去踏春。

杨柳如烟,桃夭娇艳,池水浩渺,但没有一处景物能让他流连。不到两个时辰,他就要驭手驱车回转。可就在这时,他看见了多日不见的吏部尚书、同中书门下三品褚遂良从对面的小径上转过来了。

褚遂良显然也发现了长孙无忌,赶过来行礼道:"太尉也来踏青了?"

"嗯!心中烦闷,出来走走。"

"下官也是纷事扰心,欲寻个排解之处。"褚遂良指了指前面不远处的桃花林道,"近来这桃林边上新添了一家酒店,大人若是不嫌弃,不妨与下官小饮几杯,也好去去这心中闷气。"

"如此,就恭敬不如从命了。"

两人来到桃林边，但见一间不大的门面，檐头飘着酒旗，浓浓的酒香染得桃花都散着醉意。他们平日玉食馐羞吃惯了，如今倒对这民间酒肴有了新鲜感。店家眼尖，见来人虽着了常服，却是衬了洁白的衬领，便知不是普通的游客，就热情地请进雅间。

褚遂良让长孙无忌点菜，他道："老夫过惯了衣来伸手，饭来张口的日子，哪会点什么菜？还是你来吧！"

"彼此彼此！"褚遂良无奈地笑了笑，遂要店家拣了一些有乡间意味的菜肴，还温了一壶老酒。两人边说边吃，酒过三巡，话题就又扯到房遗爱谋反一案上来了。

长孙无忌道："老夫近来一直不安。大人说说，那李恪临刑前的话是什么意思？莫非他有先见之明，知道日后有人要为难老夫？"

其实，褚遂良这些日子也害着同样的心病。据说那位王道宗离京时，也托人向他转述了同样的话，不过他还是宽慰道："下官的遭际与大人一般，大人与在下随先帝历尽风雨，什么风浪没有见过，大人且放宽心，万勿自扰。"

长孙无忌将筷子停在空中，摇摇头道："事情恐怕没有大人所言那样简单。老夫昼夜思虑，似乎置你我于死地之人就在身边。"

褚遂良心中暗惊，忙蘸了酒水在案上写了一个"武"字："大人是说……"

长孙无忌心怀几分忧虑，擦去那字道："大人真是明鉴！老夫听说自从她被封为昭仪之后，皇上就对皇后越来越不待见了。"

褚遂良没有说话，当初因武媚跟自己研习书艺，在册封这事上态度暧昧，以致有今日之果，心里除了自责，生怕长孙无忌旧事重提。

果然，长孙无忌顺口便道："大人当初如与老夫同心同德，何致有此忧虑呢？"

闻言，褚遂良脸上就有些发热："过往之错，下官深以为疚，当务之急，还要我等携手，才能防患于未然。"

"不是未然，而是危机就在眼前。大人有所不知，此次平叛，武氏所见竟与老夫同，这岂是女流之识乎？房遗爱诸贼落马，皇上究竟是从你我之谏，还是纳武氏之言，我等还莫知其里。因此，依老夫观之，这武氏将来必是你我之患。"

褚遂良呷了一口酒道："大人所言极是，下官也担心……"

长孙无忌摆了摆手，截住褚遂良的话头："酒喝到这里，你我也该回去了。"说罢，他让府令结了酒钱，两人先后出了门。

长孙无忌道："隔墙有耳，你我心知即可。大人不可一错再错，贻误社稷，如此,身后亦无颜见先帝龙颜。你我以后只要保住皇后,武氏之野心必不能得逞。"

褚遂良上前一步握住长孙无忌的手,脸上顿时严肃了:"请大人放心,下官心在大唐,定与大人同舟共济,匡扶社稷。"

太阳西斜,耀眼的光芒照着春林,褚遂良抬眼远眺,禁不住"哦"了一声,长孙无忌有些好奇,回转身问道:"大人看见什么了?"

褚遂良遂指着从曲江池东北方蜿蜒而来的花径道:"那不是许敬宗大人与婺州刺史崔义玄么?他们怎么走到了一起?"

长孙无忌将了将胡须,若有所思道:"这个崔义玄也曾参与隋末举义,随先帝大战王世充,屡立战功。先帝攻下洛阳后,转任他为隰州都督府长史。贞观年间,他做过左司郎中。听说此次回京,专为禀奏章叔胤叛乱一事。据说此人借陈硕真之名兴风作浪,破睦州,杀掠百姓。消息传到京城,皇上急召他进京询问战情。"

褚遂良记起来了,前几年,睦州确实出过一位名叫陈硕真的女子,曾举兵造反。后自言仙去,与乡邻辞诀,结果后来有人在另外一个地方看见了她,遂举报朝廷,皇上见其是一疯癫女子,便诏命开释,孰料事过数年,竟又有人假其名兴兵。

长孙无忌收回目光道:"物以类聚,这两人走到一起,必有所蝇苟,你我须得提防。"说罢,他上了车驾便离去了。

褚遂良没有看错,许敬宗这会儿正和崔义玄环曲江池漫步。几年的江南为官,颠覆了他对曲江池的印象,过去烟波浩渺的一池碧水,如今在他看来就是一湾清溪。他之所以邀许敬宗出游,也是为说话方便。

他们刚在曲江池边的"望江楼"饮了京都名酒,品尝了曲江池的鱼肉。酒足饭饱之后,两人都有些慵懒,看眼前的景物都模模糊糊、影影绰绰的。

崔义玄伸了伸腰,话就随之出口了:"不瞒许大人,虽说婺州山明水秀,可毕竟是蛮夷聚居之地,又距京城千里,还请大人在陛下面前美言几句,调下官回京。"

许敬宗道:"在下怎能体味不出大人的心境呢?虽然在下入朝较晚,然大人之名早已如雷贯耳,大人久在边关,亦非长久之计。只是……"

见许敬宗欲言又止的样子,崔义玄忙道:"大人有话不妨直言。"

许敬宗环顾一下四周道:"大人有所不知,京城鱼龙混杂,朝政皆由长孙无忌和褚遂良把持,此二人沆瀣一气,挟天子以令天下。群臣敢怒而不敢言,就是陛下也莫之奈何。"

崔义玄"哦"了一声，不再说话，两人沉默着朝前走。

良久，许敬宗才打破沉闷："也不是没有直达天庭之路，只是不知道大人愿意走否？"

"哦！"崔义玄紧走两步，要与许敬宗并肩，却不料被路旁的一玫瑰枝挂住了衣袖。许敬宗见了，就暗想崔大人注定要与石榴裙结下不解之缘了。

"只要能调回京城，下官听大人的。"

"如此甚好！"许敬宗道，"大人离京之前，在下会带您去见一个人。"

"大人能否先告知是哪家大人？"

"到时您就知道了！"

"好！下官就等大人的消息了。"

谈完正事，许敬宗又问道："大人就在婺州为官，不知那里可有珍奇古玩乎？"

"婺州出瓷器，以青瓷为主，还烧黑、褐、花釉、乳浊釉和彩绘瓷，这些都是朝廷贡品。下官此次进京就带了一些，也给大人准备了一份。"

"好！有了这个就好办了。"

三天以后的朝会上，崔义玄将婺州叛乱之情势禀奏给李治。李治当廷诏令他率州域府兵征讨叛贼，解民于倒悬。散朝以后，许敬宗又悄悄拉着他进了仪秋宫，后面还跟着崔府的府役，他们抬着一个大箱子，里面不知装的什么。

这仪秋宫原是武德年间修建供后妃居住的。武媚回京前，李治派人重新整修一新，青砖铺道，广植花木，特别是栽植了武媚喜欢的玫瑰。

正是阳春三月，玫瑰盛开之际，沿着花径一路走来，香尘纷飞，芬芳沁脾。崔义玄忽然联想起前几天游曲江时被玫瑰绊住的情景。

许敬宗告诉崔义玄道："此乃武昭仪居处，我等须得小心谨慎。"

闻言，崔义玄遂收敛了心神，紧随在许敬宗身后。

他们在殿门前看见了此宫的管事张尚宫，许敬宗忙上前施礼道："请尚宫禀报一声，就说卫尉卿许敬宗与婺州刺史崔义玄求见。"

"两位大人少待，奴婢去去就来。"

等待的时候，崔义玄环顾了一下周围的环境。他虽然从没到过中宫，但从殿前的陈设就觉出武昭仪的不同寻常。只见左右两边各竖一柱华表，其顶端用横木交叉成十字，似花朵状。上面用铁线绘制了莲花图案，扯丝拉蔓，一派生机勃勃。顺着华表往前看，又有两棵合欢树，还没有开花，但叶子却已很浓密了。贞观年间他在京城做左司郎中时，就听人说过武昭仪性情刚烈，曾声言要驯服烈马，不想她却是很有情趣之人。

他正想着，就听见张尚宫在殿门口道："娘娘请两位大人殿内叙话。"

随后，许敬宗与崔义玄就双双来到了武媚面前。

"平身，赐座。"随着武媚说话，两人才抬起头来，看见她手中捧着一部《太史公书》，眉宇间溢出几分笑意。

武媚显然与许敬宗很熟悉，待两人坐定后便道："许大人可是有些日子没来了！"

"臣除了处理府中诸事之外，大部分时间都是奉皇上的诏命在编修国史，碌碌其忙，着实惭愧！"许敬宗答道。

"编修国史，唯在史识，若太史公之秉笔直书，方能流传千古。"

"娘娘所言，字字珠玑，臣谨记在心。"

"你这张嘴就会拣好听的说。今日来见我，又有何事？"武媚笑道。

许敬宗从怀中拿出一卷文稿道："臣今日拜见娘娘，除了请安还有两件事：一件是臣将部分国史手稿清誊一份，想请娘娘赐教；二是婺州刺史崔义玄久仰娘娘芳誉，托微臣引荐。"

武媚从张尚宫手中接过文稿道："既是大人有意，那就先放在这里，我抽空瞧瞧，若有心得，定当奉告。"说着，她就把目光转向了崔义玄，"崔大人在太宗年间曾做过左司郎中，如今只做刺史，多少有些屈才。"

崔义玄忙道："臣虽在京外，然素闻娘娘博通经史，淑德慧识。今番进京，带了些婺州的特产，想请娘娘慧目鉴赏。"

许敬宗听了忙在一旁帮腔："听说娘娘喜好书艺，臣特将娘娘赐予臣的题词托崔大人要婺州窑精心描摹，烧制了一只梅瓶，还请娘娘过目。"

见武媚面露喜色，许敬宗忙向崔义玄使了个眼色。崔义玄会意，忙要府役抬了梅瓶进来。

这瓶高有二尺，白釉如云，温润亮泽，大腹尖底，描摹了武媚的字——道源在天，境由心造。潇洒中见厚重，圆润中透刚烈。经过窑工烧制后，就有了很强的浮雕感。

张尚宫扶着武媚围着梅瓶转了一圈，眼见得她的丹凤眼笑成一条线，心想这许大人真是条虫儿，钻到娘娘的心里去了。武媚一边称赞做工精细，一边脸上却严肃起来："我那字比起陛下来，天壤之别，何敢上了瓷器，存之永久？"

许敬宗的脸色一下子变得苍白，揣摩不透她这话的意思，只有唯唯诺诺。但武媚的语气迅速转了过来："既是拿来了，就放下吧，下不为例。"说着，她挥了挥手，要两人重新落座。

"崔大人有什么事情么？"

崔义玄闻言道："启禀娘娘，微臣久在边关，虽风餐露宿，但这是将士职责。不过微臣的老母已过茶寿，去日无多，臣欲床前尽孝，还请娘娘体谅。"

"哦！"武媚沉吟了一声，"皇上不是诏令大人婺州平叛么？"

崔义玄忙答道："臣定不负圣恩，剿灭叛贼，卫我社稷。"

"如此甚好！陛下用人，唯才是举，大人若能剿灭叛贼，我定当在皇上面前美言。若是大人要是渎职懈怠，贻误战机，不唯陛下要追究，就是我这里也绝无周旋之地。"武媚站起来，踱着步子道。

崔义玄听得出来，这话虽然很平静，但分明藏着冷峻。

武媚又接着道："一切皆在大人，我等大人捷报。"

许敬宗心中窃喜，他是何等聪明之人。他知道昭仪意在皇后之位，绝不愿屈居嫔妃之列。可是她也清楚，要走这一步，横在面前的就是长孙无忌、褚遂良、上官仪等人，自己若没有几个心腹，就是皇上也难以为她撑腰。而崔义玄的投奔，自然使她又多了一分力量。

出了仪秋宫，崔义玄一摸额头，汗津津的。许敬宗问道："大人您这是怎么了？"

崔义玄尴尬地笑了笑："下官也说不清为什么，平日里杀起人来连眼睛都不眨，今日见了昭仪不知为何倒生出莫名的畏惧。"

"所以，我等要谨慎小心才是，不然连头颅掉了都不知道是怎么回事。"许敬宗又何尝不是这种感觉呢？每一次拜见武媚，他的心弦都绷得很紧。

……

朝廷的人事在纷忙的日子里演绎出新的变化。九月，右仆射、北平定公、太子少傅张行成薨殒，李治趁机任褚遂良为右仆射，仍兼着吏部尚书一职；十月，任兵部尚书崔敦礼为侍中，位居三省之首。十一月，婺州传来战报，婺州刺史擒获陈硕真和章叔胤，斩首数千级。

许敬宗将消息第一个禀报给武媚，并且绘声绘色地叙述了崔义玄临战布局，骁勇善战的细节："微臣听说，下怀戎一战，贼众弓弩甚强，左右以盾遮蔽。崔刺史说：'刺史避箭，人谁致死？'遂撤之。于是士卒齐奋，贼众大溃。大军进至睦州，降者以万计。"

武媚闻之,意味深长地说道:"看来崔刺史该回京了。"

不久,皇上下诏调崔义玄进京,拜为御史大夫。

崔义玄明白,这都是因为武昭仪的缘故,回京后,他第一时间就去拜见了武媚。

蔡尚宫的预见终于在永徽四年得到了证实。十二月初,王皇后破例地到了相思殿。吴尚宫先来传话,说皇后一会儿就到。蔡尚宫脸上露出得意的神采,急忙转身进了大殿,向萧淑妃禀报,说皇后娘娘来了。

萧淑妃懒懒地抬了一下头,鄙薄地朝外看了一眼道:"现在倒想起我来了? 就说我身子不适,不方便见人。"

"娘娘三思,奴婢猜皇后这次必是为了武昭仪之事来的,娘娘不见着实不妥。一则她是皇后,主持后宫,不见于礼不通;二则时过境迁,娘娘也可以乘机探探皇后的心思。"蔡尚宫劝道。

"这么说见得?"

"奴婢只是谏言,这事还得娘娘定夺。"

萧淑妃沉思片刻道:"好! 那就见见吧! "

刚刚收拾妥当,就听见中宫太监高声传话道:"皇后娘娘驾到! "

萧淑妃率宫娥、太监一干人等出来迎接。昔日情敌相遇,脸上都抹不去旧有的矜持,然说出口的话却是热情和谦恭的。

"不知皇后娘娘驾到,妾有失远迎,还请恕罪。"萧淑妃迎道。

王皇后脸上的阴云顿然散去,言语中就多了诸多大度:"闻知妹妹偶有小恙,牵挂非常,早欲来看,无奈琐事缠身,以致延宕至今,还请妹妹见谅。"

"怎敢劳姐姐大驾?"说着话,萧淑妃就挽王皇后进了殿。

王皇后环顾了一下殿内的陈设,心中不禁感慨万千。显然,这几年萧淑妃也过得很沉郁, 殿内的一切都显得老旧凌乱, 这情景让她生出隐隐的同情。

这两年, 皇上所有的心思都在武昭仪身上, 从不想要与她有过一夜温存。春夏秋冬,寒来暑往,她觉得自己老去了许多。晨起懒理妆,日晚倦梳头,靠对太子的寄托支撑自己。以己体人,她发现萧淑妃也瘦如黄花,形销骨立。

说起这两年落寞难耐的日子, 萧淑妃的泪水就稀里哗啦地流个不停:"姐姐你看,这相思殿都快成'想死殿'了,门外的花草已许久没有侍弄,都荒了。"

从殿外跑来一只金毛狮子狗，它腾地就跃上萧淑妃的膝盖，两只耳朵亲昵地蹭个不停。萧淑妃一边轻轻地抚摸着那一身泛金的毛，一边对王皇后说道："只有这狗懂得妹妹的苦，终日陪伴，不离不弃。妹妹有时就想，人啊！有时候还不如物呢。"

"谁说不是呢？"王皇后朝前挪了挪，接着萧淑妃的话道，"我又何尝不是如此呢？说起来我还是后宫之主，可皇上什么时候拿我当皇后看呢？"她的一百句话抵不过武昭仪的一句话，就连她身边的张尚宫也是奴仗主势，说起话来趾高气扬的。

有一次，吴尚宫从外面回来，眼泪巴巴地向她倾诉，说她带人到宫闱局去领取暖的木炭，恰好张尚宫也去了，非要抢在前面，甚至口出狂言，说皇后不算什么，她不敢动昭仪。

"妹妹你说说，这后宫到底是谁当家？还有没有规矩啊？"王皇后越说越气，竟忘了在嫔妃面前的尊严，耸动着肩膀抽泣个不停。

吴尚宫见状，急忙递上丝绢，王皇后擦了擦眼角，抬起头时就发现萧淑妃正陪着流泪，便不禁感动："往日姐姐有不周之处，还望妹妹宽谅。"

话说到这个份上，两人多年的积怨也渐渐远去了，彼此都觉得同病相怜。

萧淑妃也向皇后这边靠了靠，鄙夷道："先伺候先帝，现在又来蛊惑皇上，这算怎么回事呢？"见王皇后没有阻止的意思，她又道，"妹妹不为自己，就是为姐姐遭此妖女欺凌打抱不平，也绝不能让她在后宫横行。"

王皇后叹一口气道："谁说不是呢！可皇上就听她的，这有何办法？"

在蔡尚宫给王皇后续了茶之后，萧淑妃继续道："与其坐以待毙，不如奋起抗争。我们姐妹多向陛下禀奏武氏恶行，妾就不信皇上一句都听不进去！"

王皇后点了点头："妹妹说得对，孟子曰，国人皆曰杀，则杀。众人都说这贱人的不是，皇上总该三思吧！"

"以往都是妹妹年轻不懂事，让姐姐伤心了。从今以后，妹妹唯姐姐之命是从。"萧淑妃拉起王皇后的手道。

看着时间不早了，王皇后起身准备回清宁宫。萧淑妃忙命蔡尚宫拿了一件狐皮内裤，双手奉给她道："腊月天寒，这内裤就送给姐姐御寒吧！"

王皇后接了过来，递给吴尚宫道："改日我在清宁宫备宴请陛下光临，妹妹陪坐，怎么样？"

萧淑妃点了点头，心想——木讷的王皇后今天总算是开了窍。

　　回到清宁宫,值守的太监禀报:"中书令柳奭谒见,现正在偏殿等候。"王皇后"哦"了一声,要吴尚宫传他到大殿。

　　行过朝礼,王皇后命人赐座。她见柳奭一副惆怅的样子,就知道一定是朝事不顺,便询问道:"舅父这是有什么心事么?"

　　柳奭喝了一口热茶,身子暖和多了,道:"皇上近来一直在思谋对屈突通等十三位武德年间的功臣加赠官秩。如果没有障碍,年后就要颁布诏书了。"

　　"这些人都是早年跟随先帝南征北战的老臣,劳苦功高,加赠官秩也在情理之中,既是圣意,舅父遵旨拟定诏书即可,何必计较呢?"

　　"其中十二位功在社稷,褒奖亦无不可。只是那武士彟,一个挑担卖豆腐出身之人,虽说后来随高祖打过天下,可他出身卑微,又在贞观九年卒亡,亦在加赠之列,朝野多有不服。"柳奭皱了皱眉头,接续刚才的话道,"陛下这是爱屋及乌,是为了取悦那个武昭仪。"

　　"那太尉和右仆射是何看法?"

　　柳奭叹了叹气道:"正是两位大人顶着,门下省的崔大人将诏书搁置了一段时间,前日驳回到中书省,微臣正愁如何向皇上禀奏呢!"

　　王皇后理解舅父的难处。如果皇上执意要将武士彟列进去,最为难的还是柳奭。他不像长孙无忌、褚遂良等人树大根深,又有托孤大臣的身份挡着,就只能夹在中间了。

　　"如此,舅父这中书令是越来越难做了。"

　　柳奭摩挲着双手道:"微臣的委屈都在其次,臣所忧者,乃皇后也。如今武氏势头正旺,皇上宠爱有加,臣又听说皇上对李弘也青眼有加,这样任其下去,势必会危及皇后和太子。"

　　王皇后内心从萧淑妃那获得的温暖,立刻被舅父的一番话浇冷,霎时又是泪光盈盈:"我的心都被舅父说成一团乱麻了!"

　　见此,柳奭便以长辈身份道:"臣以为,为了大唐社稷,为了太子,娘娘都应该设法阻止武氏图谋得逞。"

　　王皇后听后,便把与萧淑妃尽释前嫌,联手抗武的事情说给他听。柳奭一听,眉头顿时展开了:"此不失为亡羊补牢之策。只是皇上对武氏百般宠爱,娘娘谏言要有理有节,万不可触怒龙颜,功亏一篑。"

　　"嗯,舅父也要多到三省走走,以达勠力同心之功。"

　　柳奭领首称是,然后起身告辞了。出了清宁宫,他才发现在说话的时候,天空已黑云密布,眼看一场大雪就要降临了。

腊月初七用过晚膳,王皇后就唤来李尚食,吩咐她精心烧煮腊八粥。

李尚食在宫中待了十几年,懂得煮食腊八粥的意义。往年都是由宫闱局事先将黍、稷、稻、粱、禾、麻、菽、麦八种谷物精心春碾出多色主料,然后辅以精肉、芫荽、葱、姜等作料,从先一天晚间酉时一直煮到第二天辰时,直到达到黏稠、晶亮的程度,才很肃穆地和了"太牢"一起呈送至郊庙,这一则是告谷神一年耕耘收获之喜,二则是祈福社稷永世太平。按《礼记》记载,还要分飨粥食,尽享神灵恩泽。

辰时一刻,李尚食回奏说腊八粥已煮好。王皇后答了一声"知道了"便不再作声。看着李尚食退出大殿,她才对吴尚宫道:"派个太监过去请萧淑妃过来品尝腊八宴。"

"皇上那边呢?"吴尚宫问道。

"我已派人禀知太子,他自会请皇上过来。"

天明时下起了雪,不大,落在地上静悄悄的。辰时三刻,李治率太子和百官来到城南郊庙的圜丘前祭祀五谷神,太常寺的官员主祭。这一行人早在前一天晚上就沐浴净身,黎明时又换上祭服,在庄严的《祀圜丘乐章》旋律中,献牺牲、腊八粥,奠玉帛,进熟食。李治率先品尝,然后百官依次分之。说是进熟食,只不过是个形式。

祭祀完毕,太常寺官员来到圣驾前禀奏道:"郊祀已毕,请陛下移驾甘露殿歇息。"

这时,李忠来到御前道:"儿臣有事禀奏。"

李治眯起眼打量着李忠,目光很慈祥、很柔和,心中涌动着父亲的疼爱之情。一转眼,忠儿都十一岁了。看那眉眼,处处都有自己的影子。他虽声音未脱少年稚气,但举止间却多了许多皇家的气度。

"忠儿有话就说吧。"

李忠扫了扫衣摆的浮尘,以显对奏事的认真:"启禀父皇,母后在清宁宫静守一夜,为父皇煮了腊八粥,邀父皇带儿臣去品尝腊八宴。"

李治"哦"了一声,却沉默了。

昨夜,他在仪秋宫与武媚缠绵时,武媚告诉他她又快生了,而且太医诊脉说这次又是一个皇子。闻言,他的心就如三九天忽逢小阳春般的舒坦,伏在武媚高高隆起的腹部久久不愿离开,整个人都沉浸在幸福的漩涡中了。

他并不知道武媚在胎儿的性别上隐瞒了真相,只为她旺盛的生育力而感奋。如果这回再添一个皇子,他就可以毫无愧色地站在列祖列宗面前了。

他立即打消了要带她去祭祀的念想,吩咐贴身太监和张尚宫悉心照料。祭祀完毕,他哪儿也不想去,只想一门心思地回到武媚身边。

可太子的陈奏却使他有些为难。

且不说皇后怎样,太子长到这么大第一次郑重提出请求,他是无论如何都无法拒绝的:"好!你就和朕一起乘车同去。"

雪花在车驾周围曼舞,这日子落雪常预示着来年又是一个丰收年。在这日子里飧食腊八粥,他的个人情感与社稷之情融合在一起,很难分清。这时,他才觉得冷落皇后太久了。

他看了看在一旁专注赏雪的太子,不经意地却是疼爱地拂去太子肩头的雪花问道:"你母后一向可好?"

李忠回道:"母后康健,每日早晚都在佛龛前焚香,祝父皇万寿无疆。"

李治没有回答儿子的话,他不知道如何回应太子的话,似乎觉得说什么都显得虚假。他把话题转到太子的学业上,详细地询问少师每天都向他讲授些什么,少傅又要他做些什么。在李忠一一回答后,他满意地点了点头道:"学习如逆水行舟,不进则退。你要日日精进,将来才能担得起治国大任。"

此时此刻,他才发现自己对太子关心得太少了,心里隐隐地生出一种身为人父的自责。

清宁宫到了,下了车辇,李荣迅速上前为李治撑开罗伞,却被他挥手挡开了,他话里话外都带了喜气:"不妨事!有道是瑞雪兆丰年,朕喜欢感知来年的丰岁之兆。"

李忠闻言十分高兴,他越过李荣,三步并作两步地跑进大殿喊道:"父皇驾到!父皇驾到!"

等李治踏进殿门时,王皇后、萧淑妃已率两宫的太监和宫娥,呼啦啦地跪倒一片:"妾恭迎圣驾!"

"平身!"李治挥手之间,发现萧淑妃也在迎驾之列,眉头暗地皱了一下,但这情绪很快就如浮云一样散去,毕竟,她是自己曾爱过的女人。

爱不爱在心,场面上总是长幼尊卑有序的,皇上与皇后自然坐了上首,萧淑妃居侧,太子坐在对面。

饮了几杯香茗之后,王皇后对李尚食道:"吩咐御膳房,上腊八宴。"

宫娥们捧了酒肴鱼贯而入,一一摆好,待每人杯中斟满酒时,王皇后举杯来到李治面前道:"年节将近,今逢上腊,喜降瑞雪,妾愿皇上万寿无疆,社稷德配长久。"接着是萧淑妃敬酒,李治都一一接受了。

轮到太子敬酒时,李治脸上的表情才活泛了。饮下美酒,李忠坐回到自己的位置问道:"儿臣不明白,为何每逢腊八就要郊祀,还要食腊八粥呢?"

李治对太子的提问很满意,他以皇上兼父亲的语气开导儿子道:《礼记·郊特牲》说:天子大蜡八。伊耆氏始为蜡。蜡也者,索也。岁十二月,合聚万物而索飨之。蜡之祭也,主先啬而祭司啬,祭百神以报啬也。飨农,以及邮表畷、禽兽等,仁之至,义之尽也。迎猫,为其食田鼠也。迎虎,为其食田豕也。故迎而祭之。祭坊与水庸,事也。故祝曰:'土反(返)其宅,水归其壑,昆虫毋作,草木归其泽。'皮弁素服而祭之。你身为太子,将来要掌管江山,须记腊祭之要在尚农、兴农、悯农,国无农而不稳。"

"儿臣记住了。"

品尝了腊八粥,李治就有些心不在焉了。他人在清宁宫,心里却惦记着仪秋宫中的武媚,这情态王皇后和萧淑妃看得清清楚楚,她们相互传递了一下眼色,就双双起身跪倒在李治面前。

"你们这是为何?"

王皇后和萧淑妃回着李治的问话,眼泪也随之涌出:"请陛下为妾做主。"

"你们有何委屈?"

于是,王皇后与萧淑妃,一个陈奏武昭仪如何忘恩负义,不念旧情,一旦册封,立时便傲岸不羁,常常口出不逊之言;一个则倾诉武昭仪如何收买下人,探听后宫消息。

萧淑妃说到伤心处,伏地而泣道:"陛下若不为妾做主,妾之命则休矣。"

王皇后也跟着萧淑妃的话道:"请陛下严责昭仪,使其不得放肆。"

两人正为武媚的恶行相互补证,孰料耳边传来一声怒吼:"罢了!"

她俩的话音戛然而止,吃惊地看着李治。只见他脸色铁青,双目发红,手颤抖地指着王皇后斥责道:"你身为后宫之主,不思礼让,搬弄是非,这成何体统?你要有昭仪一半才智,也不枉皇后之号。"接着,他又大声申斥了萧淑妃,然后朝着外面吼道,"回宫!"

那声音很响亮很恐怖,久久地回荡在清宁宫的各个角落。

李忠一下子跌倒在地,他就没见过父皇发这样大的火。

王皇后、萧淑妃也呆了。

# 第九章

## 长孙谏言论天谴　武媚杀女诬皇后

长孙无忌很懊恼,他对皇上追封的原委心知肚明。都是因为武昭仪要追封她的父亲武士彟,又没有一个正当的理由,不得不抬出老臣们做陪衬,可他就是没有办法扭转皇上的意图。追封的诏书经过侍中驳回,再拟,再驳回,再拟……来回几个回合,还是在永徽五年的三月庚申发出了。

要求为已故父亲追封,只是武媚册封后的第一次试探,她已经摸清了皇上的心性。那一天,当李治伏在她的身上聆听胎儿的心音时,她带着几分娇嗔就提出了这个请求:"家父追随先帝一生,妾如今又做了昭仪,每日沐浴皇上的恩泽,家父总得有个与眼下情势相符的身份,否则妾在外面也很难堪。"

李治抬起身子,面露难色道:"昭仪之言不无道理,只是贞观以来功臣甚众,诸如屈突通追随高祖和先帝,随征西秦,平定刘武周;东击王世充,功居第一。独封你父,恐朝野不服。"

"这有何难?"武媚将李治的手从腹上移开道,"陛下可从故臣中选一些功高者一并封赐,家父也在其中,这既显陛下追远思旧的仁德,又平息了朝野的议论,岂不两全其美?"

听完这话,李治很感佩这女人的聪明,她说出的每一句话几乎都是密不透风的。可他没有想到,这事最后还是引起了轩然大波。

武媚很欣慰,皇上这回总算自己做了一回主。有一就有二,他今后完全没有必要再顾及那些老臣的情绪了。

长孙无忌也不得不承认,他在这场与这个女人的争锋中再一次败北。而且他有种预感,这仅仅是个开始,这噩梦将伴随他今后的每一天。于是他以有恙而"请告",一连数日把自己关在府中,反省自己究竟是在哪里失了算。

在被皇上"赐告"的日子里,他只带了府令和十几名卫士悄悄离开京都,前往昭陵拜谒先帝和故长孙皇后。车驾行了整整三天,才到岚浮翠绕的九嵕山下。

抬眼望去,平原北缘的一座山峰直刺青天,环峰九座山梁,巉崿峻峭,与主峰成拱卫之势。此时正是正午时分,五彩祥云时而攀上峰顶,时而飘落山谷,与浅蓝色的雾霭拥抱在一起,远远地可以听见跌落沟壑的飞瀑轰鸣。这一切,让长孙无忌浮想联翩,忆思漫漫……

说起来那是贞观初年的事,有一天,才情横溢的太宗打理完一天的国政后移驾到甘露殿,随意翻阅着浩如烟海的藏书,无意间就看到了《上林赋》。那缤纷如云的遐思,那行云流水的铺排,那凌空万里的气度,让太宗心潮翻卷,尤其是读到"于是乎崇山矗矗,巃嵸崔巍,深林巨木,崭岩参嵯,九嵕嵳嶭。南山峨峨,岩陁甗崎,摧嵬崛崎。振溪通谷,蹇产沟渎,谽呀豁閜"一段时,他的目光凝滞,完全沉醉在司马相如的描述中了。之后,他立即让太监宣长孙无忌来共赏。

"此地有如此美景,朕欲前往狩猎,爱卿可愿同往?"李世民问道。

他们之间既是君臣,又是兄弟,更是出生入死的密友。私下里,太宗常忘记身份之间的差别,而更多地将之视为知己。

长孙无忌当然没有不愿意的,但他完全没有想到,此次出行会开启"因山为陵"的先河,它的首倡者不是别人,正是他的妹妹长孙皇后。

一想起端庄、贤淑、大度而又不显山露水的长孙皇后,长孙无忌心里就满怀惋惜,她不该就那么早离去。

贞观十年,三十六岁的长孙皇后英年殒薨,弥留之际留下一句"今死,不可厚费。且葬者,藏也,欲人之不见。自古圣贤皆崇俭薄,唯无道之世,大起山陵,劳费天下,为有识者笑。但请因山而葬,不须起坟,无用棺椁,所须器服,皆以木瓦,俭薄送终,则是不忘妾也"的遗言。因为他们的相濡以沫,使得太宗无法违背皇后的遗愿。那一刻,他想到了九嵕山。他要将钟爱一生的皇后藏进大山,让她与青山同在。他将此陵命名昭陵。昭者,光明也,它是皇后高德风范的象征。

从此,在太宗的心里,昭陵就成为他和长孙皇后走向另外一个世界的起点。知太宗者,莫如皇后。他没有忘记那刻骨铭心的爱,因此后来他对长孙无忌道:"朕百年之后,亦葬于昭陵。"

如今,九嵕山依旧,人已去矣,长孙无忌久久地望着伏虎般的山陵,不禁老泪纵横。

昭陵台署令闻知太尉前来谒陵，率两位署丞和录事前来迎接："事前未接到宗正寺文牒，不知大人驾到，卑职有罪。"

"老夫此行，就是想来看看先帝和皇后，并未知会宗正寺。你不必自责，也不必总是陪着，老夫有府令和卫士跟着即可。"长孙无忌道。

"就依大人。"台令接着又要录事命膳厨到附近采买野味和菜蔬准备膳食、酒肴。

长孙无忌分外感慨，这就是身居要位的苦衷，想过常人的日子都难。只要他一动身，就总有大官小吏前呼后拥。加上与先帝和当今皇上的特殊关系，他更是让这些五品以下的官员手足无措。看看！阳春三月，台令的脸上却是豆大的汗水。

他一定是吓坏了——长孙无忌想着，就换了和悦的语气强调道："老夫只是私访，你等不必跟在左右，该干什么就去干好了。"

"大人！卑职……"

长孙无忌挥了挥手道："去吧！看你顾虑重重的样子，老夫反而不自在。"

台令这才带着一干人马姗姗离去。

长孙无忌让府令和卫士远远地等着，他独自一人沿着北坡宣武门的司马道缓缓而上，就到了祭坛。香烟缭绕中，他怀着深深的愧疚伏地跪拜，口里吐出的每一句话都带着撕心裂肺的痛："皇上、皇后，微臣来看你们了。你们将大唐的社稷和陛下托付给微臣，微臣却无力挽狂澜于既倒，以致妖人危乱朝政，臣罪该万死啊！皇上，您可听得见臣的声音。您在天有灵，请托梦于陛下，促其猛醒，臣纵九死而无悔矣！"

冥冥间，他听见有杳渺的声音自九天落下，很遥远，却很清晰！哦！那是先帝在说话："大唐安危，悬于一系，爱卿乃国之砥柱，岂可知难而退？朕闻之，其忧何堪？"

长孙无忌抬头看去，只有几朵白云悠悠地挂在祭坛上空，云间飘来吟诵的声音："止戈不离身，两目长在空。"

哦！这不正是当年李淳风留下的藏头诗么？要是当今皇上有先帝的知人之明，他又何须怀着这么多的纠结呢？

长孙无忌仰望上天，又听见九嵕山顶忽然响起阵阵雷声，顷刻间，祭坛上空下起了大雨。雨雾中，一团火球掠过陵顶，落在对面的山崖背后。眼见得一道壁立千仞的岩石被雷电击碎，腾起漫天烟雾。府令担心太尉年高不经风雨,就拉着他要到不远处的寝殿避雨,却被一把推开了:"此先帝以灾象警策老夫矣!"

大雨很快将跪倒在地的长孙无忌浇了个透湿,但他完全不顾及这些,头紧紧地贴在地上,口中念道:"臣谨遵皇上旨意,纵然老骨粉碎,人头落地,也绝不让奸佞肆虐,妖媚得逞。"

当晚,长孙无忌便浑身烫热,昏昏沉沉中总是重复着一句话:"臣愧对先帝,愧对皇上。"

台令闻讯,匆匆赶到榻前轻声道:"大人年事已高,怎经得起如此发热?卑职这就差人进京奏明皇上,让太医署派人来。"

长孙无忌紧闭双目,摇了摇头道:"不必了!你就近请一位乡间郎中开些祛寒的药即可。"

经太尉这样提示,台令忽然想起来了,附近的陵户中倒真有一位郎中,相传是汉时太医坊名医淳于意的后人,遂唤了署丞去找。

半个时辰后,当这个叫作淳于显的郎中进来时,长孙无忌已烧得神志不清了。淳于显缓缓拉过太尉的手放在脉枕上,细细地诊着。府令在一旁看着,就心里发急道:"大人究竟为何症,你快讲来!"

淳于显并不着急,诊罢脉,又看了看舌苔,但见舌苔厚而黄,偶尔伴有腥味,就心中有数了。

"启禀大人,太尉乃内火攻心,肝气郁结,外受风寒,邪侵其表。草民先开三剂汤药驱除风寒,待正气上升后,再去内火。"他边说边开了药方,然后又对台令道,"请大人派一位精细之人随草民前去抓药。"

府令闻言便道:"台令大人且在此守候,让在下跟随郎中前去抓药。"

吃了淳于显开的汤药,到黎明时长孙无忌的烧就退了。醒来后,他声言腹中饥饿,台令忙命膳厨熬了粥,长孙无忌一连喝了两碗才问道:"老夫这是怎么了?"

府令上前道:"大人昨夜发热,是台令寻了乡间的郎中诊治,大人吃了郎中开的药,精神好多了。"

长孙无忌闻言谢道:"有劳大人了。"

"只要大人康健,卑职就心安了。"台令连忙回礼。

"吩咐下去,老夫今日就起程回京。"长孙无忌说罢就要下榻,孰料忽然一阵头晕,就跌倒了。

台令急忙上前扶住,出口的话温暖而又至诚:"三剂药刚服了一剂,大人的身子尚虚,怎经得起路途颠簸?不如就在此将息数日,再回京也不迟。"

有什么办法呢?毕竟自己已不再青春年少。可长孙无忌没有想到,这一住就是半个多月,等他回到京城,夫人告诉他柳奭大人到府上几次拜望,说有要紧事通禀。

"他没有说是何事么?"

夫人诧异地回道:"老爷这是怎么了?他来找老爷,肯定是朝廷的事情,怎么好告知老身呢?"

于是长孙无忌便不再询问,他断定柳奭一定还会找他,他一定有要紧的事要和他说。

果然,他刚刚进了书房,府令就进来禀报:"吏部尚书柳奭大人求见。"

吏部尚书?长孙无忌以为自己听错了,他又问了一遍,直到确认后才相信是真的。看来在他离开京城的日子里,朝廷又发生了不少事情,而他最关心的还是任吏的变化。

来到前厅,柳奭正在那里呆坐,一副心事重重的样子。看见长孙无忌进来,他忙起身施礼道:"大人一回家就前来叨扰,真是不好意思。"

两人坐下来说话,长孙无忌问道:"老夫听下人通报说大人做了吏部尚书,这是为何?"

"是下官主动请辞中书令的。大人也知道,去冬今春,为了给武士彠追封,朝野反对者众而赞同者寡。然陛下执意要封,下官左右为难。门下省驳回,下官就得禀奏皇上。陛下不言先帝之'五花判事',反倒责备下官办事不力。三思而后行,下官觉得倒不如辞官为好。"

"还有其他原因吗?"

"这其他原因么……下官不说,大人也明白。自从武氏回京后,陛下对皇后日渐冷漠。去年皇后辛辛苦苦准备了腊八宴,席间说到昭仪使人暗探中宫,飞扬跋扈,陛下非但不听,反而怒斥皇后太多事了。"柳奭喘了喘气,继续道,"自那以后,陛下就带着武昭仪住到京畿麟游的万年宫去了。下官担心如此下去,事事为难,还是早些辞了好。谁知本章递上去后,陛下只准下官辞去中书令,却改做了吏部尚书。"

长孙无忌没有说话,只是静静地听着。他希望能从这些话语中判断出皇上做这些决定有多少出自内心,又有多少来自武昭仪。皇上没有完全恩准柳奭的"请辞",起码表明他并没有废除王皇后的意思,这多少让他感到欣慰:"陛下留大人做吏部尚书,考课百官,选贤任能,未尝不是一件好事。你当如褚大人一样恪尽职守,为社稷选忠信不谄之臣,为贤者开诤言无碍之道。"

然而,接下来柳奭说起的一件怪事却引起了长孙无忌的注意。

皇上带着武昭仪驾幸万年宫,忽然那里就遭了水灾。

万年宫原为九成宫,贞观年间,因时任太子率更令欧阳询的一篇楷书《醴泉铭》而在离宫别馆中倍有盛名。李治即位后,便改为万年宫,做了自己的避暑之所。然而,今年开春以来,一直跟着褚遂良研习书艺的武媚忽然对万年宫的《醴泉铭》感了兴趣,她说在欧阳询生前时未能当面聆教,深以为憾,她就是想看看欧阳大人的字与褚大人有何不同?更重要的是她从李治批阅奏章的笔迹中看到欧体字的影子,她就越发仰慕了。

李治闻言,心头就淌过汩汩的清流,他什么时候在王皇后和萧淑妃那里听到过这样的请求呢?没有。她们除了争宠,就是喋喋不休地在他耳边说着昭仪的是非。李治没有拒绝这样的请求,于是刚过了春分,他就带着武媚上了凤凰山。

闰四月丁丑那日夜间,天空先是繁星密布,朗月当空,大约在酉时三刻,皇宫背倚的凤凰山头忽然乌云密布,顷刻间大雨倾盆,洪水暴涨,巨大的水浪直朝万年宫宣武门扑来。守卫皇宫的宿卫大惊,纷纷散走。

李治拥着身子日重的武媚,隔窗望着从空中滚过的惊雷大呼道:"天杀我也!宿卫何在,快救朕出去!"

可没有一人回应他的话,只有越来越大的山洪声。李荣跌跌撞撞奔到门外,看见宿卫们一片混乱。正茫然失措之际,从殿外传来一位年轻将领的怒吼:"回去!快回去!哪有身为宿卫,天子有难而畏死者?"

俄顷,这名年轻的将领带着几名宿卫冲进寝殿,背起李治和武昭仪就冲出大殿,直奔高处。

他们站在一座山坡上,回望着山下的寝殿,它早已被大水封了门。借着闪电的光亮,他们又看到狂涛卷着山沟里的百姓奔向下游。李治环顾周围,年轻的将领早已带属下撑起了一方油布,为他和武昭仪挡雨。他这才惊魂初定,问道:"少将军姓甚名谁?朕要赏你。"

年轻的将军以军礼回道:"微臣乃右领军郎将薛仁贵。"

武媚也十分赞赏薛仁贵的临危不惧,道:"疾风而知草之劲,板荡而识臣之忠。此岂是赏赐所能概之?陛下当擢拔重用薛将军。"

李治又一次感到武媚的不同凡响,点了点头道:"爱妃所言甚是,朕回京后就命人去办。"

薛仁贵连忙谢道："谢主隆恩,微臣有本上奏。"

"将军有话尽可说。"

薛仁贵道："今夜大雨来之突兀,宿卫为护卫陛下,溺死者不计其数,望陛下抚恤诸护卫家小,以慰亡灵。"

李治还没有来得及回答,就听武媚道："将不畏死,乃社稷大幸。姜回京后,当亲撰祭文,勒石刻碑,以为永志。"

这是皇上回京后在朝会上讲述的一段惊险,柳奭只不过复述了一遍。

"大人!依下官看来,这风雨来得也太蹊跷了。"

长孙无忌此刻已完全沉浸在他说的那个风雨夜的细节中去了,根本没听见他在说什么。闰四月丁丑夜,自己在哪里呢?哦!那不正是在昭陵陵台署发热的那个夜晚么?他瞬间将这两件事情联系起来,就越是觉得先帝在天有灵,以灾意谴告皇上和自己。

平心而论,长孙无忌对武媚说的那些话十分敬佩,甚至认为这应该由皇上说出来才更加合理,可偏偏这些话出自昭仪之口,他就不能容忍了。她越是语出惊人,就越是大唐潜在的"不幸"。

长孙无忌心头倏然地升腾起一种当仁不让的责任感,他必须遵循先帝的嘱托,阻止皇上在武媚的石榴裙下一天天沉溺下去。他叮嘱柳奭一定要在任上守好选官的每一个环节,绝不可以给不肖者可乘之隙。送走柳奭后,长孙无忌吩咐夫人,他要草拟奏章,不经允准,任何人不得进入书房。

长安五月的天气比京外热得早,长孙无忌拨亮灯盏,心思一下子都集中在给皇上的奏章中了,不一会儿就汗流浃背了。他也顾不得拭擦,引笔铺纸,所有的忧虑都凝结在毫端了:

太尉臣长孙无忌上疏皇帝陛下:

《洪范》曰:曰肃,时雨若;曰乂,时旸若;曰晰,时燠若;曰谋,时寒若;曰圣,时风若。曰咎徵:曰狂,恒雨若;曰僭,恒旸若;曰豫,恒燠若;曰急,恒寒若;曰蒙,恒风若。子又曰:"邦大旱,毋乃失诸刑与德。"夫国之将兴,必有祯祥;国之将亡,必有妖孽。见乎蓍龟,动乎四体。贞观以降,民殷国富,乃正刑与德,以事上天之故。永徽之政,君臣和谐,乃因陛下圣德,感动于天。然则天道皇皇,周行不怠,顺之者昌,逆之者亡。近忧远虑,不可不察。凡灾异之本,尽生于国家之失。

察天观人,丁丑之灾,雷逾宫观,山水喷薄,宿卫百姓或为鱼鳖,陛下可幸有惊无险，此岂非天意乎？夫昔纣王宠妲己，喜观炮烙而社稷倾覆；幽王之宠褒姒，嬉戏诸侯而国亡；前车之鉴，振聋发聩，臣望陛下察古知今，以史为鉴。塞奸佞之道，拒妖人之言。承先帝之遗愿，光大唐基业。臣纵以衰朽之骨，伏乞陛下！切切！

"看看！舅父又教训起朕来了。"

奏章送到两仪殿时，恰逢皇上正在看武媚撰写的《安丁丑宿卫亡魂书》。他正被武昭仪沉郁而又激昂，慷慨不乏婉转的文笔和一卷清丽沉稳的楷书所陶醉。此时此刻，他觉得后宫佳丽成群，没有能和武媚相比的。孰料太尉一纸奏章，坏了他的兴致。

武媚手捧奏章，从头至尾地看了一遍，非但没有发怒，丹凤眼里反而露出几许嘲讽："在太尉的眼中，妾与妲己、褒姒无异。皇上何不准了太尉的奏章，岂不为朝廷除了一害。"

李治闻言就有些急了："爱妃何出此言？你巾帼不让须眉，何罪之有？"

武媚笑了，丹凤眼水汪汪的："妾要的就是皇上这句话，其他人爱说什么就任由说去。"之后她又抚摸着自己的腹部，话语中添了几分娇嗔，"再有几个月，妾腹中的皇子就要呱呱坠地了，妾可不愿意让些许的不快给他添堵。"

这些话她是说给皇上听的，她这样的性格怎可能对别人的非议漠然无视呢？一回到仪秋宫，她就对长孙无忌恨得咬牙切齿："哼！跟我过不去，迟早会让你死得很难看。"

"谁又惹娘娘不高兴了？"她的话吓了张尚宫一跳。

"除了皇上那位老而不死的舅父，还能有谁？"

张尚宫"哦"了一声，随即禀报道："清宁宫的尚食传话来说，皇后又到萧淑妃那去了。"

武媚点了点头，表示知道了。

张尚宫又禀报道："许敬宗大人又带来了一位官吏，现正在殿外等候娘娘召见呢！"

"好！宣他们进来吧！"

张尚宫出去片刻，许敬宗就进来了，和他并肩走着一位瘦削的汉子。武媚一看就笑了，她还以为是谁呢？原来是中书侍郎李义府。两人见过礼，武媚赐座后就打开了话匣子。

李义府进宫自然不仅仅是为了一睹昭仪的风姿，因为他的仕途现在正面临不测。他一向善于阿谀逢迎，为长孙无忌所不齿。前些日子他在朝会上对长孙无忌的灾异说持有异议，惹恼了褚遂良和柳奭等一干人，他们联名弹劾，李治迫于压力，将他贬为壁州司马。

在满怀惊惧等待救命的日子里，他闻听卫尉卿与昭仪过从甚密，于是他找到许敬宗陈诉苦衷，欲从武昭仪这儿打通关节。

许敬宗没有回避废立皇后的纠葛，直接道："依在下观之，陛下早有立昭仪为皇后之意，只是因为担心长孙无忌等一帮老臣有异议才隐忍。仁兄若能与在下一起力谏皇上，岂非可以转祸为福？"

李义府一听便道："这有何难？在下愿追随大人，全力玉成此计。"

现在，两人都觉得无须遮掩，直接将这个话题提到了武媚面前。

许敬宗道："微臣听说长孙无忌又向皇上陈奏，将万年宫水灾和昭陵雷火之事都归咎于娘娘，真是岂有此理！"

武媚淡然扬眉，看不出半点生气的样子："这些烦心事不说也罢！有道是清浊自知，我何许人陛下明白即可。"接着，她把目光转向李义府，"朝中传李大人乃'笑中刀'，这是为何？"

李义府一惊，心道这女人果然厉害，口里却道："微臣不过是奏事和颜悦色，而处事刚猛了些，长孙无忌等人便诬蔑微臣笑里藏刀，这真是冤枉啊！"

武媚笑了笑，不置可否。

李义府接着又道："微臣素闻娘娘通略国史，善诗文，今日亲聆圣音，真帝王之资也！"

武昭仪摆了摆手，说话的语气却骤然严肃了："大人言重了，我只想陪伴陛下左右，并无非分之想。你等在这说说也就罢了，若是在外信口开河，就休怪我无情了。"

李义府一向很自信，连长孙无忌、褚遂良等人都不放在眼里，现在面对从那双丹凤眼里投过来的冰冷，他禁不住打了个寒战，周身都是鸡皮疙瘩。

但在一旁的许敬宗却并没有收住话头的意思，他接着李义府的话尾道："娘娘旨意，微臣谨记在心。不过，朝野上下都在议论，说当今皇后平庸无才、气量狭小，难以母仪天下，倒是娘娘您早该晋封皇后了。"

武媚不置可否地看了看许敬宗道："是么？"

"许大人所言，乃朝中众臣所愿。"李义府随即附和。

"两位大人言重了，褚遂良、长孙无忌就不在其列。"武媚不以为意道。

许敬宗很鄙夷地撇了撇嘴说道："一帮老朽，螳臂当车。"

李义府接道:"微臣今日与许大人前来,就是要禀奏娘娘,臣等要上奏陛下废了王皇后,另立娘娘为后。如此则后宫井然,陛下也好安心打理朝政。"

然而,武媚又说出了另外一番话来:"各位大人萦怀社稷之心,自不待言。只是立后废后,事关重大。虽意在群臣,可权在陛下,强为之,峣峣者易折。我以为两位大人不妨与崔义玄、来济说说,这也可以集思广益嘛!"

从仪秋宫出来,李义府拉了拉许敬宗的衣袖道:"昭仪娘娘真是聪慧过人,说话滴水不漏。"

许敬宗回道:"娘娘度量岂是聪慧所能概之?依在下观之,昭仪胸纳万里,目极八荒也。"

他俩一个居住在永兴坊,一个居住在同兴坊,中间隔着一条大街,分手时李义府道:"日后诸事,就要仰赖大人提携了。"

许敬宗连道彼此彼此,遂驱车回府。他这一生风流成性,心情一高兴,就想家里的虞氏了。

这虞氏乃他结发妻子裴氏的婢女,裴氏有病期间,他俩便有染。裴氏去世以后,他顺势就续了弦。与裴氏相比,虞氏不但年轻,人也水灵。两人在一起时,那女人撒娇鬻笑,雀跃温柔,颠鸾倒凤,常常让他神魂颠倒,乐不可支。

他心猿意马,不断地催促驭手加快行进,马蹄声比刚才密了许多。

远远地瞧见府门,许敬宗急不可耐地跳下车,恨不得立即见到他可心的美人儿。

府令在门口站着,许敬宗问道:"夫人呢?"

府令脸上有些泛红,口里却嗫嚅着不说话。他撇下府令,径直奔向后房内室。及至来到门外,却听见从里面传来女人的娇喘和男人的声音:"夫人之乳饱满若水蜜桃,子昂艳羡久之,今日终得以观,果然是洁如美玉,丰如山岳,难怪父亲爱之有加呢!"

女人道:"公子!你我只做快事即可,休得提他。"

闻言,许敬宗的脚软了,他口里骂着,无法再迈进内室一步,只朝着外面高声怒吼道:"府令何在?"

府令急忙赶来答道:"小人在!"

"命子昂前厅见我。"

……

其实,日子最难过的还要数王皇后。

三月,皇上带武昭仪去了万年宫,她的心就被掏空了一样。偏偏在这时候,吴尚宫从宫外带来消息,说她的母亲魏国夫人和舅父柳奭拜见六宫嫔妃时没有礼节。她就更加心神不安,坐卧不宁了。

皇上回来后,她几次求见,都被挡在了甘露殿外。而殿里面却传出武昭仪娇嗔的笑声,让她听了心酸。这些,她无法对太子说,他还只有十三岁,盛不下人生的风雨迷离,道路坎坷。再说,她也不愿意给他白纸一样的心灵涂下过多的阴影。

可她一个人又怎能承受得了这么多的痛苦?她现在能够倾诉的对象就只有萧淑妃。她们追忆了近两年来情感上遭遇的折磨,倾诉各自的心事。不过谁都没有也不敢指责皇上,而是把一切都归咎于武昭仪。每逢这时候她就充满了自责,要不是自己当初恳请皇上把这个妖媚的女人接回京城,哪里会有今天的结果呢?在这件事情上萧淑妃并不说话,她的话都在心里——你这叫引狼入室,自作自受!

她现在唯一的希望都在太子身上。可是当武昭仪为皇上生下一个李弘之后,她的这种自信就动摇了。她发现自己与武昭仪是何等不同,皇上是因为太子才保留着她这个事实上已经没有了的位子。她于是就担心有一天太子的位子会不会被那个只有四岁的李弘所取代,那样,她的下场不会比那些未沐圣恩的宫女们好多少。

有一天,她和吴尚宫在一起说起这些伤心事。吴尚宫比皇后年龄大,她看惯了后宫夺爱邀宠的悲欢沉浮,陪着皇后流泪。

"奴婢深谙皇后的伤痛。"吴尚宫把丝绢递到皇后手中,看着她擦去眼角的泪珠道,"奴婢有一言不知当讲不当讲?"

"你说来听听。"

"奴婢听说宫中的太监是皇上的耳目,又最能说上话,后宫的许多人都是通过给他们行好处才打通关节,娘娘不妨也试试。"

王皇后沉思片刻后道:"尚宫此言乃为我着想,可我与皇上乃结发伉俪,又是先帝钦定,现今却要屈身这些人,传将出去,不唯我颜面尽扫,也有失皇上尊严,此法万万行不得。"

吴尚宫闻言,无法接上皇后的话茬,于是又劝道:"尽管眼下皇上独宠昭仪,然则她毕竟是嫔妃,娘娘何不传她到宫中把话说开,告知她不可造次?"

皇后低下头叹息道:"如此以怨报德之人,岂是我所能说服的?不瞒尚宫,我看着她那双丹凤眼,不知怎的总有一种脊梁发冷的感觉。"

吴尚宫听明白了,皇后对武昭仪的感情已从当初的亲昵转为惧怕,这真是她的悲哀。

日子就在皇后的惴惴不安中推移到了十月。立冬日,天空没有下雪,一大早太阳就暖暖地洒在宫墙上,温暖着每一条窗棂和雕花。临窗幔帐上留下翠竹的影子,偶尔从还没有开放的梅树枝头传来一两声喜鹊的啼唱。

触景生情,刚刚梳妆的王皇后听着一声声脆亮的歌唱,心底就投进了清晨的阳光。是啊!她许久没有听过喜鹊的歌唱了,这会不会是在报喜呢?也许皇上今日早朝后会驾临清宁宫呢!她心里就如揣了一只兔子般跳个不停,她急忙传来吴尚宫,吩咐将大殿内外清扫干净,说喜鹊传报,一定会有人来。

吴尚宫的眼圈就红了,她从心底同情这个虽贵为皇后,却被寂寞缠绕的女人。她犹豫再三,最后还是把从仪秋宫传来的消息禀奏给了皇后。

"启禀娘娘,那边生了。"

"哪边?"

"昭仪娘娘为皇上生了一位公主。"

"你说什么?"王皇后一下子跌坐在榻上,好久没有说话。前前后后数十年,从萧淑妃到武昭仪,她发现自己同她们所有的冲突就在这皇嗣上。

"上苍不公,为何总是让恶人得势啊?"王皇后自言自语地重复着这一句话,她觉得自己就像一个长途跋涉的人累到了极点,便向身边的宫娥们挥了挥手,"你等退下吧,我想静一静。"

过了一会儿,当她抬起头时,才发现吴尚宫没有离去。

"你怎么还没有走?"

"奴婢不忍娘娘一个人伤心。"

"你说说,我的命为何就这样的苦呢?"

吴尚宫向前挪动了几步,就站在皇后的身边用试探的语气说道:"依奴婢看来,眼下就是一个转机。"

王皇后看着吴尚宫没有说话,但她的眼神表明她很期待接下来的话。

"奴婢以为公主总是皇上的骨血,娘娘是该有探慰之意。再说娘娘这样做了,必然感动皇上广开天恩,与您重修旧好。"

王皇后沉思片刻后道:"此事容我再思忖思忖。"

几个时辰以后,王皇后就将尚宫、尚衣、尚食们传到大殿,宣布了要去探望武昭仪的决定,并且对该送些什么都一一叮嘱了。

这消息很快就通过平日收受武媚恩惠的李尚食传到了仪秋宫。

"皇后要来啊!"听了张尚宫的禀报,躺在榻上的武媚眉宇间掠过不经意的得意,"让她来看看也好,让她见识一下女人是怎样生儿育女的。"

第二天上午巳时一刻,王皇后的轿舆就停在了仪秋宫的殿门前。张尚宫抬眼望去,皇后娘娘的身后跟了一大群人。太监们抬着皇后准备的礼物,一盒一盒的,都是些丝绸、参茸、凤凰蛋之类的名贵物件。

一名小太监扯着尖细的嗓子喊道:"皇后驾到!"

张尚宫忙率领仪秋宫的宫娥、太监出来迎接,哗啦啦地跪倒了一片:"昭仪娘娘刚刚分娩,命奴婢在此迎接皇后娘娘。"

王皇后道了一声"平身",就示意张尚宫在前面引路进入殿内。

首先映入王皇后眼帘的是一张丰满的、青春的、毫无倦意的面孔,一双丹凤眼里充满了感激和谦卑:"闻知姐姐要来,妹妹感激涕零,本应亲自迎驾,无奈产后虚弱,不便走动,还望姐姐恕罪。"

王皇后难以相信这话是出自武媚之口,似乎她们之间从来就没有发生过任何龃龉,好像一直就是情同手足的姐妹。

毕竟冰冷了太久,王皇后一时竟不知如何应对,吴尚宫在一旁提醒道:"皇后娘娘为昭仪娘娘备了喜庆的礼品,是不是命太监们抬进来?"皇后这才恍然大悟,要吴尚宫奉上礼单。武媚看了之后吩咐张尚宫接收,随后自己与皇后坐着说话。

皇后亲切地问到了昭仪产后的玉体可否安康,饭菜是否可口,乳娘可否找到,言谈举止间,她表现了一位后宫主人的大度和亲近。

武媚对皇后的每一个问题都认真地回答了,她还有意识地强调这一切早在临盆之前就由皇上亲自安排了。一提到皇上,她的丹凤眼就眯成一条线,一副幸福陶醉的样子。她用这样的方式炫耀了自己在李治心目中的位置,又刺痛了王皇后。当她从皇后的脸上发现了些许的难堪时,她"咯咯"地笑出了声,保养得很好的脸颊容光焕发。

"不瞒姐姐说,妹妹在生产中才更能体味到陛下是很会体贴女人的。"

王皇后就这样被武媚冲得七零八落,她甚至不知道该怎样应付接下来的场面。武媚揣摩透了皇后的心思,她缓缓地站起来道:"姐姐既然来了,就看看公主如何?"

王皇后心不在焉地跟到了内室,但见一只奢华的小床上,婴儿刚刚入睡,梦里含着稚嫩的笑。初生的婴儿毛茸茸的,还看不清到底是像李治,还是像武媚。但对于从未生育过的王皇后来说,就觉得这孩子太漂亮了。

她那母性的慈爱目光久久地停在婴儿的脸上,读着她淡淡的眉毛,读着她睫毛长长的眼睛,读着她翘起的嘴唇,眼前就幻化出梦境般的绚烂。仿佛这婴儿不是武媚生的,而是从自己身上掉下来的一样,每一个毛孔都散发着芳香。唉!且不说给皇上生个龙子,就是生个公主也不枉到这后宫一场。想着想着,她的眼睛就模糊了,那种对命运的感喟就渐渐地塞满了胸臆。

她下意识地抚摸了一下扁平的腹部,"唉"了一声就转身朝外走去——她怕自己承受不了这种现实的残酷。

武媚跟在身后道:"姐姐累了吧!请到外室饮茶。"说着她向张尚宫使了个眼色,张尚宫会意,立即要宫娥们伺候皇后歇息。

武媚转身进了内室,就对着熟睡中的婴儿沉思起来。王皇后刚才看孩子时的那种贪婪,那种痴爱,她都看在眼里。她发现王皇后来得太是时候了,她的一颦一笑都让她看到了如何取代这个平庸女人的契机。要紧的是,她必须在孩子和后位之间做出选择。

她在心里问着熟睡中的婴儿,可她听到的只有孩子细微的呼吸。

哦!你不回答,娘给你回答,你就舍出自己帮娘这一回吧!你走了,娘会时时念着你的。看着娘坐上皇后的位子,你能不高兴么?你不要恨娘,这个世界太残酷了,娘也是情非得已。

武媚的眼里含着泪花,牙齿紧紧地咬着衣袖,不让自己哭出声来。但她随即就抹去泪水,拿起枕头向婴儿的面上压去,她整整压了半刻,直到确认孩子已经死了才放手。

这时从外室传来皇后的声音,那是她准备回宫的招呼。但就在这个时候,殿外却传来了太监李荣尖细的声音:"皇上驾到!"

太监们依次向内传递:"皇上驾到!"……

武媚转身就出了内室,和王皇后一起跪在了仪秋宫前。

李治已知道武媚生的是一位公主,但他并不计较这些,他依然把她看作是与武媚真爱的结果。朝会一结束,他就在李荣的陪伴下来到仪秋宫了。随着轿舆的振动,李治的思绪也如春水一样荡起了阵阵涟漪,温馨而又惬意。

虽说前些日子长安外城坍塌,虽然太尉长孙无忌借此又以灾异上书警示他,但他依旧漠然置之。随着武媚的分娩,他更加相信天道与人道从来都是各行其常,互不相扰。如果说真有天意,那么他应该感谢上苍赐予了他一个公主。

现在,李治已经走下轿舆,在李荣和太监、宫娥的簇拥下来到仪秋宫前面。他环顾了一下拜倒在面前的人群,一眼就发现了皇后的身影,瞬间就生出了欣慰。皇后纵然有千错万错,但她还是识大体的。

"平身!"

李治挥手越过众人,在殿中央刚坐下,就听见了武媚脆亮的声音:"谢陛下探望。"

"爱妃受苦了。"

在屏退左右后,李治也没有忘记皇后,道:"难得你来看望昭仪。"

"谢陛下夸奖。"王皇后说着话,她的眼圈就红了。

李治见了就有些不耐烦道:"公主降生乃朕之喜事,你这样成何体统?"

武媚笑着道:"公主正在熟睡,请陛下进内室去看看。"

李治点了点头:"好!"

于是两人来到内室,武媚俯下身子,很亲昵地说道:"儿啊!你睁眼看看,父皇来看你了。"

"儿啊!父皇来看你了,你快笑笑!"忽然,武媚浑身剧烈地颤抖起来,说话也不连贯了:"陛下……这孩子……怎么脸色发青呀!"她说着说着,纤细的手指就伸向婴儿的鼻翼,之后就连连后退。

李治见状大惊,连忙来到跟前。

在确定孩子已经断了呼吸后,武媚转身就哭着跪倒在了李治面前:"陛下!妾罪该万死。"

她凄厉的哭声在仪秋宫的每个角落久久地回响,也让坐在外室的皇后大吃一惊,她急忙走进来问道:"发生什么事了,昭仪为何如此悲痛?"

武媚并不答话,只是一个劲在那哭道:"陛下!您要为妾做主啊!是谁竟如此狠毒,害了公主啊!"

王皇后心头一沉,急忙俯下身子去看,随后便"啊"的一声站立不稳,"扑通"一声跌倒在地上:"这是怎么了?妾刚进来看过,还好好的!"

"哼!"李治脸上顿时布满阴云,厉声呵斥,"你说,这究竟是怎么回事?"

王皇后顾不得身上的疼痛,就跪在了李治面前:"皇上明察!公主乃皇家血脉,陛下骨肉,妾何敢加害啊!"

李治不再理会王皇后,上前扶起武媚,抚着她的肩膀道:"爱妃还要爱惜玉体,朕会命人彻查此案的。"他宽大的衮袖拂过王皇后的脸颊,"你回宫面壁自省,不经朕允准,不许出宫。"

王皇后的心里一片空白,她没有发现,武媚此刻正在一旁冷眼看着她,眼角露出阴冷的笑意……

# 第十章

## 唐皇喜新欲废旧　朝野上下起锋争

这一夜对许敬宗来说,是一个难耐的不眠之夜。

坐在前厅等待儿子的时候,他心中五味杂陈,是愤怒,是酸楚,是哀伤,是饮恨,他自己也说不清楚,只觉得胸口像塞进了一块巨石,憋得难受。

他闷头不语地坐着,但没过多久,他就站了起来,在庭中来回地踱着步子,两手不停地摩挲着,一副手足无措的样子。

儿子做下苟且之事让他颜面尽扫,不要说他是堂堂的卫尉卿,就是寻常百姓也不能容忍。如果他不是独生子,如果不是想到去世的裴氏,他真想一刀结果了许子昂的性命。

更让他惊怵的是,这样的丧德之举若是被皇上知道,他这个卫尉卿必遭贬官丢职的厄运,若是被长孙无忌等人抓住把柄,说不定连性命都保不住。想到这些,他浑身不禁打了一个"激灵",对着门外喊道:"府令何在?"

府令应声进来,许敬宗严肃地对他说道:"告知府内上下,今夜之事若有外传者,杀无赦!"

"小人明白!"

走出前厅时,府令与从后房出来的许子昂打了个擦肩,他没敢多说什么,就匆匆离去了。

当衣衫不整的许子昂站在许敬宗面前时,他一转身就给了儿子重重一巴掌,眼看着儿子的脸上起了五道手印,许敬宗大怒道:"狗东西!你还是人么?"

"父亲骂孩儿是狗,无异于自骂矣。"

许敬宗气得浑身发抖:"你!你怎敢如此放肆……你对得起死去的母亲

么？"

许子昂满眼的不屑，反唇相讥道："父亲还记得母亲么？如果孩儿没有记错，在母亲病重期间，父亲不但不思救治，反而夜夜与虞氏床笫寻欢。若说谁对不起，最对不起母亲的恐怕就是您。"

"你……"许敬宗被儿子一阵抢白，手指气得发抖，跌在座上半天说不出话来。

再看看许子昂，他一副若无其事的样子说道："父亲若无话说，孩儿便歇息去了。"说完，他一转身出了前厅，便消失在夜幕之中。

望着儿子的背影，许敬宗连连叹息道："家门不幸，家门不幸啊！"

继之耳边就传来了虞氏的哭声，她半掩酥胸，头发蓬乱，一进门就跪倒在许敬宗面前："老爷！你可要给妾身做主啊！"

"你个贱人，败坏家风，有辱本官，还有脸哭！"许敬宗脸色铁青，飞起一脚将虞氏踢倒在地，起身就进了书房。

冬夜漫漫，寒风扑打着窗棂，发出嘶嘶的哀声，似乎要撕破这薄薄的窗纸。尽管府令把木炭盆烧得通红，但许敬宗还是觉得阵阵冷气从脊梁处向全身蔓延，手脚似乎冻僵，动一动都刺骨地疼。当他咬了咬嘴唇，感觉到自己还活在人世的时候，许子昂和虞氏的影子就像鬼魂一样在他眼前晃动。

当初虞氏来做婢女时，年方十六，连个姓名也没有；许子昂也因"颇有才藻"而被皇上敕命为太子舍人，如此年华陪伴太子左右，甚是受人瞩目。他几位相近的朋友见了，无不称道许门大幸。

大幸？许敬宗自嘲地笑了，现在有谁能了解他此时的痛苦呢？

解铃还须系铃人！自己种下的祸根还得自己来除。看来这个不孝子是不能待在京城了。眼看着武媚的势头日渐增长，册立皇后只是个时间问题，他也需要借此仕途精进，不能因防着儿子而分了心。

他打定主意，明日朝会上……不！现在已是凌晨丑时，应该是在今天的朝会上向皇上提出，将许子昂外放岭南。

可是以什么样的名义向皇上奏禀呢？说他与继母私通么？这样一来，岂非将家丑扬于朝野？他想来想去，最后决计还是以大不孝的罪名为说辞。

"狗东西！你不思悔改，就永远留在岭南吧！"许敬宗这样想着就铺开了稿纸。

他在朝野素有"文名"，写起这类奏章来得心应手。可在罗织儿子的罪名时，他还是谨慎措辞，既表明他遵照先帝旨意，秉承孝道；又要度量恰切，给儿子以改过回转之地。他觉得手腕下的笔很沉重,毕竟这是他唯一的儿子。

过了卯时,许敬宗终于在奏章上落下了最后一笔——

《吕氏春秋》曰:凡为天下,治国家,必务本而后末。所谓本者,非耕耘种植之谓,务其人也。务其人,非贫而富之、寡而众之,务其本也。务本莫贵于孝。人主孝,则名章荣,下服听,天下誉;人臣孝,则事君忠,处官廉,临难死;士民孝,则耕芸疾,守战固,不罢北。夫孝,三皇五帝之本务,而万事之纪也。武德以来,我朝以孝立国而四海为一。今臣子不笃谨孝道,居处不庄,莅官不敬。夫罪莫重于不孝。臣乞陛下,流臣子于岭外,以养仁者之性,以全忠君之志。

他发现"居处不庄,莅官不敬"这两个词最恰当地表达了心境,既隐含了对儿子的责备,又可以做出别的解释。

卯时三刻,许敬宗收拾好表奏就早早地上朝了。出得府门,他抬头看天,残星西坠,启明耀光,天空很净,没有一丝云彩。坊间的酒肆、商铺早早地开了门,店主和店小二正忙忙碌碌地悬挂酒旗、店标,晨曦中人头攒动,人声熙攘,一派生机。

许敬宗打了一个哈欠,这才意识到昨晚一夜都没合眼。

"都是让这两个冤家闹的!"车驾碾过一条条街道,他仍然没有走出对儿子和续弦的怨恨。

墊门已积聚了不少来上朝的官员,他感到气氛有些异乎寻常,就连平日里最喜欢在朝臣面前放言的上官仪今天也三缄其口,木然地坐在一旁。

在等待上朝的官员中他看见了李义府,上前拉了拉他的衣袖,两人便到墊门外说话。许敬宗问道:"发生什么事了?看他们一个个脸上都带了霜。"

李义府眨了眨眼睛道:"大人还不知道么?武昭仪刚刚生下的公主不明不白地夭折了。"

"啊?这是怎么回事?"

李义府摇了摇头,说话的声音更低了:"听说先是皇后去探视了婴儿,须臾皇上驾到,昭仪满心欢喜地请皇上去看,却发现婴儿已经气绝了。"

许敬宗只是听,而思绪却在快速地旋转。他在京多年,对皇后的品性比较了解,说她嫉妒昭仪或许是事实,若说她杀人以泄私愤则是万不可能的。但他此时不关心这些,他关心的是皇上对这件事的态度,他更希望此事成为他说服皇上改立皇后的契机。

"那大人你的看法呢？"许敬宗不动声色地问道。

李义府道："依在下观之,皇后的嫌疑最大。"

"大人所言与我不谋而合。"接下来,他说话的语气就渐渐激愤起来,"光天化日之下竟有人谋害公主,此举是可忍孰不可忍！"

李义府随声附和道："谁说不是呢？待会上朝后,下官定要启奏皇上严查此案,缉拿凶手。"

晨曦微明中,许敬宗向李义府拱了拱手,那意思都在其中了。

可一直到巳时一刻也没有皇上临朝的消息,大臣们正议论纷纷,却见李荣出现在太极殿前高声宣布道："陛下偶有不适,今日罢朝。太尉长孙无忌、右仆射褚遂良、司空李勣到两仪殿回话,其余诸位大人各回署中。"

看着朝臣们纷纷散去,许敬宗与李义府交换了一下眼色便上了司马道。

许敬宗道："大人你立功的机会来了,我倒要看看,长孙老儿对公主一案有何说辞。"

李义府环顾一下周围道："如果下官没有猜错,陛下此刻正举棋不定呢！此乃陛下性格,我等该与崔大人联名上奏,谏言皇上改立武昭仪为皇后。"

许敬宗点了点头："此处非说话之地,请大人到署中详谈。"

说话间司马门便到了,两人各自上了车驾,心却在同一件事情上揪扯不断……

其实,在这件事上最为揪扯的还是李治。

如果说在此案发生之前他对王皇后与萧淑妃还只是厌烦的话,那么,现在废黜皇后的冲动几乎占据了他的整个心胸。

那天,当王皇后的自我辩解缺乏让他信服的依据时,他就认定皇后已被嫉妒和狭隘蒙蔽了善良的本性,丧失了作为后宫之主应具有的德行。

就在许敬宗因为儿子与虞氏的苟且而长夜不眠时,李治也把自己关在温室殿里经历着情感的折磨和煎熬。在理智上,他不愿相信厮守了十数年的皇后竟对婴儿动了杀机,然而,现实的情况却使他无论如何也不能将之排除在凶手之外。

更漏敲响子时,李治面壁而立,悠长的呼唤让在外室值守的李荣和宫娥们一阵阵揪心。

在两仪殿伴驾五年多了,李荣这还是第一次遭遇皇上如此大的情绪激荡,他几次想进去劝解,都忍住了。至于其他宫娥太监,更是大气都不敢出。

李荣先后伺候过许多后宫嫔妃，他是亲眼看着当时的太子和太子妃从相濡以沫走到两心相隔的。他最担心的是皇上因承受不了这件事的打击而病倒。

时间已是子时二刻，他终于决定进去，即便是皇上申斥，他也要尽到职责。他的脚步声惊动了李治，但他没有转身，只是冷冷地说道："朕说过要一人静一静，你何其多事？"

"陛下！"李荣热泪如注，"扑通"一声跪倒在地，几乎是爬过一块块冰冷的地砖来到李治身后，"陛下龙体乃社稷之所系，万不可积郁成疾。如此，臣罪莫大焉！"

李治转过身来，稍微平静了一下自己的情绪道："你起来说话。"

"谢陛下。"李荣站起身来，而后向木炭盆里添了薪炭，又奉上了一杯热茶。

李治接过来喝了一口问道："你以为皇后会杀公主么？"

"这……臣不好说。"李荣说话的声音有些颤抖。

"你照直说。"

李荣小心翼翼道："臣不相信皇后会做出此举。"

"朕也不愿意相信，可不是她又会是谁呢？"

"这……"

"如此大罪朕若不惩戒，恐从此后宫便会震荡不已了。"

"陛下！此事还需慎重处置。"

"朕总该给昭仪一个交代。"

李荣不能不承认皇上的忧虑有道理："此事尚需与太尉、右仆射大人从长计议。"

"朕会听他们谏言的。"

但当他在两仪殿面对三位辅政大臣时，却不知该从何说起。在大家等待了很长时间之后，李治把在舌尖上来回滚动了许久的话说了出来："朕想听听三位爱卿对此事的看法。"

褚遂良随即问道："微臣听闻有人怀疑皇后与此案有关？"

"不是有人，朕就如此认为。那日在仪秋宫里，除了昭仪就是皇后，难道昭仪会亲手扼死自己的亲生女儿么？"

长孙无忌则断然否定了皇后有嫌的可能："依微臣平日所知，皇后虽未有皇子，然一向仁厚贤惠，断不会迷失本性去残害人命。"

李治眉头间露出不满，道："难道太尉以为昭仪有嫌疑吗？"

"微臣虽无证据怀疑昭仪,然那日仪秋宫绝非皇后和昭仪两人,两殿尚宫、尚食、尚衣十数人,太监、宫娥也不少,怎知他们不会妄生恶念?请陛下敕命宗正寺与大理寺严查,此案必能水落石出。"

在两仪殿议事不同于大殿,无须顾忌君臣礼序,因此在两人说话间,褚遂良插了进来:"微臣以为,太尉所奏乃查明真相之根本,轻易怀疑皇后,必致后宫人心不稳。"

李治道:"爱卿此言差矣,难道遍查宫娥、太监,后宫人心就不会乱吗?"

"即使如此,也比随意怀疑皇后要好。"长孙无忌肃然道。

"朕就不明白了,为何太尉总是处处为皇后辩解?"

长孙无忌闻言,已无法安坐着与皇上说话了,他起身道:"并非微臣祖护皇后娘娘,还请陛下三思。皇后与陛下结缡十数载,其言行尽在掌握之中,知皇后者莫如陛下,臣相信陛下绝不会轻信皇后有罪。"

"听太尉的意思,难道是朕受人蛊惑了?"李治亦无法尊尊然了,他说话的声音也明显地加重了。

但长孙无忌毫不顾忌,干脆将话题指向武媚:"依臣观之,必是昭仪思女心切,杯影生疑,请陛下明察秋毫,勿轻信人言,致成圣朝人心自危,先帝神灵不安。"

"太尉这是危言耸听了!"李治说着,将目光转向一直不说话的李勣,"爱卿为何无语默坐?"

长于披甲挂胄的李勣对宫廷纠葛向来不大关心,这半会儿他听着甥舅二人争论不休,一则对太尉不顾君臣礼数感到心烦,二则也对皇上怀疑皇后持有异议。不过在他看来,不论太尉与皇上之间的语言如何激烈,毕竟都是亲属之间的龃龉。现在皇上点了自己的名,情急之中他生出一条计来:"纵然不是皇后所为,但光天化日之下扼杀大唐公主,此贼若不归案,那大唐律令何在?可兴师动众必使后宫人人自危,因此微臣以为,陛下可命三司暗查,一旦案情大白,既可洗清皇后嫌疑,又可使贼人落网。"

褚遂良跟着李勣的话道:"司空所言不失为一条良策,太尉以为呢?"

长孙无忌在心里暗骂李勣滑头,但面对与皇上的争执,他的情感也没转换过来,也没有良策,只有赞同李勣的谏言。

至于李治更是进退维谷,李勣的一番话终于破了僵局,他遂应道:"司空之言,甚合朕意。传朕旨意,命大理寺卿李道裕、刑部尚书唐临,还有新任监察御史崔义玄协同侦破此案。"

走出两仪殿,李勣先行告辞了,长孙无忌也不挽留,看着他上了车驾才对褚遂良道:"大人以为皇上真的释解了对皇后的怀疑么?"

"案子没有告破,皇上怎么可能释疑呢?"

"老夫跟随先帝半世,别的不敢说,但看人是向来无误的。陛下今天的说辞,必是来自武昭仪那里,只有她才会如此急于将火引向清宁宫。"

褚遂良一点即破:"这样说,皇上今日还没有把话说完?"

长孙无忌道:"大人明鉴! 皇上召见我等的本意就是想试探改立皇后的可能,只是你我执言,他不便再说罢了!"

"如此说来,查案只是个借口?"

"然也! 倘若老夫没有猜错,不管有没有发生此案,武昭仪都要对皇后取而代之了。"长孙无忌站住了,他等褚遂良与自己并肩后才继续道,"老夫豁出这项上人头也要阻止武昭仪入主后宫。不过若真到了那一天,大人将何以自处呢?"

褚遂良向长孙无忌拱了拱手, 那说话的语气十分慷慨:"下官与大人肝胆相照,荣辱与共。"

知外甥者莫如舅父。看着三位大臣相继走出两仪殿,李治对自己没能准确地表达全部的想法而遗憾。召他们来的目的不就是要申明立武媚为皇后么? 可他不得不承认这是一段很艰难的路了。长孙无忌绝不会屈从他废皇后,并且仅仅一个他就很棘手,何况在他周围还有褚遂良、韩瑗、崔敦礼、上官仪等朝臣,从召武媚回宫到册封昭仪,再到追封武士彟,哪一次他们没有阻挡过?

李治批阅奏章的心思被冲击得荡然无存,朱笔在空中举着,心却在武媚与皇后之间徘徊。若不是李荣在旁边提醒,他也许会永远就这样举下去。

"陛下龙体要紧,不可太费心思。"李荣见此揪心地说道。

李治没有听见他的话, 依旧在那里发呆。李荣近前奉上一杯茶道:"陛下,请歇息片刻。"

"哦!"李治放下笔,接过茶杯呷了一口,思路又回到武媚身上,"你说说,此事朕该如何处置?"

"唉!"李荣一边整理奏章,一边叹气道,"臣何敢言此大事?"

"此时只有朕与你二人,你说又何妨?"

"依臣看来……"李荣终于打消顾虑,顿了顿道,"以公事论,陛下为君,太尉为臣,太尉必须要听陛下的;然若以亲情论,则陛下为甥,太尉为舅,陛下为此事屈尊探访,亦在情理之中。"

"哦!朕明白了。"李治截住李荣的话头道,"你是说,舟行逆水,非人能为;不如转而顺风,赖自然为之。此乃贵柔守雌之道也。"

"臣想的就是这个道理,只是说不明白。"

李治的眉头展开了,他从内心感谢李荣,他一句不经意的话为自己打开了思路,他现在不但自己要去探访舅父,他还要带上武媚,不管她对长孙无忌有着怎样的积怨,他都要说服她。

当他在仪秋宫对武媚谈此想法时,她对李治的旨意不仅心领神会,而且欣然愿意同往:"蒙陛下圣恩,妾被封为昭仪。若以亲情论,陛下的舅父亦是妾之舅父,探望长辈,亦在情理之中。"

她说这些话时的平静让李治感到吃惊,他望着她的一双丹凤眼,试图从中捕捉一些什么,他心里暗惊,怎么她总是比朕先想一步呢?

但他随之就不免有些难堪。先帝在世时,她位居才人,与太尉是同辈之人,现在转而为晚辈,她竟然就认了,这女人究竟有着怎样的胸怀呢?

其实,两仪殿发生的一切都没有离开过武媚的眼睛。

李治并不知道,在他驾到之前,许敬宗刚刚离开,他们联名请求册封武媚为皇后的奏章现在就在她的内室藏着。送走许敬宗,武媚缓缓打开奏章,一句一句地斟酌着,思绪也随着文字而回转。许敬宗真无愧为巨笔妙手,他言废立之利害,论说弥纶,缜密无懈;他言昭仪之恢廓颖睿,思旷虑远,精稔法度,词彩旖旎,林泉幽明。

武媚不是那种利令智昏的女人,她看得出来这文稿中有哪些是名实相符,哪些是溢美阿谀。话说得太过反而会适得其反,难达目的。她要宫娥取来笔墨,将那些不实的句子一一删除。

当她的笔在文稿上留下墨迹的时候,思绪便转向了另一处。

前些日子,她读《周易·系辞》时,有一句话令她印象极深:"尺蠖之屈,以求伸也;龙蛇之蛰,以存身也。精义入神,以致用也。"她的目光久久地停留在那几行字上,心里来来回回地揣摩着。想那虫儿都懂得以屈求伸的道理,那人呢?人也该是这样,该屈的时候就得屈。她武媚纵然是龙,现今也必须蛰伏,以待风生水起之时。

只要长孙无忌在她走向皇后的道路上让开一方天地,要她怎么样都可以。她心思的这种微妙变化一旦面对李治,就立刻被涂上了温顺、驯良、豁达的色彩,她仿佛一只羊儿,让李治手中的长鞭无论如何也不忍哪怕轻轻地落在她的身上。

"难得爱妃如此通达。"李治拥着武媚,在她的脸颊烙上深深的吻痕。

然而两人的拥吻很快就被武媚的泪水冲淡了,李治有些慌神,捧着她丰满滋润的脸蛋道:"刚才还好好的,你为何又泪流满面的?"

"妾是想起了可怜的公主,刚刚来到人间就……"她抬起头,丹凤眼一下子就变得很冰冷,"若是查出凶手,妾定要将其碎尸万段!"

李治轻轻抚摸着武媚的肩膀道:"你放心,朕不会让凶手逃脱的。"

……

十月后半月的一天,长孙无忌正在前厅与夫人说话,他们正在商量如何迎驾。

前两天,李荣来宣达皇上的口谕,说十月十六日太尉生日那天陛下要驾临府上。

长孙无忌从来都是秉承长孙皇后的遗训,倡导节俭,不事张扬,免得给别有用心之人留下话柄。可这次皇上要亲自来,又是登基以来的第一次,他就不能不有所准备。

太尉府不缺山珍海味,宴席也好办,要紧的是皇上一人来,还是与皇后一起来呢?自皇后被列为嫌疑人后,已多日没有她的消息了,长孙无忌很希望他们能一起来。但他知道,这样的希望杳之又渺。因此,当夫人问起时,他几乎不假思索地回答道:"是皇上一人来吧!"

"也是。府令日前外出办事,回来说坊间都在传皇后谋杀了公主,夫君以为这是真的么?"

哦!连夫人都知道了,足见是有人刻意在城内散布此消息,长孙无忌暗忖此事定与武媚有关,他不耐烦地摆了摆手道:"皇后贞淑,岂能做出这样的事情,显然是有人陷害……眼下,大理寺、刑部、监察御史正在加紧侦查,夫人不可轻信流言。"

"妾身素来不闻朝中、宫中事宜。妾身担心的是夫君生性刚烈,免不了有池鱼之殃。"

"先帝托孤于我,我岂能袖手旁观,尸位素餐,我自有分寸,不劳夫人操心。"

长孙夫人见此情景忧心忡忡,但她知道说也是徒劳,知夫莫如妻,长孙无忌从来不会听她的。于是她站起身,准备回后房去,却见府令慌慌张张地进来禀报说皇上驾到了。

长孙无忌心头一惊,问道:"就皇上一个人么?"

"皇上是偕昭仪同来的。"

闻言,长孙无忌的眉头骤然就紧了,心想这女人的到来断然不单纯是探访,必是与废皇后一事有关,他转脸就对府令说道:"你转告李公公,就说老夫身体有恙,不便见客。"

"不可!"长孙夫人急忙截住长孙无忌的话头道,"皇上乃国家之君,夫君乃朝廷之臣。君幸臣家,臣不相见,这会犯下欺君之罪的!"

长孙无忌还要说话,就听见府门外传来李荣的传唤:"皇上驾到——"

他来不及细想,就带着府内一干人跪倒在地道:"微臣迎接圣驾。"

李治忙上前一步扶起长孙无忌道:"舅父平身!"

武媚觉得脸上无光,长孙无忌只拜见皇上,连她的名号也没有提,显然是有意冷落。李荣眼快,忙对长孙无忌道:"昭仪娘娘也来探望太尉大人了。"

长孙无忌向武媚点了点头,表示知道了。

武媚不经意地笑了笑,说出口的话却是:"闻知太尉华诞,我知道太尉一向不事铺张,见素抱朴,送珍惜古玩不免亵渎了太尉的品格,故写了一幅字,还请太尉指谬。"说完,她命宫娥展开一幅装裱一新的卷轴,但见上面用"二王"的笔意写了一首诗——

南极星辉逢令旦,松柏节操老而坚。
大江流湍歌砥柱,国有疑难问尊前。

再看这字行云流水,瀚逸神飞,刚者斧劈,柔者绕指,本朝的几位书艺大家欧阳询、柳公权、褚遂良的风格皆可寻见。长孙无忌虽然脸上没有退去矜持,却从心底感叹武媚的才情过人。而且她赠送的日期无可指摘,所书的贺诗也毫无过誉之嫌。他找不出拒绝的理由,只好说了一些感谢的话,吩咐府令接了,遂邀皇上与武媚一同入席。

长孙无忌先以朝臣的身份向皇上敬酒,言道:"微臣向来节俭,今日感念皇上在微臣寿诞之际驾幸府上,臣先饮此杯,谢陛下隆恩。"

李治转过脸应道:"朕今日过府,完全是私下向舅父贺寿,何论尊卑?朕祝舅父松龄鹤寿,岁望期颐。"说罢,举起酒杯一饮而尽。

长孙无忌和夫人十分感动,也陪同一口喝下杯中之酒。

重新落座后,李治就把带来的寿礼说出来:"舅父寿诞之日,朕岂能空手而来？闻听舅父有三子正当华年，朕欲令他们报效朝廷，特敕命为朝散大夫，随时听朕传唤。"说完，他命李荣将敕书交予了太尉。

皇上当着夫人的面为宠姬之子封赏，这让长孙无忌有些尴尬，但他只有叩谢皇恩。当他用余光打量夫人时，果然发现她脸上掠过短暂的不悦，好在她识大体，瞬间就转换过来了。

长孙无忌的心刚刚安定下来，又听见皇上道："李荣，快呈上礼单请舅父过目。"

李荣忙屈身向前，长孙无忌接过来一看，上面是皇上赏赐的十车金宝缯锦。他想，如果这是在长孙皇后时期，这断然是不会有的。

"皇上！微臣……"

"朕说过了，今日只叙甥舅亲情，不谈君臣尊卑！舅父辅佐朕开创永徽新政，功莫大焉，区区缯锦，价值几何？"

武媚很适时地出面说话了，她举起酒杯，丹凤眼里充满了敬意："太尉年高德劭，国之大幸。我敬太尉一杯，聊表敬意。"

长孙无忌迟疑片刻，还是接受了，随后长孙夫人也向皇上与昭仪敬酒。于是，酒香人欢，似乎两仪殿君臣之间的龃龉都淡远无影，只有亲情在推杯换盏中缭绕弥漫。

看着说话的气氛渐浓，武媚悄悄地碰了碰李治的足尖。李治会意，举杯借机说出了今日来此的目的："朕尚有一事，还请舅父玉成。"见长孙无忌没有说话，李治接着说道，"皇后进宫十数载，至今无子，李忠出继，终非亲生。故朕以为，皇后该自辞椒房，另择淑贞。此乃后宫大计，尚需太尉顺势应时，为大唐社稷再建殊勋。"

长孙无忌这才明白了皇上今日来此的真正目的，前面所有的封赠都是为了这句话。他看了看皇上身边的武媚，就进一步确认皇上说出的每一句话都肯定与她密议过。他顿时警觉起来，决定从此刻起每一句话都要慎之又慎，绝不可失马错局，于是他对夫人说道："老夫不胜酒力，你且到后厨做些醒酒汤来，老夫陪皇上即可。"

在长孙夫人起身告退后，长孙无忌摇摇晃晃地站了起来，双目迷离，一副深醉的憨态，吐出的每一个字似乎都散发着醉意。他以舅父的口吻追叙了长孙皇后离世时，李治尚不晓人事，先帝"荼毒未几，悲伤继及；岁序屡迁，触目催感"，竟然数年一人独处，不近后宫，亲自抚养皇上。他追思皇后音容，倍感先帝不以"夫不祭器妻"为约，建层观，望昭陵，爱之至深而念之愈切。说到伤心处,他老泪纵横。

他说话颠前倒后的,刚刚说罢李治的童年,又开始对长孙皇后礼赞,说她生前"布衣补丁""纵禁苑所养鹰犬,并停诸方所进珍异",堪称母仪天下,姜嫄再生。然则,她常以"牝鸡之晨,唯家之索"而自约,真是千古一人啊!

忽然,长孙无忌的思路就回到了现实,面对长空声泪俱下:"皇后!今日陛下驾幸臣府,为臣庆贺寿诞,你看见了么?"

眼看着事先设的局被长孙无忌的醉语冲击得零碎不堪,武媚在一旁皱起了眉头,她断定太尉是为了回避皇上的话而装醉。可看他语无伦次的样子,又似乎是真醉。最令她不满意的是李治,竟然跟着太尉的话涕泪怆然,跌入怀念母后的情感漩涡中不能自拔。她觉得这里的气氛变了,应该立即离开。

这个决定一旦做出,她没有丝毫犹豫就来到李治面前说道:"陛下,天色已经不早了,太尉年高,还是请陛下回宫歇息吧!"

长孙无忌并不阻拦,跌跌撞撞地来到府门前,口齿不清道:"陛下圣安,陛下慢行。"

寿宴过去了几天,期间武媚又托母亲杨氏多次去长孙府上说项,皆不果而归。

"看来!这个老儿是诚心与我过不去了。"坐在仪秋宫的殿中央,武媚的心境由郁闷转而恼怒,由恼怒而成仇恨。一想起那天在太尉府的遭际,她就禁不住柳眉蹙郁,五内翻腾,看宫中的人和物都不顺眼了,就连清晨在枝头吟唱的小鸟都罪该万死了。

"张尚宫!"武媚朝着外面高声喊道。

张尚宫一听这语气就猜出她生气了,急忙进来应命。

武媚命令道:"叫几个人把那些讨厌的鸟儿轰走,一大早叫得令人心烦。"

张尚宫应了一声就退出去了,不一会儿,殿外就传来太监赶鸟的吆喝声。

武媚的气就不打一处来,她又唤来张尚宫一通训斥:"我就图个清静,你等的声音比鸟叫还大,这不是故意的么?"

张尚宫心里发怵,忙应道:"奴婢这就去要他们小声驱赶。"

出了大殿,来到太监们中间,张尚宫的嘴朝里边努了努低声道:"娘娘心烦着呢,你们小心点。"

看着大家一个个战战兢兢的模样,武媚也觉得不关他们的事,都是那个长孙老儿不识时务。他仗着自己是皇上的元舅,难道就可以挟持皇上为所欲为么? 她现在想起来,认定长孙无忌那天根本就没有醉,而是装醉说话给自己听。什么"布衣补丁"? 她倒是听说长孙皇后有一件珍贵的"羽衣",光是鸟儿就选了数十种,不知有多少可怜的生命丧在她的手中;什么"牝鸡司晨,唯家之索"? 这不是在变着法儿来骂我么? 太尉有什么了不起? 她的母亲再怎么说也是皇上追封的功臣之妻,他竟然不给面子。哼! 他与感业寺中那只大鼠何异? 逆我者,能有好下场么?

然而眼下严酷的现实是,朝臣们对皇上的废立之事多不赞同,她也明白,以自己目前的地位还不足以对抗。

好在昨天许敬宗又到宫中来了,武媚将删改奏章的初衷和思路一一告知了他,言语中就带了诸多暗示:"不是我一定要争皇后之位,实在是因为王皇后肆意作恶,谋害公主,枉为后宫主宰,加之卿等鼎力拥戴,我亦不好推辞。明白么? "

许敬宗很快就明白了她话里的意思,随即回道:"臣回署中后就将奏章文稿清誊一遍,然后立即送达皇上。"

武媚皱了皱眉头:"可皇上册立的诏书若要成立,尚需过中书等三省。现在太尉虽非三省之长,实则三省诸事不经他首肯,诏书断然会被驳回。前几日我随陛下去他府中说项,却被其拒之千里。"

许敬宗闻言沉思了片刻后说道:"娘娘若是信得过微臣,臣即往太尉府中陈说利害,想他总该猛醒吧! "

"倘若如此,那当然再好不过,然而……"

武媚刹住了话头,但下面的意思许敬宗已经明白了,他接着道:"太尉年迈,不识时务。臣等先礼后兵,和则两利,若他一意孤行,到时还要请娘娘说动皇上大义灭亲。"

武媚点了点头,她希望许敬宗能够在长孙无忌封闭的幔帐上撕开一道口子。

……

清晨,太阳还躲在城墙背后,凌烟阁的正堂、花木和道上覆盖了一层厚厚的霜花,白茫茫的。进入十一月,冰冷渐渐地走向了深处,益发地彻骨了。每天,都有秋末残留的叶子星星点点地飘落地面,传递着萧瑟的气息。

　　太子少师于志宁下车时,太阳才露出半个脸庞,他银灰色的胡须被照得透亮,在冷风中丝丝晃动。他禁不住打了个寒战,忽然就生出了"老之将至"的悲凉。

　　走进中庭,迎面可见墙上的二十四功臣画像。长孙无忌、房玄龄、屈突通等一个个神色专注地看着自己。他们有的早已作古,有的虽然还健在,却也是鬓发苍苍了。

　　贞观以来,这里曾坐过三任太子,从废太子李承乾到当今皇上,他都曾以左庶子的身份陪伴过,如今他又每日陪伴着当朝太子李忠在这里读书。

　　经过一场"房遗爱谋反案",当年的前辈和同龄沉沉浮浮,他都不知道该怎样向太子讲述墙上这些功臣们的生前身后事。他还是个孩子,他不愿意过早地给他讲太多的腥风血雨。

　　转身出了中庭,于志宁来到讲书堂,却没有发现李忠的影子。昨天他布置的一篇文章《论触詟说赵太后》,他也只写了几行字,后面是几点墨迹。

　　于志宁的心就悬到了半空,志忑不安地走到一位太监面前问道:"公公没有看见太子么?"

　　年轻的太监抬头发现太子少师,就忙放下手中的活儿回道:"昨日午后,太子埋头作文,忽然来了一位宫娥与太子耳语了几句,太子就匆匆离去了。"

　　于志宁回到讲书堂,手捧墨痕已干的纸,呆看了半天,忽然地就心头一沉:"莫非……"

　　关于皇后"谋杀"公主的风波初澜乍起时,于志宁就知道了,但他一直瞒着李忠,这除了他压根就不相信皇后会生此恶行外,更重要的是他怕伤害了太子。

　　于志宁心里充满了不安和自责,一双昏花的眼睛不断地在窗外来来往往的人群中搜索着太子的影子。巳时一刻,他远远地看见太子从停在门口的轿舆上下来了,他也顾不得吩咐宫娥们退下,就踉踉跄跄地朝着讲书堂跑来了。一进门,太子就一头扑在于志宁的怀里:"少师!母后她……"

　　于志宁轻轻抚摸着太子的手,发现冰凉冰凉的。他心底叫苦道,这事还是让他知道了。

　　伴随着太子的哭声,于志宁的胸口一阵阵的绞痛。人生悲欢,殊难预料,眼看过了年就该为太子元服了,却不意中途风云突变,他无法解释眼前发生的这一切。

　　李忠住了哭声,但饮泣并没有停止:"少师,您说母后真的会杀人么?"

于志宁决然地摇了摇头："皇后淑仪,朝野有目共睹,她怎会起害人之念呢?殿下切不可轻信流言。"

"不!少师在诳我,我听说父皇要废掉母后了。"

"殿下……"

"朝野无人不知,少师却瞒着我,这是何道理?"

"殿下……微臣……殿下又是如何知道这些的呢?"

李忠的喉结颤了颤道:"昨日午后,许子昂与我言谈中说母后已涉嫌'谋杀'公主,不久就会身陷囹圄。我随即到清宁宫去看望母后,母后却让我好自为之,说日后恐再难呵护我了!"

唉!皇后怎可如此轻率?于志宁在心里想,转而安慰太子道:"皇后安然无恙,请殿下不必太过忧虑。"

话虽这样说,但他自己也无法在凌烟阁安坐了。当初是他与长孙无忌、褚遂良、韩瑗等一起请求立李忠为太子的,如今若是皇后被废,那太子岂能安存?

他早已平静的血液被眼前的危机触动,他要去找长孙无忌、褚遂良、韩瑗等同僚联名上奏皇上,劝阻废立之议。想到这,他转身就跪在了李忠面前。

李忠很惶恐,忙道:"少师这是为何?快快请起。"

"眼下朝廷内外流言四起,是非莫辨,微臣恳请太子静心读书,慎勿轻动。须知我不乱,人必自乱。太子明白么?"见李忠点了点头,于志宁站起来摸了摸发酸的两腿,眼看着眼圈就红了,"臣衰年朽骨,唯有忠心天日可鉴,纵使臣肝脑涂地,亦在所不辞。"言罢,他就出凌烟阁去了。

李忠茫然地望着于志宁的背影,心被压抑到了一个狭小的角落。

他想老师一定是去觐见父皇了,但愿他能够还母后一个清白……

# 第十一章

## 武昭仪频施心计　王皇后身陷谋网

车驾进了坊门转进小巷,许敬宗要驭手放慢车速,为的是要留下思考怎样对付长孙无忌的时间。出了仪秋宫,他就为自己主动请缨的举止而后悔了。当时只是为了博得昭仪的好感,他才放言说可以去说动太尉,可话出口之后,他依旧心中无底。

虽然同朝为官,他与长孙无忌向来是政见相左,多有碰撞,私下里则老死不相往来,甚至此前他都不知道长孙无忌住在哪个坊间。所以,越是接近太尉府,他的脚步就越是踟蹰,猜不出他将会看到怎样一副冰冷的面孔。

天冷了,他伸出手哈气,就触动了装在袖中多日的奏章。他之所以一直放在身边,是因为他无法预测这道请求流放儿子的奏章会给自己和家人带来什么结果。现在,他决定先在长孙无忌这里探探虚实,不过依长孙无忌的性格,他对家风向来是不含糊的。

驭手长叫一声"吁",车驾就停在了太尉府门前。

果真不是冤家不聚头,许敬宗刚跳下车,就看见从太尉府出来的于志宁与韩瑗。三人对视片刻,还是许敬宗先上前见礼道:"两位大人也来了?"

韩瑗接道:"大人平日与太尉少有走动,为何有空来了?"

于志宁则不无讽刺地说:"呵呵!太尉府遇见稀客了。"

许敬宗有些不好意思道:"下官有些事要向太尉请教,所以前来拜访。"

"如果我没有猜错,大人此行一定是为了皇后废立之事吧!"韩瑗说着又顿了顿,"若是如此,还是请大人回府去吧,太尉是不会折尊屈从的。"

许敬宗转了转精明的眼珠问道:"那么韩大人您是怎么想的呢?"

韩瑗肃然道:"皇后母仪万国,素无过错,废之不妥。我将同于大人等上疏,请陛下明察。"

"韩大人不怕担僭越犯上的罪名么?"

于志宁插话道:"我等心中无愧,何惧之有?倒是许大人要自省呢!"

许敬宗不再接话,转身便进了太尉府。

韩瑗望着他的背影叹了一口气,自语道:"可惜了一身才情,未能尽忠朝廷,反成鹰犬!"随后便上车怏怏离去。

此时,许敬宗已坐在了长孙无忌的前厅,一副毕恭毕敬的样子:"下官素仰太尉大人刚正不阿,胸纳万川。往日多因署中公务缠身,错失聆教良机。今日登门拜访,甚是唐突,还望大人海涵。"

长孙无忌一脸严肃,挥手示意许敬宗喝茶:"老夫衰朽之身,何堪人仰?大人有话不妨直说。"

"不瞒大人说,下官眼下正有一棘手事,还望赐教。"许敬宗说着将奏章草稿递过去,"请大人看看这个。"

长孙无忌大略看了一下,侧目问道:"只是不知令郎怎么不孝了?"

许敬宗低头沉默片刻,脸上显得有些不自然:"下官十分惭愧,此家丑一言难尽,不说也罢。"

长孙无忌不再问下去,便道:"老夫虽不便细问详里,然也知现今朝臣之子多纨绔不羁,目无法纪,恃父兄之威鱼肉百姓,若不严加管教,我大唐社稷总有一天要被他们葬送。大人深明大义,奏请皇上将令郎外放历练摔打,不失为教子良策,老夫十分感佩。"

许敬宗忙施礼道:"大人一言如醍醐灌顶,下官谨受教矣。"

长孙无忌深知许敬宗的为人,揣摩他登门肯定还有其他话要说,于是干脆直接点破:"大人过老夫府上,不单是为一纸奏疏吧?大人有话不妨说来,老夫洗耳恭听。"

"大人果然料事如神。不瞒大人说,下官也是受人之托,难以拒绝。若有不周之词,还望大人海涵。"接着,许敬宗就把武昭仪如何伤心之至,皇上如何思女心切,皇后如何嫌疑重重等一一道来。

长孙无忌越听越不耐烦,打断他的话道:"大人究竟要说什么?"

"大人快人快语,下官也就不遮遮掩掩了。眼下虽然谋害公主案尚无头绪,然陛下废立之志昭然。我等身为朝臣,应深思圣意,顺势应时,此乃为臣的本分。切不可固执己见,触怒龙颜。"

"大人的意思是要老夫拥立武氏为后?此事乃昭仪之意吧?"

许敬宗笑道："是不是昭仪的意思并不要紧,要紧的是皇上也这样想,大人必不愿背上胁迫天子的罪名吧?"

"罢了!"长孙无忌森森然打断许敬宗的话,"你这是在威胁老夫么?"

"下官不敢。"

"话都说到此等份上,你还有什么不敢的。"长孙无忌斩钉截铁道,"皇后无过,废后之说从何而来?武氏乃先朝才人,感业寺尼姑,其祖素无根基,立之难服朝野。"

"大人可知,王侯将相本无种乎?"

长孙无忌慨然道:"任你巧舌如簧,也难移老夫之志。若欲立武氏,除非老夫陈尸长安!"

"长孙大人,你……"

"你不必再说,还是朝堂上见吧。"说完,长孙无忌便朝外喊道,"送客!"

府令应声进来,对许敬宗说道:"许大人!请吧!"

许敬宗颜面无存,拂袖就出了太尉府。

转眼就是永徽六年(公元655年)六月,朝臣中围绕皇后废与立的争锋愈演愈烈,李治的龙案上摆着两道奏章,一道是由长孙无忌、褚遂良、于志宁、韩瑗、来济等人联名力保王皇后、反对册立武昭仪的上疏;另一道是由许敬宗、李义府、崔义玄和袁公瑜等人署名坚决要求另立中宫的表章。

这些表章只要送到李治这里,就没有武媚不可以看的。她看了之后不免有些焦虑,担心"谋杀公主案"拖得越久,新的疑点就会越多。如果有一天长孙无忌等人知道是自己亲手杀了女儿,那她几年来的心血将会功亏一篑。

但她感觉得出来,这一年皇上对她的宠爱不仅没有丝毫淡去,反而更加浓了。在去年前往昭陵谒祭先帝和长孙皇后前夕,皇上已经答应她过了年就册封她的长子李弘为代王,她知道这一切都是为了抚慰她因为女儿被害所蒙受的情感创伤。

也许是因为爱得太深,她在跨过三十岁后生育进入了旺盛期。女儿死后不久,她就又怀上了龙种,并在前往昭陵的途中生下了一个男孩子。李治欣喜万分,亲自为儿子起名曰贤。

那一夜,在礼泉县的行宫中,李治捧着武媚略显消瘦的脸庞深情地说道:"开年以后,朕要同时册封弘儿和贤儿。"

当时,武媚就依偎在皇上的肩头,以婉丽的笑回应他的爱:"陛下待妾同气连理,妾无以回报,能为陛下生下几个皇子,妾死已足矣!"

李治忙用手捂住了武媚的樱口道："爱妃何出此言？朕与你情同一人，来日方长，切勿再出此言。"

武媚撒娇地回了李治一个媚眼道："都是妾有罪，妾以后不说就是了。"

但是，她的笑来得快，哭也来得快，正说话间，眼里又是泪光闪闪的。

李治伸手为武媚擦去泪水问道："爱妃生下皇子乃社稷之喜，朕之喜，爱妃为何又泪水洗面了？"

"陛下！妾是想到了可怜的公主……"

闻听此言，李治就沉默了。

的确，这是一件既伤心又烦心的事。一年来，"谋杀公主案"毫无进展，三司都为找不到证据而束手无策。李治觉得不可思议，如此大案怎么可能不留下一点痕迹呢？他为此还把大理寺卿李道裕、刑部尚书唐临和御史大夫崔义玄召到两仪殿严厉斥责，说他们办案不力。然而，随着李贤的呱呱坠地，他的思绪开始转换了，一个儿子足以疗治武媚内心的痛苦。他已打定主意，不再追究公主被害的案子，而把心思集中到废立皇后的大计上来。

"贤儿是上苍送给朕与爱妃的。"李治从武媚怀中接过婴儿，目光却停留在她的脸上，"朕要重重赏赐爱妃。往者已去矣，来者方可追，爱妃聪慧，自不难明白朕的心。"

武媚笑靥融融，却没有回应皇上的话，只是很庄重地点了点头。她已从皇上的话音中听出，他不准备再追究那桩无头案了。

她暗暗地咬了咬牙，将对女儿的思念存入心底。李治的优柔彷徨足以说明，他虽然对王皇后"谋害"公主心存疑窦，但并没有最终斩断与她的脆弱情丝。她必须想尽一切办法，紧紧抓住皇上的心。

正月，她和皇上从昭陵回来，就遇到了一件牵涉大唐与藩属国关系的紧急军情。二月，新罗国的使者到长安来了，他急奏高丽国连兵百济、靺鞨侵入新罗北境，连下三十三城，请求朝廷火速驰援。朝会上，有的大臣认为新罗与大唐远隔大海，远途劳顿，谏言主要以调和为要；有的大臣则以为高丽、靺鞨、百济为本朝藩国，擅兴兵戈，目无朝纲，必欲诛伐，方能见天朝声威。双方各持一说，莫衷一是。

退朝后，李治闷闷不乐地来到仪秋宫，看见武媚正和李贤的乳娘说话。

"哦！几日不见，又长了许多，你看这双眼睛，多像朕。"李治将怀抱中的孩子还给乳娘道。

武媚眼尖，透过皇上眉宇间的细微变化揣摩着他一定遇到了不顺心的事,于是转身对乳娘道:"你先退下,记着多给孩子换褥子,不可马虎。"

大殿里只剩下李治和武媚两人,她一边为皇上换上常服,一边问道:"陛下是遇到不顺心的事了么?"

"你怎么知道朕不愉快了?"

武媚笑了笑道:"皇上刚才逗贤儿时,虽父爱昭然,却也是强颜欢笑。"

李治无奈地摇了摇头道:"唉!朕的心都让爱妃揣摩透了。"遂将朝堂上战与不战之争述说了一遍。

武媚听完,几乎不待思虑就道:"如果妾没有猜错,主战者乃太尉与兵部尚书。"

见李治点头肯定,武媚又道:"太尉谏言乃彰显天朝声威之良策,区区高丽、百济、靺鞨,竟敢违旨逆行,轻我大唐,若不发兵征讨,大唐声威何在?更有甚者,诸藩从此以后各行其政,离信背义,此则害莫大焉。妾请陛下选良将率军征讨,勿可犹疑。"

"爱妃觉得远途征战,大唐能胜券在握么?"

武媚眨了眨丹凤眼,话语中就充满了自信:"听许敬宗说,左卫中郎将苏定方精稔兵法,多次负戈远征,皆战绩卓然,陛下何不大用之?"

"好!朕就依昭仪。"李治看着武媚,再一次在心里问自己,她究竟是怎样的一个女人呢?

五月,营州都督程名振、左卫中郎将苏定方率军击高丽、百济,大破之。班师长安之时,旌旗耀日,兵戈如林,李治带着武媚亲自出城劳军。

武媚觉得经过这次战事,李治对她已从情感上的宠爱转到朝政上的倚重了。而这一切,王皇后永远不是她的对手。但她认为仅有这些还不够,她还需施些手段来加大皇上与王皇后的裂痕。可皇后谨言慎行,暂时无懈可击。

现在正是辰时二刻,武媚已早早地坐在大殿里看书了。六月的长安天气渐渐燥热起来,她有意着了一件薄如蝉翼的紫色外装,内衬枣红色的束胸。接连生了几个儿女,她担心自己饱满的乳房会垂落下去,因此孩子刚一坠地,她就让乳娘抚养。她的身体是益发地丰腴了,可这有什么要紧呢?昨夜在狂欢中,李治说就喜欢她这样的身子。

她相信皇上说的话,他们之间的爱是深入灵魂的爱,她常在意念深处把自己与皇上看作一个人,皇上的哪怕一根头发,她都认为只能属于自己,绝不允许与其他的女人分享。

这种依偎从贞观十九年就开始了,它延续得越久,她就常常会生出奇想,真有那么一天与皇上一起坐在朝堂上听大臣们奏事,那该是怎样一种滋味呢?她不觉得这想法有什么不对,既然是替皇上分忧,这有什么错呢?但她明白,至少眼下这一切都还是那么遥远和虚幻。

这一会儿,她的心却飞到了朝堂上——皇上这会儿在做什么呢?又在为面对长孙无忌等人的诘难而尴尬么?

她迅速收回心思,把目光转到书上来,这才发现,无意中捧在手上的是回宫以后李治送她的一本长孙皇后撰写的《女则》。皇上说他也曾向王皇后送过一本,她明白皇上的意思,这是要她效法古人,温顺守道,夫唱妇随。

这怎么可能呢?她是那样的人么?而且长孙皇后也不是那样的人啊!

> 花中来去看舞蝶,树上长短听啼莺。
> 林下何须远借问,出众风流旧有名。

这是长孙皇后写的诗,看样子她也从来没甘于寂寞啊!她说是不干政,却庇护了不少大臣。

武媚眉目间流露出不经意的讽刺,待她重新将目光停留在一段文字上时,却从中发现了三个触目惊心的字——巫蛊案。这段文字并不长,讲述了汉朝孝武皇帝的皇后阿娇,为与卫子夫争宠,做巫蛊诅咒情敌,事情败露后株连千人的故事。

"哦!巫蛊?不就是今日之'厌胜'么?"武媚惊出了声。

追昔抚今,她惊疑地发现当年之汉宫与今日之唐宫何其相似?那王皇后会不会也像阿娇那样诅咒自己呢?嗯!困兽犹斗,何况人乎?她一定会这样做的,即使眼下没有,但心里一定早就如此想了。

武媚神采灼灼,她放下书,朝外面喊道:"张尚宫!"

"娘娘有何吩咐?"张尚宫应声进来。

"近来李尚衣那边有消息么?"

张尚宫立即明白昭仪是要听王皇后那边的动静,便答道:"自公主被害后,皇上命皇后闭门思过,就很少听到那边的传闻了。"

武媚显然对张尚宫的回答很不满意:"你们哪!就知道围着我说那些无用的话,一点也不长心。你能断定皇后就此收心了么?为何公主被害之事侦查年余,却不了了之了呢?"

见张尚宫低眉顺眼地听着,武媚接着道:"依我看来,王皇后必不会就此罢休。再说她受到皇上的谴责,闭门思过,你也该替我去探望呀!"

"是。奴婢明日就去清宁宫。"

张尚宫正要退出,就听见武媚低声吩咐她近前来,接着在她耳边密语几句,眼见得张尚宫的脸色就变了:"娘娘!这……奴婢……她可是皇后啊!"

武媚刚才还很温和的面容忽然就阴云密布,冷眼瞅着张尚宫道:"哼!你怕皇后,难道就不怕我么?按我的意思去办,不会亏待你的。"

"奴婢明白了,奴婢即刻去办。"

"下去吧!"望着张尚宫战栗的背影,武媚无言地笑了。


魏国夫人柳氏坐在女儿对面,禁不住流下浑浊的泪水。数月未见,皇后竟变得形销骨立,没了往日丰盈的影子。

"皇后娘娘凡事还要想开些,皇上不过是受了那个妖媚的蛊惑,总会回心转意的。"她相信自己的女儿是被冤枉的,她多希望皇上廓清迷雾,还女儿一个清白。

王皇后对母亲的话十分惊慌,连连摆手道:"母亲千万不可如此说,那都是女儿的错。"

柳氏拉着王皇后的手道:"皇后就是太柔弱了,老身明日就去见皇上,为你申冤。"

王皇后无奈地看着母亲,将脸转向一边。她认为母亲对后宫知之甚少,以为皇上当年看在她的情分上,赏赐了一个魏国夫人的封号,她就可以在宫内外自由出入。孰知这宫里每一块砖都浸着血和泪,每一道阶梯都是一座雷池,越过了就会有犯上之罪等着她。她更不知道,正是因为她借着魏国夫人的身份在嫔妃面前不讲礼数,为她的女儿招来了太多的对手。

"母亲!你若是为女儿着想,为忠儿着想,就千万不要去惹恼皇上。须知皇上因为公主的事,已对女儿厌恶至极,你这时若是去,恐怕……"

"那老身不去就是了。可纵然老身不去,你舅父乃吏部尚书,每日出入于朝堂之上,他总该奏明皇上,澄清是非吧?"

"舅父原本为中书令,何以降为吏部尚书?皆因公主一案皇上震怒,舅父才被波及。"

柳氏沉默了,她不得不承认女儿说得有道理。日子就像做梦一样,变化莫测而又吉凶难卜,但她怎么也挥不去对往昔那些荣耀的眷恋。

若从高祖皇帝那里论起,李王两家就是世亲。当年高祖皇帝的亲妹妹,太宗皇帝的姑母同安公主嫁到王家时,她的女儿才初晓人事。几年以后,当她的女儿出落得亭亭玉立,出现在同安公主面前时,公主便被她的美艳惊呆了。

公主很快就想到了时为晋王的李治尚未婚娶,如果将这门亲事撺掇成了,那她这个姑祖母岂不与汉朝的长公主刘嫖一样可以随意出入后宫了么?这念想一出,第二天同安公主就进宫去见太宗了,几天以后,她便将侄媳妇柳氏传到了厅堂,宣达了太宗的旨意——择定吉日,为晋王和侄孙女成亲。

不久,太子事发,晋王被立为太子,王氏晋为太子妃。

这真是生女如花胜生男。她的父亲王仁祐一夜之间从罗山县令升为陈州刺史。随着新皇的登基,王家的日子就如新春的太阳一样蒸蒸日上。皇上敕封王仁祐为特近、魏国公。她魏国夫人停留在司马道上的车驾,曾让多少人投来艳羡的目光。

然而,那荣耀的日子就如朝露一般,怎么说没就没了呢?一年来,虽然女儿还住在清宁宫,可失去了陪伴皇上的机会,这与打入冷宫何异?看着女儿终日以泪洗面,她恨透了妖媚的武氏。

“这个忘恩负义的女人,没有皇后,何来她的今日?”柳氏一想到这些,就气郁填胸,“有一天犯到老身手上,定要杀了她。”

“怪就怪女儿有眼无珠,没有看透她那不安分的心。”

“难道就这样任人宰割么?”

王皇后正要说下去,却发现李尚衣站在了门外,一副拘束的样子。

王皇后打住话头,立即恢复了威仪:“有事么?”

李尚衣欲言又止:“奴婢……”

王皇后见状有些不高兴,大声道:“有话就说,吞吞吐吐成何体统?”

李尚衣提起裙裾,小心翼翼地进前来,站在皇后母女面前道:“奴婢看娘娘整日里愁绪满腹,泪水不断,益发恨那昭仪了。”

“你到底要说什么?”

李尚衣的声音更低了:“门外有一人,自称巫师,能操‘厌胜’术,可为皇后祈福,诅咒恶人。奴婢就想,娘娘饱受妖媚欺凌,何不邀其做法,祛邪扶正。也许能感化陛下,使娘娘再沐圣恩,度过艰危。”

王皇后听着,先是浑身打了个激灵,继之脸上就堆起了恼怒,责备李尚衣不知深浅,敢在她面前兜售妖术,斥责她快快退下。

李尚衣正欲退去,就听见柳氏说话了:“皇后何必惊慌呢?想那巫师上知天文,下知地理。可与神鬼对语,可卜吉凶……”

王皇后决然地拦住了柳氏的话头："母亲,女儿乃皇上至亲,岂可信奉妖术?若是陛下知道,女儿岂不罪加一等?"

"皇后糊涂,若不诅咒妖媚,唤回皇上一片真心,又如何重修旧好呢?陛下若怪罪下来,就由老身一人承担,千刀万剐,任由处置。"说着,柳氏就要李尚衣带巫师进来。

李尚衣出得殿门,眉目间就流露出揶揄的笑。她来到竹林旁的值守小室,将皇后母子情态一一告知了张尚宫。

张尚宫闻言后道:"昭仪娘娘言道,事成之后将有重赏。"李尚衣这才将张尚宫从街头寻来的巫师带来见皇后母女。

那巫师穿着一件紫色八卦衣,散开的头发用一条黄丝带扎着,目光炯炯,美髯飘飘,俨然一副仙风道骨的模样。进门之后,他大礼参拜,柳氏令其平身后就问道:"不知大师有何法术可以降服妖人?"

只见巫师从宽大的衣袖内拿出一盏卧有七条油捻的小灯轻轻吹了一口气,七条火苗竟同时点燃,窜出半尺高。随后他眨了眨眼睛神秘地说道:"此灯乃命符七星灯,只要贫道念动咒语,善良者消灾免祸,作恶者必受天谴。"

接着他又拿出几个布偶,有的头上戴着脑箍,有的胸前穿着钉子,有的项上拴着锁子。他将布偶环着灯盏排列后,这才严肃地对柳氏道:"布偶乃恶人之意象,夫人只需每日子时以针刺之,为恶者必周身剧痛。不消三日,必命归黄泉。"

柳氏在一旁听着,昏花的老眼渐渐发亮,及至巫师演示完毕,那眼睛都泛起了绿光。她不由自主地挪到七星灯旁,小声地问道:"依大师观之,恶人现在何方?"

巫师沿着七星灯转了一圈,忽然地从腰间拔出木剑,指向仪秋宫所在的东南方,缓慢却有力地说道:"老夫人请看,东南方彤云翻卷,妖人必藏身彼处,待贫道作法惩之。"

王皇后先是茫然地听着巫师云里雾里的说辞,直至他拿了长长的钢针朝布偶猛刺时,她倏地从座上站起来声嘶力竭地喊道:"住手!"

柳氏与巫师顿时定在当地,木雕一般地望着皇后。

王皇后来到大殿中央,双目痴呆地看着巫师,许久没有说话。巫师不禁有些心虚,向后倒退了几步道:"皇后娘娘这是何意?"

"何方妖人竟敢在清宁宫作法弄鬼,来人!"清宁宫左卫将军应声率禁卫冲进大殿,一把把寒光闪闪的刀锋指向巫师。

王皇后冷冷地打量一眼惊慌失措的巫师道:"你可知这是什么地方?这是大唐中宫,是皇家圣地。你敢于此擅作妖术,实乃罪该万死!"

左卫将军领旨后大喝一声,禁卫们挥动兵戈,将七星灯和布偶刺得七零八落,几把宝剑瞬间横在巫师的脖颈上。巫师大惊失色,"唰"地跪倒在地,连呼饶命。王皇后挥了挥手,众禁卫将他赶了出去。

清宁宫终于恢复了宁静,王皇后将这前后发生的事梳理了一遍,浑身像散了架一般,倒在榻上。

刚才一番刀光剑影让柳氏也怕了,等禁卫退出后,她才发现李尚衣在混乱之中不见了。

王皇后挣扎着坐了起来,宣吴尚宫进来询问李尚衣的去处。

吴尚宫应道:"奴婢方才看见李尚衣捧了两个布偶出宫去了。"

王皇后闻言后泪如泉涌,口中讷讷自语:"母亲,您这回害了女儿……"


太阳升上长安城头的时候,两仪殿就渐渐闷热起来。尽管水车把清凉的井水不断引上殿脊,又顺着琉璃瓦流到殿前的水沟里,李治仍然汗流浃背,甚至顾不得威仪,将朝服敞开,露出胸部。

与武媚的夜夜竞欢,使李治近来频感倦怠,脸色也不像初登基时那样红润。皇上身子微妙的变化李荣是看在眼里的,因此,在他批阅完一卷奏章,刚刚放下手中的朱笔时,宫娥就适时地奉上了用玫瑰花苞精制而成的茶。李治轻轻抿了一口,顿觉神清气爽:"此茶果然醒神解渴,难得你忠心耿耿,为朕想得如此周到。"

"谢皇上夸奖,这是臣分内之事。"接着李荣又说道,"李义府欲拜见皇上,正在埶门候召。"

"李义府?"李治一时想不起这个人。

"李大人系中书舍人,长期在中书省供职。他说有要事禀奏皇上,臣见皇上忙着,就让他在埶门等候。"李荣解释道。

一提中书舍人,李治就想起来了。前些日子,武媚曾向他提过这个人,说他才气过人,长期受到长孙太尉和褚遂良的挤压。接着这个人的足迹就越来越清晰,现在搁置案头提请册立武昭仪为皇后的联名奏疏中就有他的名字。

他顿时来了兴趣,他要看看这个被长孙无忌和褚遂良等人不待见的中书舍人究竟是怎么一副模样。李治直起身子,向李荣道:"宣他来见。"

"喏!"李荣来到殿口,朝外喊道,"陛下有旨,中书舍人李义府觐见。"

侯门深似海，皇廷高如天。来自瀛洲饶阳的李义府自贞观八年（公元634年）被剑南巡查大使李大亮以"有文才"举荐到朝廷后，就从未离开长安。然而曾几何时，太极殿、两仪殿对他来说是多么可望而不可即的所在，他用了整整十九年的春秋，才终于走进了皇上与大臣们商议军国大事的殿堂。

走出塾门，两仪殿辉煌的殿门就在不远的前方，李义府却有些踯躅彷徨了，那久有的自卑再度爬上心头，那浑厚结实的玉辅首似乎在一瞬间幻化成长孙无忌、褚遂良轻蔑的目光。往日，他只能在皇上出行时才能一瞻黄罗伞盖的奢华、皇宫禁卫的森严、仪仗的浩荡，却从无缘一睹皇上的风采，现在他迈着稳健的步伐一步步走进皇家大殿时，就尽其所能地勾画着坐在龙位上批阅奏章的皇上究竟是怎样的风采卓然，让接近他的每一个人都望而生畏。

他越觉得梦想终将成为现实，就越对长孙无忌、褚遂良等人充满了怨恨，他就是要让这些动辄以托孤大臣自居的迂腐们看看，他李义府照样可以辅佐皇上，与他们一起站在太极殿上参与军国大政。

他走进大殿的脚步轻得几乎让李治没有觉察，直到他跪倒在丹墀之内时，李治在抬头的一瞬间才看见了他，接着听到的就是他怯生生的声音："微臣中书舍人李义府参见陛下。"

"平身。"李治打量着战战兢兢的李义府，他似乎并没有武媚描述的那样好，至少呈现在他眼前的笑脸看上去不那么真实，好像是画上去的一般。

而李义府也在心中想，皇上看起来倒不如昭仪令人生畏呢。

场面沉默了一下，李治就问道："听说你有事要禀奏，说吧！"

李义府提起朝服下摆又要跪拜，李治拦住他道："你就站在那里陈奏，朕好听得清楚。"

其实，李义府下跪的动作完全是为了缓解自己的紧张，现在见皇上还算随和，他的胆子大了许多："启奏陛下，微臣所奏，正与皇后废立之事相关。"

"哦！"李治扬了扬眉毛，目光集中了许多，"说来朕听听。"

李义府见此，就知道皇上对这个话题感兴趣，说话的语气便顺畅起来："微臣前日已与许敬宗、崔义玄、袁公瑜几位大人连署上奏，求陛下立昭仪娘娘为皇后。"

"嗯！朕看到了。"

"微臣今日觐见，正是要向陛下奏明此非臣等私谏，乃天下百姓之所望，朝野众臣之共识。故臣请陛下拂逆臣之言，择善言而从，速立昭仪为后。"

李治点了点头，脸上流露出满意和喜悦："爱卿之言，坦荡真诚，朕就是想知道天下人对此事是如何看的？"

"微臣任崇文馆直学士时，常有机会遍阅经史。汉武之废阿娇而立卫子夫，后宫井然，乃以德胜；光武帝废郭皇后而立阴丽华，人心所向，乃以才胜。前车可鉴，故陛下废立，天经地义，无须他人说三道四。"

"好！爱卿继续说下去。"李治听得很专注。

"前些日子微臣到并州公干，百姓闻昭仪娘娘回京，纷纷陈书州府，请求朝廷立昭仪娘娘为后。据许大人说，卫府官兵也都纷纷陈书署中，请求陛下速立昭仪，以顺上天之意。"

"卿之所言，知于史，察于今，言之成理，甚合朕意。"李治说着，对一旁的李荣道，"传朕口谕，赏中书舍人李义府珠一斗。"

第一次见皇上就受到如此礼遇，李义府不免受宠若惊，忙不迭跪倒，头紧紧地贴着地面，声音就带了哽咽："谢皇上隆恩。"

李治上前扶起李义府道："爱卿埋没太久，朕今日识之，犹觉晚矣。爱卿好自为之，日后朕择机大用。"

李治回到龙案，拿起案头的一份奏章问道："许敬宗上表奏朕，以不孝之罪名求发其子许子昂到岭南，爱卿以为此事该如何处置？"

李义府道："许大人深明大义，严正家风，此事他也曾与臣言过。然在许大人看来，社稷事大，家私事小。为彰显我朝以'孝'为本之国策，故而才有这样的奏章。"

李治手摸着许敬宗的奏章，油然自语道："看来这个许敬宗做卫尉卿是有些屈才了。"

闻言，李义府心中暗喜，他知道自己和许敬宗的机会来了。

此行的目的已经到达，李义府适时地向皇上告辞了。他还要把今天与皇上所有的谈话都告诉许敬宗，他们还要一起再去拜见昭仪娘娘。

李义府离开不久，李荣就慌慌张张地跑了进来，说是仪秋宫中的张尚宫有事禀奏。

"昭仪怎么了？"李治呼地从座上站起来，"速传她来见。"

张尚宫带给李治一个惊人的消息，说是有人在宫中行"厌胜"之术，诅咒昭仪娘娘，娘娘浑身刺疼，几于昏迷，口里只是喊着："陛下救我！"

"何人如此大胆，竟敢诅咒昭仪。快移驾仪秋宫！"即将出殿门之时，李治又喊道，"命太医随朕前往。"

仪秋宫一片忙乱。太监们在大殿里围了一圈，而宫娥们则把武媚团团围在中央,一个个哭成泪人儿,口中只是喊着昭仪娘娘！昭仪娘娘！

武媚咬紧牙关,紧闭双目,只重复着一句话:"陛下救命……"说着,她又侧了侧身子,低声呻吟,"哎哟,疼死我了,疼死我了……"

李治赶到仪秋宫时,淳于太医已经到了,正为武媚诊脉。他听到外面喊"皇上驾到",就随同太监、宫娥们来接驾。

李治下得轿舆,顾不得命众人平身,就直奔内室来到武媚榻前,他的殷殷关爱便都在温言软语中了:"爱妃！朕来了,朕来看你了。"

武媚睁开眼睛,看见李治,眼角就涌出了两股泪水:"陛下,妾命休矣！"

"爱妃何出此言,朕这就命太医为你诊治。"说着,李治来到外室问道,"昭仪究竟患何病,你速与朕奏来。"

淳于太医道:"启奏皇上,昭仪脉象有力、脉速均匀,乃无疾之征。"

"既是如此,为何不堪其苦？"

"微臣亦感奇怪。"

这时候,张尚宫近前禀道:"昭仪娘娘曾言,'此乃宫中有人诅咒所致'。"

淳于太医很不以为然,道:"微臣从来不信什么'厌胜'之术。"

"太医既是不信,却对昭仪的病不知,岂非昏庸？"李治闻言便有些不悦,转头问张尚宫道,"你可查出是何人所为？"

张尚宫迟疑片刻道:"清宁宫的李尚衣就在外边,陛下宣来询问便知。"

"那还不宣她来见朕！"

李荣出去不一会儿,就带着李尚衣进来了,但见她手里捧着两只布偶,其中一只上面还扎了几根针。李尚衣依照武媚的吩咐,将王皇后与柳氏请巫师作法之事详说了一遍。李治还没有听完,已脸色铁青,对着外面大吼一声:"传朕旨意,魏国夫人自今日起不得入宫,皇后不经恩准,不得离开清宁宫半步。命右领军郎将薛仁贵率领禁卫,前往清宁宫搜寻证据！"

武媚虽然闭着眼睛,但李治的话她一句不落地听了进去,皇上没有将皇后逐出清宁宫,这意味着什么？这说明他在废立之事上仍举棋不定。她胸口顿时觉得堵得慌,上不来气,长呼一声:"陛下救命……"

李治转身就奔向内室,紧紧抱住了武媚……

七夕前后,处在盛暑之中的长安忽然落了雨,从初一一直下到初六,初七凌晨云团才渐渐散去,到黎明时,已是一片晴朗了。

酒肆、店铺的店主们一边挂酒旗、店标,一边与邻店的同行说着话,都说这老天有情,偏在这七夕的日子放晴,好让牛郎织女踩着鹊桥去赴一年一度的约会,好让人间的女子在夜间的井台边聆听来自凌霄的情话。

太阳刚刚升起,空气中便散发出碧树、青草的味道。这时候,从城西开远门走来几个人,当前的是一匹铁色青马,后面是一辆车驾,上面坐着一位妇人,再就是几个随行的府役。

柳奭勒住马头,回望长安城门,眼里布满了忧伤。皇上是在朝会上贬他为遂州刺史的。对此,他没有感到意外,自武媚回京以后,他就知道这是迟早的事。他在内心埋怨姐姐糊涂,怎么受了"厌胜"之术的蛊惑呢?可就在昨夜饯行的小饮中,他释然了。既然是武媚设下的陷阱,那即便这次不被诬陷,必有新的风波在等着她们,她不取代王皇后是不会罢休的。

因此, 当柳氏对他的离京表示自责时, 他却以宽慰的语气道:"欲加之罪,何患无辞。姐姐不必自责,兄弟只有一句话,我离京后,皇后那边还要你多费心思,万不可触怒龙颜。"

柳氏含泪点了点头,就泣不成声了。

世事难料,荣衰就在一瞬间。从中书舍人到中书侍郎,从中书令再到吏部尚书,直至成为一个州刺史,永徽三年以来的经历让柳奭对宫廷的变幻莫测有了切肤之感。思来想去,自己不过是一颗棋子,主宰不了自己,也主宰不了别人。但是,当告别长安时,他确信这棋局背后的操盘手已成了武媚,不只是王、柳两家,他确信往后包括长孙无忌、褚遂良这些顾命大臣都会随着武昭仪的意志而沉浮难料。

但他柳奭毕竟不是长孙无忌,随着皇后的失宠,他已经顾不上考虑这些了,他更多的是关心遂州对于自己来说将意味着什么。从巴蜀回来的人说,那里江河纵横、土地肥美,可毕竟那曾是夷族聚居之地。从京城到遂州,要翻越一座终南山,往来不易,恐怕今生就要将骨骸丢在远乡了。

这时,从身后的车驾里传来夫人的埋怨声:"早知要受牵连,还不如有个百姓家的外甥女好。"

"糊涂!"柳奭回身看了一眼夫人道,"人不能昧了良心。如果不是蓉儿做了皇后,老夫能成为三省之长么?能做到吏部尚书么?现在蓉儿蒙难,你却说出如此不通情理的话来,说得过去吗?"

夫人闻言不再言语,西行路上只有马蹄敲打路面的声音,寂寥又单调。

第二天下午申时一刻,一行人来到岐州所辖的扶风,当晚在驿馆歇息,第三天早晨,岐州长史于承素便赶来送行了。

县官不如现管。扶风县令见长史前来，便一改前一天的冷漠，亲自在城中的"五凤楼"摆了酒宴，为两位州官接风。

人世炎凉，隔日恍若隔世，柳奭有说不尽的感慨。至于这位于承素大人，虽然他在任吏时见过名字，却没有见过面，柳奭猜想他大概是受命于州刺史，例行公事而已，孰料这位长史举杯时的一句话却让他十分感动。

"柳大人！所谓滴水之恩，当涌泉相报。下官虽与大人从未谋面，却是大人在吏部尚书任上迁为长史的。从京城来的友人告诉下官，柳大人多有美言。下官虽不才，然绝非落井下石之辈。请大人饮下此杯，公我就是朋友了。"

柳奭的眼睛发红，他冰冷的心因一句古道热肠的话而充满了温暖。他举起酒杯，"当"的与长史碰出声来，所有的话都随着酒意洒向内心深处。

酒阑席散后，两人都有些微醉，相携回到驿馆，柳夫人早早地睡了。于承素道："小弟仰慕仁兄久矣，既是嫂夫人安寝，你我不妨做竟夜之谈如何？"

柳奭闻言大喜，道："一切悉听贤弟安排。"

月牙儿很嫩，就挂在西边天际，黑魆魆的天空只有几颗稀廖的星星。驿令送来泡好的香茗，两人对坐而饮，不一刻，酒意散去，话也多起来了，长史问："想当年，仁兄在中书令任上，朝野瞩目，为何落得如此田地？"

"唉！"柳奭长叹一声，"真是一言难尽。"

"若是仁兄不以小弟为外人，不妨说出来，心里畅快些。"

柳奭眯起眼睛打量了许久，确信无须戒备时，才将武昭仪如何设局，皇后如何失宠，自己如何受到株连悉数说与他听。于承素闻言，唏嘘不止，连道宦海险恶，沉浮无定。

月牙儿早已在西天消失，不远处的农家传来雄鸡报晓的声音，两人才和衣睡去。不料刚刚入梦，就听见有人急促地敲门，柳奭昏昏沉沉地开门去看，却是随他赴遂州的老府令，他禀报说夫人昨夜受了风寒，现在已发烧咳嗽。

说话声惊醒了于承素，他忙来到柳奭面前说道："既是嫂夫人有病，仁兄也不必急于西行，扶风城里有几位名医，小弟命县令传来便是。"

柳奭忙谢道："如此真是感谢贤弟了。"

当下县令传来医家诊了脉，开了药，安排妥当之后，于承素才对柳奭说道："嫂夫人诊病诸事，小弟已吩咐县令尽职尽责。小弟尚有公务在身，不便奉陪了，还望仁兄海涵。"

柳奭忙作揖谢过："贤弟风尘仆仆赶来，为兄已甚不安，岂敢再误朝廷大事？你尽管放心回去，为兄待夫人病情好转，也便登程去了。"

然而柳奭没有料到,夫人这一病就是半月,尽管有丫鬟司药送膳,他也得早晚陪着。期间,再也没有见于承素前来探望。他也没有多想,只当贤弟公务繁忙。

这一天,医家又来为夫人复诊,言已经康复。柳奭一颗悬着的心总算是放了下来,他便准备去一趟县衙,一是表示感谢,二是打个招呼,准备启程。

进了县门街,县衙就在眼前。抬眼望去,只见衙门前多了许多京城来的禁卫,柳奭十分惊异,不知是哪家大人体察民情,到这小县来了?

柳奭正欲进去,孰料一衙役上前拦住道:"朝廷钦差在此,你速速离去。"

柳奭回道:"烦请通禀一声,就说遂州刺史柳奭求见。"

衙役听说是一位刺史大人,立时换了笑脸:"大人少待,待小人进去禀告。"

衙役去了片刻,出来后又换成冷脸道:"大人有令,命你堂前回话。"

柳奭如坠五里云雾,懵懵懂懂地跟着衙役进去了。二堂坐着三个人,除了县令,一位正是多日未见的岐州长史于承素,另一位他却比较生疏。

柳奭向三人施礼,他们仿佛视若不见,没有任何回应。他就越发不明白,转脸问于承素道:"贤弟何时到的,也不告知为兄一声?"

孰料于承素一改前些日子的慷慨热情,看他形同路人:"待罪之人,本官何齿于与你称兄道弟。"

"贤弟!你这是……"

没有等他再说下去,那位生疏的人站起来说道:"本官御史中丞袁公瑜,奉旨宣诏,柳奭接旨。"

柳奭来不及思考,就与于承素和县令跪倒在二堂,耳边传来袁公瑜的声音:"据岐州长史于承素举报,遂州刺史柳奭在赴任途中漏泄禁中之语,罪加一等,再贬荣州刺史。"

柳奭脑中"轰"的一声,一片空白……

当袁公瑜宣读完诏书,连道几声"柳奭谢恩"时,他才如梦初醒,纳头拜道:"谢陛下隆恩。"待起身时,他心中的愤懑终于无法抑制,狠狠地瞪了一眼长史,"既有今日,何须当初?"

于承素眼睛转了转道:"大人休怪本官,实不相瞒,本官奉昭仪密旨在此恭候多时了。若无当初,你又如何能道出心迹呢?"

柳奭不再说话,他觉得自己就像一条鱼,落入了一张很大的网中……

# 第十二章

## 仪秋宫敲山震虎　两仪殿生死相搏

七月流火，九月授衣。永徽六年的中秋节眼看就到了，从终南山头吹来的风早已没了夏日的酷热。一阵清风拂面而来，没有什么比之更惬意、更舒心的了。然而，境由心造。现在行走在咸阳原上的三位朝廷大臣，却从秋的风讯中领略到一种暗含的萧瑟和寥落。

秦时明月今安在？当年摄制四海的一代帝都咸阳已繁华不再，沦落为京兆府下的一个县。只有秦宫的废墟，在秋风中诉说着岁月的沧桑。长孙无忌的目光越过高原的秋云，久望着不远处的安陵，勾起了对这位惠帝的追忆，瞬间，他的目光湿润了。当年高祖刘邦驾崩之后，吕太后临朝称制，一切政事皆决于吕后，可怜刘盈郁郁寡欢，英年早逝。而眼前的大唐，也正处在存亡的关头啊！他忽然想起明天就是中秋节了，永徽二年，正是在这一天，皇上不顾他和褚遂良等人的劝阻，执意将那个武媚接回京城。转眼五年过去了，从册封昭仪到追封武士彟，从"谋杀公主案"到现在意图废掉皇后，真是一波未平一波又起。他不理解，为什么每一次武媚能都以胜者的姿态出现在皇上身边？难道自己果真年老迟暮了么？

长孙无忌回过头，看见褚遂良和长安令裴行俭的车驾跟在后面，就要驭手停下，自己干脆下车步行。他穿过安陵墓园的松林西行不远，就到了赵王如意陵。他不能不感慨吕雉的阴毒，虽然戚夫人被做成"人彘"，虽然刘如意在宫中遭到毒杀，但你看看，她做给活人看的这些伎俩何其精致，如意的陵墓高峨，丝毫不逊色于惠帝的陵冢。那么！眼下的武媚呢？他不敢多想。

他这次是应裴行俭的邀请一起来咸阳原郊游的，这裴行俭乃隋初光禄大夫裴仁基的次子，父兄被王世充杀害，他幸免于难，投奔秦王帐下，现在做到了长安令,官居五品。近来,他听闻皇上要立武昭仪为后,甚感不安。平心而论,他与武媚没有任何过节,只是在长安令任上去感业寺布施时遇到过这个女人。他也曾听说过她的一些传闻,心想如果这个女人成为后宫的主宰,那朝政还能皆决于皇上吗?

裴行俭明白,以他的资格根本不可能去劝谏皇上改弦更张。故而,他拣了这个秋天的日子,邀约长孙无忌和褚遂良出游。他要避开许敬宗、李义府等武昭仪的耳目,把心中的郁闷讲给两位大人听。

长孙无忌被裴行俭的刚直所感动,他欣然接受了邀请。望着如意墓头的青草,他重重的心事如这青草一样密密匝匝,以致他觉得胸口很闷,还隐隐疼痛——为着长眠在坟墓里的古人,也为了活在当今的世人。

褚遂良与裴行俭是在如意陵墓边的柏树林下车的,两人说起近来的朝事,也是愁肠百结。

裴行俭道:"社稷兴亡,匹夫有责,下官虽官卑职微,然一刻不敢忘记报先帝知遇之恩,更不愿意看到大唐江山毁在一个女人手里。"

褚遂良为裴行俭的凛然正气而感喟,也为自己在册封昭仪时的犹豫而自责,他接着裴行俭的话说道:"足下所言,我深有同感。此事责在臣下,而决在皇上……"

"大人明鉴!"

两人说着话,来到长孙无忌身边,他却没有发觉。褚遂良问道:"大人在想什么呢?"

长孙无忌转过身来道:"老夫想起了先帝生前常说的一句话,'以铜为镜,可以正衣冠;以史为镜,可以知兴替;以人为镜,可以明得失'。"

褚遂良道:"裴大人今日邀我等来这咸阳原,也是史镜人镜兼而有之。"

裴行俭接着道:"下官也以为现在之朝事,虽无临朝称制之忧,却有山雨欲来之势。"

长孙无忌朝前慢步,边走边说道:"就人镜而言,昭仪比之吕太后,恐怕是有过之而无不及了。"

褚遂良深表赞同,沿着长孙无忌的思路道:"就史镜而言,高皇帝去后之势,与先帝驾崩之后何其相似,荣衰都在女人干政上。我至今记忆犹新,册封武氏为昭仪时,皇上列举'房遗爱谋反案'中武氏所奏竟然与你我陈言一般无二,意在说武氏有治国之才。前些日子,皇上又当着我的面褒扬昭仪对高丽之战的见解与太尉相合。"

"因此老夫常想,这两件关乎社稷的大事,皇上究竟是采纳了武氏的奏言,还是听从了我等的谏言,亦未可知。"

裴行俭忧虑道:"现今武氏仅为昭仪,皇上已是言听计从,倘若真的做了皇后,那就……"

长孙无忌长叹一声道:"不堪设想。"

说着话已是日近正午,裴行俭道:"天色已近中午,不如下官命人找咸阳县令来,安排在城中用饭如何?"

长孙无忌拒绝道:"既是郊游,又有许多话要说,有个县令在身边反而不便。不如就在城中觅一家干净的酒肆,我等边吃边谈罢了。"

于是三人出了林子,乘车朝北而去,走了几里便从东门进了咸阳城。一路看着,三人不由得又是感慨万千。想当年咸阳作为秦皇兴业故地,东西四百里,南北二百里,渭水潆都,以象天汉;横桥南渡,以法牵牛。宫观二百七十,表南山之巅以为阙,何其博大沉雄。然而,一朝覆亡,排山倒海,项羽一炬,易为焦土了。

"秦之兴也勃,亡也忽,罪在赵高,失在二世。"褚遂良触景生情。

三人走到城中央十字路口,发现东北角有一家酒肆,上书"西去天阁"四字,门前站着几位门迎,竟然高鼻阔唇,卷发络胡,一看就是来自西域的商贾。褚遂良言道:"虽然膳食乃西域风味,店主却是我朝商贾,不过雇了些西域名厨。我在同州任刺史时,曾来此一游,应店主之邀,遂写了店标。"

长孙无忌道:"好!大人既是来过,那就是这里了。"

还没有进门,那几位西域胡人竟然用流利的长安话道:"三位楼上请。"

"楼上可有雅间?"裴行俭问。

"上好的雅间有的是,客官尽管上去就是。"

刚刚上了几级楼梯,就听见耳边传来一声热情的招呼:"哎呀!这不是褚大人么?什么风把您给吹来了?"

"金天爽风啊!"褚遂良笑着捋了捋胡须,把长孙无忌和裴行俭介绍给店家。听说太尉大人到访,店家立时满脸堆笑,连道贵人到了。

三人随店家登上二楼,拣了一间僻静的雅间落座。小二奉上菜谱,褚遂良笑道:"拣些西域风味的菜肴上来,酒嘛,就上长安玉液好了。"

店家命小二前去准备,自己则为三位大人上了好茶,他先斟一杯给长孙无忌道:"太尉大人有所不知,小店经营西域菜肴,因长安人不善食外来膳食,一度惨淡不堪。自褚大人写了店标之后,日日客满,生意兴隆,小人正不知道该怎样谢大人呢?好在上天把这个机会给了小人,今日的饭钱就算在小人账上。"

长孙无忌三人推辞了许久,终究架不住店家的热情,只好由他去了。

不一会儿菜上来了,竟然有一大盘西域的烤全羊,据店家说是用松枝烤的,鲜香扑鼻。还有西域的油炸食品,外焦内酥,咬一口余香不尽,其他几样菜蔬也都十分可口。店家向三人敬过酒后道:"三位大人慢用,小人还要招呼其他客人,就不奉陪了。"

待店主走后,酒过三巡,他们又接上了刚才的话题。

裴行俭道:"下官今天请两位大人来,也是为了躲开武氏的耳目,眼下最要紧的就是要阻止皇上改立皇后。"

"不瞒裴大人,老夫与褚大人连署的奏章已经递送到皇上那里,皇上就是压着不批,显然心生恼怒了。"

裴行俭闻言唏嘘不已:"如此义举,大人就该告知下官,也好帮衬啊!"

褚遂良呷了一口酒说道:"太尉也是为大人着想,不想牵连太多的人。"

裴行俭沉默一会儿后又说道:"下官听闻许敬宗、李义府等人也连署上奏皇上,请求册封武昭仪为皇后。"

"有这等事。彼等取悦武氏,蒙蔽圣听,竟然在并州武氏故里教唆百姓连署上书朝廷,唯恐天下不乱。"长孙无忌听到这话,显然十分生气。

褚遂良也摇了摇头:"可皇上高兴啊!大人只要看看朝廷近来的任吏,就不难看出皇上的心思了。皇上先是任韩瑗为侍中,改崔敦礼大人为中书令。接着,就任中书舍人李义府为中书侍郎、参知政事,这等于是与崔大人平分职权了。听说下一步皇上还要迁许敬宗为礼部尚书。"

长孙无忌叹息道:"许、李二人皆武氏党羽,陛下如此的安排,足见武氏气焰甚盛。"

褚遂良对此深表同感。

"绝不能让武氏图谋得逞,为大唐社稷计,太尉和右仆射当激流勇进,力挽狂澜。若要下官出力,下官万死不辞。"

裴行俭的慷慨陈词,让长孙无忌和褚遂良深受感染,三人不约而同地站起来,举杯相碰。然而就在这时,却听见门外传来店小二的说话声:"客官!您坐么?小人这就为客官上菜。"

来人摆了摆手,示意不要声张,偏那店小二没有眼色,高声说道:"客官是不是想进那雅间,不过那里已经有三位京城来的大人用了。"

　　褚遂良对来人不知深浅、干扰他们说话很生气,猛地拉开门,大声斥责道:"谁人在此高声喧哗?"

　　这一喊不要紧,褚遂良惊出一身冷汗。站在门外的不是别人,竟是御史中丞袁公瑜。他也很尴尬,上前施礼道:"大人……也到这里来了?"

　　褚遂良借着酒力,面露不悦道:"袁大人既是来了,何不进来同饮,悄声立于门外,这是何道理?"

　　"褚大人……下官也是偶然来此,不期与大人相逢,扰了大人的酒兴,罪过,罪过!"袁公瑜说着,仓皇失措地施了一礼,下楼去了。

　　褚遂良回到雅间,将前后经过说与二人,裴行俭惊道:"莫非我等所言,皆被这小人偷听去了?他一定是回去向武氏报信去了。"

　　长孙无忌不以为然,也毫不惊惧,欠了欠身子道:"如此小人,理他作甚?老夫就是要让武氏明白,只要有老夫在,她休想踏进清宁宫一步。"

　　"大人如此肝胆,我等亦愿肝脑涂地。"眼看时间不早,三人再度举杯相互砥砺。当晚,长孙无忌、褚遂良、裴行俭三人就在咸阳城中歇息。

　　八月十四夜间,正是冰轮渐次丰满之际,银色的月光从窗口投进来,淡淡地洒在地上,十分幽静。偶尔爽风从渭河吹来,三人便少了许多的睡意,于是就聚集在长孙无忌的房间品茗说话。

　　说起最近的几件事情,大家都感到十分郁闷。

　　本来六月间,柳奭被罢中书令后,皇上诏命来济任中书令,然而,他见废立举步维艰,遂要来济因隋制特置宸妃,位居一品。这样,皇后与武氏并立,后宫实为二主了。

　　褚遂良回顾了一下说道:"此事我也听说过。来大人以故事无之为由,劝阻皇上,终使皇上回心转意,罢了此念。"

　　裴行俭接着道:"来大人此举显然获罪于武氏,仅仅做了两个月的中书令就离任了,崔敦礼大人继任了中书令。"

　　褚遂良道:"崔大人为人正直,我等倒也放心。"

　　长孙无忌听着听着,不禁笑了:"依老夫观之,现在门下、中书、尚书三省皆廉官主事,武氏要想取而代之实非易事。"

　　话虽如此,可他们三人仍以为不能掉以轻心。长孙无忌打算回京以后,由裴行俭上疏极言废立之害,再由他和褚遂良直接面君,力劝皇上。

　　更漏过了子时,三人才分别休息,送走二人,长孙无忌索性不睡了,枕着渭水的涛声,他思谋起回京的举措来。这一次,是绝不能输给武媚了。

一声鸡啼，东方渐露晨曦，又是一夜不眠。长孙无忌自嘲，说是出来郊游，倒比在京城更累，这不，刚刚躺下，他脑际中又浮现出袁公瑜的面容。

哼！他一定是受了武氏的密遣，追踪他们来了……

长孙无忌没有猜错，大约在辰时二刻，袁公瑜已坐在仪秋宫的大殿里向武媚奏事了。

武媚先是对他的岐州之行给予了褒扬："大人暗遣岐州长史探听柳奭心机，有功于朝廷，我当奏明皇上，擢拔大人。"

"谢娘娘恩典。臣仗义执言，就因为长孙老儿等把持朝政，意图挟持皇上，臣愤愤不平，忠贞之心，上苍可见。"袁公瑜连忙离座谢恩。

武媚看着眼前的御史中丞一副谄媚的表情，甚觉厌恶，不过在眼下，这个人还用得上。在示意他喝茶之后，武媚又问道："近来那干人还有何动静？"

袁公瑜回道："娘娘就是不问，微臣也要禀奏。"

"哦？"闻言，武媚立即坐正了身子，"说来听听。"

于是，袁公瑜就将在咸阳城中的所见所闻述说了一遍，末了，他义愤填膺道："长孙老儿、褚遂良且不说，裴行俭算个什么？一个五品的长安令，竟敢目无皇上和娘娘，岂非自不量力么？"

武媚嘴角撇了撇道："看来这个裴行俭在京城待得太久了，不晓国事民情，我欲让他去京外历练历练，你觉得如何？"

昭仪娘娘把话说得如此肯定，令袁公瑜非常吃惊。

三天以后的朝会上，李治果然诏命裴行俭任西州都督府长史。不要说长孙无忌、褚遂良等人，就是门下、中书、尚书三省之长事前都一无所知。口谕之后，李治严令中书省拟定敕命，责令裴行俭尽快离京，不可在京城延宕。说这些话时，他一直板着脸，没有一丝笑容。

许敬宗这回算是真正感受到了昭仪的果断和她在皇上心中的位置。

出了太极殿，李义府迅速追上许敬宗，小声问道："许大人对今天的朝会如何看？"

许敬宗小声回道："依我看来，皇上这是第一次打破了'五花判事'的惯例，把三省撇在了一边。"

"依皇上的性格，会如此独断么？"

"皇上性淳温厚，我以为此意皆出于昭仪，不过是借皇上的口说出来罢了。"许敬宗无意间回头，发现长孙无忌和褚遂良就在身后不远处，于是他用手暗示了一下,加快了脚步,顺口放出了一句话:"昭仪此乃杀一儆百之术,打在裴行俭的身上,却是痛在那帮老朽的心上啊!"

长孙无忌和褚遂良与许敬宗的看法一致。

褚遂良不无忧郁地说道:"'五花判事'一旦破了,武氏将无治矣!"

长孙无忌接道:"依老夫看来,用不了几天,皇上就会提出废立之事,此乃你我最后一搏,否则他日到了泉下,我等无颜见先帝了。"

"只是裴大人做了鱼肉,甚是冤枉。"

长孙无忌没有接褚遂良的话,他的心里很乱,他没有想到,事情会如此快地演变成今天这个结局。他在心里怒骂袁公瑜为人奸诈,发誓有一天要用他的头来为忠良报仇。

裴行俭没有参加太极殿的朝会,当他从褚府府令那里获知自己被外放西州后,没有丝毫的惊诧。从那天在"西去天阁"与袁公瑜遭遇后,他就想到了今天的结局。因此第二天,当李荣前来宣读皇上诏书的时候,他很平静地接受了这个现实。

作为太监,李荣不好对此事有什么议论,但他还是对裴行俭表示了深切的同情:"此去西州,山高路远,大人有话,咱家可以代奏陛下。"

裴行俭道:"谢陛下隆恩,戍边卫国,乃朝臣之责;臣之事君,若子之事父,故臣当赴戎机,绝无滞留京都之意。"

"大人好自为之。"李荣的眼睛有些湿润,说完就转身回宫去了。

两天以后,咸阳原上,长孙无忌、褚遂良、韩瑗、崔敦礼都来为裴行俭送行。一个五品官有这么多大人来送行,他很感动,想柳奭当初离京时的形单影只,抑郁的心境获得了少许的慰藉。

西州是贞观十四年(公元640年)大唐灭掉麹氏、高昌国后设置的州,远在天山以东,距京城长安万里之遥,沿途要经过西域诸藩国,天气变化无常,免不了风餐露宿。说是到那里去赴任,无异于流放,长孙无忌一想到他是代自己受过,心里就很不好受,想安慰几句,却是不知从何说起,只有借酒表达心境:"虽说是同品奉调,可毕竟不比京城,请大人饮了这杯,也好壮行。"

裴行俭理解长孙无忌话里的意思,忙起身举杯相碰道:"谢大人。好在下官本就是行伍出身,年轻时就戎衣被身,志在边陲。此去正好遂了心愿,也算是任当其所吧!各位大人不必牵挂。"

褚遂良说道:"同是赴边,境有不同,大人此行皆因废立皇后而遭池鱼之殃,我想起来总是心中不平。"

想着几个月的朝事纠葛，长孙无忌眼睛有些发热："陛下为晋王时，长孙皇后殡薨不久，老夫看着他长大。善读书，知礼仪，宽仁、敦厚，岂可有此离经背道之举，若是老夫没有猜错，此必武氏于陛下面前谏言所致。"

其实，大家也明白这个情势。倒是裴行俭即将西行，却也心事重重："为臣者当以国之忧为己之忧。下官最担心仍然在于废立大计，圣朝安危，在此一举。"

他的情绪深深地感染了韩瑷，他慨然举酒，那话就从舌尖上滚动了："大人尽管放心前去，本官绝不会因私废公，置社稷安危于不顾。纵血溅两仪殿，也绝不让武氏图谋得逞。"

崔敦礼也站起来，话语中也带了悲壮："有太尉坐镇，三省联手，必能力挫武氏野心，卫我大唐社稷。"

于是，五人又杯盏相撞，长孙无忌用一句话做了结语："他日大人荣归，若是老夫骨骸尚在，定在'西去天阁'摆酒为大人接风洗尘。"

日色过午，裴行俭上马时有些踉踉跄跄，崔敦礼急忙上前搀扶。他拦住崔敦礼，顺口就吟出了一首诗：

> 飒飒风叶下，遥遥烟景曛。
> 霸陵无醉尉，谁滞李将军。

长孙无忌很吃惊，他竟在醉乡中引出了自己早年游灞桥时的诗句。那时候，他正当盛年，雄心万丈，转眼已是华发霜鬓，只有这诗，还能够让他回到酒酣胸坦的岁月。长孙无忌的泪水止不住地涌了出来，泪水模糊中说了一句："大人等等。"

众人转头看去，只见长孙无忌三步并作两步地走到路边，折了一枝渐渐发黄的柳枝，来到裴行俭面前道："带上这柳枝，长安就在大人心里了。纵是千山万水，难隔思乡之情。"

韩瑷见长孙无忌赠了柳枝，忙弯下身子用丝绢包了一抔黄土道："这一抔土大人带上，撒在西州的土地上，故里就在身边。"

褚遂良也很动情，遂从袖中拿出一幅卷轴："我就赠大人一幅字——关山飞度，请大人收下。"

崔敦礼忙解下腰间的青锋剑，双手捧上："请大人带上这把青锋剑，为大唐建功立业。"

　　众人一一告辞,褚遂良道:"送君千里终须一别,还是让裴大人上路吧。"

　　于是,裴行俭辞别众人,扬鞭打马朝卫队追赶而去,在他的身后,卷起团团烟尘。

　　长孙无忌等四人的心里都觉得空落落的,一时没有话说了。还是崔敦礼打破了眼前的沉寂:"各位大人,裴大人走远了,可是我等还任重道远啊!"

　　众人不由得默默地点了点头⋯⋯


　　九月,天渐渐清凉下来的时候,朝廷改任卫尉卿许敬宗为礼部尚书。

　　许敬宗明白,这一切都是武昭仪从中举荐的结果。朝会一结束,他就进了仪秋宫,一进门就跪倒在地道:"谢娘娘恩典。"

　　武媚却没有他那样兴奋,她放下手中的书,要许敬宗在对面坐下喝茶:"感谢什么?你们就知道说好听的,只打雷,不下雨。我是白疼你们了!"

　　许敬宗唯唯诺诺,不发一言。

　　"那个裴行俭离开京城了?"武媚又问道。

　　许敬宗点了点头:"微臣正要禀报这事呢。听说侍中韩瑗、中书令崔敦礼都跟着褚遂良和长孙无忌到咸阳西送行了。"

　　"兔死狐悲,古今常理。"武媚吹了吹浮在水面的茶叶,脸上露出轻蔑的笑意,"哼!一个五品官,竟然想与我为敌,找死!"

　　许敬宗谄媚道:"微臣明白,娘娘这是做给长孙老儿看的。"

　　一听这话,武媚立即严正地说道:"事关社稷安危,我岂能被私情所扰。"

　　"微臣才疏学浅,不知娘娘韬略,请娘娘恕罪。"许敬宗闻言吓得忙道。

　　武媚不接许敬宗的话,把话题转了:"下一步你等将如何做?"

　　"微臣已鼓动京内外诸多大臣再次连署上奏皇上,请求废掉王皇后。"

　　"我也不是非去做皇后,只是臣民拥戴,我也是盛情难却。"

　　许敬宗立即明白了武媚的意思,他赶忙接道:"娘娘不说,微臣还忘了,臣已经向皇上禀奏,除了并州,李义府、崔义玄、袁公瑜诸位大人的故里百姓数十万人也上书皇上,请求娘娘荣登椒房。"

　　闻听此言,武媚满意地点了点头道:"我心怀社稷,天日可鉴。我大唐百姓,心系社稷,倒比那几个迂腐之人强多了。我就是要让长孙无忌等人看看,皇后不仅能治理好后宫,亦能辅佐皇上光大大唐基业。"

　　许敬宗立即恭维道:"以娘娘之才,岂止能辅佐皇上,就是坐上龙位也必能让天下臣服,遐迩来仪。"

听了此言，武媚在心里笑了，但脸上却是顿然变了色："刚刚做了礼部尚书，你就如此放肆，我何时要做皇上？此话传将出去，你都不知道是怎么死的。记住，陛下乃九五之尊，如果有人觊觎皇位，我会让他死得很难看。"

许敬宗的心一阵阵地收缩，忙不迭跪倒在地道："微臣知罪！微臣知罪！"

"起来吧！知错就行了。"武媚轻蔑地望了一眼许敬宗，立时换上一副笑脸，"爱卿不是有个儿子外放岭南了么？有信来么？"

许敬宗的心这才有了些微的松弛，忙回答道："犬子有信来了，言说岭南地广人稀，不堪其苦。"

武媚"哦"了一声说："让他忍耐些，有机会我自会禀奏皇上，召其回京的。爱卿是聪明人，该做什么不用我细提。你下去吧！"

出了仪秋宫，许敬宗整个人都软了。他觉得武昭仪真是捉摸不透，一转身就变了脸，往后去该处处谨慎了。

重阳节是朝廷法定的"三令节"之一，李治口谕停朝三日，官员纷纷出城登高。许敬宗也早早地协同宗正寺安排皇上和武媚去咸阳北原登高了。

第二天，李治与武媚游历谷口。他们站在大坝旧址，望仲山岚浮翠绕，葱茏蓊郁，滔滔泾水从谷底淌过，流入关中。遥想当年秦皇任用郑国凿谷口，通渠水，李治不由感慨万千，随口咏诵道："郑国在前，白渠起后，举臿为云，决渠为雨。泾水一石，其泥数斗。且溉且粪，长我禾黍。衣食京师，亿万之口。"

武媚在旁听了道："秦皇凿郑国渠，汉武开白渠，虽利在百姓，然则，俱往矣。陛下选贤任能，必能再造皇皇新业，岂秦皇汉武所能比乎。"

这话李治听起来很顺耳，他禁不住就牵住武媚的手，登上一道高坡道："知朕者，昭仪也。"

但接着武媚就说出了一番让李治很吃惊的话："永徽政行六年，何以踟躇不前，陛下想过没有？妾近日夙夜思索，陛下正当盛年，踌躇满志。然身边都是前朝老臣，处处掣肘，何时才能复兴贞观盛世？"

话说得太突然，李治没有丝毫准备，一时也不好回答，他回头看了看武媚，没有说话。

"国之兴者，在人，陛下身边所需者，不是倚老卖老之徒，乃年富精进者也。依妾看来，许敬宗、李义府这些朝臣皆兴国之大才，治政之栋梁，却常常为一班老臣所排挤。陛下若能大用，何愁朝纲不振？"

许敬宗在后面跟着，闻言心中窃喜，看来，这回真是跟对了。

然而，武媚接下来提出的问题却让李治十分为难。她朝李治飞了一个媚眼,不无撒娇地说道:"陛下!妾想听听朝臣们议政,不知可否?"

"这……"

"陛下!"武媚用肩膀蹭了蹭李治。

"不可!后宫不干政乃我朝规制,母后犹不敢越雷池半步,何况昭仪乎?"

"昭仪!昭仪!皇上除了记得妾是昭仪外,还记得什么?皇上若是看妾不顺眼,干脆发回感业寺得了,岂非眼不见,心不烦了?"武媚说着,眼里就泪花蓬蓬的。

李治的心就被这一抔泪水泡软了,他伸出手为她擦眼泪,武媚一扭身子,喉咙里就传出饮泣:"陛下总说爱妾,可就是……就是……"

"好了!你容朕想想。"过了一会儿,李治终于说话了,"太极殿爱妃是绝对不能去的。朕就在两仪殿设一帘幕,朕与群臣议政,爱妃就在帘后静听,若是有何针砭,待众臣退下后言之如何?"

武媚的脸上这才有了活泛的气象。也好!有了第一步,就会有第二步,总有一天,她会坐在朝堂听臣下奏事。于是她转哭为喜道:"谢陛下。"

"你呀!"李治爱怜地看着武媚,无奈地摇了摇头。

许敬宗和李荣都不知道刚才什么事让娘娘流泪,皇上又是用了什么法子让娘娘破涕为笑的。见两人重归于好,他俩的情绪也跟着轻松了许多。他们并不知道,从这一刻起,李治已打定主意,不管遇到多大阻力,回京后都要完成废立大计。

重阳节后第一次朝会后,李治召长孙无忌、李勣、于志宁、褚遂良等到两仪殿。

出了太极殿,去两仪殿的路上,褚遂良对几位同僚说道:"今日陛下之召多为中宫,上意已决,逆之必死,我起于草茅,无汗马功劳,致位至此,且受顾托,不以死争之,何以见先帝?"

"大人此言差矣!老夫深受国恩,先帝临终之言,言犹在耳,皇上竟然忘却旧事,遑论追远。老夫今日进了两仪殿,并未有全身而退之备。"长孙无忌也决然道。

"太尉此言差矣。太尉乃陛下元舅,不可使陛下落下诛杀元舅之名。"说毕,褚遂良看了看太子少师于志宁,他低头不语。

看得多了,于志宁便道:"褚大人看下官作甚?下官老迈,唯各位大人之见是从就是。"

褚遂良又望了望李勣问道:"司空为何无言?"

李勣不答话,却上前向长孙无忌施了一礼道:"下官老疾又犯,眼前天昏地暗,难以自持。废立之事有劳各位大人,下官先回府去了。"

褚遂良上前拉住李勣道:"两仪殿就在前面,大人此时退出,甚为不妥,还是与我一起进殿奏明皇上,传来太医,与大人诊治即可。"

李勣抬起头问道:"大人说什么,下官为何听不见呢?"言罢,他推开褚遂良,跌跌撞撞地出宫去了。褚遂良明知他在装病,却又无法当面揭穿,只好快快不乐地望其远去。

长孙无忌将这一切看得清清楚楚,遂劝道:"褚大人理他作甚,他是官做得越大越惜命。"说罢,转身就进两仪殿去了。

褚遂良、于志宁见事已至此,也不敢怠慢,跟着长孙无忌的脚步进去了。

三人进了殿门,很快就发现这议事的大殿有些异样,皇上的龙位背后多了一道青竹做的帘幕,里面黑乎乎的,褚遂良遂问道:"陛下!这是……"

李治摆了摆手说道:"不干你等之事,何须细问?"

三人手持笏板,齐刷刷跪倒在地道:"微臣参见陛下。"

李治挥了挥手道:"罢了,平身赐座。"

武媚藏在帘幕背后,看着三人落座,在心里埋怨皇上太软弱,太顾及顾命大臣的情绪,心想她要是皇上,直截了当拟一道诏书,费什么口舌。这时候,李治又说话了:"今日召诸位爱卿来,依旧是老问题。皇后无子,朕今欲废之,立武士彟之女,大家以为何如?"

三人相互看了看,没有说话。李治就有些不悦:"召你等来,却不说话,这是何道理?如无禀奏,朕将命中书省拟定诏书,颁行天下。"

武媚暗中赞道,早该如此。

"不!臣有话说。"褚遂良抬起头面向李治,语气十分庄重,"皇后乃名门之后,先帝为陛下所娶。先帝临崩,执陛下手对臣说:'朕佳儿佳媳,今以付卿。'此陛下所闻,言犹在耳。皇后无过,岂可轻废?臣不敢屈从陛下,上违先帝之命。"

"你……"李治心中恼怒,却是无从发火,怒道,"武氏有过乎?回京以来,为朕生下二位皇子,功在社稷,难道不可以立么?"

"皇上如此说,无异于让先帝蒙羞?"长孙无忌从座上站起来,话音中就带了严厉,"武氏经事先帝,众所俱知,陛下纵可以掩人耳目,难道可以瞒过上天么?万代之后,史书将何谓陛下?"

李治顿时满脸通红,额头淌下了一溜汗珠,尴尬、愤怒、无奈都写在了脸上。至于武媚，尽管躲在幕后，然而长孙无忌的话却如钢针，刺在了她心里的最软处。她意欲开口，却因事先的约定而只能暗暗地将牙咬得"咯咯"响。

台前幕后的李治与武媚正在难堪中，偏偏褚遂良又接着说道："陛下必欲废后，伏请妙择天下令族，何必武氏？"

李治被逼到绝处，发了狠话："朕是非武氏不立。你等从之则生，逆之则死。何去何从，卿等思之。"

孰料平日里温文尔雅的褚遂良这回却摆出一副不怕死的架势，他将手中的笏板放在阶陛上，干脆脱了冠冕，头在地上磕得"嘣嘣"直响，不一刻，就满面污血。

"臣今忤逆陛下，罪当伏诛。"褚遂良伏地而泣，泪水伴着血水染红了大殿的地砖，声声句句直指李治的心，"臣既不能承先帝之托，又不能屈从陛下，这顾命大臣徒有虚名，倒不如还了陛下的笏板，陛下下一道诏命，放臣回乡罢了。"

大殿里每一个人都因为褚遂良的洒血乞归或吃惊，或无奈，或愤怒，或惭愧。李治也很吃惊，他完全没有想到褚遂良会如此固执，他甚至想干脆一刀斩断君臣情缘，然而，太宗皇帝临终的遗言让他无法循着自己的意志。

于志宁也很惭愧，他低下了头，忽然觉得自己真的老了，当年在凌烟阁时的那种豪气被岁月磨光了，当年与诸位同僚相约的誓诺已在一场场的风波中丢失了。当武媚在他的眼前一步步地实现目标时，他甚至以"天意"为自己的不作为做借口。然而，此刻褚遂良让他感到无地自容，但他没有勇气站出来辩护，只在心里默默祈求皇上开恩，赦免褚遂良的冲撞。

因褚遂良面对皇上置生死于不顾而怒火中烧的还是武媚。这就是当初坐在前厅里与自己切磋书艺的褚遂良么？这就是追封父亲武士彟时通情达理的褚遂良么？武媚终于明白，他实是无为而无不为。这样的人，多在世界上留一刻，自己就多一个劲敌。她忘记了与李治事前的相约，怒不可遏地大声喊道："何不捕杀这獠！"

这个武媚！不是让朕难堪么？李治在心里埋怨着，干脆转过身去，不再理会褚遂良。

武媚的声音让几位大臣惊呆了。尤其是长孙无忌，他久久地看着那面竹帘，心想皇上是从什么时候允许武氏暗中窥听大臣们议事的。他意识到事情的严重，已顾不了许多了，当务之急就是阻止皇上对褚遂良动杀机。情急之中，他几乎不假思索，对着竹帘喊道："褚大人受先朝顾命，有罪不加刑。"

李治又一次气馁和无奈,对身后的李荣道:"带褚遂良出去。"然后他颓然地坐进龙位,对长孙无忌等人挥了挥手,"你等也退下。"

几位大臣刚刚退出,武媚就从帘后出来问道:"皇上为何不下旨杀了他?"

"你是要朕冒天下之大不韪么?若是杀一个褚遂良就能让他们屈从,朕早下旨了。"

武媚叹一口气道:"陛下如此瞻前顾后,如何摄制天下?"

"你们是要逼死朕么?你也下去,朕想一个人静一静。"自从感业寺回到京城,李治第一次对武媚发了脾气。

然而,两仪殿的风波并未平息,第二天韩瑗又掀起了一波激浪。

自与裴行俭作别后,连日来韩瑗的心情一直无法平静。一个五品的长安令尚有勇气为社稷挺身而出,自己作为三省之长岂能对朝纲大事熟视无睹。他忘不了临别时裴行俭的目光,他认为绝不让远行之人失望。过了重阳节第一天朝会后,他直接到两仪殿觐见皇上,请求撤除废立之议。李治大怒,喝令他退下。可韩瑗并没有打算退缩,第二天又去进谏,李治干脆不见。第三天,韩瑗不再求见,干脆写了一道奏章,极言废立之危害——

匹夫匹妇,犹相选择,况天子乎!皇后母仪万国,善恶由之,故嫫母辅佐黄帝,妲己倾覆殷王,云:"赫赫宗周,褒姒灭之。"每览前古,常兴叹息,不谓今日尘黩圣代。作而不法,后嗣何观!顾陛下详之,无为后人所笑!使臣有以益国,菹醢之戮,臣之分也!昔吴王不用子胥之言而麋鹿游于姑苏。臣恐海内失望,荆棘生于阙庭,宗庙不血食,期有日矣!来济上表谏曰:"王者立后,上法乾坤,必择礼教名家,幽娴令淑,副四海之望,称神祇之意。"是故周文造舟以迎太姒,而兴《关雎》之化,百姓蒙祉;孝成纵欲,以婢为后,使皇统亡绝,社稷倾沦。有周之隆既如彼,大汉之祸又如此,唯陛下详察。

李治看后,良久不语。韩瑗将武媚比作妲己,他从内心不能接受,然则一句"作而不法,后嗣何观"却让他无言以对,他不能不对后人的评价有所顾忌。因此,他索性将奏章置之案头,不再理会。

褚遂良回到府上疗伤,长孙无忌称病不参加朝会,韩瑗、崔敦礼据理力争,许敬宗、李义府等人推波助澜,朝会上针锋相对,常常在吵闹中散朝。

事情的发展犹如中流遭遇礁岩,浪涌波激,李治一筹莫展。武媚心急火燎,不断地召见许敬宗、李义府等人,责备他们办事不力:"我在皇上面前屡屡进言,擢拔你等,你们却连几个苍迈老人也无可奈何,将来还怎么辅佐陛下治国理政?"

许敬宗一边听着武媚的指责,一边思虑峰回路转的途径,忽然脑际一亮道:"微臣记得那日陛下传几位顾命大臣时,原本也是传了李勣的,不料中途他旧病复发,回府去了。"

经许敬宗这么一提,武媚也想起来了,她那天的确没有见到李勣。

"娘娘,他究竟是真病了呢?还是故意装病?"许敬宗故弄玄虚道。

"嗯!爱卿所言不无道理。依我看来,李勣必是与长孙老儿政见相左,故意托病罢了。"武媚想着想着,眼里就晶亮闪烁,眉宇便悠悠颤动,"看来是该奏请陛下召李勣来问一问了。"

第二天早朝,李治闭口不再提"废立"之议。兵部上书禀奏,说右卫屯大将军程知节从葱北道来报,征讨西突厥沙钵罗可汗大捷。随即,李治诏命遣使前往劳军。

此事一了,户部尚书高履行出班禀奏道:"入秋以来,京外连降大雨,冲毁道路多处,陆运不通,京师米价暴涨。臣请开仓放米平抑物价,请陛下定夺。"

李治回应道:"京城民心,关乎社稷,传朕旨意,从府库中出米粟,平抑市易。"

接着工部尚书禀奏,说洛州大雨,冲毁了天津桥。

李治道:"如此灾情,就由工部拨款修桥,严令洛州刺史督办。"

韩瑗站在丹墀之内,看着李治一件件地处理朝政,颇具太宗气象,就愈不能理解他为何在立后一事上不知回转。因此他决计等退朝之后就到两仪殿,奏请皇上批阅前几日的奏章。

然而,李治没有传他的意思,却听见李荣尖细的声音叫道:"陛下有旨,李勣到两仪殿觐见。"

韩瑗失望地出了太极殿,步子显得有些迟滞。他虽然猜不透皇上传李勣所为何事,但他料定与废立之议脱不开干系。他忽然惊异地发现,自皇上提出要废王皇后,立武氏以来,就没有见李勣说过一句话。他心里没底,不知道李勣会对皇上说些什么。他正心猿意马地想着,却听后面传来了脚步声,他回身一看,却是礼部尚书许敬宗。

许敬宗满脸堆着笑:"大人为何在此徘徊?"

"本官是想起了一件事,故而……"

许敬宗狡黠地眨了眨眼睛道:"听说大人就废立之事陈情皇上……"

闻言,韩瑗的脸色顿时严肃了:"上朝奏事,乃臣下尽忠之责,不妥么?"

许敬宗干咳了两声道:"非也!可下官以为,田舍翁多收十斛麦,尚欲易妇,况天子欲立后?他人又何必妄生异议呢?"

"许大人这是什么话?两者岂可等同?"

"没什么意思。下官只是说了些识时务之言,请大人斟酌。"许敬宗说罢,不等韩瑗回答,就转身离开了。

"如此,则与狗彘何异?"韩瑗看着许敬宗的背影骂道。

# 第十三章

## 英国公一言破局　武皇后凤翼展翅

从太极殿到两仪殿的路并不长，但李勣却用了比往常更多的时间才走完。有几次，眼看到了殿门前，他又折回去了。可一想到皇命如天，他就为自己的犹豫而惭愧、自责。他的这种难堪，从围绕要不要召武媚回京就开始了。永徽二年六月的户县、杜陵之行，他主动请见李治，转奏长孙无忌等人以立李忠太子为条件而同意武媚回宫的谏言，在很长时间里，他被同僚们私下非议，很是纠结了一阵子。现在，他又面临新的抉择。要么跟着长孙无忌等人走，坚决反对立武媚为皇后；要么顺着皇上的意思，不惜得罪同僚，站在许敬宗、李义府等人一边。他在心里埋怨自己，怎么越老越胆小怕事了呢？

他不是先帝临终选定的顾命大臣，却是当朝资质最老的朝臣之一，皇上每临大事又偏要把他拉进这些人中间。他至今忘不了永徽元年，当他被刚刚登基的皇上从叠州任上召回京城时，君臣之间在两仪殿里的那一次谈话。

"朕初承宏业，百废待举，爱卿在先帝朝时，被称为纯臣，还请为巩固大唐基业尽股肱之力。"李治当时显得十分诚恳。

李勣闻言十分茫然，他是"纯臣"么？长孙无忌乃太子元舅，自不必说，褚遂良凭什么就能成为顾命大臣呢？论资质，他二十三岁归唐，一直不离高祖和太宗左右，不曾有过任何的离心叛道之举；论功劳，他跟随太宗参与了讨伐刘武周、王世充等多次战役；太宗朝，他与李靖负戈被甲，先后多次征讨东突厥，平定北地，血染战袍。又在高祖兴业故地并州任都督十六年，被朝廷视为"称职"，入朝以后，先后任太子詹事、同中书门下三品，并被高祖赐姓"李"，这样的"纯臣"为何在太宗临崩之际，就忽然不纯了呢？难道皇上封他为英国公，仅仅是为了安定他这个异姓重臣的心么？

作为一代功臣，李勣出京拓边不是第一次，可唯有这次赴叠州，他是怀着千万纠结的。在叠州的日子，他反复思虑过半生的沉浮悲欢，唯一能够说服自己的理由就是"仕途险恶，宦海无常"。

再次回到京城时，他已五十九岁，当年的雄心豪气早已在岁月的烟尘中散淡，建功立业已是昨日梦幻。他打定主意，要以平静的心去看待纷纭朝事，为子孙求一个平安的处境。但这些事他只能藏在心里，当着皇上的面，他回道："臣虽老迈，然忠唐之心不改。陛下垂爱，臣谨记在心，不敢懈怠。"

在以后的日子里，他总是勤勉的，只要是皇上的旨意，他都尽职尽责地去办。

他对当今皇上也有着深深的感恩，永徽四年（公元653年），皇上命人为他画像，并且亲自为序：朕以绮纨之岁，先朝特以委公，故知则哲之明，所寄斯重。……茂德旧臣，唯公而已。

每每想到这些，李勣总是心潮起伏，不能自已。

当李荣站在殿门口焦急张望的时候，李勣最终做出了抉择，他迈开步子，进了两仪殿。

李治对李勣的到来表现出由衷的喜悦，不待他下拜，就上前扶道："老爱卿到了，快快请起。赐座。"

待李勣坐下，李治又道："听说老爱卿老疾发作，朕忙得都没有顾上！此朕之过也。"

一听这话，李勣很感动，也很不安："臣些许小恙，何敢劳陛下顾念。陛下牵挂微臣，臣不胜惶恐。"

"朕召爱卿前来，想必你已清楚何意。"

"微臣愚钝，请陛下明示。"其实，李勣内心是清楚的，不过，这话由他说出来，总觉得不好意思。

"朕欲听听老爱卿对废立之事的谏言。"

"这……"

"爱卿不必顾忌，心所思之，口即言之可矣。"

李勣沉思片刻，捋了捋胡须道："臣以为此乃陛下家事，何必问外人？"

"哎！还是老爱卿明白！"李治没有想到，皇上还没有开口，倒从竹帘背后闪出一人来，他定神一看，却是武媚。

李勣忙道："不知昭仪娘娘在此，微臣多有得罪。"

武媚一脸的笑意，从丹凤眼里溢出的每一寸目光都是温暖和真诚的：

"我素闻老爱卿识大体,顾大局,今日一见,果然如此。"说着,她就转过身来对李治施了一礼,"陛下!李勣功在大唐,妾以为应该多加封赐才是。"

李治应道:"爱妃言之有理,朕明日就口谕吏部办理。"

李勣是个聪明人。皇上该问的话问了,自己该说的话也说了,再留在这两仪殿就显得没有必要了。他起身准备告辞,武媚见状,又提醒皇上道:"前些日子老爱卿老疾复发,陛下何不传了太医为他诊治一番,也好彰显陛下体恤臣下之德。"

李勣忙谢道:"区区小疾,娘娘的盛意臣心领了,臣还是回府治疗吧!"

"老爱卿这就不对了,赏功罚过,自古亦然。老将军戎马一生,宏绩卓劳,本朝能比肩者庶有几人?陛下垂爱老臣,您就领旨谢恩吧!"武媚笑道。

李勣越发尴尬和不安,前日分明是装病,现在倒弄巧成拙,若是太医查出无病,不唯成为朝野笑柄,也难逃欺君之罪啊!他决计坚决离开,忙跪倒在李治和武媚面前道:"谢皇上隆恩,只是臣的病经过治疗已经好了,臣这就告辞了。"

李治看李勣坚决要走,也就随口说道:"既然如此,朕也不多此一举,老爱卿回府吧!"走出两仪殿,李勣擦了擦额头的汗水,真的有了一种说不出的不适,他在心里问自己,刚才在皇上面前的态度是否错了。纵然废立是皇上家事,可两仪殿是什么地方?那是皇上与臣下议决军国大事的地方,怎么可以在竹帘背后藏一个女人呢?即便是先帝,也不敢有此逾制之举啊!唉!这是怎么了……

望着李勣离去的背影,武媚眼中就流露出得意的笑意:"果然不出所料。"

李治见此十分好奇,就问道:"爱妃在说什么?"

"陛下不知道吧?前日陛下召长孙无忌、褚遂良,还有李勣几人到两仪殿,妾在竹帘后没有看到李爱卿,就情知他不愿意与那帮人同流合污。刚才他坚辞不让诊脉,正好证明了妾的猜测。"

唉!这究竟是怎样聪明的一个女人啊!李治在心里感叹。待他回身看去,却发现武媚正在翻看奏章,她抬头时,两人目光撞在一起。武媚静静地看着李治,眼圈就红了:"陛下,您瘦了。"

一句话,李治的心就热了。聪明的女人总是能从细微处发现男人的变化。

"唉!知朕者爱妃也。近来为了废立大计,朕心力交瘁……"

武媚立即明白了这话的意思，她干脆把这层纸给捅破了："本朝能臣如云，何必在乎那几个老臣，该动纲纪就要动,方显陛下之威。"

"唉！朕又何尝没有觉得他们的掣肘呢？可先帝有遗旨,朕……"

闻言,武媚就笑了："陛下无须违背先帝遗旨,只需把他们外放出京即可。陛下眼不见,心不烦,彼等也免得看见姜心堵。"

"此事干系重大,容朕周虑之后再说。"

"谨遵陛下旨意。"武媚了解李治的性格,他这样说,等于接受了她的谏言。哼！长孙老儿,看你这回如何执拗。至于下一步,她早已思谋好了。

几天之后,李治颁布了立武媚为皇后之前的最后一道诏书,贬褚遂良为潭州都督。当时褚遂良就在朝堂上,他没有做任何辩解,也没有感到任何意外。他很庆幸,皇上还是慑于先帝遗旨,没有对长孙无忌开刀。有他在,他即便骸骨弃于他乡,也无怨无悔了。

走出太极殿,褚遂良就有了从此诀别京都的伤感。此去的潭州乃荆楚故地,曾是楚国的南境,距长安千里迢迢,重山阻隔。他明白这一定是武媚的谋划,她也许欲将自己置于死地而后快,只是因为皇上的仁慈,才得以免除刑罚。然而,若想要重回京都,那希望是渺然若云了。

他忽然想起一代名士贾谊当年流放长沙时的苍凉情景。那一年,二十三岁的贾谊因谏言汉文帝应将位高权重的臣下外放出京,返归封地,而结怨于周勃、灌婴、冯敬等权臣,汉文帝面对强大的压力,只好贬他于长沙。抚今追昔,褚遂良觉得自己的结局与古人何其相似。

回看身后,除了太监和宫娥们低头忙着各自的事情外,朝臣们早已散去了。哦！他这才发现,自己是最后一个离开太极殿的。

九月的风,吹在身上凉飕飕的,自己仿佛瞬间被挤压成一片黄叶,随着萧瑟的秋风漂流无涯。褚遂良狠狠地捶打了一下胸膛,在心底埋怨自己还没有离京就先有了天涯孤鸿的悲哀。大丈夫岂能如此懦弱！

在即将走完司马道,车驾映入眼帘时,他想起了贾谊的《吊屈原赋》：

恭承嘉惠兮,俟罪长沙；侧闻屈原兮,自沉汨罗。造讬湘流兮,敬吊先生；遭世罔极兮,乃殒厥身。呜呼哀哉！逢时不祥。鸾凤伏窜兮,鸱枭翱翔。阘茸尊显兮,谗谀得志；贤圣逆曳兮,方正倒植。世谓随、夷为溷兮,谓跖、蹻为廉；镆铘为钝兮,铅刀为铦。吁嗟默默,生之无故兮；斡弃周鼎,宝康瓠兮。腾驾罢牛,骖蹇驴兮；骥垂两耳,服盐车兮。章甫荐履,渐不可久兮；嗟苦先生,独离此咎兮。

哀哉贾谊,吾随你来矣。褚遂良还是忍不住洒下了凄然的泪水。

贾谊"俟罪长沙",屈原"遭世罔极",当世人将盗跖、庄蹻视为廉者,而将镆铘视为钝刃时,还有什么是非可言呢?

褚遂良最后回眸了一眼高峨耸秀的太极殿,慨然地登上了车驾,对驭手道:"回府!"

此时,长孙无忌、韩瑗、崔敦礼、上官仪等都聚集在褚府,等待他归来。下了车驾,听了府令的禀报,褚遂良内心不安,忙换了常服来前厅见礼:"真是惭愧!让各位大人久等了。"

大家纷纷站起来还礼。

长孙无忌首先开口道:"皇上现今不经三省集议,随意贬官,不合本朝规制,又不给朝臣说话的机会。老夫明日就到两仪殿去问问陛下,先帝遗旨还有用无用?"

韩瑗、崔敦礼和上官仪闻言也都纷纷表示,定要追随太尉上殿,为他褚遂良讨个公道。

褚遂良苦笑道:"各位大人的心意下官领了,只是讨公道就不必了。现今违制之事非只这一件,难道大家没有发现两仪殿现在多了一道竹帘,那个武氏就藏在帘后暗听朝臣奏事么?此乃我朝开国以来前所未有之事啊!"

长孙无忌长叹一声,对韩瑗和崔敦礼道:"欲亡其国,先亡其制,大唐危矣。两位大人正当盛年,又为三省之长,当以身赴国,挽狂澜于既倒啊!"

韩瑗应道:"大人嘱托,下官谨记在心。大人乃三朝元老,德高望重,有大人在前,下官绝无后退之说。"

崔敦礼应道:"诏书已颁,绝无收回可能。明日就由下官出面为褚大人饯行,各位大人出面作陪如何?"

褚遂良庄重地回道:"这些事就免了吧,陛下正在盛怒之下,我等聚集,让许敬宗之流知晓,又会惹出许多是非,给武氏提供口实,反而对各位大人不利。"

长孙无忌则有些不以为然:"老夫就是要看看,武氏能奈我何。"

褚遂良叹了口气道:"陛下登基已有六年,自在下贬谪之日起,扶孤托孤云云不复存在,我等为大唐江山计,还是好自为之吧!"

大家都觉得褚遂良的话不无道理,崔敦礼站起来,双手作揖道:"八月裴大人离京时,大人与我等咸阳送别,慷慨悲壮,未料刚刚两月,大人又要远行,心中……"一番话说得众人心里酸涩异常,许久竟想不出一句安慰的话。

长孙无忌等相继离开后,褚遂良要府令把府役和丫鬟们传到前厅,见他们一个个蹙郁着脸,他禁不住就宽容地笑了:"人生一世,变故甚多,聚散终有常,你等不必凄凄切切。"

几位丫鬟哭出了声,纷纷道:"这些年来,夫人待奴婢有如亲生,今日夫人忽然要离开,奴婢这心里……"

褚夫人也掩面泣道:"老身谢你等多年的关顾……"没有等再说下去,后头就哽咽了。

褚遂良见此不高兴道:"夫人这是怎么了?不是说好了不流泪的么?"

褚夫人又断断续续道:"我这是想着夫君冤枉。当初要不是受命托孤,也就不会得罪那个武氏,何来今日之果呢?"

"你这是什么话?先帝托孤于我,乃以我为信臣。为臣者不为江山谋,毋宁死。该来的你躲也躲不过,再说,这又不是第一次离京,你哭哭啼啼,还怎样说话?"

眼见夫人情绪渐渐平静,褚遂良开始安排后面的事情,他环顾了一下前厅的人群道:"我此次受命出任潭州都督,山高路远,日后还能不能回京亦未可知。故而召你们来,就是将家中所存细软悉数分与你等,各自回家谋生。"

有几名府役当场表示不愿散去,褚遂良劝说良久,见其随意甚坚,只好答应带着他们。其余的人各自领了银两,说好等褚遂良离开京城后再行散去。

第二天卯时三刻,褚遂良早早起身,府令叫了四辆车驾,三辆装了必用的行装,一辆夫人坐了,静静地离开坊间,到了城门口。守门的司直见是褚遂良,忙上前施礼道:"褚大人!您这是……"

褚遂良笑了笑道:"本官奉调潭州,今日启程,烦劳司直大人打开城门。"

"唉!大人既是远行,朝廷总该有人送行才是。"

"本官向来不喜张扬,故而才选这时赶路,就是怕惊动同僚。"

司直十分佩服,忙让守门的士卒去开了门,眼看着一干人渐渐地隐入晨曦之中。

出了城门,褚遂良回看了一眼长安,又一次双目潮热。

这时,从远方传来声声鸡鸣,在秋日的村舍间久久回旋……

王皇后与萧淑妃几乎在同一时间接到了李治关于"废黜皇后""撤去萧淑妃封赐"的诏书。她们共同的罪名就是暗中对武昭仪行毒,共同的去处是掖庭管辖的冷宫。

太极宫的太监手捧诏书来到清宁宫时,王蓉正和太子说话。

孤守寂寞的王蓉对这每五天一次的请安非常珍视,她早早地备了茶水、果蔬,等待太子的到来。

此刻,太子已经向她问过安,在对面坐了下来。太子虽然无法知道母后与父皇之间发生了什么,但他发现母后日渐地消瘦了,往日保养得很好的皮肤开始泛黄,即使宫娥们敷了比平日多的脂粉,依旧掩盖不了难对铜镜的憔悴。他的心里也不好受,安慰道:"母后!您瘦多了!"

一句话说得王蓉心肠绞痛,万般的委屈霎时涌上心头。本来武媚没有回宫时,皇上就很久没有到清宁宫了,自从武媚回到京城,他就更是人在咫尺,心在天涯了。她现在体味到这种落寞比当初武才人在感业寺中要残酷多了,比起囚犯来,她只不过多了些表面的浮华而已。

人世间到底有没有后悔药呢?王蓉现在连肠子都悔青了。当初怎么就迷了心窍,向皇上谏言召那个妖媚回宫呢?对这件事情不是没有人提醒过,可她就是不能容忍萧淑妃在自己眼前与皇上卿卿我我。

现在看来,那个萧淑妃充其量也就是与自己多争些皇上的宠爱,也就是甩些脸子给自己看,说些话给自己气受。可这个武媚呢?她要的可是皇后的位子。而且动起手段来,何其阴险毒辣。她到现在也没有明白,那个刚刚生下的婴儿究竟是怎么死的。当皇上严斥她害死了"公主"时,有如晴天霹雳,惊得她半天合不拢嘴。她心里明白自己陷进了一个预设的局,以致无法找到洗清冤情的理由。

从那一刻起,她就与囚犯无异了。两年多了,她没有能够走出清宁宫一步,每天围着她转的除了吴尚宫外,就是些宫娥太监了。那桩案子后来究竟怎么样了,没有人告诉她。而在这期间,曾因告发自己行"厌胜"之术的李尚衣也忽然失踪了。一天,吴尚宫从宫外回来带给她一个消息,说在终南山下的一条山沟里发现了李尚衣的尸体,整个人裸着身子,仵作验尸后说有被人强奸的痕迹。依理说,这陷害自己的女子死了她应该庆幸才是,可她还是忍不住流下了泪水。她把这一切归咎于自己,要不是当初谏言皇上召回那个妖媚,李尚衣也不至于走上这条不归路。

她就是这个软性子,见不得别人遭难。可现今自己遭了难,有谁来怜惜她呢？但这些话她不能对太子说。他年纪还小，她不愿意让他知道宫廷的血腥："我就是觉得身子有些困乏，太医诊脉后说无大碍，调理调理就好了。"

"母后还要珍爱身体才是，孩儿在凌烟阁读书才能安心。"

"你有如此孝心，我甚感欣慰。不过你身为太子，当潜心修学，将来大唐江山都在你肩头呢！"

李忠点了点头，随后提出一个让她十分难堪的问题："母后可否告知，孩儿可是母后亲生的么？"

王蓉脸色立时变了："好好的，你为何提出这个问题？"

"那日于少师被父皇召到两仪殿问事，孩儿一人在凌烟阁作文，中书侍郎李义府来了。闲叙之间，他说儿臣乃掖庭刘氏所生，过继到母后名下，儿臣就是不信，所以才问的。"

"此等流言，显然别有用心。是否亲生，你父皇最是清楚。"王蓉不愿意将话题延续下去，转头对吴尚宫道，"时间不早了，送太子回去吧。"

就在这时，殿外传来太监尖细的传唤："圣旨到，王蓉接旨。"

王蓉心头"咯噔"一声，她来不及整理衣装，就拉着李忠跪倒在地上了。

太监一脸的冰冷，高声宣读道："制曰，皇后王蓉、淑妃萧氏谋行鸩毒，加害武昭仪，着即废为庶人，牧及兄弟，并除名，流岭南。钦此！"

王蓉顿觉脑里"轰"的一声，霎时一片空白，仿佛惊雷在耳边轰鸣。

"王蓉谢恩……"

太监连喊三声，她才清醒过来，额头贴着地面，泣不成声地，断断续续地说道："妾……谢皇上恩典……"

李忠蒙了，爬到王蓉身边问："母后，这究竟是怎么回事？"

王蓉一把将李忠抱进怀里，终于哭出了声："儿啊！娘冤枉啊！"

"儿臣不相信这是真的，父皇一定是搞错了。儿臣要面见父皇，替母后申冤。"李忠说着，来到太监面前吼道，"都是你等在父皇身边搬弄是非，冤枉母后。我要面奏父皇，将你等一个个碎尸万段！"

太监低下头，唯唯诺诺道："臣只是奉旨宣诏，请殿下息怒。"说着，他又对王蓉道，"陛下旨意，请娘娘交回皇后印绶，即日前往掖庭。"

"啊！"王蓉一个趔趄，几乎摔倒在地。宫娥见状，急忙上前相扶，却被她一把推开了。

好狠心的李治，我与你十数年的情分，你一道诏书就此割断了。她心里怨恨地想着，嘴里却道："请公公殿外少待，我有几句话要对太子说。"

掩了殿门,来到内室。母子相拥而泣,李忠抬起泪眼问:"母后,这到底是怎么回事?"

"娘正要告诉你,我现今已不是母后,更不是你的亲娘。李义府没有说错,你娘确是在掖庭受苦的刘氏。当初你娘生下你时,因出身卑微,怕耽误你的前程,遂将你过继给我。"王蓉说着,捧起李忠被泪水浸渍的脸,"你也看见,你父皇一道诏书,娘的皇后之位就烟消云散了,你问为什么,娘没法跟你说清,你得去问你的父皇。从今以后,我将和你的亲娘一样到掖庭受苦。儿啊!娘往后无力再保护你了,那个妖媚可时时盯着太子的位子,你还要好自为之。"

王蓉说到这里便不再言语。李忠深深地拜了三拜,然后起身回宫。伴随着踉跄的脚步,是太子断断续续的声音:"母后!您永远是孩儿的亲娘……"

隔着窗,王蓉看着太子的身影渐渐地远了,直到看不到才回过头,转身进了内室。不一会儿,她捧出皇后的行装和印绶对太监道:"妾身且将原物奉还陛下,也烦劳公公转呈陛下,就说妾身是冤枉的,妾身并不曾有些许害人之心,请陛下明察。"

太监脸上没有任何表情,向随来的禁卫喊道:"送娘娘去掖庭。"

其实,掖庭并不远,就在太极宫旁边。大约一个时辰后,王蓉就出现在掖庭门口。刚刚下了轿舆,就看见了萧淑妃的身影。比自己年轻几岁的萧淑妃韶华不再,形容灰暗,见了王蓉,她嘴角一撇。

王蓉一下子就读懂了萧淑妃眼里的话语,将忏悔的目光投了过去。她担心萧淑妃不能读懂她的心语,可她发现萧淑妃的目光里少了许多怨恨,而溢出别样的凄婉。

王蓉忽然明白,共同的遭遇稀释了她们之间的恩怨,彼此有了同是沦落人的亲近。

这一切当然瞒不过掖庭令的眼睛,于是他当场又宣布了皇上的第二道诏令,要她们在掖庭悔过自新,不可随意说话,也不可随意走动。

李治还有一些没有写进诏书的口谕,那就是王皇后与萧淑妃虽贬为庶人,然则,她们毕竟与朕相守多年,不可等同于其他宫女,不可苦力虐之。而这一切,王蓉和萧淑妃当然无从知道。

随掖庭令来到深院,一位宫娥领着她进了一处屋宇:"娘娘就在此处安歇,有事传唤就是。"说完,就退出去了。

王蓉环顾一下室内的陈设,显然不能与清宁宫相比,但是也一应俱全,收拾得还算干净。她现在最担心的还是母亲,诏书已撤去了她魏国夫人的封号,往后免不了遭人冷眼。她心中五味杂陈,理不清是该怨、该恼还是该……

以往的日子,母亲不听她的告诫,对嫔妃们多有傲慢,不但积怨甚多,也为自己树了太多的敌人。她多希望母亲能对她自己的遭遇有所反思。

她很庆幸,皇上在诏书里没有提到父亲。他虽然已经去世,但只要他被追赠的封号没有被撤,母亲也会受到荫庇而逃过武氏的迫害,皇上不会连这最后一点情分都不顾吧……

"这是剪除逆贼,顾什么情分?"第二天,在仪秋宫,当许敬宗将掖庭的情况禀报给武媚的时候,她几乎没有任何考虑就击碎了王蓉的幻想。

许敬宗忙回应道:"娘娘所言甚是,微臣也是如此想。"

"一个已死之人,扛着那么多的封号,就是庙里的一尊菩萨,不搬掉他,就总有人拿他做文章。"武媚道。

"微臣明天早朝就禀奏皇上,撤除王仁祐的封号。"

武媚点了点头:"我要你跟踪那两个贱人是否搬进掖庭,情况如何?"

好厉害的武氏,果然要斩草除根,许敬宗心中暗想,嘴里却忙道:"微臣听掖庭令禀报说,陛下曾经口谕,王、萧二氏封号虽废,然毕竟侍奉陛下一场,不可虐之。"

武媚听着听着,眉毛就竖起来了:"皇上这是什么话,两个贱人欲对我下毒,又有谋害公主之嫌,更不必说此前行'厌胜'之术诅咒我。不杀已是宽容,岂能养尊处优?皇上那边你不要管,你去向掖庭令传旨,将王、萧二氏居处四壁窗户尽数封闭,只留送食小口。我要让她们求死不得,求生不能。"

许敬宗站在那里没动,好像还在等着什么。

武媚奇怪地看了看他,怒道:"去呀!你还迟疑什么?"

"微臣遵旨!"

许敬宗转身就要离去,不料武媚在后面喊"回来"。他打了一个激灵,站在那里不动了。武媚上前道:"你此去还要告诉掖庭令,要他严守机密,若有半点泄露,拿他是问。"

看着许敬宗走出仪秋宫的背影,武媚脸上才有了笑意。这时张尚宫进来了,走进殿门的那一瞬间,她看见了昭仪娘娘的笑。那是一种春风送我上云端的得意,又是看着对方在痛苦中倒地的快意,还有集万千宠爱于一身的畅意。张尚宫跟随武媚多年,第一次感受到一个人的笑会是如此丰富,如此复杂。然而,当她向武媚道一声"娘娘千岁"时,这一切瞬间消失了,留在她脸上的只有温雅和端庄。

武媚在榻上坐下来，问站张尚宫："那个姓吴的尚宫现在何处？"

"启禀娘娘！听说她也被尚宫局遣往了别的嫔妃处。"

武媚眨了眨丹凤眼道："我听说这吴尚宫当初可是铁心侍奉王氏的，这样的人倒比那背主子，讨好卖笑的人强多了。你去尚宫局传旨，调她到我身边来。我要善待她，让她看看什么人才是值得她悉心侍奉的主子。"

张尚宫忙恭维道："娘娘如此宽怀，吴尚宫若是知道，定会千恩万谢的。"

武媚目光很柔和，笑了两声："去吧！"

……

褚遂良一走，长孙无忌的心就缺了一大块，骤然病倒了。李勣站在武氏一边后，老迈的于志宁更是谨小慎微。

没有了太尉领头，韩瑗、崔敦礼、上官仪等虽然在两仪殿就此向皇上禀奏过几次，可他置若罔闻，有时候还捎带着斥责，他们便觉得自己的分量与老臣相比简直是天壤之别，内心就有了胆怯，说话也不如以前理直气壮了。

朝廷的舆论现在是一边倒，早先由许敬宗、李义府、崔义玄、袁公瑜联署拥立武媚为皇后的表章后面签名的人愈来愈多，到了十一月初，朝廷文武官员竟有大半都站在了拥武一边。许敬宗本来就善属文，干脆将原来的表章反复修改，添加了许多的溢美之词，重新呈上。李治阅过大喜，立即传来崔敦礼，要他依照许氏文章的语气拟定诏书，向百官知会册立武氏的旨意。

> 制曰：武氏门第勋庸，地华缨黻，往以才行选入后庭，誉钟椒闱，德光兰掖。朕昔在储贰，特荷先慈，常得侍从，弗离朝夕。宫壶之内，恒自饬躬。嫔嫱之间，未尝忤目。盛情鉴悉，每垂赏叹，遂以武氏赐朕，事同政君，可立为皇后。

文字既出自许敬宗文笔，由李义府刀笔再造，送到崔敦礼这里，他几乎说不出什么可以删减之处。于是带了文稿，来找韩瑗。两人将文稿反复看了几遍，都从对方的目光中读出了惊诧。许敬宗笔下的武媚，比之长孙皇后不知要贤淑多少倍。韩瑗于是又找来上官仪，他大略看了一遍，哑然失笑道："这许敬宗还真是位阿谀逢迎之徒。如此文稿颁布天下，岂不贻笑世人？"

崔敦礼素习兵务，不尚文辞，指着文稿问道："两位大人说说，这'事同政君'是何意思？"

上官仪道:"大人有所不知,这是一段西汉甘露三年的掌故,是说宣帝时,太子刘奭所宠爱之太子妃司马良娣去世,太子思念,郁郁寡欢。宣帝遂选前绣衣御史王贺的孙女王政君为太子妃。太子一见政君,顿时惆怅消去,结果一次宠幸,即身孕皇子,乃后来之汉成帝是也。陛下之所以要引这段掌故,不仅在于借政君故事表达对武氏的宠爱,为当年先帝临终前他与武氏往来寻找理由,更在于强调武氏为大唐生下了几位聪颖过人的皇子。其间的玄机两位大人还看不明白么?"

经上官仪如此一说,韩瑗不禁倒吸一口冷气,摩挲着掌心道:"这么说,随着王皇后被废,太子也……"

崔敦礼道:"皇后被废,太子又危,如之奈何?"

韩瑗站起来,在厅中踱着步子:"现在太尉病倒,李勣倒戈,我等势孤力单,硬来不仅于事无补,且会加剧太子的危机。"

"那依大人的意思该如何?"

"眼下拥武之势,百川沸腾,吾等只能静观其变,因势利导。"说完这些话,韩瑗又要上官仪在趁人不注意时,去太尉府上通报消息,商议对策。

可第二天早朝后,韩瑗就被李治传到两仪殿,遇到了一件他做梦也想不到的事情。

君臣私下相见,李治自然也少了朝堂上的肃然,免去许多礼节。他开宗明义,直奔主题:"朕下诏册立皇后,朝野对此如何看?"

韩瑗回应道:"陛下圣明。立武氏为后,天下所愿,百官所期,联署络绎不绝,即是明证。"

李治闻言就笑了,很开心地说道:"朕听说爱卿也署名了。"

韩瑗没有直接承认,却说出一句无懈可击而又冠冕堂皇的话:"人心所向,岂可逆动?陛下圣意,敢不从命?"

李治便觉得韩瑗到底是个明白人,先前也许是太尉所迫,于是就从心底里感佩武媚处事之周详:"朕也要给爱卿看一样东西。"说着,他就要李荣将武媚的表奏拿给韩瑗看。

展开表章,见是一段让他无法捉摸的文字,看那颇有褚遂良书艺的清俊,显然出自武媚的亲笔——陛下前以妾为宸妃,韩瑗、来济面折廷争。此既事之极难,岂非深情为国,乞加褒赏……

后面的话他没有看,也用不着看,他完全被武媚的心机弄糊涂了。是欲擒故纵,还是尽释前嫌?他的神情引起李治的注意,遂道:"爱卿这是怎么了？"

韩瑗用擦拭额头上的汗水掩饰自己的尴尬："谢皇后不计前嫌，臣只是觉得事情来得太突然，一时……"

李治走出龙案，抚着韩瑗肩膀哈哈大笑："爱卿是听太尉的说辞太久，故而吃惊。知皇后者，朕也。皇后胸怀宽广，可纳百川，岂是太尉所能理解的。"

韩瑗没有接李治的话，起身就跪倒在地："微臣不才，蒙陛下不弃，至有今日。然臣自知才疏学浅，难当相任。请陛下开恩，准予臣辞去侍中一职。"

闻言，李治就有些不高兴，眼看着脸拉下来了："爱卿这是何故？先前你等跟在太尉身后，极力阻止朕册立新后，皇后不予计较，反而奏朕褒赏。你却提出辞职，岂非心怀积怨？"

"陛下息怒，此乃臣肺腑之言，还望陛下体恤。"韩瑗分辩道。

"眼下新后方立，盛典未举，朕不会允准的。念你中道省悟，迷途知返，朕不怪罪你也就罢了。"说罢，李治不再理会韩瑗，埋头批阅奏章去了，一直到韩瑗告退时都没有再抬头。

出了两仪殿，韩瑗就看见李勣在塾门等候皇上召见。因为当初李勣在废立之争的折中圆滑，韩瑗在心里很是瞧不起他，两人每于朝堂上见面，总是有些矜持，今天韩瑗也没有打算多说话。孰料李勣倒先起身向他打起了招呼："韩大人这是要回署中么？"

韩瑗便故作惊讶："哎呀！没承想老大人进宫来了，您一向可好？"

不管政见多么相左，甚至恨之入骨，偶然遭逢，仍然免不了应对敷衍。韩瑗的热情，让李勣多日来的困顿和不安稍有松懈，忙上前说道："唉！老迈昏庸，每况愈下，到了该致仕的时候了。"

韩瑗不再周旋于彼此的寒暄，问道："老大人这是要去见陛下么？"

"陛下召老夫进宫，不知道所为何事。听李公公言大人在里面，老夫只有静坐候宣。"

两人正说着话，就听见李荣在殿门口喊道："陛下有旨，宣司空李勣觐见。"

李勣听宣，忙作揖道："大人慢走！老夫先进去了。"

韩瑗一直望着李勣进了两仪殿才转身离去。他无法理解，三省之长都在，宗正寺李博义不是皇上的近亲么？怎么偏要召李勣商议呢……

韩瑗当然无法知道，选定李勣主持立后大典乃是武媚的意思。立后诏书刚刚颁布时，她就向李治提请由李勣主持立后大典了。

　　在从两仪殿的竹帘后走到前殿的时候，武媚的眼里溢出的每一缕光彩都是柔和的，当她走到正在批阅奏章的李治身旁时，女人的全部柔软和多情都集中在那一张饱满而又滋润的嘴唇上："妾之所以要请老爱卿授玺，就是要让太尉等人明白，妾也是个知恩图报之人，绝非彼等所言的那样无情。"

　　十一月下旬，立后大典在一番紧锣密鼓的筹备之后终于在肃义门举行，距王蓉和萧氏被废仅仅半个月。

　　武媚不愿意再等，从贞观十一年进宫，她整整等了十八年，太久太久的忍耐让她付出了青春的代价，屈指数来，她已经三十二岁了，人一辈子能有几个三十二岁呢？太宗阶下的显才扬气，感业寺的青灯黄卷，宫闱深处的争宠夺爱，她付出了多少没有人知道，反而有人把她描摹成蛊惑皇上的妖孽、欲图报晓司晨的牝鸡，这公平么？

　　她对李治选了这年终岁尾的日子举行大典十分感激，这意味着她将告别疲惫的昨天，从此步入辉煌的年月。

　　她对自己出现在百官面前时该是一种怎样的风姿分外注重。早在皇上刚刚决定废黜王皇后时，她就暗暗地将尚衣局的官员传进仪秋宫，详细地询问了当年立后大典上皇后的服饰。在听了尚衣局官员的介绍后，她指名要照当年武德皇后的那种色彩和款式去筹备。她要借此告诉百官，无论从姿色，还是从才智，她都要超越长孙无忌那个妹妹。长孙皇后有什么呢？不就是在太宗动怒时说了些规劝话么？ 而她武媚要协助皇上打理国政。

　　她向李治提出，百官朝贺要放在肃义门，除了要打破以往册立皇后大典的模式外，据说站在门楼上，可以望见城北的感业寺。她忘不了那些寂寞的岁月，也感恩那个钟磬悠悠的所在，常常念叨明静法师曾给予的关顾。

　　立后大典前夕，她特地要鸿胪寺崇玄署的官员到寺中去了一趟。他们回来说，明静法师已于去年圆寂，现寺内大小事暂由明霁代理。当晚，她就于皇榻上奏请皇上诏命明霁担任寺院住持，并要鸿胪寺以她的名义送去千两银子的布施。

　　现在，这一时刻终于来到了。昨夜，她第一次失眠了，有几次她都悄悄地洒泪，说不清是兴奋，还是抚今追昔的感伤。

　　辰时一刻，武媚已在张尚宫、吴尚宫和祝尚衣的伺候下装扮整齐，按照皇后袆衣的配套，十二束花构成的首饰，成对分插在双鬓，一样的深红色；上衣是丝织的深青色绢帛，上面绣了羽毛绚烂、五光十色的雉鸡和长尾山鸡，是用五色、十二等的丝线织成的。至于袖口、领口的边缘，都用朱色染成的细纱闱绣。其他配饰也都是流光溢彩,连乘坐的轿舆也都按照大小尺寸配了花饰。宫娥们装扮完毕,就拿来两面铜镜,好让她前后观照,弥补不足,做到尽善尽美。

武媚前后左右看了看,满意地点了点头,特别对一直在一边忙碌的吴尚宫说道:"我看重的就是你的忠诚,不会因为你的过去而计较。"她有意识将王皇后的名字略去,觉得她不配在这样的时刻出现在她的口中。

"多谢皇后娘娘宽容。"吴尚宫在心里感叹自己的命运。作为亲眼看见武媚作为的女人,不管她表示出怎样的宽容大度,她在内心深处都无法原谅。

辰时三刻,武媚乘着轿舆来到太极殿,宗正寺和吏部的官员都在这里等着。武媚第一次走进太极殿,远远地瞧见李勣捧了皇后的印绶站在皇上身旁。也许是因为这个特殊的日子,他的脸上过于严肃,甚至近乎冰冷。

武媚在宫娥的搀扶下,由宗正寺卿李博义引导缓缓来到李治面前,行礼叩拜。李治挥了挥手,目光里外都是爱怜。武媚看见李治眼里溢出的湿润,她似乎听到了皇上的心跳,也深感这一天的来之不易。

李勣秉承皇上的旨意,走上前去,将皇后玺绶交到武媚手中。整个过程时间很短,李勣没有一丝的笑容,只是在武媚接过印绶的那一刻说了一句"恭喜皇后娘娘",然后退在一旁。

这时,乐师高奏"庆善乐",武媚在宫娥的搀扶下随着李治缓缓地离开太极殿,登上了前往肃义门的轿舆。

肃义门楼张灯结彩,地毡铺展,从门口到二楼的台阶站满了羽林卫岗哨。楼前除威武森严的皇家仪仗外,百官从辰时一刻起就云集在这里。今天,担任护卫的正是万年宫的宿卫,于大水中救过皇上的右领军郎将薛仁贵。他骑着皇上御赐的白马,站在队首,分外瞩目。

各国前来朝贺的使节被安排在百官之后,不同的肤色、不同的语言标示着大唐的强盛。

当李治先行登上门楼入座时,乐声响起,爆竹轰鸣,百官拜倒,山呼万岁。那声音汇成巨浪,一浪高过一浪地扑进了武媚的胸怀。

登上门楼的那一刻,武媚倏然回眸望去,楼下人头仰望,所有的目光都聚集在她身上,呼声都来自大唐域内的每一个角落。她伸开双臂,那绣了雉鸡的宽大衣袖仿佛凤翼,飘然欲飞。大唐的万里江山都在她的怀抱中了……

# 第十四章

## 血淋淋二妪骨碎　恶煞煞武后梦魇

进入腊月,冬渐行渐深,长安又迎来了一年一度的雪季。

从腊月初三开始,其间总是只有一两天晴日,接着又大雪漫天飞舞。晴时融了的雪刚刚冻成冰块,便被新雪覆盖。如此日复一日,到了腊月下旬,京城的巷间便堆起了一座座"雪山"。

长安,就像一个大冰窖,人走在街道上,瑟瑟缩缩,牙齿打战,行人就益发稀少了,昔日繁华的坊间如今显然萧条了。

在一些偏僻的街道,清晨起来打开铺门的人发现台阶上蜷缩着人,于是伸手一推,那人一动不动,都冻僵了。

到辰时三刻上朝时,京兆尹出列陈奏道:"据闾里禀报,京城冻死者已过百人, 多是无家可归的乞丐或疯癫之人。不知此事如何处置,还请陛下定夺。"

李治一听,便十分不悦,遂要户部拨款赈济:"皇皇京都竟然尸体横陈,是朕之不德。令京兆府督促闾里将冻尸运往城外好生掩埋。"说完,他又转头对李荣道,"另外,将朕的烤火木炭中拨出一些送往贫户门首,以表朕体恤百姓之意。"

臣下们心里都清楚,皇上之所以这样做, 等于在无言地斥责他们的冷漠。大家立即当殿表示,愿意拿出府上的积蓄赈济贫苦。为此,李治觉得今天的朝会总算有了些实事求是。

退朝以后,雪眼看着又大了,李荣吩咐黄门备了轿舆,送李治到两仪殿。早有太监和宫娥把殿内烤得暖烘烘的,仿佛与窗外是两个季节。

李治看着红彤彤的炭火,回想起刚才朝会上所奏路有冻死骨的情景,心里就高兴不起来。他刚刚坐定,还没有来得及翻阅奏章,李荣就近前禀道:“陛下,礼部尚书许敬宗请求召见,现在塾门等候。”

李治心想,这许敬宗和李义府几个人是怎么了?有事不在朝会上说,偏偏喜欢背后奏事,但还是见他了。

许敬宗要说的事还真不好在朝会上说。眼看着年节将至,今年又逢武媚新立,朝野该如何举动,他已有一个筹划的奏章,言之甚细,不便当朝详奏。

“既是不便在朝会上说,你就向朕奏来。”

“微臣遵旨,”许敬宗现呈上奏章,“陛下圣览之后,臣再一一禀奏。”

李治大体浏览了一下奏章,发现许敬宗不愧“善文”之誉,不仅言语优美,且条理十分清楚。他的奏章大致有三条:一是既然立了新后,就该有除旧布新的气象,因此,他谏言朝廷命太常寺精算历法,考据经典,商议改元之事;二是今年除夕,百官当在太极殿向陛下、皇后贺岁,酒宴诸事亦应早有筹划才好;三是来年元日当由陛下率百官祭祀太庙,向先帝灵位奏明改立新后,以求上顺天意,下尊祖宗。

李治放下奏章道:“爱卿所言,这些事情都是非办不可的,明日朝会上朕就命太常寺筹办。只是早朝上众位爱卿纷纷陈奏雪灾之情,朕甚悯之,故而一切宜从简,不可铺张浪费。”

“皇上圣明!”许敬宗嘴上连道,其实心里早有了打算,皇上日理万机,哪顾得上过问每个细节,只要皇上恩准,余下的事他与武皇后直接定夺即可。而且他也看出来了,凡是武皇后所进之言,皇上很少驳回,她当然不会让这个入主后宫后的第一个年节过得太寒酸。只要既成事实,皇上就是不愿意也没有办法了。

李治在奏章上批了,抬头时却发现许敬宗并没有离开的意思,遂问道:“爱卿还有事么?”

许敬宗近前一步道:“臣反复思虑,觉得此话如骨鲠在喉,不得不说。”

李治放下手中的笔道:“何事让爱卿如此踯躅?”

许敬宗正了正衣冠,脸上顿时就严肃了:“臣知道王皇后没能为皇上生下子嗣,才不得已将陈王过继到膝下。近两年,武皇后为皇上生了两位皇子,此乃正胤降神,重光日融,爝辉宜息。怎可反植枝干,久易位于天庭?”

李治的手在空中停住了,他没有想到许敬宗会在年终岁尾提出这样的问题,他紧紧地盯着许敬宗,一言不发。

许敬宗见状便撩起朝服下摆,跪倒在地道:“臣以为此乃倒袭裳衣,使违方于震位矣。”

李治心头一震道：“皇后虽废，太子无错，爱卿勿复再言，还是退下吧！”

但是许敬宗却并没有后退的意思：“臣深知此乃陛下家事，父子之间，人所难言，朝野诸僚心知肚明，未敢尽言，臣更知所奏不无逆鳞之嫌。然臣忠于大唐，心洁如霜。纵然煎膏染鼎，臣亦甘心。”

闻言，李治的表情变得复杂起来。这一切当然瞒不过许敬宗的眼睛，他知道皇上优柔寡断，心里反倒平静多了。待李治要他起来奏事时，他猜想皇上的内心开始向武皇后和她的儿子倾斜了。

李治还没有深思此事，许敬宗就进一步说道：“皇太子，国之本也，本犹未正，万国无所系心。且在东宫者，所出本微，今知国家已有正嫡，必不自安。窃位而怀自疑，恐非宗庙之福，愿陛下熟计之。”

经这样一提醒，李治想起来了，半个月前，就刚刚将王皇后和萧淑妃送往冷宫的第二天，李忠就在于志宁的陪同下来到两仪殿，恳请他饶恕王皇后，他涕泪双流地跪倒在地道：“儿臣虽非母后亲生，然待儿臣远胜亲生。儿臣不信，如此贤惠豁达之人会对武昭仪下毒。儿臣恳请父皇严查，还母后一个清白。”

李治很为难，他不知道该怎样回答李忠的请求。一切都已成定局，他抚摸着李忠的肩膀，不忍拂逆儿子的心愿，便找了一句堂而皇之的话安慰道：“朕定会让大理寺和刑部审理的，你身为太子，不可陷入后宫是非。”

李忠头抵着地面，泣不成声：“儿臣只求母后平安，只要母后平安，儿臣甘愿辞去太子之位。”

听到这话，李治的心都要碎了，他那天陪着儿子一起流了泪。

如今，手心是肉，手背也是肉，他又一次不知如何选择，犹豫道：“忠儿已有自让之意。不过，他毕竟没有大错，再说太尉尚在，此事朕当周密虑之。”

可许敬宗还是不放手，立即接上他的话道：“子曰：‘泰伯可谓至德矣，三以天下让，民无德而称焉。’作为春秋时的人杰，泰伯自让，遂成千古佳话。今太子自让，正是改立国储的大好时机，望陛下勿再犹豫，宜速从之。”

“好了！朕知道了。你一大早就拿这些事情来烦朕，朕连奏章都看不下去了。”李治从案头站了起来，“你若无他事，就陪朕出去看看雪吧。”

“谨遵陛下旨意。”许敬宗见火候已经差不多了，就顺势答应了。

然而，李荣却力劝皇上待在殿内：“大雪一下就是多日，周天寒澈，皇上龙体要紧，还是不去了吧？”

　　李治甩了一下衮袖道："朕每日在殿内看那永远都看不完的奏章，都快变成笼中的鸟儿了。今天你就是说破天，朕也要出去转转。许爱卿，随朕来。"

　　李荣看皇上执拗，知道拦不住，忙要太监、宫娥们紧随身后，谁料李治又是一声斥责："朕就想自在一会儿，你等前呼后拥的，朕还怎么与人说话？退下！"于是，只许敬宗、李荣跟着他步入庭院。好在这会儿雪小了，只飘着零星的雪花。

　　走在漫天皆白的宫苑，李治胸中的闷气一下子消散了不少。他抬头望去，高大的桧、松枝条被积雪压得垂了下来。风吹雪落，更见松柏的凛凛傲骨。松柏旁边，一树蜡梅矗立在天地之间，阵阵冷香扑鼻而来。梅花不远处就是一座亭子，哦！他记起来了，贞观十九年，他就是在这遇见武媚的。恍惚之间，已十年过去，两仪殿物是人非，先帝长眠九嵕山，王皇后去了冷宫。世事浮云苍狗，让李治忽然生出了人生苦短的感慨。

　　他感到自己继位以来许多事情似乎都很不顺心，先是"房遗爱谋反案"让不少朝臣落马陈尸，接着一场"谋杀公主案"让后宫风雨迷离，长达一年的审理之后却是不了了之，中书令柳奭被外放。后来围绕废立皇后，又是君臣失和，又是后妃反目，又是褚遂良贬走潭州，长孙太尉一病不起。这到底是怎么了？他也说不清。

　　前不久，他遣李荣去太尉府探视长孙无忌，带回来的却是舅父的责备，说他逆先帝遗旨，失忠奸之辨，让老臣寒心。李荣还说，太尉在说这些话时，浊泪涌流，几度咯血。李治听了，沉默良久，也是泪光盈盈的。

　　他感到很委屈。几年来，他如履薄冰，若临深渊，多次开仓赈济灾情，甚至不惜拿出皇室府库资财，为何就在舅父的眼里如此不肖呢？

　　他明白，舅父的心结都在武媚这件事情上。可他思来想去，却不知自己究竟错在哪里？难道皇上就该为了国事失去自己的所爱么？武媚又有什么错呢？她不该爱一个自己喜欢的男人么？不！他首先是一个男人，其次才是皇上。如果他连喜欢自己女人的权力都没有，那他宁愿不做这个皇上。他在心里埋怨太尉不知权变。他多么希望在改立皇后之后，不！在改立太子之后，朝事能够宁静如往，好让他把心思集中到理政上来。

　　前面有一条夹道，扫得倒也干净，沿着夹道看去，纵深处有一道门，并没有上锁。

　　李治问道："这小巷通往何处？"

　　李荣上前回道："此乃掖庭偏门，平时下人们就从这里出入，倘若掖庭死了人,也是从这里出宫的。"

李治"哦"了一声,忽然把话题转到已废黜的王皇后和萧淑妃身上来:"她们可在此思过?"

李荣点了点头。

"朕记得,当初要她们出宫时,朕曾经口谕,思过可矣,然不可非礼。"

许敬宗见皇上刨根问底,心里很不安,上前一步道:"据臣所知,彼等过得也算安静,掖庭令并不曾为难她们。"

"爱卿身在礼部,倒对掖庭深院知之甚多呀?"

许敬宗听出皇上话里的责备意思,脸一下子就红了。朝臣是禁止到掖庭和永巷去的,违者要发大理寺诏狱或腰斩的。他忽然就觉得如芒在背,忙找话来搪塞:"陛下,臣也是听从掖庭出来的公公说的,至于内里如何,臣也是未听未闻。"

李治没有再追问下去,却要李荣速传掖庭令前来回话。

李荣并没有马上离开,他知道,在那里居住的人有被皇上宠幸一夜,未结珠胎,从此弃若敝屣的;有孤独守望,终生都无缘见皇上一面的;有不懂风月,惹恼了皇上,被发配到这里做苦力的。让皇上到这样的地方去,会是什么结果呢?

许敬宗的心弦更是要绷断了,王蓉与萧淑妃的景况他一清二楚,若是让皇上看了龙颜大怒,追究下来,免不了自招其罪。可是,看皇上一副非去不可的样子,情知今天无论如何是躲不过去了。但他已在心里打定主意,明天朝会后就到清宁宫见武皇后。

不一会儿,掖庭令急匆匆地赶来了。李荣交代了皇上的口谕,掖庭令的脸色一下子就变得煞白,呼啦一声跪倒在雪地上,战战兢兢地说道:"皇上龙体要紧,天寒地冻,还是改日再去吧!"

"放肆!"李治脸色顿时充满了愠怒,斥责道,"你敢阻挡朕?"

掖庭令忙道:"微臣不敢。"

李荣在旁边拉了拉掖庭令的袍袖,低声道:"皇上不悦,你就不要自讨没趣了,快起来带路吧。"

掖庭令从地上爬起来,眼看着膝盖湿了一大片,此时他只想着保命,哪里顾得了这些,跌跌撞撞地在前面走了。

几人从偏门进去,经过几道回廊,沿途一座座房舍倒还青砖琉璃,有些气魄。走着走着,他们就从中看出些级次的差别来。掖庭令小心翼翼地向李治介绍着每个房间居人的身份和境况。及至来到掖庭深处，李治忽然发现眼前的居室与别处相比有些异样，门从外面锁着，窗户都用青砖封闭，只有墙壁上有一小口，他不免心生稀奇，问道："此处所居何人？"

"这……陛下……微臣……"

见掖庭令说话支支吾吾，李治顿时起了疑心，说话的声音骤然高了许多："朕问你，皇后、淑妃何在？"

掖庭令正要说话，却从许敬宗的目光中看到了阴冷，话又从舌尖上滚回腹中了："陛下！微臣……"

"朕问你皇后、淑妃何在？你却搪塞支吾，来人，将掖庭令拿了……"随着李治一声令下，羽林卫立即上前将掖庭令按倒在雪地上。

李荣见状，忙上前说道："还不从实禀奏，你要以身试法么？"

掖庭令头上冷汗淋漓，脸色煞白，牙齿"咯噔"地响个不停，他现在是进退维谷。不说，皇上饶不了他；说了，武皇后那里定难交代。他思前想后，进亦死，退亦死，毋宁先过了眼前一关再说，于是壮胆道："皇上，室内关的正是王皇后，萧淑妃在另处关因，境况若此。"

李治闻言大惊，忙吩咐打开室门。迎面一股夹带着腐气的冷风扑来，他已经顾不了这些，一步跨进门去，却是黑乎乎的看不见人，他嘴里喊道："皇后在哪里？皇后在哪里……"

许敬宗是最后一个进入室内的，他心中七上八下的，心想明日该如何向武媚交代。

室内没有生火，寒意彻骨，李荣怕冻着皇上，忙要掖庭令抬了旺火木炭盆来。借着火光，李治才看清楚，在阴暗的角落里坐着形容憔悴的王蓉。顿时，他鼻翼间就酸了："皇后！你如何成了这般模样？"

王蓉的身子已经冻僵，欲起身接驾，却无论如何也动弹不得，悲极而泣道："妾乃戴罪之身，何德更有尊称？"

"朕曾口谕，皇后册封虽去，然衣食供给如旧。今见皇后形同囚犯，朕何以忍？"说着李治回转身来，指着掖庭令的鼻子吼道，"小小掖庭令，竟敢视旨意如儿戏，该当何罪？"

王蓉见状道："陛下息怒，妾至有今日，不关掖庭令之事。妾初入冷室，原是境况如故，后来就每况愈下，其间必有隐情，陛下不问也罢。"

话一出口，听者各异。李治循音思事，大致已明白幕后的主使，暗地就生出诸多无奈来；而许敬宗认为王蓉为掖庭令辩解，分明就是告诉皇上此乃武皇后加害之故;李荣虽对朝事向来小心,可面对王蓉的遭遇,他也在心底感受到了武媚的阴毒;至于掖庭令,却是于危难中对原皇后有了瞬间的感激。

许敬宗情知这场面如果继续下去,掖庭令免不了实话实说,如此,则武媚的心机暴露于朝野,必成长孙无忌等人的把柄。想到这里,他忙上前道:"皇上还是早些回宫吧!皇上九五之尊,臧否只在一念之间。"

其实李治也明白,掖庭令并没有这样的胆量,除了武皇后,没有第二个人敢发令虐待昔日皇上的女人。而这样的话,他又不能当着王蓉的面说透,许敬宗的话正好解了围,他转身对王蓉道:"你且少待,待朕回宫后就处置这件事。"说完,他看了王蓉一眼,转身就朝外走去。

从后面传来王蓉微弱的声音:"妾还有个不情之请,还请陛下恩准。"

闻言,李治的脚步就如何也挪不动了:"你有话就说,朕听着呢。"

"陛下若念畴昔,使妾等再见日月,就乞陛下改此院为回心院吧。"

那一瞬间,李治的心顿时软了。也许当初的决定有些草率了,可除此之外,他还有别的选择么?

……

"她还想再见天日,简直是异想天开!"第二天,在清宁宫,武媚对前来奏事的许敬宗说道,"她没有别的选择,她的出路只有一条,就是死!"

闻言,许敬宗不禁打了一个寒战,他没有从武媚的言谈举止中看出她对皇上的发怒有丝毫的惊恐,倒是一对丹凤眼燃烧的火焰让他的恐惧胜过在皇上面前很多倍。

武媚在殿中央踱了一圈,然后就站在许敬宗的对面问道:"你说!这两个贱人该如何处置?"可她并不要许敬宗回答,而是直接说出自己的主意,"先让人杖王、萧两人各一百,待彼等昏迷,断其手足,捉入酒瓮中,令其骨醉。"

许敬宗吃惊地看着武媚,半晌才说出一句话来:"若陛下问起,又该如何应对?"

武媚的眼里露出得意的笑:"为什么要禀奏皇上呢?等处置了二姬之后,他就是知道了又能奈我何?许爱卿,你看何人去做这件事呢?"

许敬宗不敢怠延,忙道:"既是皇后的旨意,就由微臣去做吧!"

武媚摇了摇头:"礼部尚书岂能去做这等事,我日后还有大事与爱卿商议,岂能车干卒事?"

"那李义府呢?"

"也不妥,他现今参知政事,去杀两个囚犯式的女人,岂非笑话?"武媚沉思了片刻,眉毛一扬,"有了,就让袁公瑜去做,他不是总思进取么,我就给他个机会。"

许敬宗真的折服了,他猜不透这个女人是从哪里学来的御人之术。走出殿门,回望矗立在殿门前的那对石狮,他忽然生出瞬间的后悔。可现在已经晚了,面对这样一个女人,他情知身后没有一寸退路,他必须要走下去。

两天以后,御史中丞袁公瑜就带着皇上的敕命到掖庭来了。他是从武媚手中拿到的敕命,至于这充满杀气的诏命是从哪里来的,他没有丝毫怀疑,也不敢有些许疑心。当他站在王蓉居室的中央宣读完皇上的敕命后,竟然没有从废后的脸上看到有多少惊恐。

王蓉挣扎着从冰冷的炕上爬起来跪倒在地,听完宣诏,她朝两仪殿方向叩拜道:"愿陛下万岁,昭仪承恩,死自吾分。"说罢,她慨然而又绝望地走出居室,融入了雪幕之中。

不一刻,从隔壁室内传来声声惨叫,先还高声呼叫"陛下救命",而后渐渐地变成呻吟,到最后了无声息,一片死寂。

这时候,掖庭令战战兢兢地来报,说一切处置妥当,请他前去验看。待他来到隔室,王蓉已在昏迷中被砍去手足,置于一酒瓮中,只把血淋淋的头露在外面,分不出男女。

袁公瑜平生第一次经历这惨烈的场面,眼前的情景让他两腿发软。他忙退了出来,对掖庭令道:"萧氏现在何处?速带本官去看。"

从最初听到来自王蓉居室附近惨叫的那一刻起,萧淑妃就知道自己的生命已经走到了尽头,被人夺爱,本已积了太多的仇恨,现在面对屠杀,她又怎么会甘心?她的神志自进入掖庭的当晚就开始狂癫恍惚,常常把居室冻死的老鼠当成武媚,生吞下腹,还从牙缝中挤出怨恨:"你想害我,我先吃了你。"

然而,当袁公瑜宣读皇上的敕命时,她却格外地清醒,张口就把死鼠的血喷在了袁公瑜的脸上:"狗官!甘做妖武爪牙,你不得好死。"

袁公瑜恼羞成怒,大呼一声:"将萧氏的手臂砍了。"

但见禁卫中有人一刀下去,萧淑妃的左臂就掉在了地上。她惨叫一声,昏了过去,待片刻被疼痛催醒后,她又大骂道:"阿武妖猾,乃至于此。愿他生我为猫,阿武为鼠,我生生扼其喉……"一言未了,右臂又被砍下……

这一切,就发生在掖庭令面前,他不敢相信那天皇上在掖庭探看王、萧时的眼泪到底有几分真诚,仅仅隔了两天,为何就是另外一副心肠。他越想越怕,以致当萧淑妃被装进酒瓮时,他已经倒在地上不省人事了。

袁公瑜没有等到掖庭令醒来,就宣读了皇上的第三道敕命,称掖庭令居心叵测,不遵圣意,私设公堂,害死废后和淑妃,着令杖二百而死。

这场杀戮,一直进行到暮色沉沉才告一段落。

按照吩咐,袁公瑜令掖庭丞代管诸事,自己进宫向武后禀报去了。

……

湘江自南向北,昼夜不息地奔往洞庭湖,潭州在湘水南七十里,岳麓山横亘在县南,云母山雄踞于县北,拱卫着留下千古史事的荆楚大地。

褚遂良离京一路南下,虽然一路上江流滔滔,峰峦叠嶂,但他并没有立即赶赴潭州,而是让府令送夫人先行,而他沿着当年贾谊的路线,绕道平江,去汨罗城追寻屈原的足迹。

这不仅因为他眼下的境况与屈原、贾谊极为相似,更因为从儿时起,他就从父亲那里不断听到这位楚国左徒是如何的才气逼人,为靳尚、子兰等人所嫉妒;是如何为了表达对楚王的忠贞情怀,即使在流放沅江时仍然三次上书朝廷,试图唤起楚王抗击秦军的意志。当年父亲讲得最多的是,在秦军攻破郢都后,他怀石投江,以身殉国,留下千古悲歌。说起来,他与屈原同属江南人。也许正因为这个原因,他自进入宦海以来,就处处把屈原作为自己修身的楷模。

现在,他弃车骑马,只带着屈原的《离骚》《九歌》,顺着汨罗江畔孤独地流浪。秋日的江水碧澄如镜,从岸上传来一声声纤夫的号子,远远望去,江心的艘艘帆船被疲累的汉子们拖着,慢悠悠地远去。

是啊!当年就是在这江边,渔父曾经与屈原有过一段苍凉而又沉重的对话。渔父不能理解屈原的孤独,说他身为三闾大夫,何以落到如此地步?屈原则回道,众人皆醉我独醒,举世皆浊我独清。褚遂良深深地叹了一口气:醒乎?醉乎?清乎?浊乎?煎熬了多少人的魂灵,屈原大概不会知道,多少年后,褚遂良会踏着他的足迹行吟喟叹。

从江对面驶过来一只小船,撑船的是一位老者,苍郁的歌声吸引了褚遂良的注意,遂招手让他过来,不一刻,船家就到了南岸。船家显然是在这渡口很久了,见多识广,一看褚遂良的装扮,就猜出他是一位出身府衙的人,问道:"官爷这是要过江么?"

褚遂良作揖道:"请问老丈,此去屈原祠怎么走?"

"官爷是要拜谒屈原么?那屈原祠就在江畔的玉笥山。"船家说着,指了指江北。

褚遂良抬头望去,那里果然苍山翠峰,白云缭绕。他想,屈原不用再忧国壮怀,他一定静静地坐在祠中,眼观过客匆匆而来,匆匆而去:"请问老丈!能渡我过江北去吗?"

船家闻言就笑了:"小老儿每日来往于江上,所渡之人大多是祭奠屈原的。因这个原因,小老儿的进项要比别处少一半。有左徒的眼睛看着,小老儿不忍多收船钱。"

褚遂良遂从马背上的行囊里拿出银两道:"请老丈渡我和马匹过江,这银子就归老丈了。"

船家笑了笑道:"官爷眼尖,小老儿这船正好容一人一马,再多了就需分两次渡,看官爷气度不凡,银子就免收了。"

褚遂良惊道:"这怎么可以呢? 如此,我岂不形同无赖了么?"

双方推脱再三,褚遂良只好收起银子,却又从行囊里拿出一幅字来道:"老丈既是不肯收银两,这字就请老丈收下,若是有一天不方便了,尚可换些银两。"

船家有些疑问:"果真如此么?"

褚遂良指了指落款道:"只要看到这名字和这印章,定是不会少给的。"

船家虽不识字,却听得出来这位先生的字必是千金之墨,遂收了字,安顿人马上了船,晃晃悠悠地朝北岸划去。但见船家一边荡桨,一边唱道:

> 屈子行吟已千年,
> 泱泱楚水思无边,
> 岁岁离骚端午泪,
> 满船米粽念先贤。
> ……

褚遂良又是一番感慨:一个人去了这么久,还在百姓的心里活着,他的伟大自然不是当世人所能说清的。所谓流芳百世,也不过如此吧!如此想来,自己遭遇的诸多委屈和不公又算得了什么呢?

到了江北,褚遂良与船家相别,骑了马朝玉笥山而来。脚下白云缭绕,眼前松柏苍郁,流水潺潺。日色西斜时,他到得半山腰,才发现这座建于汉代的祠堂甚是雄伟。从正面牌楼入祠,道路两边兰草覆盖,秋菊盛开,修竹掩映;再往深处,又见回廊的墙上题满了后人吊唁屈原的诗句。过了丹池,就是中殿,内设有神龛,供奉着"故楚三闾大夫屈原神位"。褚遂良在这里伏膝三拜,才又向深处而去。到了后殿,殿中矗立着一尊石刻的屈原造像,刀工简练,取石之自然趋势,重在神似。他在京都时,没有少去过茂陵,对霍去病墓前的石刻耳熟能详,如今一见屈原造像,便知出自汉朝刻者之手。

大殿的四周,又有今人刻了屈原的辞赋。其中一段,让褚遂良流连忘返,心思神驰:

> 唯夫党人之偷乐兮,路幽昧而险隘。
> 岂余身之所惮殃兮,恐皇舆之败绩。
> ……
> 亦余心之所善兮,虽九死其犹未悔。

褚遂良的心豁然洒进了一缕阳光,想起在京都作别同僚时,他曾一度心灰意冷,如今面对先灵,他心中就生出几分惭愧。处江湖之远,也不能忘忧国之责啊!

到长沙时已是十月初了,其间,他又到贾谊的故宅凭吊了几次,他的心又豁然了许多。贾谊屈于长沙,尚能忧国怀乡,况自己一方都督乎?接着,就去了湘江巡察和访问民间疾苦,对当地的风土人情有了更深的了解。

他此来虽任的是军职,然因为在朝野的名声,又做过吏部尚书,故而潭州刺史每遇大事,总是找他商量。有一天,当他们在一起说到长沙附近的巴人、僰人与汉人之间常常发生冲突时,刺史忧虑道:"往年每每事起,都督总是派兵镇压,结果是越压越烈,他们干脆据山为王,筑寨为垒,昼扰夜袭,民不堪其忧。"

褚遂良应道:"我此次巡察,正为解汉人与蛮人之阅。先帝曾言:'自古贵中华,轻夷狄,唯朕爱之如一。'此言乃大唐固本之基,不可不察。"

刺史连连点头:"下官正是此意。"

褚遂良站起来,望着窗外一岭一岭的茶山道:"据当地巴人和僰人说,他们的茶山缺水,我打算趁眼下无战事,调兵开渠引水,以解灌溉之难,也广张陛下圣德。"

刺史闻言,双手抱拳道:"大人此议,利国利民。从此汉蛮亲为兄弟,共固大唐江山,真万世功业矣。"

十一月初,天尚不冷,褚遂良从军中抽调水工,勘测地势,寻找水源,绘制图谱。刺史也不闲着,在周围乡村广贴告示,僰人、巴人闻之,纷纷传扬皇上恩泽。不几日,聚集山寨的人也先后下山,投入到修渠引水的工程上来了。

腊月的一天,褚遂良正和水工们划定引水渠的走线,就见山下跑来一个人,乃是都督府的曹掾。

褚遂良收回目光,问:"你如此慌张,有事么?"

曹掾答道:"京城来书,卑职怕是军情急件,不敢怠延。"

"哦?"褚遂良接过书札,拣了一个角落浏览起来,看着看着脸色就变了。合上书札,他的目光显得分散迷离,讷讷自语道:"怎么会是这样呢?怎么会是这样呢?"

褚遂良的心被牵到了远在千里之外的长安,他无心再在茶山上盘桓,便向水工交代了一番后,就下山去了。他回到都督府时,岳麓山头黑云密布。

褚遂良觉得很累,他顺势躺在后庭的榻上。信中所描写的情景不断地在他的眼前迭现,一道道血泪,一声声呻吟,一具具尸体……

信是韩瑗写来的,他在信中说王皇后和萧淑妃死了,四肢被砍掉后丢进酒瓮,连个全尸都没有留下。长孙太尉闻言,拖着病体去见皇上。据皇上说,这是掖庭令所为,他已畏罪自杀。然区区小令,岂敢冒天下之大不韪……

韩瑗在信中还说,武后肆权弄威,许敬宗、李义府之流大得其势,皇上已敕命李义府参知政事,现今武后在各个官署广布耳目,稍有不顺,即被诬获罪,朝野人人自危……

褚遂良从榻上起来,将书札投入火中。很快,随着一缕青烟,这一切化为虚无。谁能说清他这都督府就没有武氏的耳目呢?他不能再让一位挚友死于酷刑之下……

做完这些,褚遂良就来到案头,铺开稿纸,开始给韩瑗复信:

> 潭州腊月,时逢岁尾。江风送寒,冬意渐深,所幸圣光普照,帝德泽被,华夷一体,民心思定。仆虽不才,当秉承陛下旨意,兴农植桑,情赋黎首,保一方百姓,固大唐基业……

一阵阵冷风扑打着窗棂,发出窸窸窣窣的声音,大雪在年关岁暮之时到来了。

即将进入辰时一刻,太极殿的声潮终于归于平静。朝臣们在向皇上和皇后举行了盛大的祝岁后,每人都在此刻收到了皇上赠送的"名刺"。与往年不同的是,今年的"名刺"上同时刻上了两个人的手笔,正面是李治潇洒的行书,银钩铁画,行云流水,很有王羲之的气度;而背面则是武后亲书的"与民同乐",清秀而又峭拔,颇有些巾帼不让须眉的豪爽。

韩瑗与上官仪悄悄地交换了一下眼色,就读懂了彼此的担忧。其实,这种感觉在两仪殿挂上竹帘那天起就有了,他们多么想将这沉重的心事说给中书令崔敦礼听,可他却偏偏在这个节骨眼上病倒了。

但有一些人是喜形于色的。李义府和许敬宗频频举杯,表达对来年的恭贺。似乎这个除夕夜注定属于他们,除了皇上与皇后,其他人都是陪衬。

许敬宗显然对自己筹办的第一个除夕盛宴很得意,他把每一个环节都安排得有条不紊。

当太常寺卿宣布进入新的一年时,李治适时地颁布了第一道诏书——

制曰:自今夜子时起,改元显庆。

在大臣们轮番向皇上和皇后恭贺新春之际,第二道诏书就下来了——

制曰:太子李忠降封梁王,任凉州刺史;册封李弘为太子,四月举行加封大典,大赦天下。

伴随着一道道诏书,"皇上万岁,皇后千岁"的声音在太极殿一浪高过一浪。武媚即使在这样的氤氲中,也始终保持着特有的敏感。她发现皇上在接受臣下的朝贺时,仍然无法掩盖强颜欢笑的勉强。她明白,皇上仍没有走出王蓉和萧淑妃悲剧的阴影。但她并不担心,随着掖庭令的死去,这将永远成为一桩悬案,不会再有什么结果。她将用自己的柔情抚慰皇上受伤的心灵。她很自信,李治很快会在她的床笫之欢中忘记一切。

子时三刻,太常寺宣布了皇上的口谕——来年元日,皇上将率百官前往太庙祭祀天地尊神和先祖天灵,除夕的朝拜才得以落下帷幕。

此刻,李治与武媚已回到了清宁宫。他有些疲倦,宫娥们伺候他换上常服,他就躺在皇榻上呆呆地不说话了。甚至武媚被宫娥们簇拥着进来时,他也毫无觉察。

武媚屏退左右,静静地坐在李治身旁,纤细的手指轻轻地拂过他的额头,那是一种滑腻、芬芳的感觉:"新年节庆,皇上有心事么?"

李治转过脸来时,武媚就从他的眼角看到了泪水:"朕忽然就想到了废后,她毕竟与朕共枕十数年,却遭此惨祸,朕……"

武媚伏下身子,饱满的两颊缓缓地磨蹭李治的鬓角,从她鼻翼间散发的玫瑰露味一丝丝渗进李治的心脾,而出口的话语让他的沉郁渐渐稀释了:"妾又何尝不是如此呢?每逢佳节,多思至亲。妾怎能忘记皇后感业寺的召回之恩呢?好在掖庭令畏罪自杀,她在天有灵,也会心安的。"

武媚一边说,一边伸手为李治宽衣解带,接下来的话也就含了娇嗔:"除旧布新,陛下就高兴些好么?"

李治一任武媚将自己的身体呈现在守岁的宫灯之下,待他再睁开眼时,整个人就呆了。站在他面前的武媚,简直就是一个凝脂洁白的玉人,粉面桃腮,似乎轻轻一弹,那露珠儿便会滴落皇榻;卸去高髻后的长发瀑布般地垂在两肩,于是,那一双丹凤眼益发地顾盼生辉;一双丰乳,伴随着轻盈地一跃,眼见得与他的胸脯贴在一起了……

与武媚在一起,李治能感觉到她的贪婪和欲望,也从她那里获取活力。

"睡吧!朕有些累了!"李治喘息着说,他发现她从来就没有满足的时候。

隔壁暖阁间的宫娥来为他们擦了身子,武媚仍然处在兴奋之中,她躺在李治身边,柔声说道:"陛下!"

"皇后有话要说么?"

武媚给了李治一个吻:"妾想改名字?"

"哦?"李治转过脸,与武媚面对面躺着,很诧异。

"武媚这名字原本是先帝赐予的,与陛下在一起时,妾总是……"

李治立即明白了:"改什么名字好呢?"

"妾想好了,在感业寺时,妾法名明空,就用这两个字组在一起,起名武曌如何?"

李治就笑了:"亏皇后想得出,朕记得仓颉造字时,可没有这个字啊!"

"这世间的字本来就是造出来的,没有的话,妾就给它造一个不行么?"武媚沿着这条思路,继续她的畅想,"就如这朝规一样,也不是一成不变的。如长孙太尉那样抱残守缺,何时大唐才能兴盛呢?"

李治不能不承认武媚的话有道理,顺手将她揽进怀里道:"好,朕就准奏,自显庆元年起,皇后就改名武曌。"

"皇上圣明!"待她转脸去看时,李治却已昏昏欲睡了。

"唉！他这身子骨，怎好满足女人的情欲呢！"说完，她自己也闭了眼，不一刻就入了梦乡。

在梦里她被一群老鼠裹挟着钻进了一个很大的不见天日的深洞，渐渐地她就感到身子在收缩，到后来也变成一只老鼠，老鼠们拥立她为鼠中之王，抬着她在洞中游玩。忽然，一道绿光从洞外投射进来，那是一双多么可怕的绿色眼睛，在暗夜里搜索着猎物。随着一声猫叫，她就被生生地擒了去。

她惊魂失魄，声嘶力竭地大喊道："皇上救命！"身子一激灵就醒了，摸摸身子，竟是冷汗淋漓。哪里有什么恶猫，耳边则是李治的呼唤："皇后怎么了？皇后怎么了？"

"皇上！吓死妾了！"她一头扎进李治的怀，把梦中情景说与他听，说着说着就哭了，"妾记得，那个可恶的萧淑妃临死前说，到了阴间要化作一只猫，咬断妾的喉咙……"她惊恐地看着黑漆漆的窗外，浑身颤抖个不停，"猫！猫！猫就在窗外，皇上，妾害怕，妾害怕。"

见状，李治的心就软了，他紧紧地把武曌抱在怀里："朕明日就下旨，禁止宫中养猫！"

武曌再次在李治怀抱中入梦的时候，已是卯时一刻了。她的梦并没有完结，她在梦中看见了王皇后与萧淑妃。她们鲜血污面，披头散发，衣衫褴褛，来到窗前，嗤着牙齿，恶狠狠地喊道："妖媚！还我命来。"

她拼命地奔跑，可怎么也跑不动，眼看着二鬼长长的指甲伸进她的肉体，她觉得自己完了，又是一声大叫"皇上救命"，整个人就缩成一团。

"皇后！皇后！"李治摇着武曌，"皇后这是怎么了？总是噩梦不断的。"

"陛下！王皇后、萧淑妃之死不关妾的事，可她们却在梦中向妾索命。"

"唉！梦乃虚妄，皇后不必害怕。朕乃九五之尊，神鬼能耐朕何？"

然而，当武曌睁开眼睛时，就分明看见王皇后与萧淑妃站在窗前。她再也不敢入睡，紧紧地搂着李治的脖子，眼泪哗哗直流："皇上！妾死活也不在长安住了，就让妾迁往洛阳，今生再不愿意看到这两个恶鬼！"

李治已经被武曌的惊慌折腾得毫无睡意了，也许，她说的都是真的。回想登基以来的诸多变故，他竟然也对长安有了一种莫名的厌倦，鬼使神差地对武曌说："好。今日早朝，就议定在洛阳新建东都，待一切妥帖后，就送皇后过去。"

东方渐渐发白，辰时二刻，显庆元年的元日拉开了崭新的帷幕，朝臣们早已云集在垫门，等待皇上前往太庙……

# 第十五章

## 洛阳宫静人不闲　敕命贬官几苍凉

　　显庆二年(公元 657 年),洛阳宫殿终于修葺一新,消息传来,武曌心头的阴影终于有了一丝消散。一开春,她就说动李治大摆仪仗,带着羽林禁卫浩浩荡荡地移驾洛阳。

　　武曌不止一次地对李治说,一旦洛阳宫殿修葺竣工,她就常住那里,不再回长安了。她受不了王皇后、萧淑妃夜夜梦中的纠缠。可李治比谁都清楚,这不是普通的百姓搬家,它牵动三省六部和朝野官署的布局。从情感上说,他与武曌爱得太深,与她在一起,他获得的不仅仅是身心的愉悦,更在于每逢要紧时刻,她总会有不同凡响的谏言,使他在陷入山重水复之时,总能峰回路转。如果真的分开,那么刚刚过去的废立风波还有什么意义呢?后宫嫔妃众多,而能够走进李治内心深处的就只有她一人。

　　还在去年十二月,老臣程知节率领大军西进鹰娑川,与西突厥四万人展开大战,前军总管苏定方率五百骑突入敌营,大败突厥军,杀获千五百余人,所获战马及器械不可胜计。这引起副大总管王文度的嫉妒,不久,他竟然谎称皇上有旨,斥责程知节恃勇轻敌,将军旅交与他节制。随即,他收军不许深入。队伍班师途中,又遇归附的突厥散兵,王文度不顾苏定方反对,将其悉数诛杀。大军凯旋之后,王文度坐矫诏被判当死。然而此事涉及程知节,李治便有些举棋不定。他毕竟是跟随太宗多年的老臣,戎马一生,临到晚年却被处罚,李治于心不忍。

　　在和三省首辅在两仪殿就此商决时,武曌就在竹帘后听着,待大臣们一走,她就来到前殿道:"皇上,古今治军,法度为先。此次贻误战机,责在王文度,然程知节不辨是非,轻信流言,致使三军追贼不及,倘不处罚,恐人心不服。其死罪可免,活罪必究,故妾以为,可以免官论之。"

这话当然还是由李治在朝会上说,但是得到了侍中韩瑗和中书侍郎、参知政事李义府等人的赞同。

武曌就这样悄无声息地介入朝政,而且李治也越来越觉得,有武曌在身旁,他任何时候都是心清神定的,甚至不知不觉中总是将烦琐的朝事告诉她,她就像影子一样与他随时相伴。

可她却提出要常住洛阳,他不能想象,没有了她,他该是多么的寂寞和孤独;没有了她,他又如何在朝事的漩涡中应付裕如,御臣理政。

其实,武曌要常住洛阳的消息,不只是让李治踟蹰,也在朝臣中引起了议论。

这一天朝会后,许敬宗没有马上回署中,而是来找中书侍郎、参知政事李义府。

这李义府是当初自己推荐到武后身边的人,可他一旦参知政事,就是事实上的宰相,与接替崔敦礼的来济平起平坐,这让许敬宗一想起来就心中不快。难怪韩瑗等人暗地里叫他"李猫",他那一直都微笑着的脸后不知藏了多锋利的刀子,生出了多少玄机。

以目前李义府的势头,他已经奈何不了,且当务之急是如何应对武后移驾洛阳的问题,他必须放下内心的不快,去和他商讨是跟随武后去洛阳,还是留在长安。

李义府没有忘记他是怎么到今天这个地位的。他尤其感激的,是显庆元年那件因艳事而惹起的风波。当时他听闻洛州有一位叫淳于氏的绝色女子被拘于大理寺狱,他就暗中嘱咐大理寺丞枉法将其释放并纳入李府。这事很快就被韩瑗等人抓住不放,他们联名发起弹劾,皇上大怒,命给事中刘仁轨拘拿他。李义府怕事情泄露,又逼死大理寺丞,因此激起朝野众怒。大家纷纷上书皇上,力主判他腰斩,若非许敬宗进宫奏明皇后,及时斡旋,恐怕今年这个时候就是他的忌日了。结果,李义府非但没有受到追究,反而深得皇上重用,而跟着韩瑗等人的侍御史王义方却被贬为了地方的钱粮官。

李义府用从岭南采回的新茶招待许敬宗,掩上门,他便直奔主题:"大人不回署中,不单是为了到寒舍喝一杯粗茶吧!"

许敬宗呷了一口茶,指着李义府道:"人谓大人'李猫',名副其实也,任何事都瞒不过大人。"

李义府尴尬地笑了笑道:"若是下官没有猜错,大人定是为皇后移驾洛阳而来。"

许敬宗点了点头:"若是皇后久住洛阳,朝臣势必两分,一班人留在京都,一班人迁往洛阳。你我何去何从,事关前程,不可不虑。"

"大人所言极是。"李义府说着就在许敬宗对面坐了下来,"不过依下官看来,皇上必不忍皇后一人留在洛阳。往后陛下大概多在洛阳,长安只为留守罢了。"

"这样说来,三省六部均要迁往洛阳。"

"起码有一半人要跟随皇上过去。"

"如此我便明白了。"许敬宗道,"你我还是追随皇上为上。"

"对君我来说,与其说是追随皇上,倒不如说是跟随皇后。这些年在朝,下官算是看明白了,凡是皇后谏言的事情,陛下都乐于采纳。只要我等在皇后左右,任那班老朽如何恣肆都无济于事。"

李义府的一番话虽让许敬宗豁然开朗,可他却眉头一皱,似乎若有所思:"照大人如此说,洛阳迟早要和长安并立。我等何不奏明圣上,干脆就将洛阳定为东都如何?"

"好主意!如此一来,长安那些腐朽们来往奏事多有不便,久而久之,陛下必是人远心离,岂不清静了许多?"李义府击节称快,"不过此事事关重大,你我只能相机陈奏,眼下还是先做好陪伴皇上东去的准备。"

许敬宗点了点头……

事情的发展果然不出李义府所料,二月,李治就与武曌一起移驾洛阳。侍中韩瑗、中书令来济、大理寺卿段宝玄、新任度支尚书(自显庆元年起,改户部为度支)杜正伦被留在长安;而礼部尚书许敬宗、中书侍郎、参知政事李义府、太子少师于志宁以及从三省六部中抽调长史以下官员则随行。

对李治来说,他无法摆脱对长安的眷恋,更对离开以后的政事萦萦于怀。当朝会对移驾洛阳毫无异议时,他反而有了一种担心。当大臣们纷纷离去后,他指名韩瑗到两仪殿问话。也许因为这是离京前君臣最后一次谈话,气氛不免有些沉闷。

李治问道:"朕不日即将前往洛阳,长安朝事皆委于爱卿,不知爱卿可有难处?"

韩瑗的心境很复杂,自从去年为褚遂良辩冤遭到皇上的斥责后,他现在说话谨慎多了,他定了定神道:"有陛下坐镇长安,臣早晚陈奏,心底踏实。但这一分离,臣的心就空落落的。"

"朕又何尝不是如此呢?好在爱卿处事稳健,朕就是在洛阳也心安。朕召你来,就是要叮嘱你,凡事多与诸位臣僚集议。大政要事,可快马报朕知道,不可擅处。当年刘洎自比伊、霍,擅开杀戒之训,应引以为鉴。"

"臣当殚精竭虑,勉力为之。不过,臣有不敬之请,还请陛下圣裁。"韩瑗接着道,"陛下能否将太子留在长安,臣若有事也好禀奏。"

"唉!"李治长叹一声,"他还只有六岁,能知道什么?"

韩瑗依然求道:"太子天资聪颖,见识敏捷,他留在长安,若陛下在矣。"

"此事容朕与皇后商议后再做定夺,爱卿退下吧!"

韩瑗施礼告辞,然而走了几步,他又转身回来,一副心事重重的样子。

"爱卿还有话要说么?"

韩瑗嗫嚅再三,还是决定将压在心底的话和盘托出:"臣因为褚大人辩冤,被陛下责备,然臣还是以为,褚大人体国忘家,捐身徇物,风霜其操,倘若陛下大开天恩,召其回京,则长安诸事定矣。"

闻言,李治也觉得很为难,皇后在这事上一直很纠结,他若是赦免其罪,必致夫妻失和,即便到了洛阳,也难有个平静的日子。他沉吟良久后道:"遂良之情,朕亦知之,然其悖逆犯上,故以此责之,还是等他反省之后再说吧。"

韩瑗又一次失望地离开两仪殿,他不再提辞官归田的请求,他知道在这种情势下皇上是绝对不会答应的。一阵风吹来,他打了一个寒战,忽然就有了一种老之将至的感觉。

春分那天,皇上与皇后终于启程。太阳刚刚露出半个脸面的时候,太极殿前已经挤满了送行的大臣。李治与武曌站在车驾旁,与大家告别。来到韩瑗面前时,李治抚着他的肩膀道:"皇后已经同意将太子留在长安,于老爱卿也留下。"

武曌接着道:"太子年幼,尚需历练,还请韩大人费心。"

韩瑗忙拱手道:"请陛下、皇后放心,有臣在,担保太子无恙。"

武曌却道:"我要的不是大人关照他的起居,而是要教会他如何治国理政!"

然而,李弘却挣脱了于志宁的手,跑到武曌面前哭着喊道:"母后!儿臣要随母后去洛阳,儿臣不想一人留在长安。"

于志宁大惊,急忙上前劝解道:"皇命如天,殿下不可任性。"

来济因兼着太子詹事,也急忙出来劝解。

"走开!"李弘一把推开于志宁,哭喊的声音更大了,"母后!儿臣绝不留在长安！"

"放肆！"武曌刚才还很温柔的脸上霎时怒若雷霆,她冷冷地望着李弘,厉声申斥道,"荀子曰:'学不可以无师。'少傅者,太子之师也,你竟敢如此无礼,还不退下！"

李弘惊恐地看着武曌,觉得母亲很陌生。他不敢再大声哭闹,但是咬着袍袖低声哭泣,一副可怜兮兮的样子。这情景让武曌心里极不舒服,责备的话语就更加凌厉了:"你身为太子,竟然如此贪恋私情,何以能成大器？还不拉他退下！"说罢,武曌上了车辇,任李弘追着车驾呼唤,却是头也没回。

见此,韩瑗十分感慨武曌的刚强、凛冽。出行的队伍越来越远,他依旧站在那里沉思着,以致上官仪到了身边,他也浑然不觉。

"大人在想什么呢？"上官仪问着,却并不等他回答,"大人定是对皇后答应留下太子不解吧！她总是会有异于常人的举止。"

韩瑗却道:"大人有没有发现,来送行的臣僚中没有太尉的影子？"

"前日下官去探视太尉,他对皇上移驾洛阳十分不满,遂借口有病,不来送行了。"

听着这话,韩瑗拉着上官仪向司马门走去,在路上他感慨道:"太尉这样执拗,亦非长策。与皇后这样的女人周旋,硬来恐怕难以奏效……"

皇上、皇后移驾洛阳的消息由内侍府知会沿途州、县,刺史、县令们自是出城十里迎接,离城十里远送。东行队伍旌旗映日,仪仗连署,浩浩荡荡。许多州刺史为妥善安排如此多的人马,都忙得不亦乐乎。若是到了穷州穷县,往往是刺史府成了皇上的行宫,而官府的驿站到民间的旅店都被随行人员挤得满满当当。尽管如此,刺史们仍然提心吊胆,生怕龙颜不悦,招来大祸。

时近清明时节,李治和武曌终于到了洛阳,车辇从应天门进入皇城。洛阳令率属下大小官员,在宫城外迎接。

这洛阳宫原是隋朝的旧宫,当年隋炀帝大兴土木,将应天门建得十分奢华。门上飞观相夹,观有二重,上重为紫薇观,左右连阙高一百二十尺。武德四年(公元 621 年),时为秦王的李世民率军攻破洛阳,他厌恶隋炀帝的荒淫无度,下令拆除应天门上的飞观。李治即位后,秉承先帝遗旨,洛阳宫一度落寞,渐渐地淡出百官的视线。

然而,一场废立风波竟唤醒了沉睡的宫观。李治不忍自己心爱的女人夜夜被噩梦折磨,答应她移居洛阳的请求。现在,应天门经过整修,焕然一新地呈现在他们面前。城门由门楼、朵楼、阙楼构成。向南突出的巨大阙门为三出阙,那是天子的象征。阙与城之间由城墙相连,城门东西两侧的朵楼、阙楼以厩庑相连;两侧分布着整齐的柱洞,洞外侧砌有青条石基,基石中间以铁链细腰相连,固定在一起。洛阳宫不仅恢复了隋时的豪华和气魄,而且恢宏和瑰丽都远胜于旧宫。

车驾缓缓地行进着,武曌掀开窗帘朝外看,如此雄伟壮观的皇城,远远地超出了她的想象。这一切让她眼睛渐渐潮湿,看身边的李治都有些模糊了。她知道,李治这样做都是为了自己。作为君主,他虽然逊色于先皇,然而作为一个男人,他比太宗更知道怎样去爱一个女人,更能读懂女人的心。她被情感驱使着,悄悄地朝李治身边靠拢,耳鬓的发丝轻轻地在李治的腮边摩挲:"谢陛下厚爱。"

李治不说话,慢慢牵起武曌的手。他抬头一看,贞观殿到了。

李治携着武曌下了车辇,见随行的官员和洛阳府衙的大小官吏跪倒了一大片,山呼万岁。他伸开双臂,招呼大家平身。

洛阳令上前小心翼翼地欢迎道:"微臣恭迎陛下、皇后。"

李治笑了笑,问道:"各省官署、羽林卫营盘可否布置妥当?"

闻言,李荣便上前禀奏道:"洛阳令早在开春前就将宫城布局绘制成图报内侍府,臣日前曾禀奏陛下,陛下居贞观殿,平日里批阅奏章在武成殿;皇后居洛城殿;中书省官署在明福门,其他省部官署依次排列。"

李治听罢,看了看身边的武曌,对内侍府的安排十分满意,接着又对李荣耳语几声,然后就听见他尖细着嗓子喊道:"陛下口谕,天庭据此,乃若北辰,位比长安。洛阳令晋升正五品,与长安令比肩!"

洛阳令忽感头顶圣光普照,一种温暖直向胸臆扑来,他忙率着大小官员齐刷刷地跪倒在了李治和武曌面前……

接下来的几天,来到洛阳的各省部官署、内侍府各府、坊相继安排就绪,李治和武曌开始了在洛阳的新生活。

白日,李治到武成殿批阅从长安送来的奏章;武曌或在洛城殿读书、习字,或到武成殿走动,隔帘听听许敬宗、李义府等人向皇上奏事。有时,也外出踏青寻春。夜间,一般来说,李治都到洛城殿与武曌温存。他不愿意因"贞观殿"的名字而惹起对旧事的回忆,免得因为尴尬而坏了他们的兴致。

武曌感到自在多了,更重要的是她终于告别了夜夜被厉鬼索命的折磨,不久脸色就开始红润,皮肤也恢复了往日的白皙和细嫩,一副青春焕发的风姿,连李治也常常梦一般地跟着皇后颠鸾倒凤,像是回到了当初的岁月。

自从过了而立之年,她越来越感到李治的精力大不如前,有时候还显得很疲倦。她想着应该为自己心爱的男人做些什么?于是找来李义府,要他安排皇上到周围走一走。

到洛阳后半个多月就是谷雨,春天的脚步一天天地走向深绿。一天晚上,两人在床笫之欢后躺着说话。武曌告诉李治,洛阳城南的伊河两岸正是花红柳绿之时,他可以前往一游,也好从每日看不完的奏章里解脱一下。

李治就笑着应道:"朕知道!那确是一踏春好去处,更有北魏以来的石刻造像,气势恢宏,佛光氤氲。"

武曌的丹凤眼顿时光彩灼灼:"妾离开感业寺多年,总忘不了明静法师的关照,正想为她超度,为当年的姐妹们祈福。就让妾陪陛下走一趟吧!"

李治捧着武曌满月般的脸颊,话里就带了温柔:"你呀!总是让朕难以拒绝。"

武曌的头就偎进李治的怀抱,撒娇道:"谁叫妾是武曌呢!"

第二天,李治便宣布罢朝三日,由许敬宗和李义府陪同,前往伊阙览胜去了。

春深时节的伊河两岸,数十里的柳林拉开一道绿色的长廊,清清的河水就从这长廊间流过。水流很急,不时荡起一个个漩涡,恰似武曌欢腾的心浪。河东岸不远处,花农种植的牡丹开得正盛,一朵朵芬芳馥郁,天香四溢,李治一会儿看看牡丹铺开的云霞,一会儿看看身边的武曌,觉得她就如这牡丹,娇艳欲滴,心情顿时舒畅了许多。

武曌抬头看去,只见伊河西岸的龙门山上,洞窟连属,气势恢宏,便对李治道:"妾欲往龙门山拜佛,恳请陛下恩准。"

李治点了点头,问李荣可有舟船过河。

还没有等李荣回答,李义府忙上前禀奏道:"皇上,臣已命洛阳令备了龙舟,请皇上登舟。"

一干人上了龙舟,没过多长时间,就到了河对岸的洞窟前。众人边走边看,每到一洞,李荣、许敬宗和李义府都代皇上进香和布施。

武曌很快就发现北魏的造像活泼、清秀、温和。脸部瘦长,双肩瘦削,胸部平直,衣纹的雕刻使用平直刀法,坚劲质朴。心中除了肃然和钦敬之外,又不免加了遗憾:"看这秀骨清像,好倒是好,就是显得不那么丰腴,与我大唐风韵有隔世之遥。"

李义府忙在一边解释:"皇后娘娘有所不知,孝文帝以瘦为美,故而造像偏于清秀。"

"所谓移风易俗,肥瘦之美,因时而迁。我既选定洛阳常住,自然要张大唐气度。"武曌说着,转而面向了李治,"妾以为不妨在域内选能工巧匠,就在这龙门山上择窟造像,以我朝宫廷男女为模,将来必是另一番气象。"

李治闻言笑了,道:"皇后总忘不了与佛结缘。"

"妾也是为祈社稷万世稳固啊!"

见此,许敬宗不失时机地响应道:"臣也觉得皇后之见深邃悠远,还请陛下虑之。"

"传朕口谕,命鸿胪寺崇玄署尽快拿出方案,朕要亲自过问。"武曌对李治投去一缕温柔的目光,情不自禁地挽起他的胳膊朝前走去。

几人来到古阳洞里,但见十九座造像碑记,银钩铁画,笔力沉稳,刀工遒劲,特别是那点画之间,峭拔挺峰,似有剑气如虹。

"陛下!如此书艺,弥足珍贵。上承汉隶,下启我朝楷书,真乃瀚逸神飞,美不胜收。若是陛下有意,何不将我朝书法也勒碑刻石,岂不锦上添花,自成一方风景。"

"嗯!还是皇后思虑周全,可褚遂良的也刻么?"

"人书两分,怎么可以因人废书呢?"武曌没有丝毫犹豫。

"此事不劳陛下与皇后费心,就由微臣去办好了。"许敬宗见机便把这事揽了过来。

李治很满意许敬宗见事机敏,高兴道:"爱卿去办此事,定是大功一件。"

武曌于是借题发挥:"朝廷要是多几个许爱卿与李爱卿,何愁大唐基业不能光大,哪像那几个老朽不思报效朝廷,却处处掣肘。"

听了这话,李治便不回应了,他不能忘记长孙无忌和褚遂良在要紧关头对自己的扶持,他不愿意让这些是非坏了自己的兴头。

武曌很快就读懂了李治的心思,也不再辩解,她心里却有了另一番打算,她不会容许这种让皇上为难的态势继续下去。

然而,当李荣正要引导皇上继续览胜时,却看见武曌的两眼发呆了。

那不是明霁法师么?她怎么会出现在这里呢?一身素衣,脚蹬麻鞋,只是背影看上去有些佝偻。当年感业寺的日子一瞬间都涌上心头,武曌无法抑制心头的激动而温婉地喊了一声:"明霁法师。"

明霁回转身来,顿时陷入惊诧和慌乱中,她没有想到,会在这里看见皇上与武曌。

"贫尼参见陛下、娘娘。"明霁双手合十,平静了一下自己的心情。

武曌忙介绍道:"当年在感业寺,多亏了明霁关照,姜才不至于孤单。"

"朕早闻法师慈悲为怀,今日异地相逢,朕不胜欣喜。"

"我佛慈悲,能与陛下在此相见,也是佛缘。"明霁回应道。

武曌插话道:"许久不见,妾有些话想与法师单独说,恳请陛下恩准。"

"好,那皇后随意,许爱卿、李爱卿就陪朕到别处看看。"于是,随行的禁卫就跟着李治走了,还有一些远远地跟在武曌后边。

此刻,武曌已换了另一种语气:"师姐为何到了此地?"

明霁回道:"龙门的圆觉法师要登台说法,邀贫尼前来,不巧却在此处与娘娘相逢。"

武曌闻言便不依了:"你我姐妹一场,别总是娘娘这样叫着,难不成有一天我做了皇上,你还不见我了?"

明霁心里很惊异她怎么会说出这样的话,口里却改了称呼道:"明空!听崇玄署的官员说,你回宫后一切皆好,姐姐很是欣慰!"

武曌一撇嘴道:"好什么呀!那个长孙老儿总是与我过不去。"

明霁道:"我佛慈悲,宽大为怀,你得饶人处且饶人吧!"

"那怎么可以?若不是我这些年与之抗争,早就成了刀下之鬼。"说着话,武曌眼里就火花飞溅,似乎站在面前的不是明霁,而是长孙无忌。

明霁就在心里感叹,她是枉进了一场佛门:"宫苑险恶,贫尼深知,娘娘还是好自为之。"

两人似乎都感到了话不投机,于是明霁就换了话题道:"皇上追赠武大人为司空、司徒、周国定公,也是娘娘恪行孝道之故。"

武曌合十感谢:"不瞒师姐说,我已与皇上迁来洛阳,师姐若是不急着走,不妨随我回城中小住,也好叙同乡之谊。"

"南无华严经。"明霁双手合十,婉谢了武曌的邀请,"出家人四海为家,贫尼习惯了,住进皇宫,反倒给娘娘添了累赘。好在你我姐妹法门重逢,也见我佛慈海无垠,贫尼就此告辞了。"说罢,明霁转身便离去了。在路上,她的心情是沉重酸涩的,她虽遍阅《华严经》,却无法估量武曌的未来。可她有一种预感,这位同乡绝不是皇后之位能够满足得了的……

从龙门归来,武曌的心境也不那么平静了。长孙无忌、褚遂良的影子总在她的眼前徘徊,她喉咙里就像扎了两根刺,分外难受。她决计要给这些人最后一击。

她做的第一件事情就是向李治谏言,任命许敬宗为侍中、李义府为中书令,理由也是堂而皇之地。尽管现任的中书令是来济,然而自贞观以来,中书省都是两令并置,现在皇上又在洛阳,怎能没有一位贴身的宰辅呢?至于侍中,那个韩瑗怎能和许敬宗相比呢?而且李治也觉得这样安排,他打理起朝政来就方便了许多。

而在许敬宗等人的谏言下,李治已将每日视事改为隔日早朝,武曌有的是时间与这两位心腹见面。她人在洛阳宫,心并没有闲着,她的眼神穿越千山万水,紧紧地盯着长安。

这一天,她把许敬宗与李义府传到洛城殿问话:"跟着皇上在这里消闲,有些乐不思归了吧!"

许敬宗与李义府交换了一下眼色,都明白皇后话里带了不满,忙道:"皇后有何吩咐,还请明示。"

一见他俩不明所以,武曌竖着丹凤眼道:"就让长孙无忌、褚遂良对你们明示吧!"

"哦!娘娘指的是长安那边。您放心,微臣何曾有过一刻的松弛。这不,崔义玄、袁公瑜有消息来了。"说着,许敬宗呈上两件书札。

武曌打开一看,不禁倒吸一口冷气,随之骂道:"这帮逆贼!若不早除,国无宁日。"

原来,御史大夫崔义玄和御史中丞袁公瑜联名在奏章中举报,侍中韩瑗、中书令来济与褚遂良潜谋,以桂州为用武之地,授褚遂良桂州都督,欲以为外援。

封好书札,武曌一脸的阴沉:"社稷安危,在举手之间。明日早朝,你等速奏陛下,不可延误!"

"微臣遵旨。"说罢,许敬宗、李义府起身告辞。

武曌又示意道:"李大人先行,我还有话与许大人说。"

等李义府退出后,武曌问道:"前些日子,龙门之行,不意与明霁法师相遇,爱卿可还记得?"

"哦!娘娘说的是感业寺住持,微臣看您待之甚厚,不便近前,就陪陛下看碑刻去了。"

"论起来,这明霁也算是我的乡里,然甚不识时务,仍以当年住持的语气训诫我,一想起来就气人。"

许敬宗明白了武曌的意思,立即做了个杀的手势。武曌并没有阻拦,而是叮嘱道:"我只是不愿再想起那段不堪回首的日子,她知道得太多了。"

"微臣明白!"

辞别了武曌,出了洛城殿,许敬宗只觉得脊梁发冷,似乎是武曌的眼神刺透了自己的肌肤。他惊慌中回头看去,暮色中的殿门宛若一孔张大的口,仿佛随时都可以吞掉他。

是的!她连一个曾与自己共苦的尼姑都不放过,说不定哪天就会向自己举起屠刀。

从洛河上吹来的七月风,酷热而又潮湿,许敬宗的袍子贴在身上,黏糊糊的……

皇上的诏书到达长安的时候已是八月,秋已走下秦岭,进了京都的街坊,前些日子炎炎如火的天气一下子就有了凉意。

韩瑗、来济谢过皇恩,跪在地上半天起不来。"谋反"这突如其来而又子虚乌有的罪名让两位宰辅蒙了。

皇上的诏书说得很严厉,然处置却很微妙,让他们摸不着头脑。

"查侍中韩瑗、中书令来济,密与褚遂良谋反,欲以桂州为外援,敕贬韩瑗为振州刺史、来济为台州刺史、褚遂良为爱州刺史、柳奭为象州刺史。终生不得朝觐。"

哦!韩瑗渐渐悟出,一切的根源就都出在这任命桂州都督上。

还是在二月,桂州下辖的几位县令联名上奏朝廷,言潭州都督褚遂良治理有方,汉人与巴人、僰人相处和睦,民安其业,恳请朝廷转任褚遂良为桂州都督。尽管奏章是由韩瑗呈递上去的,可皇上当时也为褚遂良不为位卑懈怠而动容啊!是皇上当殿命中书令来济起草诏书的,为何刚刚过了几个月,忽然就有了谋反的嫌疑呢?

要命的是,这一道诏书不仅将他与来大人贬谪出京,还株连褚遂良和柳奭,这对本来就命途多舛的他们岂非雪上加霜?

来济现在才明白,得罪了武曌会是怎样的结局。永徽三年,许敬宗曾登门说项,要他依附于武媚,被其婉言谢绝;永徽六年,在废立的风波中,他又在褚遂良、韩瑗等人联署时签了名。面对皇上的诏书,他忽然发现当今皇上即位以来,最短命的就是三省首辅,他在任才刚刚一年。

韩瑗还在纳闷,既是谋反,当处极刑,何以贬官论之。

他们并不知道，李治在看了崔义玄、袁公瑜的弹劾奏章后，本以证据不足为由而驳回的。可就在这关头，武曌从竹帘背后出来，说既是在反与不反之间，皇上也不能毫无警惕。倒不如免了他们的现职，流放京外，永不朝觐。彼等若是果真被冤枉，自是坚冰严霜而不改其志。若果真有反骨，必是蠢蠢欲动，那时剿灭也不迟。

韩瑗从地上起来，打了打袍摆上的灰尘，就去拉来济。四十七岁的来济踉跄着身子起来，不由得悲泪双流，面向东方大呼一声："陛下！臣冤枉啊！"

"大人不必悲观。"韩瑗劝道，"只要保住性命，今后就还有辩冤的机会。从今之后，你我天各一方，大人尚须珍重，以待来日。"

闻言，来济的情绪才渐渐平静下来。韩瑗又道："去岁，陛下任大人为太子詹事，虽说职在掌管局、坊，然则实太子之师也，离京之前，大人尚需向太子与于大人辞行。"

来济叹道："如此，大人与下官一起走一趟吧。"

然而，当他们来到凌烟阁时，却被值守的禁卫拦住了："御史大夫崔大人奉皇后之命在此看护太子，你等罪臣，不得入内。"

韩瑗请求道："那就烦请禀告于大人，就说我与来大人在阁外等候，向他辞行。"

禁卫冷笑道："不必了！于大人已经发话，今日拒见一切访者，两位大人请回吧。"

见求告无用，两人遂转身离去。在路上，来济十分感叹人情冷暖："想昔日这凌烟阁中，在下来去自由，禁卫们敬畏有加。如今倒成了路人，真是'朝为座上宾，幕落阶下囚'啊！"

韩瑗安慰道："大人不必如此，李勣、于志宁两位大人是官越做越大，胆越来越小。彼等明哲保身，不见也罢。"

来济看了看韩瑗，他比自己年长四岁，自小生于关中，而今却要渡海远到振州任职，与囚犯何异？皇上诏书说得很明白，不许再朝觐，意味着从此将浪迹天涯。一想到这些，他又禁不住热泪盈眶，拉着韩瑗的手道："大人珍重，下官在府上略备薄酒，与大人饯行，就你我二人，不醉不休。"

韩瑗摆了摆手，很伤情道："大人心意我领了。自永徽以来，如此聚会已非一次，每一次都怆然而散，饮下的是苦，留下的是念，何时有过欢悦呢？倘若皇上有一天大开天恩，你我定有缘再见，到时当一醉方休。"

"大人……"来济一时不知说什么好。

......

裴行俭来西州任长史已经五年了,高昌这地方虽处西北边陲,气候却是比岭南热多了。时值九月,仍然炎日如火,烤得人从早到晚都是大汗淋漓。

高昌这地名,是回纥语的音译,意思是"秦城"。裴行俭闲时观看当地史书,总是引起不尽的遐想。当年秦皇可曾挥剑西至,有哪位将军横扫了这遥远的地方呢?后来汉武帝远征大宛,猎猎旌旗又是怎样漫过这戈壁的呢?这一切都排解了他许多的乡愁,竟然在年复一年的边陲风雪吹拂下爱上这片灼热的土地。

九月,正是高昌葡萄、瓜果成熟的季节。昨天,当地部落首领就送来了甘美的葡萄和甜瓜。那葡萄一颗颗晶莹如玉,大如马奶,故名为马奶葡萄,咬一口嘴角流蜜,而不似长安的葡萄那样含了酸涩。裴行俭每每接到礼品,都先不吃,而喜欢坐在一旁静静地欣赏,看太阳一点一点地将它涂得晶亮。那光线从窗外投射进来,也一丝一丝地投进他的心苑,牵出一缕缕的追忆。

五年前,当他在"西去天阁"与长孙无忌、褚遂良等相别西来时,官阶也从五品降为六品。他原以为这辈子不过如此,于边陲的冷月寒风中聊度余生。一路西来,沿途千里戈壁,茫茫沙海,昔日盛极一时的王国留下的断垣残壁,写满了他苍凉的胸臆。

两个月后,当他出现在西州都督府门前的时候,一幅让他感慨的场面将浓浓的愁绪洗得淡如残云。

西州都督麹智湛将军亲自率领幕府官员在帐外迎接他。裴行俭忽然就有了一种受宠若惊的感觉,一种被灼烫的诚惶诚恐。在当晚的宴会上,麹将军的一番话给了他归家的温暖。

麹将军并不在乎官阶的差别,先行举起酒杯道:"朝廷的是非咱不大懂,也不想知道。然裴大人一手好文好字,却是闻名朝野的。咱自幼习武,粗通文墨,向来敬仰文人雅士。请裴大人饮下此杯,往后你我就情同手足了。"

那一夜,裴行俭虽喝得酩酊大醉,却是醉中风流。他跌跌撞撞地站了起来大喊拿笔来!待幕府撰掾奉上笔墨,他狂笑着道:"褚大人有言,无精笔佳墨不能为书,下官则是笔无论精敝,墨无论优劣,皆可为之。"言罢,他就在丈二长的绢帛上泼出了巨大的"边关夜月"四字。其字疾如奔马,狂若飓风,飞白处形断而意连,墨发时若云霭重重,一时笔惊四座,满堂喝彩。

没几天,麹智湛竟把那字装裱,高悬于自己帐内,逢人便讲此字出于自己长史的手笔。

裴行俭虽官居六品,然因为有一个长史的头衔,位仅在麹智湛之下。因而,麹将军要属下的司马陪同他先巡视一番边关。半个月后,麹将军安排他主管西州农商、诸族的安抚,他这一干,就是五年。

麹智湛没有看错人,他到任后第一件事就是帮助当地回纥族兄弟寻找水源。一整个夏天和秋天,他就泡在回纥兄弟中间,带着酋长们一个部落一个部落地勘测,把自己学来的东西都用在了找水上。第二年秋天,当他开挖的竖井、暗渠、明渠和涝坝给百姓引来汨汨清流时,回纥的兄弟将他当作了神。在丰收的庆典上,十数名回纥小伙抬着他抛向了天空。不久,周围的王国都"慕义而归附"了。

"裴大人,你官居六品太委屈了。"麹智湛常常为他抱屈,于是每次向朝廷的奏章中,他都不忘大谈裴行俭的功绩。

现在,裴行俭已是四品长史了。他没有一天不想念长孙无忌、褚遂良、韩瑗、崔敦礼等一起经历风雨的同僚。只要长安来人,他都要打听他们的境遇。然而,显庆二年春以来,关于他们的消息却少之又少,他不免有些心急。

帐外传来说话声,裴行俭听出是录事参军的声音,忙对值守的卫士道:"快请参军大人进来。"

卫士连忙去请,录事参军进来后,裴行俭一边吩咐上茶,一边问道:"大人一早来此有事么?"

录事参军十分感慨,他俩的官阶相差了四个等级,可他从来没有从裴行俭身上感受一丝傲慢。仅从这一点,他就断定裴行俭将来必大有前程。他喝了一口茶道:"大人到此数年,也喝惯高昌的奶茶了?"

裴行俭闻言哈哈一笑道:"我现在非但能喝奶茶,就那牛羊肉,食之亦甘啊!"

"难得大人能随遇而安。"说着,录事参军从怀中拿出一封书札来,"潭州有信了,大人请过目。"

裴行俭眉宇立时展开,接过书札急不可耐地打开粗看了一遍,才知此信是春季写的,辗转到这已是秋日了。他心中十分感喟,大唐江山万里,真是天各一方啊。

从信中可以看出,褚遂良的心境比前一年好多了。因其在潭州治理有功,巴人、僰人与汉人情同兄弟,桂州诸县县令联名上书请他前往,朝廷已改任他为桂州都督了。他说为官一任,造福一方,也是为大唐社稷建功。只是此行离朝廷是越来越远了。惋惜之情,溢于言表。

不管怎么说,只要他活得不那么窝囊就好,裴行俭久悬的心终于可以放下了。

送走录事参军,裴行俭迫不及待地铺开稿纸,给褚遂良复信——

西州都督府长史裴行俭拜见褚大人:

京都一别,匆匆数载,云树之念,萦萦于怀。江湖虽远,忧乐在民,闻大人任上,功业赫赫,华夷一体,此所谓达则兼济,穷则独善者也。朝廷改任桂州都督,虽职属平移,褒奖之意不言而喻。桂州长安,遥遥千里,陛下在心,宛若咫尺。中书侍中,韩、来掌管,必达圣听,归京之时,指日可待。仆之身在西北……

裴行俭正要写下去,却又听到门外有说话的声音。不一刻,值守卫士进来禀报,说都督府的卫士送来书信,麴大人担心是大人家书,便急命送来了。

他只好把刚写了一半的书信停下,打开第二封书札,看那熟悉的字体,就知道是韩瑗的手笔。侍中日理万机,却亲笔写了书信,必是有事。他抬头看了身边左右,待他们退下后才展开书信,细细读了起来。

这一读如同晴天霹雳,裴行俭顿感头晕目眩,险些跌倒。及至靠在榻上,他两眼就直直地望帐外越升越高的太阳,讷讷自语道:"为何会是这样……"

韩瑗的信是八月写的,就是快马送来也得一个月,想来他在离开之前做了最后一次安排。裴行俭忽然觉得,与韩瑗、来济的遭遇相比,自己当年的冤情实在算不了什么。两位宰相就这样寒心地离开京都,去做一个州的长史,皇上这是怎么了?而整天跟在武皇后左右蝇营狗苟的许敬宗、李义府竟然得以把持相位,皇上这是怎么了? 褚遂良因政声甚佳而改任桂州都督,为何就成了内外勾结的"贼党"了呢? 桂州与京都且不说数千里之遥,重山阻隔,单是沿途接垒连堡,区区一州兵马,能奈朝廷何? 皇上这是怎么了?

裴行俭忽然打了一个寒战,心底的那一团疑云渐渐散开了。围绕废立皇后而生的风波并没有因为他和褚遂良的离去而结束,那个野心勃勃的武媚正一拨拨地清除着她的政敌。她最终要怎么样? 他一时还理不清楚,然而他能够明显地感觉到,永徽新政正遭遇被颠覆的危险。

褚遂良走了,崔敦礼殒毙了,韩瑗走了,来济走了,下一个将会是谁呢? 嗯! 一定是太尉长孙无忌,在他周围的人被一个个剪除之后,他一定会成为武氏清除的对象。武氏之所以这次没有将长孙太尉牵涉进去,根本的原因是他还有一个皇上元舅的身份。但裴行俭知道，以武氏刚烈、独断的性格，这一条十分脆弱的关系绝对挡不住她实现自己图谋的步伐。但长孙太尉目前却是他和韩瑗等人唯一的希望，不管遇到怎样的风险，他都不能再倒下了！

裴行俭已没有心思再为他的两位知己复信了，他对着帐外喊道："卫兵何在？备马！"他要向麴都督告假，回长安去见太尉。

在西州都督大帐，麴智湛对裴行俭的行为很是不解："没有陛下的诏命私自回京，就是擅离职守之罪，大人考虑过？"

"韩大人在离京前给下官的信中说，皇上已与皇后一起去了洛阳，下官悄悄进城探视完太尉就回来，不会有事的。"

麴智湛虽是一介武夫，这些年很少去京都，可宦海的险恶他也是多少有所耳闻的，他不关心皇后该谁来做这种是非之争，他关心的是粮草供给和部下的安全。眼下，他最关心的是长史的安危，他不愿意自己千方百计擢拔起来的人才毁于无谓的纷争，他要裴行俭在对面坐了下来，以少有的冷静问道："大人纵然平安回京，又能做些什么呢？"

裴行俭应道："下官要提醒太尉，要对奸佞有所警觉。"

麴智湛一听，就觉得此话太单纯了："请问太尉与大人谁在朝时间更长？"

"这还用问，自然是太尉。"

"那再问大人，对如今京都之风云，大人与太尉谁更详知？"麴智湛没有等到裴行俭回答就自言自语道，"那自然是太尉了。太尉身在陛下左右，犹不能阻止韩、来两位大人被贬，况大人于千里之外乎？咱与两位宰相未曾谋面，却知道他们乃大唐忠良，今遭奸人陷害。可咱绝不许再有一位忠良之人落入陷阱，还请大人三思。"

裴行俭很吃惊，麴智湛的一番话至理至情，他很久没有说话。

没过多久，麴智湛又说话了："大人的意思咱明白；大人的情感咱亦有体会。请大人修书一封，咱派遣心腹司马六百里加急进京送给长孙太尉，这总可以了吧！"

"多谢大人！"裴行俭说完，拱手拜在麴智湛的面前，"知行俭者，大人也。"

# 第十六章

## 东都宫中雷霆骤  长安城里雨满楼

褚遂良是在赴任桂州都督的途中接到朝廷贬他为爱州刺史的诏书的。变故发生得如此突然,他不得不改道继续南行,于显庆三年春到了爱州。当北国依旧春寒料峭的时候,这里已是山木葱茏,稻花溢香了。

踏上这片陌生的土地,他觉得现在离长安非常遥远了,以致京城在他的印象中越来越模糊了。他不能想象,当年的中书令、原任的刺史柳奭是怎样在这孤处一隅的天地里度过难耐的岁月的。

正在筹备移交的柳奭在九真城外五里地迎接褚遂良,这不仅是因为当年在朝廷时,褚遂良作为托孤大臣之一曾坚定地站在王皇后一边,更因为他两次从同州刺史任上回到京都后,宁愿屈居于吏部尚书,将他推上中书令的位子。现在,他们都被列入再次贬官的诏书中,同是天涯沦落人,自是更多了一分亲近。

站在九真城外的茅亭里,柳奭不时将焦急的目光投向远方,希望早点从不远的山道拐弯处看到褚遂良的身影。他知道,爱州多山,褚遂良一定会骑马来的。

终于,从松柏苍郁的山崖后面转出十数骑来。走在前面的,不就是褚遂良么! 柳奭按捺不住心头的激动,对陪在身边的九真县令道:"快备好酒菜,我们就在这里为褚大人接风。"言罢,他就匆匆地奔山道上去了。

在崎岖不平的山路上,两人相遇了,执手相看,彼此都从对方眼里看见了泪花。

"大人! 您瘦了!"柳奭道。

"您也一样,不但瘦了,也黑了。"

柳奭笑道:"爱州天热,终年赤日炎炎,岂能不黑?"

这话说得有些轻松,其实,褚遂良这几年履职的潭州,亦与北国气候迥异,他的皮肤也被晒得黑黝黝的,一脸的美髯都显得不那么突出了。

九真县丞领着褚遂良的随从先行进了城,柳奭则邀了褚遂良来到茅亭,早有九真县令在那里迎候,看见褚遂良,他忙上前参见。

褚遂良道:"县令乃九真父母官,爱州治所就在九真,往后还请大人多关照。"

县令忙应道:"下官唯大人马首是瞻,当不遗余力。"

褚遂良打量一下案几上的几样菜,都不大知道名字。柳奭在一旁介绍,说此地民俗异于长安,菜肴都带着南方的色彩。说着,还给褚遂良斟了九真产的米酒。

褚遂良尝后,连道好酒!

饮过几巡,九真县令觉得是该知趣而退的时候了,遂起身道:"两位大人慢饮,下官尚需回城为褚大人安排起居事宜。"

柳奭也不阻拦,任其去了,遂把话题转到了目前的情势上。说到王皇后被废,又被武曌残害而死,柳奭流下了辛酸的泪水,对着远方黛色的青山怒吼:"武曌!你做下此等人所不齿之事,天理不容,将来必不得好死。"

褚遂良陪着柳奭流泪,并借着酒意告诉他朝廷已将洛阳定为东都,皇上和武后大半时间都在洛阳,朝廷大事皆决于武氏,许敬宗、李义府等鹰犬用事,就虚构了韩瑗、来济、褚遂良谋反案。

柳奭疑惑道:"未经大理寺审理,亦无嫌犯'狱词',就能定谋反罪?"

褚遂良苦笑道:"本来就子虚乌有,何来'狱词'之说。武氏醉翁之意不在酒,在排除异己耳。将吾等贬谪出京,从此,陛下身边皆武氏之徒矣。"

"难道皇上就任其恣意诬告忠良么?"

褚遂良无奈地摊开双手道:"柳兄所言,乃书生之见耳。不闻黄钟毁弃瓦釜雷鸣之故乎?记得在同州刺史任上,在下曾到杨震祠中谒拜,闻当年皇帝乳母王圣大兴土木,奢靡惊人,公愤而曰:白黑溷淆,清浊同源。现今,我朝有过之而无不及了。"

"忠而见疑,信而遭谤。大唐乾坤,究竟为何人天下?"柳奭站起来,凭栏眺望,远山重隔,他只能看到一里外的沟坳,"难道大人就此罢休,任人宰割么?"

酒喝到这个地步,两人都已深醉。褚遂良傍着柳奭而立,愤慨盈胸,用力击打着栏杆："我等承先帝遗旨,深受陛下隆恩,岂能容奸人横行？在下遭此不白之冤,必上奏天庭以辩之。"

柳奭紧紧地握着褚遂良的手,那理解和相知都在其中了。

接下来的几天,柳奭就陪着褚遂良到九真以外的几个县转了转,了解当地的风土人情,随后便向褚遂良辞行。他知道圣命难违,既是离职,滞留延宕,必授人以柄。褚遂良不无惋惜地说道："本想和大人做推心置腹之谈,未料时局如此,在下也不强留,就送你出城,也好在路上说些话。"

这天晨曦初现时,两人各自带了随从,悄悄地离开九真城,踏上了北去之路。晨雾在山峦间缭绕,那山显得影影绰绰的,就如当今的朝事一样扑朔迷离。

褚遂良与柳奭将马交给随从,两人并肩而行,足尖被露水打得湿漉漉的,一阵清凉。褚遂良道："我等现今就如这晨间行走之人,要想不湿履已无可能,皇上已在诏书上断绝了你我回京的机会,往后你我要好自为之了。"

柳奭有些伤感："从今以后,你我便四海为家,浪迹天涯。只要武氏不去,断无回朝可能,纵然回去,也是引刀而死。"

"大人也不必过于悲观,在下记得马援将军曾经有言,'男儿当死于边野,以马革裹尸还葬耳,何能卧床上在儿女手中邪？'你我生为大唐之臣,岂可因锋挫而悔初衷？"说着,褚遂良弯腰从山道上捡起几块红石交与柳奭,"大人在爱州四年,政声甚佳,山水有情,带上这个,日后看见,也不枉为官一任了。"

褚遂良的豁达和大度深深地感染了柳奭,他感慨道："闻大人一言,胜读十年诗书。"

其实,此时两人心中都很明白,所谓"谋反案"的风波并未过去,许敬宗、李义府之流定会穷追不舍,借机滋事的,只是此时彼此都不愿意给对方心头投上过多的阴影。

韩瑗、来济被逐出京城后,当年反对立武氏的就只剩下太尉与上官仪了,他俩都不约而同地为两人的安危担心。

柳奭道："唯愿陛下看在甥舅之面上,不要为难太尉。"

褚遂良闻言揣测道："依在下看来,此次所谓'谋反案'没有将太尉牵涉进去,多为陛下斡旋之故,以武氏之品性,最恨者乃太尉矣。然则彼亦有投鼠忌器之忧。"

看看已经走出十余里,柳奭谢道："千里相送,终有一别,大人就回去吧。

若今生有缘再会,当与大人一醉方休。"说完,柳奭上马便离去了。

褚遂良一直看着他们消失在丛山密林之中,才收回目光。

清明前后,爱州的早稻已经放黄,农夫们纷纷下地收割。褚遂良也不愿意一人待在府上,常常到田头察看收成,间或下到田间帮农夫插秧,日子就这样一天天过去。

六月的一天,眼看夕阳将沉,暮色渐浓之际,忽然西南方向黑云滚滚,霎时雷声大作。爱州长史刚招呼褚遂良离开田间,大雨就倾盆而下。卫士迅速撑开雨伞,护卫他来到一农家平时看护庄稼的草棚避雨。

褚遂良匆匆走进棚屋,却不料被一软乎乎的东西绊了一跤,卫士忙从旁搀扶。褚遂良定神去看,却见地上躺着一个人,蓬头垢面,分不清男女。

卫士上前呵斥道:"何人竟在此横卧,几乎绊倒大人,该当何罪?"

他正要抬脚去踢,却被褚遂良严词喝住了,他上前轻声道:"你从何处来,为何成了这般模样?"

那人挣扎着起身,跪倒在褚遂良面前,声音微弱地说道:"不知大人来此避雨,小民罪该万死……"一句话没有说完,"扑通"一声又昏了过去。

褚遂良手拂过他的额头,感觉滚烫滚烫的,情知他患了病,就忙对卫士说道:"救人要紧,待会儿雨住了,你背他回府,请良医诊治。"

卫士有些迟疑:"大人,此人身份不明,万一他是歹人,我等岂不……"

长史在一旁责备道:"你哪来如此多的话?纵然朝廷重犯,也该救治之后再行处置。就按大人说的办,贻误诊治,拿你是问。"

山涧的雨就像小儿的喜怒忧乐,来得快去也得快,大家说话间,雨住云散,一道彩虹悬挂在西天,褚遂良一行背着病人回府。沿途百姓见刚才还在帮他们插秧的刺史大人如今又背了一位路人回家,纷纷拥到田头说道:"大人体恤民情,解民疾苦,真乃民之父母。"

一回到府上,褚遂良便命府役为病人换上了干爽衣衫,又请来爱州城里的名医为之诊脉。医家细细地查了一遍,来到外间对褚遂良道:"病人脉象平和,并无大碍,只因长途跋涉,多日未进食,体虚气弱。服一剂驱寒汤药,多进饮食,自会康复。"

安顿好病人,褚遂良回到后堂。因为心绪烦乱,他没有多少食欲,草草用了些饭菜,便独自一人进了书房,摇一把蒲扇,想起心事来。

近年来朝廷风云变幻,他一想起来就为社稷的存亡而夜不能寐。当初,太子承乾谋反案发后,是他与长孙无忌力阻先帝立吴王李恪为太子,坚决拥立晋王李治,然而谁又能想到,他今天会被武氏所左右呢？也许当初他和长孙无忌都错了,竟没有发现他和武曌之间那些明明暗暗的瓜葛。

曾与他一起反对立武氏为皇后的同僚一个个被逐出朝廷,他就想起史上"清君侧"的故事来,可景帝面对七国之乱,诛杀晁错是显得多么无奈,何况他诛杀的只有一人。而今武氏罗织罪名,要击倒的是一大批人。他不敢想象,照此下去,许敬宗、李义府等人会怎样祸国殃民,怎样肆权弄威。

至于个人的境遇,他从选择站在太尉一边时起,就将荣辱置之度外。可如今将一个"谋反"的罪名加在头上,他感到的不仅仅是委屈,而是愤慨。当年周公被诬篡权,尚有岁月可以见证。而他如果不为自己辩冤,那么一旦客死他乡,谁能还他一个清白呢？

褚遂良的身子渐渐发热,以致汗水湿透了常服。他决计上奏皇上,洗雪加在自己头上的不实之词。他铺开稿纸,那满腔的委屈和愤怨顿时如潮水般地倾泻出来——

　　爱州刺史臣褚遂良伏乞陛下:
　　往者濮王、承乾交争之际,臣不顾死亡,归心陛下。时岑文本、刘洎奏称"承乾恶状已彰,身在别所,其于东宫,不可少时虚旷,请且遣濮王往居东宫。"臣又抗言固争,皆陛下所见。卒与无忌等四人共定大策。及先朝大渐,独臣与无忌同受遗诏。陛下在草土之辰,不胜哀恸,臣以社稷宽譬,陛下手抱臣颈。臣与无忌区处众事,咸无废阙,数日之间,内外宁谧。力小任重,动罹怨过,蝼蚁馀齿,乞陛下哀怜。

在奏章的末尾,他之所以谨慎地选择了"乞陛下哀怜"的句子,是不愿意给能够看到这份奏章的许敬宗和李义府留下话柄。但这几个字从他的嘴里出来,让他感到十分悲哀,竟至于搁笔案头时,痛哭了许久:"陛下,臣之心天日可鉴啊！"

有敲门声从外面传了进来,接着是夫人的声音。他急忙止住哭声,擦干了眼泪拉开门。

"老爷！您这是怎么了,眼睛红红的,又伤心了？"

"不碍事,老夫刚才迎风落泪。有事么？"

"老爷！您救起的那个人原来是一位女尼。"

"哦！你带老夫去看看。"

两人来到旁厅,那人也洗得干干净净,女人的身姿便呈现在他的面前。

女子见褚遂良进来,忙起身多谢他的搭救之恩。这一看让褚遂良大吃一惊:"这不是感业寺的明霁法师么?怎么流落到此?"

明霁法师的伤心事被这句温婉的话勾起来了,顿时泪水夺眶而出:"大人!此事说来话长。"

现在回想起来,明霁依旧走不出那噩梦般的恐惧。

那天在龙门山与武曌相遇实出于意外,但极不投机的叙话让她顿时有了一种隐忧。她发现两年的感业寺修行没能使武曌脱去尘埃,她那绝不容许别人与自己争宠的性格已膨胀为觊觎权力的欲望,过度的仇恨使她给自己树立了一个个敌手。念在同乡之故,她坦诚地劝她对别人多些宽容。没想到,这番话会给她带来杀身之祸。

明霁从来不怨恨别人,也就少了对别人的警惕,她每日照旧到龙门寺听圆觉法师说法,晚上找一便宜的客栈过夜。开始的几天倒也平安无事,然而那一个八月后半月的秋夜,她做完一天的功课,托着疲累的身子躺进榻床,很快就进入了梦乡。

半夜里,她被秋雨的声音唤醒,却听见窸窸窣窣拨门的声音。她吓坏了,蹑手蹑脚地回到床边,仓皇地钻到床下。

门被拨开,她听出是两个男人的声音。他们在屋里寻找了半天,后来只听一人疑惑道:"也许是房间错了。"

另一个男人道:"怎么可能呢?白日里在下反复踏踩了的。"

"回去禀奏皇后,只要她没有离开洛阳城,就一定能找到。"

明霁这才明白,一切都是那天龙门相遇惹的祸。

后半夜,她是在战栗中度过的。黎明时分,城门刚刚打开,她就化装成乞丐逃了出去!

她知道自己不可能再回到感业寺了,便沿途乞讨,躲过一个个关卡,一直往南,辗转一年就到了这里。

听完明霁的诉说,褚遂良怒不可遏:"且不说法师与武氏有同乡之谊,她连给自己多方关顾的佛门姐妹都不放过,其蛇蝎心肠,可见一斑。"

"若非大人相救,明霁定然抛尸荒野了。"

褚遂良沉思片刻后道:"法师既是到了这里,就在本官管辖之内。不过,本官料定那武氏断然是不会罢休的,因此法师不宜再出入于佛寺。就换一个法号,在府上住下吧。早晚诵经、功课,一切照旧。"

明霁起身又要拜谢,却被褚遂良拦住:"本官对佛事略知一二,法师就改名清化吧!"

明霁道:"悉听大人安排。"

从旁厅出来,褚遂良感到给皇上的奏章绝不能直送洛阳了,他要寻找一位心腹,将奏章送到太尉那里……


不管两京之间的任吏怎样变换,也不管武曌怎样将清除政敌的打击面不断扩张,但她始终没有忘记悉心辅佐李治,她对经国济世和邦交的大事从来都很上心,而且处理起来得心应手。

她知道通过"谋反案"扳倒了一批人,使长孙无忌一派元气大伤,可她更清楚那些还在朝的大臣时刻盯着自己的举止,寻求反击的机会。因此,她总是借助皇上的权力来实现自己的目的。这不,显庆三年刚刚开春,她就帮助李治处置了一件十分棘手的邦交事件。

惊蛰刚过,龟兹国王布失毕与其相国那利就几乎同时上表,陈奏君臣之间交恶。事情的缘起是因为那利与布失毕的王妃私通,他虽然屡次训诫,那利却置若罔闻,他希望朝廷能够帮助他弹压那利。

李治一听此事就烦,如果每个藩国都拿这些事上奏朝廷,那他还怎么打理国政?可武曌在看了奏章后,却以为"普天之下,莫非王土;率土之滨,莫非王臣",藩国淫乱,有辱朝廷声威。她谏言将两人召进京,囚那利于大理寺狱。

随后朝廷遣左领军郎将雷文成护送布失毕归国,由于途中布失毕病卒,朝廷干脆诏屯卫大将军杨胄与龟兹大将羯猎颠展开大战,后平定其部,并于其地建立了龟兹都督府,命布失毕之子素稽为龟兹王兼都督。消息传开后,西域各国震恐,纷纷上表忠于朝廷。

八月,播罗哀獠酋长多胡桑等率众内附;十月,吐蕃赞普前来请婚。

这样,至少在东都洛阳,许敬宗等人都被皇后的举重若轻所折服。可当他们将溢美之词陈于武后面前时,总会受到她的呵斥:"此皆陛下神威,我不过进言耳。你等需谨言慎行,不可放肆。"

其实,武曌有时候也很烦恼,她常常感叹亲手扶持起来的心腹们不自重,不争气。特别是那个李义府,自恃得宠,贪欲无度,连襁褓中的婴儿也要求封赐;他还利用手中的权力私相授受,卖官鬻爵,傲视臣僚,以致与中书令兼度支尚书杜正伦结怨甚深。有一天,他们竟然在皇上面前相互指责,李治一怒之下,干脆罢免了他们的宰相,贬杜正伦为横州刺史,贬李义府为普州刺史。

李义府不服,到洛城殿向武曌哭诉,却遭到她的严厉申斥:"两位宰辅不和,何以为群臣表率?陛下贬官,乃宽宏之举。若是我,必诛杀之。"

武曌当然明白,李义府的离去,等于自己少了一只臂膀,因此在斥责的同时,她也没有忘记加以抚慰:"皇命如天!你且去赴任,我会相机向陛下陈情,召你回京的。"

后来,她又及时向皇上谏言,改任许敬宗为中书令,大理寺卿辛茂兼任侍中。在她心中始终有一个原则——就是绝不给长孙无忌的门属登上相位的机会。她在做这一切时,往往不露声色。在与李治的谈笑间,她实现了情感与理政的契合,她自信皇上需要这样的辅佐。而且,她一直在寻找机会,要给长孙无忌最后一击。

机会终于来了。

显庆四年四月的一天,朝会刚散,许敬宗就心急火燎地来到洛城殿,一进殿门就先说了一句:"娘娘!大事不好了!"

武曌放下正在阅读的《春秋》,眉宇间掠过短暂的不悦:"何事让爱卿如此慌神?"

许敬宗从袖间拿出一卷表文道:"臣前几日上朝时,路过司马门,接到有人告密,言说太子洗马韦季方、监察御史李巢结党营私,臣与侍中辛大人将其拘捕入狱,连夜审讯,韦季方招供,背后主使乃太尉长孙无忌。"

武曌"哦"了一声道:"有这等事!可有证据?"

"韦季方、李巢狱词俱在。"

闻言,武曌脸上露出了轻蔑的笑意:"这老儿果然是百足之虫,死而不僵。此等大事,今日朝会上何不奏明皇上?"

"事关重大,微臣还是先禀奏娘娘知道。"

武曌的脸上顿时严肃起来:"长孙无忌乃陛下元舅,竟然觊觎天庭,天理不容。你即刻去武成殿面见皇上,请皇上速做决断。"

"遵旨!"许敬宗立即告辞,转身准备离去。

"且慢!"武曌从身后又叫住了他。

"娘娘还有何旨意?"

"陛下性情温厚,遇事少决断。爱卿定当据实告之,使其勿犹疑不定,我随后就来。"

"微臣明白。"许敬宗出了洛城殿,直接奔往武成殿。

"什么,你说什么?"李治对许敬宗的所述十分吃惊,"你说太尉参与谋反?这怎么可能呢?说太尉受小人离间,也许会有,但他绝不至于谋反。爱卿所奏,危言耸听,朕全然不信。"

"臣也不愿意相信太尉谋反,可臣审案之后详细推究,觉得太尉反状已暴露无遗,可陛下却犹疑不定,恐非社稷之福。"许敬宗一脸的真诚,他说这些话的时候一直暗中打量着李治表情的变化,他揣摩透了皇上的性格,只要他不断加剧紧张气氛,皇上的情感就可能倾斜。他说着说着,就跪倒在地了,"臣与太尉素无过节,绝无诬陷之嫌,臣为社稷安危计,请陛下明察。"

果然,李治的脸色渐渐地变得惨白,眼睛也红了:"此社稷之祸,亦朕家门不幸。朕之亲戚屡有异志,往年高阳公主与房遗爱谋反,今元舅复然,使朕惭见天下之人。兹事若实,如之奈何?"

许敬宗近前一步道:"遗爱乳臭小儿,与一女子谋反,势何所成!太尉与先帝谋取天下,天下服其智;为宰相三十年,天下畏其威;若一旦窃发,陛下遣谁当之?"

李治没有接许敬宗的话,他对此事感到很不可思议,他不愿意相信这是事实。可许敬宗按照与武曌事先的商议,绝不给李治犹疑的机会,他近前一步继续道:"今赖宗庙之灵,皇天疾恶,因按小事,乃得大奸,实天下之庆也。"

李治对许敬宗的话很不满意,眉头紧皱道:"元舅谋反,何庆之有?"

"陛下!臣恐长孙无忌窘急发谋,攘袂一呼,同恶云集,必为宗庙之忧。当断不断,反受其乱,陛下还需速做决断才是。"

然而,这毕竟是一桩大案,更关乎长眠在昭陵的先帝与母后,关乎一个曾力排众议将自己扶上太子之位的重臣命运,一旦铸成大错,他不但无法向朝野交代,更无法面对列祖列宗。

李治的心被许敬宗的陈奏搅得七上八下,他已无法在龙案里安坐。他在大殿里踱着步子,一双手来回地摩挲着,末了挥手对许敬宗道:"你且下去,此案关系重大,容朕与皇后商议后再说。"

"陛下!安危之机,间不容发!"李治的话音刚落,就见武曌从竹帘背后转了出来。

李治有些吃惊地看了看她,愕然道:"原来皇后一直在听啊?"

"妾与陛下休戚相关,同气连枝。陛下安危,即妾安危,妾岂能袖手旁观?"说着,武曌转脸对许敬宗道,"你且退下,我有话向陛下陈奏。"

"皇后！国逢大难，朕之不德。"许敬宗一离开，李治就满脸愁容地拉着武曌的手道，"皇后难道相信元舅会谋反么？"

武曌扶着李治坐下，吩咐宫娥换了热茶，对伺候在一旁的李荣道："你且退下，没有旨意，不可擅入。"于是，李荣领着一班内侍退了出去。

饮过热茶，李治两颊渐渐有了血色："皇后，你说朕该何以处之？"

武曌并不急于回答李治的问话，而是轻轻理了理发鬓，话里就带了十分的体贴："人同此心，心同此理，妾又何尝愿意相信此案为真呢？"

"唉！还是皇后能体谅朕的苦衷。"李治说着，拉起了武曌的手。

"妾有两句话，不知当讲不当讲？"

见李治听得很用心，武曌继续道："妾今日翻阅前朝实录，方知识人之不易。想那宇文述当初拥戴隋炀帝为太子，功绩卓著，杨广即位后，升其为左翊卫大将军，封许国公，又将自己的女儿南阳公主许给他的次子宇文化及为妻。然而，恰恰是这个宇文述，在隋末军乱中弑君夺朝，意图篡位，做了瓦岗军想做而未能做到的事。所谓知人知面不知心，陛下不可不慎防。"

李治沉吟良久道："皇后所言，不无道理。然元舅非宇文化及，若无确凿证据，非唯朕不信，也无颜以对母后在天之灵。先帝驾崩之际，曾说元舅乃忠臣，朕岂可信韦季方一面之词，以铸成千古之错。"

武曌便不好再说下去，就回到了洛城殿，当日她便暗地遣人传许敬宗进宫，要他连夜再审，定要拿出证据来。当晚，许敬宗对韦季方施以酷刑，终于取到了"谋反"的种种"细节"。

第二天一大早，许敬宗即去面见李治："前者臣审理不周，失之证据不足。昨夜臣复审，得之甚详，故而禀奏陛下。臣问韦季方：'太尉与陛下至亲，累朝宠任，何恨而反？'韦季方答曰：'有一次去太尉府上拜望，恰韩瑗亦来访，说柳奭、褚遂良劝立李忠为太子，今太子既废，陛下因而对太尉生疑。由此太尉忧恐，及至族侄长孙祥外放为荆州刺史、韩瑗获罪，太尉为自安计，因而谋反。'"

许敬宗说着，又拿出审讯的口供呈送李治阅看。他看完口供，就涕泪双流。许久，他才放下狱词，仰天而泣道："即便如此，朕也绝不忍杀之。若杀之，天下将如何评价朕？后世将如何评价朕？"

"臣在编修国史时，曾对历朝故事多有检索。想那汉文帝之元舅薄昭，当年也曾扶持文帝登基，然一旦触犯刑律，文帝便遣百官素服而哭杀之。时薄太后尚在世，然天下以文帝为明主。今太尉忘两朝之大恩，谋移社稷，其罪与薄昭相较有过之而无不及也。"许敬宗说着,竟然伏地号啕大哭,"无忌,今之奸雄,王莽、司马懿之流也,陛下少更迁延,臣恐变生肘腋,悔无及矣!陛下若疑臣忠诚,可杀之,臣无憾矣。"

这番殷殷陈词悲壮慷慨,让李治很感动,他上前扶起许敬宗道:"爱卿至诚,朕深领矣。"

由此,李治对长孙无忌谋反一案深信不疑,他不再对长孙无忌存依稀的系念,也觉得没有必要传长孙无忌来甄别事情的真伪:"许敬宗听旨,削长孙无忌太尉之职及封邑,以为扬州都督,于黔州安置,准一品供给。"

"请陛下三思。如此处置,日后必养痈为患。"许敬宗还想争辩。

"此事就到此为止,朕不能落千古骂名。"

许敬宗知道,眼下也只能如此,他尚需向武曌陈奏后再做进一步打算。他知道,没有达到皇后之期,她定不会善罢甘休的,而他也不好交代。不能斫其主干,必当削其枝叶,于是,他急忙问道:"那长孙无忌之同党褚遂良、韩瑗、柳奭之流呢?柳奭潜通宫掖,谋行鸩毒,于志宁亦党附长孙无忌,陛下万不可姑息养奸。"

"好!就依爱卿所奏。诏削褚遂良、韩瑗、柳奭官爵,免于志宁官。"

"臣遵旨!"

许敬宗正要离去,李治又道:"诏除长孙无忌之子、秘书监驸马都尉长孙冲,褚遂良之子褚彦甫、褚彦冲之名,长孙冲流岭南,褚彦甫、褚彦冲流爱州。"

等许敬宗走到殿门口时,李治又从身后喊道:"遣沿途道之兵援送无忌诣黔州。"

许敬宗不禁有些茫然:"这个还请陛下明示。"

"他毕竟乃朕之元舅,又年过六旬,朕不忍看他长途颠沛。再说了,朕还恩准他准一品供给。你无须多言,退下!"

第二天朝会上,李治以兵部尚书任雅相、度支尚书卢承庆参知政事,责令他们会同李勣、许敬宗一起办理长孙无忌谋反案。

朝会一散,许敬宗又来询问武曌。武曌淡然道:"我明白了,照旨即行可矣。"

许敬宗离开后,武曌沉默半日,自语道:"如此优柔寡断,岂是人主所为?"

……

蝉鸣鹊噪,长安的七月就显得慵懒和不安。

凌烟阁前的槐树枝头,蝉声尤其悠长又沉闷。因此,李弘的注意力无法集中,他时不时地瞅瞅外面的天空,心却穿越云彩,飞到洛阳去了。

自从朝廷定洛阳为东都后,父皇和母后就很少待在长安了。每年二月一过,他们就移驾东去,将自己留在长安。他很不理解,长安有什么不好?洛阳又有什么好,以致父皇和母后乐不思归?他更不能理解,为什么每一次都不带他去?他毕竟只是个七岁的孩子,离开母后的怀抱,他便感到寂寞和不安。

这一会儿,他又走神了。这让担任都讲令侍讲的上官仪很为难,他知道李弘不是普通人家的孩子,他们之间不仅仅是师生,还是君臣。尤其他是武曌的儿子,若是责备过严,她必然怀疑他借太子发泄私愤。

上官仪轻轻地唤了一声,李弘没有回答,他又连喊了几声,李弘才转过神来:"侍讲是唤我么?"

"太子有心事?"

"我刚才在想,世间所有的母亲都不爱自己的儿子么?"

上官仪明白了,太子的心结仍然在武曌没有将他带在身边。可平心而论,上官仪在这一点上很感佩武曌,她并不娇纵儿子,而是早早地就让他独处,接受严格的宫廷教育。

顺着太子的思路,上官仪劝慰道:"微臣今日所讲之《触詟说赵太后》,正是这样一个故事。说的是前朝赵国太后,面临强秦虎狼,向齐国求救,齐国要赵公子去做人质,才肯出兵,赵太后怜子心切,犹豫彷徨。左师官触詟闻言,对赵太后说,'此其近者祸及身,远者及其子孙。岂人主之子孙则必不善哉?位尊而无功,奉厚而无劳,而挟重器多也。'微臣以为,皇后深意正在于此,殿下勿复疑也。"

"我明白了,侍讲继续讲课吧!"

然而,上官仪却有些心不在焉了,他说不清为什么就心跳加快了,精神有些恍惚,似乎有一种不好的预感。他正想把课停下来,就见于志宁慌慌张张地出现在书堂门口,向他招了招手。

上官仪安排好太子温课以后,急忙来到室外,于志宁将他拉到一边的槐树下道:"大事不好了!皇上从洛阳发来诏书,责令查处太尉谋反案,株连褚遂良、韩瑗、柳奭诸位大人及其亲属。三位大人已被除官,朝廷命大理寺遣人追捕,老夫也被免去太子太师之职。"

见上官仪十分惊讶,于志宁又沮丧道:"老夫一向息事宁人,未料还是难逃厄运。"

上官仪叹道:"武后之'清君侧',比之汉代'七国之乱'有过之而无不及。只是太尉这次恐怕是凶多吉少了。"

于志宁又道:"诏书已命兵部尚书任雅相大人、李勣大人与度支尚书卢承庆,还有那个许敬宗审办此案。现在许敬宗尚在来长安途中,任大人要老夫借向太子辞行之机告诉大人,速去将此事禀报太尉,好有个应对之策。"

"好!下官立即就去。"

上官仪回到讲书堂对李弘道:"微臣有些事情要出去一会儿,就先行告退了,太师有话要和殿下说。"说完,他施了一礼,就准备离去。

李弘见状问道:"发生什么事,侍讲为何如此慌神?"

"无事!太子安心温课吧,微臣回来还要查看的。"言罢,上官仪直奔太尉府去了。

于志宁呆站在讲书堂外,他不知道该如何向李弘陈明自己的遭遇。他多少有些悔愧,自永徽五年以来,他明哲保身,结果却不能自保……

凌烟阁外的嘈杂声打断了他的思绪,他转脸看去,见是右骁卫将军庞同善带着羽林卫进来了,他急忙退到一边。庞同善进了讲书堂,先向李弘行了拜见礼,然后禀奏道:"殿下,末将奉皇后之命,前来护卫。"

李弘疑惑道:"凌烟阁平安无事,禁卫终日值守,要什么护卫?"

"此乃皇后之命,微臣不敢违旨。"庞同善说完,就将羽林卫散开,凌烟阁的气氛顿时紧张起来。

李弘又问道:"请将军明示,到底发生了什么事情?"

庞同善为难道:"末将只奉了皇后旨意护卫太子,其他的就不知道了。"说完,他站起来将二十四功臣像反复地看了看……

这边,参知政事、兵部尚书任雅相正在司空李勣府上为如何向长孙无忌宣诏而费心思。

任雅相很为难,一道诏书,他便由兵部尚书进入宰相之列。但他更明白,论起为将的经历,他根本不能与左骁卫大将军苏定方相比。显庆二年,苏定方率军征讨西突厥沙钵罗可汗,他只是燕然都护,被任命为苏定方的副将。然而仅仅两年,他就迁升相位。许敬宗曾告诉他,这是皇后谏言的结果。因而,从情感上说,他从心底感谢皇后的知遇之恩。

可他毕竟不是许敬宗,他虽对长孙太尉与皇后之间的龃龉略有所闻,但并不认为太尉有什么错,太尉不过是践行先帝的旨意而已。因此,在他刚被任命为兵部尚书时,就先去拜望了长孙无忌。现在,他却要以"谋反"为名去治太尉的罪,他觉得进退两难。

"司空真相信太尉会谋反么?"任雅相问李勣。

"老夫年迈,也难辨真伪。"说出这话的时候,李勣都觉得十分别扭。他和长孙无忌都是曾辅佐先帝的重臣,他对长孙无忌还是比较了解的。说他性格执拗,敢于面折皇上是真的,然而要说他谋反,他绝对无法相信。

可自永徽以来,皇上与武后待他不薄。在他寿诞之日,皇上与皇后都送礼过来;别的大臣进宫,从司马门起就要下车步行,皇上却特别恩准他骑马出入宫禁;又不惮他老迈,授予他司空之职。一边是同度艰危的同僚,一边是有恩于他的皇上与皇后,他不知该做何选择。

"这么说,大人是相信太尉谋反了?"

李勣还是没有说话,任雅相就有些着急了:"皇命甚急,大人总该拿个主意吧?"

是的!作为臣下,怎可违背朝廷的旨意呢?更何况他一世忠勇,岂可晚节不保?李勣最终做出选择,遵照皇上旨意,遣送长孙无忌出京。

可他并不知道,任雅相已将消息透露给了上官仪。他正要说话,府令就在门外禀报道:"老爷,中书令许大人到了。"

"快快有请。"李勣与任雅相急忙起身,到府门前迎接许敬宗。

众人到了司空府前厅,李勣便迎接道:"许大人来了,老夫与任大人心中就有底了。"

这个老滑头,许敬宗在心里骂道,脸上却堆满了笑:"下官奉陛下旨意前来与两位大人同办长孙无忌谋反案,下官一到西都,就急忙来拜见两位大人了。"

看着许敬宗喝下一口茶水,李勣道:"老夫正和任大人商议如何办理此案呢!"

许敬宗精明的眼睛转了转道:"临行之前,皇后反复叮嘱下官,长孙无忌所恨者,唯陛下改立太子,因此需防逆贼以太子为人质,要挟朝廷。"

"下官已命右骁卫将军庞同善前往凌烟阁和东宫日夜护卫,如果下官没有猜错,庞将军率领的羽林卫早已到了。"任雅相接话道。

许敬宗点了点头:"任大人果然见微知著,皇后若是知道了,定当谏言陛下重赏大人。"

任雅相的脸上就有些尴尬:"下官只想着为朝廷尽忠竭命, 断无邀宠求赐之欲。"

众人闻言一笑,许敬宗又道:"长孙无忌为三代老臣,在朝廷盘根错节,门生故吏甚众,一定要防止他罗织党徒,危乱京都。"

"这个许大人不必担心,老夫已和任大人议定,今夜子时,左卫将军张延师率领宿卫包围太尉府,绝不让逆贼逃窜。"李勣道。

许敬宗赞道:"司空大人果然身经百战,运筹帷幄,如此便万无一失了。"

任雅相又问道:"许大人从洛阳来时,皇上还有什么旨意么?"

"没有了!陛下深信,两位大人定会不负圣望的。"在此,他隐瞒了李治要善待长孙无忌的细节,哼!长孙老贼,本官劝你依附皇后,你却当面回绝,这次你死定了。在与几位臣僚分手时,许敬宗暗地里对自己说。

许敬宗耸动着肩膀离开司空府的得意身影让李勣看了很不舒服,他的心很乱。尽管寻找了皇命难违的理由为自己的行为开脱,可这非但没有平静他的心绪,反而如投石入水,他的心池也因许敬宗的到来而变得十分浑浊。

回顾这一生,他曾受到朝廷和臣僚多次褒奖,先帝曾说他"参经纶而方面,南定维扬,北清大漠,威震殊俗,勋书册府",还多次当着群臣的面夸赞他"古之韩(信)、白(起)、卫(青)、霍(去病)岂能及也!"当今皇上每临大事总是征询他的见解,尽管他有时候委曲求全,但自认绝无二心。

至于说与长孙无忌个人的关系,现在想起来,他们的战袍上都曾染着高丽人的血。贞观十八年,他们一起跟太宗皇帝征讨高丽,在一次激战中,他陷入重围,是长孙无忌率军冲入敌阵为他解围的。那次战后,他握着长孙无忌的手说,今生知己者,唯公也。

然而,现在他却要亲手去追查长孙无忌的谋反案,他内心的痛苦又有多少人知道?他现今的处境又有多少人理解?就是他自己似乎也不能原谅。也许,今生他最不应该做的事就是给长孙无忌安上"谋反"的罪名。

李勣一夜无眠,他把自己关进书房,谁也不见……

# 第十七章

## 凄惨惨黄泉路近　威赫赫政归中宫

当上官仪匆匆赶到太尉府将消息告知长孙无忌时，他倒没有丝毫的意外和惊慌，他很从容地合上正在看的《太史公书》，仿佛一切都在预料之中："哼！老夫料定这一天迟早会到来，只是没有想到来得如此快。"

闻言，上官仪就着急了："刀都架到脖子上了，大人为何就不着急呢？"

长孙无忌自嘲地笑了笑道："着急有何用？老夫总不能去求那个女人刀下留情吧？她是那种人么？"

"依下官之意，趁皇上的诏书还没有到府上，大人不妨出城暂避一时，也许过一阵子皇上的情感平复了，就会赦免大人！"

"为何要躲？躲得了今天，你能躲过明天么？老夫亲自修订的唐律，深知法网恢恢，疏而不漏，只要还在大唐域内，就时刻有被拘捕的可能。"

上官仪的脸色就越发沉重了："大唐可以没有上官仪，但不能没有大人。请大人速速改装，下官这就带大人出城，一直向南去爱州。"

"糊涂！"长孙无忌以责备的语气道，"他已为废立皇后之事担上了一个'谋反'的罪名，老夫若是前去，岂不让他又担上了窝藏钦犯的罪名？老夫毕竟是陛下元舅，任他武氏巧舌如簧，陛下必不忍置老夫于死地，大不了流放岭南。倒是老夫一走，能在陛下身边尽忠辅佐者唯有大人了。此地乃是非之地，大人不可久留，还请速速离去。"

上官仪的眼里就涌出了泪水："想那于大人一世谨小慎微，孰料仍没有逃脱武氏之手。既然苟且死，壮烈亦死，何不引刀向天，唯留肝胆于后世。上官不才，愿与大人一起。"

"大人此言又差矣。自古有死为社稷者，有生为社稷者。若生能为社稷

243

谋,何必选择死? 大人一死容易,然往后何人代老夫监视武氏?"长孙无忌说罢,不由上官仪再辩,对着门外喊道,"来人! 送上官大人出府。"

待府令进来后,长孙无忌又道:"从后门出去有一小巷,人迹罕至,大人从那里绕道回府,不会引人注意。大人保重!"说完,他一把将上官仪推出去,掩了前厅的门。

不一会儿,府令送上官仪回来,告诉长孙无忌说府前门外多了许多可疑的人。长孙无忌没有理会,叫他去传夫人到前厅议事。

不一会儿,夫人高氏在丫鬟的搀扶下来到前厅,一进门,就凄然泪下道:"老爷! 究竟发生了什么事?"

"夫人都知道了么?"

高氏摇了摇头道:"前两天收到兄弟高履行的书信,说皇上下诏,他已经由益州都督贬为永州刺史了。"

"都是老夫连累了他。"长孙无忌长叹一声,接着又道,"上官仪刚才来过,说皇上发来诏书,要查办老夫与褚遂良谋反的案子。"

夫人听罢又哭了:"自古及今,哪有舅父反外甥的?又有哪个外甥如此对待将他扶上皇位的舅父的?老身就是豁出这条命也要去洛阳问问,没有老爷哪有他?"

长孙无忌苦笑道:"夫人这就糊涂了。难道夫人没有看出,此皆武氏所为?皇上懦弱,难以自持,故而奸人得逞。上官大人冒险前来报信,说武氏已命庞同善到凌烟阁布置岗哨,老夫估摸着皇上的诏书已经到京了。"

夫人流着泪叹道:"此乃长孙一门不幸矣!"

"何止长孙不幸乎?前有柳奭,后有褚遂良、韩瑗、来济,我朝忠良岂止长孙一门?有此诸君,老夫纵死无憾矣!"长孙无忌止住了夫人的哭声又道,"老夫要你来,就是商议将府役、丫鬟人等一概遣散,免遭刀剑之苦。至于你我,就听天由命吧!"

夫人点了点头,哀叹道:"想来老爷本是洛阳人,现却被从洛阳发来的诏书治罪,岂非上天弄人啊?"

傍晚,太尉府上的人大都离开了,只剩下府令和几名卫士。长孙无忌对府令道:"老夫就在书房,朝廷来人了你速禀就是。"

接着,长孙无忌开始一件件地清理自己撰写的文书草稿,凡是与武氏有关的都一一焚毁。特别是贞观二十三年先皇病重的日子,他曾与褚遂良一起谏言诛杀武氏。现在想起来,似乎就是昨天发生的事情。他越来越觉得,这也许是先帝的一个错误。他试图透过那涂抹得面目不清的文字寻找曾经的思绪，却觉得曾经发生的和现实发生的事是多么虚妄。他将奏章草稿丢进火里，立即燃起一串红色的火苗，须臾之后就熄灭了。

他就这样一卷一卷地烧，忽然，在卷帙浩繁的文书中，他看到了熟悉的笔迹。哦！这不是裴行俭写给自己的书信么？那信是由西州都督麹智湛派人六百里加急快马送来的。自皇上移驾洛阳以来，他就再也没有接到这样的快信了。裴行俭希望他能出面为褚遂良辩冤，可他知道，有武氏在前面挡着，皇上哪还听得进去自己的话呢？屈指数来，与自己站在一起的臣僚中也就只剩下裴行俭和上官仪了，他期待他们将来能有所作为。他很犹豫要不要烧掉这慷慨激昂的信件，那上面每个句子都在灼烧着他的心——

> 太尉国之砥柱，社稷之重臣，岂能苟安图生而置大义于不顾乎？如此，可面对峻山昭陵乎？可面对长孙皇后乎？可面对上天重负乎？行俭虽在一隅，然大唐安危，系于一怀。请太尉以国事计，力挽狂澜，挫贼之图谋。
>
> 遂良者，国之栋梁，托孤大臣，岂有二心？此皆奸佞所诬，还请太尉明察，谏言陛下改弦更张，召褚大人回京，共谋国是……

这封信曾让他心潮起伏、老泪纵横，却不知道该怎样回复，他记得当时只是写了些保重云云的话。他知道裴行俭一定会充满怨气，可远在西北边陲的他又怎么会知道自己的处境呢？长孙无忌最后看了一眼那行云流水般的文字，然后狠心地投到了钵内，直看着它化为灰烬。

该烧的都烧了，长孙无忌站起来时，就觉得腰酸背痛，精神也有点恍惚。

这时候，府令有些慌神地进来禀报，说左卫将军张延师率领宿卫已将太尉府团团围住，中书令许敬宗、兵部尚书、参知政事任雅相入府来了。

长孙无忌将头上的冠冕摘下，轻轻弹了弹道："终于来了。你不必惊慌，请他们前厅等候，老夫换上朝服就来。"

未等府令出去传话，就听见院内传来许敬宗的声音："长孙无忌接旨。"

长孙无忌也不出来迎接，只要府令传话，说既是皇上圣旨到了，岂可随意为之，自然是要身着朝服拜接。许敬宗遭到抢白，又因制度使然，不好发作，只有耐心等待。至于任雅相本就不相信太尉会谋反，便沉默地跟在许敬宗身后亦步亦趋。

大约过了半个时辰，长孙无忌才出现在天井内，庄重地跪倒在地，口称：

"吾皇万岁万万岁！"

许敬宗随即念道：

> 制曰：查太尉长孙无忌身为国戚，不思报效朝廷，前曾违逆圣意，反对立武皇后，今又密与褚遂良、韩瑗谋反，危乱朝纲，罪不容赦。朕念及托孤辅政有功，着即削去封邑、官爵，贬扬州都督，置黔。钦此。

虽是贬为扬州都督，却要发往黔地安置，这与流放无异，从此一定是抛尸僻地了。长孙无忌谢过恩，但他脸上依然很平静，没有丝毫的愤怨，仿佛这一切就是天定的，他不过是随了天意，走了一趟行程罢了。他面对东方道了一声："陛下，罪臣不日即启程南行！"

任雅相上前劝慰道："陛下忧虑大人年事已高，故而要下官遣宿卫援送至黔。"

与其说援送，倒不如说押解，长孙无忌心里明白这又是许敬宗的主意，随即转身道："老夫与许大人同事一主，今虽遭诬陷，然忠心不改。离京之前，倒是有几句话送给大人。"

许敬宗没有搭话，心里暗笑道，将死之人，看你还能说些什么。

长孙无忌的目光中掠过一丝讽刺："老夫闻善取宠乎上，是态臣者也；上不忠乎君，下善取誉乎民；不恤公道通义，朋党比周，以环主图私为务，是篡臣者也。大人以此为镜，不妨自问，忠臣乎，篡臣乎？多行不义必自毙，大人好自为之吧。"

许敬宗的脸腾地就红了，眼里分明就充满了怒色。他不置一言，甩袖而去，从身后传来长孙无忌的放声大笑："哈哈哈！此真是蝉翼为重，千钧为轻；黄钟毁弃，瓦釜雷鸣；谗人高张，贤士无名啊！"

任雅相又怎能不理解长孙无忌此时的心境呢？当天井里只剩下两个人时，他再也无法保持沉默："下官情知太尉被冤，然圣命难违，还望大人一路保重。下官就遣左卫将军张延师护送大人离京。"

闻言，长孙无忌就感喟世事难料。当初他一手制造了吴王李恪谋反案，就是派张延师去拘捕的，如今倒轮到了自己，这是不是报应呢？但他还是向任雅相表示了感谢。可第二天，他却在护送的宿卫中看到了中书舍人袁公瑜的影子。

车驾出了长安城，转向西行。回望京都长安，在六月的烈日下，岚气浮动,宛若波浪,那城便像浮在水中,晃晃悠悠,这情景,让长孙无忌忽然地就有了一种不祥的感觉。他禁不住问走在前面的张延师道:"张将军,为何袁公瑜会出现在宿卫队伍中?"

张延师道:"末将亦不知其详,只听许大人说,这是皇后的旨意。"

长孙无忌便沉默了。

袁公瑜并不回避长孙无忌疑虑的目光,他以能为皇后押送朝廷钦犯而感到荣耀。他催马越过张延师,来到长孙无忌面前,故意大声道:"下官奉皇后旨意,来送大人远行。"

长孙无忌冷看了一眼袁公瑜道:"袁大人言重了,老夫现为朝廷钦犯,何来大人一说?"言罢,他头转向南边,看着遥远的终南山了。

袁公瑜落了个没趣,心里就老大不舒服,暗暗骂道,看你老儿还能活几天,随后便打马朝后去了。

七月,长孙无忌一行终于到达了黔州的治所彭水。贞观以来朝廷实行的"羁縻"制度,使得这里形成了以"三谢蛮"为核心的五十多个羁縻州,范围是东西五百四十五里,南北二百九十八里。朝廷为稳定西南边陲,遂分别授予其酋长以王、侯、伯爵位,任命为都督、刺史。此地人畲田耕作,刻木为契,宴聚则击铜鼓。

长孙无忌被发配的彭水系"南谢蛮"领地,他们岁岁向朝廷进贡当地的珍奇财宝,朝廷也借此机会任命他们的酋长为都督或刺史。酋长谢强当年到长安朝觐皇上时,与长孙无忌见过面。然而,当从洛阳的飞报中得知他已是朝廷钦犯时,谢强一时竟很茫然。远离京都的他只知道素来有"蛮人"因不满朝廷而反叛的,却不曾闻长安也会有人会向朝廷发难。可有一点他是明白的,长孙无忌既是朝廷钦犯,自然不能大张旗鼓地迎接;又因为他是皇上元舅,怠慢亦觉不妥。于是,谢强选择了在很小的范围内举行接风酒宴。

席间,袁公瑜以中书省使者、张延师以兵部遣将的名义向谢强转达了皇上的口谕,提醒他说长孙无忌虽系罪犯,然一切以一品待遇处置。

谢强举起牛角杯,先向两位钦差敬了酒,才转过身向长孙无忌敬道:"大人落脚黔州,乃我族人之幸。大人在黔,宛若家居,不必拘束。"说罢,他仰起脖子将米酒灌进腹中。长孙无忌见他喉结耸动,腹内咕咕作响,始知"蛮人"饮酒之快意。连敬三杯,长孙无忌脸色通红,加之天热,他索性袒了胸襟,要和谢强行酒令,输者连饮两杯。

张延师在一旁看着,内心很不平静,想这酒是什么?是苦闷之际借以发泄的缘由,是愤怒之际借以燃烧的火种,是快意之际借以畅怀的熏风?长孙无忌喝的是苦酒,这是很伤人的。他转过脸对谢强道:"太尉年高,大人还是适可而止,伤了太尉的身子,皇上那里不好交代。"

长孙无忌已有些浅醉,他从座上站起来,按住张延师的胳膊,话里话外都是豪气:"将军小看老夫了!当年老夫跟随太宗大战高丽,庆功宴上,虽无斗酒成诗之才,却是壮怀激烈,些许米酒岂能醉倒老夫?来来来!接拳……"

袁公瑜要的就是这个结果,他上前向长孙无忌作揖表示敬意:"老大人真是英雄暮年,壮心不已。人生难得几回醉,下官借花献佛,敬您一杯!"

长孙无忌轻蔑地看了一眼袁公瑜道:"你且站在一旁,老夫只与刺史大人行拳。"

谢强就有些为难了,可酒喝到这个分上,情感就像决了堤的大水不可遏制,谢强只好接了长孙无忌的拳,连划了三局,都是长孙无忌饮了,到了最后一轮,谢强不敢再迁延,与长孙无忌同饮三杯,方"鸣金收兵"。

长孙夫人见老爷醉得一塌糊涂,倒在榻上就鼾声大作,忙命丫鬟拿湿巾为他擦脸:"唉!你如何醉成这样?"

长孙无忌睡得很沉,他在梦里游走。时而回到长安的坊间,与褚遂良品茗对弈;时而到了九嵕山昭陵,与先帝和妹妹洒泪相语;时而又到了洛阳,当面指责武曌惑主乱朝。武曌恼羞成怒,要皇上下令赐他自缢而死。他挣脱府卫士卒,大呼冤枉。

他眼里充着血,看着站在皇上身边的武曌怒骂道:"你惑主乱政,必是逃脱不了鼎烹火燎的下场。"

"哼!"武曌的笑透着冰凉,"你说对了!我往后就是要造鼎烹火燎的刑具,只是你老儿看不到了。"

"你!"长孙无忌觉得心里堵得慌,他睁开疲倦的眼睛,果然看见袁公瑜和两个穿着夜行衣的人站在面前。他脑际"轰"的一声,知道自己完了。

"你们要干什么?"他试图挣开两个黑衣人有力的臂膀,却浑身使不上力,"你等竟敢暗杀陛下元舅,就不怕皇上判你等极刑么?"

袁公瑜很得意,说话的声音有点变调:"本官奉陛下手谕前来处置反贼,何来暗杀一说?此乃皇上手书,你还有怀疑么?"长孙无忌借着昏暗的灯光看去,果然是他熟悉的笔迹。

袁公瑜小眼睛精明地闪着光,不无讽刺地说道:"本官就再称你一次太尉大人,你是选择自缢呢?还是让我们动手呢?"

长孙无忌的酒完全醒了，情绪反倒变得格外平静："老夫自跟随先帝以来，早将生死置之度外，何须你等脏了老夫的身骨？老夫死而无憾，只希望你等不要伤害夫人。"

"本官一向心怀善端，只让太尉一人上路，何其忍心？事到如今，本官不妨告知太尉，夫人已先行一步。您去吧，本官自会向皇上禀奏的。"

长孙无忌彻底绝望了，他奋力推开两位黑衣人，从案头捡起丈二白绫扔上房梁，踩了案几上去。

袁公瑜对两位黑衣人道："还不助太尉大人上路。"黑衣人迅速撤去长孙无忌脚下的案几，他浑身颤抖几下，就气绝身亡了。

褚遂良一个激灵醒过来了，看着身边的夫人早已穿戴整齐，用一双惊恐的眼睛望着他："老爷这是怎么了？浑身火烫火烫的，还整夜喊着甫儿、仲儿的名字。"

褚遂良觉得额头清凉清凉的，原来是夫人用湿巾敷在他的头上："昨夜老夫做了一个噩梦，梦见长孙大人和甫儿、仲儿了。"

夫人伸手摸了摸，发现他的烧已经退了，便道："日有所思，夜有所梦，老爷是想亲人了，故而才有这般梦境。"

"可这梦也太奇怪了。"褚遂良喝下夫人递过来的热茶，"老夫在梦中看见长孙大人脖子上有被勒的血印，看见彦甫、彦仲站在奈何桥边呼唤。"

夫人一听，心里"咯噔"一下有些怕了，可口里却安慰道："杀人不过头点地。皇上罚也罚了，贬也贬了，还能怎样？"

褚遂良挣扎着起来，靠在榻上道："老夫预感京都一定出事了。可这里距京都千里迢迢，消息闭塞，老夫……"

"老爷不要过于担心，若是京都有事，甫儿、仲儿会有信的。"话虽这样说，可夫人的心里也七上八下的，甫儿和仲儿在京为官，已经许久没有他们的消息了。褚遂良的心已被凿得百孔千疮，她不忍再让他担心。

后厨熬了点米粥，褚遂良喝过后睡了。褚夫人悄悄来到偏院，看见明霁法师正在佛堂前做功课，念完一段《华严经》，她双手合十道："南无华严经！我佛慈悲，护佑褚大人举家安泰。"

褚夫人十分感动，忙在明霁身边跪下道："佛缘无涯，度我褚家脱离苦海。"

做完这一切，两人相携来到佛堂外边。明霁问道："褚大人身体如何了？"

"吃过法师开的药，烧已退了，这会儿已经睡了。"

明霁放了心："将养几日，必会康复，夫人但放宽心。"

"只是没有孩儿们的来信，他的心就不安宁。"

明霁安慰道："两位公子都已成年，置身宦海，自会知进退的。"

"老身也是这样说，可他……"

褚夫人后面的话没有说完，就见府令进来禀报："夫人，京城来人了。"

闻言，褚夫人的心就"怦怦"跳个不停，她急忙向明霁告辞，跟着府令来到厅堂，见一浑身血污的人坐在那里，先自吃了一惊。

那人听见脚步声，一转身见是夫人，就"扑通"一声跪倒在地，哭出了声："夫人！大事不好了！"

褚夫人已认出这是褚彦甫府上的总管，遂问道："你怎么成了这般模样？甫儿、仲儿怎么样了？"

总管道："武氏诬告长孙太尉谋反，褚大人作为同党再次被牵扯进来，陛下将两位公子免官，流放爱州。少爷离京来此途中，遭恶人追杀，在距爱州二百里的深山遇难！都是小的无能，没有护卫好两位少爷，小的该死。"

总管的头在地上磕得"嘣嘣"直响，却听见耳边传来一声"儿啊"的哭声，顷刻间褚夫人便倒地不省人事了。

府令见状，忙对站在一旁的丫鬟道："快！快去请清化法师来！"

丫鬟去了不一会儿，明霁就来了，她握着夫人的手腕诊脉，须臾间两眼便淌出清亮的泪珠："夫人去了。"

这消息让府内顿时陷入一片混乱，丫鬟、府役哭成一片。明霁心中悲愤交加，想这一年来若非褚遂良夫妇关照，她也不知该如何度过。她在心里恨武曌，诅咒佛祖为何不将恶人收了去。但她更知道，褚遂良还在病中，她止住大家的哭声，问总管道："朝廷对褚大人做何处置？"

"褚大人的官职均已免去，许敬宗已遣御史大夫崔义玄前来拘捕大人回京。"总管应道。

"事急矣！此事须速禀大人得知，好有个应对之策。"

褚遂良在病榻上听完禀报，挣扎着起身眼望北方，仰天长啸："大唐危矣！"他只觉喉咙里有什么东西上涌，顿时一口鲜血从口中喷出，染红了白色的内衣。他仰面躺在榻上，昏过去了。

府令和总管扑上前去，抱着褚遂良呼唤道："老爷！老爷……"他们并不知道，眼前的一切，正应了褚遂良昨夜的梦境。

明霁法师赶过来拨开人群，用力挤压褚遂良的人中，半日，他长出一口气,立时哭声弥漫了整个内室:"甫儿、仲儿,都是父亲害了你们哪!夫人,我对不起你呀!陛下,微臣冤枉啊!"

见褚遂良醒过来了,大家的心落了地,纷纷上前安慰。褚遂良对围在身边的人道:"你等且退下,老夫有话要与清化法师说。"

待众人退了出去,褚遂良对明霁道:"朝廷钦差很快就要来爱州了,老夫已无力保护法师,还请法师早做打算才是。"

明霁流着泪道:"大人深陷危机,仍不忘贫尼安危,让贫尼铭感肺腑。贫尼不信大唐天下,没有贫尼立足之地。大人眼下还是养好身子要紧,不必为贫尼担心。"

褚遂良摇了摇头道:"武氏心狠手辣,必不会放过你,好在老夫这几年经营爱州,与辖下县令们相处甚佳,老夫现在就修书与崇平县王县令,让他护送法师继续南下……"

明霁十分感动,一时语塞,看着褚遂良写完书札,她已是泣不成声了。

褚遂良安慰道:"法师慈悲为怀,必得佛祖护佑,不必伤心。如无他事,法师且去歇息,老夫想一人静一静。"

明霁走后,褚遂良将前后发生的事情梳理了一番,情知武曌是下了斩草除根的狠心的。想到了这一层,他对两个儿子和夫人的遭际反而有了一种释然。若是自己先被拘捕回京,腰斩长安西市,留下他们迟早还是一死。现在,他觉得自己已了无牵挂,即便眼下就告别这是非颠倒的人世,对他来说也是一种解脱。

褚遂良脸上掠过一丝僵硬的笑意,其实生与死不过是一张纸,穿破这薄薄的隔离,岂非此亦彼矣,彼亦此矣。一切的一切都将化为烟云,有谁能说,今日之死不会换取来日之生呢?他挣扎着起来,觉得整个人都是麻木的。他不再犹豫,从墙上的剑鞘中拔出宝剑,用力朝自己的脖颈抹去,一股鲜血从刀口处涌出,洒落地上,开出艳艳的花朵……

九真城外的山坡上新起了四座坟茔,其中有两座衣冠冢。清晨,从对面山头飘来的细雨默默落在坟头上,恰似离人的泪水,点点滴滴渗入赭红的新土中。明霁早早地备了香烛,来到墓前。她的泪水与雨水交织在一起,分不清哪是人怨,哪是天怒。她双手合十,默默诵经,送这曾给了她第二次生命的刺史大人和他的夫人、儿子远行。她多想为他们办一场法事,让他们的在天之灵早日告别苦难。可是此刻,她也只能默默地念道——

佛法宏大,无生无死,一切皆空,生亦空,死亦空,所以生即死,死即生,生死只是在一个轮回当中,死是另一个个体的生,生意味着另一个个体的死,一切都是缘法。我佛慈悲,慧海无涯,愿大人早逢轮转,更生涅槃……

虽然身在佛门,然明霁毕竟亦是肉体真情,又怎么可以忘记尘世恩怨呢?她脸上看似平静,而心里却在流血。当雨水顺着蓑衣"嗒嗒"地落在草丛中的时候,她才发现,不知什么时候,身后跪倒了一大片身影,不仅有曾随褚遂良来爱州的府令、丫鬟和府役,更多的是当地的百姓。这一刹那,她忽然明白了许多。她相信褚遂良没有死,他就在百姓的心中活着。

当她回身合掌,向众人道谢时,府令问道:"法师欲往何处?"

明霁看了看远方一峰接着一峰的山脉,缓缓地说道:"于今四海为家日,吾心安处即吾家。"说罢,她慢慢地朝着弯弯曲曲的山道走去,雨水很快淹没了她的足迹……

显庆四年七月,大唐的土地到处是鲜血和悲歌。

皇上诏命,御史大夫崔义玄赴振州、象州追索韩瑗、柳奭,就地处决。长孙祥因与长孙无忌通书而处绞刑,他的兄弟长孙恩则被流放檀州。凉州刺史赵持满只因姨母乃韩瑗之妻,就被枷押至京师。酷刑之下,赵持满毅然坚持身可杀,辞不可更。许敬宗便要狱吏代书"狱辞",将之诛杀在西市。驸马都尉长孙铨乃长孙无忌族弟而被株连,他化装成乞丐逃出"流所",很快被人举报,当地县令不敢藏匿,当场命衙役杖杀。

凡是与长孙无忌一案有染者,皆流放岭南。

在许敬宗呈报给武曌的文书中说,长孙氏、柳氏贬降者十三人,于志宁一族贬者九人。韩瑗、褚遂良、长孙无忌三家除籍,永不为京都之民。

坐在洛城殿里,武曌看着这些数字,丹凤眼就眯成一条线,她看着殿外开得正盛的木槿花,心里很是惬意,可说出的话依旧严厉而冰冷:"此等反贼,国之蠹虫,必除恶务尽而安之。要继续严查,不使一人漏网。"

许敬宗点了点头道:"微臣明白,微臣就安排大理寺去查。"

"李义府到了普州后怎么样?"武曌不知怎的突然想起他来。

许敬宗道:"李大人在任上官声甚好,只是没有一天不牵挂皇后。"

武曌长叹一声道:"难得他知恩图报。只是当初他和那个杜正伦闹得不可开交,竟然在朝会上唇枪舌剑,有失体统,陛下也是不得已才将他贬谪出京。好了！现在也该是召他回京的时候了。"

许敬宗犹豫道："皇后娘娘所虑甚周，只是陛下那里……"

"陛下乃九五之尊，当然要听从他的旨意。改日我在陛下面前谏言，先让他兼吏部尚书、同中书门下三品。"武曌说到这里，眼睛顿然睁大了，"政之兴衰在人矣。主持选任，事关重大，我可不愿意再落入他人之手。"

"娘娘明鉴！"许敬宗预感，从此以后这朝中的大小事宜，由皇后主事的日子已不远了。

八月中秋节前，李治偕武曌回到了长安。可此时他的心一片空落和怆然。因为心情的原因，他要车辇选择了距太极宫最近的通化门进城。一路西行，虽说时令刚刚交了八月，正是秋高气爽的日子，可长安街头古槐的叶子却早早地黄了，一片片金色的叶子在风中飘飘荡荡，落在车辇周围，发出"窸窸窣窣"的哀歌，于是，莫名的惆怅便丝丝缕缕地环绕着李治，让他感到此地是如此的陌生。这一次回归西都，他竟要李荣传口谕给皇后，希望与皇后分乘两辆车驾，但是遭到了武曌的婉拒，于是他便很违心地顺从了她的意志。是什么原因？似乎是清楚的，又是不清楚的。

一路上，他们晓行夜宿，李治的话比永徽年间少多了。有时候，他独自一人坐着，会从胸中吐出长长的叹息，尤其让他难熬的是，每到一处行宫，夜间总是失眠，勉强睡着了，也是噩梦不断，他常常看见长孙无忌和褚遂良一身血污的样子。

一样的长安，不一样的感觉。武曌的目光恰如八月的秋阳，温暖而又鲜亮，看眼前的一切都是勃然而又畅心的。秋树多情，秋花有意，秋山清朗，秋水缓缓，显庆四年的中秋属于武曌，身边这个男人属于武曌。她不再担心长孙无忌的发难，也不再忧虑嫔妃们的争宠。这一切，都使得她的脸上呈现出滋润的水色，即便不化妆时也是白皙粉嫩的。她自信在这个宫中，没有一个女人在她这样的年龄依旧如此容光焕发。

她之所以婉拒了李治的旨意，一定要和他共乘一辆车辇，就是要把这种感觉传达给留守长安的朝臣们。她轻轻碰了碰李治的胳膊："陛下，进城了。"

可她没有从李治脸上看到任何的欣喜时，她的感奋骤然退去。李治的脸色缺少光彩，目光呆滞，这让她有了担心。她心里很明白，自己导演的两场"谋反"案让他身边的近臣损折殆尽，他承受不了如此严酷的现实。他之所以容忍她这么去做，完全是因为太爱她的缘故。她不能看着他就这样消沉下去，她要让他尽快走出旧事的阴影。

"陛下！此次回京，该为弘儿加元服了。"

"哦？"李治打了一个盹，近来他的头总是眩晕，"他还只有七岁，就是到了十月也才八岁，还不到年龄。"

"妾就是想让陛下高兴。"武曌向李治投来热辣辣的目光，"古往今来，便国不法古，年龄又有什么要紧的呢？"

李治最难拒绝的就是从那双丹凤眼中散发过来的炽热："好，此事就由礼部和宗正寺操办，皇后替朕多过问便是。"

"谢陛下！到时候还要大赦天下，以彰陛下圣德。"武曌又趁机建议。

"好……"

李治回答着，似乎又要睡去，武曌却在一旁提醒道："陛下！太极宫到了，大臣们都在司马道上迎接呢！"

"哦！朕又回到长安了！"李治应着，眼睛就有些湿润了……

人同此心，一回到长安，他们第一个愿望就是想尽早看到自己的儿子李弘。当天午后，李弘就在上官仪的陪同下来清宁宫拜见父皇与母后。

许久没见，母子不免有些矜持和生疏，这让武曌心里隐隐作痛，眼角潮湿了，她拉过李弘问道："你心中还记恨母后没有带你去洛阳么？"

李弘忙回答道："儿臣不敢，儿臣知道母后是为了儿臣好！"

"这就对了。"

武曌为李弘抻了抻衣襟，就听见李治问道："弘儿近来在学些什么？"

上官仪忙在一旁回道："启奏陛下、皇后，殿下近来在读《礼记》。"

"哦？"

李弘在一边解释道："先是博士郭瑜讲解《左传》，儿臣发现里面尽是些篡臣弑君之事，儿臣不忍卒读，就改学《礼记》了。"

上官仪赞道："太子聪颖，举一隅而以三隅反，此社稷之福矣！"

武曌听了也很高兴："子曰：'不学礼，无以立'，诚至理也。然则，治国理政，素以礼法并重，前长孙太尉、李勣曾撰《唐律疏议》，请侍讲择机授之。"

"皇后所言甚是，朕也是这个意思。"李治也很赞同。

闻听此言，李弘很不解地问道："儿臣闻太尉因谋反而获罪朝廷，母后却要儿臣读他撰写的《唐律疏议》，儿臣甚是不解。"

武曌笑道："这你就不明白了。其一，《唐律疏议》乃长孙无忌秉承你父皇旨意而撰，非私著也；其二，自古圣王治世，不因人废言。功罪两分，乾坤才能清朗。"

李弘听了唯唯点头，上官仪在一旁听着，也十分吃惊于武曌的高屋建瓴，心中便又添了几分忧惧。

这样的谈话少了许多亲情，看着时间不早，李治便道："朕决定十月为你加元服，你定当刻苦自励，才不负朕之厚望。"

李弘向李治和武曌施了一礼，便起身告辞了。

出得宫来，李弘问上官仪道："做皇上的儿子都这样么？"

上官仪没有回答，只是说道："皇上、皇后的话殿下要谨记在心，离加元服大典不过一个多月时间，殿下要做的事情很多呢！"

从司马道旁的树枝上飘来一片黄叶，落在上官仪的肩头，他捡起黄叶，胸臆间顿时铺满沉郁和落寞。

第二天朝会上，李治先询问了自离开长安后的政事变化。当许敬宗将关于处置长孙无忌的奏章呈上来后，李治看了一眼就放在了一边，他不愿意再回首那些伤心的往事。

礼部尚书、同中书门下三品李义府出列陈奏："自长孙无忌、褚遂良谋反案后，贬降朝臣很多，三省六部留下不少空缺，急需填补，请陛下圣裁。"

李治道："选贤任能，国之根基，爱卿不妨在州、县选拔有识之士充实朝官，奏朕知晓。"

"微臣遵旨！"李义府一脸的笑意。其实关于省、部的人选名单就在他袖中藏着，之所以没直接上呈，是因为他要先向武曌禀报。散朝以后，他就直奔清宁宫。

武曌刚刚起床，昨夜她又开始做噩梦了，直到黎明时才昏昏睡去，现在她惺忪的睡意还没有退去。对于用人的名单她看得很仔细，不放过一个疑点："这个卢承庆任度支尚书不到一年，升同中书门下三品是否有些快了？"

李义府解释道："娘娘有所不知，卢大人在先帝时曾任民部侍郎、检校兵部侍郎等职，本朝也曾多次奉旨出使突厥。后来由于褚遂良诬告，被贬益州大都督府长史、简州司马，其人精于计算，量入为出，朝野皆以为能。"

武曌的眉宇展开了，心想受过褚遂良排斥者必是忠良之士，便道："好，你奏明陛下即可。"

当她没有看到崔义玄和袁公瑜的名字时，抬头看了看李义府。李义府立刻明白了武曌的意思："崔大人年迈不宜再任高职，他已向陛下陈奏，请求外放刺史。至于袁公瑜么，因为在谋反案中，他先后逼死包括长孙无忌在内的数人，朝野哗然。一下子擢拔恐怕……"说到这里，李义府刹住话头，小眼睛暗地打量着武曌。

武曌眉毛皱了皱说:"爱卿所虑甚周。袁公瑜见风使舵,可以为鹰犬,却不能为栋梁。还是让他待在中书省起草诏书吧!"

接下来,武曌又在名单中看到了"许围师"的名字:"这个许围师显庆二年就已迁为黄门侍郎、同中书门下三品,何以此次又加检校侍中?"

李义府道:"许大人此次侦查长孙无忌谋反案时,虽未直接涉足,却是搜集证据,多有建功。故而……"

"好!"武曌收起名单,"只要在平叛中建功者均予赏赐,就照这个名单起草奏章,呈陛下圣裁。"

"微臣遵旨!"李义府很谦恭地说道,"娘娘圣明,微臣明日早朝就呈陛下圣览。"

至此,显庆四年的三省六部班底基本上都按武曌的意思安排就绪了。

站在朝堂上的上官仪听到诏书上所列的名字,就在心里喟叹,从今以后,真是政归中宫了。

十月,太子加元服的盛典如期举行,李治当日同时下诏大赦天下。

立冬那天飘起了些微的雪花,武曌去了一趟感业寺。

今非昔比,鸿胪寺崇玄署官员早在前几天就知会了寺院,寺院就陷入一片仓皇。明霁住持自两年前去了龙门后,至今不知去向,这一年多时间都是职司们轮流主持法事。皇后又是曾在这里落过发的,弄不好降下罪来,谁也担待不起。大家在一起研判了许久,没有个主意,最后明清提出:"因为早年明月曾与明空在一起住过,还是由她代住持迎接皇后娘娘吧?"

明月一听,连连摇头道:"不行不行,贫尼道行浅薄,怎能担此大任?"

明清劝道:"大家都知道你为难,可为了佛门姐妹,你就勉为其难吧!熬过这段日子,明霁回来就好了。"明月推脱不过,只好勉强答应下来。

明月司职后,首先布置的事情就是把皇后当年蓄发等待回宫的房间收拾得干干净净,那是她希望的始点,也留下她与皇上最难忘的记忆;她还要明清去把藏经楼的经卷整理好,说不定皇后要借些经卷回去;至于法堂更是不待言,当年皇后就是通过说法才得以见到皇上的。

这天一大早,大家云集在山门口等待着皇后的到来。

远远地瞧见仪仗成列、旗帜漫卷、车驾辚辚,好一派皇家气度。众女尼们面面相觑,惊异武曌与当年被逐时的天壤之别。

隔着几丈远,皇后下了车辇,朝着山门步行而来,那闰了毛边的猩红色披风被雪映得分外鲜艳。

明月带着众人站成一排,双手合十迎接道:"感业寺出家众恭迎皇后,南无大方广佛华严经。"

武曌先去了佛堂,由张尚宫代为进香,闻听钟磬悠悠,许多的记忆都在一刹那涌上心头。待她在蒲团上打坐,听明清说法时,就感到了皇上的体温。是的,当年皇上与王皇后就是坐在这个地方听她说法的,物是人非,如今那个愚蠢的女人早已化为一抔黄土,而她还活着。

出乎明月的预料,出得法堂,武曌并没有去自己蓄发修行的房间,她觉得那是很屈辱的一段时光,不看也罢。她沿着松树林边的小径,直接去了藏经楼。她在当年与明霁叙话的地方站了许久,直看到楼下的雪越来越密,才向茶室而来。

一杯香茗滑过喉咙入了腹,浑身都是清爽的,武曌问道:"不是明霁住持寺院么?怎么不见她来。"

明月的眼里就溢满了泪花:"娘娘有所不知,感业寺这两年遭逢大难了。"

"怎么了?"武曌的丹凤眼立时睁得老大,一副很吃惊的样子。

明月饮泣道:"两年前,明霁法师应龙门寺圆觉法师之邀前去论法,不想就再也没有回来。"

武曌眉头皱了皱,问伺候在一旁的张尚宫道:"你随我在洛阳时,可曾见过明霁法师?"

"奴婢不曾见过。"张尚宫有些慌神,不敢抬头去看皇后。武曌对自己亲手布置追杀明霁一事如此镇定,这令她毛骨悚然。

武曌的丹凤眼里渐渐地蒙上一层薄雾,顷刻间就化为盈盈泪光:"想那明霁法师与我是同乡,当年在感业寺时多蒙她关照,不想……"

当晚,武曌以皇后的身份在法堂为明霁做了一场宏大的法事,女尼们为皇后的念旧怀远而深为感动。

第二天,武曌又召集女尼们道:"寺院不可一日无主,各位法师尽快推举住持,报朝廷恩准。"

离开感业寺时,入冬的第一场雪已经下得很厚了,车毂碾过,留下两道深深的车辙。武曌掀开车驾的纱帘,望着漫天飞雪,忽然看到在寺院墙外的一角,一树红梅开得分外灿烂,她仿佛听见,春天已经在南山那边起步,朝着长安而来了……

# 第十八章

## 武后锦衣归故里　梁王黯然囚黔州

　　再相爱的夫妻也有同床异梦的时候。对长安的情感,李治与武曌是大相径庭的。这里的一草一木都留着慈母和严父的温馨,尤其是自东都西还后,他的这种眷恋益发浓了。每日早朝后,他就喜欢一个人待在两仪殿,看着那些旧物追忆似水年华。

　　那是贞观十年,他温柔、贤惠、仁孝俭素的母后溘然长逝了。当时已经封为晋王的他只有八岁,而妹妹晋阳公主只有三岁。父皇每思他们幼年丧母,暗自垂泪。在母后葬进昭陵第二年的清明节前,他因为思母心切,竟不顾乳母的阻拦,拉着妹妹跑到两仪殿哭着向父皇要娘。正在批阅奏章的太宗非但没有责怪他,反而丢下手中的朱笔,一边拢着李治的肩膀,一边抱着晋阳公主,悲不自胜地流着泪道:"明日朕就带你们去看母亲。"

　　第二天,太宗前往昭陵吊唁长孙皇后,没有带太子李承乾,也没有带魏王李泰,就带了他和晋阳公主。站在伏虎一样嵯峨的陵冢前,太宗悲极而泣道:"皇后!你离朕而去,治儿初晓人事,兕儿年幼娇弱,朕不忍他们遭失爱之苦,故亲养于膝下。"太宗还特别嘱咐乳母,什么时候晋王和公主想娘了,不待恩准,即可到两仪殿觐见。

　　他就是从那时起发现父皇包举宇内的胸间始终保留着对母后深沉的爱,而且也有着一副怜子的柔肠。

　　然而,这些早年的忧伤,非但没有淡化他对长安的情感,反而使他将之视作与母后的相依。所以,尽管他为了武曌而移驾洛阳,甚至不顾韩瑷等人的劝阻而将之定为东都,但他依旧深深地眷恋着长安。

　　他有时候会懵懂地问身边的李荣:"朕是不是不应该定洛阳为东都?"

李荣明白，皇上做的这一切都是为了皇后，他更清楚其间包蕴了许多无奈。可如此敏感的问题，要他怎么回答呢?毕竟武皇后不是王皇后，他只能顺着皇上的意思道:"我朝自开国以来第一次有两都之设，此乃陛下深谋远虑之举，朝野皆以为善。"

"你们哪!除了唯唯诺诺，有几个能懂朕的心啊!"李治摇了摇头，便不再问，他知道再问也问不出结果来，又低下头想心事去了。

武曌就不一样了，长安，带给她太多的积怨，太多的情殇，太多的恐惧。从八月中秋回到清宁宫，那中断了许久的噩梦再度于深夜走进她的帷帐。现在，每夜缠绕着他的不仅仅是王皇后与萧淑妃，还有褚遂良、长孙无忌、韩瑗、柳奭等人，他们每人手中持着一条绞索套在她的脖子上，让她几于气绝。她常常在梦中惊醒，直到天明也不敢再合一眼。她一天都不想在长安再待下去，为太子加过元服后，她就向李治谏言要回洛阳。

李治捧着武曌日渐消瘦的脸庞，望着她因为失眠而布满血丝的双目，揩拭她莹莹如珠的泪水，心就软了。你爱一个女人，你就得分担她的痛苦——李治用这样的理由说服自己，答应她十一月初就起驾回东都。

武曌很感动，她也明白长孙无忌这个案子给李治的创伤很重，她希望李治能换一个环境，尽快地走出痛苦。

这天，她得到李治的恩准，来向母亲荣国夫人杨氏辞行。其实，这也不过是一种程序。到了显庆四年，只要武曌提出的请求，李治没有不答应的。

荣国夫人的府邸在离宫城不远的翊善坊，气魄比已故王皇后的母亲魏国夫人府要阔绰多了。不唯门楼高大奇伟，就是来往的官员从门前经过，也得下马住轿，悄然而去，生怕惊扰了皇家外戚。

清宁宫的太监前几天就知会了荣国夫人，整个府上就为皇后的到来洒扫庭除，张灯结彩。甚至连丫鬟们如何行拜见的礼仪，如何回答皇后的问话，如何进退都一一训练了一遍。

荣国夫人同时也知会了武曌的姐姐、韩国夫人武顺带着一儿一女前来迎接。武氏姐妹三人，一人早殇，剩下的两位出脱得蛾眉玉颜，宛若露花。

那是在武曌刚刚册封为皇后不久的一天，武顺偕丈夫、越王府法曹贺兰越石进宫探望妹妹，恰好李治正与武曌在温室殿说话。当武顺夫妇双双拜倒在皇上面前的时候，李治不禁为她的美艳而吃惊。没过几天，皇上的诏书下来了，武顺被册封为韩国夫人，凭借"门籍"，她就可以自由地出入宫禁了。

杨氏也是想借这个机会，让姐妹在一起聚聚。

大约是辰时三刻,皇后的銮驾就停留在了荣国府前。车驾刚停稳,一位小太监就赶快上前趴在地上。武曌在张尚宫的搀扶下,踩着小太监的脊梁下了车辇,母亲杨氏便率领府内上下跪地迎接。

"参见皇后娘娘!千岁千千岁!"荣国夫人和韩国夫人几乎同时喊道,后面的府役、丫鬟们也都跟着。

武曌扫视了一下面前的人群,道了一声"平身",众人才小心翼翼地起身。大家分站在府门两边,看着皇后搀扶着母亲进了府院。到这时候,她才以女儿的身份向母亲行了参拜礼。在母亲仓皇中扶起她时,她看到母亲的鬓边又增添了不少的白发,但她仍然能感受得到,随着境遇的好转,母亲的脸色却是红润多了。

这是武曌最欣慰的。要说母亲也是弘农杨氏的后人,四十岁时嫁到武家做了续弦,那时候,先房相里氏生的几个儿子年纪尚小,母亲含辛茹苦抚养他们成人,其间相继又生下她们姊妹三人,又跟着父亲走南闯北,居无定所,何曾有过一天的安宁呢?若非母亲一辈子笃信佛祖,但求清静,恐怕早就……

一想起贞观五年,在荆州都督任上的父亲武士彟去世后,几位同父异母的兄长武元庆、武元爽仗着是原配夫人的儿子,处处为难身为继室的母亲,她就恨不得杀了他们。

贞观十一年,太宗选了十四岁的武媚进宫,母亲哭成了泪人儿。在荆州的阳关道旁,伴随着州府官吏相送的隆重场面,母女们洒泪相别。武媚望着府门前的母亲,留下一句话:"娘!女儿一定要让你过上荣华富贵的日子。"

此后,杨氏曾经回到文水故乡,却不承想遭到武元庆兄弟的挤对,只好又回到长安。而这时候,武媚已经进了感业寺。探望女儿回来,杨氏禁不住失声痛哭,不知偌大京都,何处是乡关?最后是许敬宗收留了她。

随着武曌的二次入宫,不但杨氏的境遇得到了根本改变,就连她的大女儿也被封为韩国夫人。现在母女坐在厅堂里说话,杨氏满心都是对女儿的感激之情。许敬宗也没有白付出,她从武曌那里获得了丰厚的回报。

韩国夫人不失时机地唤出儿子贺兰敏之与女儿贺兰蕊儿参见姨娘。两个外甥,一个生得玉树临风,一个生得楚楚婉丽,武曌平日里就喜欢有加。

贺兰敏之天生就是个坐不住的主儿,不一会儿就溜去后花园找那些丫鬟去了,倒是蕊儿一直陪着母亲坐着。

武曌问道:"蕊儿今年该是——"

"十五岁了。"韩国夫人闻言道。

"也到谈婚论嫁的时候了。"武曌道了一声。

可蕊儿却在一旁问道:"姨娘,皇上威严么?"

武曌一听这话就咯咯地笑了:"你小小年纪如何这样说话?赶明日带你进宫见见不就知道了?"

韩国夫人连忙批评女儿:"这孩子,不知整天在想些什么?"

此时,荣国夫人抚摸着皇后的掌心,一种血缘的亲情传递在她们的心间:"皇上近来可好?"

"长孙无忌的案子让他身心俱伤,他没有想到元舅会谋反。女儿正想让他换个环境,再回到洛阳去,今日就是来向母亲辞行的。"武曌还告诉母亲,皇上对武氏很关照,他已经接受了许敬宗等人的谏言,将氏族志改为《姓氏录》,以使升降去取,时称允当,礼部郎中孔志约等已将武氏家族升为一等。

杨氏感慨道:"此皇上隆恩,亦是许大人之情。"

韩国夫人也插话道:"此皆赖妹妹在皇上左右。"

武曌笑着应道:"是皇上隆恩不假,可要不是有女儿在皇上身边,今生恐怕您都要居于人下了。"

杨氏点了点头,以为武曌说得在理,就不由得想起丈夫前妻的两个儿子来:"依娘看来,皇后返回东都后,当抽个机会回并州老家看看。"

武曌一听就明白了母亲的意思,她是要借此做给自己两个兄长看。武曌被册封为皇后,李治又追封武士彟为太尉、荣国公。他们借着父亲的福荫一个做了宗正少卿,参与诸王和外戚事务的署理;一个做了少府少监,整天钻在朝廷府库里。朝野以为皆因皇后之故,可武曌心里清楚,此乃皇上对武氏一族的看重,若是从她论起来,是绝不会让他们进京为官的。

"女儿也正有这个意思。此次归乡,女儿要大宴亲戚故旧,让他们想想当年是怎样对待我们母女的。"

闻言,杨氏的眉眼中就溢出了笑意:"最好请皇上北巡文水,一路圣德广播,万民山呼。"

武曌就在心里感佩,母亲虽然年过七旬,仍然如此机敏,难怪生下的女儿一个个精明非常,她是要借皇上为自己张目呢!

母女正说得高兴,丫鬟前来禀报,说酒菜已经备好,请大家入席用膳。

武曌笑道:"女儿每日在宫中什么山珍海味没有吃过?倒是常常想起家乡的老陈醋、刀削面,甚是可口。"

"家中正是备了这些文水的菜肴。"杨氏言毕,母女相偕着向后堂去了。

这顿饭吃了整整两个时辰,吃得武曌乡情悠悠,亲情绵绵,尤其是喝了些杏花村后,说起话来就口吐莲花,余香不散了。

出得厅来,抬头看看,日色西斜,武曌向母亲告辞回宫。杨氏也不阻拦,宫里有宫里的规矩,女儿现今是母仪天下的皇后,可不能由着性子来。

武曌离开荣国府后并没有直接回清宁宫,而是去了甘露殿,那是李治休憩读书之处,曾留下他们幽会缠绵的温馨。她想,李治一定在那里。

自八月回到长安后,无论是她还是李治,都忙于选配三省六部的班底,很少享受那种没有纷扰而又宁静的叙话和两情之间的浪漫了。她又是个情欲旺盛的女子,没有男人的情感滋润,她觉得过得没有意思。

此刻,武曌已下了銮驾,她把所有的太监和宫娥都打发回了清宁宫,只留下詹事和张尚宫同行。看见甘露殿朱色的殿门,她被杏花村燃烧的情欲冲得浑身燥热,两颊绯红,额头香汗蒸腾。她回身对张尚宫和詹事道:“你等在殿外伺候,我去见皇上。”

李荣看见皇后来了,忙上前施礼拜见。

武曌问道:“皇上可在?”

“正和太子殿下说话呢!”李荣回道。

刹那间,她涌出心坝的情潮消退了,欲望之火也迅速熄灭了:“太子为何这时来了?”

“臣也不清楚,只是太子脸色有些不高兴。”李荣说着,就要进去通禀。

武曌拦住他道:“不必了,我自己去看看。”说着,她就径直进了甘露殿。

当着太子的面,武曌先行礼道:“陛下,妾回来了。”

“嗯。”李治不置可否地回了一声,武曌就在一边坐了下来。

李弘看见母亲,孩子天性顿时复苏,就要扑向武曌的怀中,却被她严厉的目光拦住了:“你身为太子,怎可这样随意,宫廷的礼仪都忘了么?”

李弘的眼里噙满了泪水,不情愿地退回到原地,依照礼节向母后参拜之后,才小心翼翼地入了座。

不知为什么,李弘自懂事时起就觉得母亲虽然美丽,却不亲近,脸上总有他说不清的冰冷。正胡思乱想间,武曌却在一旁问话了:“你不在凌烟阁读书,为何来见父皇?”

见状,李治替李弘做了回答:“朕不日即移驾东都,欲留太子监国。不承想他说父子分居两地,他日夜思念朕和皇后,食不甘味,夜不能寐,欲随朕与皇后前往东都。”

李弘也怯怯地看了看武曌说道:"儿臣……"

还没等他开口,武曌的脸色霎时变了:"你如此儿女情长,如何担得国政?甘罗十二岁便出使赵国,舌战赵国君臣,传为千古佳话,你也该如他一样学会担当。你父皇令你监国,正是要授你御国理政之术,你当悉心体味才是。"说着话,她挥了挥手,叫李弘退下。

但李弘并不打算走,却将目光转向了李治:"儿臣此次随父皇、母后东行,非唯续亲缘之爱,更有他虑。方才儿臣已向父皇陈奏过,请父皇明察。"

武曌很诧异,转脸问道:"他刚才说了什么?小孩子的话陛下也相信?"

李治沉思了片刻道:"太子闻听皇后将回并州故里,以为此正察知民情之机,朕也觉得为君者当晓百姓疾苦,方能知民贵君轻之理,而爱惜民力,节俭从政,此乃贞观、永徽之风也。"

可武曌还是不依:"陛下如此骄纵,他将来怎么担当大任?"

"弘儿所言不无道理,皇后不事娇惯,亦是为母之良苦用心,朕甚知之。这一回就允了他吧,总让他待在宫中,亦非良策。"李治的目光此刻变得十分柔和,对李弘来说,这目光散发着父亲的慈祥;而就武曌而言,则暗含了不尽的深爱。

武曌便也被这曾让她倾倒的眼神融化了!唉!国家大政与亲情究竟是怎样的关系呢?她一时也有些梳理不清了,转过脸对儿子道:"就遂你一次愿,还不谢父皇。"

李弘十分高兴,纳头拜道:"谢父皇、母后,儿臣这就回凌烟阁准备去。"

看着李弘退出甘露殿,武曌的眉头皱了皱道:"唉!妾怎么觉得他倒不如贤儿聪颖豁达,遇事有主见呢?"

李治很不以为然:"都还是孩子,贤儿不过四岁,虽封为潞王,领岐州刺史,不过是徒有虚名。"

武曌不再争论这些,在长安的日子不长了,她得珍惜这段时光:"陛下,妾今夜就不回清宁宫了!"

李治看了看摊开在案几上的书道:"朕本来还要将皇后转来的许敬宗撰修的《国史》稿子看看呢!"

武曌的脸上流淌着悠悠的春情,闪烁着一双丹凤眼道:"妾与皇上在一起时,那些鬼魅就不敢来了。"随后,她缓缓地走到李治面前,帮李治理了理衣襟,那所有的爱都在这极不起眼的细节中了。

李治最不能抗拒的就是这双眼睛,他的心火迅速地被点燃了,呼吸也显得粗了,在武曌顺势躺进他怀抱的那一刻,他有力地抱起了她,朝内室走去。

武曌毫不掩饰她对男人的强烈欲望,她放肆的叫声让这个冬日的傍晚炫出与季节极不协调的躁动。

十一月初,李治与武曌带着太子返回洛阳,重新恢复了每日在武成殿批阅奏章的生活。这一天,兵部尚书、同中书门下三品的任雅相送上奏章,陈奏西域的思结都曼率疏勒、朱俱波、谒般陀三国反叛,已击破了安西四镇之一的于阗,边陲告急。登基十几年来,李治在处理起军务来倒是应付裕如的,他当即诏令左骁卫大将军苏定方为安抚大使,前往征讨。

第二天早朝后,任雅相又来禀奏,说右领军中郎将薛仁贵等与高丽将温沙门战于横山,一举大捷。

李治放下奏章后道:"这个薛将军朕知道。永徽五年,朕避暑于万年宫,夜逢大雨,山水直冲宣武门,宿卫将士惧而走散,是他临危不惧,救朕与昭仪于危难之中,未料他驰骋疆场亦累累告捷。传朕旨意,遣兵部侍郎为使者前往高丽劳军,重重赏赐。"

任雅相告辞后,就对皇上有了新的认识,虽然在处理武氏与长孙无忌的纠葛中皇上显得优柔寡断,可今天他调兵遣将,挥洒自如,颇具先帝遗风。

显庆五年的春节李治和武曌是在洛阳度过的,边关传来的消息让他们这个节过得很愉快:左骁卫大将军苏定方率军一日一夜行三百里,兵临思结国马头川城下,将城池围了个水泄不通。都曼自知难以挽回危局,遂开门投降,现在使者正押解都曼赶来洛阳。

李治看罢奏章,大喜过望:"苏爱卿治军有方,战之必胜,乃我朝之栋梁,惜乎朕只在朝堂上见过几面。等他有一天入朝,朕一定要与他做竟夜之谈。"

在过了上元节的第一次朝会上,任雅相即向李治禀奏,说朝廷的使者已押解都曼到了洛阳。李治听后十分振奋,问丹墀内的众官道:"诸位爱卿,如何处置都曼,大家不妨奏来朕听。"

大理寺卿辛茂闻言随即出列道:"依律论之, 思结国为属国, 乃大唐臣下,臣请陛下将之交与大理寺审理,依法判罪。"

他的谏言立刻得到了吏部尚书、同中书门下三品的李义府赞同,他素知武曌心事,像如此关乎国威的生杀她绝不含糊。因此,辛茂的话音刚落,他就接道:"辛大人所虑甚是。此斫枝以震叶矣,西域各国闻之,必震恐惊悚。"

许敬宗也以为杀之能以儆效尤。其他朝臣见武曌的几位心腹皆言必杀,以为这是她暗授机宜,一时之间喊杀之声弥漫了大殿的每个角落。

李治看了看群臣,禁不住感叹朝野现今如褚遂良等敢言直谏之士太少了。正喟叹间,只见任雅相站出来道:"使者在押都曼回京之际,还带来了苏将军的亲笔书信,将军在信中言说当初是他承诺都曼若是投降,当奏明朝廷免其一死。"

李治接过苏定方的书信,觉得他所言甚和先帝"爱之如一"的国策,随之提高了说话的声音:"众位爱卿现今还以为必杀都曼方能安定西域么?"

大家一时摸不清李治话里的意思,便都保持了沉默。眼见得李治的脸色沉了下来,都讲令侍讲上官仪就说话了:"大唐岂可言而无信,杀都曼容易,损我朝形象事大,苏将军深明大义,请陛下圣察。"

"上官爱卿所奏正合朕意。对遐迩藩国,动之以威,抚之以礼,方能使其心服。"说着,李治又转脸对许敬宗道,"传朕旨意,免都曼死罪,令其归国报效朝廷。"

众臣这才异口同声道:"陛下圣明。"

朝会上所发生的一切很快通过许敬宗和李义府之口传到武曌那里。武曌听了后道:"陛下如此处置西域国君,乃长治久安之策。你等目光短浅,当深解圣意才对。"

出得洛城殿,许敬宗还在回味着这番话,他对李义府道:"皇后真有些捉摸不透。"

李义府精明的小眼睛挤出一丝笑意:"我等愚钝,还是悉心揣摩上意吧。刀刃上的日子会不会过,就看能不能摸清皇后的心思了。"

其实,无论是许敬宗还是李义府,都无法读得懂武曌的内心世界。她从这消息中获得的并不仅仅是皇上在睦邻邦交中的智慧,更让她感到欣喜的是,皇上已经走出了长孙无忌"谋反"案的阴影,开始振作起来,她深爱的男人又重新坐在朝堂上指点江山了。但她希望李治能进一步明白,陪伴在他周围的,不在于是李义府还是褚遂良,是长孙无忌还是许敬宗,要紧的是大唐江山牢牢掌握在自己手中。他们算什么?说好些,是朝廷的工具;说不好的,与走狗鹰犬无异。驾驭好他们,是做皇上的英明所在。武曌觉得,这是提出回并州省亲的最好时机,而且他一定会答应的。果不其然,二月,李治与武曌离开洛阳,北上巡视。

尽管李弘要求跟随父皇和母后同往,但李治反复考虑,还是将他留在了洛阳。在武成殿里,李治对李弘道:"朕原也有带你北上的打算,然朝事纷纭,国不可一日无主,你留下监国,群臣才能遇事心定。"

李弘虽然一时还无法理解父皇的深意,但当他看到母后丝毫没有通融的意思后,自知不可能再有别的选择。

离开洛阳时,李弘与留守的省、部大臣们到城外送行。他眼巴巴地望着李治道:"儿臣愿父皇、母后一路顺利,儿臣在东都盼望父皇、母后早回。"

皇上出巡的队伍于二月半到达并州。在城外五里的柳林铺迎接的除了并州长史李冲玄,知顿使狄仁杰,文水、祁县县令外,还有武曌的两个兄长:宗正少卿武元庆和少府卿武元爽。

当宿卫传来前面就是并州城外的柳林铺时,李治说了一句"速报皇后得知",就全神贯注地注视着前方的丛丛柳林了。尽管午间的风还透出料峭的寒意,可他还是从浓密的柳树枝头捕捉到了星星点点的鹅黄。他的内心顿时涌动着滚滚春潮,恍惚之间,他登基已经十一年了。想想先帝当年这样的年龄已是功业赫赫,他不禁生出无言的愧意。

车驾停在柳林铺村口的阳关道上,李荣高声传道:"陛下口谕,并州都督府长史李冲玄、知顿使狄仁杰前来见驾。"

太监们依次传过去,不一会儿,李冲玄便偕狄仁杰来到御驾面前,他俩双双跪下道:"臣李冲玄(狄仁杰)恭迎陛下、皇后。"

"平身。"李治道了一声,就和武曌一起打量起面前的这两个人。这位都督府长史虽是官居五品,却有些猥琐;倒是身边这位年方三十的狄仁杰,眉宇间透出儒雅之气,加之生得器宇轩昂,武曌便先暗自喜欢上了。只是她没有料到,多少年后,就是这位狄仁杰成了她安邦定国的重臣。

武曌望了望前方的道路,虽说平坦,但并不像沿途别处州郡那样大肆整修过,不过是清除了道边的杂草和砾石而已。她顿生诧异,正待问话。狄仁杰就主动来到圣驾面前道:"启奏陛下,李大人曾有意征发吏民数万新筑御道,后被微臣劝阻。臣以为天子之行,风伯清尘,雨师洒道,何须新筑御道,此必不合圣意。"

"哦!"武曌沉吟了一声,忽然想起了行前的一件事。

原来朝廷曾知会并州都督府长史李冲玄,要他举荐一名熟悉当地民情风俗的官员担任知顿使,负责御驾在并州期间的食宿和道路。李冲玄立即想到都督府法曹参军狄仁杰是并州人,对这里的一山一水,一草一木,了然于胸。加之其善读经史,口齿伶俐,便报给朝廷。

武曌平日听惯了许敬宗、李义府的阿谀之词,现在见狄仁杰如此坦荡,且绝无奉承悦上之意,暗惊此人明于圣意,胜过那个褚遂良。抚今追昔,她也很惋惜,其实她很看重褚遂良在同州的那段政绩,若非他一意孤行反对自己,也不至于那样的结局。

这时候,就听见李治说话了:"爱卿此言甚合朕意,真丈夫矣!"

武曌的脸上也溢出了由衷的笑意,皇上这话也正表达了她此刻的心境,她也适时地强调了自己的欣喜:"难得爱卿如此体察君民之情,那我们进城吧!"

于是,李冲玄与狄仁杰骑马在前面引导,御驾随后,从跪在道旁的并州官员旁经过。

伴随着车驾的节奏,武曌的目光贪婪地抚摸着故乡的山水,自那年护送父亲的灵柩回并州后,这是她再次踏上生她养她的故土。当她低头去扫视道旁接驾的官员时,发现了武元庆和武元爽的身影,他们头贴着地,不敢看恢宏的皇家队伍。她的心头霎时生出无言的厌恶:他们怎么会在这里?

武曌转过脸去,不愿看到他们的嘴脸,她觉得武氏家族出了这两个趋炎附势之徒,简直是奇耻大辱。她在心里暗暗决计,一旦有机会,一定要让他们偿还当年欠下的情债。可她没有想到,刚刚住下,他俩就到行宫来拜见了。

当张尚宫将他们求见的话传进来时,她的脸上除了冰冷,看不到一息热气,她连头也没有抬就说道:"陛下一会儿就过来了,让他们从哪来就回哪去,我不怪罪也就罢了。"说罢,她拿起一本《汉书》就读了起来。

过了好长时间,武曌抬头看了一眼张尚宫问道:"他们走了么?"

张尚宫禀报道:"他们还在宫门外跪着呢。"

武曌的气就不打一处来:"这两个无赖,让他们进来吧!"

闻听宣召,武元庆与武元爽急不可耐地跪在了武曌面前:"微臣参见皇后娘娘。"

"此处何来皇后娘娘?只有你等虐待的奴婢!"

闻言,武元庆立时惊出一身冷汗,他头贴着地面连道:"微臣有罪……"

武曌冷冷扫视了一眼跪在脚下的两个男人问道:"你们何罪之有?"

武元爽忙道:"启奏皇后娘娘,微臣此次专程从长安来到并州,就是为了弥补当年冷落继母之过,恳请娘娘念在武氏血脉的情分上,饶恕微臣当年的无知。"

武曌放下手中的书卷,话语就带着十分的尖刻:"情分?你等无义之徒,也侈谈情分?我且问你,父亲在荆州任上溘然长逝,你们面对我孤儿寡母,想过情分么？慈母携我姐妹三人回到并州，欲为亡父守孝，你等却百般刁难，那时候，你们想过情分么？我落难栖身感业寺，你们想过情分么？没有！可是你们更没有想到的是，我会有今天吧！"

这一番话说得武元庆、武元爽冷汗直冒，浑身战栗，心想早知如此，当初就不该从长安赶到这里，他们悄悄地打量武曌的神色，真担心惹恼了她，把性命丢在这故乡的荒野。

"你等以为能有今日，是你们才智过人么？非也，皇皇大唐能士如云，若非皇上恩典，追谥父亲为荣国公，你们岂能有今日？"武曌来到武元庆和武元爽面前，指着他们的脊梁继续道，"若论你等当年所为，我恨不得处以绞刑，姑念你们亦为武氏血缘，我就不予追究了。我不愿再看到你们，你们走吧！"言罢，武曌转过身子，径自进了内室。

张尚宫看了一眼武元庆和武元爽道："二位大人，请吧！"

武元爽抬头看了看张尚宫小声道："不是说陛下待会儿要来么？下官还想拜见……"

张尚宫不禁笑道："大人还想见陛下？没听懂娘娘的意思么？"

有武曌在中间，武元庆和武元爽情知是不可能见到皇上了，两人提起袍裾，悻悻地出了行宫……

连日来，李治与武曌在许敬宗、李义府和李冲玄陪同下，游览了并州域内的名胜。走在晋祠松柏掩映的殿宇间，李治油然想起了大唐与并州的渊源。武王灭商之后分封诸侯，把次子叔虞封于唐。叔虞死后，其子燮继位，因为境内有晋水，故改唐国为晋国。而他的祖父高祖皇帝七岁就袭封唐国公，隋末战乱中从此处起兵，成就了一统大业。这使得李治对脚下的这方土地怀着深深的情意。

太常卿代表皇上向叔虞神位献"少牢"，乐师们高奏雅乐，宗正寺卿李博义以皇上的名义高吟祭词。庄严、肃穆的感觉笼罩祠内的每个角落，也久久地盘桓在每一个人的心头。

而武曌的心绪却被另一个女人的故事深深地浸染了。史书中武王之妻、叔虞之母邑姜，在她的意念中复活了。她光彩照人的形象，她与武王周围的大臣并列而成为"治内"之臣，连孔子都不得不惊叹其"才难，不其然乎！唐虞之际，于斯为盛。有妇人焉，九人而已。"而邑姜的父亲就是周朝的重臣姜尚。抚今追昔，邑姜的命运身世与自己何其相似。据说，邑姜被后世尊为圣母，难道大唐不需要一位光耀朝野的圣母么？

李治似乎并没有注意到武曌的微妙变化，当她默默地站在他身旁的时候，他已经把这种形式当成了习惯。

也许是因为曾有过感业寺的向佛岁月，武曌每到一处，都对寺院表示了分外的关注。回到并州没几天，她就谏言李治去看坐落在天龙山的佛洞。于是他们传话给狄仁杰，选了当地的法师做向导，追寻佛光而来。

狄仁杰是个细心人，他特地安排轿舆送皇上与皇后登上峰顶，倾听龙王洞泉水叮咚，潺潺流向山下。在山顶，他们环顾四周，群山起伏，松柏葱郁。武曌禁不住感喟道："好一个洞天福地！"

李义府忙跟着道："娘娘慧眼，臣亦观其佛缘氤氲。"

狄仁杰引领着皇上与皇后一干人等来到第八个洞窟，指着佛像道："陛下、娘娘请看，此乃东魏造像，手法朴实、简洁，与洛阳龙门造像颇为类似。"

武曌顿时目光灼灼，禁不住"哦"了一声道："狄爱卿果然目光犀利，观事入木三分。但我以为佛像之造，当随时移。大唐造像，当以丰腴为征。"说着，她转身向身旁的李治建议道，"皇上何不让鸿胪寺在此造像，成一方佛事，岂非美事？"

李治点了点头："朕之佛缘，结于感业寺，自然要弘扬佛法。一俟回到洛阳，朕就命鸿胪寺去办。"

闻听此言，武曌心头一热，顿时有了春风扑面的感觉。世上多情男儿，莫过于皇上也！

的确，武曌能想到的，皇上都想到了。从天龙山一回来，李治就道："明日朕与皇后同去为荣国公扫墓。荣国公戎马一生，廉俭忠勤，抚循老弱，赈其匮乏、宽力役之事，急农桑之业，奸吏豪右，畏威怀惠，功在社稷。朕为他扫墓，也是在广张道义。"

"陛下！"武曌还能说什么呢？她依偎在李治怀里，感受着夫君浓浓的爱意。灯光下，李治的脸色有些苍白，眼里多了些许的血丝，尤其是两鬓间已潜入了星星点点的白发，她的心忽然就一阵绞痛，"政事伤人啊！您都有白头发了。"武曌从李治怀中爬起来，慢慢地拔了一根，捧在掌心，随之眼泪就下来了，"陛下，妾希望您永远年轻。"

李治并不在意，笑了笑道："人生而有长，长而有老，运命使然，何必有杞人之忧。"

"不！妾不能看着陛下就这样消瘦下去。"武曌轻轻地将白头发藏进首饰盒内，拥着李治的脖颈道，"妾有一不敬之请，不知当讲不当讲？"

见李治没有阻拦的意思,武曌继续道:"往后若是不要紧的奏章,就由妾批阅;些许小事,也由妾处置。陛下但思社稷大计,不知可否?"

"哦!"李治在发出感叹的同时,心里怦然动了一下。自古及今,从汉朝吕太后到隋朝的独孤皇后;从当朝的长孙皇后到王皇后,没有一个女人当着皇上的面提出这样的请求。李治望着武曌迷离的丹凤眼,他很迷茫,说不清这里面有多少是出于对自己的真爱,有多少是出于一个女人的权欲。

殿内出现了短暂的沉默,最终还是李治打破了沉闷的气氛:"夜色已深,还是早些歇息吧!明日还要祭祀荣国公,至于代阅奏章之事,容朕回东都后再议。"

不用说,祭祀武士彟的典礼是宏大庄严的,一切都依照礼仪进行。李治在闻听武元庆和武元爽也从长安赶来了,便口谕他们陪祀。

自有并州建制以来,历朝由皇上、皇后祭祀者,武士彟是第一人,自然惊动了周围十里八乡的百姓,墓前一下子拥来了数万人。有人说,老将军生前做梦也不会想到,身后会有如此的礼遇;有人说,还不是因为生了个当皇后的女儿……

很快两个多月过去,眼看着三月将尽,无论是李治还是武曌,都觉得离开东都时间不短了,留下一个七岁的太子监国,他们也从内心感到不放心。这一天,李治传来许敬宗、李义府和李冲玄到行宫议事,言皇后有意在并州朝堂宴请故旧邻里,要狄仁杰拟定名单,由宗正寺筹办。

从行宫出来,许敬宗向李义府讨教道:"此次宴请花费,大人有何见教?"

李义府立即明白了许敬宗的意思:"大人是不是想说,本次宴请费用悉由并州支出,内侍省和少府的钱就可以省下来了?"

"然也!下官的意思是账面上这笔费用仍从内侍省出,而实际上则由州府出,如此……"许敬宗的眸子转了转,"眼下并州都督空缺,诸事皆决于长史李冲玄,其人以取悦陛下为能,当不会细究。"

李义府诡秘地眨着小眼睛道:"此事大人与我不必出面,就让那个狄仁杰去说。"

"狄仁杰……"许敬宗顿了顿道,"此人精明过人,恐难以对付。"

李义府就笑道:"大人不明白宦海深深的道理么?现今他一个小小的七品法曹,岂知内侍省的曲折。就说这是皇上的旨意,他还好说什么?"

许敬宗还是有些担心:"若是事情败露,我等要犯欺君之罪的。"

李义府觉得许敬宗有些过于谨慎:"他敢去问陛下么?他不想做官了?何

况武元爽乃少府少监,眼下就在并州,他唯恐得罪了皇后。他来做证,还怕狄仁杰不信?"

经李义府如此分析,许敬宗的心稍许定了些。他知道,无论是他还是李义府都嗜好女色,光靠朝廷的俸禄哪里应付得了女人无休止的开销?不趁机拿些,一天都甭想过下去。

当日午后,许敬宗传了狄仁杰。

接到中书令的传唤,狄仁杰料到皇上要回东都了。这两个月的知顿使他当得很累,从出行车辆的安排到一路观看的名胜,从祭祀的礼器置办到名胜的选择,他都要一一过问。那个李冲玄只知道每日不离皇上和皇后左右。

狄仁杰深感,皇家一餐饭,百姓度年粮,他从心底盼望着皇上早日踏上归途,好让百姓们安安静静地从事农桑。因此,一进驿馆,经过简单的寒暄之后,他就直接问道:"大人传下官前来,莫非是皇上要回东都了?"

许敬宗闻言十分吃惊,可他却没有直接表达皇上要离开的意思,而是把皇后要宴请故旧邻里的消息告诉了他:"皇上口谕,皇后回归故里,万民欢悦。既是在并州地面,大人又是钦命的知顿使,此事就由大人去办。"

狄仁杰应道:"为朝廷效命,乃下官职责所在,当竭力尽忠,不辞其劳,只是这开销……"

许敬宗显然已备好了说辞,待狄仁杰话音一落,他就接上了话茬:"此事还是请并州长史李大人定夺吧!并州乃陛下首职之地,又是皇后故里,为朝廷尽力,也是应有之义。"

狄仁杰何等聪明之人,怎会听不出中书令的弦外之音呢?他整了整衣冠,给自己一个缓冲的机会。待他抬起头来,脸色就肃然了,然出口的话却是从容不迫的:"我朝于武德年间颁布租庸调以来,每丁年租二石、绢二丈、绵三两,年为朝廷服力役二十日。此所谓有田则有租,有家则有调,有身则有庸。百姓对朝廷之奉献,皆在其中。此高祖厚生养民之策,岂可制外又增负担?朝廷有制,公室开销,一应由内侍省和少府支出。陛下圣明,必不至有伤民之举,必是有人取悦于上而责之于下,向大人出此下策。"

许敬宗听后,脸色就有些不自然,微愠道:"难道知顿使要抗旨么?"

狄仁杰慨然道:"我朝向来以诚治国,以信立国,此贞观、永徽之政之所以得民心也,下官绝不相信此意出于陛下之口。"

"你!"许敬宗表情已从不高兴转为恼怒,"你年纪轻轻如此放肆,难道不为前程考虑吗?"

"下官以身许国,非图一己之利,乃为社稷谋,为百姓思。大人若是为难,下官将面见陛下,陈明情委。"狄仁杰说着就要起身告辞。

许敬宗的脸上就有些挂不住,斥责道:"小小七品法曹,竟然如此桀骜,陛下万邦至尊,岂是你随意可以见得了的?此事你不必再管,传并州长史李冲玄来见!"

狄仁杰毫不相让:"大人不必费心,下官既是朝廷钦命的知顿使,自然全权管理陛下起居事宜,纵然李大人前来,也是无济于事。下官告辞!"

"请便!"许敬宗手指着狄仁杰的背影,一时说不出话来。

却说狄仁杰出了驿馆,就直奔李治与武曌的行宫,要面见皇上。可禁卫并不认识他,既不通禀,也不说话。狄仁杰见状便要往里闯,却被禁卫阻拦。正争执之间,李荣从宫中出来了,他看见两人正在争吵,忙上前道:"你们为何在此喧哗?这不是知顿使大人么?"

禁卫解释道:"他要硬闯行宫,属下阻拦不住,因而争吵。"

"知顿使大人来此,必是与陛下、皇后明日宴会有关。"李荣呵斥了一番禁卫,转脸对狄仁杰道,"请狄大人少待,咱家这就进去禀奏陛下。"

李荣进去不一会儿,便出来道:"陛下口谕,宣知顿使狄仁杰觐见。"

于是,狄仁杰随李荣进到殿内,恰好看见武曌也在这里,他却并无望而却步的胆怯,上前跪倒道:"臣知顿使狄仁杰参见陛下、娘娘。"

李治道一声平身,待狄仁杰站起后问道:"狄爱卿有事么?"

狄仁杰遂将在驿馆与许敬宗所谈一一奏来。李治听完,看了看武曌道:"爱卿所奏,朕听明白了,你且退下,有事朕会让有司通知你的。"

看着狄仁杰离开的背影,李治问武曌道:"皇后如何看待此事?"

回宫十数年,武曌对许敬宗的性格摸得很透,知道是他们又打着皇上的旗号对地方颐指气使。她虽私下里多次训诫,然他们秉性难改,偏又遇见了软硬不吃的狄仁杰,这不是败坏朝廷名声么?可她心里也清楚,许敬宗是她的心腹,也不能因事废人,于是宛转其词道:"这个许敬宗说来也是老臣,为何如此不会办事。行前陛下有旨,并州之行用度悉由内侍省与少府开销,何须为难地方,更何况并州乃妾故里,更不能用地方钱财宴请亲戚故旧,传将出去,会冷了百姓的心。"

"皇后所言,正合朕意。"李治很欣慰武曌与自己心意相通,转脸对李荣道,"传朕旨意,明日朕与皇后在行宫宴请故旧邻里,所有用度悉由内侍省开销,不得擅自滋事扰民。"

此时,武曌的脸上溢出由衷的笑意。明日,她将同皇上一起出现在乡里的宴会上,她要用汾河水酿的汾酒,感谢这方给予了她今天一切的土地……

四年血雨腥风,一任房州刺史,当年的废太子、现今的梁王李忠由一个十三岁的孩子成长为十七岁青春少年。巴山孤寂,楚水凄凉,因"纵横千里、山林四塞、其固高陵、如有房屋"而得名的房州,对于他来说,就是一座囚笼。他每天看着房州城外的崇山峻岭,一种天涯孤鸿的悲凉之感挥之不去。

那一场围绕废立皇后而掀起的风波,残酷无情地摧毁了他头上大唐太子的光环。而那年元宵节,当着父皇面背诵夫子理政格言的李忠第一次品尝了宫廷的血腥。现在,已逐渐进入青春年华的他回顾自己以让出太子之位而试图保住王皇后的行为是多么的幼稚。

王皇后最终还是被废了,一个妖媚的女人鸠占鹊巢,让他的父皇陷入痴迷。他很快被降为梁王,接着又从都督贬为房州刺史。

他记得,离开京城前曾想再看一眼父皇,但皇上没有答应这个可怜的请求,甚至连一句"训诫"的话都没有给他。外放的路上,他一直在想,一定是那个可恨的武媚剥夺了他们父子相别的机会。

初尝世态炎凉,击碎了在凌烟阁读书时于志宁为他注入的鸿鹄远志。年仅十三岁的他忽然感到人生很虚幻,很无奈。从那以后,他将自己放逐于房州的山水之间,像一个农家子弟一样聊度人生,不再抱回长安的奢望。

但不久就传来消息,说已被废黜的王皇后与萧淑妃被砍去了手脚而亡,而被发配到掖庭做苦力的生母也不明不白地投井身亡。那一天,他没有流泪,只是从此夜夜都在梦中看到王皇后残缺不全的肢体,惊醒后,他对着窗外黑魆魆的夜色悲呼:"父皇!这是为什么?"

从此,他精神恍惚,每次外出都觉得有一个身影在身后跟着。他担心有人企图暗杀自己,回头看去却什么也没有。

显庆四年的一天,房州长史从外地回来,匆匆来找他,说曾经鼎力扶持他为太子的长孙无忌谋反,被发配到黔州自缢身亡,褚遂良的两个儿子在流放爱州的途中,双双被刺身亡。

李忠顿时感到阴谋正一步步向他逼近,他颤抖的身子蜷缩在府厅一角,捂着双耳道:"本王不要听!本王不要听!"

长史是什么时候离开的他不知道,他只是重复着一句话:"本王要死了!本王要死了!"

这一夜,府役们被李忠高一声,低一声的号啕扯乱了心,无法入眠。东方刚刚破晓,李忠对外面喊道:"来人!"

府令应声进来,却不见梁王的身影,站在他面前的是一位身着楚服,涂脂抹粉的女子。

"你看一下,本王如此装扮如何?"府令才看清,站在他面前的就是梁王殿下。

"殿下!您这是……"

李忠眼里挤出依稀的怪笑:"掩人耳目呀!如此装扮外出,刺客还能辨出本王么?"

"殿下!"府令捂着脸背过身去,"天哪!亲王被逼改换女装,这是什么世道啊?"

日子一天天地过去,显庆五年三月的一天,李忠刚刚换好行装,准备带几名卫士外出踏青,却见府令出现在门口。

"有事么?"李忠问道。

府令神色有些慌张,禀报道:"殿下,朝廷的使者到了,现正由长史大人陪同向刺史府来了。"

"哦?"李忠很惊诧,四年了,没有人想起他。他不禁为自己身上的女装感到尴尬,"快!替本王换装!"

"不必了吧!"从门外传来一声讽刺的笑声。李忠抬头看去,见来人手里捧着铅封好的圣旨,他就知道一切已来不及了。

长史介绍道:"殿下,使者乃御史中丞袁公瑜大人。"

话音刚落,袁公瑜立即变得一本正经,高声道:"梁王李忠接旨!"

"臣接旨。"李忠连忙跪倒在地。

袁公瑜宣读诏书的声音高昂而又放肆——

制曰:查梁王李忠,不思报效朝廷,不谋农桑养殖,不恤黎民甘苦,私衣妇人服,又数自占吉凶,惑乱人心,诋毁皇后,着即废为庶人,徙黔州,囚承乾故宅。钦此!

宣完诏书,袁公瑜的声音拉得更长:"李忠谢恩!"

见没有回音,众人定神看去,见李忠已昏倒在地,不省人事了。

袁公瑜暗自窃笑,怎么堂堂皇子,如此胆小呢……

# 第十九章

## 飞凤得意扶摇上　司空献计改百官

　　袁公瑜回到东都的第二天,即到武成殿向李治复旨。

　　行前,他曾到洛城殿去讨皇后的口风。武曌放下手中的经卷,沉思片刻后道:"事情不言而喻。荀子曾说,男子女服,乃是乱世象征,恐非社稷之福。"然后,她的丹凤眼一转,莞尔一笑,"不过,爱卿不难明白,此陛下父子之间的纠葛,我不便多说,你从房州回来,径直禀奏皇上即可。"

　　袁公瑜立即明白了皇后的意思,既要置李忠于绝境,又要不留痕迹。

　　走完司马道,就到了武成殿前,恰遇李荣从殿中出来,他上前施礼后问:"陛下可在殿中?"

　　"陛下正与崔义玄大人说话呢,袁大人且在塾门等候片刻。"李荣回道。

　　"哦!崔大人是向陛下辞行来了。"袁公瑜进了塾门,心想此公先任刺史,年高回到京城,却不料又被外放。他的心便觉得沉沉的,说不清是什么味道。其实,他又何尝不是如此,一场长达几年的废立皇后风波过后,该擢拔的都擢拔了,唯有他仍然在中书舍人的位子上徘徊。但他知道,上了这船就毫无后退的余地,生死都得往前走。

　　他刚刚呷了一口茶,就见崔义玄从殿中出来了。同病相怜,袁公瑜上前问候道:"老大人也进宫来了。"

　　崔义玄回礼:"老夫是向陛下辞行的。"

　　"大人这就要启程去蒲州了?"

　　崔义玄点了点头:"圣旨已经颁布,老夫就不便在京多留了。"

　　"大人向皇后娘娘辞别了么?"

　　崔义玄读懂了袁公瑜话里的两层含义。一层是皇后有没有挽留的意思;

另一层就是窥探他有没有对前些日子省、部官员的调整心存芥蒂,为自己没有得到重用而结怨在心。崔义玄并不想就此多说什么,他了解袁公瑜的为人,稍有不慎就会被他出卖。

其实,从回到长安时起,崔义玄就陷入了进退维谷的尴尬中。当他发现长孙无忌并不像许敬宗等所说的那样心怀叵测后,他就对自己的行为开始了检讨。他固然感激当初许敬宗说动皇后在皇上面前谏言将他调回了京城,可如果是以陷害他人的方式在京城站稳脚跟,他的内心便很难安静下来。因此,换个角度去想,自己没被擢拔未必不是一件好事。

崔义玄以年龄为由回答了袁公瑜的问题,袁公瑜有些不信,笑道:"老大人此去蒲州亦是暂住,很快就会回京的。"

崔义玄摇了摇头:"老夫已将家小迁往蒲州,不打算回来了。"说完,他向袁公瑜作别,登上了回去的车驾。

袁公瑜很纳闷,崔义玄怎么可能对外放蒲州心安理得呢?未及细究,就听见李荣宣他进殿的尖细喊声。

袁公瑜深知皇上急于知道李忠的消息,便将梁王的恐惧情绪污蔑成了"腹诽",还将他"衣女服"说成是对皇上唯皇后之命是从的讽刺。此外,他还把在外听到的关于梁王"卜吉凶以求自安"的消息颠倒为"厌胜"之术。终于,在陈奏接近尾声的时候,他听到了李治的一声怒吼:"罢了!"

袁公瑜的声音戛然而止,随之而来的是李治的"龙吟":"身为人主之子,行祝诅厌胜之术,与弑君何异?如此逆子,乃圣朝不幸!"

骂完,李治突然觉得头脑眩晕,看什么都很模糊,他揉了揉眼睑惊异道:"朕这是怎么了?"

李荣吓坏了,急忙上前搀扶,却被他一把推开:"袁爱卿且先退下,朕想静一静。"

袁公瑜战战兢兢地退出了武成殿,他不知道自己刚才的陈奏是福是祸。

过了好一会儿,李治才问道:"袁爱卿走了么?"

"走了。陛下,您龙体要紧,可千万不要动气。"李荣应着,提出要传太医前来诊治。

"朕不妨事,只是很伤心。"李治不能接受袁公瑜所奏之事,更不能容忍来自亲骨肉的诅咒。在袁公瑜陈述的过程中,他几次动了杀机,临到嘴边又收了回去。他想起最后一次看到王皇后时曾承诺善待太子,又想到了两仪殿前李忠为皇后而哭辞太子的情景。心想这样一个忠厚的皇子,为何会……

这时,李荣又低声上前禀奏道:"陛下,吏部尚书李义府求见。"

李治不说话,扬了扬手,李荣便明白是应允了,他来到殿门口喊道:"陛下有旨,宣吏部尚书李义府觐见。"

李义府一进殿就觉出皇上的神色不大对头,他又不便细问,只得小心翼翼地跪倒在地道:"臣李义府参见陛下,万岁万岁万万岁!"

李治睁开眼睛看了看,又闭上了:"平身!爱卿有何事就说吧,朕听着呢!"

李义府声音顿了顿道:"陛下,有人弹劾度支尚书卢承庆因用人不当,致使征讨高丽的大军粮草转输不济。"

"什么?你说什么?"李治睁大了眼睛,听李义府复述了一遍后,顿时整个人垮了,"朕这是怎么了?子叛臣离,亲反人散。"

想这卢承庆说来也是贞观老臣,褚遂良在朝时曾屡有打压,是朕在汝州温泉遇到他,问明原委后重新起用的,孰料他竟犯下用人失察、渎职之罪。他有负于朕啊!李治忽然觉得整个大殿都在摇晃,仿佛那巨大的房梁就要直向他压来。他头疼得厉害,大叫一声"疼死朕了",便昏厥了过去。

李义府见状,一步上前抱住李治呼唤:"陛下!陛下……"见没有回应,他立即转脸向李荣道,"请公公速传太医进宫,并禀奏皇后娘娘知道……"

回洛阳几个月了,可武曌的心却静不下来,回想起在并州的日子,她每日都沉浸在皇上博大的爱河中。

她不能忘记那宏大的宴会场面,文水的"三老"来了,曾是父亲儿时的玩伴,如今已成耄耋老人的故旧来了,曾与母亲在艰难时世中朝夕相处的邻居来了。男人们被安排在行宫的外堂,女人们则坐在内殿。酒是家乡的汾酒,菜是闻名遐迩的晋菜,话是温暖的并州乡音。

乡亲们为故乡出了一位皇后而感到无限光荣,纷纷向皇上和她敬酒,每一句话都热腾腾的。他们也没有忘记向她远在长安的母亲送上祝福。

皇上也偏爱她的故里,当场传旨并州妇人年八十以上者皆授郡君,这也是大唐开国以来所没有过的。

更令武曌兴奋的是此次并州之行让她认识了狄仁杰,这个比她小八岁的法曹无论是气度、睿智还是干练都给她留下了深刻的印象。这样的人才长期埋没在州郡岂不可惜?她已决计要向李治谏言,擢拔这样的年轻人到朝廷出力。她需要许敬宗、李义府这样的心腹,同样也需要狄仁杰这样的才俊。

正当她在遐想时,李荣急匆匆地进来禀奏道:"娘娘不好了!皇上昏倒在武成殿了!"

"为何不速传太医令诊脉?"武曌闻言大惊,怒斥李荣。

"太医令已经到了,陛下要臣请皇后前去见驾。"

武曌不再说什么,急忙乘轿舆来到武成殿。许敬宗、李义府、李博乂等人已经先到,正在候着。大家看见皇后来了,纷纷让开一条通道。

武曌一进内室,就坐在李治病榻前道:"陛下!妾到了。"

李治起身去拉武曌的手,却感到天旋地转,看东西很模糊:"皇后在哪里?朕何以看不见呢?"

武曌大惊,厉声责问太医令:"陛下病笃,你等却束手无策,就不怕降罪么?"

太医令"扑通"一声就跪倒了,解释道:"娘娘息怒,陛下乃急火攻心,以致视听模糊,臣已邀集太医坊会诊,改了处方,不久定会康复的。"

"贻误了诊治意味着什么,想你也不难明白。"武曌看着李治痛苦的样子,眼泪就不由得流个不停。

李治叹了一气道:"太医们尽心尽责,你不要难为他们。皇后你近前来,朕有话对你说。"

待武曌向御榻边挪了挪,李治便问道:"皇后,你还记得在并州时曾言代朕批阅奏章之事吗……"

"陛下!"武曌截住了李治的话头,"此事当下还是不说吧,陛下龙体要紧。"

"不!"李治欠了欠身子道,"你看朕风晕目眩,目不能视,往后百司奏事,朕怎么处置得了?"

"陛下……"

"你不要推辞,朕知你生性明敏,处事皆能称职,乃上天赐你于朕矣。"李治说着,就对许敬宗道,"传朕旨意,自今日起,百司奏事,悉由皇后决之。"

"陛下!"武曌久久地看着李治,没有再说下去。她百感交集,找不到一个合适的词表达自己的心绪。她不知道朝野将会怎样看待皇上的这道诏书,但她却永远记住了这个日子——显庆五年十月十三日……

次日清晨卯时,文武百官早早地聚在武成殿门口等待着隔日一次的朝会,可眼看辰时三刻已过,仍然不见李荣的传唤,不少人就有些沉不住气了——

"往常这时候,朝会都快散了,今天怎么了?"

"不会是皇上龙体欠安吧?"

"你胡说什么?昨日还看到李大人到武成殿奏事呢!"

还让大家百思不得其解的是,许敬宗、李义府、任雅相三位宰相也没露面。

正当大家议论纷纷,莫衷一是时,终于看见三人与李荣一同出现在大殿前。李荣高声宣布道——

　　陛下口谕:朕苦于风眩头重,目不能视,自即日起,朝会暂罢,百司奏事,暂由皇后决之。百官臣僚往洛城殿奏事。

一听这个消息,众位大臣面面相觑,上官仪更是暗暗吃惊,皇上将朝廷大事悉委皇后处置,这是要干什么?可事已至此,他知道已无回转可能。

接下来的日子,武曌便开始坐在洛城殿里听百司奏事。她是兢兢业业的,每一道奏章都看得很仔细,并且总是以皇上的名义提出处置的办法。她为自己规定了每天批阅的奏章份数,完成不了是绝不休息的。

你要爱一个男人,你就得分享他的欢愉,分担他的忧愁。每当一位臣下带着她留下朱笔墨痕的文书离开洛城殿时,她总是这样想。

做完这一切,她又匆忙踏着暮色赶往贞观殿探视李治,看着宫娥们熬好汤药,她亲自尝了凉热后又端到榻前,伺候李治服用。然后,她就坐在榻前将一天的朝事一件件地说与李治听。说到前方捷报时,她最大的快慰就是分享李治发自内心的笑意,她最喜欢看的就是李治的脸色一天天好起来。

"妾今日处置了一件邦交大事,陛下可愿听吗?"

见李治点了点头,武曌继续说道:"左武卫大将军苏定方遣使者押解百济战俘到京,其中有百济王义慈。苏将军横扫敌国,功在大唐,然而依妾看来,百济与我朝隔海相望。杀人盈城,非战之胜,服人心者,胜之胜也。故妾斗胆,将义慈以下皆释,还以陛下的名义下诏,依据我朝'羁縻'之策,在百济设立了五个都督府、三十七个州。陛下,妾此举不知恰当否?"

"岂止恰当?此皇后彰我大唐神威,明朕之德惠也。百济百姓闻之,当北面而拜之。"李治缓了一口气说道,"朕不仅要开释百济战俘,且还要借此大赦天下!"

"陛下圣明,崇义虑远。妾明日就要中书令颁诏,大赦天下。"

"有皇后在,朕无忧矣!"李治屏退左右,忘情地与武曌拥抱在了一起。

自李治生病以来,两人已有多日没在一起感受肌肤之亲了。无论是武曌还是李治,都有了一种炽热的欲望,他们把一切政事置于一旁,而专心地共赴巫山……

后半夜,盈后复亏的月牙悬挂在西天,聆听着绵绵情话。

武曌搂着李治的脖子道:"陛下,妾有一言,不知当讲不当讲?"

"皇后有话尽管讲。"

"妾闻听许州气候湿润、山林鞠茂、颍河贯境,欲请陛下往彼处巡幸,以利康复龙体,不知陛下意下如何?"

"有皇后打理国政,朕正好出东都散散心。"李治沉吟须臾,便答应了。

几天以后,宗正卿李博乂便陪同李治东行许州。

摆脱烦琐的政务,李治全身心地投入山水的怀抱,他四处游猎、巡视,一去就是一个多月。当他十二月十九日回到东都后,武曌不仅把朝政打理得有条不紊,而且做出了一项重大决定,这又让李治感到了震撼。

原来在李治出巡的日子里,兵部尚书、同中书门下三品的任雅相来到洛城殿,武曌将一个十分尖锐的问题摆到了他面前:"近来观我朝与藩国交往,何以东北之高丽、西北之突厥、西南之吐蕃、吐谷浑等屡犯朝廷,禁而不绝?"

"微臣身在兵部,近来也一直在思虑个中原因。"任雅相立即从皇后的丹凤眼中捕捉到了威严。

"爱卿不妨讲来听听!"

"微臣以为,我朝所行'羁縻'之策,威抚并用,固然效用甚大。然则藩国君主,多为唯利之徒,反复无常。故而屡剿屡叛,禁而不绝。"

武曌频频点头:"倘若我朝集中兵力,聚而剿之,使其永无还手之力,后则常驻军于彼国,岂非久安之计?"

这一番话听似非常平静,然而任雅相却从中感受到帝王气度,忙道:"皇后明示,令臣顿开茅塞,诚不以数倍于敌之军力讨之,不足以显圣朝之威!"

"那依爱卿看来,先取哪个为上呢?"

"百济既灭,则高丽可图矣。且高丽素来不尊朝制,若出兵征剿,不仅事半功倍,且可杀一儆百,威震西域各国。"任雅相似乎早有对策。

"爱卿所言,正合我意,爱卿不妨拟一个出将名单送我阅看。"

武曌的果断又使任雅相吃了一惊。回到公署,他未敢怠慢,当日拟就出击高丽的将军名单,第二天一大早就送到了洛城殿。武曌又一一询问了每位将军的资历,当她从名单中看到"契苾何力"这个名字时,便讷讷自语道:"此人我在先帝时就听说过。"

任雅相介绍道:"皇后好记性,契苾何力将军本铁勒族契苾部人,出身铁勒可汗世家,后率部归唐,在征讨西域和高句丽战事中屡建战功。先帝驾崩后,他欲以身殉葬,为陛下所劝阻。其人忠肝义胆,烈烈其骨,朝野无不叹服。"

"好!就以契苾何力为浿江道行军大总管,左武卫大将军苏定方为辽东道行军大总管,左骁卫将军刘伯英为平壤道行军大总管和刚刚离任不久的蒲州刺史程名振为镂方道总管,将军分道出击高丽!倘兵力不够,那朝廷开春将募大河南北、淮南六十七州兵马进军平壤、镂方行营;以鸿胪寺卿萧嗣业为扶余道行军总管,率回纥等诸部至平壤。"

"天!此乃永徽以来未有之大军云集。"任雅相不敢抬头,只暗暗地打量武曌,猜不透皇后的用兵方略是从哪里得来的。

皇后精稔的调度,大有运筹帷幄、决胜千里的气概,此岂是庸常女子所为?那一天,任雅相是怀着钦敬的心情离开的。他很惭愧,为将多年,他何曾有过如此宏大的谋略呢?

李治一回来就得知了这个方略,他顿时呆了,许久没有回过神来。相依多年,他竟然对此知之渺渺。皇后的气度深深地感染了他,使他冷却已久的热血重新沸腾起来。他不但决定于来春改元,而且萌发了要亲征高丽的冲动:"大业振兴即在眼前,传朕旨意,来年改元龙朔,朕要亲征高丽,再续贞观华章!"

三月的一天,李治与群臣及外夷使者在洛城门饮宴时,特意安排了《一戎大定乐》,这是亲屯营排练的出征舞,他以这样的方式表达了欲御驾亲征的决心和意志。

不仅如此,李治还对武曌的方略做了调整,以任雅相为浿江道行军大总管,以契苾何力为辽东道行军总管,苏定方为平壤道行军总管,与萧嗣业及诸胡总计三十五军,水陆并进,欲一举剿灭高丽。

碍于皇上的颜面,武曌对兵力部署的改变没有提出异议,可皇上跃跃欲试的雄心却让她添了心事。她先后征询了许敬宗、李义府的意见,由于他们对于用兵方略不甚了了,于是她又传召了任雅相。

"依爱卿之见,皇上御驾亲征胜算几何?"

"这……"任雅相不知道该怎样回答这个问题。

"御驾亲征,非同小可,爱卿当以社稷为重,万不可屈从上意,误了大事。"武曌鼓励道。

"胜算大概不上三成……"任雅相想了想还是说了出来。

"爱卿可否陈情得详细些?"武曌没有理会他的犹豫,又直接问道。

任雅相见此,便鼓起了勇气道:"陛下非太宗皇帝,上马取天下,下马治天下,久历战阵,知兵善谋,可谓运筹帷幄,决胜千里。而陛下就不同了,他自幼在宫中长大,又深得先帝宠爱,即便知晓些兵法,多为纸上之论。此不可一也!"

"那二呢?"

"这二么?皇上大病初愈,尚在康复之中,臣有些担心……"见武曌没有打断的意思,任雅相继续道,"其三,为君者,量能而授官,皆使其人载其事而各得其所宜。今天下大定,戎羌臣服,猛将如雨,谋士如云,何须陛下亲征,使能臣干将畏首畏尾?"

听了任雅相的陈奏,武曌频频点头:"爱卿之言甚是。我当不遗余力,力劝陛下为社稷改弦更张。"

三月下旬,朝廷的出征计划一直围绕着两条线展开。一条是朝廷上下紧锣密鼓,为进击高丽调兵遣将。边关将士严阵以待,只等皇上亲率大军到来;任雅相、萧嗣业等在朝任官之人抓紧移交署中事务,只等皇上召唤,即渡海出征。另一条则是武曌不止一次面劝李治放弃亲征。因此,关于皇上御驾亲征的消息虚虚实实,一直悬在空中。

将士们着急,武曌更是心急。

可李治被一曲《一戎大定乐》燃起的战争欲火却烈焰熊熊,似乎忘记了风眩头重,目不能视的痛苦,那颗勃勃雄心将武曌的劝告拒之门外:"贞观十九年,先帝以多病之躯还亲率大军征讨高丽,朕才不过三十四岁,为何就不能出征?"

"陛下且听妾一言好不好?"武曌尽量柔声柔气,不愿在夫妻之间造成任何不快,"此一时彼一时矣。陛下病恙初愈,彼国海深风寒,若是旧疾复发,妾罪莫大焉。"

"皇后是担心朕不善用兵么?"李治固执地为自己寻找理由,"朕乃太宗之子,在先帝身边耳濡目染,对兵法也知晓八九。高丽弹丸之地,朕唾手可得。"

闻听皇上口出大话,武曌脸上就有些不高兴了,干脆直截了当道:"妾只是不愿意见陛下拿战阵做儿戏,贻误了江山社稷。"

李治的脸霎时变得通红,微怒道:"皇后是瞧不起朕么?朕巡狩许州,皇后布阵谋战,大兴兵戈,为何朕刚提出亲征,皇后就寻种种理由阻拦呢?朕就不明白了,这大唐究竟是姓李还是姓武呢?"

"陛下!"武曌骤然提高了说话的声音,话语里也带了明显的愠怒,"陛下若这样说,也请恕妾之不恭。请陛下自问,与太宗皇帝相比,谋断若何?请陛下自问,社稷与陛下荣辱进退,孰轻孰重?请陛下又自问,此去究竟有几成胜算?陛下讳疾忌医,社稷之大不幸也。"

"你!"李治本来想说一句"放肆",但还是没有说出口。这是自武曌回宫以来,他俩之间第一次发生如此激烈的口角。当李治回头去看时,才发现武曌不知什么时候已经离开了。

"哼!都是朕平日宠惯,才致她如此目无尊上……"他颓然地望着大殿上空,久久无言,留下沉重的叹息。

而武曌更是一肚子的火。一回到洛城殿,她就劈头盖脸地将张尚宫、许尚衣等人痛骂了一顿。太监、宫娥们低眉顺眼地站在那里,一任皇后发泄,不敢说一个字。他们已经摸透了她的性格,在这个时候辩解,无异于自寻死路。

过了一会儿,武曌慢慢地平静了下来,她开始清理自己的思路,扪心自问道:难道你不爱一个雄视八荒的帝王么?难道你没有发现他身上流着太宗的血液么?唉!刚才的确是有些冲动了。男人最忌讳什么?就是将他与其他人比较——即便是他引以为荣的父皇。

在张尚宫奉上热茶的时候,她脸上的阴云渐渐消退,吹了一口浮在杯面上的茶叶,淡淡地说道:"你等退下吧,我想一人静一静。"

杯子里的茶水泛起微微的涟漪,武曌的思绪回到了刚才的争论上来,她自觉那三问真是太伤皇上的自尊了。

他何曾用这样的语气与自己说过话呢?没有!爱是细雨微风拂过心苑的谐和,是流云柔水缠绕情感的抚慰,是你中有我,我中有你的包容。这一切李治是体现在每一个细节中的,让她一想起来就如醉如痴。可今天……

不!她没有错。她需要的是如何让皇上接受现实。你爱她,就该想着如何让他读懂自己那颗晶莹的心。

她想起刚刚进宫时,常常听到有关长孙皇后的传闻。据说,有一次,侍中魏徵当着朝臣的面指责太宗皇帝,让他当场下不来台。太宗曾暗发狠言,要杀了这田舍翁。后来回到后宫,太宗和长孙皇后说起此事,长孙皇后听后退下,一会换了朝服出现在他面前。太宗很诧异,长孙皇后却说,主明则臣直,魏徵之直,乃见皇上知人之智啊!

"贤哉!莫如长孙之襟度也。"武曌决计不再争论,她要向皇上上书,诉说她的担忧、苦衷和真爱。她相信,一俟从感性回归理性,皇上一定能触摸到她刚烈背后的那一方柔软。

武曌听了思绪,放下茶杯,朝外面喊道:"来人,笔墨伺候!"

窗外,三月的雨淅淅沥沥地唱着清幽的春歌,武曌的心也被浸润得湿漉漉的,她铺开洁白的绢帛,毫端饱蘸浓墨,仿佛第一次与李治激情一样,将满腹的心事呼啦啦地倾在诉说的溪流——

> 孟子曰:"是故天子讨而不伐,诸侯伐而不讨。"夫高丽之与我朝,乃宗主藩国之设,臣之事君尊卑。故出命以讨罪,天子之事也;执命以伐逆,将军之职也。况高丽者,弹丸小国,焉用御征?远者昔苻坚不自将以犯晋,则不大溃以启鲜卑之速叛;窦建德不自将以救洛,则不被擒而两败以俱亡;近者岂不闻炀帝三征高丽,将损兵折;先帝雄兵渡海,坐困东瀛倭夷。何也?所谓"将在外君命有所不受也"。然陛下居于北辰,将必口言而嗫嚅,足进而趑趄,此岂非用兵之大忌乎?一言若差,铸成危局,悔之晚矣,妾请陛下明察。
>
> 妾之爱陛下,甚于自身,不忍陛下远师劳顿,露宿餐风,旧疾初愈,又添新忧。陛下必不忍妾看朱成碧,泪雨沾襟,悠悠情殇,人何以堪?……

午后,李荣发现案头多了一封上表,封签上印着皇后之玺。他想这必是重要信件,等李治一坐定,他立刻呈上,恭请圣览。李治看了看印玺,知道又是为了出征之事,遂放在一边,去批阅其他的奏章。

李荣见状,小心地上前道:"皇后上表,必是大事,陛下还是先看看吧!"

"好!朕且听你一回。"李治先还是想了想,最后还是拆开上表。他脸色先还比较平静,看着看着就动容了,读到最后,他竟然情不自禁地出了声。

且不说武曌所论入情入理,言之有物,单是这柔肠百结的话语,就让他一时心魄摇荡,心波难平,他不禁赞道:"贤哉!皇后矣!"

李治合上书表,动容地对李荣道:"传朕口谕,朕罢亲征,征讨三军悉由兵部节制,诸将务必勠力同心,彰我大唐国威。"说完,他就起身向外走去。

李荣急忙跟了上来："陛下这是……"

"朕去看看皇后。"

"好嘞！臣这就差人去传话。"

等李治来到洛城殿时，武曌已早早地到司马道上迎接。她远远地看见皇上，就率宫娥和尚宫们跪迎了："妾恭迎圣驾。"

李治上前拉起武曌道："皇后这是干什么，快快平身！"

武曌挽起李治的胳膊，一边朝殿内走，一边回头对李荣等人道："你等先在殿外候着，我有话要单独向陛下陈奏。"

掩上殿门，两人都放下了在宫人面前的矜持，武曌忘情地扑到李治的怀里，一任他的胡须在脸颊蹭出痒痒的、麻麻的感觉；而李治却伏下身子，贪婪地嗅着武曌身上的淡香。

阴云散去是丽日。武曌抬起头，望着李治道："请陛下宽恕妾的任性。"

李治也捧着武曌的脸道："皇后的上表朕看过了，皇后说得对，朕若御驾亲征，将军们当无所适从，不敢阵前决断，这岂不误了大事？"

"陛下圣明。常言道，螳螂捕蝉，黄雀在后。陛下欲在东线开战，不能不顾及西线突厥的虎视眈眈。"

"皇后所虑，亦朕之所忧矣。"李治看来也很担忧。

武曌向李治身边靠了靠道："妾今日思谋，又与许敬宗、李义府和任雅相几位爱卿合议，想我朝倘能使吐火罗、嚈哒、波斯等十六个藩属国所置的八个都督府、七十六个州、一百一十个县和一百二十六个军府，都统一于安西都护府治下，那样西域诸国就在我朝掌握之内，则陛下无后顾之忧矣。"

"设州置县，悉由皇后以朕名义处置。"李治听后，欣然应道。

六月中，唐朝征讨大军分别在浿江、辽东、洛阳举行了出征仪式。在这样的场合，武曌自然是以皇后身份，而李治的一举一动都让将士们感到了朝廷的神威。

洛阳城外搭起了阅兵台，由三百多名乐者组成的乐队分列在高台两侧，演奏着《一戎大定乐》。府兵组成了威严而又严整的方阵，旌旗猎猎，旌麾北向。年轻的司马、别驾们身着银色的、赤色的甲胄，骑着战马列在队伍之前。

午时三刻，李治在皇后、许敬宗和李义府等人的陪同下登上检阅台。他俯视着台下的军阵，向伺候在一旁的李荣点了点头。李荣便高声道——

高丽不尊朝制，藐视发令，南侵百济，西犯新罗，倚强凌弱，涂炭生灵。

朕欲发兵讨之,昭告天下州郡,以高丽为戒,无犯朝廷……

之后,许敬宗代表皇上向任雅相授旗。

奉诏出征,对卒伍出身的任雅相来说不是第一次。显庆二年,他就曾随右屯卫将军苏定方讨伐过西突厥沙钵罗可汗。可不知为什么,这次出征他的心绪很乱,不知是不是因为此次进军方略皆出于武后之手,真应了褚遂良生前所谓的"牝鸡司晨,唯家之索"的民谚。似乎总有一种不祥的感觉盘绕在他心头,久久无法挥去。

从许敬宗手中接过绣了"唐"字的大旗,任雅相递给身边的掌旗司马。刚一转身,他就看见武曌满脸自信的模样,虽然他从内心钦佩武曌的用兵才能,但又不得不承认"牝鸡司晨"确是一种危险的征兆。

当长号吹出沉闷的号子时,任雅相勒紧马头,向皇上告辞。随后他拨转马头,朝东北方向驰去……

大军出征后不久,就接到了来自边关的战报,说苏定方破高丽军于浿江,连战皆捷,把高丽国都平壤团团围定。

一封封来自前线的捷报,催促王朝的脚步走进了龙朔二年(公元662年)的春天。尽管风中依然有料峭的寒意,然毕竟是阳气蒸腾的季节。等到二月惊蛰一过,那涌动的春潮就从渭河升起,将关中平原铺出一片新绿。

当初因为皇上有病、由武曌代理朝政的格局,渐渐地演变为君臣习以为常的秩序,大臣们一般都是在洛城殿向皇后奏事,凡属于可以即刻处置的,就由武曌当场定夺;凡属于应该由朝会或集议来确定的,则由武曌面奏李治,由李治出面主持。当然,所有的诏书、敕命、令、制等都以皇上的名义发出。

这一天,武曌在批阅奏章时却常常停下笔来,思绪沿着奏章的文字呈现出空前的活跃。

那是一份已被李治批阅过的奏章,是度支尚书、同中书门下三品的卢承庆离京赴任润州刺史前写给朝廷的。他在奏章中述说了自己因调度不周而导致讨伐高丽的大军粮草不济,因此必须负责,此外他还不无痛心地说道——

从命而利君谓之顺,从命而不利君谓之谄;逆命而利君谓之忠,逆命而不利君谓之篡;不恤君之荣辱,不恤国之臧否,偷合苟容,以持禄养交而已耳,谓之国贼。苟臣唯利君利国而为忠,并无荣辱进退之私忧。

臣闻法而议,职而通,无隐谋,无遗善,而百事无过,非君子莫能。臣又闻修堤梁,通沟浍,行水潦,安水臧,以时决塞,岁虽凶败水旱,使民有所耘艾,司空之事也。相高下,视肥墝,序五种,省农功,谨蓄藏,以时顺修,使农夫朴力而寡能,治田之事也。修火宪,养山林薮泽草木鱼鳖百索,以时禁发,使国家足用而财物不屈,虞师之事也。"三省六部""五花判事",历之弥久,陈陈相因,职而不通。礼法以时而定,制令各顺其宜。臣愿陛下明察……

他这不是批评朝廷职责不清么?而且矛头直指的是贞观以来的"五花判事"之制。看到文末,李治在上面批了一段话——

利不百,不变法;功不十,不易器,"三省六部""五花判事"者,先帝草创,历之两朝,官循其规,民安其制。所谓言改者,乱国之议……

武曌的笔停住了,她的思绪被卢承庆的奏章搅得波澜顿兴。她站起来在殿内踱着步子,一字一句地推敲卢承庆的话语,觉得他提出了一个被大家忽视,或者说渐次忘记的问题。固然"三省"之设,宰辅集议,利于集群之智;"五花判事",皆执其奏,戒除阿从,鲜有败事。然久而自弛,亦所难免,中书门下,各执己见,岂不误了大事? 职责不清,难免推诿延误。

就说卢承庆吧,如果度支与少府职责清楚,就不会影响前方的粮草转输了。可人们只追人之失,而不思制之过,此一错再错之源啊!

她进一步想,以前长孙无忌等人不正是借"五花判事"之制在废立皇后一事挟持皇上么?若非皇上坚持不退,若非李勣在关键时刻一言九鼎,哪里还会有她今天坐在朝堂上代皇上批阅奏章的机会呢?她转过身来到案头,提笔准备在卢承庆的奏章上留下自己的墨痕,却在举手的那一刻犹豫了。

事关朝制,她不可不慎重。她明白得首先在李治那通过了,才能拿到朝会上廷议。可由谁来说服皇上呢?许敬宗不行,他虽为心腹,然家风不良,皇上早有耳闻;那李义府更不行,他入朝以来贪贿成性,几度犯事,若非自己庇护,他早就入大理寺狱了。

武曌想来想去,觉得只有再去找司空李勣。只有他出来说话,才可能平息因改制引起的风波。她觉得从并州回来这么久了,应该邀他来东都看看,看看皇上恩准的龙门造像工程进展情况,看看东都可以与西都媲美的山水,顺便还可以把二儿子李贤也带来。

李贤已经七岁了,从长安来的臣下们说到潞王,都夸他聪颖非常;他的乳娘也曾说潞王相貌俊秀,颇似皇后。每次回到长安,李贤都会来问安,举止庄重超过了他的实际年龄。和太子李弘相比,他就不那么恋母,皇上与她移驾洛阳时,一次也没有听说他要跟随的话,甚至在大臣们送行时,都不知道他躲在哪个角落了。

武曌也是个女人,既有着对李治炽热的爱,又有怜子的深情。她开始担心这样生分下去,一旦李贤长大成人,母子间会发生什么。她看得出来,在自己的两个儿子中,李治似乎更加宠爱贤儿,近来他也一直念叨,说许久没有见贤儿了。

武曌这样想着,开口就传了张尚宫……

三月底,洛阳桃花乱落如红雨的日子,李勣奉诏护送李贤来到洛阳。他只说自己此行就是为了护送潞王,却闭口不提劝解李治改制之事。

事实上,自从接到武曌发自洛阳的密信后,李勣的心就再也无法平静了,他感到自己再次遭遇了尴尬。如果说当初在废立皇后时他选择了站在武曌一边,是因为那的确是皇上家事,可这一次,武曌则把一个十分棘手的难题甩给了他。显然,皇后邀他来就是为了说服皇上。可对于他来说,做这事简直是如履薄冰。他对武曌的心思揣得很透,她是要借改制来笼络人心,开启一个虽然她没有坐在朝堂上,却胜似临朝决事的格局。

但李勣作为跟随太宗打江山,又被当朝皇上分外尊崇的老臣,他深知改"三省六部"和"百官"非同小可,牵涉贞观之风的传承,弄不好,他就会成为离经叛道的贰臣逆贼,下场可能比长孙无忌还要悲惨。

这一切,李治并不知道,他因为见到了可爱的李贤而再一次感到了李勣的以永终誉。

到达洛阳后的第二天,李治在瑶光殿设宴为李勣接风。在座的除了他和武曌,还有中书令许敬宗。席间,许敬宗对李勣说道:"老将军外击突厥,屡建战功;内辅陛下,殚精竭虑,出将入相,功在朝阁。下官奉皇上口谕,特向老将军敬酒。"

之后,李勣颤巍巍地来到李治和武曌面前敬酒,说出的话就带了黯然神伤:"知臣者,谓臣奉上忠,事亲孝,历三朝未尝有过;不知臣者,谓臣明哲保身,模棱两可。然臣无他,唯以唐室兴衰为挂也。"

李治知道,在废立皇后这件事情上,李勣是为长孙无忌、褚遂良等人所不齿的。但李治心里明白,李勣没有从他这获得一丝私利:"朕明白爱卿,知爱卿忠心,朕就饮了这杯。"

君臣落座后,李治又道:"司空护送潞王有功,朕要重重赏赐。"

李勣正要推辞,却被武曌拦住:"司空大人就不要推辞了。"

李勣只有顺势回道:"谢皇上隆恩。"

一个时辰后,武曌看李治有些累,就对李荣和许敬宗道:"二位先陪陛下回贞观殿,我还要向司空大人询问贤儿在长安的情况。"言毕,一干人便分头走了。

到了洛城殿,武曌先下了车驾,来到李勣的车前叮嘱太监和宫娥道:"老将军年事已高,你们一定要小心才是。"等到太监们扶李勣下车后,她又亲自搀着李勣进殿。

李勣就不免有些诚惶诚恐,连道:"皇后如此,真是折杀老臣了。"

武曌吩咐宫娥上了上好的武当云雾茶,说是醒酒。其实她也知道李勣久在边关,几杯酒岂能醉了? 喝茶不过是说话的引子罢了。

武曌热情地询问着路上的情况,特别还问到关中的春耕可已开始。李勣都一一回答。

"听说大人有一虎孙叫李敬业,在太仆寺做少卿。"武曌不经意地将话题转移。

"谢皇后惦念。敬业年轻,不谙世事,平日里倒是喜欢结交一些文人雅士。"李勣应道。

"我听说有一位叫骆宾王的年轻人很富才情,敬业与他交往甚多。"

李勣摇了摇头:"这个……微臣倒没有细问,皇后要见他问一问么?"

"我只是随便问问。敬业年轻有为,又喜好结交文士,将来定是前程无量。我要在皇上面前举荐!"

李勣急忙站起来谢道:"敬业年轻,尚需历练一番才会大有出息,谢皇后惦记。"接着,他就把话题转到密信上来了,"皇后书中所言改制之事,臣不甚了了,还请明示。"

武曌示意宫娥给李勣续茶,接着身子向前挪了挪,显出几分亲切:"'三省六部''五花判事'之制设置久矣,我欲谏言皇上顺时而改,大人以为可否?"

李勣作了一揖道:"臣想知道皇后是作如何想。"

于是,武曌将多日来所思前后讲述了一遍,然后,就目不转睛地注视着李勣表情。

事情果然不出所料。李勣举起手中的杯子,看着橙黄色的茶汁,心随着袅袅的热气上下翻涌。经历过废立皇后风波,他不是没有看到"三省"权势太重的诟病。但他知道现今在三省任职的,都是皇后的心腹。不要看他们对皇后恭顺非常,可真要削他们手中的权力,未必不会抵制。李勣呷了一口茶,很委婉地将自己的思绪呈现在武曌面前:"皇后所虑,亦臣之所忧。《易》曰:损益盈虚,与时偕行。故殷因于夏礼,所损益,可知也;周因于殷礼,所损益,可知也。积久成习,不思因革,国之患也。"

听了这些,武曌很是感慨李勣虽为武将,却通于人文,因而并没有打断他的话,继续专注地听着。

李勣见皇后没有打断,便接着道:"但此事当循序渐进,未可一曝十寒。"

"愿闻其详。"

"依臣之见,不妨先从更名开始,而职任如故。"李勣说出了他的想法。

听到这个后,武曌的眉头不经意间皱了一下:"此岂非名异而实故,与我所思相去甚远矣!"

李勣似乎早已料到武曌会如此说,便微笑着放下手中的杯子道:"臣还有下意呢!自古有'循名责实'之说,夫《春秋》一卷而注者百家,此乃以义训更其名矣。"

武曌立即明白了李勣的意思——这职任如故是说给皇上听的,以义训改名,也就是根据新的名称对职责做出诠释,才是问题的要害。

她的眉宇间顿时闪烁着熠熠光彩,觉得李勣不唯精明,而且是个城府很深的老头,看来褚遂良等人言他"狡黠"之评不虚。但她还是暗地将兴奋藏在了眼神背后,而出口的话亲切中带了谦恭:"不瞒老将军说,我所虑乃陛下因陈旧制,怕乱求稳而已,老将军一席话让我眼开一域。如此,还要烦劳老将军向陛下呈明改名之便。"

"这……"李勣犹豫片刻,终究还是答应了,"臣遵旨,明日就去拜见皇上。"

"如此便多谢老将军了。"武曌连忙起身。

送走李勣,武曌在案头边坐了下来,想到再过几天改制之议一旦上了朝会,臣下将会有怎样的心境?许敬宗和李义府又将会怎样想?他们会不会因为"三省"权力变小而心存疑虑呢?

这时,张尚宫进来,轻轻禀告道:"娘娘,时间不早了,该午睡了。"

武曌没有回应,仍然沉浸在李勣的话语中……

# 第二十章

## 情悠悠情深结怨　心郁郁君臣互探

进入龙朔二年,太子李弘就十岁了,这正是人生最烂漫的季节。虽然他初晓人事,但涉世不深,一切都透着想象和憧憬的青涩。虽说如此,可李弘却过早地告别了童稚的天真,先是四岁被懵懵懂懂地立为太子,接下来刚刚七岁,父皇和母后移驾洛阳,就诏令他监国。现在,虽然随驾到了东都,却总是觉得距父母之爱那么近,又那么远。

在洛阳,他进出的区域就是文思殿;陪伴他的是属于长者之列的中书令兼太子宾客许敬宗、侍中兼太子右庶子许圉师、中书侍郎上官仪、太子中舍人杨思俭等。他们个个文思斐然,讲起书来口若悬河,可就是少了同龄人之间的天真无碍。

坐在文思殿里看着这些老臣每日走马灯般地围着自己转,中规中矩行臣下礼节,李弘常在心里问自己,不知他们这样到底累不累?反正,他作为太子已经很疲惫了。

他很怀念与李贤一起在长安的日子,他们可以无拘无束地说想说的话,玩想玩的游戏。那时陪伴他的是上官仪,他以通达豁然的风度与太子殿下共处,除了为他们讲书,也为他们出些有趣的游戏取乐。

课听累了,上官仪就要公公们捧一瓯、盂之器物,覆盖某一物件,让他和陪读的李贤竞猜,猜错者罚果酒一杯。结果常常是李贤胜出,果酒都让他喝了。李贤很聪明,懂得和太子虽为一母同胞,却有着君臣的差异。往往在胜出几局后,他便有意猜错,既维护了太子殿下的面子,又不致兄弟情分失和。

上官仪在一旁看着,就在心底感喟,若宫廷永远没有血腥的争斗该多好。太子大概不会知道,他的今天是用多少人头落地换来的。

后来,李弘跟随父皇和母后到了洛阳,李贤却留在了长安。他就感到了难耐的孤独,常常在梦里看见弟弟,他依旧是那样的聪颖有趣,那样的才思敏捷,那样的知礼明义,显然比三弟李哲强多了。尽管李哲只比李贤小一岁,可他怎么就那样木讷和呆板呢? 与他在一起,李弘觉得索然无味。

太阳渐渐地升上洛阳城头,给清晨的殿堂涂上灿灿的金色,有几株桃树的枝头正开着娇艳的桃花,在刚刚吐了绿的嫩叶间迎风绽笑;从高墙外飞来几只紫燕,在桃花丛中嬉戏。

风带着花香飘进厅堂时,李弘的心就无法在书卷上停留了,他的目光追逐着紫燕的身影顾盼。他想着这样的时光,远在长安的李贤在干什么呢? 是不是与他一样怀着云树之思呢? 还是对天吟诗寄托他的志向呢?

刚刚晋升为中书侍郎的上官仪从外面迅步走来。春风吹起他宽大的袍袖,显示了主人的志得意满。他夹着一卷装裱得十分精致的文稿,一进文思殿就看见李弘正眼望天空发呆,就知道他的心思飞到了宫外。

站在大殿门口,他有意地咳嗽了两声,才手捧书卷施礼道:“微臣参见太子殿下。”

一连喊了两声,李弘才转过神来,望见上官仪手中的卷册,问道:“师傅手中是哪家大人的杰作?”

“待微臣展开,殿下就一目了然了。”上官仪笑着,就要在一旁的宫娥展开卷轴。

李弘一看, 不禁为它的恢宏气势、绝妙书法而感叹不已:“真乃书中上品,文中精作。”

说起来这是龙朔元年的事情,那年重阳节,李弘邀许敬宗、许圉师、上官仪和杨思俭到文思殿后院的亭子饮菊花酒。席间谈及讲书,李弘道:“古今嘉文妙品美不胜收,汗牛充栋,然诚如庄子曰,‘吾生也有涯,而知也无涯,以有涯随无涯,殆已’。倘能博采古今文集,摘其英词丽句,以类相从,岂不可达取精用宏之效? ”

在座的几位都以为太子所议不失为功在当朝,利及后人之大计。上官仪更是为太子的妙思而感动,为自己这些年的讲授而欣慰,借着酒意,他敞开胸襟,驰骋文思道:“微臣建议,此书编成后就请太子题名为《瑶山玉彩》如何? ”

大家纷纷击节称赞,孰料李弘却连连摆手道:“我虽习字多年,但毕竟功力不深,还是请父皇题写吧! ”

许敬宗犹豫道:"陛下的字法自汉魏,直逼'右军',笔走龙蛇,只是近来陛下龙体欠安,恐怕……"

见此,许圉师在一旁说话了:"皇后娘娘的书艺早年颇得褚遂良的好评,她若能题写,最好不过了。"

杨思俭也赞同道:"若如此,陛下一定高兴万分。只是这件事情就当请许大人代劳了。"

许敬宗当仁不让,第二天就进宫向皇后禀奏。武曌欣然应允,当即便题好了。

现在,此书的第一卷已装裱一新,李弘就觉得这是自己做太子后办的第一件有意义的事,便感喟道:"若潞王能看到此书就好了。"

上官仪笑道:"殿下总是忘不了长安,潞王殿下早已迁为沛王,而且已于前日到了洛阳。"

闻言,李弘的眼睛立时就亮了,高兴道:"真是太好了!我这就去看他。"说着,就要向外走。

上官仪上前拦住道:"殿下何须着急,微臣刚从陛下那来,皇上与皇后已经恩准,明日沛王就要来拜见殿下了。"

"唉!我恨不得马上见到他。"李弘不得已收回脚步。

上官仪觉得李弘的性格中缺少了武曌的独断,却多了李治的宽仁,不知这对他将来承继国脉是不是一种幸运呢?其实他还有一件事情没告诉李弘,李贤之所以能来洛阳,完全是因为皇后欲推动改制,拉了李勣来说项的缘故。

自长孙无忌"谋反"案发后,上官仪明显感到在朝堂里势孤力单,他不得不"曲中求伸"。作为太子近臣,他一刻也没有忘记用"贞观"风范去雕琢李弘的品格,从不提起容易引起武曌警惕的人和事;作为中书侍郎,他谨言慎行,绝不给许敬宗等人提供排斥他出朝堂的机会。这倒不是他刻意去扭曲自己的性格,而是他始终想着长孙无忌那句"好自为之"的嘱托。也许正因为如此,武曌在去年秋天谏言李治晋升他为中书侍郎。

昨日,武曌在洛城殿召见了他,征询对改制的看法,他并没有表示反对。他对这件事情的理解是,只要职任如故,名称无关紧要。

武曌显然对他的表态很满意,他看得出来,她最担心的就是他站出来反对。上官仪在心里想,再聪明的女人,也有疏忽的地方。

怀着这样的复杂心境,他开始了对太子的讲书……

第二天辰时二刻,上官仪与杨思俭陪着李贤到文思殿拜见李弘,并且还带来了一位玉面少年。

经年未见,李贤又长高了,习武演阵让他的身体变得更结实了,也让他更加习惯于遵循朝廷的礼仪:"臣弟李贤叩见太子殿下。"随着声音落地,在他身边的少年也跟着跪下了。

李弘急忙上前一边扶起李贤,帮他拍打膝盖的尘土,一边说道:"自家兄弟如此繁文缛节,岂不生分?贤弟快快请起。"

但李贤仍然循规蹈矩:"臣弟谢太子殿下。"

扶起李贤,李弘看着他身边的少年问道:"贤弟!这位是……"

李贤拉过少年,眉飞色舞地介绍道:"他是臣弟近来新招的修撰,姓王名勃。六岁解属文,构思无滞,词情英迈,与其兄才藻相类,时人谓之'王氏三棵树'也!"

听李贤如此介绍,王勃急忙上前施礼道:"臣久闻太子殿下才高气雄,今日一见,果然器宇不凡。"

上官仪见三个孩子在一起分外高兴,便向杨思俭使了个脸色,两人悄悄退出殿外:"难得殿下兄弟相聚,我等就不要在旁碍眼了,我署中还有些事情,就先告辞了。"

杨思俭揖手回礼道:"上官大人请自便。"

上官仪走出了一截,却又转回来道:"我有一事,不知当问不当问?"

"不知大人想问何事?"

"我听闻令爱与太子年纪相仿,生得美貌聪颖,不知可否属实?"

"哦!小女也就十岁,只是生于陋室,岂敢言蔽芾甘棠,妄攀龙姿?"

上官仪眉宇间就流出淡淡的笑意:"大人鸿运来了。昨日皇后已向陛下谏言,要为太子选妃了。"

"不敢妄攀!不敢妄攀!"杨思俭忙摆手,可心里却是一阵暗喜,果真如此,他也就不用当这个随于显贵之后的舍人了……

望着两位大人离去,李弘孩子的天性终于得以毫无拘束地释放出来,他拿出上官仪送来的《瑶山玉彩》,与李贤和王勃一起欣赏。李贤就为太子做了如此一件大事而十分兴奋,特别是那些灿若珠玑的清词丽句,读得几位少年个个脸上飞彩,眉间溢情。

李贤是个有心的孩子,看着文书相映生辉的《瑶山玉彩》,不由得浮想联翩,顺口说出一番让李弘和王勃大为惊异的话来:"子曰:'见贤思齐焉,见不贤而内自省也',皇兄之举,堪为臣弟之师范。臣弟近听侍讲读范晔所修之《后汉书》,犹觉年代久远,掌故塞道,解之不易,故而有意召集我朝善治经史者加注释疑,不知皇兄意下如何?"

"贤弟才华横溢,鸿鹄志高,相比之下,《瑶山玉彩》倒显得小篇碎章了。"

李贤忙摆手道:"惭愧惭愧,皇兄之言令臣弟无地自容。"

王勃听着两位皇子的话,不便插嘴,待到两人间歇期间,便将话题转到了欣赏武曌的题笺上来:"皇后娘娘的字源于欧阳询,神却在褚遂良,点画之间柔中透刚,若非有皇后玉玺,真是男子英气多于巾帼阴柔。"

但这番话却没有从李弘兄弟那获得回应,他不免显得尴尬,忙道:"微臣妄言,不知天高地厚,还请殿下恕罪。"

世间有许多共鸣只在心头震颤,并不都溢于言表。无论是李弘还是李贤,都不得不惊异王勃论字知人的敏锐。在他们的心中,母亲正是这样一位巾帼不让须眉的皇后,可敬却无法亲近。从记事时起,他们就很少与母后待在一起,他们对乳娘的亲近远胜于生母。偶尔被母亲传到身边,也只是唯唯诺诺地听母亲训示罢了。久而久之,母子之间倒不如父子之间亲近了。

这些话,他们不仅不能对王勃讲,就是兄弟之间也只是心照不宣。

接下来的几天,周王李哲也加入兄弟相聚的行列中来了。他虽然在才气方面差了许多,但玩兴很浓,且常会想出许多游戏来。几天下来,孩子间的那些该说的话都说了,接下来干什么,他们却不知所从。

这一天,弟兄几人都觉得宫里生活无味,正不知如何打发时间,李哲便说话了:"二位皇兄整日在宫中苦读,哪知洛阳城中有不少好去处。在承福坊就有一家斗鸡场,煞是有趣,不知二位皇兄可有兴趣一观?"

"你怎么知道有此游戏?"李弘疑惑地问道。

李哲的耳根子顿时红了,口里支吾道:"臣弟也是听太监们说的。"

"太监们敢向你禀奏此事么?必是你趁机出宫,寻访到彼处作乐。你若实话实说则罢了,若是支吾其词,我便禀奏母后。"李贤不相信。

"什么事都瞒不过皇兄。"李哲苦笑着将自己如何化装被太监带出宫外,观看斗鸡的事一一陈来。

王勃在一边听了,解释道:"眼下长安、洛阳斗鸡之风甚盛。朝廷并未严令禁止,微臣还听说有些州郡还筹办斗鸡赛,周王殿下偶尔出宫亦无大错。"

"照你如此说,我等亦可出宫看看。"李贤说着,看了看李弘,见他也心有所动,便问道,"明日我们兄弟也化装出去走走如何?"

李弘还是有些犹豫："此事若被父皇、母后得知……"

李哲忙接上李弘的话道："你我兄弟不说,谁又敢多生口舌?"

一夜无话,第二天一大早,李弘扮作富家子弟,只带了两个太监便悄悄出了城。来到重福门外,李贤、李哲各带了两名便装卫士在那里等候。加上王勃,一行竟有十人之多。

一干人进了重福坊门,就看见一家店铺门前聚满了人,那正是洛阳城中最大的斗鸡场。那鸡场所养的斗鸡个个如狼似虎,非置对方于死地才肯放手。真是斗者心弦紧绷,观者心惊肉跳。

店主人见来者气度不凡,知是非常人家子弟,急忙上前,觍着笑脸道:"几位少爷到了,是要喝茶,还是斗鸡?"

李弘便向王勃使了个眼色,他连忙上前说道:"店家,请问你这可有上好的斗鸡场?"

"少爷是要斗鸡啊!有,有!请随小人到后院。"店家抬手示意往里面请。

几个人来到后院,但见一只只鸡都在鸡栅里养着,看上去精瘦挺拔,身体轻巧,脖子上毛很稀,店家介绍说那是斗鸡时留下的痕迹。鸡群见有人来,一个个羽毛倒竖,脖子长伸,摆出一副决斗的架势。

李弘对李贤和李哲道:"你俩先斗一场,我看看再说。"

于是,李哲的眉宇间就表现出轻车熟路的架势,将李贤让在前面:"这栅中有一只黑鸡和一只锦红鸡,二哥想要哪一只?"

李贤仔细看了看黑鸡,身材虽然瘦小,眼里却露出道道凶光,遂选了它。两人各自押了银子,又选了两位宿卫做持鸡手,来到院中决斗池内。双方各自放出手中的斗鸡,一场厮杀便宣告开始了。

两只鸡在池内相互对视,又转了两圈,各自寻找攻击对方的机会。那黑鸡似乎很胆怯的样子,锦红鸡则十分亢奋,不断地发起进攻,可每一次都被黑鸡躲过。正在锦红鸡志得意满间,不料黑鸡忽地转过头来,咬住了它扬起的脖子死死不放,锦红鸡摇头摆尾,试图甩掉对方,可终不能得手。再看看下面,四只爪子交织在一起,接连翻了几次,仍然撕扯不开。眼看着锦红鸡的脖子上鲜血直淌,它瞅着机会就扇动翅膀逃之夭夭了。黑鸡也不追赶,低下头吃持鸡手送来的豆子。

眼看选中的鸡败下阵来,李哲的脸色顿时通红,连道要再行决斗,如果连输三局,他甘拜下风。李贤却并不赌气,他雍容大度,干脆将李哲让在前面。结果两局下来,锦红鸡落荒而逃。

李哲很沮丧地要宿卫把银子给李贤,他却谢绝了:"斗鸡原为娱乐而已,三弟何必认真? 三弟若是真有兴趣,就去邀大哥应战。"

听了这话,李哲心想,失之桑榆,也许能收之东隅,便来到李弘面前叫阵:"大哥何不与小弟来斗一场? "

这一阵厮杀看得李弘眼急心跳,目光来回在两只鸡身上徘徊,甚至觉得自己的眼睛都不够用。然而,一旦偃旗息鼓,他的心却掠过莫名的悲凉,眼前的残酷、惨烈与宫廷争斗有何两样,不都是要把对方赶尽杀绝么? 他忽然就对斗鸡生了厌恶。

他不愿意扫了两位兄弟的兴致,找了个堂而皇之的理由搪塞:"今日我们本就是暗中出城,时候不早了,上官大人若是久不见我,势必惊动父皇和母后的。"

"兄长所言正是。"李贤点了点头,转脸又对李哲道,"你的银子就奉献出来,我们觅一家酒馆大吃一顿如何? "于是众人向店家付过钱便出了门。

他们向前走了不到百步,只见一家店铺门前酒旗飘飘,酒香弥漫,大家便在店小二引导下上了二楼,拣一处僻静的雅间坐了。

店家将上好的菜肴和酒酿端上来,李弘以兄长的身份举杯道:"春风煦煦,春阳暖暖,难得你我兄弟相聚,为兄先敬各位一杯。"言罢,他仰起脖子先饮了。接着,李贤、李哲、王勃等相继敬酒。

然后,李贤看了看从斗鸡场到酒家都没有话的王勃道:"人道王修撰六岁解属文,九岁读颜氏汉书,十岁包综六经,至于为诗为文,更是七步成诵,大有曹子建之风。今日相聚,就以斗鸡为题,若触目成文,我当重赏。"

王勃喝了些酒,印堂红光闪闪,双目迷离其神,也不谦恭推让,站起来先向李弘等人行了礼,转身高声道:"不瞒诸位,在下今日确有奇思,戏为《檄周王鸡》。"说着,他来到座前,摇头晃脑地诵起来。

观之愈切,状之愈真,一篇檄文,将斗鸡的激烈、现场的紧张、斗者的全神贯注、观者的人心起伏,描绘得荡气回肠。尤其是对两只鸡心理的刻画细致入微。

首先,它在李弘的心底引起了强烈的共鸣。这个王勃哪里是在写鸡,分明是以物喻人,言世道艰危之理啊! 李弘在心里惊呼,莫非他刚在斗鸡场上看穿了我的心理。

而李贤更是惊于王勃的才思泉涌。他岂止七步为诗,简直就是温酒属文。李贤不仅暗喜自己结交了一位才俊,还听出了王勃文章的弦外之音,向来喜听史事的他对王朝的兴替耳熟能详，便携着王勃的衣袖竟然趁着酒意把剑起舞了……

唯有李哲很不以为然，觉得两位兄长过于敏感，认为现今父皇、母后理政，天下太平，何必杞人忧天。

看着天色不早了，李弘建议道："我等出来有些时辰了，现在日色西斜，还是赶快回宫去吧。"

众人这才刹住兴头，各自回去了。

李弘回到文思殿，果然发现上官仪焦急地站在殿门前向远处眺望。看见太子，他顾不得行君臣之礼，急匆匆问道："殿下这半日去何处了？"及至细看，上官仪发现李弘两颊绯红，便更吃惊，又问道，"殿下喝酒了？"

李弘点了点头，只觉得疲倦得厉害，竟然伏在案头呼呼睡去了。

上官仪无奈地摇了摇头，命宫娥给太子盖上锦被，自己一人苦思冥想该怎样应对皇上的追问。

唉！为师难，为皇家师者犹难。

当日相安无事，第二天一大早，李荣慌慌张张地赶来传皇上口谕，宣太子到洛城殿觐见。上官仪一听，就知道昨日的事情已经败露，便对太子道："都是微臣失职，现在陛下与皇后尚在气头上，还请殿下小心应对才是。"

李弘一进洛城殿，发现李贤、李哲灰溜溜地站在那里，便小心翼翼地上前道："儿臣参见父皇、母后。"

李治铁青着脸道："太子还知道有父皇、母后么？你等竟然化装出宫，去斗鸡场游乐，这成何体统？"

李弘偷偷打量了武曌的脸色，只见她凤眼冰冷，便先自怵了，说话就显得畏畏缩缩："二弟初到东都，儿臣就想带他出去看看。还请父皇看在他年幼的分上饶恕这次吧，千错万错都是儿臣的错。"

"太子倒很仗义啊！"武曌鼻翼间"哼"了一声，回身拿起案头的一卷绢帛道，"看看！你等都干了些什么事！"

李弘从地上捡起文稿一看，天哪！这不是王勃昨日吟诵的《檄周王鸡》么？原以为他只是顺口说说，却不料他竟然书成文稿，此岂非自招其祸么？

李弘并不知道，在重福门外分手后，李贤对王勃的文章依然萦萦于怀，要他赋墨为稿，连夜拿给了司空李勣看。

李勣将文章前后浏览了一遍，不禁为这些皇家子弟的纨绔放荡而吃惊，等李贤一走，他立即进了宫，将《檄周王鸡》呈给武曌。

"玩物丧志,国之大患。前朝炀帝,荒淫无度而丧国,昔滕王元婴,燕饮歌舞,狎昵厮养;巡省部内,从民借狗求置,所过为害;以丸弹人,观其走避则乐而丧节。皇后不可不察。"李勣说得很沉重,也很痛心。

武曌也很吃惊,她原以为让兄弟相聚,以增进脉亲之缘,孰料惹出这样一场闹剧。她觉得这是做母亲的失责,拿着文章就到武成殿见李治。

武曌看了看坐在身旁生气的李治道:"你等皆为大唐贵胄,身系国脉,竟不能待己周严,依我观之,大唐国脉迟早要断于你等之手!"

李弘此刻已不敢再做任何辩解,低着头一任武曌训斥。李贤却对母后的话不以为然,加之他与武曌分多聚少,就有些口无遮拦了:"母后言重了。儿臣不过是偶尔出城嬉戏,王修撰的文章也不过一篇戏文,岂能为乱国政呢?"

"放肆!"武曌愤怒地斥责道,"你竟敢如此与我说话?"

李治亦大声斥责道:"小小年纪,目无尊长,你还不跪下?"

李贤拧着脖颈极不情愿地跪倒在地,侧目去看李哲,他已吓得浑身颤抖,也跟着自己跪下,口里却道:"儿臣年幼无知,都是皇兄唆使之故,还请父皇、母后宽恕。"

"哼!你就这点出息,将来也就是个……"李贤在心里瞧不起李哲。

武曌正要再行严斥,李荣进来禀奏道:"陛下,娘娘,司空大人求见。"

"我正要问他事呢,宣他进来!"武曌想也没想就应道。

李勣一进门就觉得气氛紧张,明白都是那篇文章掀起的风波。此刻,他也为自己的一时冲动而自悔。他们都还是孩子,若非那个恃才傲物、自命不凡的王勃唆使,哪有今日陛下、皇后殿堂训子?

他整了整衣冠,向李治和武曌陈奏了对此事的看法:"依臣观之,三位殿下乃交友不慎之失,因此殿下可教而王勃其罪需惩。"

"哦?"李治有些疑惑,问道,"王勃何许人也?"

李勣应道:"据臣所知,王勃其祖乃隋末大儒王通,其父王福畴历任太常博士、雍州司功等职。他自诩神童,常于人前显才夸能,实为纨绔不羁之徒。"

"都是些小聪明。走狗斗鸡,皆玩物丧志之为,偶尔有之,殊可宽谅。可你看看,这王勃都写了些什么!"

李治这么一说,李贤急了,顾不上自己正在受责备,站起来道:"父皇!王勃才气逼人,精通经史,然绝非纨绔之徒,还请父皇明察!"说罢,李贤转过身来,看李勣的目光就带了恼怒和失望,"本王因司空德高望重,在西都多有信任,才将文章送你观看,孰料司空竟然借此邀功争宠,于此不难见司空为人,难怪为长孙无忌所不齿。"

李勣的脸一下子就红了："殿下误会老臣了,老臣……"

李贤满眼的不屑："哼……口是心非。"

李勣没有想到遭到一个孩子的抢白,特别是提到了长孙无忌,让他很久以来就不安的心绪愈益烦乱,竟然一时语塞,想不出应对的辞藻。

这时候,就听武曌大喊了一声："还不跪下!你眼中还有父皇么?"

"儿臣不敢。"李贤应声而倒,再次跪在李治的面前。

《檄周王鸡》的内容大致是站在沛王一边,抨击周王的鸡,武曌浏览一遍后,说话的声音更加严厉了："此等扬才夸词之作,岂非离间诸王?来人!传皇上口谕,将王勃逐出沛王府,永不许再入。"

"母后!"李贤的泪水伴随着呼唤而下,"斗鸡檄文,皆王勃尊儿臣之嘱而作。儿臣纵欲任性,轻于修为,罪该万死,求母后严责儿臣,千万不要将王勃逐出王府!"

"父皇!儿臣知错了……求父皇饶了王勃。"

望着儿子满脸的泪水,听着不绝于耳的声声祈求,李治的心软了,他很为难地看了武曌一眼道："贤儿既已知错,皇后不妨……"

"前人尚知'人生小幼,精神专利,长成以后,思虑散逸;固需早教,勿失机也'的道理,陛下岂可姑息怜悯,助长错谬。"说罢,武曌不再理会李治,朝着仍然滞留在殿中的李荣发火了,"你还不出去传诏,是等我要了你的头么?"

李贤明白一切都无法挽回,便朝着李荣退去的背影大喊。武曌"哼"了一声道:"喊什么?我还未问你等之罪呢!"说着,她传在外面伺候的张尚宫进来,命她传话给许敬宗、上官仪,叫他们对李弘严加管教,令其面壁思过。

张尚宫唯唯诺诺退出后,武曌又对李勣道:"司空离开洛阳时,请带沛王回长安,我不想再看到他。至于李哲,我念其年幼,暂免处罚,于今以后,不许再出宫一步。"

李勣完全没有料到事情会发展到这一步,他更没有想到,武曌会置李治的旨意于不顾。背着皇后,他暗地打量,看到了皇上的无奈和难堪。

李勣忽然就有了无以言状的惶恐和忧虑:这些日子以来,自己朝上朝下劝说皇上接受皇后改制的谏言,究竟对其一生护卫的大唐社稷是功乎,还是罪乎?

不管怎么说,李治在李勣、许敬宗、李义府等人的鼓动下,允准了改制的谏言,并同意将之提交朝会廷议。

李治并不是一个糊涂人,他很清楚许敬宗、李义府皆是皇后引荐的人,而且那许敬宗对皇后的母亲、荣国夫人杨氏有排危解难之恩,至于李义府,数次犯事都是皇后说情免于处罚的。而上官仪就不一样了,他早年追随太宗,后来又一直任秘书少监,受于志宁、张行成等影响颇深;又长期担任太子侍讲、中书侍郎,许多诏书都是他亲手起草的。所以,他希望上官仪能够在改制一事上陈述利害,疏导群臣。

可朝会上,上官仪不仅没有对改制提出异议,反而与许敬宗、李义府、许圉师等人一起鼓动、赞同,李治就大感不解了。一场酝酿了几个月的改制,终于在龙朔二年春的朝会上最终勘定。

李治当场颁诏改百官之名,以门下省为东台,中书省为西台,尚书省为中台。侍中为左相,中书令为右相,仆射为匡政。左右丞为肃机,尚书为太常伯,侍郎为少常伯。其余二十四司、九寺、七监、十六卫,皆以义训更其名,而职任如故。

朝会在"陛下圣明"的呼声中散去,在大臣们各自回署中时,李治留下上官仪到武成殿问话。

屏退左右,李治要李荣掩上殿门后直截了当地问上官仪道:"爱卿真以为改制乃因革之策么?"

上官仪沉吟片刻后说道:"臣唯陛下旨意是从,既然陛下诏命改之,臣当遵旨起草诏书,颁行天下。"

李治叹了一口气道:"朕留下爱卿,就是要你据实告之,孰料爱卿闪烁其词,顾左右而言他,甚失朕望。"

上官仪连忙解释道:"陛下,非臣言不及义,实因为改制乃存亡继绝之大计,陛下、皇后皆有明示,臣诚恐一言出口,引祸着身,殃及上官一族三百余口。臣罪莫大焉,还请陛下恕罪。"

李治又一叹,在榻上坐下,不无伤情地说道:"朕至今犹记,永徽之初,朕大开言路,每日坐朝问事,百官知无不言,言无不尽。逆耳诤谏者相望于道,金玉忠言者前后连属,进言献策者络绎不绝,为何今日却少闻金声玉振之说,更无剖心放胆之人,朕真愧于先帝也。"

上官仪分明看见李治的眼睛湿润了,不由得怦然心动。他虽然猜不透李治对此大动官名究竟有多少歧见,可他能从皇上沉重的叹息中感到许多无

301

奈。也许他只是对皇后干政心生怨气,也许他从一官一职的演变中感到了隐约的危机。上官仪摸不透李治所想,所以仍然选择以退为进来回应皇上的忧叹:"百官改名,木已成舟。臣所虑者,山雨欲来而风起于青萍之末,秋气未至而萌发于枝叶之落。所谓蝼蚁之穴,溃堤千里,陛下不可不察。"

李治看了看外面,静无人声,遂对上官仪道:"爱卿可否——告知朕?"

"恕臣直言,自褚大人与长孙大人案发以来,朝堂中有多少人出自陛下选任?"上官仪压低声音,还是觉得话说得太露骨,又转了语气道,"陛下不妨详查,许大人以逢迎阿谀为能事,岂能有真言上奏陛下?李义府贪财好利,岂能荐有识之士于朝堂?臣所虑者,彼等蒙蔽皇后,罢贤人而亲不肖,则为患大矣。"

李治忧虑道:"那依爱卿之见,朕罢了他们的官如何?"

"不可!"上官仪决然地摇了摇头,"自李义府任吏部尚书以来,朝堂侍郎、长史及以下官员皆系许大人和李大人引荐,如今已成气候;且他们于皇后处专奏顺耳溢美之词,陛下若大动干戈,必致皇后于尴尬之地。"

"那依爱卿之见,朕当何以处之?"

"臣闻,王者之制,选贤以任能,量才而授官。为今之计,必自选忠义贤能之士,如此,则贤者进而不肖者退,朝纲之振指日可待矣。"上官仪沉默良久,又说道,"有两位良才,不知陛下尚记得否?"

"不知爱卿所指何人?"

"一位乃当年的长安令裴行俭,现在西州都督府任上已多年。臣闻裴大人恪尽职守,铨品人物,将材文雄。现西州都督麴智湛新薨,西州无人主持大计,陛下何不委以重任呢?"

"那另一位是谁呢?"

"这另一位……即是前任侍中、今庭州刺史来济大人。恕臣直言,长孙一案中,他遭逢池鱼之殃,在庭州任内,来大人廉明清正,官声甚佳。"

这番话让李治陷入沉思,现在想起来,两年前将百司奏事之权交与武曌不能不说是一个失误,以致前几日处罚李弘兄弟时,武曌竟然当着李勣的面置自己的口谕于不顾。今日如此,他日终将如何?尽管上官仪的话很曲折,但他听出了其中的意思。可他一想到皇后,就有些发愁了:"朕又如何能忘记他们呢?裴行俭尚且好说,来济在长孙一案中陷入太深,朕若起用,不唯皇后厌之,朝野必起风波。别的不说,三省宰辅就是一道难关。"

上官仪觉得皇上的话很有道理,如今三省不就是许敬宗、李义府和任雅相几人么？纵然任雅相无歧见，许敬宗、李义府必鼓动皇后出面阻止。

李治也有自己的想法。裴行俭自到西州后，不再与长孙无忌有染，因此他已决计以西域事急为由，任命裴行俭为西州都督府都督。这样，他久在边关，皇后倒也去了心病。至于来济，他还是要先放一放："远的先且缓图，当下朕先擢升爱卿为同中书门下三品。"

"谢陛下隆恩。不过，依臣之见，陛下还是与皇后商议后再定夺。"上官仪目光很专注，但话语很平静，"当初命百司奏事，皆由皇后署理，乃陛下朝会上宣示的旨意，现今陛下绕过皇后，必致朝野猜度，人心离散；再者，李义府大人乃吏部尚书，主持选举，亦当由他提交朝会才合制。"

李治不得不为上官仪虑事周密而感叹，君臣之间油然地就有了一种默契。在上官仪即将离开武成殿时，李治破例送到了殿门口："今日之谈，君臣机密，爱卿勿示他人。"

上官仪庄重地向李治施了一礼道："请陛下放心，臣心里明白。"

走上司马道，上官仪忽然觉得自己的脊梁冰凉冰凉的。回看武成殿，在二月的阴云中显出几分凝重。他清楚，今天自己所说的一切对以后的日子意味着什么？他反复思索了刚才与皇上说的每一个句子，在确认没有任何可以授人以柄的纰漏后，才迈开了步子回署中。

他刚刚迈进公署的大门，就发现许敬宗正在与许圉师在厅堂说话。

这个许圉师说起来也是老臣，有才干，善艺文。显庆二年以来，就迁为黄门侍郎、同中书门下三品，兼修国史。显庆三年，因为修宫廷实录有功而被朝廷封赐为平恩县男。在侍郎同中书门下三品任上，他虽然从情感上对皇上废王皇后颇不赞成，却从未在朝堂上表露过。在后来的日子里，他也从不显山露水。长孙无忌案发后，他因无牵连而为皇上与皇后所看重。李治对他的评价是"此人无异心，少是非"。武曌则欣赏他的木讷，只有许敬宗一直怀疑他与长孙无忌暗中有牵连，却苦于没有证据。这两个平日在朝堂上貌合神离的人坐在一起，绝非要说什么贴己话，一定是朝廷发生了什么重要的事情。

见状，上官仪忙上前向许圉师行礼："侍中大人今日怎么有空过中书省来了？"

许圉师回答道："大人有所不知，边关来报，兵部尚书、同中书门下三品的任雅相大人在征高丽途中溘然殒毙，老夫前来与许大人相商，该如何向陛下陈奏。"

听到这个消息，上官仪的心里就"咯噔"了一下，顿时无言了。他了解任雅相,因奉诏而违心地与李勣等一起查长孙无忌"谋反"案,在兵部任上,他一直生活在痛苦中。

他后来之所以接受任洱江道总管的旨意, 也正是要摆脱这难以释怀的心理重负。行前,他曾经对上官仪说,与其在朝廷这样负疚地活着,倒不如投身疆场,纵马革裹尸,亦无悔矣。

孰料此一去竟成永诀。

这消息让上官仪心中泛起阵阵酸涩,哽咽道:"据兵部说,任相为将,从未奏亲戚故吏从军,凡卫府缺员,皆移所司补授,实属难得。"

许圉师对此话深表赞同,声音也有些喑哑:"上官大人所言,正是任相光明磊落之处。老夫听说他常谓家人曰,官无大小,皆国家公器,岂可徇便其私。"

上官仪接着道:"因此任相统兵出征,士卒无不奋勇当先。无他,服其公也。"

许敬宗在旁听两人一唱一和,心中就有些不大舒服,似乎这话里都带着对他的讽刺。可为了一个逝去的灵魂,他也不便发作,于是就说了一些冠冕堂皇的话来敷衍:"所谓盖棺定论。任相一生,足为楷模,吾等还是速速禀奏陛下得知为上。"

"下官看还是分头行事为妥,中书令大人禀奏皇后得知,侍中大人禀奏陛下知道,下官就等着听命于两位大人,拟诏昭告朝野吧!"上官仪眼睛转了转道。

闻言, 许敬宗侧目打量了一下这位在中书省的副手, 脸色有些扑朔迷离。自长孙无忌"谋反"案发后,他整个就变了一个人,随和、通达,有时候装糊涂,有时候又很圆滑,再也没有听到他在朝堂上为那几人辩冤了。官做到这个分上,也算明白了……

隔日的朝会上,李治在听到任雅相殒薨的禀奏后,流泪不止,当朝要上官仪拟定诏书,由吏部、礼部、鸿胪寺筹办,命慈恩寺、感业寺的僧尼于长安通化门外做法,迎接任雅相的灵柩回来;并命同州刺史前往渭南任府宣示圣意,抚慰妻女。

接下来,应该是上官仪出列上呈改制的诏书了。可他刚刚举起手中的笏板,却看见李荣匆匆走到李治的身边耳语几句,就见皇上的脸色变了,立时对殿上的文武大臣说道:"今日朝会就到这里,退朝!"言罢,他就带着李荣径自离开了。大臣们面面相觑,不知道发生了什么事情。

轿舆疾疾奔走,李治犹感太慢,不断地要李荣催促加快脚步。

当李荣将武曌胎气下沉的消息告诉李治时,他的心顿时乱了,再也无法坐在朝堂上听取大臣们的陈奏。有什么比武曌腹中的龙种更重要呢?自从感业寺回到宫中,这已经是她怀的第四个龙子了。也许正是因为这一点,他对她的爱胜过了宫中的任何嫔妃,而对她的任性和骄矜也给了一个大唐王朝至尊的男人才可能有的宽怀和理解:"唉!好端端的,如何就忽然动了胎气呢?"

一路上,他反复寻找着致病的原因,却不得要领,便不禁埋怨起武曌的疏忽来。难道她不知道腹中怀着朕的龙子么?为什么还要强撑着身子批阅那么多的奏章呢?可他转念一想,这能怪她么?她不是为了替朕分忧么?

李治摇了摇头,中断了思路,问轿外的李荣道:"到了么?"

"到了。"李荣一边回应,一边吩咐太监们落轿。

李治下了轿,顾不得太监们"陛下驾到"的传呼,便进了洛城殿。几名太医看见皇上,纷纷赶来参见。李治甚至连"平身"都顾不得说,只一个劲地问道:"皇后怎么样了?皇后怎么样了?"

没等太医回答,他干脆进了内室。只见武曌脸色苍白,一改昔日的俏丽和绰约,疲倦地靠在榻上。她看见皇上进来,挣扎着要起身,却被李治一把按住了:"皇后!千万不要轻动。"

"陛下!妾……"

"皇后什么都不要说了,朕如今只盼你们母子平安。"

"都是妾不小心,动了……"

"唉!是朕整日忙于琐事,忽略了皇后有孕在身。"李治早已将前几日因太子与诸王而发生的龃龉忘记了,生出了沉沉的负疚。

这种情绪武曌一一看在眼里,她了解李治的性格,他无法在自己的面前保持帝王的矜持。

说了一会儿温存话,李治又来到外室,问太医道:"究竟什么原因致皇后胎气下沉?"

"陛下,微臣切皇后脉象,之中有阻隔凝滞之象。此乃气为邪阻,气机不畅。或情志拂逆,气机郁滞,则气不能畅达以鼓荡血脉;气机不畅,阳气不得敷布之故。"说到这里,淳于太医令顿了顿,"微臣冒死问陛下,近来可有何事致皇后情志不舒么?"

李治想了想道:"皇后平日性情疏达,胸襟宽阔,当无气郁之机。"

淳于太医令沉默片刻后道:"恕微臣直言。隋人巢元方所著之《诸病源候论·气病诸候·结气候》指出:'结气病者,忧思所生也。心有所存,神有所止,气留而不行,故结于内。'微臣反复思忖,此乃致胎气下沉之诱因。"

李治很清楚,皇后的病根就在诸子出城斗鸡上,而当时他试图宽恕儿子,也使她很失望。但这些话他又不能当着太医的面讲,于是就顺势道:"朕明白了,你等就以气郁疗治,不可疏忽。"

"微臣已为皇后开了一剂安气保胎的药,已命太医丞亲自调配去了。"

……

回到内室,与武曌相向凝视,李治发现她明显消瘦了,眼睛周围都有了一圈"眼晕",衬托得两颊失去了往日的润泽。唉!她每日拖着有孕的身子还要听百司奏事,批阅奏章,不断就国政大事向自己建言,让他一想起来就很不落忍:"唉!都是太子和贤儿行为有失检点,惹得皇后气志不畅,此朕之过也。"

武曌凄然一笑道:"皇上也不要自责,妾所气者,在他们不知自励自强。魏徵有言,'傲不可长,欲不可纵,乐不可极,志不可满',纵欲极乐,亡国之兆;妾所悲者,乃他们皆妾所生,唯十月怀胎之艰,分娩之痛,乃知不成器之苦;妾所忧者,乃在他们都是皇家血脉,倘不凿磨,只恐毁了社稷。"

武曌的眼圈有些发红,看上去泪光盈盈的,浸得李治的心软了:"诸子虽系皇后所生,实乃朕之龙子,朕必不放纵姑息,当命少师、少傅、詹事尽职尽心,勿可懈怠。朕也当时时耳提面命,苦其心志。"

武曌欠了欠身子道:"谢陛下。"

看着武曌破涕为笑,李治忽而觉得原来准备好的许多话都说不出口了。他不好意思找借口收回她听百司奏事的权力,更无法中断她坐在洛城殿批阅奏章之习惯。他甚至想,在武成殿与上官仪的那番谈话是不是自己太多心,太狐疑了,辜负了皇后的一片真情……

# 第二十一章

## 许左相事发田猎  来刺史身殉疆场

龙朔二年六月十五日的太阳刚刚跃上嵩山顶的时候，便从洛城殿中传来一声婴儿的啼哭,李治的第八个儿子、武曌的第四个儿子呱呱坠地了。

阵痛是从昨夜亥时开始的，当时李治正在武成殿中翻阅武曌此前批阅的奏章,李荣将张尚宫传来的消息禀奏后,他就再也无心品读那些充满智慧的文字了。他把这些文字引发的思绪抛在一边,就要前往洛城殿。李荣见此上前劝道:"太医令早已带了几名'宫直'在'产阁'照顾,陛下在殿中等待消息即是。"

"皇后为朝事殚精竭虑,朕岂可置之不顾。速备轿舆,勿复多言。"李治不容置疑地说道。

武曌毕竟三十八岁了,加之先前为太子放纵不羁而致"流产"先兆,因服了保胎药剂,阵痛虽早,可婴儿却迟迟不能降生。皇上的到来,让太医令和"宫直"们的心悬在了空中,生怕有个闪失,招来杀身之祸。太医令叮嘱"宫直"们要小心谨慎,不可有一息疏忽。

李治深知太医们心中的紧张,以抚慰的语气说道:"朕觉得在这里坐着距皇后近些,你等不必胆怯,依医理处置即可。"

众人一听,心稍有宽解,但气氛依旧紧张。

李治先是目不转睛地盯着"产阁",到黎明时终于扛不住,沉沉地入了梦乡。在梦中他看到从嵩山顶上升起的太阳,巨大如轮,金光万丈,将洛城殿上空的云彩照耀得五彩缤纷。霞光中，几名仙子捧着一个男婴袅袅婷婷地下界,直向自己的胸怀扑来。他伸开双臂正要拥抱,却被婴儿的啼哭唤醒了,忙问身边的太医令道:"皇后怎么样了? 皇儿怎么样了?"

未及太医回答，张尚宫欣喜地上前禀奏道："陛下！是个皇子。"

李治又问："朕可否进去看看？"

太医令道："皇后、皇子平安，陛下可近前亲近。"

李治进了"产阁"，"宫直"们正用温水绢巾为武曌擦拭汗水。刚刚降生的婴儿哭过之后，已酣然入睡了。李治从"宫直"手中接过绢巾，轻轻地拂过武曌的额头，她苍白的脸上就溢出了开心的笑意："见陛下双目布满血丝，妾心中甚是不安。"

李治将绢巾交给"宫直"道："你等且先退下，朕有话与皇后说。"

待左右退出后，李治低下头，忘情地吻着武曌的额头："皇后受苦了！"

武曌抚摸着李治的脸颊，话里就多了疼爱："皇儿眉眼可像陛下呢！"

李治应道："朕希望他多些皇后的刚烈，将来好撑起大唐国鼎。"

武曌笑了笑道："还是先请陛下为皇儿起个名字吧！"

李治站起来在"产阁"里踱了一圈，又瞅了瞅熟睡的婴儿，将梦中所见说与武曌听，之后便道："皇子出生，应了朕的梦境，皇儿就起名旭轮吧！"

武曌也欣然同意："陛下！此名乃兆我大唐如旭日临海，蒸蒸日上。"

李治俯下身子，抱起婴儿就要亲，却被武曌拦住道："陛下的美髯虽好，可旭轮细皮嫩肉，怎么受得了呢？"

李治闻言哈哈大笑，惊醒了怀中的婴儿，啼哭声惊动了值守的"宫直"："殿下一定是饿了，微臣这就抱他喂奶去。"

即使躺在产床上，武曌还是记挂着改制之事。李治告诉她诏书尚未发出，武曌便道："此事久拖无益，还望陛下当机立断，将诏书发出去。"

"此事朕已了然于胸，皇后不必担心，只是这三台宰辅，朕尚要斟酌。"李治又道。

"不知陛下欲选哪位爱卿？"

"朕意，左相可委与许圉师，右相么，眼下只能是许敬宗兼之，待有合适人选之后再行调配。"

"那李义府呢？"

皇后提起李义府，原在李治预料之中，在他们刚刚说起改制之时，他就想好了说辞："李爱卿主持选举，政绩颇佳，现已是同东西台门下三品。朕意等许敬宗转为太子少师后，他再来做右相。"

闻言，武曌满意地点了点头："陛下所虑甚周，让他等等无妨。"

见皇后心情不错，李治趁机就提出了两个人，一个是上官仪，一个是裴行俭。武曌沉默了一会儿道："上官仪多年来在中书省代陛下拟诏，用功甚勤。妾看过他拟的《黜梁王忠为庶人诏》，行文简约，言辞犀利;尽管李义府曾报他与长孙无忌有染，然依妾观之，此人练达通畅，才思过人，尚可为我所用。不如就任他为西台少常伯、同东西台门下三品，仍兼太子少傅如何？"

"皇后所言，正合朕意。许圉师虽为左相，然处事寡断柔和，若以上官仪补之，则三台相谐，贤者同力，朕也少操心。"李治脸上露出不经意的惬意。

"至于裴行俭么……"武曌有些犹豫。

"裴行俭早年曾随褚遂良非议皇后，朕贬之出京，以儆效尤。他到任后克己自省，知错而改，协助都督麴智湛戍边保境，功业卓著。现西州都督麴智湛病故，任位空虚，朕恐为突厥所图。故欲任他为西州都督，久驻边城，无须回朝。"李治解释道。

闻言，武曌的脸色就释然了，忙道："妾替陛下听百司奏事，岂是心胸狭窄之人。量才荐官，选贤任能，非唯陛下治国之要，亦妾所秉持也。裴行俭改过自新，然尚需历练，妾之意让其代行都督之职，以观品效，再起用不迟。"

"如此甚好！朕明日朝会上就让上官仪拟诏。"

李治虽一夜未眠，可皇子的诞生，就任吏与皇后交谈的融洽使他精神焕发，忘记了疲倦。一回到武成殿，他就召见了上官仪，安排了对三台宰相和裴行俭的任命。

上官仪走在司马道上的脚步轻快而又迅捷，对自己的任命在皇后那没有任何障碍他并没有感到意外，这些年的韬光养晦足以消除皇后对他的疑虑，他唯一的希望就是皇上信守他们之间的秘密，给皇上重新独尊以时间和机遇。令他感到意外的倒是皇后对裴行俭看法的转变，他忽然对以往关于皇后的旧见产生了瞬间动摇——难道是自己的感觉错了？不！他现在已经顾不得对这些进行深究了，他要把这个消息告诉远在万里之外的裴行俭。

"上官大人！"有人在后面叫，他回身一看，原来是新任左相许圉师。

上官仪停住脚步，等许圉师一赶上来，他第一句话就是："恭喜大人荣任左相。"

"唉！老夫倒有些忐忑不安了。"

"哦？"上官仪听出许圉师话里有话，有些意外，"大人这是……"

许圉师长叹一声道："上官大人何等聪明之人，难道还看不出端倪么？与许敬宗一起共事，老夫能轻松么？"

这话说得有理，许圉师一任宰相，立即就会成为李义府等人诋毁的目标。他们专以陷害诬告他人为能事,稍有不慎,即会陷入圈套:"大人所忧,亦下官之虑也。我等当好自为之,绝不为奸佞提供口实。"

"老夫自律,并非做给人看,乃为正纲纪、清政风。只是……"许圉师顿了顿道,"老夫有一犬子,名曰自然,现在宫中任奉辇直长,自幼骄纵,目无尊长,老夫担心……"

闻听此言,上官仪的脸色就严肃了,道:"如今百姓最痛恨官宦子弟仗势欺凌,还望大人严加约束子嗣,不可滋事生非。"

看看司马道就要走完了,上官仪与许圉师相揖话别,登上各自的车驾,心里都沉甸甸的。

许圉师担心的事,在他履任两个月后就发生了。

十月的一天,他从署中回到府邸,刚刚脱下朝服,府令就来到前厅禀报道:"老爷,大事不好了!"

许圉师本来在朝堂上就因与许敬宗政见不和而憋了一肚子火,现在看到府令慌慌张张的,眉毛就拧了起来:"你何时才能稳重些?何事不好了?"

"少爷今日出城游猎,踩踏了郊外田主的稼禾。田主甚为恼怒,出言不逊,激怒了少爷,少爷竟然以鸣镝射之……"府令回道。

不等府令说完,许圉师就急忙问道:"可曾伤着了田主?"

"幸未射伤。"

许圉师"哦"了一声,一股怒气直向着眼角逼来:"蠢材!官已做到了七品,还如此让人不省心,传他到前厅回话。"

不一会儿,许自然来到前厅,一进门,就招来了许圉师一记耳光,脸上顿时起了五道血印,随即又听到父亲严厉的责骂:"蠢材!偌大年纪还不知深浅,还不跪下?"

许自然极不情愿地跪倒在地,手捂着脸道:"父亲在朝中遭遇不快,就回到府中拿孩儿撒气。孩儿虽不才,也是七品朝廷命官,传将出去,让孩儿如何做人?"

"哼!"许圉师冷笑两声,"你还知道自己是朝廷命官。说,今日又如何滋事闯祸了?"

"孩儿以为多大的事,不就是踩了几株稼禾么?值得父亲动雷霆之怒?"

"蠢材!孟子曰,'民为贵,社稷次之,君为轻'。乐民之乐者,民亦乐其乐。你踩踏百姓稼禾,本就有罪。进而以鸣镝射之,若是伤及人命,就是他人不言,我也会绑你上殿面君,自请领罪。"

许自然很不以为然:"父亲未免小题大做,危言耸听。这大唐的万里江山姓李不姓许,只要您到朝野打探一番,那些王爷、公主有几个替祖宗基业忧虑的?滕王站在宫墙上弹射百姓,陛下不过训诫而已。别人都不珍惜,您倒看重了。说到底,你也不过是三台宰相之一,您问问,许敬宗都干了些什么?"

许圉师被儿子奚落,愈加恼怒,他的手颤抖着指向儿子,脸色憋得铁青,口中却是说不出话来。半晌,才朝外面喊道:"来人!"

府令进来了,许圉师喊道:"将这个不肖之子拉下去,杖一百!"

府令大惊,"唰"地就跪倒了:"老爷,一百杖少爷如何受得了,弄不好要出人命的。"

还没有等许圉师回话,许夫人就被丫鬟搀扶着来到前厅,人还没到,哭声就先回旋在梁柱之间了。及至来到面前,许夫人竟泣不成声道:"然儿纵有千错,过在妾身和夫君。训诫申斥,殊不为过,若论动刑,就先从妾身开始。"

许圉师见夫人竟然背了荆条,一跺脚,大呼一声道:"糊涂!老夫若不严惩逆子,别人就要问罪了。"

许夫人拉着贴身丫鬟跪下道:"别人问罪,且让他来问妾身吧!"

"朝政反复,人心叵测,夫人知道什么?"

"妾身就知道虎毒尚不食子,夫君毒于虎矣!"

夫人的固执让许圉师更加恼怒,他大喝一声:"快扶夫人退下!没有听见老夫的话么?拉下去……"

不一会儿,隔壁就传来儿子的惨叫,每一声都像鞭子抽在许圉师的心上,他脸上的肉剧烈地抽搐着。打到八十杖时,儿子的声音渐渐小了,许圉师的心就一阵阵蜷缩。这时候,府令过来禀报道:"老爷,少爷昏过去了,气息很弱,再打恐怕……"

闻言,许圉师回转身来,浊泪两行,喉头哽咽着道:"老夫如此,也是为他长些记性。你们把他抬到后室好生调养。"

府令欲领命退下时,许圉师又补上了一句:"备好银两,明日老夫亲自上门向田主道歉。"

第二天晨曦初露之际,许圉师着了常服,戴了纶巾,带着府令扮作商贾模样出城奔乡间去了。

按照儿子提供的地址,他找到了那位田主,那田主的妻子却说昨夜洛阳来人,将田主接走了。

"敢问大嫂,接走田主的人是何等模样?"府令问道。

"天黑灯暗,妾身也没有看清楚。来人只是说替夫君打赢官司。"

许圉师心头一沉,觉得大事不好,转身对田主妻子说道:"犬子少教,老夫在此替他道歉了。留下些许银两,聊补损毁。老夫先行告辞,改日闲暇再来拜访。"说完,他拨转马头,回去了。

府令抽了坐骑一鞭,追上了许圉师。二马并行,许圉师满腹狐疑地问道:"会是谁如此迅速地接走田主呢?"

府令喘了一口气道:"必是奸佞之徒,欲图借机滋事。"

许圉师点了点头,情知此事绝非教子不善那么简单,断然不可瞒皇上,他已决计在明日早朝时先于别有用心者向李治请罪。

"唉!老夫这宰相当的……"看看洛阳城渐渐近了,许圉师千般滋味无以言说,留在城外的只有久久的叹息。

……

褚遂良去了,大司宪(御史大夫)韦思谦的心却始终没有明快的一天。说起来那是永徽初年的事了,他一纸弹劾,致使皇上将褚遂良贬为同州刺史。当时,他以为自己不过是履行了一个谏官应尽的职责。几年以后,当褚遂良不顾个人安危,与长孙无忌等人一起力阻立武曌为后,当那场风波演变成两件"谋反"案而导致近千人头落地时,当王皇后与萧淑妃惨死在武曌的"刀宰"之下时,他受到了极大的震撼。

他发现以往对褚遂良了解得太少了,他为自己在褚遂良掌握"选举"任上没有得到重用而徒生怨恨感到惭愧。

往事如烟,褚遂良、长孙无忌、韩瑗等一个个喋血长安,而他却始终没有能够入武曌的眼。他现在依旧记得,袁公瑜带着许敬宗的手谕来找他,要他为褚遂良"谋反"举证时的情景。

袁公瑜眼睛滴溜溜地转,寻找着韦思谦的软肋:"当初若不是褚遂良排挤,大人何至于今日仍然在侍御史的任上徘徊呢?"

"人臣苟利国家,知无不为,岂恤于私。下官弹劾褚大人,乃在为公,绝无以怨报德之行,今亦无落井下石之为。"韦思谦是这样回答的。他对自己这十多年固步不前并不后悔,他凭着一位谏官的良知,目不窥园,恪尽职守。

近来有人举报,说司列太常伯、同东西台门下三品的李义府凭恃皇后之宠,为所欲为,卖官鬻爵,又贪污抚恤边军之费用,他正不动声色地暗中调查。他现在处事谨慎多了,他知道自己触动的是皇后的臂膀,在没有铁证以前,他绝不声张。今天不上朝,他整个上午都在署中整理文书。午后休息片刻后,他又投入到对举报者所言事实真伪的甄别中。李义府再不得人心,毕竟是陛下钦命的宰辅之一,退一步说,即便不在相位,他也应该秉以公心,务必做到罚当其罪。

这时,在公署门口值守的府役进来禀报,说西台舍人(中书舍人)袁公瑜求见。

"哦!又是他。就说本官正在处理公务,改日当登门求教。"话虽如此,但他还是赶忙将有关李义府的文书藏了起来。

果然,府役没能挡住袁公瑜,他一进司宪公署就尖着嗓子,不无讥讽地说道:"听说大人忙于公务,难道下官会有私务叨扰大人吗?"

韦思谦忙起身相迎,口中说道:"不知大人有何赐教,下官洗耳恭听。"

袁公瑜入座后,呷了一口茶道:"下官遇到一件说大不大、说小不小的案子,特来向大人通秉一声。"

"哦?是什么事呢?"

"有一家大人的公子,论起来也是朝廷命官,他游猎于野,踩踏百姓稼禾,非但不道歉,反而欲箭伤田主。此等祸国殃民之徒,该不该办?"袁公瑜眼里透出几分神秘。

韦思谦问道:"不知是哪家大人的公子,竟然如此大胆?难道他不知道民可载舟,亦可覆舟的道理吗?"

"还会有哪家大人?"袁公瑜仰起头来说道,"下官若是说出来,就怕大人就要知难而退了。"

"身为谏官,弹劾不法,本在职内。大人不说出姓名,怎知在下就不敢弹劾呢?"

"好!下官钦服大人的胆识。"袁公瑜放下手中的茶杯,然后就把许自然涉猎伤民一事的述说一遍,最后以不无挑衅的语气道,"如此败类,大人说该不该依律问罪呢?"

韦思谦应道:"未见百姓诉讼,单凭大人一言举报,下官亦无从问案啊!"

袁公瑜笑了笑道:"这个大人不用担心,下官已将人带来了。"说完,他走到厅前招了招手,但见院内蹲在大树下的一位乡人瑟瑟缩缩地过来了,一进署门便先行跪倒了,头贴着地,半日不敢抬头。

袁公瑜大声道:"上面坐着的乃当朝司宪大夫韦思谦大人,你有何冤枉,尽可道来,大人一定会为你做主。"

那乡人也不说话,只将从怀中掏出的诉状高高举过头顶,脸憋得通红,说出了几个字:"大人为小民做主啊!"

韦思谦接过诉状,大略看了一遍,便收起放在身后的案头,对跪在下面的乡民说道:"讼词本官已经看过了,你先退下,待本官核实举证后,一定给你一个交代。"

乡人刚刚退出,袁公瑜亦起身告辞,韦思谦本就不耐其烦,故而也不挽留,吩咐司宪中丞送客。袁公瑜刚走,他就在心里叫苦不迭:"许大人!你如何能骄纵公子,此为相之大忌也!"

从司宪署出来,袁公瑜就到了许敬宗府上,坐在右相的客厅里,他按捺不住心头的亢奋,喜形于色道:"天赐良机啊!大人,天赐良机啊!"

许敬宗脸上就有些不高兴了:"你在朝为官已有多年,何时才能改掉这轻浮的毛病呢?是何事让你如此按捺不住啊?"

袁公瑜立时变得谨慎多了:"启禀大人,前几日许圉师之子游猎郊外,踩踏田家稼禾,遭到田家斥责,他又以鸣镝射杀,现被人告到大司宪韦思谦那里了!"

"哦!竟有这回事?"许敬宗心头掠过一阵暗喜。许圉师,你不是自诩两袖清风、家门风正么?当年任黄门侍郎时,你不是嘲笑老夫教子不严么,你也有今天。但这些思绪一旦转到脸上,立时水波不兴,临而不惊,"许自然乃奉辇直长,品秩虽低,亦是朝廷命官。他为宰相之子,若无证据,万不可妄言。"

袁公瑜身子往前挪了挪道:"下官前日连夜访得田主,取来其射人之鸣镝,上刻有许自然的名号。此可谓铁证,岂能抵赖了之?"

许敬宗这才点点头道:"身为宰相之子,不循法度,视百姓性命若草芥,此危害社稷之徒也。"

"是可忍,孰不可忍。"袁公瑜意气昂昂。

许敬宗看了看袁公瑜,觉得他虽然庸俗不堪,且浅薄浮躁,但关键时还是有些用处。听了事发经过,他对如何借机向许圉师发难已有了完整的思虑,他打算一会儿就前往洛城殿将案情禀奏给皇后,待获得明示后再启奏皇上;接着就要利用隔日朝会的机会,在朝臣中广为散布,让许圉师没有在皇上面前辩解的机会。

"作为西台舍人,举报有功,本官当奏明陛下,定有重赏,不过……"许敬宗对正在等待明示的袁公瑜故意拉长了说话的尾音,"据本官所知,韦思谦向来办案谨严,非有确证,绝不轻易为治,因此你当心中有数。"

"多谢大人明示,下官明白了。"袁公瑜退出厅堂,脸上便挂上了得意的奸笑,似乎右相府邸长长的回廊在他面前铺开了金色的通达之道,"许自然,休怪本官多事,实在是因为本官在舍人位上待得太久了。"

袁公瑜一离开,许敬宗就差人前往司列太常伯(吏部尚书)、同东西台门下三品的李义府署中,相约一同前往洛城殿拜见武曌。这不仅因为他与李义府平日里在朝堂多相呼应,彼此深知,更因为李义府主持"选举",决定着官员的升降臧否,有其在身边,他心中会踏实些。

现在,两位朝廷大臣相遇在洛城殿司马道口的冀阙下了。相互寒暄之后,李义府道:"不知皇后对此案如何看?"

许敬宗笑了笑道:"皇后如何看不要紧,要紧的是我等如何禀奏。"

李义府心中暗笑,你扳倒褚遂良,又扳倒了长孙无忌,论起无中生有,搜罗证据,比起我可是有过之而无不及啊!

其实在接到许敬宗的相约后,李义府就明白自己的机遇到了。对改制之后任许圉师为左相,李义府至今仍耿耿于怀。许圉师究竟对朝廷有何功劳呢?他不就是修了一部实录而受到皇上的青睐么?从其走进左相官署的那一天起,李义府就一直在暗中寻找机会。他没有想到,许自然竟为自己创造了扳倒他父亲的机会。

李义府油然生出一种"正义感",作为主持"选举"的宰辅,他绝不允许官员无视律令、恣意妄为,撼动社稷根基,他凛然激昂地对许敬宗道:"我决计向陛下上疏,弹劾许相失责之罪。"

许敬宗又补充道:"不止这些。上次褚遂良'谋反'一案中,那个韦思谦拒不举证,这回看他又该如何?"

"真是一箭双雕。"李义府说完,两人相视一笑。

走到洛城殿外,登上一层层阶陛,就听见从殿内传来婴儿的笑声,他们才顿悟到小皇子殿下已经四个月了。

这时,张尚宫从里面走了出来,许敬宗和李义府上前道:"烦请尚宫通禀一下,就说许敬宗、李义府求见。"

"二位大人少待。"

张尚宫转身进了殿,对正全神贯注逗小儿子玩的武曌道:"娘娘,许大人与李大人求见。"

"哦!宣他们进来。"武曌将旭轮递到乳娘手中,示意他们从偏门出去,然后拿起一本《春秋》,正襟危坐地等待两位大臣朝见。

当听到下面传来"微臣参见皇后娘娘"的声音时,她轻轻放下手中的书道:"平身! 赐座! 不知两位爱卿此时进殿,有何要事陈奏？"

李义府看了看许敬宗道:"还是许大人说吧!"

于是,许敬宗便把许自然田猎伤人之事详细叙述了一遍。他的陈奏刚刚落音,就看见武曌的脸色很难看了。他们知道,皇后一定是怒火中烧了,依她的性格,绝不会放过许圉师放纵儿子的行为。

"糊涂!许圉师真是糊涂!奉辇直长系朝廷命官,生杀予夺当由大理寺判决,他身为宰辅为何不循律法？不奏明陛下？岂非欺君罔上？"

许敬宗和李义府相互看了看,都惊异于皇后的一针见血,他们倒没有想到这一层,于是一起奉承道:"皇后圣明! 微臣明白了。"

得知皇后的态度,两人欲起身告辞,却被武曌拦住了:"我还有话说。"

两人不知道皇后又有何事,心中不免忐忑不安,目光中也流露出几分惊惧。武曌见了就笑道:"卿等何须紧张,我有如此凶煞么？我是看二位爱卿奔走于朝廷内外,心有不忍,本想抚慰一番,不想吓着你们了。"其实,她心里要的就是这个结果。顿了一下,武曌又问道,"我记得许大人有一子,早年曾流于岭外,不知近来可有消息？"

"臣感念皇后牵系。犬子流放岭南八年多,显庆三年,臣奏请皇上,乞犬子归京,然岭南蛮荒之地,犬子身心俱遭摧残,回京不久即病卒了。"许敬宗说着,眼眶有些湿润。

"那时我尚未听百司奏事,故而不甚了解。爱卿严整家风,殊为可贵。然表乞流放,大可不必。"武曌说着,挥了挥手,"时过境迁,爱卿还是珍重为好。你可以退下了,我有话尚需与李爱卿单独说。"

闻听此言,许敬宗很知趣地出了洛城殿回署中去了。

武曌看了看李义府问道:"许相事发,爱卿做何感想？"

李义府眉毛颤动了一下说道:"臣有三痛。一痛许自然身为仕宦子弟,不思修为,不重官德,危害百姓,忤逆圣意;二痛许相身为宰辅,纵子犯罪,恐日后朝野难服;三痛臣作为选官,用人失察,竟致许自然这样的纨绔之徒入官,请皇后治臣失察之罪。"

武曌很满意李义府的回答,道:"我留你,正是要告诉你,许相事发,陛下必严惩不贷,许敬宗改任左相已是必然。右相空缺,爱卿素来中直干练,善解上意,我有意在陛下面前再荐爱卿,还望你好自为之。"

李义府脸上立刻堆满了笑意,连道:"皇后待臣恩同再造,臣没齿不忘。"

但接下来武曌说话的语气就重了:"不过近来朝野对爱卿颇有微词,我就接到不少举报,言爱卿专以卖官为事。其间虽不乏捕风捉影,然爱卿不可不警觉。我爱才,向来是德才兼备,有才无德,与佞臣无异。若爱卿触犯律法,我绝不姑息。"

这番话说得李义府心惊肉跳、毛骨悚然,他立即跪倒在武曌面前道:"皇后之言金声玉振,微臣当谨记在心,不敢疏忽。"

走出洛城殿,李义府抬头看了看天空,又掐了掐胳膊,发现一切如常时才深深地舒了一口气。方才,他在皇后眼里看到的,不仅仅有女人的柔媚,更有大理寺的刑具、刽子手的屠刀。这些,既在武曌的眸子后面藏着,也在他的头上悬着……

晚膳以后,李义府把自己关在书房里。他思忖许久,觉得许圉师获罪,无论如何对自己来说都是一个千载难逢的机遇。尽管在朝制上,同东西台门下三品享有宰相的权力,参与大政的集议,可毕竟不是宰相,最终主持大计者依旧是左右相。在眼下这个当口,李义府觉得自己要小心翼翼,不能像许圉师因为一件小事而翻船。儿子、女婿都在长安,自己鞭长莫及,他必须向他们讲明情势。

李义府铺开绢帛,笔却在手头凝滞了,写什么能让他们克制欲望,清静其心呢?过去多年来,他们的一切作为有哪些没经过自己的默许呢?言之凿凿,岂非以墨涂面,弄巧成拙。踯躅半日,他终于在信笺上留下几句含义模糊不清的话——

　　东都秋雨迷离,长安秋色日深,你等需谨慎所为……

他在心底期望儿女们聪明些,能够读懂他文字背后的意思。

终年积雪覆盖的天山横亘在庭州南缘,形成了一道高耸入天的屏障,护卫着这方距京都迢迢千里的土地。庭州有过辉煌的岁月,曾是西域王国的王庭。然而,连年战乱,使这里一直备受摧残,直到大唐在这里设置州郡,其地已铅华不再,萧条荒废,成为贼众出没之所。

一转眼,来济到这里任刺史已三年了。

长安秋一缕,轮台万里霜。清晨起来,他走出帐外,举目四眺,满地银霜,将茫茫戈壁涂成银色,壮观而又苍凉。今秋少雪,空气中弥漫着干涩的冷意。来济抹了一把两颊,冰凉冰凉的,始知长安只在遥远的思念中了。

　　显庆五年(公元 659 年),他到海隅台州还不到两年,朝廷的敕命便来了,将他从东南沿海的台州改任到西北的庭州。圣旨说得很明白,终生不得回京,就此断送了他的回朝念想。

　　路上跋涉了七八个月,等他踏上这方遥远的土地时,已是大雪纷飞的初冬了。在台州时,他感受到的是见云即是雨;而在这里,云就是雪的母亲。只要灰云覆顶,用不了多久就是大雪满弓刀。那一天,他在马上望着天山,有一种天柱巉崖,候鸟绝迹的冰冷。

　　人,有时候很脆弱,有时候又很刚强,来济拥着坚硬的马鬃流泪了,他知道自己今生将把残年衰骨抛在这里。这对曾任过太子宾客、詹事,又做过中书令,可谓权倾朝野的他,该是多么残酷。

　　也许是因为在李弘身边的缘故,尽管被牵扯进长孙无忌的"谋反"案,但他侥幸逃脱被诛三族的命运。当初离开京城时,他就把家小转回了江都故里。从此,他将一人在遥远的边城聊度余年。

　　他曾有过万念俱灰的消沉,将庭州统统交与长史署理,他则每日纵酒独醉,酩酊不醒。他自诩惬意、潇洒、自在,常常在深醉时拔剑起舞,潸然泪下。但是没过多久,他就发现这不是他的性格。他可以麻醉自己的肉体,但是麻醉不了那颗报效朝廷的心。

　　有一天,他带着微醉的酒意驱马来到域内的轮台县。在那里,他看到了一块石碑。岁月的风雨已把它剥蚀得面目全非,然而,拂去沙尘,他看到了一个名字——李广利。对于此人,他并不生疏,任太子宾客时,他曾向李弘讲授过司马迁的《太史公书》,熟悉当年贰师将军西征大宛,灭掉轮台的故事。

　　李广利算什么?他在汉武一朝,是将军们嘲笑的对象。他尚且能够横刀仗剑,剿灭轮台,那我来济一朝宰辅,岂能沉没于酒中?我要重新振作起来,一改庭州荒凉破败的旧貌。

　　显庆五年冬,来济遍访当地三老,钩起陈年轶事;踏遍茫茫戈壁,寻找湮没的辉煌。在显庆五年除夕夜宴边城将士的集会上,他把重修庭州城池的蓝图呈现在大家面前。

　　如今两年过去,蓝图已初成现实。它虽然与台州相比,不仅单调得只有一条街,而且几乎看不到一座像样的亭阁楼宇。然而,它作为大唐西域的边城,迎风飘扬的"唐"字大旗却十分耀眼。

　　让他最为欣慰的是,这里不论是穹庐还是屋舍,门皆东向,以表向慕皇风,心系长安之意。

庭州的城墙也很有特点,全部采用戈壁沙石砌成。虽然少了城砖的严整雄浑,却足以捍卫城中百姓的安定。来济还利用戈壁石的不规则,在城墙上设置了诸多参差的箭孔,让来犯之敌无以应对。它已经受了几次小规模进攻的考验,据说西突厥将军阿史那贺鲁曾不止一次地猜度,不知是大唐哪位将军驻守庭州,何以昔日荒凉之地就固若金汤了。

长安的消息很杳渺,闲暇之余,来济只能靠回忆温习那些曾经让他感动的细节。关于长孙无忌、褚遂良、皇上和皇后,凡是接触过的事情,他都不放过。当初皇上废王皇后,一时遭到长孙无忌、褚遂良等人的礼抗,便转而要将武媚封为宸妃,时为中书令的他和韩瑗以"古无宸妃"为由出面阻止。可武媚立为皇后后,非但没有问罪于他,反而上表称他忠公,请皇上加以赏慰。

现在,他能够说服自己的唯一理由是,武媚试图像对待许敬宗、李义府那样将自己拉到她的名下,可他却让她失望了。在被免去侍中的那一刻,他料定自己必死无疑,孰料竟然还能在刺史任上盘桓数年,他常常在夜色中向天而立,感谢上苍有眼。

"启禀大人,西州来书了。"一位录事参军站在他的身后。

"哦!是裴大人的书札。"来济将满腹心事搁下,回到帐内。他拆开书札,果然是裴行俭潇洒飘逸的笔迹。

裴行俭仍然以当年的语气与他讲话,遣词用语表现出十分的尊敬。他在信中言道,朝廷现今主要是许敬宗、李义府等人执事,皇后说动皇上改了百官名称,上官仪已是西台侍郎、同东西台门下三品。上官仪曾多次在皇上面前为他与来济说情,都因为武后从中阻拦而失败。近来西州都督麹智湛殒薨,帐下无人,朝廷命他以长史身份代行都督职守。

裴行俭还告诉他,朝廷已以洛阳为东都,开有唐以来两都之先河。三省六部一分为二,一半在洛阳,一半在长安。

来济很久不闻朝廷的消息了,偶尔有长安文书,也是由都督府转送的。他真有一种被抛在天边的悲凉。但现在他已不在其位,朝廷的风风雨雨与他没有关系,他更关心的是庭州的父老。

天山北麓的秋天与冬天无异,十月、十一月也是突厥人血液最骚动的日子。尽管显庆二年朝廷派遣两路大军剿灭了西突厥,然盘踞在天山以北的残余势力阿史那贺鲁部仍然时不时寇边犯境,杀掠百姓。庭州新筑之城,因近年来边贸宏昌而备受突厥人垂涎。他必须早谋武备,以防突厥人偷袭。放下书信,他便要录事参军请长史、司马到帐中议事。

因庭州属于中、下州,故而来济官秩从四品,长史从五品上,司马从五品下。来济却不心生怨言,他将个人荣辱抛在一边,一心一意地为国戍边。

说到士卒情势,长史一脸的惆怅:"大人知道庭州两万将士,多由肃州、瓜州、沙州征募。他们思乡心切,加之久不见朝廷抚恤,更无长安使者劳军,已积怨甚多。倘若突厥来犯,属下真担心……"

司马接着道:"征募的士卒风霜经年,多已老衰,大人到任后于当地征集丁男入伍,虽暂解兵源短缺之急,然庭州地广人稀,此策难以为继……"

"两位的难处本官深有体味,然阿史那芯力磨刀霍霍,大战在所难免,吾等只有勠力同心,才能御敌驱寇,保境安民,此为官为将之天命矣!"说完,来济招呼两位幕僚来到庭州地图前,手指沿着天山以北缓缓移动,"两位请看,庭州东南至伊州九百七十里,东至西州五百里,西至碎叶两千两百二十里,北至坚昆牙帐约四千里。除西州裴大人可借援兵外,其他只能是望梅止渴而已。依本官看来,眼下只能靠我两万将士守城。"

两人幕僚点了点头:"大人言之有理。"

"西州长史裴大人乃本官同僚,现代行都督之职,请长史速派一名干练使者前往通报突厥军情,两地联防,形成策应之势。"说完,来济转脸又对司马道,"请将军立即召集各部将领,本官要军前训话!"

"好!末将这就去传唤。"

大约一刻之后,庭州城内外屯军将官齐集刺史府前的校场。来济一身银色盔甲,佩一把龙泉宝剑,在司马的陪同下出现在军阵之前。

环顾阅兵台下,年龄参差不齐的士卒组成的军阵让他心酸,但他更清楚,只有自己振作起来才能安定军心,共御强敌。来济清了清嗓子,大声说道:"本官移职庭州,承蒙诸位鼎力同心,才有今日之形势。我军血沃劲草,骨埋戈壁,使庭州固若天山,突厥屡犯而不能克。此亦是陛下圣德之沐,大唐军威使然,诸位之功必彪炳青史,名垂千古。"

话锋一转,来济声音变得幽悲哽咽:"可本官深知,自我朝屯兵庭州以来,士卒多者有历三代之久,如今孙辈已成少年;亦有孤身在军,老而无所者。庭州远离京都,孤悬一隅,使者罕至。然上苍有知,吾等忠唐之心可鉴。眼下阿史那芯力部正伺机来犯,本官虽已过知命之岁,然必当身先士卒,以身许国,与诸位甘苦共尝,艰危同担,虽九死而无悔。"

说到最后,来济从箭壶中取出一支箭,高高举起在手上道:"众位将士,人人皆为本官军正,若见本官遇敌退却,人人皆可诛之。"言罢,他将箭拦腰折断,扔在地上。

他的情绪深深地感染了每一个将士,他们都知道来济曾是官居二品的中书令,现在被贬为从四品,在场有哪一位能比他更委屈呢?他已年过五旬,尚心雄万夫,志在千里,他们作为大唐臣民,护卫家园,也就是护卫自己。一位校尉终于无法再保持沉默,振臂高呼道:"剿灭突厥,保我疆土。"

跟着校尉的呼喊,在他身后是此起彼伏的声浪……

当晚,来济和长史、司马一起到城墙上巡察了一遍,当他看到部属们瑟缩着身子在冷风中值守,他的心一阵阵绞痛。他觉得应该把这里的情况告诉远在江都的夫人,也许在她收到这封信时,自己早已不在人世了。但他要让儿子们知道,他是为大唐社稷而死的。

回到刺史府,他铺开绢帛,手有些发抖,便放在嘴边哈了哈,才赋笔属文:"吾久当死,幸蒙存全以至今日,当以身报国……"

最后一句话还没有写完,司马就冲进来了叫道:"启禀大人,突厥人夜袭庭州了!"

他草草地折叠封签,交给随司马同来的录事参军,说了一句"速递江都",就奔出去了。

庭州城外已是火光冲天,来济登上城楼远望,突厥骑兵已与城外的唐兵厮杀在一起。突厥人把骑射的优势发挥到了极致,他们在唐军阵中横冲直撞,战刀所指,人头落地。来济发怒了,厉声问身边的司马道:"我军骑兵呢?"

"刚才探马来报,我军骑军在城外遭遇了数倍的强敌围攻,无法驰援步军。"司马应道。

闻言,来济转身就向城下走去,还随口吩咐道:"你和长史大人誓死坚守,等裴大人的援军到来。"

"大人!您……"

"本官率卫士营骑兵出城迎敌,解救步军。"

"大人万万不可!就是迎敌,也该末将前往。大人一介文官,若有意外,末将……"司马一把拦住来济。

来济挥剑,割开司马拽在手中的战袍道:"你敢不从命?"

司马一愣,呆在了那里。

来济头也不回,踩镫上马,对紧跟在身后的卫队大喊:"随我来!"

一阵迅捷的黑影掠过,秋风卷着马蹄声向夜色中滚去……

# 第二十二章

## 许圉师抗上获罪　李义府坠落尘埃

袁公瑜一走,韦思谦又把诉状前后认真看了一遍,虽觉此案不大,但牵涉到左相,自己能否公平断案,给田主一个交代,必然为朝野瞩目。于是他无心静坐署中,收拾起案卷,径直奔往许圉师的府邸。

"有人将令郎告了。"在跟着许圉师走进前厅的当儿,韦思谦说道。

"此事已在老夫预料之中。不怪他人,此乃老夫教子不严,疏于训诫,才有今日。老夫已将逆子杖刑一百,现已卧榻不起,正在疗伤。"许圉师说这话的时候满腹心事。

韦思谦暗暗打量一下许圉师,发现他似乎苍老了许多。他明白此案的分量,顿生恻隐之心,又为他杖下无私而感动。可他肩负台院监察之职,担检举弹劾之责,不能以情代法,只有保持沉默。

许圉师招呼韦思谦喝茶,遂将事发之后,自己如何扮作商贾登门道歉,如何知道当日夜间有人将田主接进东都,承诺助其诉讼的细节述说了一遍。韦思谦听着听着,就觉得此案绝非一起诉讼那么简单。联系到两个时辰前袁公瑜引田主入公署递交诉状之举,情知左相必是被许敬宗等人盯上了。

韦思谦放下茶盏,站起来问道:"可否让下官查看一下公子的伤情?"

"遵大人之意。若非他头上尚有奉辇直长这个头衔,老夫真想一刀结果了他的性命。"许圉师说着,两人一起穿过后庭大门,进了一座四合院。

来到上房内室,只见许自然趴在榻上,脸色苍白,头发蓬乱。他见父亲陪着一位朝廷官员进来,负气将头转向一边,一副不屑的架势。许圉师见此很不高兴,训斥道:"司宪韦大人前来探视,你如何这等无礼?"

许自然艰难地扭动了一下身体道:"早知如此,何必当初。父亲既然不念父子之情,何不将孩儿乱棒打死,免得您看着心烦。"

许圉师一口气被堵在胸中,回不过话来。他瞪着儿子,正要怒骂,却被韦思谦拦住了:"公子不必动怒,令尊如此亦出于无奈。公子在朝为官,自不难知道现今朝堂许敬宗、李义府一个个虎视眈眈,只怕没有机会扳倒……"

许圉师怒道:"蠢材!你哪里知道,有人已将诉状递到司宪台了,韦大人就是专为此事而来。"

许自然却不相信,道:"一个农家田主,连司宪台的门朝哪边开都不知道,怎会上呈诉状?即便诉讼,也当到洛阳令那里才是。"

"愚蠢!他不知道,有人知道啊!你涉世太浅,怎知宦海险恶?"许圉师恨铁不成钢。

许自然这才真正地担忧了,朝廷要处置起一个小小的七品奉辇直长,与掐死一只蝼蚁无异。他转过脸来时,目光中就多了惊惧:"司宪大人,这可如何是好?"

韦思谦负有执法之责,自然不便多言,他上前轻轻掀开他的被子,低头查看一番,不禁暗暗吃惊许圉师下手之重。他的手稍稍触了一下,许自然便疼得龇牙咧嘴。

韦思谦覆上被子,道:"公子好好休息,改日下官再来探视。"

回到前厅,韦思谦很是感动:"大人先于律令严责令郎,乃为官之明,下官将在朝堂上奏明,恳请陛下不要因令郎涉案而牵连大人。"

许圉师长叹一声道:"谢大人体谅。然则老夫身为人父,岂能脱得干系?若许敬宗等人咬住不放,只怕此劫难逃。"

"大人所忧,亦下官之虑。可下官之所以如此,非唯为大人考虑,乃在社稷。若是让许敬宗、李义府之流独霸朝堂,那将国无宁日。自长孙太尉'谋反'案发后,能抑二人者,唯大人与上官大人耳!"韦思谦宽慰道。

许圉师虽然心中无底,却不得不承认韦思谦所说乃一针见血。但他还是觉得不能因为自己而置大司宪进退失据,便慨然道:"大人所言,一片至诚,老夫心领了。然王子犯法,与庶民同罪,况犬子乎?大人当依律判案,该定何罪就定何罪,绝不要姑息怜悯;即便老夫领罪,亦无悔矣。"

看到许圉师两眼潮湿,韦思谦亦心绪烦乱,一时语塞,当下告辞。

走出许府,韦思谦抬头看去,已是日色西斜,光晕中多了淡淡的橘黄,将车驾长长的影子涂在坊间的路上。"嘚嘚"的马蹄声伴着驭手马鞭的脆音穿过林立排列的店铺,让他一下子回到了早年的岁月。

出生在河南阳武的他似乎命运注定坎坷,刚刚举进士时,他踌躇满志,抱负满腔;可自从应城令任上被时任的吏部尚书高季辅发现调到京城后,他就在侍御史任上徘徊不前了。他似乎不在乎这些,仍然自信地来回于府邸到公署的路上,并常常对身边的同僚放言:"御史出都,若不动摇山岳,震慑州县,诚旷职耳。"他读得懂同僚们投来的鄙夷目光,可他却不管这些,依旧我行我素地书写着自己的人生。

他办理的最大案子就是时任中书令的褚遂良强买土地的要案,那时候李治刚刚登基,从谏纳言之风蔚然朝野,褚遂良被贬出京,但他也为此付出了巨大的代价。不到三年,褚遂良回京任吏部尚书,他一下子就被贬为清水县令,但这不能折他半寸锐锋。当友人劝他知进退、敛锋锐时,他报以自负的笑意:"吾狂鄙之性,假以雄权,触机便发,固宜为身灾也。"

友人满含困惑:"你这又是何苦呢?公若为此而殃及妻子,如之奈何?"

韦思谦先还能平静地倾听,此时却是满目肃然,一副凛然的模样:"大丈夫当正色之地,必明目张胆以报国恩,终不能为碌碌之臣保妻子耳。"

友人被深深地感动了,执手凝望良久,感喟万千:"公威在正、在廉、在信、在无欲也。呜呼圣朝,为何因小疵而弃大德也?"

值友人时任潞王府长史,出于惜才,将他举荐到府中任仓曹,负责为潞王管理谷物。进府那天,友人不无期待地说道:"公岂是池中之物,屈公为数旬之客,以望此府耳。"

果然,李治因为喜爱李贤而对他周围的人倍加关注,不久他就做了右司郎中。直到朝廷改制之时,他又被任命为大司宪,而且是在洛阳。但他没有想到,上任后第一件案子又是关于一家位居宰相的大人。

暮色渐沉,辕马发出几声"啾啾"的鸣叫,打断了韦思谦的思路,西天晚晖只剩下几片赭红色的残霞,而月亮不知什么时候悄悄地跃出洛水,惨淡的银光洒在砖铺的道路上,便有了几分清冷和寒意。毕竟是十月了,韦思谦抚了抚肩头对驭手道:"快点,天色不早了。"

"嗯!"驭手答应一声,一甩鞭子,那马儿的步子顿时快了许多。

韦思谦将此案与褚案做了对比,发现了两点相异之处。一点是褚案系褚遂良直接触犯律令,而许案却是儿子犯案,父亲受到牵连;第二就是同为宰相,面对刑律的态度却是大相径庭。褚遂良一意孤行,拒不改过和认错;而许圉师就不同了,他不但严责了儿子,还决计要向皇上领罪。

当府门前灯笼闪耀着清亮的光芒时,韦思谦心中的云团渐渐散去,开始透出一线希望的靓蓝。他要说服皇上,说服朝堂上的同僚,将许自然犯罪与许圉师区分开来,或许这样可以为朝廷保留一位清正廉明的宰相,一股足以抑制许敬宗、李义府的力量。

"吁!"驭手一声吆喝,马儿在府门前停住了。

府令出来迎接道:"老爷回府了,夫人正等着您用膳呢!"

"哦!冗事缠绕,回府晚了。"他说着,就到后堂换了常服。

来到中庭,见夫人正在那里坐着等候,案上摆满了各种菜肴,虽无山珍美馐,却也琳琅满目,还有杜康美酒。韦思谦不禁愕然:"夫人这是……"

"孩儿恭祝父亲大人寿比松龄,福如东海。"话音还未落,两位儿女从一旁的门内走了出来,拜倒父亲面前。

儿子送的是一方巨大的"寿"字,其字甚是雄健,上款题曰:司宪韦大人寿诞志庆,下面的落款是西台主书冯承素。

一方印章,一款题名引起韦思谦的注意,他的眉头顿然皱了起来:"这冯承素虽官居八品,书艺却是超绝,有'一字百金'之誉,你这字从何而来?"

"父亲忘了,孩儿因字迹清秀,被上官大人举荐到西台任修撰,恰与冯先生在同一署中。前日,孩儿向上官大人请告为父亲筹办华诞,不料被在一旁的冯先生听到。他仰慕父亲为人,便随手写了'寿'字相赠,并分文不取。"

"你就欣然领受了?"

"韦氏家风甚严,孩儿岂敢收受他人礼品。孩儿是当着上官大人的面付了银子的。"

"如此甚好!我一生多在御史台供职,办案无数,深谙人不畏我威而畏我廉。物必自腐而后虫生,你入仕时日尚短,万不可纵欲放任。"既是自己寿诞,他就不便太多教训,韦思谦点了点头,转脸笑看着女儿道,"你也备礼了?"

女儿莞尔一笑,呈上了一盘寿桃。那寿桃颜色甚是鲜艳,韦思谦看了十分高兴,连道还是女儿知父也。他还顺便问了女婿近况,女儿一听此言眼里便充满了泪水,道:"夫婿远在西州,已有数年未见面了。"

韦思谦心感愧疚。当初女婿在京都宿卫中任校尉,本也安定无忧,可褚遂良复出后,寻机将之调往西州,由校尉降为旅帅。说到底,都是跟着自己受了牵连。好在裴行俭为人正派,量才授官,听说女婿又被擢拔为校尉了。韦思谦收下礼品,目光中就多了许多温柔:"我知你孤守之苦,然则将士戍边乃天职也。况裴大人一代名将,跟随他必有大造。"

这时,夫人在一旁插话道:"你们父子平日忙于公务,好不容易借夫君华诞,家人团聚,夫君言不离国事,岂非将府邸变了朝堂？饭菜都凉了……"

韦思谦不好意思地刹住话头道:"好！吃饭吧。"

经他这一说,妻子儿女如释重负,纷纷举杯向他祝寿。

但是,夫人还是敏感地觉察出韦思谦在整个筵席期间都心神不定,有时还对儿女的祝寿答非所问。她猜度着夫君定是在外面遭遇了难事,待酒阑席散后,她就有意留夫君到前厅饮茶。

丫鬟奉上茶具后,夫人亲自烧了滚烫的伊河水,放了大苏山产的"雀舌",第一遍冲去茶尘,第二遍才轻轻地注入盏中。但见那茶形如鸟雀舌尖,茶汤淡黄微绿,滋味香醇。韦思谦缓缓抿一口入腹,顿觉神清气爽,脱口道:"好茶！"

"夫君有所不知,前些日子妾身到龙门拜佛,遇一佛姑,相谈甚洽,临别时她赠妾身一包大苏山的'雀舌'。妾身正要问明法号,可一转身,她竟然无影无踪了。"夫人叙述着这茶的来历。

"哦！莫非她……"韦思谦忽然想到褚遂良被贬爱州时曾救过的一个女尼,据言当年她曾到过龙门。

夫人见状,便问道:"老爷认识她吗？"

韦思谦打了个岔:"老夫怎会认识她？夫人留我用茶,不单是叙家事吧？"

"今日是老爷五十大寿,家人相聚,你为何心思彷徨,精神不定。是在朝堂上遇见难事了么？"

"人云'君子之泽,五世而斩',依老夫看来,到不了五世,即门风坍塌,泽光散去。治国不易,齐家犹难。"韦思谦叹了口气,遂将许自然践踏百姓稼禾,牵连到许大人的前因后果述说了一遍。

夫人一边听一边唏嘘道:"生下如此不肖之子,许大人当然心忧如焚了。"

"岂止许大人之子,现今人心不古,世风日下,皆因仕宦之子恃家世之威,危害百姓,鱼肉乡里,此风不煞,总有一日要断送大唐社稷的。"

"此乃皇上所虑之事,老爷何须杞人忧天？不唯官宦子弟无视律令,滋事妄为,王公贵族更是有过之而无不及,老爷一人,有何回春之术？"

韦思谦很吃惊于夫人的一番话,她虽深居简出,倒对世事洞明清醒。然则,他一生耿介,性格使然,不得不忧:"夫人之言差矣。若是天下官吏皆浑浑噩噩,尸位素餐,一任奸佞横行,危害百姓,食朝廷俸禄能无愧乎？"

"妾身跟随老爷半世,风雨相扶,深知仕途艰辛。还乞您为儿女着想,谨言慎行,不可再让当年故事重演。"

韦思谦也不辩解,只是道:"在其位一天,就要为社稷尽力一天。夜深天寒,夫人早些歇息,老夫还要起草明日上朝的奏章呢。"

"唉!秉性如此,其之奈何!"夫人为韦思谦加了一件外衣,"天冷了,老爷不可太晚了。"

送夫人走出前厅大门,韦思谦抬头望去,不禁"呀"了一声,原来天空不知什么时候落雪了。

卯时三刻,大臣们都早早地云集在武成殿外的塾门,等待隔日一天的朝会。韦思谦赶到的时候,许敬宗、上官仪、李义府、许圉师等人已先行到了。

也许是为了躲避大家的议论和目光,许圉师独自一人坐在角落里,一任塾门内外喧嚣声时起时伏。

许敬宗今天显得很活跃,他看见韦思谦来了,主动迎上来打招呼道:"大司宪到了?"

"右相表率,下官岂敢怠延。"韦思谦赶忙还礼,心里在想许敬宗一定会问起许自然一案的。

果然,当两人相向而立之时,许敬宗便问道:"不知大司宪对许自然一案审理如何了?"

韦思谦略一沉吟道:"下官办案,向来以大唐律令为绳,必重证据,请大人放心。"

这时,李义府凑上来说道:"不知大司宪可否详告之?"

"大人位在宰辅之列,定当知道案情尚未真相大白之前,是不能公之于众的。下官身负检举弹劾之责,对任何以身试法者绝不姑息。"

"那是!那是!"李义府自讨了个没趣,忙转身来到许圉师面前,脸上堆着笑,但出口的话却带了讥讽,"下官闻听大人一向家教甚严,为何公子竟然糟害百姓,举止无度呢?"

许圉师自知理亏,也不辩解,他看了李义府一眼,又低头想该怎样应付今天的朝会了。

辰时二刻,李治出现在朝会上。李荣宣布,朝臣有事,尽可陈奏。

首先是奉常寺奏请龙朔四年正月于泰山封禅,李治当场恩准,还要太常寺与鸿胪寺协力玉成;接着,宗正卿李博乂奏请立皇子李旭轮为殷王。对于此类宗室封赐之事,大臣们都不会提出异议。

接下来,李治问有何事还需要陈奏,就听见李义府出列道:"启奏陛下,据西台舍人袁公瑜举报,左相许圉师之子、奉辇直长许自然出城游猎,踩踏百姓稼禾,不思道歉,反以鸣镝射伤田主。田主诉讼至大司宪韦思谦处,彼竟不审理案情,反而出入于相府,蝇营狗苟于密室。微臣以为许圉师、韦思谦无视大唐律令,纵容犯罪,罪不容赦,当免官发详刑审讯。"

"哦?"李治将脸转向许圉师问道,"爱卿可有此事?"

许圉师回答道:"确有此事。"

李治闻言龙颜不悦,责备道:"卿在相位,难道不知'君者,舟也;民者,水也'乃先帝箴言么?竟然纵子践踏民田,可知罪?"

许圉师随着李治的责问就跪倒在殿前了:"启奏陛下,臣子身为朝廷命官,无视律法,践踏民田,罪在不赦。臣……"

"既是知罪,就该奏朕知道。"李治挥了挥手,又转过脸来问韦思谦道,"司列奏你不治罪犯,可有其事?"

韦思谦这才明白,塾门前李义府那一番话原是早有预谋。他觉得此时只有自己站出来说话,才能平息关于许自然案的种种流言。好在皇上追问,给了他说话的机会。

"启奏陛下!"韦思谦出列,正了正手中的笏板,"许自然践踏民田,意欲以鸣镝惊吓田主,依律当治罪。微臣接到诉讼后,即详阅诉状,亲临侦查,发现其情有二。其一,许大人闻知公子肇事,当即命府役杖击一百,致皮开肉绽,卧榻不起;其二,许相亲往田家致歉,加倍赔偿。因此微臣以为,许大人知过而改,善莫大焉。故而无须免官断狱,面壁思过可矣。"

追着韦思谦的话尾,许敬宗出列道:"韦思谦所言,分明是为许大人掩罪开脱。身为人臣,纵子犯罪,若不严惩,纲纪何在?臣为宰辅,以为不治许大人之罪不能安社稷,定民心。"

详刑寺卿辛茂将也以为朝臣犯罪,当严惩不贷,主张将许圉师免官治罪。东台侍郎刘祥道、司宪大夫窦德玄纷纷附和,强烈要求惩办许圉师。

在朝会上声音一边倒的时候,李治却表现了分外的冷静,他自认还是比较知左相的,他也相信韦思谦的话并非妄言,他从内心里希望许圉师能从自己的斥责中听出宽容的弦外之音。

"圉师为宰相……"他有意省去了左相的姓,希望许圉师能从这称呼的变化中感受得到他的良苦用心,"其子侵害百姓,匿而不言,岂非作威作福?"

孰料许圉师完全没有理解皇上的意思,把憋了半天的愤怒一股脑儿凝聚在反驳皇上的责备上。他脸涨得通红,近前一步高声道:"臣备位枢纽,以直道事陛下,不能悉允众心,故为人所攻击。"

这话一出,上官仪就急了,不断地使眼色欲图阻止他说下去,但许圉师全然不顾这些,依旧站在那里慷慨陈词:"至于陛下指责微臣作威作福者,臣愧不敢领。自古作威作福者,或手握强兵,或身居重镇,臣奉事圣明,闭门自守,安敢作威作福?"

上官仪的心就悬到了半空,唉!你这不是当着朝臣的面让皇上难堪么?

果然,李治由最初的严厉责备转而发怒了,用从来没有的高声道:"放肆!你是恨手中无兵么?依你之言,若是手握重兵,岂不草菅人命,意欲谋反?"

许敬宗认为时机到了,往日朝堂的恩怨情仇,一瞬间都化为一举击倒对方的力量。当李义府不顾皇上身边有李荣与宫娥的侍奉而奔上前去抚着皇上的胸口劝他息怒时,许敬宗不失时机地站了出来,箭语词锋直指许圉师,痛骂他与韦思谦狼狈为奸,包庇罪犯。说到激动处,许敬宗的牙齿咬得"咯咯"直响:"人臣如此,罪不容诛!"

事情到了这个地步,朝臣们都以为许、韦二人必死无疑,丹墀内大臣跪倒一片,要求将两人腰斩的呼声此起彼伏。再看看许圉师,他好像知道辩解无益,干脆跪在一角等待着厄运的降临。

其实,此刻心急如焚的还要数上官仪。他完全没有料到,一件不算大的案子却使君臣陷入对峙的僵局。他非常清醒,这一切只能使忠者伤怀而奸佞得逞。他必须设法缓和这剑拔弩张的气氛,必须找到说服皇上的理由,必须让许敬宗等人无懈可击,必须保护两位臣僚。

上官仪迅速镇定了神情,走到许圉师身边低声道:"以大人之聪慧,为何听不出陛下的宽惠厚爱,隆恩浩荡呢?令郎不羁,不仅伤民,亦伤君心。"接着他转过身面对李治,很从容地说道,"许自然身为朝廷命官,不思自约,恣意妄为,其罪昭然;许大人身为人父,难辞其咎;各位大人激愤之词,忠心可鉴;陛下对许相严责,非为一人之得失,乃在警示吾等为臣子者,意在正朝纲之律纪,约官吏之所为,明教化之本源。吾等当醍醐灌顶,警钟长鸣。"

这番话一出口,上官仪凭直觉感到朝堂上的气氛缓和多了。他又挪了挪脚步,与李治距离更近些:"许相登门致歉赔偿,足见其体民疾苦之诚;杖责令郎,足见其怒子不羁之痛;至于未及上奏圣听,乃忧陛下龙体不适。韦大人受理诉讼,据实禀奏,实遵为臣之道。臣僚之情,惺惺相惜,在所难免,然并无徇私枉法之为。故而微臣以为,许自然伤民之利,依律当治罪;许相教子不严,也理当自省。罚之可以,杀之不可,请陛下圣裁。"

说完，上官仪入列静站，等待着皇上的裁决。当然，他的眼睛也没有闲着，来回扫着每一个在场者的表情。许圉师和韦思谦从心底里感佩上官仪的回旋之术，尤其是许圉师，这会儿听上官仪侃侃而谈，心里似乎吹进缕缕凉风，纷乱的思绪渐渐归于清醒，不禁为自己刚才的举止而悔愧。若非上官仪出面，自己今天是死定了。

再看看许敬宗和李义府，他们平日里在朝堂上翻云覆雨，巧舌如簧，如今千般的心计都被上官仪的一番陈词化解了。李义府最担心的就是皇上在上官仪的谏言之后改变了主意，堵塞了他的相路，于是再度出列道："上官大人所言不无道理，然在微臣看来，不思齐家者，岂能居相位而无为。许相纵然可免一死，亦无颜站在朝堂，为群臣之表率矣。臣以为当免去许圉师本兼诸职，令其闭门思过。"

上官仪不再反驳李义府，今日朝堂上的结局也只能如此了。

李治并不昏聩，即便许自然踩踏百姓稼禾，但罪不及死，他刚才声色俱厉都是因为许圉师太不给他面子，竟然敢当面顶撞他。上官仪的话不仅让他挽回了面子，也促使他冷静了下来。但他也认为李义府所奏言之成理，威权并重。他环顾了一下臣下，做出了一个各方都能接受的裁决："左相许圉师教子失责，不思改过，抗上逆礼，咆哮朝堂，着即免去左相，贬虔州刺史，以示惩戒；其子许自然，下狱问罪；大司宪韦思谦判案迟缓，降职侍御史，仍职司宪台，着任窦德玄为大司宪。上官仪拟诏，右相许敬宗初审，奏朕批阅。"

"陛下圣明！"上官仪的一颗心终于可以放下了，他相信许圉师的外放只是暂时的，他为政清廉，朝廷必有重新起用的时候。

朝会散了，可李义府心中的疑团没有散，一向将笑容挂在眉梢的他目光呆滞了，出了大殿，他在司马道上等待许敬宗，希望他能说些什么。

"皇上这是怎么了？免了许圉师的相位，却不任命新宰相，难道他要让左相的位子空着么？"

"唉！此事恐怕还得从皇后那里着手。"许敬宗也很纳闷，依他的判断，许圉师免了，他自然会转为左相，但是皇上却如演奏一曲乐音，在人心高悬之处，却戛然而止了。

"大人言之有理，下官也是这个意思。皇后必不能容忍皇上任一位她看不上眼的臣下做宰相。"

许敬宗道："世事难料，老夫发现皇后近来对那个上官仪倒颇有好感。"

李义府立即一脸的肃然："一定要阻止上官仪的图谋，否则，我等在朝堂上就岌岌可危了。"

两人相互看了看,转道去了洛城殿……

来济以身殉国的消息传到洛阳,已是龙朔三年(公元663年)正月了。元宵节后的第一个朝会上,上官仪向李治禀奏了这位前中书令不释甲胄,赴敌而死的悲壮事迹。李治听后黯然神伤,却因为其涉及当年废立之事,又不便多有褒奖,只传下口谕,准予将其灵柩接回长安,择地安葬。

朝会上,李义府被任为右相,许敬宗拜太子少师、同东西台门下三品。虽然朝廷未明确其为左相,但武曌向来是把他视同为左相的。每逢大事,都先听他的谏言,然后才向上官仪与李义府咨询。

也是在这次朝会上,司度上奏建大明宫费资过多,入不敷出。于是李义府进言减百官一月俸禄,同时加赋雍、同等十五州,以奉大明宫。

上官仪以为减百官俸禄以充作宫室用度尚可说得过去,但加雍、同等州民赋则有失民心,可他思之再三,还是将话咽进了腹中。他不愿意因小失大,因为还有更重要的事等他去做。

而司宗李博乂则上奏,说新城公主不明原因暴薨于府中,疑为驸马都尉韦正矩所害。李治当即下诏,要辛茂将将其拘捕,严加审理。

退朝以后,李治回到武成殿,想着自己最小的皇妹溘然离去,不由潸然泪下:"御妹可谓命途多舛,早年尚长孙铨,因太尉谋反而青春寡居;后又尚韦正矩,不想又遭此厄运。此上天以命谴朕也!"

李荣也跟着流泪,早年在太宗身边时,他在宫中常常看到新城公主在宫苑中嬉戏,知道晋王兄妹之间的亲昵,便劝慰道:"人已去,陛下龙体要紧。眼下惩办凶手,对逝者而言乃安灵之至要也。"

李治点了点头:"若证据确凿,朕要将这贼碎尸万段,以慰御妹在天之灵。"

正月底,辛茂将陈奏了新城公主案情始末。李治下令在长安西市行刑,将韦氏父子斩首,其族流放岭南。

然而,龙朔三年的春天对李治来说似乎是个多事的季节,不顺心的事总是一件接着一件。三月的一天朝会后,西台侍郎、同东西台门下三品的上官仪有意晚走一步,到武成殿将一封书札呈给了李治:"此乃司宪台侍御史韦思谦的举报,臣恭请陛下圣览。"

李治从李荣手中接过呈上来的奏章,大致浏览一遍,脸色立时就阴沉了,问道:"依爱卿观之,韦思谦举报属实否?"

"冰冻三尺,非一日之寒。李义府几起几落,皆与贪贿好色有关。朝野传闻其专以卖官为事,铨综无次,怨言载道。韦思谦不以进退为意,侦查取证,其疾恶如仇之情昭然可见。"上官仪虽没有正面回答,但意思李治十分清楚。

"人之所失,皆因欲念,朕亦颇闻彼之作为。"李治沉思片刻,放下奏章,说话的口气反倒缓和了,"刚刚贬谪了一个许圉师,如今又现李义府贪贿之行。传将出去,朝野必议论纷纷,容朕三思后再做定夺。"

上官仪一听就立即明白了,皇上必是要与皇后商议之后才好决断,他也不强求皇上立即做决定。自武曌听百司奏事以来,他虽然厌恶她的独断与跋扈,却也常常对她嫉恨贪腐的态度深以为然。他相信,尽管李义府是她的心腹,但在治贪惩腐这件事上,她定然不会与皇上抵牾龃龉。

听着上官仪的脚步声渐行渐远,李治脸上的和悦迅疾退去而变得心事重重了。他把一纸奏章反复地看了看,就不得不感佩韦思谦做事的周密。那里面的桩桩事情都让他触目惊心——

　　　　李义府进封河间郡公,做了右相之后,其家上至去世老父,下至襁褓中的婴儿,皆有官衔,皆领取朝廷俸禄。

　　　　李义府之母、妻子、女婿,借卖官鬻爵敛财,以致求官者、为亲人寻求法外开释者连属塞道,门庭若市。

　　　　李义府改葬祖父,州县官员争相献媚,征召人夫、车、牛载土筑坟,昼夜不息。高陵县令张敬业因昼夜督工,竟然累死在墓场。至于改葬之日,文武百官争相送礼,各种器具、用品都极尽奢靡,车马、供帐相望七十余里。

　　　　……

李治将奏章扔在案头,狠狠地拍打着案头怒道:"如此贪蠹,是可忍,孰不可忍!"

皇上在批阅奏章时如此震怒,殊不多见,李荣慌忙上前劝慰。然而,他很快就发现皇上的龙威来得快、去得也快,甚至有些沮丧地低下了头。李荣知道,皇上一定想到了皇后,他有着臣下无法理解的苦衷和无奈。

过了一会儿,李治抬起头的时候,李荣就从他的目光读出了不尽的沉郁:"移驾洛城殿,朕今夜不回贞观殿了。"

李治不会想到,当他的轿舆停在洛城殿前时,李义府刚离开不久。他更不会想到,李义府向武曌禀奏的中心话题就是要她提防上官仪。他还特别举荐由东台侍郎刘祥道出任司列太常伯,不为别的,就因为他年老多病,且处事谨慎,这样选官诸事必时时禀奏而绝不敢自断。

武曌又一次褒扬了李义府的干练和多思,勉励他在右相任上多所作为。当她正为与李义府推心置腹的交谈而欣悦之际,就听见从殿外传来"陛下驾到"的声音。她并不像其他嫔妃那样惊慌,只是缓缓地站起来,让李义府从偏门退下了,之后才对张尚宫道:"随我迎驾。"

李治已习惯了这种并不追求繁文缛节的见面,两人相携着进了洛城殿,他看见案头堆了不少奏章,这些都是要经过皇后阅看才呈给他的,有些不需要廷议的,皇后便布置有司去办。因此除三台宰辅之外,有许多朝臣很久不曾看见皇上了。

呷了一口热茶,李治觉得嗓子清润了许多,便对武曌道:"朕身体不佳,将所有的朝报、奏章、文书悉委皇后阅看,皇后也太辛苦了。因此朕今日寻思,太子已十一岁了,有司所奏之事,若无要紧,即可由太子阅办。"

武曌甜蜜地笑了笑道:"陛下圣明。让弘儿历练历练也好,正好妾这里就有些无关紧要的文书,明日就遣人送去。"

用膳的时候,武曌将李义府所奏悉数说与李治听,中间也夹带着她的溢美之词。李治只是听,也不多插话,充其量就是微微颔首。武曌何等敏感,她从皇上微妙的情绪变化中嗅到了异样的气息。她立时刹住话头,向李治敬了一杯酒,将有关李义府的话题岔了过去。

晚膳以后,武曌传乳娘将旭轮小皇子抱来了。他已经八个月大了,见了李治便咿咿呀呀的。李治从乳娘怀中接过旭轮,俯下身子,亲吻他嫩嫩的笑脸,逗得他笑个不停。

"扑哧"一个响屁,接着他一泡尿便洒在了李治的怀中。武曌见状,立即怒目投向乳娘:"你是如何看护皇子的,怎能将尿洒在陛下的龙衮上?"

乳娘诚惶诚恐,李治倒不那么在意,他被李义府惹起的烦恼此刻都被旭轮的一泡尿冲散了,他拦住武曌的话道:"旭轮尚未学语,此乃哑语也,是与朕亲热呢!"

"皇上真会说笑。"武曌也不再追究,丹凤眼眯成了一条线。

"时候不早了,妾为皇上宽衣安歇吧!"见皇上心情好转,武曌遂要乳娘将旭轮抱了下去,那一双纤纤细手伴着嘤呜就伸到李治面前。

李治借着灯光打量着武曌,旭轮的出生丝毫没有影响她政事之余的柔情似水,那漫过他身体的每一根手指都是富于弹性而又光滑的。这个时候,他总在朦胧中将坐在洛城殿里批阅奏章的武曌看作另外一个人，眼前的她才是自己情感的依托，才是自己深爱着的武曌。

他对武曌的诉求是知之甚深的，尽管因年岁日增与朝事烦忧他有时候会力不从心，但他还是借助药物而满足了她的激情。可今夜他心不在焉，李义府的影子总是横亘在他和武曌之间，使他一次又一次陷于疲软。

武曌期待的冲击和高潮始终没有到来，她觉得自己的判断没错，她不再强求李治，而是直接问道："陛下有心事么？"

唉！朕的任何心思都瞒不过她！李治在心里感叹一声，道："为何朕十分信任之人，总是负朕？皇后以为李义府其人如何？"

"他诟病甚多，善于掩藏心计，不为臣僚认同，这些妾都知道。然则，正所谓金无足赤，人无完人。若论起体味上意、办事干练来，恐怕朝野可比者无几。"武曌评价十分直接。

"单是不认同倒也无碍，然贪欲无度，恃权弄威，则为社稷之蠹虫矣！"

"哦，陛下果然心中有事，是听到什么流言了么？"

"仅是流言倒也好说。"

李治遂将韦思谦诉状中所列一一道来，武曌听得丹凤眼瞪得老大，一副惊异的神色："有这等事？妾观他平日谦恭卑微，用度简朴，莫非……"

"韦思谦不畏相权，足见为人磊落，所奏俱实。"李治从胸中发出悠悠感喟，"两个月之间，两位宰相相继被弹劾，朕不知人矣！"

武曌没有接李治的话，李义府出乎意料的行为让她的自信遭遇了前所未有的冲击，那些印象中曾经的殷勤、忠贞、善解人意都因为李治的一席话而被割裂得支离破碎。从情感上说，她的确需要李义府、许敬宗来实现她不断葳蕤着的梦想。可如果他们真如韦思谦所报，又岂能堂而皇之地站在大臣面前畅言朝政呢？听惯了她嘤鸣的李治被她的沉默吓住了，他上前抱着她的肩膀问道："皇后何以默然，是朕过于唐突了吧？"

"妾是难以置信啊！"武曌摇了摇头，很慵懒地躺进李治的怀抱，"陛下所言甚是。两月之间两位宰相倾舟，非我朝幸事。子曰，'不教而杀谓之虐；不戒视成谓之暴；慢令致期谓之贼'，依妾之意，陛下还是先行训诫，若彼不思改过，当依律治罪。"

李治还能说什么呢？他同意了武曌的谏言，决计再给李义府一次机会。

可武曌仍然不放心，又建议道："隔日武成殿中，陛下严词训诫彼等。妾隔帘听奏，若彼一意孤行，妾绝不姑息。"

第三天朝会一开始,李义府便眉飞色舞地向李治陈奏,说诏书已六百里快马发往长安,同、雍等州刺史正加紧催缴民赋解往京都,以充公室之用;接下来,他又将百官减俸清单呈上。

李治接过名单,置于案头道:"爱卿果然雷厉风行,大明宫成指日可待。散朝以后,爱卿到武成殿,朕有话说。"

退朝之后,上官仪还在想着皇上刚在朝堂上的庄重神色,心里便生出几分疑虑,皇上不直接将韦思谦的奏章转交详刑卿问案,却单独留下李义府,究竟是何意思?他一时也猜不透,只有静观其变了。

"上官大人!"这时身后传来声声呼唤,他回头一看,却是新任大司宪的窦德玄。

"哦,窦大人有事么?"

"上官大人见识卓远,依大人观之,皇上会与李相说些什么呢?"

上官仪浅浅一笑道:"陛下之事,臣下如何知道?"

"大人能不知道?下官听说李相听信杜元纪之言,以居府有狱气,宜积钱二十万'厌胜'之。于是他加紧敛财,其间收受长孙太尉之孙长孙延钱七百缗。下官这里有右金吾仓曹参军杨行颖的密告一件,大人要不要看看?"窦德玄压低了说话的声音。

"哦!有这回事?"上官仪眉头皱了皱道,"大人乃司宪台上官,可直接到武成殿禀奏陛下。"

"李相眼下正得宠于皇后,他又与陛下在武成殿说话,下官去不是……"窦德玄有些犹豫。

"你不必直接面圣,将此密告直接交与李公公即可。"

窦德玄顿开茅塞,连连道谢,转身就往武成殿去了……

此刻,李义府正站在武成殿中央等待着皇上的旨意。他踌躇满志,意气风发,三月的风吹动了他的袍裾,飘飘然若鸟儿双翼,他依旧保持着微笑和卑微:"陛下传微臣前来,不知有何旨意?"

李治摆了摆手道:"朕今天召你来非为他事,朕闻爱卿之子及婿不谨,多为非法,朕一直为爱卿掩覆,爱卿宜戒之。"

李义府没有任何思想准备,他根本没想到自己的这些行为会被皇上知晓,他精明的头脑快速地旋转着,判断着皇上究竟对此事知之多少。他认定皇上这只是一种试探,决计先发制人,不等李治继续问话,他就勃然变色,颈颊俱张,怒不可遏地反问道:"又是何人在陛下面前搬弄是非了?"

李治闻言很不悦，道："你只言朕所指真伪否？不必问其所从得？"

"臣问心无愧，何须言真假？"李义府向李治施了一礼，"陛下若无其他旨意，臣就告退了。"说罢，他便转身缓步离去。

李义府傲慢不羁的身影让李治的自尊心受到巨大的伤害，他怒吼一声"反了！反了！"便挥臂将案头上的卷宗哗啦啦地扫了一地。

李荣惊呆了，数十年来，没有哪个臣子会对皇上如此无礼。即便是身为元舅的长孙无忌也从来不敢在两仪殿上有些许的僭越和傲上。李义府，你多行不义，必自毙矣！

窦德玄赶到武成殿时，正遇见李义府怒冲冲地从武成殿出来，他急忙避到墊门，等他走远后，才来到刚在殿外站定的李荣面前道："请问公公，陛下此时可在？"

李荣向里面努了努嘴道："正和皇后说话呢！"

窦德玄道："陛下既然有事，下官不便进去打扰，这里有一道奏章，烦请公公转呈陛下。"

李荣接过上书道："陛下龙颜大怒，待会儿咱家定然转呈。"

送走窦德玄，李荣进了武城殿，看见李治和武曌都是一脸的怒气。

李义府的确错了，武曌可以为了自己的目的起用他，也可以面对诸多的政敌保护他，更可以对他无关政局的错谬甚至不轨忽略不见。可她绝不能容忍他对李治无礼，对大唐的至尊轻慢。当她在竹帘后看到李义府满怀怨恨和不屑离开武成殿时，就在心中向他举起了刀剑。

"朕好言训诫，孰料他竟逆法抗上，难道大唐律令形同虚设吗！"

"哼！李义府不知天高地厚，利令智昏。我可以用他，亦可以杀他。"

武曌的那个"杀"字几乎是从牙齿间挤出来的，听得李荣不由得打了一个寒战，他小心地上前禀奏道："陛下、娘娘，刚才大司宪窦德玄来过，托臣转呈一道奏章。"

李治接过奏章递给武曌，少顷，就听见她一声大喊："好个逆贼，竟敢做'厌胜'之法，诅咒皇上。来人，传窦德玄、辛茂将进宫，立即拘捕李义府。"

受武曌情绪感染，李治许久因为头风而淡远的气度再度回到胸臆间，对武成殿詹事吼道："遣使者星夜前往长安，传李勣来东都监审！"

"轰隆"一声，春雷在大殿上空炸响，开春以来的首场雷雨从洛阳城上空倾泻而下……

# 第二十三章

## 娇婴方啼相府内　风波又起宫苑中

第二天虽不是朝会的日子，但李义府在武成殿遭到皇上训诫而恼羞成怒的消息还是很快传遍了朝野。尤其是听闻皇后为此而蛾眉怒竖时，大家断定这个平日恃宠骄横的逆贼必死无疑了。特别是那些饱受欺凌的侍郎或令丞们，更是期待皇上能诏令将其腰斩，朝堂上也就从此朗日耀庭了。

西台侍郎、同东西台门下三品的上官仪却一直很清醒和冷静。他相信皇后面对李义府对皇上的无礼也许会发怒，甚至会起杀机。但风雨之后，难保她不会转圜，毕竟他们在褚遂良和长孙无忌两案中有着盘根错节的牵系。显庆三年，不就有过一次李义府因为多树朋党、贪得无厌而被贬为同州刺史的经历么？可不久，皇后便借追查长孙无忌"谋反"案而说动皇上将其复职了。

前车之鉴，犹未远去。因此，当韦思谦来到上官府，为自己一年多的侦查终于有了结果而兴奋之至时，上官仪却没有任何的重负卸肩之感："老夫尚未接到皇上关于起草诏书的旨意。"

"那不过是朝夕之别，此贼触犯龙庭，罪在不赦。"韦思谦很自信。

"一切尚无定数，我等不可大意。"

韦思谦就觉得上官仪有些过于谨小慎微，离开相府的时候，他甚至不惜与上官仪打赌，言道若是李义府被皇上开释，他愿请上官仪饮酒。

事情的发展果然不出上官仪所料，在十一月的朝会上，李治诏令将已经拘捕入狱的李义府流放嶲州，子率府长史李洽、千牛备身李洋及婿少府主簿柳元贞并流廷州，司议郎李津流振州。

大臣们不禁面面相觑，不清楚一个蔑视当今圣上的人为什么会死里逃生。

朝会结束后,韦思谦在司马道上等着上官仪,一见面就道:"大人料事如神,下官惭愧之至,这顿酒请定了。"

上官仪摆了摆手道:"酒就免了吧!老夫以为李义府大祸不死,必是皇后手下留情。不过其没有带职贬谪,终是圣朝之幸。"

尽管如此,朝野仍然因为除了一位奸人而弹冠相庆。许多令丞听到这个消息,甚至号啕大哭,不能自已。

以后好多日子,关于李义府的传闻便成为街谈巷议的中心。洛阳街头还流传着一篇戏文:《河间道行军元帅刘祥道破铜山大贼李义府露布》。因为李义府在吏部尚书和右相任上,见人奴婢中之有色者擅纳为妾。他被判流放后,这些人纷纷叛离。于是那文字便讽刺说,混奴婢而乱放,各识家而竞入。

有一天,上官仪在司马道上遇见同来上朝的司刑太常伯刘祥道,打趣道:"大人何时任了河间道行军大元帅了?"

刘祥道闻言有些不好意思道:"大人取笑了,李义府一介书生,何用兴动兵戈?既然如此,十六卫府将军如云,也无须下官挂帅啊!"

上官仪也笑道:"此露布来自民间,足见李贼所为不得人心。大人主审此案,也是顺乎天意民心啊!"

对李义府的流放,心境最为复杂的还要数许敬宗。当他从李荣口中得知李义府无礼抗上时,心中暗自叫苦不迭。唉!这个李猫都做到右相了,为何还如此不知深浅啊!他不敢怠慢,匆匆赶到洛城殿拜见武曌,恳求她法外开恩。

武曌抬了抬眼皮,冷漠地说道:"我念他有才,虽屡遭弹劾也用之。孰料他不思检点,竟然触怒龙颜,若不杀之,皇威何在?律令何在?"

许敬宗自知李义府的厄运无可挽回,于是退而求其次,他先是顺着武曌的语气将李义府痛骂了一顿,然后婉转地劝道:"微臣无识人之能,罪该万死。李义府贪贿抗上,罪在不赦。然微臣知娘娘体爱臣下,姑念他曾为娘娘尽忠效力,还乞陛下和娘娘开天恩,免其死罪。"

武曌先是毫无所动,渐渐地脸上才有了活气:"那我且去说服陛下,看能否给其一条生路。"

在李治诏令将李义府流放巂州后,许敬宗没敢登门送别。可就在其被押解离京的前一天晚上,李府府令送来一个包裹,说是主人让交给许大人的,看能不能转给皇后。

许敬宗打开一看,里面有两首诗稿和一卷文稿。

一首诗题为《咏鸟》:

日里扬朝彩,琴中伴夜啼。

上林如许树,不借一枝栖。

许敬宗见此自语道:"非别人不肯借你一枝,是你不珍惜皇后这圣朝第一枝啊!"

另一首诗题为《咏鹦鹉》:

牵弋辞重海,触网去层峦。

戢翼雕笼际,延思彩霞端。

慕侣朝声切,离群夜影寒。

能言殊可贵,相助忆长安。

许敬宗判断这首诗是李义府在司宪狱中写的,你都深陷囹圄了,还想入非非,梦着云端的彩霞。唉,你本来就在云端,为何要触皇上这张"网"呢?

不过,这字里行间透出的忧伤和凄凉还是让许敬宗不禁动容了。这不但因为李义府是他引荐给武曌的,更因为这些年两人在朝堂上每每呼应,击倒了一个个政敌。现在,李义府一走,他有了孤舟独木的感伤。

许敬宗放下诗作,拿起文稿,"度心术"三字赫然跃入眼帘。及至他展卷阅读,脑际突然"轰"的一声,似有飓风骤起。那些"治吏治心,明主不弃背己之人也""民心所向,善用者王也""权重勿恃,名高勿寄,树威以信也""贪,示廉者智也""敌之不觉,吾必隐真矣"的心得,让他再一次感到李义府的城府之深。他们虽然同朝为官多年,也算得上至交,可何曾听他说过这些呢?

这也许是一个更为真切的李义府,他这些年不正是这样走过来的么?每日在朝堂上看到的李义府,谦恭和蔼,总是一副笑脸;对于皇后交办的事,他从来一丝不苟;他曾经在朝堂上激烈抨击卢承庆用人不当,度支省贪贿之行时有发生。到头来,他却成了最大的贪官。他许敬宗究竟对李义府知道多少?

许敬宗收起文稿,认真包好。他最终还是决定将这些送到皇后那儿去,也许,皇后对此有着完全不同的感触。

几天以后,在武成殿,李治将李义府留下的手稿拿给上官仪看,并十分感慨道:"朕不敏,无知人之智。"

上官仪对李义府的心语没感到任何的意外,皇上被蒙蔽太久,以致养痈为患。他认为李义府此时倾覆,对朝廷来说未必不是一件幸事:"陛下何必自责,李贼僭越犯上,罪该万死。陛下宽仁,流之巂州,他当感恩才是。微臣记得先帝曾言,以人为镜,可以明得失。人镜者,正与反两存也。臣恳请陛下以李义府为镜,诏群臣引以为戒。"

李治深以为然:"爱卿所言,正合朕意。痛定思痛,更知为何夫子言为政以德。德者,立人之本,治国之基也。朕近日阅看兵部呈来驻百济水军总管、青州刺史刘仁轨的奏章。言道我军虽在百济白江口海战大败高丽,然百济兵火之余,比屋凋残,僵尸满野。他命瘗骸骨,籍户口,理村聚,署官长,通道途,立桥梁,补堤堰,复陂塘,课耕桑,赈贫乏,养孤老,立唐社稷,颁正朔及庙讳,百济大悦。刘仁轨本武人,尚知为官以德,岂李义府所能比矣!"

"陛下圣明!显庆四年,刘仁轨因奉旨查处李义府贿赂案而遭到嫉恨,又逢李贼杀人灭口,查无实证,未能定罪,故而遭贬刺史。"上官仪趁机为刘仁轨解释。

李治微微颔首,情知皆是自己当初听信一面之词,又兼皇后说辞,以致忠臣被诬,奸佞得势,遂要上官仪拟诏为刘仁轨在长安筑府邸,并厚赏其妻子,还要派遣使者前往劳军。

趁着皇上心境较好,上官仪很适时地提到了裴行俭:"皇上眼下最要紧的莫过于选贤任能。记得两年前陛下曾要裴行俭代行西州都督,据兵部朝报,他屯垦戍边,功业赫赫,尤其是在西突厥攻掠庭州之时,他率军亲往驰援,大败突厥阿史那苾力部,使其一年期间不敢东顾。"

"这朝报朕看过,就依爱卿所奏,擢拔裴行俭为西州都督。"

"遵旨。"

上官仪起身告辞,李治却在身后道:"爱卿留步,朕尚有话说。请爱卿另行拟诏,将李义府之罪行公诸朝野,令百官尽知。今后有欺君罔上、口蜜腹剑者,杀无赦。"

"臣谨遵陛下旨意。"上官仪点到即止,他没有把话说得太满,因为现在还有一个许敬宗在皇后那里很得宠。皇后是何等聪慧之人,她若是闻听自己在皇上面前谈论德才,定然生疑。欲速则不达,他仍然需要忍耐。

转眼到了麟德元年(公元 664 年)八月,李治偕武曌,率领许敬宗、上官仪等人回到长安。他没有直接与皇后入住大明宫,而是去了当年的晋王府,在那里一住就是七天,直到皇后派詹事前来探视,才回到宫中。

李荣起初还有些疑惑,可住进晋王府的第二天傍晚,当他亲眼看到韩国夫人的女儿贺兰蕊儿进了王府时,便禁不住惊得瞠目结舌。天哪!在嫔妃们一提起皇后就噤若寒蝉的日子里,她怎么会想到自己的外甥女会夺爱呢?

接下来几天,他都能从皇上的寝宫里听到女子的浪笑和喘息声;在后花园的湖边,看到他们双双相依的身影;在御膳桌边,看到蕊儿与皇上推杯换盏的欢悦。直到有一天,皇后身边的詹事前来请驾,皇上才极不情愿地回了大明宫。

接下来, 在回长安的第一次朝会上, 李治诏任司列太常伯刘祥道为右相,大司宪窦德玄为司元太常伯、检校左相。他还突然宣布,册封韩国夫人的女儿贺兰蕊儿为魏国夫人。他之所以选这个场合宣布这件本属内宫的册封,也是因为朝会上武曌不在场。

上官仪继续做西台侍郎、同东西台门下三品,许敬宗专任太子少师、同东西台门下三品、知西台事,这结果上官仪是早就预料到了的。本来,刘祥道与窦德玄都因为在惩办李义府一案中立功而受到李治的青睐, 可因为对上官仪不放心,故而武曌没有对刘、窦的任命提出异议。况且,李义府在任右相时,就曾因刘道祥年迈又谨慎而推荐他接任司列太常伯,为的就是让皇后方便介入官吏的选任。

上官仪不计较这些,他要的是为社稷尽忠的机遇。可刘祥道的心中却颇为不安。朝会上,他曾以年事已高为由恳请辞去右相而未果,现在,他紧追上官仪的脚步,不无愧疚地说道:"论理这右相之位大人受之无愧,老夫春秋已高,霜雪满鬓,何德何能竟居相位?"

上官仪回了刘祥道一个坦荡的笑脸:"大人不必如此,剪除国贼,大人于社稷功莫大焉。下官虽无实职,然亦列宰辅之序,当同大人同心同德,共辅圣上。"

刘祥道闻言十分感动,说道:"有大人此言,老夫视大人为知音也。今后还望大人多所指谬,老夫不胜感激。"

出了司马道,两人便各自回府去了。

十一月是一年中白日最短的月份,车驾刚刚驶进坊间,天就黑了。一家家店铺前昏黄的灯火映出街道上的车影人影,模糊而又恍惚,只有马蹄敲击地面的声音带来依稀的归家之暖。

儿子上官庭芝的妻子郑妍近来就要生了, 他虽然还不知道儿媳所怀究竟是男是女,可从内心来说,他希望是个男孩。儿子在周王李哲的府上任属官,秩禄虽不高,但因为陪伴在亲王身边,就分外引人注目。他亦反复叮嘱儿

341

子不可恃宠滋事,昨日上朝之前,他把儿子叫到身边,要他向周王告假,回来照看儿媳,尚不知周王是否准告。

"吁……"驭手一声吆喝,车驾停在了府门前。

府令看见上官仪,急忙上前搀扶,一脸喜色道:"相爷!少夫人生了。"

"哦!"上官仪一边往府内走,一边问道,"男孩女孩?"

"相爷,是个千金。"

"哦,老夫知道了!"他没有表示出特别的高兴,这让府令有些失望,因为这毕竟是少爷的第一个孩子啊!

上官庭芝已在前厅等候父亲的归来,见上官仪进来,他便吩咐丫鬟帮父亲换上常服。就在这时,母亲从门外进来了,高兴道:"虽说儿媳生了个女儿,却是双目玲珑,粉面红唇,一看就知道将来必是聪慧娇娥呢!"

"唉!她尚在襁褓之中,岂能知道未来?老夫只求她健健康康足矣!"上官仪一脸的平静。

"父亲所言,孩儿记下了。既是女儿家,就请父亲起一个名字吧!"上官庭芝说道。

上官仪略思片刻便道:"孩子既是生得玲珑婉丽,就叫婉儿吧!"

众人都以为这名字起得好,顺口、好听、简明,一时都念起来。

用过晚膳,上官仪却没有了睡意。进了书房,府令早将炭盆火烧得旺旺的,又为他泡了上好的茶。坐在案几前,他将书架上的书拿来翻阅,却无论如何也看不进去,所有的心思都被婉儿的诞生缠绕得茫然无绪。

这次回到长安,他明显地感到皇上与皇后之间有了一种说不清的疏离。皇上为何不住进新起的大明宫,而对晋王府怀着深深的眷恋呢?据跟随去了晋王府的太监王伏胜说,每当夕阳西下时分,皇上总是屏退左右,独自一人坐在王府后花园的假山石边发呆。有几次,他都看到皇上暗自垂泪。李荣曾告诉他,早年皇上喜欢在晚膳以后同太子妃一起沿着花园的小径散步。也许是触景生情,眼前风物唤起了他如缕的追忆。唉!说到底他还是忘不了废皇后啊!

他猜度,皇上与皇后一定在洛阳时发生过语言抑或是情感上的龃龉。

哦!他想起来了,在回到长安不长的日子里,李治曾在宣政殿语焉不详地向他透露过将政事委与皇后的追悔。刚刚说了几句话,李荣就禀奏说许敬宗来了。皇上立时转而对皇后机敏,政事处置周详礼赞有加。

风平而波未息,从此上官仪的心就难以平复了。他估摸这断了的语线一旦临场触机,还会获得接续。

然而,李治似乎把自己说过的话完全忘记了,一切都回到了原初,每日的奏章仍然由武曌批阅之后再送他,现在,太子每五天也听诸司奏事。但是上官仪还是从皇上的目光中读出了隐忍的压抑和忧伤。他担心如此下去,总有一天皇上与皇后会经历情殇的。而且他也很忧虑,担心这冲突最终会将他牵扯进去。婉儿在这样的时候降生,对上官家族,对她自己来说,究竟是幸运还是不幸呢?

外面飘起了雪花,朦胧的夜色中,那雪宛若散玉,轻扬而又无声地落在阶前,不一会儿就积了白白的一层。府令进来提醒道:"现在已是子时,请老爷早些歇息吧。"

"夫人可已歇息?"

"正在少爷房内照看小姐呢!"府令应道。

"嗯!你退下吧,老夫即刻就寝。"

看着府令离去,他走出书房,俯下身子捧了一捧雪,从额头开始,顺着两颊慢慢擦拭,顿时一股清凉沁入血脉,他整个人也清醒多了。等他再回到案头时, 他的思路已变得十分清晰——小不忍则乱大谋, 他必须继续忍耐下去,直到皇上接续语线的那一天。

"启禀娘娘,外边下雪了。"张尚宫小心地站在纬帐外说道。

"知道了!"武曌伸了一个懒腰,坐起身来。

宫娥们扶着武曌来到梳妆台前坐定,依照装扮的程序,先为她细细地梳理着黑色的长发,等到顺溜光润了才开始挽高髻。接着,宫娥们分别在两鬓各插六枝花。做这些时,大家都是提心吊胆、小心翼翼地。可当铜镜里映出武曌丰满的脸庞时,她还是手托香腮叫了一声:"住手!"

宫娥们顿时心惊肉跳,不知道哪个环节惹得皇后生气了,一个个泥胎般地站在那不动了。

但她们并没有招来皇后的斥责, 而是在铜镜里看到那双满含吃惊的丹凤眼。皇后的手正沿着眼角慢慢地下滑,向两颊移动。是的!一种伤春的情绪正顺着她的手指在心底蕴出一片惆怅。那些无法用脂粉掩盖的细纹是什么时候爬上眼角了?为什么再也找不回那个在太宗身边吟诗写字的武媚了,再也追不回当年那个与太子在崇文馆卿卿我我的武才人了?四十岁,对她来说是一个十分残酷的年龄。

　　所有时间的流逝,都记着身心的疲惫。从洛阳回到长安后,她明显地感到夫妻之间忽地有了一种无言的隔膜。皇上一回长安就住进晋王府,绝不仅仅是为了追忆少年时代的烂漫或者长孙皇后殒薨后仅剩的父爱。因为,那里还有另一个女人的余温。那就是曾经的太子妃、后来的皇后王蓉。她死在自己的手里,她们之间即使在梦境里也是一对情仇。她怎么能够容忍一个男人躺在自己身边,而心中却想着别人呢?

　　仅仅想想倒也罢了,他在皇榻之上的屡屡走神更是让她爱恨交织。她是天生的情种,渴望男人的身心抚慰,渴望夜夜不倦的颠鸾倒凤,渴望在男人身上获得满足。可他们往往是以激情始而以伤情终,皇上早年的雄健都到哪去了?每回没有多久,他就趴在她如雪的身子上气喘吁吁,任她撩拨挑逗,也无济于事。

　　她被威严和冰冷所掩盖的欲火常常焚烧着他们之间的情感。他越是回春无力,她就越是强烈渴求,在得不到床第之欢的时候,她就会无端地在生活中挑剔,借故发泄。如果李治是个男人,面对她的叫阵发一次雄威,她也许心里还好受些。可他每每无奈的退却,便使得两颗曾经依偎的心渐渐地疏离了。她怀疑皇上有了新欢,并借故将身边的太监王安送到李治身边,要他早晚将皇上的举止禀告自己。

　　可她没有想到,王安带给了她一个怎么也想不到的消息,说内宫有人说,皇上经常在承欢殿与魏国夫人做竟夜之欢,以致误了朝会。

　　现在轮到武曌无奈了,当初是她不顾贺兰越石的感受而把姐姐带到宫中的。与其让那些嫔妃们在皇上面前散香示艳,倒不如姐妹共侍一主。后来也是她把蕊儿带到皇上面前的,当时在她看来,蕊儿还不过是个孩子。

　　可偏偏是这个蕊儿,让她品尝了鹊巢鸠占的痛苦。

　　这个该死的蕊儿,武曌在心里默默咒道。这些苦,这些恨,这些空虚和寂寞,身边没有一个人能够理解。自己种下的苦果能够对谁说?况且这争宠夺爱之人出自武氏门下,她也无法告诉别人。

　　"继续吧!"武曌对着铜镜道,她的话永远是凌厉和威严的。

　　于是,先为王皇后做尚宫、后来在武曌这里改作尚药的吴泓,捧了用云母、白玉、人参研磨而制的"嫩面膏",开始为武曌做面部保养了。她先从额部开始,最后涂满了整个面部。立时,有一种微微的清爽缓缓向着面部的各个角落渗入;紧接着,又是一阵暖暖的感觉,似乎是春花开放的声音。武曌闭着眼睛,想象着她十四岁的少女时代。

　　大约过了半个时辰，吴尚药用清水一点一点地将膏药洗去，然后又用泡了玫瑰花瓣的水清洗一遍。当武曌再次坐到铜镜前时，宛如换了一个人。

　　宫娥们捧了衣装过来。今天她选择是一件深青的袆衣，青衣、革带、白玉双佩、玄组双大绶。自从代皇上听百司奏事后，她只有在傍晚政事之余才换上便服。她这样做，一是为了彰显皇后的威严，二也是表达了她对大臣们的看重。

　　等到一切收拾完毕，冯尚食立即送来"驻颜安神粥"。武曌舀了一点含进口中，点了点头道："还不错。"

　　这时候，张尚宫进来禀报道："娘娘，袁公瑜大人前来拜见！"

　　武曌摆了摆手，让身边的宫娥们退下，然后对张尚宫道："宣他进来吧！"

　　在李义府任右相时，袁公瑜是通过他将谏言转到武曌这里的。李义府被流于巂州后，他很担忧了一阵子，生怕自己被牵扯进去。直到近日，许敬宗重新找到他，要他为皇后觅一位懂得"厌胜"之术的人，他才又觉得希望来了。

　　在宫中施行"厌胜"之术，一旦被皇上知道是什么罪行，许敬宗比谁都清楚。当年王皇后、萧淑妃的血腥下场他是亲眼看见的。他可以为皇后做任何事情，唯独在这件事情上，他是慎之又慎。但袁公瑜却没有这样的敏感，他很高兴许大人的开明，把觐见皇后的机会给了他。

　　在听到张尚宫的宣达后，袁公瑜的心怦然直跳，以致走起路来身子有些僵硬。

　　"微臣西台舍人袁公瑜参见皇后娘娘，千岁千千岁！"

　　"平身！抬起头来！"武曌道。

　　袁公瑜惊魂未定，战战兢兢地抬起头来，看眼前的武曌。那丹凤眼中投来的每一道目光都是扑朔迷离的，让他捉摸不透。

　　武曌问道："遣你所办之事，可有眉目？"

　　"微臣已将人带来，现在塾门等候皇后宣见。"袁公瑜定了定神又道，"此人为终南山道人，名郭行贞。道行幽深，法术精妙。"

　　武曌挥了挥手，目光和说话的语气霎时变得十分冰冷："好了，我知道了。今日之事你不可外传，若走漏风声，后果怎样，想必许大人已明告于你，退下吧。"

　　袁公瑜出了蓬莱殿，郭行贞忙从塾门出来急问道："皇后可愿见贫道？"

　　袁公瑜擦了一把头上的汗珠道："娘娘正等着呢！你可要小心行事，不可造次。"

当郭行贞站在武曌面前时,他两手相抱道:"贫道参见皇后娘娘!"

武曌的脸上顿时充满了暖意,道:"听闻仙长道行高深,我欲问'厌胜'之术,还望仙长不吝赐教。"

郭道士眨了眨眼睛道:"夫'厌胜'之术,名为一宗,实分两异。有以物'厌'恶者,通常为用桃板、桃人作法,以祝诅恶行,轻者患病,重者死命;有以钱求'安'者,以铸刻'千秋万岁''天下太平''宜室宜家'钱币埋于地下,念动咒语,化险为夷,化凶为吉者是也。"

"我除恶求吉兼而有之,道长若能玉成此事,我定有重赏。"武曌眉头展开了,向外面喊道,"张尚宫!命王伏胜来见。"

王伏胜本是李治身边的太监,自武曌听百司奏事之后,他就负责将她批阅过的文书、奏章呈送给李治。四五年了,他战战兢兢,如履薄冰。

不一会儿,王伏胜进来了,先行过参拜之礼,然后就垂手而立,一副规规矩矩的样子。武曌遂将协助郭行贞作法之事委任与他,王伏胜脸上没有任何表情只道:"臣谨遵皇后旨意。"但武曌还是反复叮嘱他此事万勿外传。

"臣明白!"王伏胜还是一句话,就引着郭道人退下了。

一连数日,蓬莱殿中香烟缭绕,郭行贞围绕香烛,挥舞木剑,口中念念有词,又要宫娥们用钢针猛刺偶人,以驱除鬼魅;接着,又要宫中的太监将刻印了"千秋万岁"的钱币埋在从蓬莱殿前往宣政殿和紫宸殿的路上。他屏退左右,神秘地对武曌道:"只要皇上和皇后的轿舆从这里经过,都会有诸神护卫,蝥贼不敢靠近。如此坐朝则天下太平,退朝则宜室宜家。"

但武曌还是觉得郭行贞的说辞太虚无缥缈了,离自己所想的差距太大。除了赏赐之外,她又要王伏胜多加启发郭行贞,他也渐渐地明白了。有一天,在绕着蓬莱殿转了几圈,经过一番作法后,郭行贞来到大殿,以天帝的语气道:"蓬莱诸仙,今圣母神皇在上,速来拜见。"一副肃然的样子。

武曌坐在上面觉得蹊跷,殿内明明除了香烛,就只有她,郭行贞却在那里振振有词,煞有介事。正将信将疑中,郭行贞来到面前道:"启禀娘娘,各位神仙参拜之后,已乘云到上界为娘娘祈福去了。"

武曌抬了抬眼皮问道:"仙长刚才言蓬莱诸神前来拜见,为何我看不见呢?"

"娘娘,人神迩近,只在心中,感之则有。此诚孔子所言,祭神如神在。"

"哦?"武曌就笑了,"仙长不是崇信道家么,何以又与孔子结缘?"

郭行贞解释道:"儒道原为一脉,皆出于《易》。"

武曌又"哦"了一声,心里却埋怨他言不及义,空于饶舌。正要再问下去,却忽然听"哎呀"一声,待她定神看去,只见郭行贞圆睁两眼,神色惊异地看了她一眼,就跪倒在地了:"贫道参见圣母神皇!万岁万万岁!"

武曌大惊,忙要王伏胜掩了殿门,立时就怒容满面了:"好个郭行贞,我传你来原是为大唐祈福,孰料你信口雌黄,一派胡言。王伏胜,给我拿了!"

可郭行贞闻言并不慌乱,他早已清楚这一切都是做给外人看的。他缓缓地站起来,摇了摇手中的拂尘道:"贫道乃上仙所遣,娘娘纵然杀了贫道,不过消了凡间肉身,也无伤仙体。只是方才所言虽出于贫道之口,却是玉帝旨意,言说几年之后必有圣母神皇出,其祖在并州,这岂非娘娘乎?"

"我念你多日辛劳,不降罪也就罢了。今日之事不可外传,若是泄露了出去,我绝不轻饶。"武曌的神色并没有丝毫放松,朝外面喊道,"张尚宫,带郭道长下去,多加赏赐。"

"奴婢遵旨。"张尚宫应了一声。

郭行贞刚刚出了殿门,武曌的脸色骤然就变得十分冰冷,她要王伏胜近前来附耳道:"此人不可久留,宜速除之。"

王伏胜的脸色一下子变得蜡黄,身子也筛糠般地颤抖个不停:"娘娘!臣……这可是人命关天啊!"

"哼!"武曌怒道,"那就拿你的命抵他的罪如何?"

"娘娘息怒!臣这就去办。"

"记住!不可用宫中之人。"

……

"蕊儿!朕就爱你的雪肤。"承欢殿里,李治搂着贺兰蕊儿,手顺着她光滑的腹部移到一对酥乳上,轻轻地摩挲着,那感觉真是惬意极了。麻酥酥的痒,蕊儿就禁不住"咯咯"地笑起来。

李治的情绪高涨,剧烈的冲击和震颤席卷了蕊儿娇嫩的身姿。往日在武曌那里压抑的情欲如出笼的猛虎被释放出来。此时此刻,皇后从他的意念中淡远,他呼唤道:"蕊儿!蕊儿!"

但无论是他还是蕊儿都十分明白,武曌不是废后王蓉,她不会容忍李治身边躺着另一个女人,她一旦知道了此事,定会在宫中掀起轩然大波的。

当风暴过去,港湾恢复宁静的时候,蕊儿就泪光盈盈地搂着李治道:"陛下!妾好害怕。"

李治沉默了一会儿,说出的话却软弱无力:"只要身边人不说,皇后怎会知道？"

蕊儿虽然年轻,可武曌的做派却让她刻骨铭心。自荣国府一聚后,她就将武曌的举止作为楷模。现在面对皇上的犹豫,她竟然说出了一句让李治十分吃惊的话:"陛下若是爱妾,就不妨听妾一句进言。皇后恣肆弄权,陛下何不废了她？"

"你！"李治愣愣地望着蕊儿,心中翻起了巨大的浪花——天哪！她与当年的武媚何其相似。甚至连说话的语气、眉毛的颤动都毫无二致。她小小年纪,为何会有如此心机？

"此话你在朕这里说说无妨,传将出去是要招祸的。"李治不容蕊儿再说下去,便对着外间喊道,"来人！送魏国夫人回去。"

"陛下！妾……"

李治没有再看蕊儿一眼,直到她被太监抬出了承欢殿……

长安的雪这半个月总是下下停停,尽管宫娥太监们从一大早起来就不间断地清扫,可过不了多久就又是厚厚的一层。

唯有宣政殿前的积雪,近日来却停止了清扫。

李荣就是不能理解,那天皇上为何突然会对扫雪之事大发雷霆呢?他说那雪冰清玉洁,飘然若美人之窈窕,落地如琼玉之凝脂,悬于枝头,乃梨花纷然;化而为冰,犹琉璃之晶莹。你等如此横扫,岂不污了这洁净、清韵?他当场就要将扫雪的小太监杖责二十,亏了李荣好言相劝,他才熄了心火。

后来,李荣才从王伏胜的口中得知,皇上的气生在皇后不经恩准,就去了荣国夫人那里之事上。

"越来越放肆了,她眼中还有朕么？"李治在批阅奏章时,常常会停下笔来,自言自语。可李荣只能听,他了解皇上的性格,他也就是发发牢骚而已。

作为宦官,李荣对男女间的情感纠葛缺乏体验。他不明白,都是女人,都一个个如花似玉,为何皇上在王皇后面前的威势到了武皇后这里就难以奏效了呢?武皇后又凭什么让万邦至尊的皇上总是在紧要关头退却呢?这一切他都无法猜度。

辰时三刻,李治坐进龙案,翻开奏章对李荣道:"你出去看看,有谁动了朕的雪？"

李荣来到殿外,却看见新任司戎太常伯的姜恪从塾门出来道:"烦劳公公通禀一声,就说下官有军情陈奏。"

李荣进去不一会儿,就出来宣他觐见。

"爱卿有何军情,奏来朕听。"

"臣遵旨!"姜恪说着,将一道奏章呈了上去,"此乃驻百济熊津都督刘仁轨的上书,恭请圣览。"

李治接过奏章,大体浏览了一遍后道:"朕不是敕命他还朝么,为何又上书恳请留下?"

还是在十月的时候,升任检校熊津都督的刘仁轨上书言道——

> 检校熊津都督臣刘仁轨上疏皇帝陛下:
>
> 臣伏睹所存戍兵,疲羸者多,勇健者少,衣服贫敝,唯思西归,无心展效。
>
> 臣问:"往在海西,见百姓人人应募,争欲从军,或请自办衣粮,谓之义征,何为今日士卒如此?"
>
> 咸言:"今日官府与曩时不同,人心亦殊。曩时东西征役,身没王事,并蒙敕使吊祭,追赠官爵,或以死者官爵回授子弟,凡渡辽海者,皆赐勋一转。自显庆五年以来,征人屡经渡海,官不记录,其死者亦无人谁何。州县每发百姓为兵,其壮而富者,行钱参逐,皆亡匿得免;贫者身虽老弱,被发即行。顷者破百济及平壤苦战,当时将帅号令,许以勋赏,无所不至;及达西岸,唯闻枷锁推禁,夺赐破勋,州县追呼,无以自存,公私困弊,不可悉言。以是昨发海西之日已有逃亡自残者,非独至海外而然也。又,本因征役勋级以为荣宠;而比年出征,皆使勋官挽引,劳苦与白丁无殊,百姓不愿从军,率皆由此。"
>
> 臣又问:"曩日士卒留镇五年,尚得支济,今尔等始经一年,何为如此单露?"
>
> 咸言:"初发家日,唯令备一年资装;今已二年,未有还期。"
>
> 臣检校军士所留衣,今冬仅可充事,来秋以往,全无准拟。陛下留兵海外,欲殄灭高丽。百济、高丽,旧相党援,倭人虽远,亦共为影响,若无镇兵,还成一国。今既资戍守,又置屯田,所借士卒同心同德,而众有此议,何望成功!自非有所更张,厚加慰劳,明赏重罚以起士心,若止如今日以前处置,恐师众疲老,立效无日。
>
> 逆耳之事,或无人为陛下尽言,故臣披露肝胆,冒死奏陈。

李治当时就被感动了,在这个朝堂上,他已经很少听到如此直接的逆耳忠言了。他当即敕命右威将军刘仁愿率军渡海以代旧部,敕刘仁轨还京。

可眼下这奏章……

姜恪早年曾跟随契苾何力在铁勒道任过安抚副使,深知士卒戍边之苦,便道:"臣以为刘大人所奏乃肺腑之言。刘大人在上疏陛下之际,微臣又接到右威将军刘仁愿来书,称他曾以自己的经历劝刘大人不要节外生枝,免遭别人诬陷。岂知刘大人慷慨陈词回道,'人臣苟利国家,知无不为,岂恤其私?'"

李治又一次感喟道:"传朕旨意,令刘仁轨仍执熊津都督。六百里快马前往东都,敕命百济王子扶余隆为熊津都尉,协助刘爱卿召集余众。"

"遵旨!待上官大人拟定诏书,陛下亲阅后,微臣即遣人星夜送往东都。"

出得宣政殿,眼看着雪花又飘起来了,姜恪心想,关中琼玉皑皑,不知百济如何的冰天雪地了,真是苦了士卒了。

姜恪走后,李治越想越觉得刘仁轨所奏不那么简单。朝廷对驻守百济的将士勋劳授爵,生者慰劳,死者吊祭,原是定规,何以后来就名存而实弛了呢?显庆五年,度支尚书卢承庆因为用人不当,致使前方将士粮草不济,被贬为润州刺史,不知可与百济士卒贫敝有关?

这个意念一旦上了心头,李治就无法再批阅奏章了, 他抬起头对李荣道:"明晨早朝后宣上官仪进宫,朕有要事问他。"

其实,宣政殿与东西台只是一墙之隔。宣政殿门外是绕着宫殿的回廊,东廊之外为东台省、史馆等,西廊之外为西台、中御府监。出了殿门,穿过横墙门,就到了西台。

这时候,一位小太监的身影在殿门口闪了一下,李荣就知道必是有大臣要觐见皇上了。他忙来到殿外,却看见了在蓬莱殿为皇上传递文书的王伏胜。

"皇后有奏章要转给陛下么?"

王伏胜似是而非地点了点头。

王伏胜的忽然觐见,让李治有些诧异, 便问道:"皇后不是去荣国府了么,为何还有文书转来?"

王伏胜吞吞吐吐道:"臣……"

李治便知道他必有不为他人所知的事情禀奏,遂要李荣到殿外看看司马道上的雪可否清扫干净,并要他掩上殿门。

直到李荣的身影消失在殿外,李治才转过身来,却见王伏胜"扑通"一声便跪倒在地了:"臣罪该万死,臣罪在不赦。"

闻言,李治的脸就拉下来了:"你有何事尽管奏来,不必如此。"

"臣犯了欺君之罪。"王伏胜遂将武曌最近的所作所为战战兢兢、断断续续地述说一遍。刚刚落音,就听见上面大呼"气杀我也"!待他抬头看时,李治却已倒在龙案后面,昏厥过去了。

王伏胜大惊失色,一面上前抱着李治,一面朝外面喊道:"来人哪……"

李荣闻声冲进殿来,扑到李治面前猛掐人中,半晌,李治才缓过气来,却是头风复发,天旋地转,眼睛模糊了:"朕这是怎么了?"

"陛下不过是头风复发,臣这就去传淳于太医令进宫为陛下诊治。"

李治摇了摇头。王伏胜更是仓皇无措,跪在地上泪水双流道:"陛下!都是臣该死,请陛下杀了臣吧!"

李治闭眼养了一会儿神,疲累地说道:"你举报有功,何罪之有?先退下吧。"

王伏胜还是不愿起来,道:"陛下即便大开天恩,蓬莱殿臣也是回不去了。"

"唉!是朕当初要你前往皇后处的,你且留在宣政殿吧!"李治叹了一口气。

等王伏胜一走,李治又问道:"现今是何时辰了?"

"已是申时二刻了。"李荣应道。

"你亲自去上官府邸,密宣上官仪连夜进宫。"

"陛下!您的病?"

李治的声音顿然高了:"让你去就去,朕死不了。"

……

日月如梭,一转眼,卢承庆来润州已经四年了。

从度支尚书、参知政事降职为润州刺史,卢承庆除了时不时有些伤感,却没有任何怨言。有多少次黄昏,他沿着大江南岸骑马缓行,望着如血残阳映红一江碧水,甚至心生出对皇上的依稀感恩。

比起被贬到庭州的来济,被一贬再贬到爱州的褚遂良,甚至被贬到西州的裴行俭,他觉得自己很幸运了。润州山清水秀,物阜民丰,气候湿润,民风淳朴。此若不是上苍的眷顾,他就只能感恩皇上的恻隐和宽怀了。

在他到任之前,润州域内官员贪贿成风,民怨载道。有些农夫不堪重负,聚集到湖河港汊处或到城郊的永镇山为寇,专以劫富济贫为生。他到任不久,就在润州城内广贴告示,宣布润州官员有收受贿赂者,民可举报,查有实据者,当即报朝廷免官;若有人举报刺史有贪贿之行者,可直送大司宪。

宜兴县令以身试法，判案时收受原告贿赂，颠倒是非，诬良为盗，被举报到刺史府。卢承庆亲自主审，还被告清白之名，当场革去宜兴县令之职，报吏部行文。好在那县令与主持选举的李义府毫无瓜葛，很快朝廷下达文书，县令便回老家以稼穑为业了。其他不干净的县令则纷纷退还贿款，或交到州府。消息传开，百姓欢腾，都说润州的天晴了。

他又亲往湖河港汊和山坳招徕流亡者，令归其业。不到一年时间，润州便民安其业，官勤其位。长史见状，要奏报朝廷表功，却被他婉谢了："我尽忠朝廷，福祉黎民，乃为官者之责，何求虚名？"

长史闻言十分感动，一天，两人署理完政事，长史邀卢承庆泛舟太湖。四千多里的水域，在卢承庆面前展开千里烟波。正是午后时分，乳白色的水汽在水面扯丝拉絮般浮动，舟行湖中，宛如一片秋叶。这情景，让长史再度想到卢承庆的宦海沉浮，便感叹道："下官观大人沉浮进退，泰然处之，果真心波不兴么？"

卢承庆笑了笑言道："我有一往事，大人可愿听否？"

长史微微颔首。

"吾在太宗朝曾主百官考课，有一官督漕运，遭风失米。吾考之曰：'监运损粮，考中下。'其人容色自若，无言而退。吾感其雅量，改注曰：'非力所及，考中中。'其人既无喜容，亦无愧色。吾嘉之，又改曰：'宠辱不惊，考中上。'现在想来此事，比之其雅量，吾望而不及。"

"大人能着人善，令下官感佩。"长史赞道。

卢承庆望着远方的湖心小岛，目光迷离，沉入往昔的回忆："我此生沉浮莫定，若是心中块垒淤积，早就命殒中道了。"

但长史还是不能明白，言道："难道朝廷的处置百无一错，都罚当其罚么？"

未及回答，行船忽遇一漩涡，就颠簸得十分厉害，船家不免惊慌，生怕两位大人有个闪失。然而，卢承庆却镇定自若道："船家周年荡舟湖上，熟知水性，岂能为些许风浪旋流所惊吓，你只管从容应对，等过了这段，水面就当宽阔平缓、安然无险了。"

果然，不一会儿，船就平稳多了。再看看前面，一片芦苇葱茏苍翠，卢承庆朗朗的笑声就洒在了周围的浪花里："宦海如行舟，时时有风险，我宠辱不惊，其奈我何？"

"难道大人没有委屈之时？"

卢承庆收住笑意道:"人非圣贤,岂能无忧,岂能不被曲解?"

长史虽系朝廷命官,却是土著人氏。贞观二十三年中进士后被任为吴县县令,后被擢拔为州长史,未再进长安。对朝堂风雨他只是耳闻,卢承庆一番话让他大开眼界,情知宦海险恶,非常人所能思之。

日暮时分,两人才回到城中,各自回了府邸。

卢承庆一进门,府令就告诉他说京都来人了,他不免感到有些惊异。自来润州后,除了与上官仪有间或的书信往来外,绝少京官来此。即便有,也是被贬路过之人。这大冬天的,有谁会餐风露宿、不期而至呢?他忽然就有了担心,是不是朝廷又要追究他了!

这样想着,他来到前厅,就见灯光下坐着一位年约五十的官员,看上去十分面熟,却一时没有认出。待那人听见脚步声抬起头时,他不禁"哦"了一声,这不是大司宪韦思谦么?他急忙上前见礼:"不知大人到此,下官有失远迎,还请恕罪。"

韦思谦摆了摆手道:"事非昨日。我因为许自然一案为李义府陷害,已贬为司宪侍御史了。"

"又是李义府!"卢承庆又一声感叹。

"多行不义,必无善终。李义府因卖官鬻爵,贪贿无度,又因僭越抗上而免官,已被流放到巂州了。"韦思谦道。

"下官也闻听此事了,真是善恶有报。"卢承庆长舒了一口气。

丫鬟进来给两位大人续上热茶,卢承庆转了话题问道:"大人此行……"

"我是奉辛茂将大人和上官仪大人之命,来向大人问一件旧案。听说大人当年将拨付给百济驻军抚恤军资悉数交与李义府了?"韦思谦问道。

"是的,当时李义府是遣了少府卿武元爽前来提取的。"

"百济熊津都督刘仁轨大人屡次上书朝廷,言及士卒疲羸,冬衣夏服,纷思西归,军心不稳。辛大人与上官大人疑为此资财为李义府私吞,后来审理'厌胜'之案时果然发现二十万钱来路不明。"韦思谦道。

"这事只要问武元爽便知。此案若明,李贼难逃腰斩,下官的冤情也可以洗雪了。"卢承庆站起来,在厅中踱着步子,望着窗外的夜色悲喜交集,"上苍有眼啊!四年了,下官背着重负度日如年,盼的就是这一天啊!"

# 第二十四章

## 上官仪长安喋血　大明宫二圣临朝

上官仪听到宣他连夜进宫的消息,心弦顿然就绷紧了。若非紧要之事,皇上不会如此紧迫而又机密的。

李荣离开后,他来不及多想,就要府令唤醒睡梦中的驭手,悄悄上了车驾,急忙赶往宣政殿去了。登上车轼的那刻,他没有忘记叮嘱府令千万不要惊动夫人和儿子、儿媳,以免他们担心。

可就在这时,从后庭传来一声婴儿的啼哭,穿过静夜直扑他的心间,上官仪的脚步就显得踟蹰了:"你去看看,孩子为何啼哭?"说完,上官仪转身就登上了车驾。

雪越下越大了,车毂碾过,发出沉闷的声音,反衬出深夜的寂静。上官仪仰头看了看夜色中的雪幕,就打心头感谢天公作美,使他进宫的行踪显得不那么引人注目。

他有预感,那天皇上中断的语线就要接上了,这让他喜忧参半。从理智上说,他倒希望这机遇来得晚几天,好让韦思谦从润州拿回李义府贪污的证据,但显然皇上不是为了李义府一案而夜里召他进宫的。

那又会是何事呢?上官仪摇了摇头,决计不再想这些事,一切等见了皇上自会明白。

车驾拐了一个弯,从左银台门进了宫,在一僻静处停了下来。上官仪下得车来,却发现太监王安在司马道上等候。王安带着上官仪曲曲折折一番,终于到了宣政殿。抬眼望去,里面的灯亮着,李荣正站在门外朝这边张望。

"哎呀!大人怎么才到?陛下都等得急了!"望见上官仪的身影,李荣急忙上前迎接,随后要王安在塈门值守,他则带上官仪进去。

李治在内室的皇榻上躺着,李荣隔着帷帐说道:"陛下,上官大人到了。"

李治应道:"哦,快请上官爱卿入内觐见。"

进入内室,借着灯火看去,上官仪不禁大吃一惊,仅仅一天时间,皇上形容消瘦,脸色蜡黄,目光也没有了往日的光泽。究竟发生了什么事,他也不便多问,只是纳头便拜道:"微臣上官仪参见陛下!"

"平身!赐座!"李治欠了欠身子。

上官仪这才问道:"陛下龙体欠安,为何不传太医进宫?"

李治没有答话,却长长地叹了一口气。李荣拉了帷帐,转身出了殿门。王安正在木炭盆前烤火,见李荣进来,忙起身让座,显得十分谦恭:"辛苦公公了,快来取暖。"

等李荣在上首坐下,王安一双小眼睛滴溜溜地转了转,说话的声音就小了:"公公,皇上这么晚传上官大人进宫,有何事如此紧急呢?"

李荣的脸顿时拉下来了:"这宫中的规矩你又不是不知道,我等只管伺候好皇上,不该知之事万勿妄探,否则,罪莫大焉。"

王安忙频频点头道:"小的明白了。"

李荣暗自打量了一下王安,他已年过三十,从皇后那边过来也有四五年了。当时皇后的理由是照顾皇上,可李荣就不明白,皇上身边的宫娥、太监成群,哪用得上一个并无多少能耐的他呢?但皇上却没有拒绝,他也不好说什么。

不过,王安平日里少言寡语,倒像个实诚之人,但今晚他对皇上举止的上心却引起了李荣的警惕。他虽然还不能确定皇上与上官仪会谈些什么,可凭借在宫中多年的经历,猜度必是与皇后行"厌胜"之术有关。因此,他又多了几分谨慎,对王安道:"你在此小心守候,不可远离,我进去看看就来……"

而李治此时正在琢磨怎么开启话题,他怕自己直截了当将心事袒露出来,会让上官仪感到突然——毕竟他和皇后相爱至深,朝野尽知。

"李义府流放巂州后,有何消息?"他以这样的语气开始了君臣之间的谈话。

上官仪明白皇上召他来绝不是为了说这些,但他还是将有关李义府的情况禀奏出来:"陛下,自熊津都督刘仁轨上书朝廷,言及百济官兵疲羸不堪、人心不稳后,微臣便会同大司宪探查缘由,现今可以肯定李义府贪污军资,以致卢承庆被冤。臣已命韦思谦前往润州取证,不日即有结果。"

李治点了点头道:"朕是悔不当初。"

上官仪没有接李治的话,只是目不转睛地倾听着。

"若非朕患头风目不能视,既无皇后听百司奏事,亦无李义府恃宠弄权,贪占府库资财,卖官鬻爵,败坏政风等行为发生。"

上官仪渐渐听出皇上话里的意味,也触摸到他欲言又止的心迹。他特别关注"恃宠弄权"这几个字的分量,这显然是暗含了对皇后纵容的愤怒。可他仍然没有说话,等待皇上把话题深入。果然,他看到李治的目光骤然暗淡,整个面容都含了不尽的痛苦,说话的声音也沉闷了许多。

"朕与皇后相濡以沫数载,自认爱之有加。然则……"李治顿了顿,"彼自感业寺回宫之初,尚能屈伸忍辱,奉顺朕意。然自显庆五年朕患疾以来,悉委朝政于她,她则渐生骄矜,专作威福,顺昌逆亡。朕每有所为,动辄钳制,以致李义府违旨抗上,目无国尊。"

上官仪的眉毛悠悠地颤动了片刻,感叹于皇上的坦率直言,心想这大概就是皇上前几日想说而又收回的话吧。上官仪的嘴动了动,又合上了。这倒不是他对皇上所言有同感,而是他无法从李治迷离的目光中判断他们夫妻之间的裂痕究竟有多深?他了解皇上的性格,偶尔抱怨或许有之,若论分道扬镳,恐在两可之间。

但接下来,当李治将王伏胜奏武曌在蓬莱殿中行"厌胜"之术的作为告之时,它在上官仪心头引起的不仅仅是吃惊,而是义愤填膺了:"皇后专恣,海内所不与,请废之。"

"啊!"李治惊呼一声,"爱卿明达,深知朕意矣!"

可上官仪发现皇上闪烁的目光旋即暗淡了,他仰面望着窗外黑魆魆的夜色,说话的语气中便多了犹豫和彷徨:"今日之武氏,既非昔日之王皇后,亦非初归时之武昭仪。其气骄而恣横,其势大而难御,其枝盘根错节,爱卿以为废之易乎?"

上官仪不免有些失望,但他以为机不再来,若不趁皇上龙颜盛怒之际废掉武氏,则李淳风当年所言必不幸言中:"事在人为,陛下不可踟蹰。皇后自听百司奏事以来,以李义府主持选举,的确培植众多党羽,屡折国之栋梁。然则依臣观之,东西台有司多忠良之士,十六位诸司多忠勇良将。陛下一呼百应,百川沸腾,些许国贼,能奈我何?夫国有五蠹,譬如人之疽痈,如不早除,必为大患,愿陛下早下圣断。"

李治上前扶起上官仪道:"前车之鉴,朕不忍爱卿步元舅、遂良之后尘。"

上官仪此时心中唯有废掉武曌之决心,早将个人生死置之度外,他上前一步跪倒在李治面前,激昂而又悲壮地说道:"夫大丈夫者,身以死国,死而无憾,何惧鼎烹刀俎。若果有难至,臣引刀碎骨,在所不惜。"

见上官仪慨当以慷、壮怀激烈,李治自是十分感动,眼眶顿时湿润了:"难得爱卿忠肝义胆,就依爱卿,今夜拟诏,明日朝会上就废武氏。"说着,李治对外面喊道,"李荣何在?"

李荣应声进来。

李治的头痛此时已消了大半,人一时倒精神起来,他要李荣研墨备笔,又唤宫娥进来续了热茶,加了木炭,并在炭盆旁边置一案几。待绢帛铺开后,李治又要李荣去了殿外值守。

引笔开墨,上官仪心潮起伏,笔底风云惊,毫端爱恨交。静夜里,他似乎听见来自爱州的凄风楚雨,闻见来自黔州的仰天长啸。他的手剧烈地抖动,以致绢帛上撒了点点墨迹。

> 查皇后武曌,昔先帝驾崩,遣入佛门,孤灯黄卷,朝夕悲戚,朕甚悯之,诏以归宫,垂爱甚笃……

李治在一旁看了道:"先帝朝旧事不提也罢。"

上官仪领悟到皇上不愿当年尴尬现于诏书,遂挥笔删去,继续写道:

> 朕垂爱甚笃,先昭仪而居嫔妃之首,后立后而主宫闱臧否。然则,彼屡负朕恩,恣意咸福,性非和顺,把持百司,养奸惜佞,违旨妄为,甚失朕望;又私做"厌胜"之术,暗行祝诅之为,惑乱朝纲人心,逆天违制,罪在不赦。着即……

上官仪在砚中蘸了蘸墨汁,正要写"撤去皇后印玺,令其面壁思过"几字,却听见急促的脚步声从外面传来。他抬头看去,原来是李荣惊慌失色的身影。他来到殿中央,口中结结巴巴地说不出一个完整的句子:"陛下,大事不好了。"

"何事如此惊慌?"

"皇……皇后……朝宣政殿来了。"

"什么?你说什么?"李治"扑通"一声就坐在了龙案背后,两眼发直,"她为何会深夜而至?"

"臣刚出殿去看,发现从皇后身边来的王安不见了。"李荣应道。

李治暗暗叫苦,心想怎么将这个人疏忽了。

上官仪此刻已无法将诏书再写下去了,他多希望皇上危而不惊,直面严酷的现实。可当他将目光转向李治时,看到的却是一张仓皇无措的脸,一双茫然神散的眼睛,一个战抖不已的身影。他心头急速闪过两个字——糟了。

从进宫的那一刻起,上官仪已反复斟酌了此举的结局,他并无丝毫的惊慌,起身向李治施了一礼道:"事已至此,请陛下将墨稿暂藏之。若皇后觉察,陛下尽可言此乃微臣谏言。臣不胜愚钝,然为国赴死,即无憾矣!"

李治略定了定神,对李荣说道:"你先带上官爱卿暂避偏殿,皇后进来不见爱卿踪影,纵然疑虑,亦无实据。"

李荣与上官仪刚从偏门出去,就听见外面"皇后驾到"的声音,接着就是一阵杂沓的脚步声,想来是皇后进殿了。

上官仪的猜测没有错,当他铺开绢帛的时候,王安已偷偷地进了蓬莱殿,将皇上深夜召他进宫的消息陈奏给了武曌。

武曌没有任何意外,问道:"你可知他们说了些什么?"

王安犹豫片刻后道:"臣不知。臣只见上官大人一进宫,皇上就要臣与李公公到墊门守候,不经宣唤,不许进殿。"

"你还见到了什么?"

"臣白日伺候皇上,看见为娘娘传送文书的王伏胜进了宣政殿。"

这一下武曌真吃惊了,不禁从心底埋怨自己太疏忽,她只说让王伏胜处置郭行贞,却不承想他会去宣政殿告密。皇上召上官仪进宫,必是与"厌胜"之术有关。她无法再安卧在蓬莱殿了,她令王安下去,朝着外面喊道:"张尚宫,随我赴宣政殿。"

此刻,从蓬莱殿来的太监、宫娥呼啦啦地在宣政殿外站成一片,立即惊动了在暖阁值守的宣政殿太监和宫娥们,大家也纷纷拥了出来。李治呵护多日的雪地顷刻间被踩得面目全非,遍是脚印。

武曌的脚步一踏进宣政殿门,就立即看到了放在木炭盆旁边的案几和笔砚,眼中就溢出不无讽刺地冷笑:"陛下真是勤政,深夜还要批阅奏章。只是您不在龙案上批阅而在丹墀之内,这未免有失体统。"

"这……"李治口中嗫嚅,含糊其词,转开话题问道,"皇后不在蓬莱殿中安寝,为何深夜到此?"

武曌的话里就带了尖酸和刻薄:"我与陛下同气连枝,我惦念陛下,不可以么？"

"皇后说笑了,朕是担心皇后路上受风寒之苦。"李治连忙安慰。

"陛下平日龙体倦怠,不胜其劳,百司本章皆由我先行署理,今日却是雪夜召臣下进宫,让我莫知其因,陛下可否告知我实情？"武曌一双失去了温暖和妩媚的眼睛直勾勾地看着李治,让他有些发怵,他还发现武曌的话中少了妾的谦卑而直称我。

"皇后这是从何说起？大雪漫天,深寒覆野,朕召臣下进宫作甚？"

武曌的脸上立时布满了愠怒,对外面喊道:"宣王安进来。"

李治就更加慌神了,忙道:"皇后这是何必,就算朕传大臣进殿议事又有何妨？皇后不也常常于暮色中传许敬宗进宫么？"

李治的怯阵武曌看在眼里,她并不给他回转的余地:"进宫议事,还要笔墨伺候,是边关军情紧急,还是朝臣僭越犯上？"

见李治摇了摇头,武曌紧逼道:"既然两者皆无,那必是有事瞒着我。"

"朕已将百司奏事委与皇后,何须隐瞒？"

"同床异梦亦未可知。"说着话,武曌就移步到了龙案前。

李治见状,忙上前拦挡,言道:"案头尽是皇后批阅过的奏章,李荣尚未整饬,纷乱无绪。"

武曌也不理会,就从奏章堆里发现了露出一角的绢帛,她顺手拉了出来问道:"这是何物？"

李治的脸色益发苍白,一时语塞,不知该如何回答。

及至武曌将文字看了一遍,那脸色顿然变得铁青,从鼻翼间发出震怒和讥讽的"哼哼"之声。她转身一步步朝李治走来,她每进一步,李治就掩面倒退一步,直到退到大殿的一角,再无退路。

武曌满腹的愤怨终于化为无以遏制的怒火,厉声问道:"陛下是要废黜我么？"

"这……"

"白纸黑字,为何支吾？"武曌的泪水在眼眶中旋转,但最终没有溢出眼角,"我未料陛下如此无情,想当初感业寺重逢,陛下与我海誓山盟,相爱终生,言犹在耳,陛下竟毁前言,纵百姓男儿亦无地自容,况陛下朝野至尊乎？我自回宫以来,房遗爱反叛,褚遂良、长孙无忌把持朝政,我悉心辅佐陛下,力挽狂澜,整肃朝纲,终使大唐乾坤朗朗,海内晏然。显庆五年,陛下风疾发,我每日听百司奏事,署理内政邦交,西击突厥,东征高丽,夙兴夜寐,一饭三哺,终使陛下龙体康健,朝事井然。请陛下扪心自问,我何负于陛下,今陛下竟起废黜之念,绝夫妻情爱?"武曌转回身来,踱步到龙案前,将诏书墨稿扔在案头,将诉说做了一个结语,"这龙案也该有我的一半,我非王蓉之辈,岂是一纸诏书废得了的?"

武曌回头看去,只见李治孤立殿角,惭愧之情难掩,她便知皇上在自己的疾言厉色下已退却了。这么多年,她十分清楚李治的性格,也知道他爱自己很深,他没有勇气与自己恩断义绝。于是,她迅速来到李治面前,挽起他胳膊,脸色也和缓起来:"妾知道,以陛下包容域内之心,体恤八方之情,定不会生此欲念,必是有奸人从中离间,撼我国基,毁我社稷。其居心叵测,罪该千刀万剐。"

武曌说这些话时,声音忽然变得十分高昂,上官仪在偏殿门后听了,就要冲出去。李荣一把拉住他,那目光是说大人不可妄动,且听皇上如何说。

果然,李治的心也软了。当他在武曌的搀扶下回到宣政殿中央的时候,终于忍受不了她复杂的目光,像一个做错了事的小孩重重地低下了头,把愧疚融进了低沉而又无奈的话语之中:"唉!朕何有此心,此皆上官仪教朕。"

武曌闻言,"扑哧"一声便笑了,笑声久久地在宣政殿上回旋:"哎!果然不出妾所料,若非他信口雌黄,搬弄是非,陛下岂能有今日之怨?"

说完,武曌挥舞着宽大的衣袖,带起的冷风吹得炭盆里的炭火忽亮忽暗。她刚才对李治的温婉顿然消去,代之而起的是疾言厉色,是恼怒呵斥,她一双丹凤眼来回在大殿偏门扫描,嘴里出来的每一个字都像刀子一样锋利:"我知道你没有离开这大殿,也知道你藏于何处。你乃国贼,亦乃男儿,做得出来就该担得起。何必遮遮掩掩,藏身暗处?"

话音刚落,就听上官仪高声应对:"本官在此,不必你枉费心机?"上官仪从偏殿走出来的脚步铿锵而有力,在大殿里敲击出"叮咚"的节奏。

"除了你上官仪,别人绝无此胆,敢在陛下面前进言!"

"不对!"上官仪截住武曌的话头道,"你专恣弄权,凌君窃国,残害忠良,擅用奸佞,国人皆可诛之,本官不过代国人之意而为之。"

"放肆!你本乃长孙无忌余党,我惜才才将你擢拔相位,你不思图报倒也罢了,竟然蛊惑陛下,行废黜之行,真是罪该万死。"

"哈哈哈!"上官仪放声大笑,"人不畏死,奈何以死惧之?本官敢做敢当,千刀万剐,任凭处置。"

"来人!将上官仪拿下,交大司宪审理。"

蓬莱殿詹事率羽林卫冲了进来，却被上官仪冷眼拦住了："本官一介书生，何须劳动斧钺？"说罢，他来到李治面前，行了臣子大礼。

当他被套上镣铐，走出宣政殿时，从夜色中传来悲壮的长啸："长孙太尉、褚大人，下官追随你们来了。"

这声音让李治的身骨坍塌了，他在心里暗暗流泪。

可武曌在宣政殿荡起的杀气并没有随着上官仪的离开而散去，她先是下令拘捕了告密的王伏胜，接着命大明宫禁卫连夜前往上官仪府邸，抓捕他的儿子上官庭芝，搜查谋反证据。

当王伏胜被拖着从云集在殿门外的太监和宫娥人群中穿过时，他们陷入了巨大的恐惧中，觉得皇后的刀随时可能架在自己的脖子上。

李荣从偏殿后门出去转了一个大弯，绕行司马道回到了宣政殿，他拨开人群，小心翼翼地来到大殿，就看见武曌含愠的眼睛："公公这会儿不在宫中伺候陛下，何处去了？"

李荣战战兢兢道："启奏娘娘，臣奉皇上之命吩咐下面搬运木炭去了，这不天冷么。臣不知娘娘驾到，罪该万死。"

"罢了！"武曌不再理会李荣，转过身来到李治面前，"妾让陛下受惊了！自明日起，妾要坐朝问政。"

不等李治同意，她又传张尚宫进来，要她和李荣连夜知会御府监，在紫宸殿与宣政殿悬挂竹帘。

当张尚宫和李荣退下后，大殿里只剩下武曌和李治了，她又恢复了女人的妩媚和温润，亲自为李治斟了热茶压惊。当她用纤细的手指梳理皇上蓬乱的头发，傍着他坐下的时候，就感觉到李治的身子在微微颤抖："陛下这是怎么了？"

李治很报颜，说道："此刻已是卯时，宫深天冷，朕不胜其寒。"

武曌遂脱下自己身上的披风披在李治肩头，可随着这一举止，说出的话却让李治的颤抖加剧了："妾今夜就不回蓬莱殿了，妾与陛下就在此等候宿卫抓捕上官庭芝的消息吧。"

"一切悉听皇后。"李治的牙齿碰撞出"咯咯"的响声……

上官府邸的府令一觉醒来，已是卯时，以往此时该是伺候老爷上朝的时候了。可老爷自昨夜进宫至今未回，他正准备提醒少爷，却不料上官庭芝早已起身，来到前厅问道："父亲可已起身？"

"唉！老爷昨夜被皇上召进宫中，至今未回，小的正牵挂呢？"府令应道。

"你为何不告诉我？"上官庭芝说着话，脸上就严肃了。

"老爷不让小的惊动家人。"府令又是一声叹息。

上官庭芝便不再说话，想着这是发生了什么大事，非要父亲连夜进宫呢？可他想了半天，也没有头绪，遂要府令帮他备车，想到周王府打听。

然而，府令出去了不一会儿，就仓皇地回来禀道："少爷，大事不好了！禁卫包围了府邸，蓬莱殿詹事带着禁卫闯进来了。"

上官庭芝的脑际"轰"的一声，顿时一片空白，心想一定是父亲出事了，便忙对府令道："快去禀告老夫人，家中大小人等，没有允准一律不许出来。"

话刚说完，府令还没有来得及转身，蓬莱殿詹事已经来到面前，对身后的禁卫大声道："速将前后围住，不许一人走脱。"接着又宣布道，"皇上口谕，上官仪目无朝纲，滋事妄为，欲图进言废黜皇后。着即削去本兼各职，发司宪审理，其子上官庭芝并家人一并拘捕。违抗者，杀无赦。"说罢，便向禁卫挥了挥手。

"慢着！本官父子触怒龙颜，理应伏法，然老夫人体弱多病，还望大人开恩。"上官庭芝上前阻拦。

詹事脸上没有任何表情，依旧要禁卫只管去后堂抓人，他则将上官庭芝缚了，推推搡搡地出了府门。

被锁进囚车的那一刻，上官庭芝在心里埋怨父亲的办事不慎，以致累及家人。但他相信，以父亲的阅历绝不会贸然提出废黜皇后，必是得到了某人的暗示或者陷入了别人预设的陷阱。

冷风穿过坊街，吹在上官庭芝的脸上，沙沙地疼。片片雪花落在眉毛和脸颊上，一片清凉。他艰难地回头看去，只见上官族的大小百余口人被驱赶出了府，他年过五旬的母亲被押上囚车，风吹来她的悲泣和模糊不清的诉说；他看到了妻子和刚刚出生的婉儿，也许是因为对女婴的恻隐，她们母子坐了府中的车驾。他记起昨夜女儿忽然无端地大哭不止，妻子欲图用母乳止住哭声，可她刚刚含了一口，就又哭了起来。哦！他明白了，那一定是父亲进宫的时刻。他很后悔，那一阵怎么就没有想到这一层呢？

唉！他忽然又想起当这个孩子刚刚降生时，父亲的惆怅和担忧。他唯一没有想到的就是，这孩子刚来到人世，就遭遇了厄运，她也许就不该出生。他在心里默默地这样想。

囚车和长长的队伍上了长安大街之时，正是辰时一刻，大梦初醒的人们忽然看到一队囚犯从街头经过，纷纷驻足观看。不一刻，道旁就云集出两道人墙。其间,有见过上官庭芝陪同周王出游的,也有知道他是当朝宰相儿子的,纷纷发出了猜测和议论。

"这不是上官大人的公子么?犯了何罪,披枷带锁的?"

"还会有何罪?非贪即反,要不怎么会被关进囚车。"

"不是说上官大人一向清廉公正么?"

"唉!现今官场有几个干净的,即便上官大人清廉,能担保他的儿子也清廉么?"

上官庭芝闭上眼睛,听任各种声音在自己耳边此起彼伏。他现在最担心的还是父亲怎么样了。

囚车拐了一个弯,驶上前往详刑寺的道路,上官庭芝似乎看见,死神在远方向他招手……

辰时三刻,大臣们在紫宸殿等待皇上到来,他们意外地发现西台侍郎、同东西台门下三品的上官仪没有出现在朝堂上,而且紫宸殿的龙案后也添置了竹帘,大家都不知道昨夜发生了何事。

李治终于在大家焦急的等待中上了朝堂,他一脸的疲倦,似乎一下子苍老了许多,目光也显得十分呆滞。

太子少师、同东西台门下三品的许敬宗在竹帘后看见了武曌的身影。他断定,从今以后皇后要临朝了。

当李荣宣布上朝之后,司戎太常伯姜恪即出列奏道:"陛下,大司宪已经查明,朝廷拨付驻百济抚恤官兵资费确系被李义府挪用,卢承庆一案系冤案,臣恳请陛下甄别。"

李治等了一会儿,见竹帘后面没有声音,遂道:"李义府流放巂州,永不续用,此事就此了结。"

这时候,就听见武曌在帘后说话了:"李义府贪占军资,损我大唐国威,罪在不赦。今后遇改元大赦,其不在列。"

许敬宗见皇后说了话,忙率先道:"'二圣'圣明!"

大臣们也都跟着道:"'二圣'圣明!"

右相刘祥道对朝堂上的变化十分惊异,大唐立国以来第一次出现了皇上与皇后并尊的情势,他一时还适应不过来。正思绪纷乱间,又听见武曌在竹帘背后道:"百济乃我大唐藩国,岂容倭国染指?我军常驻彼处,当倍加抚恤。请皇上追加伤者抚恤、死者吊祭费用,发往熊津都督府。"

"就依皇后。"李治应道。

"加太子中护、检校西台侍郎乐彦玮、西台侍郎孙处约为同东西台门下三品,主持诏书草拟。"武曌接着道。

刘祥道又是一惊,且不说这两人未经司列选荐,单说草拟诏书向来由上官大人承担,为何中途忽然就易人了呢?但这话既是出自皇后之口,他自然不便再说什么。让他更为不解的是,皇上竟然又说"就依皇后",连"所奏"二字都省去了。

许敬宗虽然未动声色,但他从皇后临朝,并指定两位侍郎奉旨拟诏上推断,上官仪一定出了事。

散朝以后,刘祥道在司马道上遇见了窦德玄,两人面面相觑良久,都很迷茫。

"究竟发生了何事?"

"下官也是如坠云雾,莫名其妙。"

"上官大人怎么了?"

无论是皇上还是皇后,都没有提上官仪半字。他们不好妄加猜测,但心情都比较沉重,无法判断皇后临朝将会带来什么影响。

"唉!你我均已年老,且顺势而为吧!"刘祥道说着,与窦德玄揖手告别。

……

许敬宗一进蓬莱殿,就遭到武曌劈头的申斥:"你整日浑浑噩噩,别人把刀架在我的脖子上了,你竟一无所知,甚让我伤心。"

许敬宗忙道:"皇后息怒。上官仪作茧自缚,罪该万死。"

"你就会说这些,不想想这事该如何处置?"

"还请娘娘明示!"

"你是要让朝野都知道有一份要废黜我的诏书么?"武曌长叹一声,将上官仪草拟的诏书递到许敬宗手中。

许敬宗大体浏览一遍,不禁为其激烈的措辞而感到吃惊:"这个长孙无忌的余党终究还是原形毕露了,真该千刀万剐。"

许敬宗一脸的愤懑,就要将诏书投向木炭盆,却被武曌一把夺走:"如此美文,烧了岂不可惜。我的意思,你该明白了吧!"

许敬宗点了点头道:"微臣记得上官仪曾做过废太子、梁王李忠的咨议参军,而那个王伏胜曾为李忠心腹。梁王被废,他心存愤怨,难保此次没有牵连。"

武曌不露声色道:"我也是为陛下着想,此事若是传出去,朝野将如何看待皇上? 只是,此事须可靠人去办! "

"臣已想好,西台舍人袁公瑜办起这事来得心应手。"

"好,你退下吧! 我要诵经了。"

许敬宗走后,武曌又把上官仪草拟的诏书反复地默诵了良久,虽然觉得那些文辞刺目伤情,然她却不能不为上官仪的文采所感喟。及至看到"着即"之后再无下文时,她不由会心地笑了笑。若非王安及时密告,一旦此事上了朝会,她如何能扭转逆局? 只是没有结尾的文章未免残缺有憾,她便拿起笔在后面续了一句"收回皇后印玺,令其闭门思过,钦此",然后就置于一边了。

武曌来到佛堂,宫娥与太监们肃立在外,陪伴她的是几位从感业寺来的女尼。武曌合掌静默之后,才在蒲团上打坐。一女尼在她面前摊开一卷她亲手抄写的《华严经》,她瞅了瞅,便在心里默诵:

慧眼明彻,等观三世;于诸三昧,具足清净;辩才如海,广大无尽;具佛功德,尊严可敬;知众生根,如应化伏;入法界藏,智无差别;证佛解脱,甚深广大;能随方便,入于一地,而以一切愿海所持,恒与智俱尽未来际;了达诸佛希有广大秘密之境,善知一切佛平等法,已践如来普光明地,入于无量三昧海门……成就如是无量功德。

随着诵经,她的心回到了在感业寺的岁月,那苦涩伤感的记忆虽刻骨铭心,却让她终生与佛结缘。哦! 龙门石窟造像该有些进展了吧! 等回到东都,她一定要和皇上到龙门看看……

诵完经回大殿的路上,武曌忽然想起一件事情,问张尚宫道:"我闻上官仪之子上官庭芝生有一女,名唤婉儿,可有其事? "

"确有其事,奴婢还听说这婴儿生得十分乖巧俊美。"张尚宫回道。

武曌"哦"了一声,没有再说话,直到在蓬莱殿下轿舆时,忽然才道:"上官仪有罪,婉儿无辜。你去一趟内侍省传我口谕,将婉儿母子配入掖庭。"

……

麟德元年(公元 664 年)的黔州,冬天显得十分漫长。气候依旧非常寒冷,从沅江吹来的冷风,使这里的一切了无生机。

冬树瑟缩着身子颤巍巍地站在风中,偶尔有枯叶从枝头落进江里,随即就与冰凌凝结在一起。

抬眼望去，枯草在江岸铺开一片冷黄，似乎就这样永远地沉睡在梦中，苏醒无期。太阳每日懒洋洋地从天空走过，刚过午后就已散去依稀的温暖，苍白地挂在枝头。

这一天东方刚刚放亮，黔州城郊郁山深处的高墙内走出一个身影，晨曦投射在他的肩头，看上去有些单薄。也许是因为衣衫单薄，他的身子在冷风的吹袭下缩成一团。

他腋窝里夹着一卷纸钱，手中拎着一个食盒，左右看了看，才向郊外走去。在刚刚转过山道的时候，有两个身影也悄悄地跟了上去。

过了年，梁王李忠就二十一岁了。他现在已是一介庶人，父皇的一道诏书割断了他同皇家的最后一丝联系，从此他与彭水的老百姓无异。可因为他同王皇后的关系，他的生存境况却要比普通人家糟得多。他被限制在这人迹罕至的大山深处，每一步都得经过刺史谢强派来的旅帅允准。

谢强比谁都明白，李忠虽被贬为庶人，可他是皇家血脉这一点任何时候都改变不了。世事难料，说不定哪天皇上起了恻隐之心，他又会东山再起，成为赫赫一方的亲王。因此，他对李忠采取外紧内松的囚禁。只要他不走出郁山，而且有士卒跟着，就从不为难。

就这样过了一段日子，谢强便将明囚改为暗囚。那一天，他亲自来到囚所对李忠道："下官向来对落难之人多有悯情，殿下……"这称呼刚一出口，他就觉得十分别扭，遂又改口道，"你只要不使下官为难，尽可在彭水城内外走动。"随之，谢强又召来旅帅，要他暗中派兵看守，不可因囚徒逃走而授人以柄。

其实，李忠自己也很清楚，在这四面环山的地方他也逃不出去。而且他至今也没有走出恐惧的阴影，担心有一天会被人刺死而抛尸荒野。因此他恪守着囚所的规矩，不敢越雷池半步。

然而，囚所可以囚禁他的身体，却锁不住他对往昔生活的追忆。与在房州不同的是，他现在更多的是追寻他的伯父——废太子李承乾的悲凉人生。那是贞观十七年的往事，伯父发动政变引起了一场宫廷血案，被皇祖贬为庶人。那年九月，李承乾被押到黔州，就囚禁在郁山。那是怎样的度日如年，怎样的忧愤悲郁，怎样的孤独寂寞，怎样的惴惴不安，而又是怎样的于心不甘。三年后的一个冬夜，伯父怀着对长安的眷恋郁郁而去，就葬在郁山。后来，虽然被允准移葬昭陵，魂归故都，可当地的百姓都说，每到更深夜半，郁山上都会传来高一声、低一声的号啕，听起来让人毛骨悚然。

　　算起来也不过二十多年,他却成了这里的第二个囚徒。他不知道,今后还会不会再有一位废太子被投进这孤寂的深山。但他在梦里,总会看到伯父在召唤他。

　　自李忠来到这里后, 那号啕声就搅得他心神不宁, 有时候彻夜不能入眠。那些看守的士卒都是些"蛮族"的孩子,每闻哭声,他们就龟缩在屋里不敢出来。

　　他们曾私下里问他能不能到山上祭奠一番, 以使李承乾的灵魂得到安宁。昨天,他向旅帅请求去祭奠,竟然得到了允准。

　　太阳刚爬上山顶,那金色的光芒投在大地上,经过一夜聚集的银霜在阳光下闪光,很是晃眼。他感到很欣慰,终于有机会可以对同命运的亲人寄托自己的哀思了。

　　郁山囚所建在高坡上,几间屋舍被围在高墙内,但因为地势较高,站在门前就可以看到当地百姓在山上劳作。从远处传来几声牛叫,这也勾起李忠的向往,假若可以不被烦恼所困,他宁愿沉醉于农耕稼穑……

　　而现在,百姓们正埋头烧掉一坡的荒草,浓烈的烟草味伴着袅袅的白云在山谷间缭绕。对一个经年囚禁的皇家废太子,那呛鼻的辛辣也是芳香的。他贪婪地吮吸着,以致被熏得涕泪交流。看到他从面前经过,百姓们抬起头来憨憨地笑,目光流露出陌生的诧异。

　　山崖边有一湾滴水泉冒着热气,清幽如镜,须臾就荡起微微的涟漪,平静的那一刻,水面上映出山石的影子。像一个在沙漠里跋涉的旅者忽然发现了绿洲,李忠蹲下去掬起一捧水良久地望着,当那水从指间流尽,他第二次将手伸向泉水时,就在泉面上看到了自己须发皆白的倦容。唉!他才二十一岁,正是人生最好的年华,若不是那场变故,他该是加过冠礼的年龄了。

　　当李忠再度抬起头的时候,惊恐得两眼发直。他在头顶的一片翠云里看到了伯父——废太子李承乾。难道是上苍的点化吗?他降生在皇宫的时候,李承乾已殒薨多年, 可他竟然一眼就认出那个站在云端的影子就是当年的废太子李承乾。他依旧潇洒风流,似乎刚与那姿容美丽的"称心"欢舞归来;他依旧脱落不羁,好像从来就没有谁能阻挡得了他的放纵。从云间飞来的笑声,爽朗而又清晰。

　　"伯父在上,侄儿有礼了!"李忠蒙了,他急忙跪倒在地。也许是李承乾的出现撞动了他苦涩的心弦,他终于无法压抑住扑打着心岸的情感激浪,伏在地上放声大哭起来。

从云端飘来李承乾的声音,断断续续,缥缈而又怪异:"忠儿!你我同为太子,同为囚犯,当年先帝以'谋反'之罪囚我于此,忠儿让贤又能如何?不照样做了囚犯么?所谓是亦非矣,非亦是矣。世间是非,皆人为之,天何言哉?"

"侄儿万念俱灰,只图了此余生。"

"忠儿,休看你远离京都,可要命之刀随时伴你左右。伯父赠你一诗为谶。"随即,那诗就随风在耳际回旋:

> 昔时山水还依旧,殿苑又逢一度春。
> 座上皆言宫锦好,笼中痛晓困囚辛。
> 几许锐锋成老钝,无多青鸟噪林深。
> 自是浮华梦里走,朝来喜有耕夫吟。

此时,从山谷间刮来一团云,在李忠周围环绕良久才飘然散去。眼前只有郁山连绵,春寒刺骨,不见了李承乾的踪影,李忠将手中的纸钱燃化,蓝色的火苗带给他依稀的温暖。他又从食盒里拿出黔州产的烈酒洒在地上,酒渗入地下,发出"咝咝"的沉吟,仿佛李承乾醉后的叹息。

他回到囚所,回望身后的山林,才发现一直有两名士卒跟在身后,而他竟浑然不觉。

"殿下,我们又见面了。"他刚走进高墙,就听见一个熟悉的声音。及至发现是西台舍人袁公瑜时,大难临头的恐怖立刻布满了他的心头。

"我已是庶人,不想见任何人。"李忠绕过袁公瑜,进了屋子。

"可长安有人惦记着殿下呀!"袁公瑜说着,就跟着李忠的脚步进来了。他在一旁坐下,一双眼睛来回地在李忠身上转,看得他心里直发怵。

"大人为何这样看我?"

"本官为殿下惋惜,如何当年倜傥的殿下却早生了华发?"

李忠不再回应,只将手来回地摩挲着。

"本官来此,是来接殿下回京的。"见李忠还是不作声,袁公瑜接着说道,"本官还给殿下带来一个好消息。"

李忠没有说话,满腹狐疑地看了袁公瑜。

袁公瑜也望着李忠,从他的眼里读出了关切,于是便故意拖着长长的声调道:"京城发生了一件大事。西台侍郎、同东西台门下三品的上官仪与宦官王伏胜密谋反叛,已发大司宪审理。"

这话一打住,袁公瑜就在李忠的目光中捕捉到了惊异,他继续道:"上官仪早年曾在殿下府中做咨议参军,王伏胜亦在殿下身边做事。皇上、皇后有旨意,只要殿下举报二贼罪行,就接殿下回朝,或居京都,或居东都,任殿下选择。"

李忠跌坐在机凳上,沉重地垂下了头颅。他猜不透这突如其来的变故对自己是祸还是福,但他明白,此时哪怕是一句错话,都会给自己带来灭顶之灾:"大人知道,我离京已有九年。九年来,我面壁思过,对朝中诸事一无所知。"

袁公瑜抬头看了看窗外道:"听说当年殿下为太子时,曾与上官仪谈论过《左氏春秋》,说到鲁国公子翚弑鲁隐公息姑、郑高渠弥弑郑昭公忽时,殿下以为是僭越犯上。而上官仪则以为,君有道则辅之,君无道则弑,可有此事?还有人说,上官仪曾在殿下面前说过,陛下性温厚,难抵昭仪柔媚。"

这些平日里因讲书而引出的议论很多,大都是因时因事而发。这些话是在什么情况下,哪种场合中说的,李忠的记忆里都是模模糊糊、似是而非的。他反复斟酌,决定还是以沉默应对。但袁公瑜并不在乎李忠说不说,他认为只要李忠沉默,就表示承认了。

两人默坐良久,袁公瑜突然高声道:"李忠接旨!"

李忠本能地一哆嗦,顺势就跪在地上:"吾皇万岁万万岁!"

袁公瑜高声念道:

> 制曰:查李忠心存叵测,耿耿于废黜之恨,萦萦于止水重波,密谋与上官仪、王伏胜反叛,罪不容赦,着即赐死。

念罢,袁公瑜向身后挥了挥手,早有随从将一条白绫套在李忠脖子上。

李忠早已昏厥,他没有任何痛苦地被推进了另外一个世界。

"嘿嘿!"袁公瑜笑了笑,从怀里拿出"证词",拉起李忠的手在签名处按下去……

几天以后,郁山上便起了一座新坟。

369

# 第二十五章

## 长安西市血溅雨　岱岳峰下女与禅

　　袁公瑜带着废太子李忠的"证词"回到长安，已是麟德元年十二月了。武曌密示许敬宗启动了审案的表奏。朝会上，李治口谕许敬宗、刘祥道、窦德玄和检校西台侍郎、同东西台门下三品的乐彦玮、孙处约，会同详刑寺施宽集议，务必证据确凿，罪当其罪。

　　这时候，武曌在帘后发话了："上官仪、王伏胜、李忠密谋反叛，罪不容赦。你等须秉承陛下旨意，严加审讯，不可疏忽。"

　　"遵'二圣'旨意。"几位大臣异口同声。

　　许敬宗听出了武曌话里的意思，案情性质已定，不管审理的粗与细，证据是否确凿，结局都是一样的。

　　退朝以后，在前往西台署的路上，刘祥道悄悄问窦德玄道："大人对此案如何看？"

　　窦德玄本是外戚，他的曾祖父乃高祖太穆皇后的父亲，祖父与太穆皇后是表姐弟。到了他这一辈，虽然与皇室的亲缘关系仍旧维持着，可毕竟情非昨日。故而，他一向处事小心。从内心说，他绝不相信皇上十分倚重、皇后非常看重的上官仪会犯上作乱，可面对右相的问话，他选择了谨慎的答词："事发深夜，吾等尚在梦中，原委不甚了了。既然皇上与皇后都认定有罪，你我且遵旨行事吧！"

　　闻言，刘祥道的目光中就露出了失望："大人与下官同为宰辅，人命关天，万不可视同儿戏啊！"

　　窦德玄回头看了看身后，见许敬宗、乐彦玮、孙处约与他们拉开了一段距离，才摇了摇头低声道："大人言之有理，不过，你没有注意到么？皇后是绝不会饶恕上官大人的。"

"下官也不是有意违旨,若证据确凿,自然依律论处,只是下官总觉得此案疑点甚多。"刘祥道还是有些不甘心。

窦德玄正要说话,许敬宗跟上来高声问道:"两位大人议论何事,不妨说给下官听听。"

不待刘祥道回答,窦德玄抢了话过去道:"我与刘大人正说此案非许大人领衔不可,否则不能结案。"

许敬宗闻言很高兴:"陛下、皇后委重任与吾等,下官当尽心履责,绝不敢掉以轻心。"

乐彦玮、孙处约虽然刚刚进入宰辅之列,可永徽以来的朝堂风波他们是耳闻目睹。特别是孙处约早年与来济同窗,来济曾发誓定要做到宰相,他却把目标定在为皇上起草诏书上。对一个朝夕与皇上相伴的西台侍郎意图谋反,他满腹狐疑,所以没有随许敬宗的话尾,只是轻轻地点了点头。

此刻,五位宰相围炭盆而坐,大家都知道许敬宗在皇后心中的位置,纷纷把目光投向他。许敬宗也不谦让,问详刑寺施宽道:"上官仪可有供词?"

施宽叹一口气道:"下官先晓之以理,然他矢口否认其罪;下官无奈之下动了大刑,彼则干脆闭目封口,任凭处置。"

"那王伏胜呢?"

"王伏胜胆小惧死,刚一动刑就招了。"

许敬宗伸长了脖子问道:"那他是怎么说的?"

施宽展开手中的"狱词"道:"据他招供,上官仪多次要他探听皇后行踪,又多次密信黔州,与废太子李忠密谋反叛。"说着,他拿出袁公瑜带回的"证词",让各位宰相阅看。

袁公瑜本就是许敬宗秉承武曌旨意派去黔州的,这"证词"他自然早已目睹,故而随意浏览一番,便递给身旁的刘祥道道:"人证确凿,上官老贼招与不招,于定案无碍。"

刘祥道没有接话,把"证词"反复看了看,就发现了不少漏洞:"诸位大人,下官以为上官仪勾结梁王,密谋反叛,有违常理。想来诸位不会忘记,显庆五年七月,上官仪为朝廷拟《黜梁王忠为庶人诏》,此举梁王不可能不心生怨恨,又如何会与他私相密谋呢?其二,梁王被贬为庶人后,囚之郁山,重兵看守,加之黔州距京都山高路远,上官仪如何密信往来?其三,梁王身为囚徒,无一兵一卒,纵有反心,亦无此力啊!"

　　许敬宗很吃惊于刘祥道的迂腐和固执,道:"大人这是什么意思?难道陛下与皇后会诬忠为奸么?难道朝廷会逼迫梁王做伪证么?"

　　"下官不敢。下官只是就证词真伪而言。"刘祥道说着来到窦德玄面前,指着"证词"后面的指印道,"大人曾任大司宪,定然多有参验。请大人仔细看看,通常由证人亲按指印,其痕必是色相均匀,然在下观此指印,却是呆板失重,且极不规则,显系强按。"

　　窦德玄捧着"证词"斟酌揣摩良久,正要说话,却见许敬宗冰冷地瞅着自己,遂道:"刘大人所言不无道理,应拘拿李忠到京讯问,自然不难辨明真伪。"

　　孙处约在一旁道:"朝廷使者前往黔州时,陛下已有诏书,赐梁王自裁,葬于郁山了。"

　　刘祥道心中"咯噔"一下,知道死无对证了,便不再说话,沉默地坐在一边。

　　这时候,施宽说话了:"诸位大人!王伏胜现在狱中,他的'狱词'亦是上官仪谋反之罪证。"

　　集议进行到这里,再说下去亦无多大的意思,检校西台侍郎、同东西台门下三品的乐彦玮便出来打圆场道:"臣者,君之辅也,既是辅佐,自然不是主宰。此案陛下与皇后既已勘定,我等无须说三道四,只管定罪即可。"

　　这话立即得到了许敬宗的赞同:"还是乐大人甚解圣意。既然诸位让下官领衔集议,故依下官之见,上官仪、王伏胜、上官庭芝应斩于西市,籍没其家,流于岭南。"

　　众人散去,刘祥道没有离开西台,独自一人坐在署中,由上官引刀油然想到自己,情知在相位上坐不久了。

　　果然,第三天的朝会上,李治除了诏令对上官仪等人处以极刑外,还免去了刘祥道的右相之职,改任为司礼太常伯。

　　走出紫宸殿,望着灰蒙蒙的天空,刘祥道忽然想到又是一年春归时,再过几天就是麟德二年了,自己又老了一岁:"唉!人命如草菅,都不能等到过了元日吗?"

　　"大人糊涂。"这时候,许敬宗从身后追来不无讽喻地说道。见刘祥道没有应声,许敬宗接着道,"大人可知当初是何人推举你为司列太常伯的么?是李义府大人。他在皇后面前多次褒扬大人处事稳健,谨慎殷勤。孰料大人所为甚失圣望,陛下如此,殊非得已。"

　　刘祥道至此才明白,他与李义府有着难以言明的瓜葛,不由得惊出一身冷汗,不敢再多说一句话,转身仓皇地走了。

冬雪在停了七天后,在腊月二十一的一大早又开始纷飞起来。

辰时三刻,长安西市街口的"独柳树"岗哨林立,从左右武威将军到别驾、校尉,从旅帅到伍长,一个个披甲带盔,荷弓持枪,专注地注视着前方。

朝廷要处斩宰相的消息一时成为长安的议论中心,这是自房遗爱谋反案后又一惊动京城的行刑。从昨晚子时开始,全城戒严,一街两行的岗哨平添了森森的杀气。宿卫士卒只要看见有人影晃动,立刻就会发出大声地呵斥;倘若感觉形迹可疑,便会立马拘捕。

上午巳时二刻,从东南方向传来车毂碾过的声音,将士们一改刚才冰天雪地下的瑟缩,一个个挺直身子警惕地朝来路张望。果然,十几辆囚车在禁卫的押送下呼啦啦地过来了。

走在最前面的是太监王伏胜。大刑之后的伤口,血已凝固,寒风吹过,呈现绛紫色的疤块。可他没有感觉痛苦,他的神经已经麻木,一任囚车载着自己驶过漫长的街道。

在事发当夜,胆小的王伏胜就承认了自己的罪行,并且一步一步地被审案的侍御史们引向深处,把自己作为的每一个细节都与上官仪牵扯到一起。侍御史承诺,只要他能举报上官仪谋反的罪行,就可以禀奏皇后法外开恩,留他一条活命。可是当他在"狱词"上画押之后,便没有人再去理会他了。直到遍体鳞伤的他再度被投进司宪诏狱,他才明白这是一个骗局。手抓牢房的栅门,他号啕大哭,是悲凉也是自责。

从那天起他的精神就极度恍惚了。昨夜,狱吏送来上好的饭菜,他憨笑着大嚼大咽,喝得酩酊大醉。当他被推上囚车时,依然在梦中。也许,只有这样他才能忘记对上官仪的愧疚。

囚车的轮毂撞上一块寒冰,剧烈的颠簸使得车驾几乎倾覆,可他依旧浑浑噩噩,在梦中憨憨直笑,似乎不是去赴死,而是赴一场盛宴。

"后面的那个高个子是何人?"一位士卒小声问身边的伍长。

"上官仪的公子,在周王府中当差。"伍长说完,做了个打住的手势。他盯着上官庭芝的囚车,不由得感叹有其父必有其子。看!他怒目圆睁,头颅高扬,人间果真有不怕死之人。

一向十分注重仪表的上官庭芝衣衫褴褛,血迹斑斑。他自那天黎明被捕入狱后就做了死的打算,审讯中他自始至终没有说一句话,一任各种刑具在自己身上留下痕迹。上官庭芝至今仍不相信父亲会与李忠谋反,他知道所有的一切都是武曌与许敬宗等人虚构出来的，所有的证词和狱词都是严刑逼供下成立的。所以说与不说，最后的结局都是一样的。他唯一的遗憾就是刚刚出生不久的女儿，还没有经历人世甘苦，就要陪着他一起上路了。

可在登上囚车的时候，他没有在囚徒队伍中见到妻子和女儿的身影。她们怎么了？是死在狱中了吗？他十分沮丧，在心里埋怨自己太没出息，不仅没有让父亲满意的建树，死到临头了还如此儿女情长。

上官庭芝狠狠地闭上眼睛，将一切的家恨都驱除出脑际。他知道，父亲的囚车就在后面紧紧跟着，他要在另外一个世界里追随父亲。

由于是本案的主犯，羁押上官仪的宿卫比其他囚犯都要多，而且一个个虎背熊腰，凶神恶煞。但他却心如止水，很平静地看着街旁的禁卫一批批地进入目光，又一批批地滑出视线。这恰如这些年的朝廷，一批人来了，一批人走了，流水一样，他都记不清自己该属于哪一批。

他为无数人的擢拔、册封、贬谪和处死撰写过诏书，这期间有皇室的王公殿下，有自己内心视为知己的宰辅大吏，还有心怀叵测的朝廷蠹贼，也有后宫的失宠嫔妃。因此，自审案一开始，他就看透了武曌要将自己与李忠揪在一起的用心。

多少次面对询问，他报以轻蔑的冷笑，觉得这罪名编得太离谱。他曾亲自代皇上拟定诏书，贬梁王李忠为庶人，又怎么会与一个落魄而又手无寸铁的皇子谋反呢？这真是欲加之罪，何患无辞。

既然，前面走着褚遂良、长孙无忌、韩瑗、来济等为反对武曌而殉国的先驱，他的死无非就是步他们的后尘而已，所以他很淡定。

风卷着雪花，吹得他蓬乱的华发飘如芦花，睁开眼睛看，他知道刑场就在前面的"独柳树"。他咽了口唾沫，忽然发现他并不那么仇恨武曌。从长安到洛阳，他目睹了武曌应付裕如地处置朝廷内政外交上的问题。平心而论，他很感佩她的定力和智慧超越了许多男人，包括当今皇上。别的不说，单是西击突厥，东伐高丽、百济的几次大战，她辅佐皇上运筹帷幄，调兵遣将，而且连战连捷，就足以让那些狎昵厮养、骄纵失度的唐室亲王们汗颜。

也正因为如此，他才力主皇上废黜了这个女人，以防李唐社稷易主。他没有后悔自己的选择，认为这只是尽了一个臣子的使命而已。让他感到悲凉的是，在他眼里很圣明的皇上竟然会在紧要关头方寸大乱，把君臣之约抛在一边。他死了有什么要紧，他忧心的是从此以后，再也没有人能够遏制武曌那颗骚动狂野的心。

在即将赴刑的前夜,他终于下定决心要将发生在宣政殿里的事情写成文字,托人带出狱去,他要告诉远在西陲的裴行俭和在相州刺史任上的许圉师,他是为废黜武曌而死,并非诏书上所言的谋反。

好在进牢狱的第二天,他就从狱卒口中听出了江都乡音。狱卒是当年流浪到京城的,他当时就听说有一位乡里在朝为官。及至后来,当他得知他就是当朝宰相之一的上官仪时,顿时肃然起敬,为故乡有这样一位闻名遐迩的宰辅而感到脸上有光。没有想到,他们的第一次见面竟然是在司宪诏狱。

昨夜,狱卒送来一盘白切鸡、几样小菜和一壶老酒,上官仪便明白了,他的生命已走到了尽头。三杯酒过后,狱卒道:"与大人相识一场,乃小人三生之幸。大人有何事要托付,小人一定尽力。"于是,上官仪将写好的书信悄悄地塞到他手中。从此他再无牵挂,将那酒菜吃得一干二净,倒在牢房里大醉入梦。

在梦中他看到了长孙无忌与褚遂良,他们丝毫没有老去的迹象,一个风流倜傥,手捧一卷翰墨谈笑风生;一个矜持肃然,俨然皇上元舅的傲岸。两人在一棵亭亭如盖的松树下席地而坐,面前摆着几样菜蔬酒酿!哦!那不是自己用过的酒菜么?看见上官仪,褚遂良回首招呼道:"呵呵!上官大人也来赴会?来,下官敬你一杯!"

上官仪正要举杯,却不料酒杯被从身后伸过来的一只手夺去,他回头一看,原来是韩瑗!哦,站在他身旁的不是来济么?他身上的盔甲还没有卸去。

"吾等为废黜武氏而聚,正所谓同德则同心,同心则同志,此酒岂可独享。"韩瑗爽朗的笑声在天地间回旋,旷远而又空灵,引起一阵阵回声。

来济叹道:"可惜,独缺了裴行俭……"

上官仪正要说话,忽然牢门"吭当"一声开了,他从梦中醒来,就看见牢房外站满了宿卫,一位狱吏上前为他换了一件赭色的囚衣道:"请大人一路走好。"

上官仪淡然一笑,出了牢门,朝囚车走去,脚镣在地上拉出"当当"之声。

同上官庭芝一样,他希望在上囚车的那一刻看到儿媳和孙女,尽管他觉得这孩子刚刚出世又要离去,然与其留在人世间饱受折磨,倒不如随自己一走了之。但是他没有看到她们母女的身影。是皇上忽生恻隐之心赦免了她们么?可那个武曌能容忍么?

刑场到了,上官仪被推下车,上官庭芝就站在他身旁,被两位刽子手钳制了臂膀。看见父亲,上官庭芝忽然泪流满面:"父亲,儿子陪伴您来了。"

上官仪说着话脸色顿然就严肃起来:"大丈夫生当人杰,死亦鬼雄,不必流泪。"

"父亲,儿子并非惧死,乃为大唐社稷而泣。"

上官仪心头一热,禁不住老泪纵横,仰天叹道:"先帝若在天有灵,当救我大唐矣!"

行刑官向监斩的施宽禀报:"午时三刻已到,请大人验明正身。"

施宽并没有来到囚犯面前,而是远远地望了一眼就从案上投下火签,转身便回了监斩台。

王伏胜是在没有任何知觉下被砍去头颅的。

轮到上官庭芝时,他已不再流一滴眼泪,转身看一眼上官仪说道:"父亲! 儿子先行一步了。"言罢,他挺直身子,对刽子手道,"来吧! 痛快点!"

那一双愤怒的眼睛让刽子手举起的刀有些颤抖,他不再有任何犹豫,一道寒光闪过,上官庭芝的头颅落进雪地,脖颈间喷出一股热血,糊住了刽子手的眼睛。

上官仪看着儿子圆睁怒目的头颅,仰天长笑:"庭芝吾儿,真人杰矣!"

刽子手一脸惊慌,手中的刀被狂放的笑声震落。上官仪看着刽子手的仓皇,放声大笑道:"老亦死,死于国亦死,岂不痛快? 哈哈哈……"

上官仪的死成了覆盖在大唐朝野的漫天乌云。大臣们人人自危,生怕一句错话引来杀身之祸,朝会上几乎都唯李治与武曌之命而是从。

对这种现象看得最透还要数司空李勣,从永徽初年回到京都后,他目睹了房遗爱谋反案和为废立皇后而一代代宰相倒下的严酷现实,从褚遂良到长孙无忌,他几乎参与了所有案件的审理,即便置身事外,李治也是多次遣人上门征询他的谏言。他有时也常常为自己要紧关节的退守而惭愧,但也只是瞬间一念,他很快就能找到原谅和开释自己的理由:"与其为一个女人的去留而争锋,不如为效命疆场而尽忠。"

因此,尽管他对上官仪谋反一案存有疑虑,却从未在李治面前说出一个字。相反,当他与皇上在宣政殿叙话时,总是会顺着皇上的意思回话。

有一天,李治问道:"朕闻炀帝拒谏而亡,常以为戒,虚心求谏,而于今竟无谏者,何也?"

李勣很快就明白了皇上的意思,他记得上官仪刚刚入狱时,皇上曾遣人问政于他,他也明白皇上不甘于将上官仪送上断头台,但他还是回了一句模棱两可的话:"'二圣'诏命,臣之规范,唯从而已。"

后来许敬宗告诉他,皇后对他的回话十分满意,甚至要群臣效仿他的作为,忠于朝廷。

现在面对皇上暗含的批评,李勣丝毫没有惊慌,似乎他早已准备好了说辞:"陛下何须自责,陛下所为尽善,群臣无得而谏。"

"呵呵!"显然,他对李勣的回答不尽满意。然而这话冠冕堂皇,似乎也无懈可击,李治只有一笑了之,将话题转到新的任吏上来,"上官仪伏法后,相位实缺,依爱卿之见,何人可以入阁?"

李勣想了一会儿道:"司戎太常伯姜恪可当此任。他因战功而入相,朝野不会有非议。"

李治点了点头,在几天后的朝会上,姜恪便被任命为司戎太常伯、同东西台门下三品。

依理,上官仪的死除去了武曌的心腹之患,她应该心境舒畅才对,可刚过了正月,她的旧病就再度复发。特别是去了掖庭见过上官庭芝的妻子荣儿和女儿婉儿后,她的病就益发重了。

几乎是在上官仪父子赴刑的那个上午,武曌传张尚宫前来问婉儿母女的状况。张尚宫回说她们已到掖庭一个多月了。

"人言上官庭芝的女儿生得玲珑俊俏,所谓有其母必有其女,我倒要看看这上官仪的儿媳究竟为何方天仙。"武曌说完,便去了掖庭。

听说皇后驾到,掖庭令急忙率左右丞和暴室丞前来迎接。

尽管武曌回到京都后,从来没有到过掖庭,可她对这里并不陌生。永徽六年,就是她下令将软禁在这里的废皇后与萧淑妃断臂置于瓮中的。不仅如此,她还将萧淑妃的两个女儿囚禁在这里。

被宫娥和太监簇拥着穿过掖庭甬道,联想起一个月前那个深夜发生的事,她不禁有些后怕,若非王安深夜告密,也许她此刻就在这里遭遇折磨了。

掖庭令是在永徽六年后接任的,大家对这里曾发生的一切都讳莫如深,所以他对前事知之渺渺。当武曌的目光停留在一间幽暗的房间前时,他急忙上前禀奏道:"娘娘,此为失宠嫔妃之居处。"

"哦! 你可知关过何人?"

"这……微臣……来得晚,也不清楚,只是听职守多年的老太监说过,似乎是一位废皇后。"掖庭令支吾道。

"谁要你说这个?"武曌一个激灵,忽然觉得风有些冷。她裹了裹凤袍,转身向前走去。

掖庭令吓出一身冷汗,忙不迭地上前道:"微臣该死……"

"婉儿母女现在何处?"过了一会儿,武曌的脸色便缓了过来,问道。

掖庭令道:"罪臣之妻,微臣罚她在后院做苦力去了。"

"传她到前厅来见。"

"微臣遵命!"

掖庭令去了不一会儿,便引着一位怀中抱着女婴的少妇进来了。她虽然着了苦力衣衫,却洗得干干净净,通体透着官宦人家妇人的知书达理。一进厅中,她先自跪下道:"罪臣之妻荣儿参见皇后娘娘。"

"抬起头来。"武曌令道。

那女子缓缓面向武曌,不卑不亢,果然生得温婉淑媛,眉目清秀,气度不凡。武曌惊异之余,想如此女子若是进了宫中,不定会惹出多少风波,转念又可惜她落在了罪臣之家。

"张尚宫,将那婴儿抱来让我瞧瞧。"武曌很快从荣儿的脸上察出惊慌,遂补了一句话,"你不必惧怕,上官仪伺机谋反,罪在不赦。然婴儿无辜,我也曾有过一女,可惜早殇,故而对你怀中婴儿生了怜悯。"

荣儿这才小心翼翼地将婉儿递给张尚宫。

武曌抱着婉儿细细打量,这孩子生得玉儿一般粉白嫩红,淡淡的弯眉,宛若三月青杏,煞是可爱。婉儿对她也没有陌生感,逗一逗就"咯咯"地笑,仿佛懂得大人的疼爱似的。

武曌忽然想起母亲曾描绘过自己儿时的容貌,与婉儿在时的模样何其相似,那情感渐渐地就由怜悯转为喜欢,也许十四年后,唐宫里又会站着一位当年的武媚。

"她叫什么名字?"武曌不由得问道。

"启奏娘娘,婴儿名叫婉儿。"

"婉儿?"武曌将婴儿还到荣儿的怀里,"好名字!今日就到这里,你下去吧。"

荣儿向武曌深深施了一礼便出了门,想公公与丈夫此时正在狱中受难,她纵有千般怨恨也只能压在心头。其实身在掖庭的她哪里知道,就在她与武曌说话的当儿,亲人们已倒在血泊之中了。

武曌一直盯着荣儿的身影消失在甬道暗处才回过头来,她对掖庭令道:"这孩子生得聪慧伶俐,将来必有造就,你须好生照管,不可为难她母女。若敢违旨,我定不轻饶。"

掖庭令急忙应道:"微臣遵旨。"

"好了!我要回去了。"武曌说着,站起了身,张尚宫立即上前搀扶着她出了门。

掖庭令将武曌送到轿舆前,她正要踩着一位小太监的背上轿,忽然一阵冷风吹来,她禁不住打了一个寒战。但她并没有在意,处在人生巅峰的她,自认鬼魅不敢近之。

当晚洗漱一毕,她上榻看了一会儿《华严经》,便不知不觉地歪在枕上入了梦乡。她先是被两个厉鬼牵着在天地间漂游,接着来到一条深山古道,血水流淌,乌鹊群舞,从血河中站起一个个魂灵,都是死于刀下的当朝臣僚,而走在最前面的一对拖着沉重镣铐的赭衣囚徒,不正是被处决的上官父子么?他们脸上似乎没有怨恨,而从胸腔中发出的声音恰如闷雷滚过长空:"武曌!你窃国篡权,残害忠良,欺君凌下,必无好报!吾等生前不能废你,即便到阴府也不饶你!"

冥冥间,她的脖子被套上绞索,两个厉鬼依照上官仪的吩咐用力向两旁拉。她顿时胸闷气短,一激灵便走出了梦境,浑身冷汗淋漓。

武曌朝外面喊道:"张尚宫!"

张尚宫进来,见武曌满眼的惊惧,知道她又做了噩梦,急忙上前扶着她靠榻坐了,安慰道:"娘娘定是劳累过度,等奴婢传太医前来诊脉开药,安神补心。"

但接连服了几剂药,武曌的病情不仅没有好转,反而益发加重了。太医们每听蓬莱殿召见,都提心吊胆,做了与家人诀别的打算。

武曌心里十分清楚自己的病因, 长安再度让她烦不可耐, 让她离心日增。终于,二月的一天,她向李治提出要回洛阳去。

这一回李治没有执意留在京城,上官仪的死在他的心里拉开了难以弥合的伤口。他也需要暂时作别这伤心地,调解一下心境。

这样,在春分到来之前,他们又带着朝野班署返回洛阳,这回她没有再住进洛城殿,而是搬到了新起不久的合璧宫。

趁上官仪一案李治示软的余波,武曌在离开长安前,严令韩国夫人母女留在长安。李治心里虽然负气,却也没有干涉。

皇宫的生活回到了既定程序,朝野奏事仍然先由皇后听取,再转奏给李治。

武曌一回到洛阳,俨然换了一个人,处理起政事来不仅得心应手,而且精恰得当。

一天,司戎太常伯、同东西台门下三品的姜恪来奏,说显庆五年皇上曾任百济王子扶余隆为熊津都尉,协助都督刘仁轨召集余部,安抚地方,共御高丽。可其因百济与新罗国素有世仇,至今不敢渡海履职,滞留在洛阳。

藩国不宁,圣朝岂安?武曌要姜恪传话给扶余隆,令其遵旨回国。她又向李治提议,诏命刘仁轨说服新罗王法敏与扶氏释却旧怨,若是再起战事,圣朝必重兵伐之。五月,扶余隆在唐军的护卫下回到熊津。八月,经过刘仁轨几个月的斡旋,扶氏终与新罗在熊津城结为同盟。

入秋以后,李治登基以来第一次泰山封禅也在紧锣密鼓地筹备着。刘仁轨遵照朝廷旨意,邀新罗、百济、倭国等藩国使者渡海来到洛阳。消息传到高丽,高丽君臣经过廷议,以为尽管唐朝未邀,然亦不能无礼,也不甘人后地派来了使者。

面对这样一场封禅大典,武曌的心也没有闲着,政事之余,她用了很大的精力听取许敬宗向她讲述历朝封禅的故事。她发现自秦始皇封泰山以来,历代的大典都是男人主祀。这让她感到不公,为何女人就不能参与祭祀封禅大典呢?

许敬宗立即领会了皇后的心思,道:"微臣编修国史之日,每读汉武封禅之旧事,亦有同感。况当今'二圣'临朝,国威远播,四夷来服,皇后奠献,不唯正当其时,且人心所向。"

于是,十月十五日,武曌亲向李治上表,极言命妇奠献之利:"封禅旧仪,太后昭配,而令公卿行事,礼有未安。至日,妾请率内外命妇奠献。"

表奏送达武成殿,李治有些为难。他先是召来司礼太常伯刘祥道询问,刘祥道因上官仪一案被罢,惊魂未定,一听就知道是武曌向旧制发难。于是他支支吾吾,莫衷其事。于是李治又召来许敬宗,他直截了当道:"自古封禅,本无定制,全在当朝。微臣以为皇后奠献,乃我朝幸事,陛下当诏准。"

李治于是明白了,许敬宗必是先在皇后那里讨了口风,故而谏言与表奏如出一辙,他甚至怀疑这表奏就是许敬宗草拟的。

第二天朝会上,李治要刘祥道会同司宗寺(宗正寺)、同文寺(鸿胪寺)、司禋(祠部)就封禅诸事集议,却没有就命妇奠献说一句话。退朝以后,他立即要李荣召已恩准免朝的李勣进宫问话。

"皇后表奏,明春泰山封禅由她率命妇奠献,朕孤陋寡闻,爱卿有何见地,可直言之。"

李勣沉吟良久,却并不如李治所要求的直言,而是讲了一段汉武帝封禅的故事:"当年武帝封禅时,曾问计于太常博士,或曰'封禅用希旷绝,莫知其仪礼';或曰'不与古同'。大哉汉武,摈弃旧说,驾行岱岳,大典俨然,刻石勒碑,遂成千古佳话。夫因革损益,天地常理,况乎我朝旷代盛兴,四海偃然,遐迩一体,垂拱平章。皇后颖睿,气度不凡,奠献亦无不妥。"

"哦! 依老爱卿之言,皇后表奏应予恩准?"

李勣虽然年迈,心里却十分明白,知道皇上挡也挡不住,不过寻一个台阶下罢了。他这一番话,等于送了顺水人情。

果然,第三天的朝会一开始,李治就下诏——

禅社首以皇后亚献,越国太妃燕氏为终献。封禅坛所设上帝、后土位,先用蒿秸、陶匏等,今宜改茵缛、罍爵,其诸郊祀亦宜准此,自今郊、庙飨宴,文舞用功成庆善之乐,武舞用神功破阵之乐。

十月二十八日,李治留太子监国,偕皇后及参与封禅大典的中、西、东台宰辅、各司公卿,从洛阳出发去泰山。沿途从驾的文武仪仗数百里不绝,列营置幕,弥亘原野。东自高丽,西至波斯、乌长诸国朝会者,各率其扈从跟随,穹庐毳幕、牛羊驼马,填塞道路,喧嚣非常。许敬宗走在朝觐队伍里,不禁感慨,大唐神威,逾秦汉甚矣。

皇上与皇后的车辇前有仪仗开道,后有羽林卫护驾,车队两旁又以骑射夹道,数十里外,即可闻鼓噪马嘶,气势十分恢宏。波斯国、乌长等国的使者第一次跟随大唐皇帝出行,一个个瞠目结舌,由衷地感叹。

这是自并州省亲后,武曌最畅快的旅程,她尽情地享受着沿途州府的高接远送。每一个州都派了精明干练的知顿使安排皇上、皇后途经本地的食宿、通途。

这也是一路感知天地的旅程,皇上与皇后每到一地,当地的州刺史们都尽其所能地推介辖内的名胜古迹。

十一月,李治与武曌的车驾来到濮阳。濮州刺史为帝后接风后,又亲自陪同皇上游览了五帝庙。

李治偕武曌漫步在殿宇古林间,感知上苍的浩浩恩泽,追思大唐文明隆盛渊源,流连忘返,竟不知暮色渐沉。李治问身边的臣僚道:"濮阳谓之帝丘,何也？"

窦德玄紧随在皇上身边，见李治把目光投向自己，他的脸立刻憋得通红，低下头道："微臣孤陋寡闻，确不知其里。"

许敬宗在一旁听了，心里暗笑这些外戚只知道花天酒地，遂上前道："陛下，此地乃颛顼所居圣地，故而谓之帝丘。"

武曌听了就分外高兴，趁机说道："古人云'不学，其见不若盲'，窦爱卿当效许爱卿刻苦自励，以达天性。"

窦德玄惭愧地揖手道："微臣汗颜。当遵皇后旨意，学而不厌。"

许敬宗很得意，他乐颠颠地移步与步履蹒跚的李勣并肩行走，并说道："大臣不可以无学，下官见窦大人不能应对皇上之问，实在羞愧。"

他原以为李勣会顺着自己的意思说出一番褒此贬彼的话来，孰料李勣却道："许大人多闻，信美矣；窦大人之言亦善矣。"

许敬宗闻言脸上流露出不屑，心中骂了声老滑头，便径自追赶皇上的脚步去了。

这样，走走停停，等到了泰山脚下的齐州，已是麟德二年十二月了。一行人马歇息十日，才出发来到泰山脚下的博县。

时间抹去了上官仪之死给李治与武曌带来的隔膜，几个月来，他们第一次住进同一行宫，并且再度回到了当初那种依偎的浪漫时光。

武曌躺在李治身旁道："眼看岁尾在即，看来今年的春节该是在泰山过了。"

李治抚弄着武曌的长发，惊异于她驻颜有术。这头发乌黑油亮，与那些刚刚进宫不久的宫女一般无二。

听着武曌的呢喃，李治点了点头："无论在何处过年守岁，皆如京都。"

武曌从这话里感知到了李治的振作，道："妾以为开春封禅最好。一年之计在于春，阳气升腾，万物萌生，皇天后土的恩泽都在春日了。"

"皇后所言，正合朕意。明日就让刘祥道传旨下去，正月举行封禅大典。"

"妾率命妇亚献，开旷古新举，可不愿意仓促应付。"

"据朕所知，尚衣局已经为朕与皇后置了祭服，华美而典雅。"

……

东方既白，从山谷里传来破晓的鸡鸣时，两人才沉沉地睡去。

一觉醒来，太阳跃出海面，将灿烂的光芒洒向每一道山峰，李荣和张尚宫站在帷帐外轻轻地呼唤。武曌很欣慰，昨夜她睡得很沉、很香，没有再看到索命的厉鬼……

这一天，刘祥道奉命到泰山查看祭坛修筑情况，齐州刺史先行到达等候。两人沿着山道一路漫步，先看"封祀坛"，再看"降禅坛"，最后登顶查看"登封坛"。

"封祀坛"在泰山南路四星处，为圜丘状祀坛，取法"帝丘"之意，上面置了从东西南北采来的五色土，以表大唐社稷"人非土不立，非谷不食"之意。其中东方为青色、南方为红色、西方为白色、北方为黑色、中央为黄色。

忽然，刘祥道在"封祀坛"旁看到一道石碑，问齐州刺史道："此碑是何人所立？为何双石同座，覆以石盖？"

刺史回道："此事乃显庆五年皇后差遣许敬宗大人监立的，取名'双束碑'，以表明皇上与皇后并立天下，共治四域。"

"哦！"刘祥道记起来了，那一年皇上的确曾有过封禅泰山的打算，只是因为天灾而搁浅，那也是皇上头风病重，皇后主政的日子。只是他没有想到，皇后竟然早在五年前就把"二圣"临朝碑记在泰山之侧了。也许从她回到京城那一天起，就一直为之而苦心孤诣着。

刘祥道终于明白皇后为什么表奏皇上，一定要率命妇亚献，她要通过这场大唐盛事让天下百姓都知道，大唐不仅有一位威加海内的皇上，更有一位胸有韬略、不让须眉的皇后。

这女人的心机太过玄微，刘祥道不敢往深里想，随即说道："还是皇后虑远啊！"

新春的爆竹送走了温馨可意的除夕，迎来阳气直升的正月。正月十三，一场盛大的封禅大典在泰山下拉开帷幕。

辰时一刻，太阳冉冉升起，泰山主峰和西南方的社首山，沐浴在绚烂的阳光下。"封祀坛"前，数百名朝臣、几千名羽林卫和附近的百姓庄严肃穆地站在场上，一双双目光投向修葺平整的大道，等待着皇上与皇后的到来。

辰时二刻，李治与武曌庞大的车队终于进入人们的视线，场上立即爆发出海浪般的山呼："皇上万岁万万岁！皇后千岁千千岁！"

李治走下车来，旁边是皇后武曌，这种"二圣"并立的情景立即引起百姓的注意，有人在下面偷偷议论：

"看皇后的气度，比皇上还要轩昂。"

"不要胡乱揣度。江山万里主于一人，何来并立一说？"

但他们的议论比起欢呼声，显得那么微不足道。

头一天,皇上与皇后已在"封祀坛"前祭祀了天帝,今日他们将登上峰顶,在"登封坛"封玉牒。

泰山县令为"二圣"准备的轿舆早早地停在了山下,精壮的轿手轮流抬着两挺轿舆,沿着弯弯曲曲的石阶缓缓而上,每个人都心弦紧绷,生怕颠着了皇上与皇后。

上山的速度也是极为讲究的,等来到"登封坛"前,恰好是巳时三刻。

登封坛四面出陛,站在坛前俯视山下,群峰逶迤,奔涌如浪;松柏苍郁,碧涛滚滚,祭场上的人宛若群蚁,密密层层。

在乐师演奏的洪大的"庆善乐"声中,奉常寺官员代皇上献"太牢",然后,全场乐声静止,宣读祭文。李治从南面的阶陛升坛,将一封事先写好密封、藏于玉匮的玉简文书置于坛内石碱。据说这玉简文书是皇上禀报天帝的文书,或祷年算,或求神仙,其事微密,外人莫能知之。

待皇上被执事引导退下后,就进入皇后率六宫嫔妃升坛。只见一群宦官举着锦绣织就的护帷,引导她们从北面的阶陛来到坛前,将盛在金匮中的、缠以金绳、封以金印的玉简文书奉给配帝的石碱。

武曌分外肃穆,在将玉简文书藏进石碱的那一刻,她许下了一个不为人知的祈愿,期待有一天撤去竹帘,堂堂正正与李治一起坐在朝堂,听百官奏事,接受各国使节的朝拜。

她今天的服饰也分外耀眼,着了一件大红色凤袍,白玉双佩,玄组双大绶。站在嫔妃们前面,显得卓尔不群。

做完这一切,她在宦官护帷的遮掩下绕坛一周来到李治身边,与他一起观看下面的节目。

嫔妃们亦步亦趋地跟在皇后身后,连大气也不敢喘。王皇后、萧淑妃的惨死梦魇一样伴随她们走过了这么多年,她们早已不敢奢望能沐浴皇上的雨露,要不是武曌安排了这次亚献,她们恐怕今生再也无缘见皇上一面了。

接下来,奉常寺的祭祀官员酌酒入爵,再奉给皇上与皇后洒于地上,以为敬天之意。伴着阵阵的酒香,太乐署的歌者踏着鼓吹署乐师的旋律,登台献歌。

这一切,对武曌来说都不是最重要的,她看重的是自己以皇后的身份出现在封禅大典上。而更重要的是,她超越了长孙皇后,真正将"二圣"临朝的局面呈现在天帝面前。

第三天,李治与武曌又降禅于社首山,祭祀后土。

第四天,李治与武曌在行宫接受朝臣与各国使节的朝觐、朝贺。来自波斯、乌长、高丽、倭国的使者因为这次大典而对文物隆盛大开眼界,纷纷拜倒在"二圣"面前,发出"天朝万岁"的呼声。

武曌很欣慰,不久,"二圣"并立的消息将通过这些使节传遍海外。

也就是在这一天,李治接受武曌的谏言,改元乾元,大赦天下。

孙处约为皇上拟定的诏书这样写道——

> 制曰:岁逢吉年,国遇改元,赐文武官阶、勋、爵。民年八十以上版授下州刺史、司马、县令,妇人郡、县君;七十以上至八十,赐古爵一级。民酺七日,女子百户牛酒。永流罪者不在其列……

大典落幕,喧哗散去,可武曌的心并没有平静下来。从被太宗发配到感业寺,她一步一步地走到今天,在泰山顶上成为朝野敬畏的巅峰。平静下来时,她常常想到年过七旬的司空李勣。每一次,都是他在紧要关头为自己扫除障碍。

这一天午后,她应齐州刺史的邀请,与皇上一起游览城内的大明湖。她还特地召李勣陪同,并乘坐了一条画舫。

湖水涣涣,碧波荡漾,远山如黛,层楼叠翠,这让武曌心旷神怡,情绪分外明朗,话自然地就多了:"听闻老爱卿故里距齐州不远?"

李勣忙回答道:"回皇后娘娘,老臣乃曹州离狐(今山东菏泽东明县东南)人也。"

武曌的脸上立即溢满了笑意,对李治道:"老爱卿戎马一生,老当益壮,白首霜心,功在大唐。皇上不是还要赴曲阜祭孔么,妾以为当中途转道曹州,以圆老爱卿还乡省亲之愿,也彰陛下体恤臣下之心。"

李治觉得武曌的谏言不唯及时,也表达了自己的心愿,遂赞同道:"此议甚好,烦劳皇后传旨给窦德玄、刘祥道和许敬宗,就说朕要亲往司空故里宣慰老爱卿。"

皇上与皇后的这番话让李勣一时语塞,不知道该怎样回应。良久,他老泪纵横、声音哽咽地跪倒在船上道:"老臣谢'二圣'隆恩!"

# 第二十六章

## 中秋夜心事各怀　蓬莱殿蕊儿折枝

乾封元年二月,刘仁轨被召回京,任大司宪兼检校太子左中护。

自显庆元年因查处李义府一案被排斥出京,至今整整十年。他一直在海对面的高丽、百济,先后参与了显庆五年的唐灭百济大战、龙朔三年的驱除倭寇、救援熊津都护刘仁愿的白江口大战。

时任西台侍郎、同东西台三品的上官仪即刻将战报送至皇上案头,陈明当年冤情。李治随即厚加褒奖,并遣使渡海劳军。

那诏书就是由上官仪拟就的,当朝廷使者在熊津都督府宣读诏书时,六十二岁的他面西而跪,怆然涕下:"陛下圣明,臣死无憾矣!"

远征归来,长安已非昨日。不唯太极宫旁又扩建了大明宫,令他伤心的是曾在艰难时世中屡次为他伸张正义的上官仪已魂销人去。抚摸着西台署的旧案,似乎还残留着故人的余温,刘仁轨神伤无语。

其实,他与上官仪实在说不上私交。永徽年间,他在门下省任给事中,具体负责审议封驳诏敕奏章,秩禄正五品;上官仪在秘书省任少监,主要掌管经籍图书。在官署林立的长安,常常相逢而不相识是再平常不过的事。由于涉足李义府的案子,他们才得以彼此知悉。

世界上最辽阔的是人心,最敏感的也是人心。对社稷的忧患,对大唐的忠诚,让他们冲破藩篱站在了一起。

在百济驻军的日子里,他本来是有许多话要对上官仪说的,可现在他只能托云霓带去他的思念了。

皇上已传讯长安,他在曲阜拜谒孔庙,并至亳州拜谒老君庙后,只在东都停留六日即返回长安。皇上要他执位以待,并过问西台诸事。

人生苦短,岁煎人寿。屈指算来,他已是六十六岁的老者了。他明白自己为朝廷效力已时日无多, 因此不敢有丝毫的懈怠。他每日准时来到大司宪署,如在军中一样一丝不苟。

这是三月的一天辰时,当他来到西台署时,几位侍郎、谏议大夫、给事中正聚集在一起,他们见刘仁轨到了,纷纷上前迎接。进入署中,他见每个人脸上喜不自胜,不免感到诧异,问道:"何事让诸位喜上眉头? 能否说来听听?"

"刘大人,李义府已死于巂州。"一位谏议大夫说着,上前将一卷文字递了过去。刘仁轨展开一看,是李义府写给皇上的一首诗,题为《在巂州遥叙封禅》。刘仁轨虽不懂诗词,亦觉得文采斐然——

天齐标巨镇,日观启崇期。岧峣临渤澥,隐嶙控河沂。
眺迥分吴乘,凌高属汉祠。建岳诚为长,升功谅在兹。
帝猷符广运,玄范畅文思。飞声总地络,腾化抚干维。
瑞策开珍凤,祯图荐宝龟。创封超昔夏,修禅掩前姬。
东后方肆觐,西都导六师。肃驾移星苑,扬罕驭风司。
……

特别是"创封超昔夏,修禅掩前姬""东后方肆觐,西都导六师"几句,极言皇上与皇后封禅名逾三皇五帝,功越秦皇汉武。但刘仁轨看得出来,这诗分明就是写给皇后的。何谓"修禅掩前姬"呢? 自秦皇汉武封禅以来,未闻有皇后亚献的,武曌当属第一人。

刘仁轨顿生感喟。单凭才情,无论是许敬宗还是李义府,恐怕这个朝堂上没有几人可以比肩的。可他们的德行,又该是多么令人不齿。他合上诗稿,有些感叹道:"一首诗不值得诸位如此弹冠。"

这时候, 就听臣僚中有一人道:"大人有所不知, 今春朝廷改元大赦天下,李义府以为止水复波之机到来,遂向皇上进了这首诗。孰料皇后旨意,长流之人不在此列,李义府闻讯,当夜吐血而亡。"

刘仁轨"哦"了一声,抬头看去,却是西台舍人源直心。他记得那年奉命渡海为苏定方大军运输粮草,途遇海风,船沉粮没。消息传至京都,李义府乘机谏言皇上,将他拘捕入狱,正是这位源直心替他辩冤。十年归来,他却仍在舍人之位上,这让他不免唏嘘。

"昔日李义府恃宠弄权,朝野自危。及至触怒龙颜,贬为庶人,人心大快。

今见大赦,又闻此诗,疑其又东山再起。至知其无望而终,故而庆幸。"源直心又近前一步道。

"老夫不知,臣僚惧李义府甚于虎矣。"

刘仁轨发现,就在大家众说纷纭的时候,有一人却沉默不语地坐在角落里。那不正是当年奉李义府之命,赴百济拘捕自己的监察御史袁异式么?记得袁异式到百济后曾提醒自己,说"君与朝廷何人为仇,宜早为计。"那意思很明白,就是要他逃亡海外。他婉言谢绝了袁异式的提示,说"丢失粮草,过在自己,国有常刑,公依法弊之,在下无须逃命。若使遽自引以快仇人,窃未所甘。"他当即自戴枷锁,由袁异式押回京都。

也许袁异式还记着这件事情,内心很不安吧!刘仁轨来到他面前,先施了一礼,继之说道:"久违了,袁大人。"

袁异式惶恐地起身还礼道:"大司宪施礼,折杀下官了。"

刘仁轨笑了笑问道:"大人为何在此沉默不语?"

"这……"

"老夫知道,大人还在为当年之事纠结,大人不必郁郁在心,你不过奉命行事耳。"

众人都为刘仁轨的大度而感佩,纷纷说道:"大人久在海东,戎马倥偬,今日无事,大家不妨小聚,一则为大人接风,二则为庆李义府之死。"

刘仁轨忙摆手道:"各位大人的心意老夫领了,前者将军戍边,乃为天职,回京履职,恩在皇上,无须滋事张扬;后者虽罪恶昭彰,然人去事亡,何来相庆一说呢?"

这高风亮节让袁异式的心久久不能平静。过了几天,他趁空闲力邀刘仁轨小坐。刘仁轨心知如果不应邀赴宴,袁异式的心结永远不会打开,于是他欣然前往。席间,刘仁轨饮下袁异式的敬酒之后,将酒觚掷于地面摔得粉碎,慷慨陈词道:"老夫若念畴昔之事,形同此觚。"

袁异式一步上前,拱手道:"大人度量让下官惭愧,下官不才,愿以臃肿之姿追随大人。"

这话余音未散,四月底,李治便偕皇后从洛阳回到了长安。

五月初的朝会上,司戎太常伯、同东西台三品的姜恪禀奏道:"陛下,高丽国大莫离支泉盖苏文卒,长子男生代为莫离支。他初知国政,出巡诸城,使其弟男建、南产知留守事。孰料有人趁机向男建、男产进言,说男生素来厌恶两位兄弟,意欲除之,不如先为之计。于是,男建自为莫离支,发兵讨男生。男生走保别城,派遣其子献城到熊津向朝廷求救。"

李治向刘仁轨问计:"爱卿久驻熊津,依卿之见,当如何处置?"

"我军久攻高丽不下,皆因泉盖苏文父子挟国君以令臣下,抗朝廷而肆恣为,泉氏兄弟反目,此乃我伐高丽之良机。"刘仁轨便趁机建议。

这时候,就听见武曌在帘后道:"刘爱卿所言甚是。我以为渡海为战,不唯传输不易,且人地两生,若能借重男生之力,岂不事半功倍?"

这是刘仁轨第一次听武曌论兵,便由衷感慨皇后知兵之精、善断之睿,就跟着道:"皇后娘娘所言真乃制胜之道,微臣也以为解男生之围,莫过于借力还力,以彼攻彼。"

姜恪也对皇后谋断极为赞同,不仅仅是这一次出兵高丽,多年来每每朝堂议军,皇后总有不凡之见,对天下军势了然于胸。姜恪正思忖间,从帘后又传来武曌的声音:"所谓得道多助失道寡助,我以为出师有名才可制胜。故当以安抚为号,方能赢得人心,诸位爱卿以为如何?"

在朝臣们的惊诧声中,李治又道:"皇后之言,正合朕意。传旨,以右卫将军契苾何力为辽东道安抚大使,将兵救之;以泉献城为右武卫将军,充当向导;以右金吾将军庞同善、营州都督高侃为行军道总管,共讨高丽。"

退朝以后,姜恪并没有立即回署中,却来到宣政殿对李荣道:"烦请公公禀奏陛下,就说下官求见。"

"陛下此时正和皇后说话,请大人于塾门少待。"李荣回道。

其实这会儿武曌正就宰相人选向李治进言。说是进言,实是商榷。自上官仪被诛以来,这已是司空见惯,而且在许多情况下,往往是武曌一言定局。

"不知陛下可知李义府在巂州已忧愤而死了?"武曌话音里带着惋惜,"论才气,李义府不在许敬宗之下,然则他不能自律,终于自毁,殊堪为训。"

李治点了点头,他为武曌没有对李义府之死耿然于心而欣慰。现在刘祥道又因上官仪一案受到牵连,被罢知政事,右相一职空缺,他需要就此征询皇后的意思。然而,没有等他开口,武曌倒先说了:"臣者,国之辅也,相位不可一日或缺,妾认为刘仁轨足以胜任。"

朝堂议兵,刘仁轨韬略在胸、见地非常,给武曌留下了深刻印象。她在心中把他与前任几位宰相做了对比,觉得他不唯兵法熟稔,且治政有思。她还读过他向朝廷上的几份表奏,都言之成理,直陈所见。

她暗暗打量李治的表情,就知道他与自己不谋而合了。果然,李治是频频点头:"皇后所言,正合朕意。朕明日就召乐彦玮进宫拟定诏书。"

"陛下知人善任,妾欣慰之至。"见李治今天心境愉悦,武曌适时而又恰切地将自己思谋已久的心事说与他听,"冤家宜解不宜结。妾自泰山归来,久思武氏一门,虽同父异母几位兄长曾对家母无礼,然毕竟时过境迁。妾姐妹三人,姐姐已适越王府法曹贺兰越石,妹适郭孝慎,惜哉早亡。余者赖陛下圣恩,皆以为公卿。妾有意由母亲出面于府中设宴,叙血脉之缘,释往日之嫌,不知陛下意下如何?"

李治笑了笑道:"皇后此虑甚周,朕早有此意。如此,则周国公(武士彟)当含笑九泉。朕明日就命司宗寺会同内侍拨付钱币,以为资费。"

闻言,武曌的脸上就绽开了暖暖的笑意,谢道:"妾之家宴,不用府库资财,朝廷为荣国府所拨用度足以开销。"

李治为武曌的通达而感动:"皇后所为足为楷模,朕心甚慰。"

见时间不早,武曌便起身告辞,移驾蓬莱殿去了。这是上官仪一案之后,李治与武曌少有的坦诚,也让李治对武曌的郁结渐渐散去。

武曌走后,李荣进来禀奏道:"陛下,姜恪大人求见。"

李治闻言皱了皱眉头,心想出兵高丽之事,朝堂已经议决,他还有何事来见?但出口的话却道:"宣。"

姜恪所奏和刘仁轨有关:"臣在司戎任上多年,辅佐'二圣'西击突厥,东伐高丽、百济,赖陛下神威,边城捷报累进。然臣年事已高,自知力不从心,今刘大人还朝,微臣有意辞去大司戎之职,由他来做,于私于国两利,还请陛下恩准。"

李治停下笔,看了姜恪许久,不禁笑了:"君与刘爱卿,谁为长?"

姜恪一愣,进殿时他只管陈言,却未详细算过,现在皇上询问,他才在心里计算了一番,倏然赧颜道:"刘大人长微臣三岁。"

"哈哈哈!"李治大笑,"长者老当益壮,而次者却言老迈。这是何故?"

"这,微臣……"

李治截住姜恪的话头道:"爱卿不必谦让,刘爱卿严于律己,筹谋策划,皆有方度。朕另有任用,卿不必多言。"

"陛下!微臣……"姜恪还要说话,李治挥了挥手道,"爱卿让贤之怀堪赞,司戎乃军务枢机,爱卿不可掉以轻心。"说罢,他便埋头批阅奏章去了。

从宣政殿出来,姜恪一身热汗,可他回署中的脚步却是轻快的。

七月,朝廷的诏书下来了,刘仁轨以大司宪兼检校太子中护之职,又被任命为右相……

转眼又是八月,眼看暑流消退,秋云浩空,一年一度的中秋节又临近了。

这一天,内府监武元爽来到司宗寺探访兄长。兄弟坐定,丫鬟上了香茗,便打开了话匣。

武元庆了解他的性格,借着内府监的职务之便,喜欢走街串巷,名为朝廷置办器物,实则中饱私囊。外人慑于皇后之威,往往睁一只眼闭一只眼。他登门来访,绝不仅仅是讨一杯茶吃。

果然,武元爽放下酒杯,从怀中拿出一纸信函道:"兄长也收到此物了?"

武元庆看了一眼道:"你是说杨氏邀我等中秋饮宴之事吗?我当然收到了。"

"兄长如何看这事?"

武元庆呷了一口茶,喉咙清爽了许多:"若为兄没有猜错,此定非杨氏主意,乃出于武曌之口矣。"

"哦?兄长何以见得?"武元爽往前挪了挪。

"所谓欲出行者,先观天色;入宦海者,先闻政声。自'二圣'视朝以来,李义府忧愤而死,许敬宗春秋日高,老迈不堪,武曌欲固其位,必先强其干,此时当然会想起你我兄弟。若是为兄没有猜错,唯良、怀远亦收到了杨氏信函。"武元庆挤了挤眼睛。

他说的武唯良、武怀远乃武曌伯父武士让的两个儿子,一个官至司卫少卿,掌管宫廷禁卫;一个任淄州刺史。

武元爽"啊"了一声,似乎明白了:"老太太是要借血缘关系为武曌培植党羽,与李氏抗衡。"

"对!"武元庆起身给杯中续茶,继续分析情势,"贤弟忘了,武后初立之时,曾向陛下进《外戚诫》,极言外戚之患,恳请对我等严加管束,不可以宗亲而姑息放任。因此,你我兄弟至今官不过四品,宅不过二处。今日她忽续宗缘,岂非翻手为云覆手为雨,其用心昭然也。"

武元爽不得不承认兄长见识之明,两人忆起显庆四年武曌还乡时遭受的冷落,犹感气愤难平。可他们也有一个感觉,经过上官仪一案,武曌愈益专权,连皇上都让之三分,况他们并非重臣,硬顶恐非良策。

"那依兄长之见,我等赴宴否?"

武元庆道:"不管杨氏出身如何,毕竟是我等继母,若公然拒绝,势必引祸。过几天怀远也要归京,到时再商量应对。"

最后兄弟俩商定,宴还是要赴,至于杨氏图谋须当警觉,绝不可轻易为人所用。

乾封元年(公元 666 年)中秋节前夕,武怀远从淄州归京。他倒是自觉今非昔比,先去拜见了皇后,并献上淄州特产,然后才来看望两位堂兄长。兄弟经年未见,武元庆在府中设宴招待。席间,武元庆问皇后近来的心境。他说皇后对所献美食欣然接受,而且反复叮嘱要他们到府上来看望两位兄长。

"呵呵!"武元庆举起酒觞,邀三位兄弟共饮,接着就把一个他们很少去想的问题提到了大家面前,"诸位可记得王皇后当年邀武墨回京之事吗?诸位再想想,你我兄弟比之李义府与皇后之交如何?"

见众人摇头,武元庆继续道:"王皇后谏言陛下召武墨回京,结果死于'醉骨';李义府助纣为虐,结果武墨弃之若敝屣,死于巂州;郭行贞助其做'厌胜'之术,事过亡命。前车之鉴,犹未远去,况我等当年与杨氏有隙,大家不可不防。"

经这样一点拨,大家都觉得去赴宴有些为难,纷纷要武元庆拿主意。武元庆仰起脖子,饮尽杯中之酒,印堂就红云飞荡,话也显得不那么利落了:"有道是兵来将挡,毕竟她是皇后母亲、吾等继母,不去则理亏。依为兄之见,我等应不卑不亢,见机行事最妥。"

酒阑席散,武唯良、武怀远出得府来,借着酒意仰头看天,时值八月十四深夜亥时,一轮明月悬空,几颗星星相伴。然而他们再仔细一看,那月亮却只露出半轮,一半被一团黑云罩住;万籁俱寂中,从城北飞来几只乌鹊,留下几声寂寞的鸣叫,听起来瘆得慌。武唯良的话语中就多了几许恐惧:"此非祥音,令人发怵。"

武怀远的心顿时就沉重了,他也说不清此次归京究竟是福还是祸?但他还是安慰武唯良道:"我等乃堂堂大唐朝廷命官,怕什么?"

武唯良没有接话,只是在心底念叨:"父亲,叔父,愿您在天之灵佑孩儿平安。"

中秋节傍晚,西天的晚霞刚刚散去,月亮就从渭河河面升起。武元庆、武元爽、武唯良、武怀远兄弟相继来到了荣国府,府令和丫鬟们在门口迎候。见武元庆、武元爽下了车,他们立即对着府内高声喊道:"司宗少卿武大人到。"

目送武元庆进了正堂,府令不敢怠慢,接着喊道:"内府监武大人到!"

等武唯良、武怀远兄弟进了府,被丫鬟引至后花园时,看到除了武元庆、武元爽外,还有一玉面少年在座。看见武唯良和武怀远进来了,他急忙起身相迎道:"舅父到了,请上坐。"

武元爽指着就年轻人介绍道："他乃武顺之子,名贺兰敏之。"

"哦!"武唯良与武怀远没有深问,依序在武元庆下首坐了。武顺与皇后共侍一主的事传闻甚广,他们总以此为羞。不过这敏之倒随其父贺兰越石,青春方开,已是玉树临风了。

大约晚上戌时三刻,月色落进后花园的湖水中,泛起点点银波;洒在湖岸的修竹花木上,婆娑温柔。看那悬空的月亮,玉兔飞动,桂树吐芳,却还是不见老夫人的身影,大家不免等得急了,眼睛不约而同朝花园口望去。这时候,就听见府令高喊一声:"老夫人到!"

荣国夫人在丫鬟的簇拥下从花园门口走来。数月不见,杨氏发福了,体态显得臃肿了许多,她两鬓如霜,满脸皱纹,拄着一根龙头拐杖,据说是皇上钦赐的。武元庆、武元爽兄弟急忙起身相迎,拜倒在老夫人膝下:"孩儿向母亲请安。"

"起来吧!"荣国夫人挥了挥手,表示了长辈的大度,接着朝身后道,"呈上来!"

随后,丫鬟捧着四卷字上来了。

荣国夫人道:"今日中秋,武氏一族多年有了第一次竞欢之聚,皇后闻之,眼开眉展,欣然命笔为你等兄弟题了字。"说着,她吩咐府令一卷卷打开。众人围观,见给武元庆写的是"同气连枝",这本出自南梁周兴嗣《千字文》中的话,如今由武曌写来,确是很有寓意的了。给武元爽题写的是"君子不器",为武唯良题词曰"反求诸己",给武怀远送了"欲虽不可去,求可节也"。

贺兰敏之问道:"皇后如何没有为孙儿写字?"

"你舅父在朝为官,皇后多些牵挂也是自然,你年纪尚轻,以后还有机会。"荣国夫人应道。

贺兰敏之没有再说话,心里却想——本少爷生来爱色不爱字,不过是逢场打趣罢了,真要送来,只怕上面那些曲折的意思都让人心烦。

众人收好字再度入座,丫鬟们给每人都斟满了酒。武元庆率先起身向荣国夫人敬酒,言道:"今日中秋,天下共庆,孩儿祝母亲瑶池春不老,寿域日日祥。"

听了这话,荣国夫人的脸上就笑成了一朵花。她怀想今昔,恍若隔世,不由得从心底为生了武曌而欣慰之至。借着酒力,她的话也随之出口了:"你们尚记得畴昔之事乎?今日之荣贵复又何如?"

武元庆兄弟并不浑噩,荣国夫人分明没有忘记当年的龃龉,而且将他们兄弟今日的荣华尽归于皇后所赐。于是,便觉得这芬芳馥郁的酒酿里暗含了报复的意味,又有了要他们知恩图报的成分。他看了看几位兄弟,脸上果然都挂上了阴云。

此时,武唯良将一杯酒灌进肚里,就脸热眼红道:"唯良等以功臣子弟早登臣籍,揣分量才,不求贵达,岂能以皇后之故曲荷朝恩?如此,则夙夜忧惧,不为荣也。"

武元爽也不甘示弱,接着武唯良的话道:"孩儿不才,赖先严功业得有今日,不敢数典忘祖,有辱家门,更不敢借皇后之故恣意妄为。"

"你等之言差矣。皇后有今日,非由武氏,乃因杨氏系弘农望族,世代入仕。先祖杨振,汉世一品;至于文帝,开大隋基业,成一代人主。反观武氏,勿论女辈,男子素以庶族苟安于世。须知你等至有今日,乃因尔父跟随高祖、先帝创业勋劳之故。今陛下恩宠有加,尔妹贵为皇后,洗雪旧辱。然则长孙诸臣,以身世之故,讥噪不已;上官叵测,屡兴风波,恶语相加,欲废后位。老身今日请你们几位过来,也是要叙血脉之缘,尽释前嫌,同气合心,共举大计。然听言观行,其心各异,不免令老身伤情。"荣国夫人说着说着,老泪就涌出眼眶,"老身已是八旬羸躯,去日无多,所思所虑皆在你等兄弟前程。此非老身一己之见,也是皇后之意。"说完,荣国夫人用丝绢沾了沾眼角,不再说话。

本来赏月饮酒的亲情之会,忽地就秋风萧瑟、冰冷沉寂了。仿佛一轮明月,洒下的不是千里银波,倒是一天寒霜。荣国夫人很是失望,正要拂袖散去,却不料武元庆站起来说话了。

"老夫人所言甚是。"武元庆顿了顿,调整了一下自己的情绪,"忆起畴昔,我等兄弟无礼之处皆出于年轻无知,还请母亲见谅。来日方长,吾等当以孝为先,兄妹和睦。"

荣国夫人的神色这才活泛起来,举杯饮下一口酒,目光专注地投向武元庆,孰料他接下来的话却让杨氏更加寒心。

"而今朝政大计,皆委与皇后,所决诸事,俱悉'称旨'。自长孙无忌、褚遂良谋反案后,上官仪又引刀伏法。吾等兄弟闻之,惶然不可终日,尤恐遭遇不测,蹈王皇后、萧淑妃、太尉之覆辙矣。"

武元庆一番话在众位兄弟心中激起波澜,连一直没有说话的武怀远也站起来道:"长兄之言亦怀远所虑也。赖叔父功业,怀远乃得擢升,实如唯良兄长所言,不求闻达,只求平安足矣。"

武元爽虽没有说话,却跟着几位兄弟的声音频频点头。

荣国夫人十分吃惊,同是武氏一族兄弟,反而各怀心事,远没有许敬宗、李义府竭忠效命,她不禁在心中深深自责。早知如此,又何须费心铺张。唉!她本该料到这个结局的,只能暗暗叫苦,不知该如何向武曌交代。

人是自己邀请过来的,她又是座中长者,不可怒形于色。荣国夫人顿然显得大度起来,道:"老身一世坎坷,幸得皇后荫庇,终有晚岁之乐。今又逢佳节,亲人欢聚。难得你兄弟如此坦诚,有道是人各有志,何须强勉。今夜月色如昼,万方普庆,该说些高兴的事才是。"

然而此时武氏兄弟却已兴味索然,武元庆看了看大家,四位兄弟一同站起来向荣国夫人敬酒:"夜色已深,母亲春秋已高,不堪劳累,晚辈就此告辞了。"

贺兰敏之却是弄不明白舅父们究竟要说什么,外祖母召他们来究竟是何意思。其实,这会儿他的心思也根本也没在这儿,而是飞到丫鬟群里去了。外祖母身边有几位好看的姑娘,或被他猥亵,或被他奸污,只是慑于皇后之威,她们不敢说罢了。看武元庆等人走了,他没有丝毫惋惜,劝道:"走就走了吧!您老还难过什么呢?"说完,他就溜出花园,寻姑娘们去了。

近来,他时不时被太子召进宫中对弈,有一天,竟然看见了太子中舍人杨思俭的女儿到宫中来找父亲,他一下子就被她的美艳迷住了。他回到府邸与府役们谋划,一门心思在想怎样将这可心的女子弄到手。

酒阑人散,只剩下杯盘狼藉。荣国夫人感到从未有过的抑郁、愤懑和悲凉,她的自尊心从来没有像今夜这样受到如此的伤害。听着武氏兄弟相继离去的脚步声,她的脸如木炭在灼烧,从鼻翼间发出的声音让看惯了老夫人吃斋念佛的丫鬟们心里直战栗。

"哼!你等不仁,休怪老身不义。"她已打定主意,明日就进宫要皇后给这几个不知天高地厚的小子厉害瞧瞧。

……

风清月朗,云淡星稀,中秋的月光落进太液池,一泓碧水银波荡漾,碎浪涟漪,宛若万千颗明珠浮光耀金。偶尔有爽风吹过,摇碎了池中的簇簇树影和琼阁仙山。在这万方齐乐的时刻,上天也在回馈人间不尽的温柔。

李治与武曌的将赏月的地址选在太液池,真是颇费了内侍省的心思。

太液池是皇家的生命咏叹,遗下了秦皇汉武对仙境的向往。相传东海有汇沧海于其间的"归墟",那里有蓬莱、方丈、瀛洲三座仙山,乃神仙聚居之处。当年秦皇、汉武欲求长生不老药,遣方士往蓬莱求仙未果。后来秦皇曾于咸阳原的兰池宫筑蓬莱、方丈、瀛洲三山,以了向仙之愿。汉武帝效法秦皇,于长安城开掘太液池,堆土为山,高二十余丈,亦名之蓬莱、方丈、瀛洲。现在这太液池新修于贞观九年,龙朔二年,李治在居东都其间重整大明宫,疏浚太液池。后来每每回到长安,便将之作为理政之余休憩览胜之佳处。

当月亮从长安城头刚刚露面的时候,李治偕武曌、魏国夫人贺兰蕊儿已登上太液西池的蓬莱岛。在飞檐斗拱的亭榭里,赏月的酒酿、果蔬、点心都已摆好。李治在李荣的服侍下坐在上首,武曌、贺兰蕊儿坐在侧旁。除了李荣和张尚宫站在李治和武曌身后,其他宫娥和太监都站在亭外,时刻听候传唤。

李治抬头东顾,望见东池的瀛洲岛上灯盏高悬,人影绰约,分明是太子在临月赏景,因此他目光中充满了慈祥。哦!太子真的长大了。这神情武曌看在眼中,暖在心头。时光如白驹过隙,当年临盆分娩时的情景犹在昨日,太子如今已是十四岁的少年了。本来她打算让太子陪李治赏月的,可又想他总有一天要独立主政,何须总是跟在父母身边,因此就没有这样做。

武曌轻轻地拈起一只蜜橘递给李治,说话就带了母亲的温柔:"弘儿长大了,也懂事多了。自从陛下令其听政以来,唯几毓性,处置得当。故而,妾允准他独往瀛洲赏月,好在近在咫尺,与同席无异。"

李治点了点头:"皇后言之有理。过了乾元元年,他就十五岁了,该选妃了。"

"陛下圣明,妾听说太子中舍人杨思俭有一女,天生丽质,若是选为太子妃,自然是天作之合。"

"朕也听说过,不过总要弘儿满意才好。"李治笑道。

这时,贺兰蕊儿在一旁插话道:"这有何难?杨思俭终日陪伴太子,对两个孩子的境况了然于胸。他与妾也不生疏,改日传进宫来一问便知了。"

李治颔首,以为蕊儿所虑甚周,但武曌脸上忽然就肃然起来。要说李治作为一国之君,身边多几个女人也不为怪,但武曌就是不能容许。姐姐在世时的那些耳鬓厮磨,她睁一只眼闭一只眼也就罢了。可她没有料到,蕊儿比她亲娘还要厉害,近来常常趁她夜间批阅奏章之机,与皇上卿卿我我,越来越放肆。现在,她又要插手太子的婚事,岂非不知天高地厚?她正要说话,却听见池岸笋笙高奏、雅乐回旋,原来是太乐署为中秋节排练的歌舞开始了。

> 九春开上节,千门敞夜扉。
> 兰灯吐新焰,桂魄朗圆辉。

送酒唯须满，流杯不用稀。

务使霞浆兴，方乘泛洛归。

这不是自己写的那首《夜宴》么？记得那是在洛阳度元宵节时，当时面对火树银花、皓月当空，她一时诗兴大发，随口吟来，令在场的李治和许敬宗击节称快。之后，太乐署为之配了曲，并且以软舞演绎。但她听了那软绵绵的节奏，看了那婀娜的妖娆，心里就很不舒服，之后便不常关注了。

此刻当秋风带着新编的乐曲飞到亭榭的时候，她的丹凤眼里顿时光彩灼灼。她欣喜地发现，歌舞中都流溢着男子的雄健和豪气。

融融月色下，一群身着盔甲的男子健步铿锵，旋转如风；而女子们身着配有饰品的软甲，下着喇叭式裙装。他们或聚或散，或环绕领舞者旋转，或成鹰展双翼。群舞云卷云舒，独舞丹凤奋翮；双人舞比翼齐飞，金色的盔甲与碧绿的软甲相映生辉。特别是在唱到"送酒唯须满，流杯不用稀"时，那醉后的胸热胆张，那豪饮的浩然气概，那男子的心雄万夫，那女子的娇若玉兔，看得武曌得意忘情，逸兴遄飞，仿佛这个秋夜只属于她一人。直到曲终舞退，她才收回目光。然而，就在转身的那一瞬间，她的眼睛突然僵直了。

灯影暗处，蕊儿正倚在李治肩头，把一只剥好的蜜橘送进他的口中。李治也正陶醉在蕊儿的脂粉香里，如梦如幻，当他忽然看到月光下武曌愤怒而又吃惊的目光时，急忙暗地推了一把蕊儿，旋即正襟危坐，一脸的正经。

正当两人尴尬之际，武曌却笑了，把话题转到了对乐舞的观感上："陛下以为妾的诗配了健舞如何？"

"妙不可言！妙不可言！"李治此刻用武曌最愿意听的辞藻来掩盖自己的忐忑不安，但这种空泛的夸饰怎么可能减退武曌的怒火呢？只不过她有意不点破罢了。

蕊儿倒显得很坦然，没有丝毫的愧疚。在她看来，女人活的是什么呢？就是一张粉嫩白皙的脸蛋，是那让洁雪逊色的肌肤，是能够唤起男人欲望的嘤咛。这些，她的姨母曾拥有过，因此击败了王皇后和萧淑妃，但她永远不可能再拥有了。对本应由男人们打理的朝政的过分热心，对身边情敌和政敌处心积虑的打击，使她华颜不再，秋倦早临。皇上也许需要她在国政上襄助，可他们之间不可能再有雪里吟诗的情趣了。她虽然一口一个"姨娘"叫得很亲，可还是无法掩饰内心的不屑和得意。

武曌估计李治接下来一定还有话说，因此当蕊儿将一颗蜜橘递给她时，她欣然接受了，并且笑着道："蕊儿年纪也不小了，魏国夫人的封赐也已经年,总该往前走些才好。"

李治看着武曌,双目迷离,似醒似醉的样子,忽然地就有了一种迷茫。依她的性格怎么可能对刚才的一幕无动于衷呢？或许，是因为与蕊儿的亲缘吧！

待他将武曌反复打量之后终于确信,皇后一定接纳了蕊儿——是的！她一定认为与其让别的嫔妃去蛊惑那一颗不安分的心，倒不如让外甥女去填补他的情感缝隙。

李治收回目光,吩咐丫鬟给杯中斟满酒,邀武曌与自己对饮,接着就把在舌尖滚动了许久的话且露且藏地说给皇后听:"朕有一事欲与皇后商议,不知可否？"

"何事？陛下但说无妨。"武曌就在心中发笑,而且她也猜到了皇上将要说什么。

"魏国夫人自入宫以来虽有封赐,却无内职。朕欲册封她为昭媛,不知皇后意下如何？"

虽说在床第之欢时李治不止一次地许诺要册封她，可在这样的场合提出这样的话题,还是让贺兰蕊儿有些吃惊,她一双杏眼直勾勾地看着武曌,不知皇上这一番唐突的话会引出怎样的风波来。

可就像这头顶的月亮刚才被云彩遮住,顷刻间又钻出了云层,重现它的美丽一样,他们都没有在武曌脸上读出狂风暴雨,反而看到了很妩媚、温暖的一笑:"此事就依陛下。一转眼蕊儿都出脱成如花似玉的美人了,也该有个名分不是？"

多年了,李治第一回从武曌口中听到她对册封另外一个女人的赞同,便忙不迭地对蕊儿道:"还不快谢皇后。"

贺兰蕊儿心领神会,站起来就跪倒在武曌面前:"谢姨娘恩典。"

武曌很温婉地上前扶起她,倒一下子有了长辈的架势:"你要说谢,就该好好伺候陛下才是。"

"遵旨。"贺兰蕊儿一时不知如何回答。

抬头看天,月影西移,李治起身准备回宫,武曌辞别道:"陛下,妾今夜还要批阅几道奏章,便不能陪伴陛下了。"说罢,她转身便自顾上了轿舆走了。

那上轿时的背影,让贺兰蕊儿有些仓皇无主:"陛下！妾……"

"没事,我们移驾承欢殿吧。"说完,李治携起贺兰蕊儿的手便出了亭榭。

武曌刚一坐进轿舆,脸色顿时阴沉得能滴出水来。她一使劲,就把手中的丝绢撕成两半,口中骂道:"小贱人,竟敢向我叫阵……"

直到坐在蓬莱殿内室的榻上,她的怒色依然挂在脸上,气喘吁吁的,吓得身边的宫娥太监一个个胆战心惊。大家都悄悄地退出大殿,在外面伺候。

她暗地埋怨自己太疏忽大意了。这些年来,她实际上活得太累。一只眼紧紧地盯着后宫嫔妃,而另一只眼则紧盯着朝堂。自显庆五年皇上赋予她听百司奏事的权力后,她夙兴夜寐,席不暇暖,也不承想将之交还给皇上。随着上官仪一案的结束,她还将竹帘挂到了紫宸殿。然而,她唯独没有想到一个在她眼皮下长大的外甥女会有一天占据了皇榻。

"我绝不容夺宫之行发生。"武曌咬了咬牙,举起宫娥们送进来的茶杯,狠狠地摔在地上。她瞅了瞅碎在地上的残片道,"我要让你死得很难看……"

张尚宫在一旁听了,不禁打了个寒战。

第二天不逢朝会,刚刚辰时三刻,荣国夫人杨氏就进了蓬莱殿,一把鼻涕一把眼泪地将中秋之夜武元庆兄弟怎样在宴上发难,怎样不给她面子,怎样诋毁皇后的事叙说一遍。末了,她凄然唏嘘道:"老身最不能容忍的就是彼等自视武氏功高,不以皇后的福荫为意。"

这真是严冬又逢寒霜逼。蕊儿的不知进退,武氏兄弟的冷眼相对,都在武曌心中积起了巨大的块垒。及至听完母亲的诉说,她的丹凤眼里就充满了愠怒,继之双眉蹙郁,鼻翼扭曲,露出了满脸的杀气,从牙缝里挤出的每一个字都如冰凌一样地凛冽:"哼!一个个都活腻了,是想步上官仪的后尘么?我就给你等一些颜色瞧瞧。"

第三天的朝会上,李治发布诏令,以武元庆为龙州刺史、武元爽为濠州刺史、武唯良为检校始州刺史。即日离京,不可盘桓。

武氏兄弟情知诏命虽由李治发出,然贬谪之意必源自武曌。

这原是预料中的结局,从紫宸殿出来,兄弟四人相会在司马道上,都不约而同地感受到了武曌的心机,表面上看来是皇后对外戚的谦抑,实则是借机把他们赶出了京城。

武元庆不免怅然若失,从此再也不能那样逍遥了:"龙州之于京城,迢迢千里,与流放岭南何异?"

"得罪了那个妖媚,你我还会有好下场么?濠州自古乃贫瘠之地,多盗寇。去那里任官,一旦有事,罪名难逃。"武元爽也黯然神伤。

三兄弟中,稍好些的是始州,此地处巴蜀北缘,剑门关内,然亦多大山,不过荒僻之地。

武怀远本就在地方任官,对几位兄长的遭际倒是别有新见,道:"诸位兄长何须惆怅,既是不愿在京都屈辱地活着,倒不如远走高飞,图个自在。"

四人正说着话,却见许敬宗从后面来了。四人避之不及,只好停住脚步。

跟随了武曌这些年,催白了许敬宗两鬓的乌发,眼看着就老态龙钟了。他上前向几位作揖施礼道:"几位大人就要离京远去了,这一路山高路远,还望大家保重。"

武元庆谢道:"皇命如天,下官不敢滞留京都,当即日起程。"

许敬宗叹一口气,话语中就多了过来人的体验:"老夫为官多年,唯顺上而图存,大人何必让皇后伤情呢?她出此下策,也情非得已,还望各位大人好自为之。"

武元庆听得出来,许敬宗是来宣皇后之意的。他虽心存恼怒,却无法彰达,只有频频颔首道:"多谢大人提示,下官告辞。"随后,他又向弟兄几人使了使眼色,便散去了。

"哼!长孙无忌、褚遂良乃扶孤大臣;上官仪乃当朝宰辅,皆死于皇后之手。你等本就是粪土之墙,纨绔之徒,无寸功于社稷,与皇后为敌,岂非自寻死路?"许敬宗望着武氏兄弟离去,不无讽刺地自语。

打发武氏兄弟出京,武曌的心没有丝毫的放松,她自感可以腾出手来处置蕊儿了。她一回到蓬莱殿,就要张尚宫去请魏国夫人过蓬莱殿小聚。

午后,贺兰蕊儿乘着轿舆来了。进得殿门,她看见武曌正在榻边看书,忙上前施礼道:"参见皇后,千岁千千岁!"

武曌抬起头来,立时脸上就堆满了笑意。她急忙下得榻来,扶起蕊儿,眼睛就乌溜溜地上下打量,及至发现蕊儿眼边闰了一圈黑色时,就"哎呀呀"地半是惊讶半是嗔怪道:"看看,这水灵灵的一朵花,怎么一夜之间就蔫了?这皇上也是,这水做的人儿哪经得彻夜折腾,哪能只图自己痛快,不懂怜香惜玉呢?"

及至蕊儿在对面坐下后,武曌又道:"我与皇上这些年耳鬓厮磨,可知道他的性格,只要上了皇榻,他就是一头狮子,任怎样风情万种的女人都会被他折腾成一只羊羔。嘿嘿!"

蕊儿被皇后这一连串的话说得粉面桃腮,含嫣带羞,竟不知该如何回应皇后的戏谑,只是低头咘咘地笑。

"从蓬莱岛回来后,我一夜未眠,想我姐妹三人,你的小姨娘早年病故,未留一儿半女;你母亲承皇上隆恩,册封韩国夫人,不想又于去岁溘然殒薨;唯我一人,中秋之夜,形单影只……"武曌收住笑容,眼中泪花蓬蓬,拉起蕊儿的手道,"今日我传你前来,就是想叙叙话。"说着,她向外面喊道,"张尚宫!酒宴备好了么?"

"娘娘,酒宴早已备好了。"张尚宫进来应道。

武曌牵着蕊儿的手来到偏殿,不一会儿宫娥鱼贯而入,摆好菜肴,又给两人斟满了酒。

"此乃你舅父从淄州带回之酒,用上好稻米酿成,醇而不烈,最适合女人宴饮。来,为你母亲的在天之灵干一杯。"武曌举杯邀道。

酒过三巡,贺兰蕊儿起身正要向武曌敬酒,却发现杯中有一粒尘埃,便立时不高兴了:"你等为何如此粗心,杯中落了沙尘,竟浑然不觉。"

武曌见此情景勃然大怒,斥责张尚宫办事不力,又起身到膳房去看,不一会儿便换了新杯回来,要张尚宫给蕊儿斟酒道:"都是下人粗疏,饮了这杯,我们继续说话。"

蕊儿分外感动,透过杯中的琼浆,她似乎看到了母亲的笑靥。端起酒杯,她眼望窗外秋日的天空说道:"母亲在天有灵,这一杯孩儿代您饮了。"

一杯下腹,武曌忙道:"快吃菜。"

贺兰蕊儿正要举筷,忽觉五内剧痛,只说了一句"姨娘你……"便七窍出血,倒地气绝而亡了。

武曌脸上掠过短暂的冷笑,旋而大惊道:"蕊儿!蕊儿!你怎么了?来人啦!"

张尚宫带着宫娥进来,见魏国夫人口吐鲜血,便伸手到鼻翼间参验片刻,随后道:"娘娘,魏国夫人去了。"

武曌先是吃惊,继之凤眼怒目道:"好个武唯良,献酒是假,想毒死我是真。詹事何在?速传禁卫捉拿武唯良。"

詹事应声出去,武曌上前抱着贺兰蕊儿,眼看着她的皮肤一点点变成青紫,一副"茫然悲哀"的模样:"蕊儿!你是替我死的呀!我是不会忘记你的。"

良久,看着太监们抬着贺兰蕊儿出去,武曌吩咐张尚宫备车:"我要面奏皇上,将武唯良腰斩西市,为蕊儿报仇……"

傍晚,天空黑云密布,到酉时二刻便下起了蒙蒙细雨。

# 第二十七章

## 刘仁轨拨乱反正　李司空魂归昭陵

　　贺兰蕊儿的香魂追着蓬莱殿外的云彩走了,当李治闻讯赶到时,她浑身已经青紫,面目分外难看,雪白而又柔软的身子蜷缩成了弓形。

　　李治眼看着心爱的女人顷刻间香消玉殒,却不能当着武曌的面垂泪送别,只有将一腔的悲愤发在武唯良身上:"如此乱臣贼子,朕要将你碎尸万段!"他疯狂地掀掉了武曌案头的册卷,蓬莱殿顿时一片狼藉。

　　武曌第一次发现,一向温文敦厚、处事优柔的李治也有狂怒的时候。她在洒了一大堆眼泪后来到李治身边,帮他整理散开的龙衮,泪眼里透着不尽的悲哀:"人已去矣,还请陛下节哀。妾已命大司宪严刑审讯,为蕊儿报仇。"

　　在后来的几天中,许敬宗秉承武曌的旨意参与了大司宪的审问。武唯良无法忍受大司宪的酷刑,终于招供。

　　这案子发得蹊跷,也判得迅捷。不久,武唯良被处腰斩。从此,后宫的女人们彻底断了对皇恩的期待,唯于日出日落中送走似水流年。而武曌也不再熬夜批阅奏章,而是将每一晚与皇上厮守的时间都填得满满的。

　　爱是如此断然无情地排斥了任何外力的入侵,而又是如此强烈而有力地促使守望者的反思。躺在李治身边,武曌常常扪心自问:在以往的日子里,她是否过于热衷朝政而给皇上的时间太少了呢?

　　可李治在武曌那里却无论如何也找不回蕊儿带给自己的那种青春与活力,那种云水交激的烂漫和惬意。他的心境更加抑郁,而头风也一天天地加重。

　　终于有一天,他把武曌、太子李弘、右相刘仁轨、太子少师许敬宗、左相兼司戎太常伯姜恪召到宣政殿道:"朕病体日重,难以自持,欲命太子监国,不知众卿以为如何？"

刘仁轨表示支持："陛下龙体欠安，休养至为要紧。好在太子已十六岁，前亦数度监国，臣等当鼎力辅佐。"

许敬宗跟着刘仁轨的话道："皇后性敏，胸有天下，有皇后在，陛下就放宽心吧！"

李治喘了一口气，将目光转向了李弘："二位爱卿所言，甚合朕意。你虽屡听奏事，然毕竟资历尚浅，凡事该请教母后才是。"

李弘的眼眶就湿润了，忽然有了一种泰山压顶的感觉，忙起身跪倒在地道："儿臣谨遵父皇旨意。儿臣见父皇遭采薪之忧，忧心如焚，若上苍有眼，儿臣愿代父皇患疾，以尽人子之孝。"

武曌在旁边听了，脸上就不乐意了，丹凤眼投给李弘的都是指责："父皇让你监国，乃是社稷大计，你岂可辜负父皇重望，让我失望？"

面对母后的责备，李弘内心却感到十分委屈，也为父皇对母后的忍让感到不安。他觉得母后作为一个女人，太好强专断，太不顾父皇的感受了，这对李唐江山来说，也许并不是一件幸事。

借着这个机会，李弘借着前些日子朝廷敕命"凡征辽军士逃亡者，限内不首及首而更逃者，身斩，妻子籍没"一事向"二圣"陈奏道："军法严重，同队恐并获罪，即举以为逃，不暇堪当。直据对司通状关移所属，妻子没官，情实悲哀。"说到这里，李弘停下来打量着李治和武曌，他不知道自己的奏言父皇和母后能否接受。

"你既监国，当以国事为重，何必言而嗫嚅，吞吞吐吐。"武曌言道。

"《书》曰：'举其杀无辜，宁失不经。'儿臣伏愿朝廷收回敕命，对逃亡之家免以配没。"

太子的一番话，让刘仁轨和姜恪心中很不平静，一个十六岁的少年尚且能如此以近忧而及远虑，倒是他们这些久历战阵、自以为知兵的宰辅、重臣唯皇上之命而诺诺。两人交换了一下眼色，都从彼此的脸上读出一丝愧意。恰在此时，耳边又传来武曌的声音："几位爱卿以为太子所言如何，不妨说来听听。"

在这样的时刻，许敬宗是不甘人后的，他一开口就赞颂了太子的敢言直谏，继而话锋一转道："皇皇大唐，朝令夕改，陛下如何取信于天下？因此老臣以为当强令逃亡者自首，否则，籍没妻子，充军发配边城，以儆效尤。"

"许大人之言差矣。所谓人心向背，关乎社稷安危。故政之所施，在安民心。况乎,即便尧禹安能无过?若陛下收回敕命,则军旅之属莫不感念'二圣'之德。"刘仁轨有不同意见。

姜恪久在兵部,更知统军之难,立即对刘仁轨的话给予了支持,建议朝廷对逃亡将士多所抚恤,而安其心。

刘仁轨又近前一步道:"辽东将士之所以逃亡,皆因多年前李义府贪据军资,屏蔽皇恩。而今李义府毙命,若再追讨,岂非是非混淆,法度不明?故当务之急,在于安军。"

在大臣们就太子所言各抒己见时,武曌的心思一直在旋转,她尤其对刘仁轨的不屈阿上意十分欣赏:"二位爱卿所奏言简而意深。《兵法》云'乱军引胜',自乱军心,无异于助敌克我,故安军心即安社稷矣。我以为当废敕命,终止追逃。"

见从皇后、太子到大臣们都对敕命不以为然,李治自然也有了新的反思。看了看身边的武曌,他随即发了一道新的旨意:"传朕旨意,凡辽东逃亡军士不予追究,愿归军营者赐爵一级,愿解甲归田者,发盘缠归乡。"

武曌接着李治的话道:"为宣示圣恩,刘仁轨兼辽东道副总管,专任收容事宜。"

这是发生在总章元年(公元669年)十月间的事情。

皇上的旨意很快传到了辽东道所辖各军,将士们无不称颂皇上圣明,一时回归军营者络绎不绝。

到了总章二年八月,刘仁轨春风满面地到洛阳向养病的李治报喜讯来了。

他带来了三件喜事,第一件是去冬今春,京师及山东、江淮大旱,李弘巡视军营,发现士卒有吃榆皮、蓬实的,就私下命令赐给他们米粮。而将士皆以为陛下怀惠抱仁,泽被天下。第二件是辽东道士卒归伍,军心大振。第三件是乾封二年奉诏任辽东道行军大总管的李勣在征讨高丽大战中连战皆捷,首战就下十六城;副总管司列少常伯郝处俊、右金吾将军庞同善、辽东道安抚大使契苾何力诸将铁衣被身,率军长驱直入,终克平壤。老将军以右武卫大将军薛仁贵总兵二万镇抚平壤,大军现正在班师途中。

"好!少而有为,老当益壮,诸将协力,国之大幸。"还没有等李治开口,武曌从竹帘后走出来,为三件喜讯击节称快,"前年右相谏言由司空任辽东道行军大总管出击高丽时,我尚担心老将军年高,孰料他竟然运筹有度,势如破竹,真是英雄不减当年啊!"

李治点了点头道:"太子以资财赈济兵士,朕一则甚慰,一则不安。夫兵者,国之利器也,兵无食,国何以安?"

刘仁轨应道:"陛下之言振聋发聩,臣回长安后就督促州县致力农桑,充实府库。"

自李勣屡次在要紧时刻都站在皇后一边以来,武曌就多了对他的牵挂。闻听他已大胜而归,急切要亲睹老将军的风采,遂对李治道:"司空年迈出征,一举扫灭高丽,绝东部边患,我以为陛下当起程回长安,迎大军归来。"

"皇后所言甚是。"李治转过脸对刘仁轨道,"爱卿明日就起程回京师,筹备奏凯大典,朕与皇后随后就到。"

十月中,在李治和武曌回到京师后三天,李勣率领大军回到长安。祝捷大典是在昭陵前举行的,阅兵台,祭祀台早在九月底就准备就绪。

秋末的九峻山山峦起伏,冈峰横截,金叶飘舞,翠松翁郁。虽进入了一年的枯水期,然千古不竭的流泉汇集成飞瀑,仍然在几里外就可以听见惊涛的轰鸣。昭陵在翠峰环绕下矗立,正看如笔架兀立,侧视如伏虎啸谷。

从高丽国归来的将士身着清一色的铁甲,衬褐色战袍,在灵前布成一个个旌旗林立的方阵。对李义府的查处,对追讨敕命的终止以及刘仁轨遵循太子旨意遣使者劳军,让久驻百济、高丽的士卒告别了贫病饥寒,在总章二年冬天即将到来之前,换上了崭新的棉甲。如今,他们趁着胜利的喜悦,集结在昭陵北坡。

从贞观十八年到贞观二十二年,太宗先后三次出兵高丽,终未能平定海东,带着未竟的遗憾而去。今日,李治要告知父皇,他完成了父皇的遗愿,以凯旋者的姿态接受他的检阅。

上午巳时,李治偕武曌在李弘、许敬宗、姜恪、刘仁轨的陪同下走上阅兵台。眼前铁甲映日,旌旗临风的气势,破阵乐的雄壮慷慨,让他心浪翻卷。他看了看身边的武曌,一时往事回环复沓,涌上心头。

武曌今天的情绪很好,也许是目前的大捷冲淡了她对往事的回忆,她的目光顺着刘仁轨的手指自东而西地念出了一个个将军的名字:"辽东道行军副总管、西台侍郎郝处俊,左金吾将军庞同善。"当她没有在将军中发现辽东道安抚使契苾何力时,目光便凝滞了。

姜恪忙在一旁解释道:"契苾何力将军为平壤都督,与薛仁贵将军一起驻军高丽,恢复农桑,安抚百姓。"

"哦!"武曌再一次想起当年李世民的箴言,"自古贵中华轻夷狄,朕独爱之如一", 便由衷地说道, "华夷一体, 乃大唐无敌之故矣!"

武曌的目光最后定在李勣身上了, 秋阳下, 他着一件金色盔甲, 衬着猩红色战袍, 头顶的盔缨在秋风中飘扬。他的气色看上去有些疲倦, 却依旧不失为帅者的雄姿。武曌的目光温柔中多了庄重, 这个人的命运不仅与大唐, 而且与她的命运紧密地交织在了一起。

李勣的心情更是不平静。望着巍巍昭陵, 他的喉头酸涩而又哽咽。先帝三征高丽, 他都是先帝十分借重的将领。那难忘的盖牟城大捷, 那血溅疆土的白岩城围歼, 那惊鬼泣神的南苏城攻掠如今都一一地被记忆复活。也许正是因为这个原因, 当乾封二年(公元 667 年)刘仁轨举荐他任辽东道行军大总管时, 他慷慨赴任。尽管已是七十三岁高龄, 然而他发誓要完成先帝的遗愿。

现在, 站在威武的军阵之前, 他在心里轻轻地说, 先帝啊! 老臣回来了!

在向昭陵献了"太牢"并行了三叩九拜大礼之后, 盛典进入一个重要的程序, 献高丽王高藏等君臣数十人于昭陵前。

长期被泉盖苏文挟持的高丽王高藏以及被俘的高丽大臣, 在羽林卫的押解下来到昭陵前。奉常寺官员在庄严的庆善乐后宣读祭文, 向先帝报捷; 高藏等人面向昭陵行大礼之后, 为自己不遵誓约, 无视宗主国旨意, 肆意派兵进犯辽东, 请求朝廷恕罪。

当大家看着阅兵台时, 武曌悄悄地在李治耳边说了几句话, 李治便转脸对姜恪道: "将高藏等人押下去, 待祭祀太庙后处置。"

在高藏等登上车驾之际, 从军阵中发出欢呼的声浪: "皇上万岁万万岁! 皇后千岁千千岁!"

随着声浪, 将士手中的刀剑在日光下寒光直闪, 与旌旗相映生辉。

李治往日的不悦都随着大军的凯旋而渐渐淡去。不管他对蕊儿的死如何难以释怀, 也不管皇后对后宫嫔妃们如何的恣肆跋扈, 他都不得不承认在这次出兵前, 她的许多见地为赢得这场战争起到了决定作用。在走下阅兵台之际, 武曌的手轻轻地牵起他的衮袖, 他们都在这一刻, 忘记了许多的不愉快, 尽情地享受大捷的欢愉。

接下来的几日, 朝廷又押着高藏前往太庙拜祭。这样的过程持续了大约十天, 终于迎来了受降的日子。

受降仪式选在含元殿举行, 依旧是武曌在帘后, 李治坐堂前, 可他口中的每一句话都是两人私下里商定的。李治欣然接受了高藏的叩拜, 接着, 李荣代皇上宣读诏书——

> 制曰:高丽王藏,不遵誓约,罔视天朝,不惜民力,屡兴兵戈,侵我辽东。然念及政非己出,受人挟持,为体朕德意,乃以高藏为司平太常伯,员外同正;僧信诚于兵临城下之际,起为内应,功德殊勋,赐银青光禄大夫;泉男生为右卫大将军,泉男产为司宰少卿。泉男建挟持国君,死守拒降,流黔中;扶余丰流岭南,分高丽五部、一百七十六城,六十九万臣民为九都督府、四十二州,百县,置安东都护府于平壤以统之。

高藏、泉男生等人呆了,以为是在梦中。大殿经过短暂寂静,随后哗啦啦地跪倒了一大片,连连道谢陛下圣恩。

当高藏等人以大唐臣僚的身份走出含元殿后,皇上的第二道圣旨又下来了,对李勣及属下将领分别赏赐。

朝政到了再度蒸蒸日上的重要转机,尤其是刘仁轨因为推举李勣为帅扫灭高丽,又以抚恤前线士卒而很被武曌看重。武曌时不时地传他进宫议兵,交谈研习《孙子兵法》的心得。而且凡是他经过深思熟虑的禀奏,武曌都欣然接受。

而随着许敬宗的日益高迈,他被武曌召见的机会也越来越少。刘仁轨敏感地觉察到,为当年被许敬宗、李义府排斥的官员们洗雪冤情,把他们聚到皇上身边,重振贞观、永徽之治的机会到来了。

这天不逢朝会,李治召刘仁轨到紫宸殿叙话。这种君臣间的小坐往往是很随和的,李治不拘于礼节,臣下也不顾忌皇上会不会龙颜不悦。李治还特别吩咐宫娥上了滇州上贡的好茶,直到那黄亮澄明的茶汁散发出淡淡的香味时,他才拉开了话匣子。

他们先从李义府的获罪说起,继之说到长孙无忌的晚节不保,又说到许圉师的教子不严、卢承庆的渎职失责。

刘仁轨静静地饮茶,专注地倾听,并不打断皇上的话。

历数完臣下的过错,李治又感叹眼下人才的匮乏:"朕屡次于朝会传旨,要三台、诸司和州县举贤,然则至今了无进展,不知爱卿以为何故?"

刘仁轨向皇上抱拳作了一揖后道:"天下未尝无贤,亦非群臣敢蔽贤也。比来公卿有所引荐,为谗者已指为朋党,致淹者未获伸而在位者先获罪,是以各务杜口耳,陛下果推至诚以待之,其谁不愿举所知! 此在陛下,不在臣也。"

毫不避讳而又直截了当的诤谏,让李治的面子一时很过不去,便道:"朕要臣下举贤荐才,爱卿倒责难朕不惜才,这是为何?"

"陛下谓臣责难,乃折杀臣也,臣不过道出显庆以来朝堂的事实。且不论贞观之治,即永徽年间,陛下临朝问政,孜孜不倦;从谏如流,传为美谈,至有永徽新政。然则,自显庆以来……"

李治担心刘仁轨继续下去,会说出更多的批评来,忙摆了摆手道:"过往之事,爱卿就不必重提了,就说眼下该如何办吧?"

刘仁轨心中笑了笑,想这就是皇上心理的微妙处,这已是承认了用人上的过错,他自然也该有礼、有节、有度,遂将座椅朝皇上面前挪了挪道:"眼下就有两人,应该得到朝廷的重用。"

"哦?是何人?爱卿说来听听。"

"西州都督裴行俭,文韬武略集于一身,履职西州,西域诸国皆多义附;临下以恕,师德宽厚,又乃绛州闻喜人也,与皇后故里相去不远。永徽六年,因小过而远戍西州十四载矣,于今已过五旬,人生至若朝露,此人不用,政之失也。"刘仁轨见李治听得很专注,知道皇上往心里去了,便继续道,"现任雍州长史卢承庆,博学而才、崇德尚俭,只因李义府贪据军资,诬良为奸,故而遭贬。现李义府一案真相大白,就该洗雪调回京都。"

李治却没有马上决断,言道:"此事朕当和皇后商议之后再定。朕既允准皇后临朝,当不该逾越独行。"

"陛下圣明,臣静候'二圣'旨意。"刘仁轨嘴上如此说,但在心底却掠过淡淡的忧伤。走出紫宸殿,眼看司马道即将到头,可他的心境却没有些许的轻松,他想这事如放在太宗身上,总不至于如此优柔寡断吧!

正这样想着,就听见耳边传来许敬宗的声音,他回头看去,只见他正在身后招手。他停下脚步,等他来到面前便问道:"大人这是从何处来?"

"老夫进宫向皇后禀奏太子学术之事。皇后要老夫带话给大人,请大人速去蓬莱殿回话。"

刘仁轨道一声"知道了",便转去含元殿的路上,许敬宗却在身后喊道:"刘大人留步,老夫还有话说。如果老夫没有猜错,皇后传大人前去定是为了太子的婚事。"

"哦?这事许大人不是曾找过太子中舍人杨思俭么?"

"唉,大人有所不知,这杨思俭与长孙无忌、上官仪当初过从甚密,老夫又奉诏参与审理了这些案子,故……"

"下官明白了。"刘仁轨点了点头,就往蓬莱殿去了。

当他站在武曌面前时,果然她要谈的正是太子的婚事:"此事尚需大人出面知会杨思俭,择定吉日,举行完婚大典,也了却我一桩心事。"

刘仁轨完全能够体会一个母亲对儿子的心,欣然表示即邀杨思俭到府上议事。但他又细思了一番后说道:"杨舍人的女儿,娘娘总该做些了解吧。毕竟今日的太子妃就是明日的皇后,不可不慎啊!"

闻听此言,武曌就对刘仁轨由衷喜欢。与许敬宗相比,他最大的不同就是一心为公,却又独有主见。她今天心境很好,话也说得十分温暖:"爱卿所言甚是,我会设法了解的。爱卿文武兼备,出将入相,皆甚得体,朝野感服。我曾阅过爱卿自熊津都督任上发回的奏表,不唯明之大理,且忠贞刚直。"

听了武曌的称赞,刘仁轨忽然就有了新的想法,这岂非正是向皇后陈奏选举的良机?但出口的话却是从自谦开始的:"谢皇后垂爱。然则论起知兵,臣不如一人;论起治政,臣又逊于另一人。"

"哦?不知大人所指何人?是许敬宗,抑或是……"武曌有些疑惑。

"非也!臣所指善知兵者,乃西州都督裴行俭;臣所谓善治政者,乃前度支尚书、同中书门下三品的卢承庆。"刘仁轨接着就将在李治面前的话复述了一遍,不过又多了许多细节。

他发现武曌先开始有些不耐烦,但随着他的陈述一步步走向深入,武曌的目光转而凝重,旋而闪光,及至听完陈奏,她的整个眉毛就展开了:"孟子曰:'君子之过也,如日月之食焉。过也,人皆见之;更也,人皆仰之。'裴行俭所犯过错,皆在年轻,我也屡闻他在西州屡建战功,此非过而能改乎?儒将之名,驰誉朝野,此非人皆仰之乎?至于卢爱卿,本就是一桩冤案。听爱卿之意,是要召两人回京?"

面对武曌的聪敏机智,刘仁轨还能说什么呢?他只是频频颔首,舌尖上滚动的只有四个字:"皇后圣明。"

其实,刘仁轨所禀奏,正是武曌这些日子的心结。原指望中秋节聚会,在几位同父异母的兄弟间唤起久违的亲情,以强大武氏在朝野的枝干。孰料武元庆、武元爽等人却冷冰冰的。正是刘仁轨一言点破了她的心雾,她既然已经与皇上一同掌管朝政,为何不落个"唯才是举,知人善任"的名声呢?

"爱卿之言,乃为相者之海量矣!"武曌眼睛转了转,自言自语道,"让他们做什么呢?哦!就让裴行俭做司列少常伯,主持选举;至于卢承庆么,就做司刑太常伯吧！这是我的意思。我明日当即奏明陛下,调二卿回京。"

刘仁轨没有任何迁延,第二天就把李治与武曌的旨意传递给了西台侍郎乐彦玮。三天以后,司宪侍御史韦思谦和袁公瑜携带着皇上诏书同时离京。

刘仁轨亲自看着他们上马离去,才回了府邸。雍州距京都长安近在咫尺,他估计卢承庆不日即可返回京都,只是裴行俭尚需些时日,让他不免有些着急。

昭陵前班师大捷后,李勣就病倒了。

其间,李治、武曌和太子都先后探视过,并且传了最好的太医前来整治,还开了不少药剂。然而,皇上和皇后一走,李勣就严令府令置之一旁而坚不服用。

这让府令很为难,一方面,他怎忍看将军拒绝服药,另一方面,这药乃是奉了皇上和皇后的诏命而开出的处方,他更怕担违抗旨意的罪名。

今冬无雪,但天每日却是阴沉沉的,又奇冷无比。

这一天,府令早早起来,却看到李家二老爷、李勣的兄弟司卫少卿徐弼过府来了。对皇上赐姓李氏,徐弼只在表面上才认可,私下里却仍守着徐姓。

"二老爷到了,请到后庭。"府令在前面引路,来到后庭的寝室。丫鬟正站在那里流泪,药汤洒了一地,他明白是老将军又发脾气了。

徐弼向丫鬟摆了摆手,要她下去,自己亲自捡起药盏,来到内厨收拾,重新给兄长熬药。刚才遭遇训斥的丫鬟愧疚而又小心翼翼地过来道:"都是奴婢不好,惹老爷生气了,还是奴婢来吧!"

徐弼道:"不关你事,是兄长心烦,还是我来吧。"

红红的火苗映得他印堂发亮,也勾起他诸多的心事。那还是乾封二年,右相举荐兄长为帅时,皇上、皇后也曾担忧过他年迈。然而,当李勣听到朝廷的召唤后,那一颗心就不能宁静了,那被岁月磨洗过的血液就再度沸腾起来;而他作为兄弟,他也怕兄长以七旬之身出征,精力不济,尤其是侄子李震早逝,留下孙子敬业兄弟,如果兄长再有个闪失,他这一门……

兄长不愧是身经百战的名将,他不但去了,且连战连捷,大胜而归。可现在,看着兄长躺在病榻上,肿得脸色发黄发亮的样子,他就情不自禁地要问,那场战争是不是兄长生命的最后绽放呢?

他往炉中添了一把柴火,眼角就涌出酸涩的泪水,他面对躺着的一座大山,心中唯有惭愧。兄长像他这个年纪,早已成为让突厥闻之丧胆的一代名将。而自己呢?眼看年过不惑,又有何建树?

浓浓的药香弥漫在厨房的各个角落,他筛出药汤,来到后室兄长的病榻前,轻声呼唤道:"兄长!兄长!"

李勣睁开疲倦的眼睛,看了一眼黑褐色的药汤,银白的眉毛就蹙在了一起:"不是不让再煎了么,你为何又端来了?"

徐弼应道:"此乃陛下所赐之药,兄长不服说不过去。"

"唉!你为何就是不知道我的心呢?"李勣吩咐徐弼将药置于案头,要他坐到跟前来,"你在司卫寺供职,就该尽职尽责,整日里往这边跑什么?我本山东农夫,遭值皇上圣明,位致三公,年将八十,岂非命焉?修短有期,岂能医工求活?"

徐弼恳切地说道:"兄长服了这药,也算是不负圣命。你不服事小,可皇后追究下来,我等都要担罪。"

"陛下若问起,你就说服过了不成吗?"

"兄长一世磊落,何曾说过假话?现今为病患欺君罔上,岂非笑话?还是服下吧!"

李勣接过药盏,叹了一口气道:"世间果真有强人所难之事。"随后闭上眼睛,一口气喝了。

徐弼笑道:"这就对了!皇后闻之,定然高兴。"

过了大约半个时辰,李勣果然觉得轻松多了,坐起来说道:"还是兄弟说得对,服下药物轻松多了,你我兄弟很久没有在一起了,今日就饮几杯吧!"

徐弼急忙摇手道:"这病还没有好,喝什么酒?"

李勣握着兄弟的手, 话里就显得很深情:"我心里明白,人活七十古来稀,为兄已届八旬,也算长寿了!少饮无碍。"

闻言,徐弼也不知道该如何应对。近来兄长总是不断提到年龄,透出寿之将终的伤感。今日忽地情绪好起来,他就觉得蹊跷。唉!兄长病到如此地步,还忍心拂逆他的意思么?于是,他急忙准备了酒宴,邀族中子弟相聚。

徐弼明白,兄长这样的状况已不胜酒力,故而席间多以叙话为主,酒便少饮了许多。侄儿们私下里受了徐弼的叮嘱,除了宴席开始之际敬了几杯后,再后来就是听两位长者说话。整个酒席不仅沉闷,且笼罩着淡淡的忧伤。酒阑之后,李勣对徐弼道:"让他们回去吧,你来内室,我有话要对你说。"

徐弼搀扶着李勣回到内室,安顿他躺下,这才在榻前坐了下来。

李勣语气有些哽咽地责备道："你身为族中长者,宴会上却泪水盈盈,弄得我心中也甚不好受。"

"兄长患疾,为弟忧心如焚,不能自已,故而……"

"我岂能不知?"李勣打断了徐弼的话,"我自度必不能起,故借今日酒宴与你相别尔。你也不必悲泣,我这一生,自年轻时追随高祖、先帝,今又辅佐陛下,然究一生所为,不过三件大事:一是跟随先帝平内乱,一统天下;二是奉诏西讨突厥,东征高丽;三是遵陛下旨意,推立武氏为后,并参与了长孙无忌、褚遂良谋反案的审理。前两件事情,朝野当无异议。只是这后一件事至今非议之人甚多,可我心中无愧,功过当任后人评说。"

徐弼宽慰道："天地自有公论,兄长不必梗揗郁蹙,而成木石块垒,这于病不利。"

李勣觉得气力有些不足,沉默了一会儿接着道："我接下来要说的是后事。当年与我共历艰危的房玄龄、杜如晦均为凌烟阁功臣,然子孙不肖,为人不齿。因此为兄将子孙皆托付于你,待我葬后,你即迁入我堂,抚养孤幼。其有志气不伦、交游非类者,皆先挝杀,然后以闻。"

说完,李勣双目微闭,两行浊泪顺着眼角淌下。眼看着气息越来越微,体温越来越冰冷了。徐弼先是以为兄长赢弱睡去,及至发现气绝之后,禁不住抱住李勣号啕大哭,声声呼唤。

此时正是总章二年十二月三日。

之后,徐弼对着外面大喊："敬业!敬业!"

李敬业带着他的两个兄弟李敬猷、李思顺从外面跑了进来,伏在李勣身上痛不欲生："爷爷!孙儿来看您了!爷爷……"

这时,从府门外传来李荣的声音："皇上、皇后驾到!"

"业儿,快去迎接圣驾!"徐弼赶忙拍了拍李敬业的肩膀,就跪在了前庭大堂,"微臣李弼、李敬业恭迎陛下、皇后。"

李治吩咐他们平身,接着问道："老将军病情如何?"

徐弼泣不成声："兄长他……他去了。"

"老将军……"李治只觉得眼前一黑,险些跌倒,李荣急忙上前扶他坐了。

武曌也泪眼婆娑,道了一声："老将军!我来迟了。"

徐弼上前道："兄长临终之际,邀集族中子弟反复叮嘱,他身后诸子弟当同心同德,效忠朝廷,若有如房遗爱之类不肖者,先斩而后禀明朝廷。"

"老将军一去,大唐犹失天柱,此天欲考验我大唐矣!"

其实,比起李治来,武曌更能体味在后宫废立风波中,李勣每条谏言的分量。他一边要深解皇上的情感,一边要应对长孙无忌、褚遂良这些大臣,还不能授人以柄。那些日子,他是唯一能够让皇上下定决心的人。现在,面对亡灵,她从内心感到如果没有李勣,也许就没有她的今天。若不是碍着皇后的身份,她多么想用哭声送这位长她三十多岁的老将军上路。

武曌的这种心思,刘仁轨看在眼里。他心想武曌也并非外界传说的那样冰冷无情,便适时地上前禀奏道:"老将军远行,朝野悲恸。为今之计,是要勘定葬礼诸事。"

李治擦了擦眼角,对刘仁轨道:"李将军功在天地。传朕旨意,老将军陪葬昭陵。起冢如阴山、铁山、乌德健山。朕要亲自为李爱卿撰写碑文,以彰他护国殊勋。"

武曌很欣慰皇上在这个时候与自己十分默契,忙对刘仁轨道:"命司礼寺入终南山采上好石材刻碑,不得有误。"

第三天朝会上,廷议自李勣逝世之日起,在昭陵脚下为之起冢,丧事所需并令官给。待陵冢竣工后,再行殡典。

一连三天,李治不闻大臣奏事,而是将所有的心思都用在了为李勣撰写碑文上。

对李治来说,李勣几乎伴随他走过了童年、青年时代。早在他刚刚通晓人事时,就常常从先帝那听到这位徐姓将领的故事,后来知道高祖皇帝为表彰他的战功而赐姓李后,他就有了一种莫名的亲近感。不过,这只是洒在岁月路上的一些情感碎片,最让李治刻骨铭心的还是在他登基以后,在几乎所有的紧要关头,李勣都毫不犹豫地站在他这边,甚至因此而不惜遭长孙无忌、褚遂良等人的误解。所有这些,都在李治的心中积起如伤筋断骨的"痛",使他感到无论哪位朝臣的生花妙笔,都无法述尽李勣对大唐耸若峻山、长如渭水的功绩,也无法表达他对李勣那种铸进心里的情感。

他用了整整一天的时间去思考该从何处着笔,直到夜色渐深,含元殿万籁俱寂之际,他的文思才不可遏制地喷薄而出。

李荣传来宫娥,一人在一旁研磨,八人扯起丈二绢帛在龙案上铺定,四周压了虎镇。当砚中的墨香逐渐在大殿内弥散之际,李治手握狼毫,未曾落笔,两行热泪掉进墨汁,漩涡久久不散。

"爱卿弥留之际,未予朕留一语便溘然西去,此乃朕之不德也,今日朕就借这丈二白绢与你敞心。朕知你临敌应变,动合适机,与人为善,纳玉撷英,处世躬俭,奉诏即付。因而楷书不足以彰爱卿之潇洒俊逸,草书不足以展爱卿之壁立刚锋,朕就用这行书与你说话。"言罢,李治遂饱蘸泪墨,洋洋泼洒开来——

朕闻四维纪地,坤元所以载物;八柱承天,乾策由其列耀。故轩丘御历,资六相以经纶;丰水膺图,凭九臣而缔构。莫不道符金砺,契叶盐梅,虎啸龙腾,风翔云起。
……

高祖神尧皇帝应昊穹而拨乱,顺斗极以龚行。四海乐推,兆人思戴。及密来投附,公独未归。既承其旨,方奉皇运,诚于所事,造次必形,风霜之节,其在兹矣。高祖乃诏公为黎州总管、上柱国、莱国公,寻改封曹公,赐同国氏。公临危守义,类文聘之怀忠;建筑承恩,同奉春之得姓。武德二年,又授右武侯大将军。是时国步未夷,王涂尚梗。

太宗文武圣皇帝愍兹交丧,大拯横流。公出赞元戎,入参神算。受分麾之重寄,沐赐荣之殊荣。刘武周率彼犬羊,凭陵汾晋;先朝躬亲矢石,公则任属偏裨,萧斧才临,朝菌俄翦。王充窦德,潜议合从,南濒控鹤之山,北距飞狐之塞。拥周韩之锐卒,驱赵魏之枭兵……

浮革船而度紫河。穷雁海而倾巢,就狼台以探穴,遂使地空塞北,候静漠南。汉将勒燕然之铭,胡骑动阴山之哭。既而频丁巨罚,殆不胜哀。累诏宽解……

故劳公暮年,出征外域。乃以公为辽东道安抚大使、行军大总管,韫玉帐之宏……纵间谍以知穷,因乡导而乘隙。殄兹寇垒,不藉九攻之劳;获彼凶渠,唯恃七擒之术。倾源拔本,海罄山空。万代遗诛,一朝清荡。及旋,拜太子太师,加封二百户。公自少及长,忘身奉国……

曰仁必寿。竟爽神期,天不憖遗,歼我良懿。以总章二年十二月三日薨于私第,春秋七十有六……

听先帝说,当年李密归附大唐时,李勣是他属下,统领东至于大海、南至于长江、西至汝州、北至魏郡辽阔疆域。可他秉承一臣不事二主的信条,宁愿将土地、人口、军人造册清理呈给李密,而不愿意见高祖皇帝。高祖闻之大喜,曰"感德推功,实纯臣也",诏封李勣为黎阳总管、莱国公,不久又加右武侯大将军,赐姓李氏。

如今,斯人已去,风范长存。

及至写到李勣以七秩高龄,奉诏出征,李治的心隐隐自责,倘若当时自己能够三思而行,也许可以使老将军延寿。他忽然觉得天旋地转,那笔就顺着指尖溜到了地上,将绢帛边缘染了一片淡淡的墨痕。

李荣急忙上前将李治扶到案边坐下,含泪道:"老将军已登仙途,而大唐社稷当续百代,皇上龙体要紧,万不可太伤情。"

李治闭着眼睛,心痛怀伤,语不成句:"是……朕害了他……"

东方既白,晨曦初露,李治终于收笔,他觉得很疲倦,上了内室的皇榻,他便沉沉睡去。

李荣打了个哈欠,正准备小憩一会儿,却见张尚宫进来传话,说皇后到了。他赶忙出门迎接,看到皇后两眼红红的,知道她也为李勣殒薨而一夜没有睡好。

进得大殿,绕着龙案走了一圈,武曌不由得热泪盈眶,这才是当年那个才俊风流、文辞潇洒的李治。

李荣在旁边小声地问道:"娘娘,臣还是去唤醒陛下吧?"

武曌摇了摇头,继续读着碑文——

内穷献替之言,外不彰其直;入尽弼谐之致,出不显其忠。就礼俗而存道,因善谑而申讽。抵掌宏议,庶政咸仗其谋;造膝诡词,群僚莫知其际。

在这里武曌停住了,皇上机敏,其间隐含了当年废立风波上的几多曲折,似乎有言犹未尽之处。她遂拿起案头的笔,在后面续写道:"夷险一致,宠辱不惊。"

李荣看了连连赞道:"陛下昨夜写到此处,亦觉未尽词意,只是没有想好,故而暂缺。如今娘娘这一笔正妙,真乃珠联璧合。"

关于安葬日期碑文也是空着的。是的!他走得太急了,所有的筹备都尚需时日。

也许正因为这溘然而去,让武曌一想起来就伤感,当她读到"竟爽神期,天不憖遗,歼我良懿"时,竟然嘤嘤地哭出了声。李荣和张尚宫也在一旁陪着流泪,只有他们才懂得,那个躺在棺椁中的老人对她来说曾有多么重要……